# 현대 동화문학 작품론

초판 1쇄 인쇄 | 2024년 02월 5일
초판 1쇄 발행 | 2024년 02월 20일

編 | 박상재

펴낸이 | 오세기
펴낸곳 | 도담소리
주　소 | 경기도 고양시 덕양구 삼원로 63, 805호(고양아크비즈센터)
전　화 | 031) 911-8906
팩　스 | 031) 912-8906
이메일 | daposk@hanmail.net
편집디자인 : 공간디앤피

등록번호 | 제2017-000040호
ISBN 979-11-90295-30-7　03800

한국아동문학정원

# 현대 동화문학 작품론

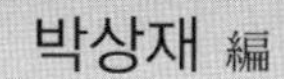

박상재 編

도담소리

머리말

# 한국 현대 동화문단의 견인차

1920년대 초에 마해송은 우리나라 최초의 본격 창작동화인 「어머님의 선물」, 「바위나리와 아기별」을, 고한승은 「바위의 슬픔」을, 이주홍은 「뱀새끼의 무도」를 발표했다.

1930년대 아동문학을 이끌어 간 작가들은 동화의 마해송, 생활동화의 이구조, 소년소설의 최병화, 노양근, 현덕 등이었다. 이 시대에 나온 창작동화집을 살펴보면 마해송의 『해송동화집』(1934), 노양근의 『날아 다니는 사람』(1938), 『열 세 동무』(1940), 『어깨동무』(1942), 이구조의 『까치집』(1940), 송창일의 『참새학교』(1942) 등이 있다.

1950년대에 출간된 동화 · 아동소설로는 강소천의 『꽃신』(1953), 『꿈을 먹는 사진관』(1954), 마해송의 『떡배 단배』(1953), 『모래알 고금』(1958), 이원수의 『숲속나라』(1953), 이주홍의 『아름다운 고향』(1954), 박은종의 『부엉이와 할아버지』(1955), 김요섭의 『깊은밤 별들이 울리는 종』(1957), 신지식의 『감이 익을 무렵』(1958), 이영희의 『책이 산으로 된 이야기』(1958) 등이 있다.

1950년대 이후에 활약한 동화 및 아동소설가로는 마해송, 이원수, 강소천, 김요섭을 비롯하여 방기환, 최태호, 장수철, 한낙원, 손동인, 최요안, 조흔파 등이 있다. 1950년대 후기와 60년대에 등단하여 활약한 동화작가로는 신지식, 이영희, 윤사섭, 서석규, 심경석, 장욱순, 오영민, 황영애, 이영호, 이준연, 김영순, 조장희, 최효섭, 권용철, 유여촌, 남미영, 권태문, 임신행, 강준영, 오세발, 김은숙, 손춘익, 박상규, 권정생 등이 있다.

1970년대에 등단하여 활약한 동화작가로는 임교순, 배익천, 송재찬, 김병규, 김문홍, 강정규, 정진채, 김옥애, 장문식, 박성배, 정채봉, 최균희, 이동태, 이동렬, 이규희, 김상삼, 이상교, 윤수천, 조평규, 최영희, 강숙인, 박춘희 등이 있다.

1980년대에 등단하여 활약한 동화작가로는 심후섭, 김학선, 손기원, 이슬기, 박상재, 이상배, 이영, 박재형, 손연자, 신충행, 강원희, 소중애, 류근원, 이금이, 박명희, 정영애, 신동일, 이가을, 이미애, 백승자, 손수자, 김재원,

임정진, 박숙희, 이붕, 김자환, 조성자, 김우경, 김자연, 유효진 등이 있다.

1990년대에 등단하여 활약한 동화작가로는 김향이, 선안나, 원유순, 김혜리, 채인선, 소민호, 고수산나, 문정옥, 문선이, 박신식, 박윤규, 이상권, 박안나, 안미란, 정성란, 길지연, 홍종의, 황선미, 정진, 정혜원, 안선모, 심상우, 김희숙, 함영연, 이지현, 이경순, 김남중, 서석영, 장성유, 한정기, 김춘옥, 김리리 등이 있다.

2000년대에 등단하여 활약하고 있는 동화작가로는 김중미, 김진, 이영득, 오은영, 김경옥, 이성자, 봉현주, 한영미, 박현숙, 문영숙, 유타루, 배유안, 권타오, 이병승, 최은순, 최은영, 정소영 등이 있다.

1990년대 후반부터는 더 많은 동화작가들이 등단하여 한국동화, 아동소설의 화원을 활짝 꽃 피웠다. 그 수많은 이들 중에서 대표적인 작가로 이 책에서 조명한 고수산나, 길지연, 김경옥, 김리리, 김성범, 김향이, 김희숙, 노경수, 문영숙, 문정옥, 박신식, 배유안, 백승자, 백희나, 서석영, 선안나, 심상우, 안미란, 안선모, 이경순, 이수지, 정성란, 정소영, 정진, 정혜원, 한정기, 함영연, 홍종의 등을 들 수 있다.

이 책에서 논의한 작가들은 오늘날 한국의 동화문학에서 가장 활발히 작품활동을 하고 있고, 동화문단을 이끌고 있는 견인차들이다. 한국 현대동화문학사에서 마땅히 조명받아야 할 동화작가들 중 이 책에서 논의하지 못한 작가들은 제2권에서 조명하려고 한다.

아무쪼록 이 책이 한국동화문학의 흐름과 경향을 공부하고 연구하려는 독자들에게 다소나마 보탬이 되어 준다면 필자들로서는 더없는 보람을 느낄 수 있겠다. 끝으로 이 책의 필요성을 동감하고 선뜻 출판에 동의해 준 도서출판 도담소리에 고마움을 표한다.

2024년 봄

글쓴이를 대표하여 **박상재**

[목차]

# 모두 다른 장애인에 대한 따뜻한 시선

## - 고수산나 작품론

하근희(문학평론가, 교육학박사)

### 1. 들어가며

고수산나는 작품을 많이 쓰는 작가이다. 2020년 고수산나가 《아동문학평론》에 쓴 「내가 동화를 쓰는 이유-나의 문학 수업기」에 따르면, 등단한 후 22년 동안 100권이 넘는 책을 썼다고 한다. 대략 1년에 5권의 책을 쓴 셈이다. 부지런하고 성실한 작가임을 알 수 있다.

많은 작품을 쓴다고 해서 책상에 앉아 상상만으로 쓰지 않는다. 고수산나는 『고수산나 동화선집』(지식을만드는지식, 2013)의 작가의 말에서 "책상에 앉아서 머리로 상상하며 지어 낸 글은 아이들에게 거짓말을 하는 것이라고 생각한다. 내가 직접 보고 느끼고 찾아 보고 들어 보며 조사한 것을 토대로 글을 써야 아이들에게 떳떳하고 자연스러운 글이 나올 수 있는 것이다."고 한 바 있다. 그의 작품에는 생생하고 구체적인 서술이 자주 등장하는데, 이는 그가 자료 조사와 취재에 열을 올린 덕분인 것으로 보인다.

작품을 많이 쓰다 보면 비슷비슷한 작품을 쓸 수도 있겠지만, 고수산나의 작품 세계는 다양한 빛깔을 띤다. 그는 『조선 최초의 여의사 박에스더』(청어람주니어, 2023)처럼 인물 이야기도 썼고, 『청소년을 위한 광주 5 · 18』(한겨레출판, 2021)처럼 역사적 사실을 전하는 글도 썼다. 『지구야, 나 좀 도와줘』(삼성당, 2010)처럼 과학과 관련된 작품도 있다. 창작동화도 많이 썼는데, 비슷한 소재가 거의 없다.

그러면서도 한결같은 부분이 있다. 그의 작품은 "재미있고 감동적인 동화"(『고수산나 동화선집, 지식을만드는지식, 2013)를 쓰고 싶다는 그의 말처럼, 착하고 따뜻하다. 그래서 정진[1]은  고수산나의 작품 속 인물을 착해서 아름답다고 평한 바 있다. 김재원[2]은 고수산나의 작품에 무엇보다 가족의 힘이 잘 나타난다고 하였는데, 가족의 힘만큼 따뜻한 것은 드문 만큼 비슷한 맥락이라 볼 수 있다.

이 글에서는 그의 작품에 나타난 장애인과 그 주변의 이야기에 집중해 보려고 한다. 그는 장애인이 중심인물인 작품을 여러 편 썼다. 작품 명을 나열하면 『민구야, 쫌!』(미래아이, 2010), 「외계인과 친구들」(소년, 2000), 「하느님이 보낸 아이」(열린아동문학, 2002), 「세상에서 가장 아름다운 동그라미」(『열두 가지의 가슴 뭉클한 아주 특별한 동화』, 파랑새어린이, 2003), 「우렁 각시 우리 엄마」(아동문예, 2006), 「바람을 탄 소년」(『고수산나 동화선집』, 지식을만드는지식, 2013), 『넌, 누구 편이야』(꿀단지, 2011년), 『별에서 온 엄마』(좋은꿈, 2020) 등을 꼽을 수 있다. 이 중 장편 동화인 『민구야, 쫌!』과 『넌, 누구 편이야』, 『별에서 온 엄마』를 제외한 다른 작품은 『고수산나 동화선집』에 수록되어 있다. 이 글에서는 먼저 고수산나의 작품 속에 나타난 장애인의 모습을 전체적으로 살펴보고, 개별 작품의 특징에 대한 분석을 할 것이다.

## 2. 장애인의 다양한 모습을 포착하는 시선

우리 사회에서 장애인은 비장애인에 비해 소수자이고, 타자의 위치에 있다. 그들에 대한 설명은 그가 가진 장애를 중심으로 이루어지고, 그가 어떤

1) 정진(2004), 「'착함'이 '아름다움'으로 인정받다-서석규 · 전다연 · 고수산나」, 《아동문학평론》 29(1), 아동문학평론사, 88~96쪽.

2) 김재원(2020), 「나라를 지키는 가족의 힘-고수산나 작품론」, 《아동문학평론》 45(1), 아동문학평론사, 145~154쪽.

사람인지, 무엇을 좋아하고 무엇을 싫어하는지에 대해서는 별로 관심을 기울이지 않는다. 다시 말해, 많은 사람들이 장애인을 각기 다른 개개인으로 대하기보다는 자신이 상상하는 추상적인 관념 속 사람으로 상상한다. 하지만 장애인은 비장애인처럼 서로 다른 개성을 지닌 사람이고, 모두 같지 않다. 서로 다른 장애를 가지고 있을 뿐 아니라, 한 개인으로서의 특성도 서로 다르다. 동화 속 인물이 모두 다르듯이, 동화 속 장애인도 서로 다른 특성을 가진 개인으로 설정될 필요가 있다.

고수산나의 작품에는 다양한 장애를 가진 여러 모습의 인물이 등장한다. 좀 더 자세히 살펴보면, 먼저 인물이 가진 장애의 유형이 다양하다. 특수교육법에서는 장애의 유형을 10가지로 분류하고 있다. 이렇게 다양한 유형의 장애가 존재하지만, 이전까지 동화에 자주 나타나는 장애의 유형은 지체장애나 시각장애, 청각장애 정도로 한정되어 있었다. 하지만 고수산나의 작품에는 훨씬 다양한 장애를 가진 인물이 나타난다. 『고수산나 동화선집』에 수록된 단편동화들을 살펴보면, 「외계인과 친구들」은 다운증후군인 동훈이의 이야기이고, 「하느님이 보낸 아이」는 뇌성마비를 가지고 태어난 별이의 이야기이다. 「세상에서 가장 아름다운 동그라미」에는 휠체어를 타야 하는 수아가 나오고, 「우렁 각시 우리 엄마」에는 청각장애를 가진 윤아의 엄마가 존재하며, 「바람을 탄 소년」에는 교통사고로 휠체어를 타야 하는 한얼이가 나온다. 장편동화인 『민구야, 쫌!』은 ADHD 동생을 둔 누리의 이야기이고, 『넌, 누구 편이야』는 발달장애 기영이와 짝이 된 다인이의 이야기이며, 『별에서 온 엄마』는 너무 일찍 치매에 걸린 엄마의 이야기이다. 이렇게 다양한 유형의 장애인에 대해 글을 쓰려면 그만큼 많은 자료 조사가 필요했을 텐데, 고수산나는 이를 마다하지 않았다. 작가의 노력이 잘 드러나는 지점이다. 다음으로 장애인의 여러 생활의 장(場)을 배경으로 삼았다. 어린이 혹은 어린아이가 주인공인 작품에 한정해 보면, 어린이의 주된 생활공간은 학교와 집이다. 그리고 어느 장소이냐에 따라 사람은 다른 역할 기대를 받으므로 행동도 달라진다. 학교에서 장애인 어린이가 경험할 법한 상황은 「외계인과 친구들」에서 잘 나타난다. 이 작품은 다운증후군을 앓는 '동훈'이가 친구들과 지내는 이야기이다.

"외계인은 감정이 없어. 우리랑 다르잖아. 그래서 화도 안 내는 거야."
"정말 슬픈 것도 기쁜 것도 모를까?"
"바보니까 그렇지. 말도 더듬거리면서 하잖아."
모두 동훈이랑 같이 놀지는 않으면서 항상 동훈이 얘기를 많이 했어요.

– 『고수산나 동화선집』, 4~5쪽.

동훈이는 친구들과 외모가 다르다. 친구들은 동훈이에 대해 이야기는 많이 하지만, 어울리려고 하지는 않는다. 교실에서 동훈이는 소외되고 있는 타자이다. 그러던 어느 날, 교실에서 새끼 거북을 키우게 된다. 거북은 단숨에 친구들의 큰 관심과 사랑을 받는 존재가 된다. 동훈이 역시 새끼 거북을 좋아하지만, 아이들은 거북을 돌보는 일에 동훈이도 함께할 것인지, 그렇지 않을 것인지에 대해 서로 의견이 다르다.

"오늘은 동훈이가 거북이를 돌보는 날이야. 번호대로 돌아가기로 했잖아. 근데 왜 네가 먹이를 줬어?"
"외계인은 바보라서 잊어버리고 거북이 먹이 못 줄까 봐 내가 미리 줬단 말이야."
"왜 동훈이가 못 하니? 물 갈아 주는 것도 너보다 더 잘하더라. 거북이가 밥 많이 먹고 배 터져 죽으면 네 탓이야."
나는 왠지 모르게 화가 나서 범준이한테 따져 들었어요.
"상희 말이 맞아."
"전범준! 너 나중에 책임져!"

아이들도 금세 모두 내 편이 되어 주었어요.

그런데 동훈이는 마치 자기가 혼난 것처럼 풀이 죽었어요.

거북이가 걱정이 되어서 그랬을까요? 책상에 엎드려서 아무 말도 하지 않았어요.

– 『고수산나 동화선집』, 7~8쪽.

동훈이는 왜 책상에 엎드려서 아무 말도 하지 않았을까? 아마도 자신을 무시하는 친구 범준이가 싫고, 범준이에게 스스로 대응하지 못하는 자신에게도 화가 났기 때문일 것이다. 어쩌면 거북이 정말 죽을까 봐 그랬을 수도 있다. 어쨌든 동훈이는 여전히 학급의 주변부에 있으며, 동훈이의 의사와 관계 없이 동훈이가 도움이 필요한 존재라고 생각하는 친구들이 있다. 상희는 동훈이를 돕는 따뜻한 존재이기는 하지만, 장애인을 돕는 친구의 이야기를 다룬 동화는 이전에도 있어왔으므로 여기까지의 이야기는 별로 새롭지는 않다. 그런데 상황이 변한다. 친구들은 점차 거북을 잊혀가지만, 동훈이는 그렇지 않다. 그러던 어느 날, 친구들은 거북 옆에서 울고 있는 동훈이를 보게 되고, 거북이 죽었음을 알게 된다.

"와, 외계인이 슬픈 것도 아나 봐. 야! 너 슬퍼서 우는 거야?"

호진이는 동훈이의 어깨를 밀치며 우는 모습을 보려고 했어요.

"하지 마!"

뒤에 서 있던 범준이가 호진이의 손을 툭 뿌리쳤어요.

"외계인, 울지 마."

동훈이가 거북이를 안고 계속 슬프게 울자 교실 안은 금방 울음바다가 되었어요. 동훈이가 울지 않았더라면 반 아이들도 그렇게까지는 울지 않았을 거예요.

– 『고수산나 동화선집』, 9쪽.

동훈이를 무시했던 범준이가 이번에는 동훈의 편에 선다. 여기에서 이야기가 끝나 버렸다면 이 작품은 이전의 작품들과 비슷한 작품이 된다. 비장애인 친구의 변화된 모습을 계기로 장애인 친구가 학급의 구성원으로 자리잡아가는 스토리는 이미 익숙하다. 하지만 고수산나는 여기서 한 걸음 더 나아가는 모습을 보여 준다. 동훈이가 울기 시작하자 친구들도 동훈이의 감정을 함께 느끼면서 다 함께 울음을 터뜨린다. 그리고 이번에는 동훈이가 친구들 앞에 나선다.

> 그때 동훈이가 앞으로 나와 봉긋 솟은 무덤을 다독거렸어요.
>
> "톡 톡 톡 톡."
>
> 약속이나 한 듯 그 위로 단풍잎 같은 손들이 포개어졌어요.
>
> "톡 톡 톡 톡."
>
> 땅거미가 져 어둑어둑해질 때까지, 작은 소리가 퍼져 학교를 가득 채웠어요.
>
> – 『고수산나 동화선집』, 10~11쪽.

이제 동훈이는 교실에서 더 이상 주변인이 아니다. 친구들 앞에서 자신의 감정을 표현하고, 하고 싶은 일을 할 수 있는 사람이 되었다. 친구들은 동훈이를 따라 행동을 하면서, 비슷한 감정을 함께 느꼈을 것이다. 앞으로 동훈이는 교실에서 주변인의 위치에서 벗어나, 자신의 의사를 밝히며 대등하게 친구들과 어울릴 수 있는 사람이 될 것으로 기대된다. 장애인 어린이의 또 다른 주된 생활 환경은 집이다. 「하느님이 보낸 아이」는 가정에서 장애를 가진 어린이가 어떤 존재일 수 있는가를 보여 주는 작품이다. 뇌성마비를 가지고 술주정뱅이 김씨네 집에 태어난 '별이'는 집안에서 천덕꾸러기 대접을 받는다. 천사들은 별이를 김씨네 집에 보낸 하느님의 의도를 이해하지 못한다.

"돈도 없는데 저런 바보가 태어나다니."

김씨는 술병을 입에 달고 살며 중얼거렸습니다.

"아이고, 내 팔자야. 내가 무슨 죄를 지었다고 이렇게 고생만 시키는 거야."

김씨의 아내도 눈물로 하루하루를 보냈습니다.

아이들은 아이들대로 좁은 방을 차지하고 시끄럽게 울어대는 동생이 반갑지 않았습니다.

－『고수산나 동화선집』, 36쪽.

하루하루 살기도 어려운 형편에 장애를 가진 아이가 태어났으니, 가족들이 반가워하지 않는 것도 이해가 간다. 이렇게 팍팍하게 살아가던 집에 변화가 생기기 시작한다. 변화는 별이로부터 시작된다.

김씨의 아내는 그날도 술에 잔뜩 취한 채 널브러져 자고 있는 김씨에게 별이를 맡겨 놓고 파출부 일을 나갔습니다.

혼자서 방을 기어 다니던 별이는 자고 있는 김씨에게 다가갔습니다. 그리고 김씨의 얼굴에 자기의 볼을 문지르며 더듬거렸습니다.

"아－아－바, 아－바."

김씨는 잠을 깼습니다.

"너 지금 나한테 아빠라고 했냐?"

김씨는 술이 깨며 정신이 말짱해졌습니다. 무엇엔가 홀린 듯 별이를 바라보았습니다.

(중략)

"애비 노릇도 못 하는데. 그래도 날 아빠라고 불러 주네."

김씨는 가슴속에 무언가가 끓어오르는 것을 느꼈습니다. 그동안 다른 아이들한테 아빠라는 말을 수없이 들어 보았습니다. 하지만 별이가 부르는 아빠는 이상하게도 다른 느낌을 주었습니다.

-『고수산나 동화선집』, 37~38쪽.

누구나 아이를 키우면 힘든 일을 많이 겪는다. 하지만 아이를 키우는 기쁨은 그 힘듦을 견디게 할 만큼 크다. 장애인 어린이를 키우는 과정도 비슷하다. 비장애인 어린이가 말을 시작할 때 온 가족이 함께 기뻐하고 축하하듯이, 장애를 가진 별이가 말을 하자 아빠인 김씨는 기쁨과 감동을 느낀다. 별이에 대한 기대가 적었기 때문에, 그 감정은 더 크게 벅차 올랐을 것이다. 이후 별이네 가족은 달라진다. 아빠인 김씨는 일을 하러 나가기 시작하고, 엄마는 매사에 감사하는 마음을 가진다. 별이의 오빠들도 별이를 위해 급식으로 나온 간식을 가져오는 등 별이에게 사랑과 관심을 보인다. 한 번의 사건으로 가족의 모습이 많이 달라진 점이 조금 급격한가 싶기도 하지만, 그만큼 장애인 어린이가 가족에게 큰 기쁨이 될 수 있음을 보여 주고 싶었던 것으로 생각된다. 김씨 가족의 변화를 보면서 천사들은 하느님이 별이를 김씨네 가족에게 보낸 이유를 이해한다.

뇌성마비를 가진 별이가 가족 구성원으로 자리를 잡아가는 과정은 비장애인 어린이에 비해 오래 걸리고 힘들기는 했지만 내용이 크게 다르지는 않다. 여느 집에서 말을 시작하는 아이가 가족들에게 큰 기쁨을 주듯이, 별이도 김씨네 가족에 큰 기쁨을 준다. 가족 간의 사랑이 커졌음은 물론이다. 가족들은 별이를 키우면서 별이도 다른 아이와 크게 다르지 않음을, 다른 아이들과 비슷하게 때로는 더 큰 사랑이 될 수 있음을 계속해서 경험할 것이다. 장애인 가족과 그렇지 않은 가족의 차별보다, 차이를 인정하는 유사성에 주목하려는 고수산나의 의도가 엿보인다.

### 3. 장애인 동생을 가진 비장애인 형제가 보는 가족의 심리적 변화

아이가 장애인임을 새롭게 알게 되었을 때, 가족의 심리적 충격은 상당할 것이다. 부모는 사실을 인정하기 어려울 것이고, 형제자매는 장애인 형제로 인한 상대적 발탈감과 자신에게 강요되는 인내, 보호자의 역할에 부담감을 느낄 것이다. 이렇게 가족이 겪는 심리적 변화가 상당함에도 불구하고, 동화에서 '비장애형제'와 관련된 동화는 풍부하지 못하였다.[3] 최근에야 몇몇 작품들이 나오고 있는 형편인데, 고수산나는 2010년에 벌써 비장애 형제에 대한 동화를 썼으니 실로 선구적이라 할 수 있다.

『민구야, 좀!』은 ADHD인 동생 '민구' 때문에, 학교에서도 집에서도 힘든 일들을 겪는 5학년 '누리'의 이야기이다. 누리의 목소리로 서술되고 있지만, 누리의 이야기만은 아니다. 누리의 시선에서 바라보는 가족들의 심리적 갈등과 동생의 장애를 인정하고 가족 간의 관계를 회복하기까지의 과정이 잘 나타나 있다. 누리의 시선으로 서술되었기 때문에, 어린이들은 이 작품을 읽으면서 장애인 가족의 마음에 더 잘 공감할 수 있을 것이다.

2학년인 민구는 어렸을 때에는 "결코 문제아는 아니었다. 오히려 엉뚱하고 독특한 면 때문에 엄마는 자랑스럽다고까지 할 정도"(『민구야, 좀!』, 13쪽)였다. 하지만 학교에 입학하면서 점차 엉뚱하고 독특한 면이 곤란하고 문제적인 면으로 변화한다. 수업 시간에 돌아다닌 이유를 묻는 엄마의 말에 민구는 이렇게 답한다.

> "있잖아. 교실에서 이상한 소리가 너무 많이 들렸어. 아이들이 의자를 까딱거리는 소리도 들리고 내 짝꿍이 샤프 연필을 콕콕 누르는 소리도 들리고……. 교실에서 나는 소리가 나를 막 괴롭히는 것 같아서 가만히

---

3) 김유진, 서로 달라서, 우린 같음을 일깨우는 어린이와 장애인… 다시, 하나, 하나가 되는 꿈, 경향신문. https://m.khan.co.kr/culture/culture-general/article/202204112248005#c2b (2023. 10. 06. 검색)

앉아 있을 수가 없었어. 이상한 소리를 듣지 않으려고 돌아다닌 거야."

–『민구야, 좀!』, 18쪽.

고수산나는 ADHD 어린이의 특징을 상당히 구체적이고도 세밀하게 묘사하고 있다. 멀리, 어른의 시선에서 ADHD 어린이를 보면, 뛰어다닌다거나, 집중을 잘 하지 못하고 폭력적인 행동을 한다는 정도로 서술될 것이다. 하지만 민구의 목소리를 빌려서 그들의 마음을 구체적으로 표현하여서 ADHD 어린이들에 대한 이해를 높이고 있다. 고수산나의 말처럼 "철저한 자료 조사와 발로 뛰는 취재"를 통해서 얻어 낸 결과가 아닌가 한다. 그런데 이런 민구를 대하는 가족들의 시선은 다르다. 처음에 엄마와 아빠는 모두 민구가 다른 아이들과 다르다는 것을 부정하고 싶어 한다. 그러나 곧 엄마와 아빠는 다른 입장을 취한다. 엄마는 민구의 병을 인정하는 데 비하여 아빠는 현실을 피하려고 한다.

"민구를 병원에 데려가야겠어요. 민구 선생님이 그러는데 민구가 주의력결핍 과잉행동장애 아동 같대요. 그래서 산만하고 충동적이래요."

엄마는 민구의 담임 선생님과 나누었던 이야기를 아빠에게 들려주었다. 아빠는 벌컥 화를 냈다.

"사내 녀석들이 산만하고 충동적이고 그런 거지. 그걸로 병원에 간단 말이오. 그것도 정신병원에? 민구가 정신병자요?"

–『민구야, 좀!』, 37쪽.

이후 민구가 약을 먹을지 말지를 결정할 때도 비슷한 상황은 반복된다. 민구에 대한 의견의 차이로 인해 엄마와 아빠의 갈등은 점차 커진다. 이런 갈등을 겪는 동안 누리는 점차 자신이 부모님의 관심 대상이 아닌 것 같아 속이 상한다. 그리고 자신이 동생으로 인해 포기해야 하는 것들 때문에 상실감을 느낀다.

그렇지 않아도 민구에게 늘 신경 쓰는 엄마였는데 민구가 병원에 다닌 후로 엄마의 관심은 온통 민구뿐이다.

엄마는 내 이마에 여드름이 몇 개 났는지 내가 학원 숙제를 잘해 가는지도 모른다. 심지어 내가 앞머리를 가위로 살짝 잘랐는데 그것도 못 알아본다. 다인이는 금방 알아보고 만화에 나오는 애 같다고 깔깔 웃었는데 말이다.

엄마는 민구를 태권도 학원에 등록시켰다. 운동을 하는 것이 주의력결핍 과잉행동장애아한테 좋다는 얘기를 들었기 때문이다.

대신 누나인 내가 피아노 학원을 그만 두어야 했다. 엄마는 병원비가 벅차다고 나를 설득했다. 민구가 운동으로 산만함을 치료하는 동안, 나는 좋아하는 피아노를 못 쳐 스트레스가 엄청나게 쌓일 것이다.

–『민구야, 좀!』, 42쪽.

장애아를 치료하는 데는 많은 시간과 비용이 쓰인다. 그리고 그 과정에서 부모의 도움은 필수적이다. 장애인 형제가 부모와 함께 치료를 받는 동안 비장애인 형제는 부모와 함께 보내는 시간이 줄어들고, 치료에 필요한 돈을 마련하기 위해 포기해야 하는 것들이 생긴다. 그래서 부모에게 서운함을 느끼고 장애인 형제를 원망하는 마음이 생길 수밖에 없다. 부모 간의 갈등은 깊어져 가고, 누리의 마음은 속상함과 서운함이 커져 가는데, 민구는 계속 문제를 일으킨다. 민구 문제를 회피하고 싶어하는 아빠 때문에 엄마는 혼자서 민구의 양육을 떠맡게 되고, 스트레스가 점차 쌓여만 간다.

우리 식구 모두가 멀게 느껴진다.

아빠는 민구와 나, 우리 모두에게 관심이 없다. 집에 있을 때도 텔레비전을 보고 잠만 잔다.

민구는…… 내가 누나라는 사실조차 알지 못하는 것 같다. 사고 치기에 바빠서 말이다.

–『민구야, 좀!』, 56쪽.

이렇게 누리네 가족은 하나의 공동체가 아닌 낱낱의 개인으로 분리되고 있었다. 그리고 누리의 상처는 깊어져만 갔다. 그러던 어느 날, 민구에 대한 누리의 스트레스가 폭발하는 사건이 일어난다. 바로 누리와 친구들이 오랜 시간 공을 들여 함께 만든 작품을 민구가 한순간에 망가뜨린 사건이다. 누리는 모둠 친구들에게 굉장히 미안함을 느끼고, 동생에게 화를 낸다.

"너는 정말 구제 불능이야. 우리 집 골칫덩어리라고. 이젠 나까지 돌게 만들 거야? 너는 왜 하필 내 동생으로 태어났어? 나 괴롭히려고 태어났지? 너 같은 동생 없었으면 좋겠어. 네가 정말 싫어. 미워 죽겠다고!"

(중략)

나도 안다. 내가 민구보다 세 살이나 더 많은 누나라는 걸. 민구가 다른 아이와 다르다는 것도.

하지만 엄마가 모르는 게 있다. 민구보다 세 살 많은 나도 힘들기는 똑같다는 걸. 민구처럼 아프지 않아도, 나도 엄마의 사랑과 이해가 필요한 딸이라는 걸.

–『민구야, 좀!』, 74~75쪽.

이렇게 동생과의 갈등이 심화되고 있던 중, 뜻밖의 사건이 일어나 관계 회복의 계기가 된다. 비가 오던 어느 날, 누리는 친구들에게 맞고 있는 아이를 본다. 설마 민구는 아니겠지 생각하며 지나가던 도중, 누리는 좋지 않은 예감이 맞았음을 알게 된다.

> 나는 옆으로 돌아와서 맞는 아이를 보았다. 그리고 아이들의 매를 피하려 몸을 움찔하는 민구의 얼굴을 보았다. 순간 모든 것이 천천히 움직였다. 마치 영화 화면을 일부러 늘어지게 돌리는 것 같았다.
>
> 비가 우산을 뚫을 것처럼 내렸다. 그 비가 민구의 몸을 때렸다. 맞고 있는 민구를 보자, 내 얼굴이 뜨거워졌다. 몸에서 김이 나는 것 같았다.
>
> 말썽꾸러기, 문제아, 정신병원에 다니는 아이, 왕따……. 수많은 수식어가 붙는 김민구.
>
> 그 가운데에서 가장 중요한 말은 바로 '내 동생'이었다. 내 동생 김민구! 내 동생이 빗속에서 아이들에게 둘러싸여 맞고 있다. 우산과 신발주머니를 든 두 손이 부르르 떨렸다.
>
> –『민구야, 좀!』, 80쪽.

위기 상황에서 가족은 똘똘 뭉치게 마련이다. 누리는 이 사건을 계기로 자신에게 동생 민구를 생각하는 마음이 남아 있음을 깨닫는다. 이렇게 누리와 민구는 화해를 시작한다.

하지만 아직 민구와 아빠의 관계는 회복되지 못했다. 아빠는 여전히 민구와 관련된 문제를 엄마에게 일임하고 있었고, 엄마의 우울은 깊어져 갔다. 그러다가 엄마는 위염과 우울증 진단을 받고, 외할머니 집으로 떠난다. 아빠가 누리와 민구를 돌볼 수밖에 없는 상황이 온 것이다.

아빠가 민구와 누리를 돌보던 어느 날, 민구 때문에 다쳤다는 아이의 엄마가 집으로 찾아온다. 민구는 자신이 친구를 다치게 한 것이 아니라고 말하지만, 아빠는 민구의 말을 믿지 않는다. "너 갔다 와서 얘기해. 이 녀석 가만 두지 않을 거야. 이게 벌써 몇 번째야!"(『민구야, 좀!』, 94쪽)라고 화를 내며 떠난 아빠는 돌아와서 민구에게 사과를 한다.

> "미, 민구야. 아까 아빠가 미안했어. 우리 민구 잘못이 아닌데 아빠가

막 야단쳤지?"

"민구가 그런 거 아니래요?"

민구보다 내가 더 빨리 아빠에게 다가갔다.

"그 애가 팔을 좀 다쳤더구나. 그런데 민구가 그런 게 아니야. 의사가 날카로운 곳에 부딪힌 상처 같다고 하니까 사실대로 말하더라. 친구들하고 장난치다 교실 문 모서리에 부딪혔다고. 자기 엄마한테 혼날까 봐 민구가 그랬다고 했대."

–『민구야, 좀!』, 96쪽.

이 사건은 민구와 아빠가 가까워지는 결정적인 계기가 된다. 이 사건은 자신이 민구를 외면하는 동안, 다른 아이들에게서 소외당하고 있던 민구의 안쓰러운 모습을 바로 보게 만든다. 또 아내가 엄마로서 긴 시간 얼마나 애를 썼을지 알 수 있는 기회가 된다. 이후 아빠는 민구의 병을 외면하지 않고, 아빠로서 자신이 할 수 있는 일들을 하기 시작한다. 민구가 누나나 아빠와 가까워지는 결정적 계기는 위기 상황이다. 누리는 민구가 친구들에게 폭행을 당하는 장면을 보면서 자신에 대한 민구의 마음을 깨닫고, 아빠는 누명을 쓴 민구를 믿어 주지 못했다는 미안한 마음에서 민구를 돌아보게 된다. 그래서 위기만이 장애 가정의 관계 회복을 가능하게 하는 것처럼 보일 수 있다. 그런데 위기가 없다면 장애인은 진정한 가족으로 받아들여질 수 없는 것일까? 고수산나는 그렇지는 않다고 말한다. 결정적 계기는 위기 상황이었지만, 그 바탕이 마련되어 있었기에 관계 회복이 가능했다. 누리에게는 동생의 소중함을 이야기하는 친구가 있었고, 아빠에게는 함께 고민을 나누는 엄마가 있었다. 여러 사건을 겪으며 가족들은 민구를 이해하게 되고, 있는 그대로 민구의 모습을 받아들이게 된 것이다. 그리고 민구는 이제 소극적이고 수동적인 어린이가 아니다. 민구는 누나의 마음을 헤아리고 표현할 수 있게 도와준다. 그리고 아빠에게 먼저 손을 내밀어 운동회에 초대도 한다. 민구는 주체적인 인간으로 성장하고 있다. 앞으로 민구는 더 성장할 것이다. 천천히 성장하는 민구와, 민구를 그 모습 그대로 받아들이기까지 가족이 겪는 심리적 변화를 사실적으로 잘 묘사한 작품이다.

## 4. 갑작스럽게 장애를 가지게 된 어린이에게 전하는 메시지

장애인이 중심인물인 동화는 낯설지 않다. 하지만 장애인이 주인공인 동화는 드물다. 많은 동화에서 장애인은 비장애인의 도움을 받아야만 하는 사람으로 묘사된다. 장애인을 바라보는 친구의 목소리로 서사가 진행되는 작품이 많은 것도 이 때문이다. 여전히 비장애인 중심적인 시선이 동화에 존재한다는 의심을 지우기 어렵다. 장애인의 목소리로 자신의 이야기를 하는 동화가 필요하다.

「바람을 탄 소년」은 주인공 '한얼'이 천마도 속 천마인 '바람'을 만나는 이야기이다. 역사동화이면서 판타지 동화이다. 그리고 주인공은 갑작스러운 사고로 장애를 가지게 된 한얼이다. 장애를 가진 어린이가 주인공인 동화는 흔치 않다는 점에서 주목을 끈다.

한얼이는 갑작스러운 교통사고로 다리를 잃었다. 그래서 자신의 모습을 받아들이기 어렵다. 남들 앞에 나서기도 싫고, 자신이 무엇을 할 수 있으리라는 생각도 들지 않는다. 한얼이에게 유일한 도피처는 컴퓨터를 하면서 현실을 잊는 시간이다.

> 컴퓨터 앞에 앉아 있으면 시간이 잘 지나갔습니다. 정신없이 게임을 하고 있으면 다리가 불편하다는 것도 잊어버렸습니다.
>
> – 『고수산나 동화선집』, 171쪽.

한얼이는 컴퓨터로 숙제를 하다가 천마총 속 천마도를 보게 된다. 하늘을 자유롭게 날아다니는 천마와 휠체어 없이는 움직이지조차 못하는 자신의 처지를 비교하면서, 한얼이는 무기력함을 느낀다.

> '천마처럼 하늘을 난다면 얼마나 좋을까? 아니, 예전처럼 다시 걸을 수만 있어도 좋겠어.'
>
> 한얼이는 침대 옆에 놓여 있는 휠체어를 노려보았습니다.
>
> 친구들과 공을 차고 뛰어놀던 때가 생각났습니다. 이젠 아무것도 할 수 없다는 생각에 화가 났습니다. 눈가를 타고 눈물이 베개에 떨어질 때 한얼이는 이상한 소리를 들었습니다.
>
> "히히히히힝."
>
> –『고수산나 동화선집』, 173쪽.

'히히히히힝' 소리는 현실 세계와 환상 세계를 연결해 주는 고리가 된다. 소리와 함께 한얼이가 숙제를 하느라고 찾아보았던 천마도 속의 천마, '바람'이 한얼이를 찾아온 것이다. 바람은 자신을 타라고 말하지만 한얼이는 바람의 말을 믿기 어렵고 자신이 말을 탈 수 없으리라는 생각 때문에 망설인다. 하지만 결국 천마를 타고 신라 시대의 경주로 떠난다. 그리고 그곳에서 천마의 주인인 '미르왕'을 만난다. 고수산나는 아직 천마총의 주인이 누구인지 정확히 밝혀지지 않아서 미르왕이라는 이름을 붙였을 것이다. 그리고 미르왕은 어렸을 적 별명이라고 하여서 역사적 사실과 어긋남이 없도록 했다. 역사와 판타지를 균형 있게 아우르면서 주인공도 부각시키는 고수산나의 필력이 드러나는 지점이다. 한얼이는 이웃 나라와의 전쟁에 직접 나가서 싸우는 젊은 미르왕이 무척이나 부럽다. 그런데 갑자기 화살이 날아와 바람의 다리를 쏘고, 바람이 깜짝 놀라 달린 탓에 왕은 말에서 떨어지고 만다. 이 사건을 계기로 바람과 왕은 모두 걸을 수 없는 처지가 된다. 한얼이와 비슷한 처지가 된 것이다. 갑작스럽게 사고를 당한 왕의 마음은 한얼이의 마음과 다르지 않다.

> '걷지도 못하는 왕을 누가 존경해 줄까? 이젠 전쟁에 나가서 용감하게 싸울 수도 없는데. 백성들 앞에 절뚝거리는 다리로 어떻게 나선단 말인가?'
>
> 왕은 깊은 시름에 빠져 있었습니다. 나랏일은 돌보지도 않고 날마다 자기 다리를 보며 한숨만 지었습니다.
>
> -『고수산나 동화선집』, 178쪽.

전쟁터에 나가 용감하게 싸우고, 승리를 거두며 백성들의 사랑을 받았던 왕은 더 이상 자신이 할 수 있는 일이 없다고 생각한다. 또 왕으로서 자신이 할 수 있는 일이 없는 것처럼, 더 이상 달리지 못하는 바람도 이제 말로서 할 수 있는 것이 없을 것이라고 생각한다. 왕은 괴로움에 빠진다. 이렇게 괴로워만 하며 지내던 왕은 신하들의 부축을 받으며 궁궐 밖으로 나간다. 자신의 가치를 찾기 힘든 궁궐을 잠시라도 떠나고 싶었던 것일지도 모른다. 그런데 왕은 밤거리를 걷다가 우연히 그림을 그리는 한 노인을 만난다. 노인은 대단한 그림 실력을 가지고 있었는데, 그에 감탄한 왕은 노인과 이런저런 이야기를 나눈다. 노인은 왕에게 어릴 적 앓은 병으로 곱사등이-척추 장애-가 되었다고 말한다.

> "나는 남 보기에 별로 멋지지도 않고 잘 걸을 수도 없지만 그림을 아주 잘 그린다오. 내가 다른 사람처럼 걸어다니고 뛰어다녔다면 그림만 그리고 있진 않았겠지요. 당신은 어떻소?"
>
> "난, 난 지금 아무것도 하는 게 없어요. 말을 타고 사람들 앞에 나서는 대신 무얼 할 수 있을까 생각해 본 적이 없거든요."

그러자 노인은 긴 수염을 쓰다듬으며 왕의 손을 잡았습니다.

"내가 보아하니 당신은 참으로 현명한 사람이오. 당신이 할 수 있는 것을 찾아 열심히 해보시오. 다리가 불편해도 당신이 할 수 있는 훌륭한 일은 얼마든지 있으니까."

(중략)

"마음이 자유로우면 몸도 자유로워진답니다. 내 말을 새겨들으세요."

- 『고수산나 동화선집』, 179~180쪽.

노인은 장애 덕분에 자신이 그림에 집중할 수 있게 되었다고 말한다. 그러면서 마음이 자유로워지면 몸도 자유로워진다고 이야기한다. 노인처럼 장애를 끌어안고 어떤 일이든 좋은 면과 나쁜 면이 있는 것이라고 말하기는 쉽지 않다. 갑작스럽게 장애를 가지게 된 어린이에게도 이런 위로가 쉽게 와 닿지는 않을 것이다. 하지만 노인은 바람에게도 희망을 잃지 말라는 말을 건넨다. 바람은 노인을 이렇게 회상한다.

"저 노인은 참 이상한 분이었어. 나에게 이런 말을 하셨어. '왕이 너에게 날개를 달아 주면 너는 날 수가 있을 것이다. 다리가 다쳐 달릴 수는 없지만 너는 천마가 되어 너 또한 왕의 날개가 될 것이다'라고."(181쪽)

왕이 날개를 달아 준다는 것은 왕의 부탁으로 노인이 날개가 달린 바람의 모습을 그려 준다는 의미로 읽을 수 있다. 그리고 천마가 되어 왕의 날개가 된다는 것은 왕이 많은 업적을 쌓는 데에 도움을 주고, 훗날 날개를 단 바람이 그려진 천마도가 왕과 함께 묻힐 것을 예언한 것이라고 볼 수 있다. 한얼이는 자신과 처지가 비슷한 미르왕의 행동을 보면서 생각하는 바가 많았을 것이다. 한얼이는 마음이 자유로우면 몸이 자유롭고, 마음에 날개가 있다면 언젠가는 날개가 생긴다는 말을 생각하면서 바람에게 미르왕에 대해 묻는다. 바람은 이렇게 응답한다.

> "미르왕은 사냥이나 전쟁터에 나가는 대신 더 많은 것을 열심히 했어. 어떻게 하면 백성들이 잘살까도 생각하고 나라를 더 부자로 만들기 위해 노력했지. 미르왕이 학문을 연구하고 백성들을 잘 보살핀 덕분에 아주 잘사는 나라가 되었고, 왕은 모두에게 존경받는 사람이 되었단다. 한얼이 너 천마총에서 발견된 많은 금관과 금붙이들을 봤지?"
>
> -『고수산나 동화선집』, 182쪽.

장애인을 대상으로 한 동화에는 자주 '슈퍼장애인(supercrip)'이 등장한다. 즉, 장애를 가지고 있지만 그것을 극복하고 위대하고 대단한 성취를 이룬 장애인들의 이야기가 많다. 이 작품 속 미르왕도 슈퍼장애인의 한 예라 할 수 있다. 슈퍼장애인의 이야기를 보면서 '저 사람들도 저 정도를 하는데, 나도 더 열심히 해야 하지 않겠어?' 같은 경솔한 생각을 하는 일부 비장애인들도 있을지 모른다. 그런데 장애인들이 특별한 성취를 이룬 것은 누군가에게 보여 주기 위해서가 아니다. 장애를 극복하고 이렇게 할 수 있다는 것을 보여 주기 위해 노력한 사람도 없지는 않겠지만 대다수는 아닐 것이다. 그냥 그들은 그들이 원하는 것을 했고, 장애와 관계없이 자신을 있는 그대로 봐 주기를 원할 것이다.

미르왕의 경우도 마찬가지이다. 그가 왕으로서 뛰어난 업적을 이룬 것은 장애를 극복하기 위해서 노력하였기 때문이 아니다. 장애를 가졌지만 왕으로서 해야 하고 할 수 있는 일을 하기 위해 노력했고, 그것이 좋은 결과를 이루었을 뿐이다. 몸의 장애로 인해 자신이 할 수 있는 일은 없다고 포기하지 않은 것이 업적을 이룰 수 있었던 바탕이 되었다고 할 수 있다. 자신의 휠체어가 날개가 될 수 있을지를 고민하는 한얼이의 모습은 바람과 미르왕의 이야기가 전환점이 될 수도 있음을 보여 준다. 그렇지만 앞으로의 한얼이가 미르왕처럼 대단한 성취를 이루려고 노력하지는 않았으면 좋겠다. 어렵겠지만 장애를 자신의 일부로 받아들이고, 자신이 좋아하고 잘할 수 있는 일들을 찾으며 또래의 평범한 어린이들처럼 여러 가지 고민을 하면서 살았으면 좋겠다. 한얼이가 장애인과 비장애인을 가르는 시선을 넘어서, 함께 어울리며 살아갈 수 있기를 기대한다.

## 5. 마무리하며

지금까지 고수산나의 동화에 나타난 장애인의 모습을 살펴보았다. 고수산나는 장애인이 등장하는 동화를 여러 편 썼는데, 그의 작품에는 다양한 장애의 모습이 나타났다. 그리고 장애인 동생이 있는 비장애인 형제와 가족의 이야기를 들을 수 있었다. 또 갑작스럽게 장애를 가지게 된 어린이에게 전하고 싶은 메시지가 담겨 있었다. 고수산나는 이렇듯 다양한 장애인의 모습과 장애인의 주변에 주목했다. 이전에도 장애인이 주요 인물로 등장하는 동화는 있었다. 그러나 많은 동화에서 장애인은 비장애인의 도움을 받아야 하는 위치에 있었으며, 장애인 친구를 돕는 비장애인 학생의 시선에서 내용이 전개되었다. 즉, 여전히 동화 속에서 장애인은 주변인이고 타자의 위치에 있었다. 그런데 고수산나는 장애인을 작품의 중심에 자리잡게 했다. 그는 장애인을 일방적으로 도움을 받는 대상으로 그리지 않고, 장애인이 다른 사람과 함께 어울리는 과정을 보여 주었다.

고수산나는 다양한 장애에 관심을 기울이고, 그들 각각의 목소리를 들으려고 노력했다. 그리고 장애인과 그 주변에 대한 이야기에 귀를 기울였다. 그러면서도 따뜻한 시선을 잃지 않았으며, 재미와 감동을 놓치지 않으려고 애썼다. 앞으로 또 어떤 동화로 재미와 감동을 선사해 줄지 기대가 된다.

# 상생의 미학
## – 길지연 동화론

**안수연**(동화작가 · 문학박사)

### 1. 들어가며

길지연[1]은 일본 아호야마여자대학교에서 아동교육학을 전공했다. 1994년 문화일보 하계 문예동화 부문에 「통일모자」가 당선되어 본격적으로 작품 활동을 시작했다. 현재, 전업 작가로 길고양이들을 돌보며 동물 권리, 축산 농가 환경 개선, 모피 반대, 채식 권장 등에 관심을 갖고 봉사활동을 하고 있다. 이러한 그의 관심은 동화문학에서 그대로 표출된다. 아래의 글은 길지연의 문학관을 함축한 글이다. 글쓰기의 출발점이자 도착점이라 하겠다.

"어언, 25년이 지난 지금도 나는 작가로 살고 있다. 아직 한 가지 남은 숙제는 '역사'에 대한 이야기를 쓰지 못한 것이다. 함부로 쓰지 못하는 이 이야기는 언제나 내 가슴에서 울부짖고 있다. 하지만 꼭 쓸 것이다. 내 작품의 주제는 주로 '생명 존엄', '공존', '동물 권리' 등이다. 인간의 이기주의로 삶의 터전을 잃은 수많은 동물들, 로드 킬, 길고양이, 한 해에 20만 마리나 버려지는 유기견, 털옷을 만들기 위해 산 채로 가죽이 벗겨지는 동물들을 보며 나는 좌절했고 분노했다.

1) 번역 된 일본 그림책 『여우가 주운 그림책』(4권, 1991), 『친구가 올까』(1992), 『내일도 친구지』(1992), 『거미줄』(1993), 『고미타로의 봄, 여름, 가을, 겨울』(4권, 2002), 『그 길은 어디 있을까』(2003), 『날아라 크레용』(2006), 『작은 의자』(2006), 『이모토 요코의 명작 동화』(전10권, 2007), 『그 길에 세발이가 있었지』(2011)이다.

나는 이야기를 쓴다. 공존, 생명 존엄, 인간만이 최고가 아니라 세상의 모든 생명이 함께 살아가고 존중해 주는 그런 문학 세계를 가꾸어 간다."[2]

지구에는 많은 생물들이 자연과 더불어 산다. 그러나 인간으로 인해 많은 생명들은 살 땅을 혹은 목숨을 잃어버린다. 인간과 인간이 아닌 동물로 구분된 종차별[3]로 인해서이다. 동물은 인간이 느끼는 예기불안(anticipatory dread)을 느끼지 않기 때문에 혹은 고통을 덜 느낀다는 이유로 실험의 대상이 되어야 하고 인간 생명을 유지하기 위한 보조 수단이 되어야 한다. 동물도 인간과 마찬가지로 생명 유지를 위해 인간에게 폐해를 끼친다. 하지만 동물은 본능 때문이고 인간은 이기심 때문이다.

생명은 환경에 적응할 수 있는 유기체와 관계를 맺으면서 존재한다. 이는 생명체의 본능이고 먹이 사슬의 원리이다. 즉, 자연, 사람, 동물, 그리고 이들과 관련된 모든 유기체는 함께 존재해야만 융합될 수 있다는 의미다. 따라서 각자의 생명 보존을 위한 침범만 가능해야 할 뿐, 그 이상의 욕구를 위해 우위를 선점해서는 안 된다.

이 글은 이러한 일련의 관계와 문학성에 중점에 두고, 동화 『삼각형에 갇힌 유리새』와 『나는 옷이 아니에요』, 『비밀에 갇힌 고양이 마을』, 『엄마에게는 괴물 나에게는 선물』, 『내 동생 못 봤어요?』를 선정하였다. 동등한 위치에서 사람과 동물이 공존할 수 있는 방법을 모색한 글이다.

## 2. 관계의 순환

『삼각형에 갇힌 유리새』[4]와 『나는 옷이 아니에요』[5] 두 편의 동화는 인간

2) 최미선 해설, 『길지연 선집』, 2013, 204쪽.

3) 셸리 케이건 · 김후(옮김), 『어떻게 동물을 헤아릴 것인가』, 안타레스, 2020, 480쪽.

의 욕심이 만든 파편(위협)에 짓밟힌 동물들의 존엄에 대한 이야기다. 새들은 보금자리를 빼앗겼고 빛과 소리를 잃어버렸다. 밍크와 동물들은 인간의 옷이 되기 위해 생명을 잃고 짓밟힘을 당했다. 인간의 대규모 학대 중심에 밍크와 동물들이 있었다. 이 책들은 일방적으로 가해진 학대와 폭력으로 희생당하는 동물들의 입장에서 인간의 만행을 고발한다.

### 2. 1 『삼각형에 갇힌 유리새』: 인간과 자연의 관계

『삼각형에 갇힌 유리새』에서 민호네는 아빠의 마지막 부탁으로 마치 눈이 쌓인 듯 하얀 산 아래로 이사를 온다. 그곳은 집이라곤 딱 두 채밖에 없다. 집에서 조금 떨어진 곳에 기와집이 있고 뒤로는 푸른 대나무 숲이 우거진 곳이다. 누나 민희는 가게도 없고 차도 다니지 않는 곳이라고 투덜거린다. 엄마 역시 산에서 안개가 내려오면 집도, 들도 안개에 묻혀 버린다고 말한다. 민호는 산위에서 뿌연 안개가 초록 물빛 가장자리를 에워싼 늪을 발견하고, 뿌연 안개가 아닌 새떼라는 사실에 놀란다.

> 이상했습니다. 모든 게 희미했습니다.
> 뾰족이 튀어나온 부리, 날개, 다리가 확실하게 보이지 않습니다.
> "마법에 걸린 걸까?"
> 그러고 보니 안개 마을로 이사 와서 한 번도 새 소리를 들은 적이 없는 것 같았습니다. 새 소리는커녕 날개를 펼치고 훨훨 날아다니는 새를 본 적이 없었습니다.(59쪽)

---

4) 길지연, 『삼각형에 갇힌 유리새』, 세상모든책, 2004.

5) 길지연, 『나는 옷이 아니에요』, 밝은미래, 2015. 2015 세종도서 문학나눔, 제35회 이주홍 문학상 아동 문학 부문 수상작이다.

민호는 이상한 새의 모습과 안개 마을로 이사를 온 후 새 소리는커녕 날아다니는 새를 본 적이 없었다는 것을 인지한다. 그리고 늪을 둘러보다가 나뭇가지에 달려 있는 유리병 속에서 아빠의 편지를 발견한다. "사람들의 욕심으로 인해 새들은 소리를 잃어버렸다"는 내용과 함께 이해할 수 없는 삼각형 그림 두 개가 그려져 있었다. 집으로 돌아온 민호는 엄마 몰래 민희에게 아빠의 수첩과 유리병의 편지를 보여 준다.

다음 날, 엄마의 당부에도 불구하고 뒷산을 함께 오른 남매는 웅덩이 속 동굴에서 아빠의 앵무새 열쇠고리와 야광 색연필을 발견한다. 풀린 색연필의 종이에는 삼각형의 뜻을 풀려면 기와집 할머니와 아빠의 필름 통을 찾으라는 편지와 함께 삼각형 그림이 그려져 있다.

아빠 배낭에서 찾은 세 개의 필름 통에는 숫자가 적혀 있다. '1번'은 진실한 마음으로 새들에게 소리를 찾아 주고 싶은 용기를 자랑스러워하는 아빠의 편지가, '2'번의 필름 통 편지에는 다음과 같은 내용이 적혀 있다.

> 새들은 오랜 세월, 행복하고 평화로웠단다. 세월이 흘러 길이 생기고 차가 다니기 시작하면서 그 마을은 사람들에게 조금씩 알려졌단다.
>
> 사람들은 산을 두 동강이로 잘라 내고 늪을 메워 그 자리에 사람들만이 즐길 수 있는 작은 도시를 만들었어. 다행히도 마을 끝자락에 숨어 있던 작은 산은 남아 있게 되었지. 산은 늘 안개에 가려 보이지 않았어. 산으로 올라간 사람들은 폭포 웅덩이에 빠져 혼이 나가거나 안개 속에서 길을 잃어 벼랑으로 떨어지기도 했어. 그런 일이 자주 일어나니까 사람들 발길이 서서히 끊겨 버렸어. 그 후로 물빛 마을에는 사람들이 살지 않게 되었단다.(97쪽)

'숫자 3' 필름통에는 "인간의 욕심 때문에 소리를 잃어버린 새들의 소리를 찾아 주어야 한다. 그 일을 할 수 없다면 우리도 언젠가는 "새들처럼 소리와 빛을 잃어버리게 될 것이고, 삼각형의 뜻은 마음으로 풀어야 한다."는 내용이 적혀 있다. 사람들이 새들의 보금자리를 다 빼앗아 버렸다는 것을 알게 된 민호와 민희는 기와집 할머니를 찾아 간다.

아래는 기와집 할머니의 말이다.

> "나는 오랫동안 이 땅을 지켜 왔다. 흙과 나무와 풀과 동물들! 그들은 사이좋게 어울리며 조용하고 평화롭게 살았지. 그 평화를 사람들이 다 빼앗아 갔어. 흐흐흐! 사람보다 더 오랜 역사를 가진 산과 늪을 다 파헤치면서 말이지. 자연의 소중함을 모르는 인간들은 언젠가 소리를 잃어버리고 어두운 늪에서 울부짖게 될 게야. 새들이 모습을 감추고 울지 않는 건 인간들에 대한 경고야!"(109~110쪽)

할머니의 말이 끝나자마자 갑자기 왕바람이 휘몰아치고, 한참이 지나서야 바람이 잠잠해지면서 안개가 걷혔다. 풀숲 한가운데서 빛이 솟구쳐 올랐다. 할머니가 서 계시던 그 자리에 황금빛을 띤 새 한 마리가 날개를 활짝 펼치고 풀숲으로 내려앉았다. 이후 민호와 민희는 안개새의 도움으로 산에 오르고, 유리새는 늪을 향해 힘껏 날려 보낸다. 컴컴하던 늪 둘레는 되찾은 새의 빛으로 환해지며 새 소리는 메아리친다.

인간의 탐욕은 자연과의 단절을 가속화한다. 숲을 파괴하고, 건물을 지어 도시를 만들었다. 숲에서 파생된 생명과의 관계를 끊어버린 인간의 이기적인 행위는 새들의 보금자리를 빼앗을 뿐 아니라, 악순환을 통해 인간의 생명에도 위협을 준다. 새들은 빛과 소리를 잃었고, 산으로 올라간 사람들은 폭포 웅덩이에 빠져 혼이 나가거나 안개 속에서 길을 잃어 벼랑으로 떨어지기도 했다. 하지만 이 책의 자연은 자신들이 입은 상처가 순환되는 것을 바라지 않았다. 민호와 민희의 용기와 탐내지 않는 마음, 그리고 새들에게 소리를 찾아 주려는 진실한 마음을 보았기 때문이었다. 이런 진심은 곧 유리새의 열쇠를 풀 수 있는 비밀이었다.

『삼각형에 갇힌 유리새』는 숲이 다양한 생명체와 관계를 맺고 있는 생명의 모태라는 사실을 말한다. 또한 모든 생명은 상생 및 순환되어야 하며 그 중심에 '아동'이라는 연결 고리가 존재한다는 의미를 내포한다. 민호와 민희, 그리고 안개새의 관계가 이를 증명한다.

### 2. 2 『나는 옷이 아니에요』: 인간과 동물의 관계

『나는 옷이 아니에요』에서 지효는 집에서 기르는 토끼 릴리를 찾던 중 이상한 창고를 발견한다. 그곳에는 철로 만든 동물 우리가 층층이 쌓여 있었다. 어두운 곳에 동물들이 가득했다. 우리 안은 좁고 더러워 코를 움켜잡아도 구역질이 났다. 동물들이 고통스러울 때 내는 소리가 들렸고 지효 앞의 우리에 두 마리가 갇혀 있었다. 아주 작은 새끼 한 마리와 그 엄마 같다. 먹이 그릇은 바짝 마르고 더러웠고 물도 없었다. 그때 반대쪽 문이 열리며 몇몇 사람들이 들어섰다. 지효는 창고를 향하던 중에 만났던 동물보호 잡지 기자 언니의 도움으로 그곳을 빠져 나온다.

> "밍크들이 왜 저기 갇혀 있는 거예요? 저렇게 많이?"
> 나는 조금씩 멀어지는 건물을 돌아보면서 물었다.
> "털옷을 만들려고 키우는 거야."
> "옷을 만들어요?"
> "털가죽을 벗겨 낸 다음에 사치스런 사람들이 좋아하는 밍크코트를 만들려는 거지."(29쪽)

언니의 말에 지효는 창고가 털옷을 만들려는 밍크 사육장이라는 사실을 알게 된다. 저녁 식사 때 엄마는 지효의 말을 듣고 "전원주택 단지에 밍크 사육장이라니…"라며 놀라고, 아빠는 흥분해서 "살아 있는 동물을 죽여서 옷으로 만들다니, 정말 잔인한 일이야! 흔히 입는 오리털 옷이라고도 다르지 않아. 오리를 꼭 붙잡고서 깃털을 마구 뽑고, 깃털이 자라면 또 뽑고, 또 뽑는다고!"(33쪽)라고 말한다. 창고에 가지 말라는 엄마 아빠의 당부에도 불구하고 지효는 다시 창고를 찾는다. 그곳에서 엄마 밍크의 죽음을 목격하고 움직임이 없는 동물들이 공포에 떨고 있음을 감지한다. 다시 만난 언니의 도움으로 지효는 무사히 집으로 돌아온다. 한 달이 지난 후 지효는 언니로부터 밍크 사육장 사장의 구속 소식을 듣는다. 밍크 사육장은 불법이 아니지만 길에 사는 고양이를 잡아다가 죽이는 건 불법이기 때문에 구속된 것이다.

> "밍크 사육장 사장이 여기저기서 고양이들을 잡아다가 고양이 털가죽을 판 거야. 심어 '고양이탕'을 만들기 위해서 죽은 고양이도 팔았대."(90쪽)

또한 언니는 아래의 소식을 지효에게 전한다.

> "사육장 밍크들을 다 구하지 못했지만 아기 밍크들은 구했어. 동물 보호 협회에서 사육장의 아기 밍크들을 돈 주고 사온 거야. 지금은 동물 보호소에 있는데 더 건강해지면 '밍크 보호 구역'에 풀어 줄 예정이래."(91쪽)

모든 생명은 동등하다. "사람과 동물에 대해 가해지는 해악이나 혜택은 윤리적으로 같아야 한다."[6]는 뜻이기도 하다. 동등함은 '평등'이라는 주기율 속에 존재한다. 물론 여기서 '동등'이란 살아 있는 유기체 간의 포식과 의존 관계의 질서 이외의 상황에서의 동등이다. 이외의 욕구 때문에 그 무

6) 섈리 케이건, 앞의 책, 13쪽.

엇도 우위의 존재가 되어서는 안 되며. 모든 생명들 역시 서로가 상생하며 공존해야 할 권리가 있다.

인간은 감정의 동물이다. 사람과 동물 사이에는 어떤 행동이 좋고 나쁜지 판단하는 능력 등을 포함한 결정적인 차이점이 존재한다.

> "동물은 다가오는 사람이 반가우면 반갑다고 소리를 내거나 가까이 다가온다. 아무것도 모를 것 같은 금붕어조차 주인이 오면 어항 안에서 살랑살랑 헤엄쳐 온다. 길 고양이들도 아빠 차가 멈추면 야옹야옹 아는 체하면서 달려 나온다."(41쪽)

어떤 일이나 현상, 사물에 대하여 나타나는 심정이나 기분은 동물에게도 존재한다는 사실을 위의 글을 통해서 알 수 있다.

인간이 아니라고 해서 다른 존재를 학대하거나 경시해서는 안 된다. 또한 사치와 욕심을 채우기 위해 생명을 해치는 행위 역시 금지되어야 한다. 즉, 동물을 인간의 목표를 위한 수단으로 취급하는 행위는 중단되어야 하고, 거대한 생산 기계의 한갓 부속품으로 치부해서는 안 된다.

인간의 지능 발달에 따른 과학 기술은 인간의 삶에 많은 변화를 가져왔다. 풍부한 물자와 자원으로 인해 원시적인 삶을 탈피하였고, 의학 기술의 발달로 생명은 연장 되었다. 뿐만 아니라 인간의 노동을 대신할 수 있는 기계의 발달은 로봇을 생산하게 되었고, 인간의 지능과 견줄 수 있는 인공지능 로봇까지 개발 중이다. 눈부신 기술의 발전에도 불구하고 종차별은 더욱 가혹해지고 있다. 앞으로 과학 발달에 따른 기술 개발은 다른 종의 생명을 보호하는 일에도 앞장서야 한다. "동물 털을 대신할 만큼 가볍고 따뜻한 신소재가 얼마나 많이 나왔는데!"(34쪽)라고 말하는 아빠의 말처럼.

길지연은 두 작품을 통해 이기심으로 비롯된 인간 중심 사상으로 다른 생명의 목숨을 빼앗아서는 안 된다는 사실을 시사한다. 모든 관계는 긍정적인 방향으로 순환되고 공존해야 된다는 의미이기도 하다. 또한 아동의 시점으로 동물들의 비참한 현실을 사건으로 구조화하고, 작가의 동화적 상상력으로 융합된 상생이라는 주제를 내포한다.

과학 문명의 발달은 인간의 이기심과 더불어 자연과 동물들에게 회복 불능의 상처를 입히고 있는 중이다. 이럴 때일수록 자연과 인간의 관계, 인간과 동물의 상생은 더욱 중요하다.

## 3. 긍정의 순환 고리

『엄마에게는 괴물 나에게는 선물』[7], 『내 동생 못 봤어요?』[8], 『비밀에 갇힌 고양이 마을』[9] 3편의 동화는 일방적으로 가해를 받은 동물들에게 화해의 손길을 보내는 이야기다. 만남으로 인해 관계가 회복되고, 회복된 관계는 동물과 상생한다. 이어 모든 생명이 조화롭게 하나가 되는 세상이라는 주제를 내포하고, 만남에서 비롯된 갈등은 인물의 성장과 함께 주제를 확장한다.

### 3. 1 『엄마에게는 괴물 나에게는 선물』 : 관계 회복

『엄마에게는 괴물 나에게는 선물』은 마레가 2학년 2학기가 시작되는 첫날 강아지 '몰라'를 처음 만나 가족이 되는 서사이다. 수업을 마칠 무렵 비가 쏟아졌고 다른 엄마와 달리 바쁜 엄마는 우산을 가져다주지 못한다. 친

7) 길지연, 『엄마에게는 괴물 나에게는 선물』, 국민서관, 2005.

8) 길지연, 『내 동생 못 봤어요?』, 주니어김영사, 2015.

9) 길지연, 『비밀에 갇힌 고양이 마을』, 알라딘북스, 2014. 2014 소년한국 우수어린이도서 선정.

구들은 각자 흩어지고 마레는 집으로 가던 중에 밤나무에 묶여 있는 강아지를 만난다. 꼬리를 흔들며 두 발을 번쩍 들어 반기는 모양이 흡사 만화책에 나오는 캐릭터 몰라를 닮았다. '몰라'라고 부르며 머리를 쓰다듬자, 두 발을 바동거리며 낑낑거린다. 자세히 보니 강아지의 털이 군데군데 빠져 있었고 털이 빠진 자리에 붉은 속살이 투명하게 보였다.

비가 멈추고 하늘이 캄캄해도 강아지 주인은 오지 않는다. 마레는 "오늘은 내 생일이거든. 특별한 날에 널 만났으니까 우리는 소중한 사이가 될 거야."라며 만남에 의미를 부여하며 집으로 데려간다. 큰 개에게 물렸던 경험이 있는 엄마는 작은 강아지만 봐도 벌벌 떤다. 하지만 병 걸린 개가 길에 돌아다니면 동물 보호소에서 데려가 안락사를 시킨다고 말하면서 병이 나을 때까지만 함께 있기로 한다.

이렇게 마레와 몰라의 만남은 엄마와의 관계로 이어진다. 몰라가 건강을 찾은 후 엄마와의 전쟁이 시작되고 엄마는 몰라의 새 주인을 찾는다. 마레는 아빠 차에 몰라를 숨겨 놓고 엄마에게 "몰라가 죽었다"는 거짓말을 한다. 그런데 차에 있던 몰라가 사라지고 다행히 긴 부츠 오빠의 도움으로 다시 돌아오지만, 엄마에게 거짓말한 까닭에 마레는 힘들어 한다.

> "중요한 건 말이야, 네가 당당해야 해. 강아지가 너에게 아주 소중하다는 걸 떳떳하게 말할 수 있어야 하는 거야."(62쪽)

마레는 오빠의 말을 듣고 잘못을 뉘우치고, 이 사실을 알게 된 엄마는 새 주인에게 몰라를 보낸다. 마레는 몰라에게 "캄캄할 때 혼자 있으면 무섭지? 나도 그래."라며 자신의 어린 시절을 투영한다. 몰라를 보내는 엄마의 몸도 반응을 보인다. 털 알레르기라고는 하지만 엄마에게 생기는 빨간 점은 신경을 쓰고 화가 내면 온몸에 생기는 현상이었다. 마레는 몰라를 다시 데리고 올 거라는 다짐을 한다.

몰라를 보낸 후 모녀의 관계는 소원해진다. 크리스마스 날이 다가오자, 아프리카에서 아빠는 선물과 편지를 보낸다. 편지 속 내용을 통해 마레는 작년 크리스마스 때 엄마와 양로원에 갔던 기억을 떠올린다.

> "길에 버려진 개들을 다 갖다 키울 수는 없잖아. 책임지고 잘 키울 수 있는지, 그런 걸 먼저 생각해야 하는 거야."(85쪽)

크리스마스 날 마레는 엄마에게 편지와 함께 평화의 악수라며 손을 내민다. 엄마는 마레의 손등에 뽀뽀로 답하며 그동안 섭섭했던 마음을 이야기한다. 엄마의 선물은 몰라다.

### 3. 2 『내 동생 못 봤어요?』, 『비밀에 갇힌 고양이』 : 융합의 과정

『내 동생 못 봤어요?』도 인간에 의해 버려진 고양이와 가족이 되는 이야기로 같은 주제와 플롯을 담는다. 놀이터에서 놀던 윤지와 친구들은 고양이 울음소리를 듣는다. 소리는 무거운 돌멩이가 놓여 있는 상자 속에서 들렸다. 상자 속에는 입에서 피가 흐르고 한쪽 귀가 찌그러져 상처에서 피가 나는 새끼 고양이가 들어 있었다. 아이들은 윤지 엄마의 도움으로 병원으로 데려간다.

> 버려진 고양이예요. 아까 어떤 아저씨가 버렸어요. 고양이가 못 나오게 큰 돌로 상자를 눌러놓았어요.(11쪽)

수의사의 말에 대한 아이들의 대답이다. 태어난 지 3개월밖에 되지 않은 새끼이고 새로운 주인이 나타나지 않으면 안락사를 당할 수 있다는 말에 윤지 엄마는 집으로 데려온다. 봄이는 엄마에게 "동생처럼 잘 돌볼게요."

라며 좋아한다. "고양이 털 알레르기"를 운운하는 아빠에게 엄마는 "동물이랑 함께 자라는 아이가 면역력이 더 강하대요."라며 윤지 편을 들어준다. 하지만 윤지의 실수가 시작되고 낯선 환경 속에서 봄이(고양이)의 울음소리는 옆집의 항의로 이어진다.

"내가 울면, 엄마는 나도 버릴 거예요?"(24쪽)

봄이를 꽃밭에 내려다 놓았다는 엄마의 말에 윤지가 반문하는 내용이다. 결국 아파트 화단에서 지내게 된 봄이는 비 오는 날 사라진다. 이를 알게 된 윤지는 유치원에서 소풍을 갔을 때, 길을 잃었던 기억을 봄이에게 투영시킨다. 그러던 중 준이로부터 봄이가 떡볶이 아줌마네 포장마차에 묶여 있다는 소식을 듣는다. 윤지와 반 친구들은 봄이를 데리러 가지만, 아줌마는 버린 고양이 아니냐며 돌려주지 않는다. 윤지는 포장마차를 매일 찾아간다.

여덟 번째 생일날에 선물 대신 받은 돈으로 봄이의 집을 사서 아줌마네에 가지만, 아줌마가 봄이와 병원에 갔다는 소식을 듣는다. 동네 아이들이 봄이 몸에 테이프를 붙여 놨기 때문이다.

봄이를 데려다 주면서 아줌마는 다음과 같이 말한다.

"나한테는 고양이 새끼지만 너한테는 동생이잖아."(62쪽)

집으로 돌아온 윤지는 엄마의 눈치를 보며 봄이의 집을 들고 방으로 들어갔다. 방에는 아빠의 선물이라며 고양이 놀이터가 놓여 있었고 퇴근한 아빠의 손에는 케이크가 들려 있었다. 식탁에는 아기용 식탁까지.

"이제 우린 네 식구인 거죠?"

윤지의 말에 엄마와 아빠가 웃는다.(66쪽)

사르트르의 말처럼 '나'라는 실존적이고 주체적인 존재가 또 다른 존재와 만나 서로 공존한다는 것은 쉽지 않다. 누군가의 노력과 희생이 따라야 한다. 노력의 중심에는 용기와 믿음, 순수한 마음의 존재가 필요하다. 특히 다른 종 간의 관계는 더욱 그렇다.

캥캥 짖는 몰라(강아지)의 행위는 누군가에게 도움을 요청하는 행위다. 비에 젖은 강아지를 그냥 지나칠 수 있는 상황이지만, 마레는 다가간다. 버려진 상처에도 불구하고 혼자라는 무서움과 두려움에 손을 뻗은 것이다. 이를 알기에 마레는 강아지의 보듬고 집으로 향한다. 동물과의 교감은 인간으로부터 착취를 당하는 동물의 상처를 치유하고 관계를 회복하는 계기로 이어진다. 그리고 이런 진심과 간절함, 배려는 동물에 대한 심상에서 확장되어 타인을, 그리고 자신을 향해 돌아온다. 즉, 상생이 융합되는 과정인 것이다. 동화 『비밀에 갇힌 고양이』 도 이러한 사실을 뒷받침한다.

아이들이 모두 돌아가자 아저씨가 엉덩이점을 바라보았습니다.

"많이 놀랐지? 아직 상처가 덜 아물었을 텐데 괜찮은 게냐."

아저씨가 엉덩이점을 이리저리 살폈습니다. 그리고 옆에 있는 왼발치기를 보며 싱긋 웃었습니다.

"새로 온 친구구나."

아저씨는 그릇에 물에 불린 북어포와 멸치를 담아 주었습니다. 그러나 왼발치기는 발이 너무 아파서 꼼짝도 할 수가 없었습니다. 그제야 아저씨는 왼발치기의 다리가 다친 것을 알았습니다. 아저씨는 왼발치기의 다리가 다친 것을 알았습니다. 아저씨는 왼발치기 다리에 나무를 대고 붕대를 감아 주려고 했지만 왼발치기는 날카로운 이를 드러내고 신경을 곤두세웠습니다. 사람을 믿지 않았기 때문입니다.

“하하, 성질이 대단하구나. 그래, 사람을 믿지 않게 된 이유가 있겠지.”(75쪽)

별이 아저씨는 벼랑에서 떨어진 고양이(엉덩이점)를 발견하고 집으로 데려와 치료해 주었다. 또 다른 고양이(왼발치기)는 아이들에게 쫓겨 별 아저씨 집의 담을 넘다가 앞발을 삐끗했다. 절룩거리며 숨을 곳을 찾고 있을 때 엉덩이점의 도움으로 별 아저씨네 다락방에 숨는다. 아이들로부터 발각 위기에 처한 두 고양이 앞에 나타나 구해 주는 사람은 별이 아저씨다.

보이지 않는 긍정의 관계에 열매를 맺는 것은 인간의 마음과 믿음 그리고 책임감이다. 길지연은 문학을 통해서 아동뿐 아니라 일부 성인들 또한 동물과 정서적인 관계로 소통한다. 소통은 상생으로 나아가는 길이다. 문학의 중심에도 관계의 힘은 존재한다. 작가와 독자와 작품의 관계. 작품에서 품어져 나오는 글의 힘은, 독자들의 가치관의 변화를 이끄는 힘이다. 더구나 아동은 성인의 길목에서 많은 경험을 필요로 한다. 직접적인 경험이 금상첨화이지만, 책을 통한 간접경험 역시 아동들에게 올바른 가치관과 판단력이 뿌리 내릴 수 있는 근원이 된다. 즉, 문학은 상생이 공존되는 세상을 여는 핵심인 것이다.

### 4. 상생의 선순환

아동기는 부모라는 안전지대를 벗어나 세상으로 발을 내딛는 시기다. 첫 사회라는 진입로에 선 아동은 나와 다른 타인의 존재에 충돌하고, 낯설게 형성된 문화에 한 번 더 충돌한다. 그리고 다시 충돌 완화를 위해 자발적으로 타인과의 긍정적인 관계를 형성한다. 이는 ‘생명’의 원형에는 ‘공존하며 살아가는 존재’라는 무의식이 존재하기 때문이다.

인간에게는 충격을 최소화 하려는 본능이 내재한다. 자아의 표출과 가치관의 형성이 미숙한 아동은 타인과의 관계를 어떻게 맺는가에 따라 다양한 방식으로 상생한다. 아동이 안전지대를 어떻게 설계하느냐는 타인의 문을 어떻게 열고 닫느냐에 따라 달라진다. 발을 내딛은 세상이 안전지대가 되기 위해서는 타인과의 다양한 접촉의 시도라는 경험이 필요하다. 접촉 시도의 한 분야에는 아동문학도 해당한다. 문학으로 인해, 인간은 체험하지 못한 미지의 세계와 관계를 맺기도 하고, 이미 경험했던 과거의 시간과 연결되기도 하기 때문이다. 아동에게 있어서 이러한 관계는 바른 성장의 길을 터 주는 역할이 되기도 한다.

길지연은 자신의 동화문학을 통해 동물을 확대했던 인간의 민낯을 드러내고, 등장인물을 통해서 관계의 조화로움을 공표한다. 작품 속에 판타지의 요소를 도입하여 타 종들과의 갈등 구조를 더욱 적나라하고 선명하게 드러낸다. 문학이라는 장르가 자연스레 소통의 장이 되는 것이다.

"엄마! 왜 꼼짝도 안 해?"

"아가야, 우리 아가야. 단 한 번 맛있는 먹이도 못 먹이고 따뜻한 잠자리도 못 만들어 주고 이렇게 떠나게 되는 구나."

"엄마, 어디 가? 같이 가. 왜 자꾸 눈을 감으려고 해? 엄마, 눈 좀 떠 봐!"

– 중략 –

"아가야, 다음 세상에는 아픔이 없는 곳에서 만나자. 사람의 옷이 되기 위해  온몸이 찢기는 아픔 말이야……. 너를 지켜야 하는데 미안해. 자꾸 눈이 감기는 구나."

엄마, 눈 좀 떠 봐. 엄마, 엄마.(『나는 옷이 아니에요』, 42쪽)

"저 밖의 세상은 아름다운가요?

나는 이 좁은 우리 안에서 한 번도 나가 본 적이 없어요.
내 몸은 똥과 오줌 범벅이지요.
늘 춥고 배고프고 목말라요.
나는 이렇게 살다가 자라면 옷이 된대요.
사람들이 입는 옷이 된대요.
그렇지만…….
나는 옷이 아니에요."(『나는 옷이 아니에요』, 54쪽)

고통 받는 밍크의 목소리가 지효에게 들린다는 것은 서로 간의 의식이 소통되고 있음을 뜻한다. 무의 세계와도 소통이 가능한 아동의 물활론적 특성을 사실동화에 접목함으로써, 다양한 연령층의 독자 또한 동물들의 현실을 경험한다.

"고맙다! 너희들이 우리에게 희망을 주는 구나!"(『삼각형에 갇힌 유리새』, 120쪽)

무의 세계에 존재하는 자연의 신이 하는 말이다. 자연의 신은 곧 초인이다. 민호와 민희가 희망인 것은 어린이가 희망이고 초인의 상징이라는 것을 나타낸다. 초인은 대지의 뜻이다. 니체는 "초인이 이 대지의 뜻이 되어야 한다고! 형제들이여, 간곡히 바라노니 대지에 충실하라."[10]고 말한다. 유리새를 늪으로 힘껏 날려 보낸 후 일어난 변화는 이를 증명한다.

컴컴하던 늪 둘레가 아침 햇살을 받은 것처럼 환해지며 새 소리가 메아리쳤습니다.
"호케코호케코, 휘휘휘, 콰아콰아 개개개, 가야가야."

---

10) 프리드리히 니체 · 장희창 옮김 『차라투스트라는 이렇게 말했다』, 민음사, 2004. 16쪽.

온갖 새 소리가 울려 퍼졌습니다.

"야, 새가 운다."

노랑 머리새, 빨간 부리새, 파랑 날개새, 하얀 깃털새들이 날개를 활짝 펼치고 하늘로 날아올라갔습니다.(『삼각형에 갇힌 유리새』, 121쪽)

새소리는 파동이 되어 생명이 공존하는 모든 곳에 존재한다. 앞서 말한 존재의 힘이다. 존재의 실체는 무의 세계에 존재하는 초인이다. 초인인 아동으로 인해 사람과 동물의 관계는 선순환을 띠며 파동을 일으킨다.

사람은 관계를 통해 다양한 존재로 뻗어나간다. 헤겔은 "인간의 주체성이 타인에 의해 결정된다."고 하였다. 이는 다른 생물 및 무생물과의 확장으로의 해석이 가능하다. 인간은 유리 진공관 속에서 태어나 외롭게 살아가는 개체가 아니다. 무수한 관계 속에서 맺어진 생명들과 상생함으로 서로에게 또 다른 무한한 가능성으로 존재한다. 인간은 긍정적인 객체와의 관계로 세계관을 형성하고 심화되어 발전해 나아간다.

## 5. 나가며 : 융합된 상생

문학 작품은 작가가 직접 체험한 일 혹은 간접적으로 겪은 경험과 사상을 재구성한다. 어린 시절의 체험을 통해 작가와 작품의 성격이 만들어지고, 살아가는 환경과 세상에 대한 직·간접적 경험을 통해 세상을 보는 시각이 형성된다. 문학은 "넓은 세계와 환상과 이상, 용기, 감동, 나눔을 가르쳐주었다"[11]고 말하는 그의 시선은 '생명 존엄', '공존', '동물 권리'이다. 그리고 융합된 상생이다. 융합에는 연결고리가 존재한다. 바로 '아동'이다.

---

11) 최미선 해설, 앞의 책, 197쪽.

아동은 타 객체와 연결고리의 중심축이다. 이기적인 인간 중심 사상으로 비롯된 종차별이라는 암흑 세계를 빛의 세계로 희석할 수 있는 존재인 것이다.

논의된 작품에서 '아동'의 역할을 세 가지로 정리하였다.

첫째, 자연과 아동을 하나로 보았다. 아동의 물활론적 사고관은 동물의 상처를 치유하고 그들과 함께 공존할 수 있는 원동력이다. 아동은 자연과의 교감을 이루지만 지배하려는 마음이 없다. 장자가 말한 '무위의 마음'이다. 구분하지 않음으로써 가까워지고, 지배하지 않음으로써 친구가 되는 것이다. 기와집 할머니(자연의 신)가 민호와 민희에게 "고맙다!"고 말한 이유다.

둘째, 종차별의 해결자는 아동이다. 아동의 본질은 자연과 일치한다. 이는 생태계의 기본 원리이다. 차별은 나와 다름에서 비롯된다. 아동은 동물에게 자신을 투영하고 동일시하는 순수한 마음을 지녔다. 생태계의 모든 존재가 각기 개성적이고 다양하게 살기 위해서 종차별은 존재해서는 안 된다.

셋째, 아동은 인간과 자연, 동물의 선순환 연결고리다. 이기적인 인간 중심 사상으로 인해 자연이 파괴되고 인간을 제외한 동물은 목숨을 빼앗긴다. 일방적인 힘으로 착취의 중심에 있는 그들에게 화해의 손길이 되어 주며 끊어진 관계를 이어 선순환 시킬 수 있는 존재는 무엇도 아닌 '아동'이다.

본문의 글을 정리하자면, 길지연 문학관은 긍정적인 순환을 부른다. 그는 아동문학을 통해 만물이 존중되는 세상을 만들고자 하는 메시지를 전달한다. 이타주의(利他主義)를 앞세운 마음으로 훈훈하고 따뜻한 이웃, 정감 있는 세상, 모든 조화의 중심에서 "인간만이 최고가 아니라 세상의 모든 생명이 함께 살아가고 존중해 주는 문학 세계"라는 작가의 의식에도 근거한다. 자신의 문학을 통해 동물 착취와 동물의 윤리를 사실적으로 그려 냄으로써 우리들에게 그러한 문제를 외면하지 않고 마주볼 수 있는 용기를 준다. 삶은 더불어 살아가는 것임을 일러줌으로써, 아이들에게 모든 객체에 대한 소중함도 전한다.

레비나스에 따르면 우리가 변화는 과정엔 '타자'의 역할이 굉장히 크다. 그는 "내가 보살피고 뭔가를 해 준 타인들이 자신들의 삶을 살아가는 것이 나의 시간이 된다."라고 했다. 일반적으로 우리는 사회에서 상호작용인 관계이다. '인(人)'을 확장하여 해석해 보면 타 종들을 위한 배려는 나에게 혹은 현재 및 미래의 인간에게 선순환의 구조로 다가올 수 있다. 인간이 동물과 관계를 맺는 것이 정서적 안정, 타인을 배려하는 마음, 인간의 이기적인 마음에서 탈피하는 계기가 되는 것이다.

우위 계층의 인간으로 인해 적절한 선 이상의 착취를 당하고 생명을 잃는 일이 있어서는 안 된다. 인간은 혼자서는 존재할 수 없는 생명체이기에 더욱 그러하다. 자연을 파괴하면, 파괴된 자연은 사람의 삶을 망가뜨리는 이유도 모든 관계가 연결된 까닭이다. 결국 모든 생명체는 대지 위에 존재하는 하나이며 무의 세계의 본질이다. 이는 인간 모두는 '아이'라는 과거의 시간이 존재했기 때문에 형성되는 원리이다.

# 김경옥 동화에 나타난 '사람'과 '사랑'의 인식

– 김경옥 작품론

정소영(동화작가, 문학박사)

## Ⅰ. '사람'과 '사랑'을 품은 작가

김경옥 작가는 전형적인 문학 소녀였다고 한다.

1965년 서울에서 태어나 단국대학교 대학원에서 아동문학을 전공하였으며, 초등학교 때부터 책을 좋아하여 엄마가 월부로 사준 '세계명작 동화집'을 손에 붙들고 살았다고 한다. 뭔가 쓰는 것을 좋아했으며 공상에 빠져드는 것을 좋아하여 유년 시절부터 문학가로서의 자질을 보여준다.[1]

중고등학교 시절에도 세계 문학은 물론 국내 시, 소설 등 다양한 문학 책을 가까이 하였으며 경음악, 올드팝, 영화음악 등을 즐겨 들으며 감수성 충만한 청소년기를 보냈다. 이러한 성장기를 거치면서 김경옥은 오늘날 그녀가 내재하고 있는 문학적 감수성과 개성 있는 작가 의식을 성장시켰다.

김경옥은 한동안 문학과 떨어져 평범한 직장 생활을 하다가 결혼을 했고, 두 아이를 키우면서 자연스럽게 아동문학과 접하게 되었다. 김경옥이 전격적으로 아동문학을 하게 된 계기는 엄기원 선생님과 함께 하는 공부 모임에 들어가고 부터이다. 그녀의 나이 서른여섯 살 때 《아동문학연구》 신인상에 동화 「엘리베이터 안의 비밀」과 《아동문예》에 동화 「우리 엄마는 명탐정」으로 등단을 하였다.

---

1) 《아동문학평론》 가을호, 「아평이 만난 작가 김경옥」, 2014. 160쪽.

그리고 그녀의 문학 단련기에 같은 지역에 살던 이영호, 이상배 작가 등 선배 작가들을 만나게 되고, 이런 만남으로 자신의 문학활동에 대해 깊이 성찰을 한다. 이를 계기로 '절대 시시한 작가가 되지 말자, 진짜 작가가 되자.'[2] 하고 결심한 작가는 이후 그녀의 문학 영역의 한계를 극복하고 소재와 주제 의식의 확장을 위한 새로운 도전을 하게 된다.

국문학과에 편입하여 문학에 대한 공부를 전문적으로 하고, 대학원 문예창작학과에 들어가 아동문학을 본격적으로 공부하였으며, 그동안 자신의 경험과 환경이 극히 제한적이며 한계가 있음을 절감하고 좀 더 확장된 영역의 글을 써야겠다고 생각한다. 그래서 '돌아서 가자'는 생각으로 작가와는 거리가 먼 소재들을 골라 글을 썼다. 자라온 환경과는 다른 산골을 배경으로 작품을 쓰기도 하고, 조선 시대를 배경으로 한 어부 소년의 이야기를 쓰기도 하였다. 이러한 작품들은 많은 자료 조사와 상상력을 필요로 하였다.

김경옥은 『아이들은 왜 숲으로 갔을까』, 『웅어가 된 아이』[3] 두 작품의 완성을 통해 창작 영역의 확장에 대한 자신감을 갖게 되었다. 이후 한국아동문학인협회 일을 하면서 창작동화 외에도 자연동화, 학습동화, 경제동화 등 다양한 동화를 집필하였다. 2000년에 등단하여 문단생활 20년 동안 김경옥은 치열한 글쓰기를 하여 개인 창작동화집만 30여 권을 출간하였다. 1년에 한 권 이상의 창작집을 낸 셈이다.[4]

여기서는 작가 김경옥의 2014년 《아동문학평론》 가을호에 실린 박상재의

---

2) 《아동문학평론》 가을호, 「아평이 만난 작가 김경옥「, 2014. 163쪽.

3) 『웅어가 된 아이』는 2016년 『'은빛 웅어 날다』(키다리) 개정판으로 출판됨.

4) 『엘리베이터 안의 비밀』(꿈이 있는 아이들), 『사고뭉치 삼돌이』(꿈소담이), 『그 별의 비밀 번호』(꿈소담이), 『아이들은 왜 숲으로 갔을까』(홍진P&M), 『웅어가 된 아이』(청개구리), 『거울 공주』(처음주니어), 『불량 아빠 만세』(시공주니어), 『요술꽃 행운을 부탁해』(아리샘주니어), 『비밀 기지 비밀 친구 구함』(꿀단지), 『바느질하는 아이』(파랑새어린이), 『우리반 오징어 만두 김말이』(좋은책어린이), 『지하 세계를 탈출하라』(꿈소담이), 『마녀의 못된 놀이』(꿈소담이), 『말 꼬랑지 말꼬투리』(상상의 집), 『공룡나라에서 온 선물』(영림카디널), 『아무것도 사지 않는 날』(상상의집), 청소년소설 『빈 집에 핀 꽃』(키다리), 『은빛 웅어, 날다』(키다리), 안전동화시리즈 『숨어 있는 괴물』, 『다미야 잘 먹고 잘 놀자』, 『톡톡, 나쁜 손』, 『중독 안돼』, 『아빠, 안녕히 다녀오세요』(소담주니어), 『밤 10시의 아이 허니』(꿈터), 『공양왕의 마지막 동무들』(청어람), 『꽃밭 속 괴물』(상상의 집), 『가짜 뉴스를 시작하겠습니다』(내일을 여는 책).

'다양한 소재와 개성 있는 캐릭터'라는 작품론에 조명된 2014년 이전 작품들은 제외하고 2014년 이후 발간된 작품 중에서 장편동화 『밤 10시의 아이 허니 J』, 『공양왕의 마지막 동무들』, 『꽃밭 속 괴물』을 중심으로 서사 구조 양상을 분석하여 김경옥 동화에 나타난 '사람'과 '사랑'의 인식 세계를 살펴보고자 한다.

## Ⅱ. 김경옥 동화의 서사 구조 양상

김경옥이 초기에 발표한 『엘리베이터 안의 비밀』, 『날개를 단 돼지저금통』, 『사고뭉치 삼돌이』 작품은 아이들의 순수한 마음, 가족애를 주제로 한 동화 등 일상의 작은 이야기를 그렸다. 이 세 권의 동화집 출간 이후 작가는 자신의 작품 세계에 대한 새로운 변화를 시도하여 확장된 소재와 주제로 『그 별의 비밀 번호』를 출간하여 특수한 판타지 공간, 의인화, 철학적인 주제 의식을 보여준다.

그 뒤로 첫 장편동화 『아이들은 왜 숲으로 갔을까』, 『웅어가 된 아이』를 같은 해에 출간하여 본격적인 창작활동에 매진한다. 박상재는 김경옥의 작품 세계를 '첫째, 생명 존중과 평화사상을 구현한 작품군들로 주로 초기 작품이 이에 해당한다. 둘째, 등단 10년 후부터 오늘날까지의 작품군으로 아동들이 처한 현실을 조명하여 그들의 고민을 담아낸 사실 동화들이다.'라고 분석하고 있다.[5]

『아이들은 왜 숲으로 갔을까』에서는 생태 의식과 생명 존중, 『웅어가 된 아이』에서도 생태와 인간 존중 사상을 보여준다. 어린이의 현실과 고민을 담은 동화로 『거울공주』, 『불량 아빠 만세』, 『바느질하는 아이』, 『비밀 기지

5) 박상재, 《아동문학평론》 가을호, 「다양한 소재와 개성 있는 캐릭터」, 2014. 167~169쪽.

비밀 친구 구함』, 『지하 세계를 탈출하라』, 『마녀의 못된 놀이』 등이 있다. 또한 『아이들은 왜 숲으로 갔을까』, 『웅어가 된 아이』, 『거울공주』 등에서 부분적으로 판타지 세계를 창조하고 있다.

박상재는 김경옥 동화 작가의 장점은 작품의 소재가 다양하고 캐릭터의 성격이 뚜렷하다는 점을 들고 있으며, 어린이의 현실과 괴리되어 있지 않고 그들의 고민과 내밀하게 맞닿아 있음을 말하고 있다.[6]

## 1. 역사설화를 재창조한 역사 인식

『공양왕의 마지막 동무들』[7]은 이성계를 중심으로 한 신진 세력이 조선을 세우던 시기에 고려의 마지막 왕인 공양왕이 쫓기는 신세가 되어 왕의 신분을 숨긴 채 작은 암자에 숨어 들어 어린 소녀와 삽살개가 날라다 준 밥을 먹으며 지낸 단 5일 간의 이야기를 동화적 상상력으로 만든 작품이다.

김경옥은 이 역사 설화를 동화로 쓰기 위해 자기가 살고 있는 고양에 있는 작고 초라한 공양왕의 무덤에 자주 가서 눈앞에 왕과 왕비가 삽살개와 놀면서 가졌을 법한 동심에 대해 자주 생각해 보았다고 한다. 작가는 이 동화가 '가장 낮은 자들이 자신의 상처를 보듬으며 오히려 어려움에 처한 상대에게 따뜻한 마음을 건네는 이야기'라고 소개한다.

위 동화의 서사 구조 양상을 살펴보면, 작가는 치밀한 구성에 의해 작품의 서두부터 긴장감을 조성하고 있으며 '귀한 손님이 오기로 했는데 먹구름도 함께 끼어서 걱정이구나.'라는 노스님의 말, '안마당의 구렁이 한 마리', 호법이와 공양왕 부부와의 만남, 사슴가죽 신발 등을 통해 추후 일어날 사건에 대한 복선을 보여 서사의 긴장감과 흥미, 주제를 심화시키고 있

6) 박상재, 《아동문학평론》 가을호, 「다양한 소재와 개성 있는 캐릭터」, 2014. 169~181쪽.

7) 김경옥, 『공양왕의 마지막 동무들』, 청어람주니어, 2019.

다. 또 콩할머니는 '집이나 나라에 무슨 변고가 생기려면 장맛이 변했다고 하는데, 왜 이리 맛이 안 나는지 모르겠다.'는 말로 당시 고려 말의 불안한 정치 상황을 암시한다.

'열두살 미름이 이야기' 장에서 미름이가 어떤 연유로 이 암자에 들어와 살게 되었는지를 과거 회상으로 보여주면서 고려 말의 피폐한 민중들의 삶을 미름이 엄마를 통해 보여준다.

작가의 주제 의식은 노스님의 말에서 찾을 수 있다.

> "측은지심을 가져야 한다. 자비를 베풀어야 하느니라. 부처님은 가장 높은 곳에 계시는 게 아니라 가장 낮은 자들과 함께 계시느니라."
>
> 문득 '손님이 오시거든 정성껏 밥을 지으면 된다.'고 했던 말씀도 떠올랐다.[8)]

측은지심은 '정성껏 밥을 지으면 된다.'는 스님의 말이 함축하고 있는 것처럼 인간에 대한 존중, 인간에 대한 사랑이다. 이 작품의 주제 의식이기도 하다. 생명의 위협을 느끼며 쫓기고 있는 남루한 차림의 길손에게 측은지심을 실천하는 미름이, 호법이, 노스님, 콩할머니 그들이 부처라는 것을 작가는 부처님이 가장 낮은 자들과 함께 계시다는 노스님의 말을 빌어 역설한다. 이를 통해 김경옥 작가의 작가 의식이 '사람에 대한 존중과 사람에 대한 사랑'임을 알 수 있다. 측은지심과 인간애, 동물 사랑 등 생명 있는 모든 것에 대한 존중 의식은 김경옥 작가의 문학성을 지탱하는 근간이다.

작가는 호법이와 공양왕 부부의 만남을 불교적 세계관, 연기관에 의해 전개했다. 결말 부분에 가서 노리개를 매개로 한 미름이의 꿈을 빌어 세 동무의 환상 공간 '무지개 다리'를 창조하여 세 동무가 끈끈하게 맺은 사랑의

8) 김경옥, 『공양왕의 마지막 동무들』, 청어람주니어, 2019. 49쪽.

마음을 보여주었으며 미름이와 호법이가 반가운 소식을 안고 올 손님에게 드릴 더덕을 캐러 가는 장면으로 종결을 한다.

이처럼 이 동화는 처음 장면과 끝 장면이 연결되어 있으며 전개, 위기, 절정 부분이 치밀하게 계획되어 손에 땀을 쥐게 하는 추리소설을 읽는 것처럼 긴박감까지 느끼게 하는 구성의 묘미를 보여준다. 게다가 치밀하게 계획된 복선은 인과관계에 대한 궁금증을 불러와 동화를 계속 읽게 만드는 힘이 된다. 등장인물의 행동이나 전개되는 사건 하나하나가 필연적인 인과관계에 의해 구성되어, 비록 역사동화지만 리얼리티를 확보하고 있는 것은 작가의 뛰어난 상상력과 문학성 때문이라 생각한다.[9] 또한 역사적 배경에 대한 자료 조사도 구체적이며 본문 속에 'Tip'으로 '역사 지식의 설명글'을 중간 중간 삽입하여 이 동화의 교육적 기능과 효용성을 높이고 있다.

위에서 살펴 본 것처럼 김경옥 작가의 역사 설화를 재창조한 『공양왕의 마지막 동무들』의 서사 구조 양상에 드러난 역사 인식은 측은지심을 기본으로 한 사람에 대한 존중과 사람에 대한 사랑, 인연의 소중함을 기반으로 한다. 시종일관 어른들에 의해 버림받은 가장 낮은 자이며 약한 자인 미름이와 호법이가 오히려 가장 높은 곳에 있던 천동 내외에게 측은지심의 마음을 느끼면서 사랑을 베푸는 모습을 보여줌으로써 역사의 질곡을 슬프고 아름답게 조명하고 있다.

## 2. 평화를 재창조한 시대 인식

김경옥 작가는 산과 들과 강이 아름다운 파주에 살고 있다고 자신을 소개한다. 파주는 임진각을 비롯해 도라산 전망대, 비무장지대, 판문점 등 전

9) 이재철, 《아동문학개론》, 서문당, 2003. 191쪽.

쟁의 상처와 분단의 흔적이 곳곳에 남아 있는 특별한 곳이다. 작가는 『꽃밭 속 괴물』 동화책의 머리말에서 창작 동기를 다음과 같이 말한다.

> 파주 임진각에는 6·25 전쟁 당시 폭격을 당한 경의선 장단역 증기기관차도 있어요. 열차는 파괴되어 멈춰 서 있다가 이후 임진각으로 옮겨졌어요. 녹슨 열차의 몸에는 무려 1,020개의 총탄 자국이 있답니다. 그 열차는 온몸에 구멍이 송송 뚫린 채 여전히 잠들어 있지요.
>
> … (중략) …
>
> 저는 '녹슨 열차'와 '지뢰'를 보면서 평화에 대해 이야기하고 싶었어요. 그래서 동화 속에 평화를 꿈꾸는 오소리 가족을 등장시켰어요. 오소리는 실제로 평화를 사랑하는 동물이라고 해요. 하지만 집념도 강하고 조그만 몸에서 굉장한 힘이 솟아나기도 하지요.[10)]

위의 인용문에서 말한 것처럼 이 작품은 작가가 살고 있는 파주의 지리적 배경이 작품의 모티프가 되었으며, 실제로 평화를 사랑하는 오소리 가족을 등장시켜 지뢰 꽃밭과 녹슨 열차에도 평화와 생명의 꽃이 피어나기를 소망하는 작가의 주제 의식을 의인화와 판타지 기법으로 그려 나간다.

이 작품의 시작은 뻿두렁 씨가 꽃잎 열차를 특수 망원경으로 보며 어린 시절을 떠올리는 장면으로 시작된다. 뻿뚜렁 씨가 리안과 함께 꽃잎 열차를 타는 장면의 이미지는 환상적이다. 작가는 어린이들에게 왜 평화가 소중하고 남북이 하루 빨리 통일이 되어야 하는지를 '평화의 땅'이라는 역사적 공간의 판타지를 통해 보여준다.

작가는 아이들이 꽃잎 열차를 다시 탈 수 있어야 둘로 나뉜 오소리족도 화해할 수 있다는 뻿두렁 씨의 말을 빌어 그의 통일관을 보여준다. 아이들

---

10) 김경옥, 『꽃밭 속 괴물』, 루크하우스, 2019. 머리말.

이 멈춰 있는 꽃잎 열차를 타는 것은 남과 북이 서로 소통하고 교류하는 것을 상징한다. 뺏두렁 씨가 평화의 땅에 있는 괴물을 없애는 것은 통일을 위한 노력이다. 작가는 동화 속에 괴물로 상징되는 지뢰에 대한 안타까움과 경각심을 은연중에 이야기하고 있다. 더 난폭한 괴물이 되기 전에 아이들이 꽃잎 열차를 타고 평화의 땅에서 남으로 북으로 자유롭게 갈 수 있는 통일의 세상이 오는 날까지 어떤 노력을 해야 할지에 대해 작가는 문제 의식을 심화시킨다.

이처럼 김경옥 작가는 본인이 살고 있는 지역에서 경험할 수 있는 시대적 역사적 화두, 통일에 대한 문제 의식을 어린이들이 흥미 있어 하는 소재와 의인화를 통한 스토리 전개로 깊은 감동을 준다. 어린이들에게 친근감 있는 오소리를 의인화하고 '꽃잎 열차'와 '괴물'이라는 판타지 캐릭터를 등장시켜 통일을 바라는 작가의 소망을 어린이의 동심 속으로 들어가 이야기하고 있다.

또한 아빠를 찾으러 가는 통이와 엄마, 친구들에게 괴물 껍데기를 자랑하는 뽕이를 통해 따뜻한 가족애를 그렸다. 뽕이를 통해 어린이의 심리를 잘 표현하고 있으며, 통이와 엄마를 통해 따뜻한 가족애를 판타지 분위기를 살려 섬세하게 보여준다.

김경옥 작가의 평화를 재창조한 시대 인식은 인간에 대한 미시적인 사랑, 사회와 국가에 대한 거시적인 사랑을 함께하는 시대적 사명감이라고 생각한다. 작가는 조국의 평화와 남북통일을 소망하고 있으며 따뜻한 사랑의 가족애를 드러낸 서사 전개를 통해 남북 분단의 아픔을 어떻게 극복해야 할지에 대한 문제 의식을 순수한 동심의 시선으로 그려 나아간다. 그래서 꽃잎 열차가 새봄이 오면 다시 깨어나서 달릴 거라는 희망의 메시지를 선물하고 있다.

### 3. 판타지 창조를 통한 죽음 인식

『밤 10시의 아이 허니 J』는 주변에 사랑하는 누군가를 잃은 자들에게 먼 별의 아이, 허니가 위로를 보내는 이야기라고 김경옥 작가는 머리말에서 소개한다.

> 제가 어렸을 때 처음으로 겪은 죽음은 아기였던 사촌 동생의 죽음이었습니다. … (중략) …
>
> 저는 일찍 별이 되어 버린 영혼들을 떠올리며 그 가족들에게 어떤 위로를 보내야 할까 생각하며 이 동화를 썼습니다.
>
> … (중략) …
>
> 이 동화에는 아주 특별한 세모 집이 나옵니다. 세모 집은 실제 제가 산책길에 만났던 집입니다. 아무도 살고 있지 않은 것 같은 그 집을 보면서 동화적 상상력을 떠올렸어요. 그리고 그 집 2층 방에 있을 것만 같은 '늙은 아이'를 생각했습니다.[11]

위의 인용문에서 알 수 있는 것처럼 실제 산책길에서 만났던 집이 모티프가 된 이 작품은 현실과 환상의 세계를 오가는 판타지 동화다.

이 동화에서는 환상의 세계와 현실의 세계를 연결해 주는 통로이자 도구가 다양하게 등장한다.

세모 집→집이 변함→쪽지→노란 우체통→다락방→밤 10시→하얀색 뻐꾸기시계→허니→아슈바타 나무→초록새→나무 뿌리→메마른 숲길→드넓은 강→작은 나룻배→뱃사공 아저씨→다섯 요정→갈대밭→

11) 김경옥, 『밤 10시의 아이 허니 J』, 도서출판 꿈터, 2018. 166~167쪽.

늪→다섯 요괴의 시험→출렁다리→허니와 얼굴이 비슷한 소년→케플러 J행성→연리근→행복의 궁전→자궁→초록 새 가슴팍 깃털 세 개→띠디 띠띠띠-띠디 띠띠띠- 주문→파티→휘파람→꿀, 협죽도과의 잎사귀 한 줌, 꽃다발→사다리→정원→나비→남극 소녀! 늙은 아이 허니J[12]

위에서 열거한 환상의 기법을 공간, 시간, 인물, 주술, 도구, 의인화[13]로 나눠 보면 다음과 같다.

| 공간 | 세모 집, 다락방, 정원, 아슈바타 나무, 나무 뿌리, 메마른 숲길, 드넓은 강, 갈대밭, 늪, 출렁다리, 케플러 J행성, 연리근, 행복의 궁전, 자궁 |
|---|---|
| 시간 | 밤 10시 |
| 인물 | 허니, 뱃사공 아저씨, 소년, 다섯 요정, 다섯 요괴 |
| 주술 | 띠디 띠띠띠-띠디 띠띠띠- 주문 |
| 도구 | 쪽지, 노란 우체통, 뻐꾸기 시계, 꿀, 초록새 가슴팍 깃털 세 개, 협죽도과 식물이 잎사귀 한 줌, 꽃다발, 사다리 |
| 의인화 | 초록새 |

위에 등장하는 환상의 통로 만들기에 쓰이는 도구들을 살펴보면 뻐꾸기 시계는 저 세상과의 교신을 위해 쓰인다. 아슈바타 나무는 지상과 천상을 이어주는 신의 나무, 모험을 원하는 아이들을 신비의 세계로 인도하는 전설이 있다. 초록새는 모험을 꿈꾸는 아이들을 인도해 여행을 도와주는 안내자와도 같은 새다.

여기서 행복의 궁전이란 어머니의 자궁을 상징한다. 작가는 태어남이 그냥 우연이 아니며 누군가의 선택에 의해 그가 간절히 원하기 때문에 자궁 속에서 새로운 생명으로 태어나며, 그것은 고귀한 일이라고 생명의 소중함, 생명의 순환적 인과성에 대해 설명하고 있다.

허니의 환상 공간은 어머니가 아이를 잉태하여 출산하기까지 과정을 상징적으로 보여준다. 작가는 허니가 또 다른 인연에 의해 새로운 생명으로

12) 김경옥, 『밤 10시의 아이 허니 J』, 도서출판 꿈터, 2018. 7~164쪽.

13) 김자연, 『유혹하는 글쓰기』, 청동거울, 2015, 102쪽.

태어나는 것을 거부할 수 없는 운명이라고 말한다. 또한 환상의 공간과 환상의 인물 창조를 통해 신비감을 고양시키면서 새미와 새미 친구들, 새미 엄마, 아빠, 몽몽이 등을 통해 환상 공간과 현실 공간을 대비시켜 판타지의 리얼리티를 보여준다. 개성 있고 독특한 환상과 현실의 시공간 창조, 환상과 현실의 인물 창조를 통해 작가는 판타지 동화의 진면목을 보여주는 데 성공하였다.

허니가 새미의 엄마 아빠를 위로하기 위해 벌인 파티는 환상적이며 어린이의 동심에 어울리는 호기심과 즐거움을 선물한다. 환상의 통로로 가기 위해 등장한 꿀, 협죽도과의 잎사귀 한 줌, 꽃다발은 판타지의 매개 도구이다. 이러한 매개 도구들은 일상생활에서 볼 수 있는 친근한 도구여서 어린이들에게 흥미와 신비감, 재미를 불러일으키면서도 리얼리티를 증거한다. 환상의 세계로 자연스럽게 빨려들어가는 힘을 가진 것은 이러한 환상 통로 역할을 하는 매개체들이 리얼리티를 확보하기 있기 때문이다.

아동문학에서 '죽음'은 다루기 힘든 소재라고 한다. 어린이를 독자로 하는 문학의 특성상 '죽음'이라는 주제는 접근하기 힘든 소재임에 틀림없다. 김경옥은 이 작품에서 본격적으로 '죽음'을 이야기했으며, 그 '죽음'을 독창적인 환상 공간과 '허니'라는 환상 인물을 통해서 어린이들의 동심 속으로 들어가 어린이의 눈높이에서 해석하였다.

여기서 김경옥 작가가 말하는 '죽음'은 자기가 살던 원래의 별로 돌아가는 것, 즉 왔던 곳으로 다시 회귀하는 것이며, 회귀하면 다시 또 새롭게 태어날 수 있다는 것도 내포한다. 김경옥이 말하는 '죽음'은 소멸이 아니라 영원한 순환이다. 허니가 벌린 치유의 파티는 '죽음'을 받아들이고 '죽음'에서 삶의 희망을 찾는 축제라고 해야 할 것이다.

독창적인 판타지 공간 창조를 통한 김경옥의 죽음 인식은 "그래 그들은 행복했던 원래의 자기 별로 간 것이 아닐까?"[14] 하는 작가의 죽음에 대한 시선에서 시작한다. 모든 인간의 존재 조건 안에는 인간은 언젠가는 죽는다는 진리가 있다. 작가는 이 동화를 통해 인간 존재에 대한 물음을 어린이의 눈높이에 맞춰 새롭게 해석하여 인간 실존을 자연스럽게 수용하는 판타지 서사를 창조하였다.

## Ⅲ. 맺는 말

앞에서 김경옥의 후기 작품 세 편의 장편동화 『공양왕의 마지막 동무들』, 『꽃밭 속 괴물』, 『밤 10시의 아이 허니 J』의 서사 구조 양상을 중심으로 작가의 인식 세계를 살펴보았다.

김경옥 작가의 역사 설화를 재창조한 장편동화 『공양왕의 마지막 동무들』 서사 구조 양상에 드러난 역사 인식을 살펴보면 공양왕과 삽살개 호법이, 미름이 등의 인물 창조를 통해 측은지심을 기본으로 한 사람에 대한 존중과 사람에 대한 사랑이 그의 작가 의식의 토대가 되고 있다. 불교 연기설에 근간을 둔 서사 전개를 통해 역사와 인간의 상관관계를 보여주며, 아무리 어려운 상황 속에서도 '마지막 동무들'처럼 서로 사랑하며 살아야 된다는 인간애에 뿌리를 둔 인식 세계를 보여준다.

의인화 동화 『꽃밭 속 괴물』에서는 본인이 살고 있는 파주라는 지역에서 경험할 수 있는 시대적 역사적 화두 통일에 대한 문제 의식을 주제로 하였다. 그의 평화를 재창조한 시대 인식을 살펴보면 가족애와 같은 인간에 대한 미시적인 사랑, 사회와 국가에 대한 거시적인 사랑을 함께하는 시대적 사명감으로 조국의 평화와 남북통일을 소망하고 있다.

『밤 10시의 아이 허니 J』는 아동문학에서 다루기 힘든 '죽음'을 소재로 하였다. 김경옥은 이 작품에서 '죽음'을 독창적인 환상 공간과 '허니'라는 환

14) 김경옥, 『밤 10시의 아이 허니 J』, 도서출판 꿈터, 2018. 167.

상 인물을 통해서 재해석하고 있는데, 김경옥이 말하는 '죽음'은 소멸이 아니라 영원한 순환으로 왔던 곳으로 되돌아가는 것이다. 김경옥 작가는 이 동화를 통해 인간 존재에 대한 물음을 어린이의 눈높이에 맞춰 새롭게 해석하고 있으며, 사랑하는 누군가를 잃은 자들에게 먼 별의 아이, 허니가 위로를 보내는 이야기를 다양한 판타지 도구들을 등장시켜 흥미 있고 따뜻하게 그렸다.

그밖에 김경옥의 최근작 『가짜 뉴스를 시작하겠습니다』는 김경옥이 문단 등단 초기 시절 주로 썼던 생활동화이다. 이 동화는 최근 시중에 유행하고 있는 가짜 뉴스가 왜 만들어지고 어떻게 퍼지고 어떤 영향을 가져오는지 '주디'라는 인물을 통해 생생하게 보여준다.

이처럼 김경옥의 생활동화는 현실 문제를 반영하고 어린이의 현실과 고민을 담고 있으며 개성 강한 캐릭터를 창조하여 사회 문제를 제기하였다.

김경옥 작가가 '시시한 작가는 되지 말자. 진짜 작가가 되자.'라고 결심한 그 이후 시도한 다양한 문학적 노력과 치열한 작가정신은 창작 영역의 확장과 문학성의 고양을 보여주었다.

사람을 소중히 생각하고 생명을 사랑하는 작가 김경옥은 앞으로도 어린이의 가슴을 따뜻하게 안아줄 생명력 있는 작품, 어린이의 마음이 되어서 어린이의 현실에 대한 문제 인식과 상상력이 풍부한 판타지 창조를 보여주는 '진짜 작가'로 자리매김하게 될 거라 기대한다.

# 현실과 공상의 특별한 교차
- 김리리론

최미선(동화작가, 문학박사)

## 1. 생활 단면의 충실한 소묘

김리리의 아동문학에서 현실성은 매우 핍진하게 전개된다. 아이들의 생활에 밀착해 근접 촬영을 하듯이 생활을 묘사하면서 현실 문제를 적절하게 보여준다. '동화'는 소파 방정환 이후 국내에서는 아동문학의 서사 작품을 통칭하는 용어로 큰 문제 없이 자유롭게 사용되고 있다.[1] '동화(童話)'라는 용어는 일반적 언어 관습과 연관해서 혼용되는 경향이 있다. 즉, 아동문학의 서사 갈래를 통칭하는 용어로 사용되면서 다시 근대 낭만주의 영향으로 발생된 환상성이 바탕이 된 문예 미학의 창작동화를 동시에 지칭하는 용어로 사용되고 있다.[2]

이번 글에서는 이 같은 용어의 문제를 전제로 하고 아동문학의 서사 갈래를 '동화'로 통칭하면서 김리리의 작품 세계를 고찰한다. 김리리의 여러

---

1) 아동 서사문학을 구분하는 용어에 대해서는 많은 논의가 진행되고 있다. 동화, 소년소설, 생활동화, 사실동화 등의 용어가 출판 편집자와 아동문학 연구자들의 편의와 논지 전개 방향에 따라 적절하게 선별적으로 사용되고 있으며, 이 문제는 여전히 많은 연구를 필요로 하고 있다. 장르에 대한 논의로는 원종찬, 「동화와 판타지」, 『동화와 어린이』, 창비, 82~96쪽 참조, 이오덕, 『어린이를 생각하는 문학』, 백산서당, 1984, 103~108쪽 참조. 이번 글은 장르 구분이 목적이 아니기 때문에, 그간의 연구에서 가장 보편적 기준을 적용하여 논의를 전개하게 됨을 밝혀 둔다.

2) 일상적 언어 생활에서 아동문학의 서사 장르를 통칭하는 용어가 필요한데, '동화'는 아동문학의 서사 장르를 통칭하는 용어이면서, 전래동화, 창작(문예)동화, 사실(생활)동화 등 서사(산문)의 하위 장르를 지칭하는 용어로 다시 동원되는 언어 관습이 있다. 이 점은 아동문학 서사 장르 구분에서 용어 혼선의 원인이 된다. 졸고, 「한국 소년소설 형성과 전개과정 연구」, 경상대학교 박사학위 논문, 2012, 25쪽.

작품들은 많은 아동문학 갈래 명칭 중에서 '생활 동화'라는 용어를 금방 떠올리게 만드는 현실성이 있다.

유 · 소년기에 많이 접하게 되는 동화가 생활동화[3]인데, 김리리는 생활동화에 환상의 요소를 직접 연결하여 서사를 전개하는 과감한 방식을 채택함으로 어린 독자들의 흥미를 자극하는 글쓰기 기술을 보여주고 있다.

일반적으로 동화 창작에서 생활동화(혹은 사실동화)는 생활의 사실성을 강조하면서 문학적 개연성의 용인 범위 이내에서 철저하게 현실의 서사를 전개하는 게 일반적 공식이다. 그리고 공상동화(환상동화)는 그대로의 창작 기준이 있기 마련이어서 동화의 낭만성이 허용하는 범위 안에서 풍부한 호기심과 상상력의 산물로서 시적(詩的)이며 문예적인 환상동화를 구현해 내는 것이다.

그런데 김리리의 동화는 매우 현실적인 어린이들의 모습을 근접 촬영으로 묘사하듯이 세밀하게 그려 나가면서도 판타지 동화에서 나타나는 2차 세계에 해당되는 공간을 현실 속에 그대로 재현한다.

생활동화는 생활동화대로, 또는 공상(환상)동화는 또 그대로 창작 기준이 엄연함에도 불구하고 창작 기법에서 김리리의 자유분방함이 어린 독자들을 사로잡는 요소가 되는 것으로 보인다.

김리리는 중앙대학교에서 아동복지학을 전공하고, 1999년 월간 《어린이문학》을 통해서 작품 활동을 시작한 것으로 알려져 있다. 창작 활동 20여 년의 짧지 않은 기간 동안 『만복이네 떡집』으로 대표되는 일명 '떡집 시리즈'를 연작 형태로 발표했고, 그 외 『쥐똥 선물』(2008), 『나의 달타냥』(2008), 『그 애가 나를 보고 웃다』(2011), 『감정종합 선물세트』(2014), 그리고 청소년 소설 『어떤 고백』(2010) 등 다수의 작품집을 연이어 발표하면서 역량을 보여주었다. '아동복지학'을 전공한 김리리의 이력은 동화 창작에서 어린이들

---

3) 생활동화라는 용어가 일본에서 들어왔다는 이유로 우리 아동문학 장(場)에서는 '사실동화'라는 용어로 대체되기도 한다. 이정임, 「이주홍 사실동화 연구」, 부산대학교 석사학위 논문, 2003.

의 행동 양상이나 심리 문제를 어떻게 이해하고 접근하는지 궁금해지는 부분이다. 그런 점에서 김리리의 동화 서사 전개 방식에 대해 살펴보게 된다.

## 2. 현실과 공상의 특별한 교차

생활동화[4]는 현실의 삶을 리얼하게 그려 보이는 동화다. 어린이들의 일상적인 삶, 가정과 학교와 사회에서 일어나는 여러 가지 문제를 사실적으로 그려서 어린이들에게 진실을 깨닫게 하고 참되게 살아가는 길을 생각하게 하는 얘기다.

생활동화는 평범한 일상의 얘기를 평범한 그대로 써서는 재미가 없는 동화가 되기 쉽다.[5] 평범한 일상을 작품에 그대로 반영하면 무미건조하거나, 심심해지기 때문이다. 그런데 김리리는 대부분의 어린이들이 일상에서 겪는 사소한 내용을 제재로 삼아서 서사를 전개하면서도 특별한 기법을 동원하여 절묘한 재미를 만들어 낸다. 다시 말하면 환상(판타지)의 요소를 생활동화에 직접 접목하여 흥미와 재미를 만들어 내려고 한다.

이원수는 생활동화에 대해 『이를테면 소설로서 콩트와 같은 짧은 것으로, 그 내용은 아동 생활을 그린 현실적인 이야기인데, 이런 작품들이 보여준 것은 일종의 스케치의 범위에 속하는 것"[6]이라고 밝힌 바 있다.

공상동화란 현실에서 있을 수 없는 것을 공상해서 쓴 것으로 설명하고 있다. 공상의 얘기를 쓰는 까닭은 공상 그 자체가 즐거워 쓰는 수도 있지만, 대개는 일상적인 현실의 세계로서는 보여줄 수 없는 어떤 인생의 진실

4) 우리 아동문학의 산문 갈래 동화와 소년소설로 구분되었다가, 생활동화라는 용어와 작품군의 등장으로 경계가 흐릿해졌다. 창작동화로 국한할 경우, 공상과 판타지의 전통이 풍부하지 않은 우리 사정에서는 사실적인 기법으로 썼으되 낮은 연령의 아이들을 겨냥한 유년소설이 흔히 생활동화나 사실동화라고 일컬어졌다. 원종찬, 『동화 어린이』, 창비, 2004, 84쪽 참조.

5) 이오덕, 『어린이를 지키는 문학』, 백산서당, 1984, 63쪽.

6) 이원수, 『1966년의 아동문학 개관』, 『이원수 전집 29』, 웅진, 1984, 221쪽.

을 공상 세계에서 표현해 보고자 하는 욕구 때문이다. 공상동화는 왕성한 호기심과 풍부한 상상력으로 대담하게 공상의 세계를 전개해 가야하지만 그것이 어디까지나 자연스러워야 한다.[7)]

위의 논의를 정리해 보면 생활동화와 환상동화의 영역이 엄연히 구분되어 있으며, 작품의 공간 설정에도 상당한 장치가 필요할 것으로 이해된다. 하지만 김리리 동화에는 생활(현실)과 공상의 접점이 특별한 장치를 거치지 않고 자연 습합되는 사례가 빈번하다.

김리리 동화에서 중요한 창작 기법은 전통적 화소의 적절한 활용이다. 『쥐똥 나무』는 출간 당시에도 상당히 주목을 받은 단행본 중 한 권으로 기억된다. '쥐똥'이라는 하잘 것없는 대상을 제재로 활용한 것도 탁월했고, '노력'과 '진정성'이 인간관계 형성에 중요하다는 사실을 이야기 안에서 쉽게 풀어 놓는다. 학교 생활에서 '진정한 친구 만들기'가 결코 쉽지 않고, 어린 독자들에게는 가장 중요한 문제인 점을 감안하면 하찮을 법한 '쥐똥'이 해법의 대안이 된다는 것은 동화에서 소중하다.

김리리의 창작 세계를 대표하는 키워드 중 하나는 '떡'이다. 『만복이네 떡집』(2010), 『장군이네 떡집』(2020), 『소원 떡집』(2020), 『양순이네 떡집』(2021), 『달콩이네 떡집』(2021)으로 이어지는 '떡 시리즈'이다.

'떡 시리즈'에서는 제목에서 알 수 있듯이 한국인뿐만 많은 외국인들도 대부분 호기심을 보이고, 좋아하는 중요한 먹거리 '떡'이 주요 제재로 활용된다. '만복'이, '장군'이, '양순'이, '달콩'이로 연결되는 인물들이 지나다니는 골목 어귀에, 어제까지 보지 못했던 '떡 집'이 난데 없이 눈앞에 나타나 인물들의 발걸음을 유혹한다.

학교에서 교우관계로 또는 학업 때문에 지칠 대로 지친 주인공 인물들은

---

7) 이오덕은 "공상 동화에서 조심할 것은 자칫하면 감정이 넘쳐서 시적인 표현으로 기울어지는 것"을 우려하고 있는데, 이로 보면 공상동화를 환상(성)동화로 이해할 수 있는 측면이 있다. 뿐만 아니라 공상은 메르헨으로 발전할 수도 있는 것으로 설명하였는데, 습합 지점 폭이 넓은 아동문학 갈래는 일도양단으로 구분하기에 난점이 있다. 이오덕, 『어린이를 지키는 문학』, 백산서당, 1984, 63쪽. 103~107쪽 참조.

갖가지 떡이 즐비한 떡집을 발견하고 떡집 안으로 끌리듯이 들어가면서 환상은 시작된다. '떡 집' 안은 환상공간이다. 만복이, 양순이, 장군이가 가지고 있는 각각의 개별적인 고민에 문제 해결 방안이 조성된다. 이들이 가지고 있는 개개의 고민이 맞춤형으로 풀리는 환상이다.

『만복이네 떡집』은 제목에 드러난 대로 만복이가 화자다. 그렇다면 만복이에게 문제는 무엇일까, 나쁜 말버릇이다. 만복이의 의지나 본심과는 다르게 말을 할 때마다 욕설이 먼저 튀어나오는 버릇 때문에 친구를 사귀지도 못하고, 친구들에게 인기도 얻지 못하는 고민을 가지고 있다. 떡집 시리즈의 또 하나 정보는 한 편의 이야기가 끝이 날 때 또 다른 이야기를 예고하는 방식이다.

김리리의 '떡 집 시리즈' 중 한 권이라도 읽은 어린이라면 아마도 학교를 파하고 돌아가는 길목에서, 어제까지는 보지 못했던 '낯설고도 이상한 떡가게'가 혹시 나타나 있지 않을까 한 번 이상은 두리번거렸을 거라고 생각한다. '떡 시리즈'에서 '떡 집'은 그만큼 유혹적으로 독자의 눈길을 끈다.

어린 시절은 특히 판타지에 탐닉하게 된다. 어른들에 비해 힘이나 능력에서 한계에 부딪히게 될 때 가공의 힘이나 매직적 도구가 동원되어 문제가 척척 해결되기를 바라는 간절함이 크다. 그런 아이들의 마음에 꼭 부합될만한 이야기들이 떡집 시리즈이다.

김리리의 동화에서 만들어지는 판타지는 전설적 사고방식이나 전통적 세계관에 기반을 두고 자유롭게 차용된다. 『마법의 빨간부적』(2018)은 생활동화에서 가장 빈번하게 채택되는 형제 간의 다툼이다. 어디선가 날아온 '빨간 부적' 때문에 4학년 초록과 1학년 연두 형제의 영혼이 바뀌는 대 참사가 일어난다. 서로를 이해하기 위해 상대방 처지가 되어 본다는 해법을 제시하고 있는데, '출처 불명의 부적' 한 장으로 몸이 바뀌는, 전설에서나 일어날 법한 일이 현대 창작동화에서도 쉬이 통용되는 것은 당황스러운 일면이 있지만, 어린이 독자들의 가독력을 추동하는 방법이라는 점에서 용인될 수는 있을 듯하다.

전설 혹은 민담 화소가 등장하는 것은 이뿐이 아니다. 김리리는 민담, 전설의 세계를 적극 활용하고 있다. 『화장실에 사는 뚜꺼비』(2007)에서는 변비로 고생하는 준영이 문제를 화장실 '두꺼비'가 해결해 준다. '두꺼비'가 문제를 해결하고, 행운(?)을 가져다 준다는 이야기는 민담에서는 매우 익숙한 화소다. 『그 애가 나를 보고 웃고 있다』(이후 『그 애가~』로 통칭)는 민담적 요소가 더욱 적극 차용된다. 『그 애가』는 납량특집과 같은 이야기 세계에서 오랜 기간 굳건하게 Top 지위를 지키고 있는 '여우 변신'이 핵심 화소다. 시골에서 전학 온 소녀 '머루'는 '정말 변신한 여우일까?' 하는 궁금증은 서사 진행되는 동안 줄곧 이어진다. 그런 중에 결정적으로 머루는 영재에게 의문의 노란 구슬까지 건넨다.[8]

> 머루는 손에 쥐고 있던 노란 구슬을 나에게 내밀었다. (…) 나는 여드름이 말끔히 사라지기를 마음속으로 간절히 바라면서 구슬을 삼켰다. 신기하게도 구슬은 입에 넣자마자 미끄러지듯 목구멍으로 잘 넘어갔다.[9]

AI가 온갖 힘든 일을 하고, 5G 시대에 사물 인터넷으로 난제가 해결되는 듯한 스피드 시대의 창작동화에서 '여우 변신 화소'나 '요술 구슬'은 다소 엉뚱하게 보이기도 한다. 하지만, 어린 독자들은 그들 앞에 놓여진 나름대로의 문제 때문에 전전긍긍하고 있는 것 또한 어쩔 수 없는 그들의 인생이다. 『그 애가~』에서 영재가 직면한 여드름 문제이거나 아니면 영재 주변의 친구들이 가지고 있는 자잘한 문제들. 그 문제가 아무리 사소하게 보일지라도 어린 인생들은 그들 인생에서 난제를 풀기 위해 외부의 강력한 방법을 간절히 바라게 되는 것이다. 그것은 판타지라는 방법으로 동원되

---

8) 이런 화소는 『여우 누이』와 같은 '여우 변신 이야기'에 절대적으로 사용되는 요소이다.
9) 김리리, 『그 애가 나를 보고 웃고 있다』, 비룡소, 2011, 71~72쪽.

는 것이다. 판타지의 필요성은 우선 어린이들의 세계를 판타지로 활짝 열어 주기 위해서, 매여 있는 어린이들을 자유롭게 풀어놓아 주고 싶은 이유이다. 다음으로 인간스러운 마음을 가지도록 하기 위해서, 그리고 창조적 삶의 태도를 가지도록 하기 위해 어린이들을 판타지 세계로 안내할 필요가 있다. 그리고 사회의 실상을 판타지 방법으로 오히려 더 쉽게 알게 해 주는 효과가 있기 때문에 판타지는 언제나 권장되고, 장려된다.[10] 하지만, 판타지를 어떻게 설정하는가의 과제는 모든 동화작가에게 남아 있는 문제이다.

다만, 현대 창작 동화 『그 애가~』에서 '여우 변신'이라는 황당 요소를 해결하기 위해 '낮잠', 그리고 '꿈'으로 이야기가 마무리 된다. 꿈과 상상력은 판타지의 세계를 창조하는 데 필요한 요소이자 방법론적 수단이라고 할 수 있다.[11] 하지만 판타지 세계가 '꿈'으로 설정되는 것은 낮은 단계 판타지 공식이라는 것이 대부분의 연구에서 통용되는 결론임은 앞으로 창작에서 고려할 필요가 있다고 본다.

『나의 달타냥』(2008)은 김리리의 여러 작품 곳곳에서 나타나는 판타지 서사와는 전혀 다른 양상을 보여준다. 사육장을 탈출한 떠돌이 개 이름을 '달타냥'으로 지어 주면서 관계가 형성된 외로운 소년 민호의 관점이 교차하여 전개되는 장편동화 『달타냥』은 촘촘한 구성을 보여주면서 김리리의 이야기 능력을 한껏 보여준다. 민호의 관점으로 서술되는 '슬픈 눈의 이야기'와 떠돌이 개의 관점으로 '달타냥의 이야기'가 교차 전개된다.

아동문학은 윤리성과 교육성을 그 내용적 특질로 삼는다. 이러한 윤리성과 교육성은 아동 심신의 연령적 발달 단계, 곧 단계성을 바탕으로 출발한다. 아동의 성장 단계에 따라 그 내용이 알맞게 주어져야 됨은 물론이지만 언제나 발전적, 진보적, 윤리 도덕을 미적 인식과 감동에 의해 전달하는 것도 아동문학의 사명이다.[12] 이런 훈의(訓意)는 선악을 사실적으로 부각시

10) 이오덕, 『어린이를 지키는 문학』, 백산서당, 1984, 108쪽.
11) 이상현, 『아동문학 강의』, 일지사, 1987, 77쪽.

키기보다 상대적인 입장에서 교육적으로 다루어야 되며, 그것도 아동의 성장에 이바지하는 문화성과 흥미성을 바탕으로 하여 보다 차원 높은 교육적 의도가 내포되어야 한다. 아동복지를 전공한 김리리 작가의 서사에는 아동문학이 특수 문학으로 일컬어지는 교훈적 요소에도 공을 들이고 있는 것이 드러나 있다.

## 3. 가독성과 현실성의 외줄 타기

김리리의 작품에서 판타지가 적극적으로 만들어지는 것은 『뻥이요 뻥』에서도 반복 재현된다. 김리리는 어떤 절차 없이도 판타지를 만들어내는 능란함이 있다. 판타지 세계를 꿈꾸어 보지 않은 사람이 어디 있으랴! 어려운 문제에 부딪힐 때마다 판타지 방법으로 문제가 해결되는 놀라운 비법은 어린 독자들이 가장 열망하는 방법이 아니겠는가. 왜냐하면 그들 어린 독자들도 이렇게 복잡한 세계 속에서 난제를 풀어 나가야 할 그들의 인생이 있는 것이고, 문제에 직면할 때마다 능력 부족으로 그들도 좌절을 경험하기 때문인 것이다. 그들이 스스로 문제를 헤쳐나가기는 역부족이고, 어른들은 그들에게 '무슨 걱정이 있냐?'며 윽박지르기 일쑤가 아닌가. 그때 판타지는 독자들을 매혹하기에 필요 충분 조건이 아니겠는가.

> 판타지는 필경 인간의 소원을 충족시켜 주기 위해서 생겨난 문학이다. 공상을 마음껏 즐기는 놀이의 정신이 판타지를 창조해 간다고 하더라도 그 정신의 밑바닥에는 소망이 깔려 있는 것이다. 그러기에 판타지에는 어떤 교훈이나 철학이 얼마든지 주제로 담길 수 있다.[13]

---

12) 이재철, 『아동문학 이론』, 형설출판사, 1983, 14쪽.

13) 이오덕, 앞의 책, 107쪽.

아동문학의 가치는 물론 작품 그 자체에 있음은 말할 나위도 없다. 참으로 건전한 문학은 文學刑象(형상)의 작용이라는 독자적인 기능을 통해서 독자를 교육하고 있다. 작품에 그려진 세계, 작중 인물의 상상, 감정을 독자에게 선명하게 전달해 줌으로써, '읽는 이의 인생적 시야를 넓히고', '현실 인식을 올바르고 풍부하게 하고', '인간에 대한 이해를 깊게 하고', '예술적 인식을 가지면서 깊이에 대해 자각하는 교육적 역할'을 한다는 목적을 가진 특수한 문학임은 부정하기 어렵다.[14)]

하나의 작품이 교육성을 지닌다는 것은, 그것을 읽은 어느 독자가 인간 형성에 바람직한 영향을 받았다고 믿어질 때 비로소 말할 수 있다. 김리리 작가의 동화는 표면상 재미의 요소가 두드러지는 것으로 드러난다. 하지만 '떡 시리즈'에서도 볼 수 있듯이 아이들의 입장에서는 그들의 고민을 해결하고, 어른 입장에서는 아이들의 습관을 고쳐주려는 '친절한 선생님'의 교훈적 목소리가 간절하게 담겨 있음을 서사 곳곳에서 발견하게 된다.

일상의 얘기를 '재미'로 변신시키려 문제에 대부분의 작가들은 고심에 고심을 거듭하고 있다. 현실에서는 불가능한 일이 묻지도 따지지도 않고 일어나는 판타지 세계는 어떠한 전제된 조건에서 형성된다는 공식이 있다는 것을 눈이 높은 독자들은 이제 대부분 알고 있다. 판타지 조성의 어려움은 현실에서 비현실로 옮겨 가는 통로를 어떻게 설정하는가 하는 구성에도 유의해야 하고, 무엇보다도 먼저 일상의 일들을 새로운 각도로 바라보는 관점 등이다. 김리리 작가의 작품에는 어린 독자들의 마음을 충분히 즐겁게 해 주는 판타지가 현장에서 바로 일어난다. 아이들이 바라는 것을 충족시켜주는 작가가 되려는 열망으로 이해된다.

---

14) 석용원, 『아동문학원론』, 學研社, 1982, 21-22쪽.

# 이러한 전사

– 김성범론

마성은(문학평론가, 문학박사)

## 1. 아동문학과 동방의 길

이듬해 어린이날 100돌을 앞두고 이곳저곳에서 갖은 일을 마련하고 있다. 그런데 떠들썩하게 되불러 낸 방정환의 모습이 미심쩍다. 천도교 민족해방운동의 투사 방정환의 모습은 온데간데없고 동경 유학파 모던보이 방정환의 모습만 또렷하기 때문이다. 둘 다 방정환의 모습이니, 어느 한쪽만을 내세우며 다른 한쪽을 돌아보지 않는 일은 없어야 한다.

그러나 이른바 포스트주의가 점령군처럼 주둔하고 있는 요즈음은 천도교도 민족해방운동도 투사도 다 유행에 뒤떨어진 후줄근한 담론으로 여겨진다. 온갖 급진적인 포즈는 죄다 취하며 호들갑을 떨어대는 포스트주의자들이 그리 최신 유행을 따르는 데 목을 매고, 담론을 상품인 양 여기는 데 망설임이 없다는 것은 같잖은 일이다.

이른바 산업화 세력과 민주화 세력이 번갈아 권력을 쥐며 각축을 벌이는 동안, '조국 근대화'란 구호 아래 시작된 일상세계 · 정신세계의 전반 서방화 · 상품화는 일사불란하게 진행되었다. 이제 동경 유학파 모던보이 방정환은 근대화의 기수로 떠받들어진다. 그런데 천도교 민족해방운동의 투사 방정환이 꿈꾸던 근대가 지금의 이 징그러운 꼴이었을까. 방정환의 '어린이'는 서방에서 허울 좋은 '인권'을 수입한 것일까.

일상세계 · 정신세계의 전반 서방화 · 상품화에 익숙해진 자들은 시간을 단절된 것으로 여기는 서방적 시간관을 곧이곧대로 따른다. 그들은 근대가 과거와 단절을 통해 서방에서 이식된 것이라고 믿는다. 그들은 현재를 과거에서 떼어내고, 더 진보한 때라 믿는 현재를 과거보다 높은 자리에 둔다. 그리하여 과거를 현재의 눈으로만 헤아리고자 하며, 현재의 믿음을 정당화하기 위한 수단으로 과거를 동원하여 억지로 끼워 맞춘다. 방정환의 어린이운동과 아동문학이라는 열매만 내세우는 것은 방정환을 동원하는 것일 뿐이다. 방정환을 동원하는 것이 아니라 계승하려 한다면, 그의 실천과 인식이 모두 동방의 길을 내려 한 것이었음을 마음에 새기는 것이 마땅하다.

익히 알려진 것처럼 방정환은 서방 문화를 거북하게 여기지 않았다. 많은 이들이 그를 생각할 때 떠오르는 모습은 중절모를 쓰고 양장을 입은 모습일 것이다. 그는 모리스 르블랑(Maurice Leblanc)의 정탐 · 모험 문학을 즐겨 읽기도 했다. 다만 그는 서방 제국주의의 화려함에 넋이 나간 지식 장사치들처럼 서방에 현혹되지 않았다. 서방을 추종하지 않고 동방의 길을 내려 했다는 점에서 그는 박은식 · 옌푸(严复) · 캉유웨이(康有为) · 차이위안페이(蔡元培) · 량치차오(梁启超) · 루쉰(鲁迅) · 량수밍(梁漱溟) · 펑유란(冯友兰) · 표도르 미하일로비치 도스토옙스끼(Фёдор Миха́йлович Достое́вский) · 니콜라이 세르게예비치 트루베츠코이(Николай Сергеевич Трубецкой) · 레프 니콜라예비치 구밀료프(Лев Никола́евич Гумилёв) 등과 견줄 만하다.

방정환이 세상을 떠난 뒤에는 중계 무역상 일본을 거쳐 수입된 서방 지식을 진리인 양 떠받들며 추종하는 지식 장사치들이 넘쳐나기 시작했다. 그럼에도 아동 문단에서는 서방을 추종하지 않고 동방의 길을 내려는 외침이 끊이지 않았으니, 참으로 방정환의 후예들이라 할 만하다. 이원수는 민족아동문학이 살기 위해서는 민족이 지닌 현실적 이상을 바르게 나타내야 하며, 외세에 시들어 가는 민족 생활을 덮어 두지 말고 민족 자주정신을 드러내야 한다고 말했다.[1] 이오덕은 '서민적'이란 말은 '민족적'이란 말과 다르지 않다며, '서민적' 민족아동문학을 내세웠다.[2] 이재철은 통일시대 아동문학이 민족문학의 논리를 추구해야 하며, 민족문화가 점차 기계문명 · 물질문명에 짓눌리는 것을 막기 위해 세시풍속 같은 것들을 작품화해야 한다는 뜻을 밝혔다. 그리고 물질 만능 경제 제일주의 사회가 도덕과 윤리 개념마저 허물고 사람을 타락의 구렁텅이로 몰고 있다고 비판하며, 경제 논리에 짓눌린 정신 우위 사상을 북돋아야 한다고 힘주어 말했다.[3)]

2000년대 말부터 '프랑스제처럼 포장된 미제 포스트주의'[4)]가 지식 시장을 독과점하면서, 거시적 관점 · 거대담론은 유행에 뒤떨어진 후줄근한 상품으로 취급되며 잽싸게 진열장에서 치워졌다. 거시적 관점 · 거대담론의 필요성을 말하면, 자명한 것들과 결별하지 못하고 시대착오적으로 집착한다며 손가락질 받게 되었다. 포스트모던 세계에서 자주 · 통일 · 민족을 이야기하면 쇼비니스트가 될 뿐이다. 포스트히스토리 세계에서 역사 · 해방 · 민중을 이야기하면 본질론 · 결정론 · 환원론으로 몰리다가 끝내 '대중 독재'니 '미시 파시즘' 따위 낙인이 찍힐 뿐이다. 포스트트루스 세계에서 사실은 아무 가치도 없으며 현실은 '탈주'해야 할 시공간일 뿐이다. 급기야 포스트휴먼까지 입에 올리며 '주체의 죽음' · '저자의 죽음'으로도 모자라서 '인간의 죽음'까지 교사하는 지경에 이르렀다. 이 무슨 분열증적 광란이며 집단 자살인가. 온갖 죽음을 고지하고 다니는 포스트주의자들은 저승사자를 연상시킨다. 아니, 그들은 서방을 추종하니 그림 리퍼(Grim Reaper)라거나 죽음의 전도사라 하는 편이 올바르겠다. 그림 리퍼나 죽음의 전도사라는 비유가 그들의 감성을 거스른다면, 천사라고 일컫자. 연상호 감독의 드라마 「지옥」(2021)에서 지옥행을 고지하고 다니는 그 천사 말이다. 이러한 아수라장에서 도깨비마을 촌장을 살펴보는 것은 그럴듯한 일이 아닐 수 없을 것이다. 촌장의 이름은 김성범이다.

---

1) 이원수, 「민족문학과 아동문학」, 『한국아동문학』 4집-아동문학의 전통성과 서민성, 1974, 62~63쪽.
2) 이오덕, 「아동문학과 서민성」, 『시정신과 유희정신』, 창작과비평사, 1977, 105~107쪽.
3) 이재철, 「통일시대의 아동문학」, 《아동문학평론》 2000년 가을호, 12~13쪽.
4) 홍세화, 「피자헛과 포스트모더니즘」, 《인물과 사상》 1999년 6월호.

## 2. 김성범의 아동관

중국을 대표하는 아동소설 중에 치우쉰(邱勋)의 『설국몽』(雪国梦, 1989)이라는 작품이 있다. 우리나라에는 『눈의 나라로』(보림, 2018)라는 제목으로 번역 출간되었다. 역자는 번역서의 서문에서 권정생이 좋은 글이란 어떤 글이냐는 물음에 "읽고 나서 불편한 느낌이 드는 글"이라 대답한 것을 언급한다. 곧이어 『눈의 나라로』는 읽고 나서 불편한 느낌이 드는 작품이라 말한다.[5) ] 『눈의 나라로』의 주인공 시추에(喜鹊-까치라는 뜻)는 물을 길러 갔다가 강에 빠져 생명을 잃을 수도 있는 사고를 경험한다. 사고 이후 시추에는 두 차례나 더 무언가에 홀린 듯이 사고를 겪었던 강으로 향하는 경험을 한다. 사고 경험이 외상성 신경증으로 남은 것이다.

김성범의 아동소설 『몽어』(파랑새, 2021)를 읽으며 자연스레 『눈의 나라로』를 떠올렸다. 김성범은 책 첫머리에 실린 작가의 말에서 "이 작품이 책으로 만들어지기까지 시간이 무려 삼 년이나 걸렸다."라고 말하며, "내가 썼지만 다시 읽어 내는 것이 너무 힘들었습니다."라고 털어놓았다. 작가는 가까운 사람의 죽음을 경험하는 것은 "어린이라고 비켜설 수 없는 일"이라 힘주어 말하며, "이 글을 어린이들과 함께 읽고 여럿이 진솔한 마음으로 죽음에 대한 이야기를 나눌 수 있는 기회가 되었으면 좋겠습니다."라는 바람을 밝혔다.[6)]

가까운 사람의 죽음을 경험하면 누구나 아픔을 느낀다. 그 가까운 사람이 아동일 때에는 그저 아픔으로 그치지 않고 외상성 신경증으로 남는다. 『몽어』에서 나래네 식구는 나래의 동생 파랑이가 강에 빠져 숨을 거둔 뒤에 다들 외상성 신경증에 시달리게 되었다. 그 일 뒤로 나래네 집에서는 웃음은 물론 말까지 거의 사라졌다. 특히 엄마가 더 그런데, 좀체 나래에게 관

---

5) 邱勋: 《雪国梦》; 두전하 역, 『눈의 나라로』 1, 보림, 2018, 7쪽.
6) 김성범, 『몽어』, 파랑새, 2021, 6~7쪽.

심을 보이지 않는다. 파랑이와 물 구경을 하러 갔다가 혼자만 돌아온 나래에 대한 원망이 눌어붙은 것이다. 엄마도 그 일은 그저 사고였을 뿐이며, 나래가 할 수 있는 것이 아무것도 없었음을 모르는 바 아니다. 그럼에도 파랑이를 잃은 아픔이 이성적 판단을 억누르는 것이다.

나래 할아버지 · 아빠 · 엄마의 아픔은 가늠하고도 남지만, 나래도 누구보다 아파하고 있음을 헤아리는 것이 어른다운 모습일 것이다. 그러나 다들 외상성 신경증에 시달리다 보니 미처 나래의 아픔을 보듬지 못한다. 나래는 세숫대야 물속에 얼굴을 파묻고 숨 참기를 하다가 엄마에게 맞기까지 한다. 나래가 숨 참기를 하는 까닭은 자신이 숨을 오랫동안 참으면, 그만큼 파랑이도 물속에서 숨을 잘 참아 낼 것 같다고 생각하기 때문이다. 소원을 들어주는 물고기 몽어 이야기를 듣고 나서, 나래는 수영하는 것처럼 욕조에 엎드려 온몸을 물속에 넣는다. 늦기 전에 아빠가 욕조에서 안아 올리지 않았다면, 나래도 숨을 거둘 수 있었다. 무언가에 홀린 듯이 동생이 사고를 겪은 물로 향하는 나래의 모습에서 외상성 신경증을 뚜렷이 알아볼 수 있다.

『몽어』는 앞서 말한 『눈의 나라로』와 마찬가지로 읽고 나서 불편한 느낌이 드는 작품이다. 이렇게 아픈 이야기를 아동 독자가 견딜 수 있을지 걱정하는 이들도 있겠지만, 작가의 말대로 가까운 사람의 죽음을 경험하는 것은 "어린이라고 비켜설 수 없는 일"이다. 나래와 같은 경험이 있는 아동 독자가 이 작품을 읽는 것은 무척 아픈 일이겠으나, 그만큼 아픔을 딛고 자라나는 계기가 될 것이다. 나래와 같은 경험이 없는 아동 독자라도 작품을 읽으며 광주 학살이라든지 세월호 참사를 떠올릴 수 있을 것이다. 작품은 아픔을 피하지 않고 그대로 마주하게 하며, 개인적 멍울과 공동체적 · 역사적 멍울을 아울러 어루만진다.

우리나라 아동 문단에서 가장 눈길을 모으지 못하고 있는 갈래가 아동극이다. 아동극의 아랫갈래인 아동 인형극은 아주 어려운 형편이다. 아동 극본집도 매우 드물거니와 아동 인형 극본집은 찾아보기 힘들다. 이러한 마당에 아동 인형 극본집 『도깨비 마을』(심미안, 2010)은 값진 책이 아닐 수 없다. 『도깨비 마을』에 들어 있는 아동 인형 극본 「할머니의 소원」은 광주 학살의 아픔을 녹여 낸 작품으로, 초등학교 광주민중항쟁 교과서에 실리기도 하였다.

「할머니의 소원」에서 주인공 승민이의 할머니는 요즈음 넋이 조금 흐릿해졌다. 할머니는 광주 학살 때 살해된 둘째 아들 진호의 사진첩을 가슴에 안고, 하염없이 그가 돌아오기만을 기다린다. 밤늦게 승민이를 붙들고 진호라 부르는 할머니의 모습은 무언가에 홀린 듯하다. 아빠는 진호가 죽은 것은 내 탓이라며 울음을 터뜨리고, 엄마는 할머니와 아빠에게 이제 아픈 마음을 숨기지 말고 서로 이야기하자고 말한다. 할머니와 아빠는 번갈아 진호가 죽은 것은 내 탓이라 이야기하지만, 이미 그들 탓이 아님을 잘 알고 있다. "그러지 말아야지, 다짐해 놓고 뒤돌아서면 그날이 생생하게 되살아나니"[7] 애끊는 것이다. 그러므로 할머니의 증상은 흔한 치매라기보다 심한 외상성 신경증에 가깝고, 아빠도 외상성 신경증에 시달리고 있음을 알 수 있다. 광주 사람 가운데, 아니 전라남도 사람 가운데, 아니 호남 사람 가운데, 아니 우리나라 사람 가운데 광주 학살과 관계없는 사람은 없다. 언제 태어나서 어디에서 살고 있건, 오월의 한이 맺히지 않은 때가 없고 광주의 피가 스미지 않은 곳이 없다. 광주 학살은 모든 우리나라 사람에게 외상성 신경증으로 남겨져 있다.

"지금까지 아무리 조사를 해봐도 대통령도 장군들도 총을 쏘라고 시킨 사람은 없댄다. 그러면서도 총을 쏜 장군들과 군인들은 모두 훈장을 받았지. 그러니 할미 한이 되지 않았겠냐. (잠시 관객을 바라보다) 이제 소원이 되어 버렸지만 말이다."[8] 할머니의 한이었다가 소원이 된 것은 진호, 그러니까 승민이 삼촌한테 총을 쏘게 한 책임자를 밝혀 내는 것이다. 그런데 2021년

---

7) 김성범, 「할머니의 소원」, 『도깨비 마을』, 심미안, 2010, 137쪽.
8) 김성범, 위의 글, 139쪽.

말에 노태우에 이어 전두환까지 학살 책임을 인정하지 않은 채 죽어 버림으로써, 할머니의 소원이 이루어지는 것은 보다 어려워졌다.

그럼에도 할머니는 "누구나 쉽게 들어줄 수 있는 소원"이라 말한다. 광주민중항쟁을 잊지 않는 것이 소원을 이룰 수 있는 가장 좋은 길이기 때문이다. 누군가 마음에 새겨 두고 있어야 진실을 밝힐 수 있다는 것이다. 작품이 실린 『도깨비 마을』이 나온 2010년에도 "벌써부터 5 · 18은 지긋지긋하니, 이제 그만 이야기하자는 사람"들이 있었다. 2022년 이때에는 광주학살 희생자들을 조롱하거나 깎아 내려 헐뜯는 버러지만도 못한 것들이 모른 체할 수 없을 만큼 불어났다. 지식 장사치들이 최신 유행 서방 지식 상품 소비에 넋이 나가 포스트주의 따위나 주워 섬기고 있으니, 역사의 수레바퀴를 거꾸로 돌리려는 반동이 서북청년회처럼 활개치는 것이다.

승민이는 공동체적 · 역사적 멍울을 꺼리지 않고 그대로 마주하며, 광주영령들의 피로 쟁취한 민주를 소중히 지키겠다고 다짐한다. 「할머니의 소원」도 『몽어』와 마찬가지로 읽고 나서 불편한 느낌이 드는 작품이다. 눈앞에서 인형극을 본 아동 관객들은 더 불편한 느낌이 들 것이다. 그러나 작품이 모든 등장인물이 함께 크게 웃으며 마무리되듯, 아동 독자 · 아동 관객들이 느끼는 것도 불편함에 그치지 않을 것이다. 이 작품을 읽거나 보는 아동은 아픔을 느낄 수밖에 없으나, 그 아픔은 성장통이다. 아픔을 꺼려 성장을 받아들이지 않을 수 없다면, 성장통도 기꺼이 받아들여야 한다.

김성범의 주요작 『숨쉬는 책, 무익조』(문학동네, 2002)를 처음 읽고 우리나라 아동 환상문학 가운데 이원수의 『숲 속 나라』(1949) 이후 가장 뛰어난 작품이라 생각했다. 그럼에도 처음 읽었을 때에는 아쉬움이 작지 않았다. 책이 책을 읽어 준다는 설정이 재미있었으며, 책이 들려주는 이야기는 간간하고 아름다운 데에다가 듬직한 역사의식까지 품고 있었다. 그러나 마무리가 아쉬웠다. 갑오농민전쟁을 바탕으로 듬직한 역사의식을 드러내다가 작품 끄트머리에서 "고조할아버지의 무익조는 날개 없는 새였지만 아빠의 무익조는 하늘소, 사슴벌레, 장수풍뎅이였습니다."[9]라고 마무리하니 용 머리에 뱀 꼬리처럼 느껴졌다. 역사 · 해방 · 민중을 이야기하다가 작품 끄트머리에서는 유행을 좇아 생태주의로 '탈주'하여 버린 것 같아서 입맛이 썼다.

이 글을 쓰기에 앞서 오랜만에 다시 읽어 보았는데, 작품 끄트머리에서 맥이 풀리는 느낌이 드는 것은 그대로였다. 하지만 앞서 느끼지 못했던 것을 새로이 깨닫기도 했다. 앞서 읽었을 때에는 듬직한 역사의식에 어울리는 묵직한 마무리가 아님을 그저 아쉽게만 여겼는데, 이참에 작가의 작품들을 한데 모아 놓고 생각하다 보니 작가가 뜻한 바를 가늠할 수 있었다. 이 작품을 처음 읽으면 무익조가 나오는 환상공간에만 눈길을 주기 쉽다. 그런데 환상공간의 이야기를 들려주는, 다르게 말하면 환상공간으로 건너가는 길목이 책이라는 데 눈길을 돌려야 한다. 책은 작가의 아동관을 잘 드러내는 글감인데, 이를 제대로 알아보려면 잠깐 다른 작품도 돌아보아야 한다.

초등학교 1학년 국어 교과서에 실린 그림책 『책이 꼼지락꼼지락』(미래아이, 2011)의 주인공 범이는 오락만 시작했다 하면 누가 업어 가도 모를 만큼 푹 빠지지만, 책 읽는 재미는 느끼지 못한다. 엄마한테 책 좀 보라고 야단맞은 범이는 방에 들어와서 책을 세우고 쌓으며 논다. 그때 이런저런 책의 등장인물들이 책에서 나오기도 하고, 범이가 책 속으로 들어가기도 하는 동화 같은 일들이 펼쳐진다. 아동 독자는 이 작품을 재미나게 읽으며, 자연스레 작품에 나오는 다른 책들도 읽어 보고 싶어 할 것이다. 작가가 말하려는 것은 책 읽기에 꼭 있어야 하는 것이 어른의 강요가 아닌 아동의 자주성이라는 것이다. 여기에는 비단 작가의 아동 독서관뿐만 아니라 작가의 아동관까지 담겨 있다.

작가는 전라남도 곡성군 고달면 호곡리에 있는 섬진강 도깨비마을의 촌

---

9) 김성범, 『숨쉬는 책, 무익조』, 문학동네, 2002, 198쪽.

장이다. 섬진강 도깨비마을 누리집(dokaebitown.modoo.at) 소개 글 가운데 "건강한 위험이 있는 자연을 활용한 숲놀이"라는 대목이 기억에 남는다. "건강한 위험"이라는 말이 얼마나 좋은가. 요즈음에는 아이를 위험에서 떨어뜨려 놓는 아빠와 엄마가 많다. 그들은 위험하다고 아이를 숲에 가지 못하게 하며, 더럽다고 흙에 앉지 못하게 한다. 지나치다 싶이 위험을 줄여 놓은 아파트 단지의 놀이터까지 위험하다며 마음껏 뛰어놀지 못하게 하고, 방 안에 갇혀서 영어 단어나 외우고 수학 문제나 푸는 아이를 보아야 마음을 놓는 아빠와 엄마가 적지 않다. 그런데 집 밖에서 마음껏 뛰어노는 아이보다 방 안에서 학업에 시달리는 아이가 훨씬 위험하다. 방 안에서 학업에 시달리는 아이의 몸에서는 덧난 곳이 안 보일지 몰라도, 마음에서는 덧나지 않은 곳을 찾기가 더 어려울 것이다.

섬진강 도깨비마을은 우스깨비터(도깨비 공원)와 전시관으로 이루어져 있고, 우스깨비터는 도깨비숲길 · 밧줄놀이터 · 다람쥐숲 · 부엉이숲으로 나누어져 있다. 우스깨비터에서는 "하지 마" · "안 돼" · "위험해" 이러한 말을 하지 않기로 약속하도록 권하고 있다. 더불어 숲은 마음을 기울이는 만큼 볼 수 있으며, 어른이 보여주고 싶은 것을 보여주는 것이 아닌 이이들이 보고 싶은 것을 보도록 내버려 두어야 한다고 힘주어 말한다. 섬진강 도깨비마을은 작품들 못지않게 작가의 아동관을 잘 보여준다. 작가는 아동이 어른과 마찬가지로 자주성을 가진 존재라 본다. 이에 따르면 책을 읽는 것은 아동이 자주적으로 결정할 일이다. 더불어 책은 마음이 가는 만큼 읽을 수 있으며, 어른이 읽어 주고 싶은 것을 읽어 주는 것이 아닌 아이들이 읽고 싶은 것을 읽도록 내버려 두어야 한다.

액자식 구성으로 이루어진 『숨쉬는 책, 무익조』에서 속 이야기의 시간적 배경은 갑오농민전쟁이 일어난 1894년이다. 시간적 배경은 구체적 사실이 바탕을 이루는데, 공간적 배경은 주로 환상공간이 바탕을 이룬다. 갑오농민전쟁은 우리나라 역사에서 근대의 들머리가 되는 뜻깊은 일이다. 이렇듯 뜻깊은 일이 일어난 시간을 배경으로 함과 더불어 환상공간을 배경으로 하는 것은 자칫 탈역사적 설정으로 떨어질 수 있다. 작품은 거의 환상공간을 배경으로 하는 만큼, 갑오농민전쟁을 속속들이 들추지는 않는다. 그럼에도 실제 시간과 환상공간이 매끄럽게 어우러짐으로써, 듬직한 역사의식을 드러낸다.

작품 뒤쪽에서 바깥 이야기의 주인공 한결이는 책이 들려준 이야기를 알아보려고 누리망으로 갑오농민전쟁을 검색한다. 액자식 구성의 작품에서는 속 이야기에 눈길을 주어야 한다고 생각하다 보면, 이 대목을 그냥 지나쳐 버릴 수도 있다. 그런데 이 대목이야말로 작가가 뜻한 바를 뚜렷이 드러낸다. 작가는 갑오농민전쟁이라는 뜻깊은 역사를 알려 주고 싶어 하는 어른의 생각을 따르는 것보다 아이들이 읽고 싶은 것을 읽도록 내버려 두는 것이 낫다고 보는 것이다.

어떤 독자는 놀라운 무익조 이야기에 재미를 느낄 것이고, 다른 어떤 독자는 하늘소 · 사슴벌레 · 장수풍뎅이를 무익조만큼 반가워하는 한결이 아빠를 보며 생태 문명 건설의 당위성을 깨닫는 데까지 나아갈 것이다. 물론 작가가 가장 바라는 것은 독자가 작품의 배경인 갑오농민전쟁에 마음을 두고 농민군의 정신을 되새기는 것이라 할 수 있다. 그럼에도 작가는 갑오농민전쟁을 속속들이 알려주는 것보다 배경으로 선보이는 데 만족하며, 더 알고 싶은 마음을 가지게 된 독자가 다른 책을 읽거나 누리망 검색을 통해 자주적으로 알아 가기를 바란다. 이렇게 보면 이 작품의 마무리에 아동은 자주성을 가진 존재라는 작가의 아동관이 옹골차게 담겨 있다고 할 수 있다.

작품에서 속 이야기의 주인공은 한결이의 5대조 할아버지인 연수이다. 연수 엄마는 연수가 겨우 세 살이었을 때 돌아가셨고, 동학 접주인 연수 아빠는 일본군에게 살해된다. 이 작품에도 『몽어』와 「할머니의 소원」처럼 가까운 사람의 죽음이 담겨 있는 것이다. 그렇다면 작가는 무엇 때문에 가까운 사람의 죽음을 여러 작품에 걸쳐 담아낸 것인가. 아동도 아픔을 꺼리지 않고 그대로 마주해야, 성장통을 딛고 당당하게 살아갈 수 있다는 생각 때문이다. 작가는 꾸준히 아동 역시 자주성을 가진 존재라는 아동관을 담아내고 있는 것이다.

## 3. 김성범과 도깨비

오늘날에는 서방적 아동관이 해방적인 것이라 여기기 쉽지만, 사실 서방적 아동관은 아동을 주체로 내세운 것이 아니라 객체화한 것이었다. 제국주의로 자본을 축적한 서방 유산계급은 아동에게 예쁘장한 옷을 입히고 인형처럼 만들어 놓았다. 무산계급 아동은 나쁜 노동 환경에서 장시간 고강도 노동에 시달렸지만, 유산계급 아동은 심미화되었으며 유산계급의 취향을 거스르지 않도록 당의정을 입힌 민화는 아동문학 상품으로 가공되었다.[10)]

서방적 아동관은 인권이라는 포장을 걸치고 있다. 그러나 서방적 아동관은 아동을 위험에서 떼어내 보호받아야 하는 존재로 묶어 둠으로써, 아동기를 성인기로 발돋움하기 위한 구름판으로 전락시켰다. 이러한 서방적 아동관은 아동기와 성인기, 나아가 시간의 연속성보다 단절성에 무게를 두는 서방적 시간관을 바탕으로 한다. 반면에 아동은 세계와 자기 운명의 주인으로서 자주적으로 살며 발전하려는 존재라는 아동관은 아동기와 성인기, 나아가 시간의 단절성보다 연속성에 무게를 두는 동방적 시간관에 뿌리를 두고 있다.

오늘날 서방적 아동관에 사로잡힌 자들에게 아동문학을 읽는 것은 사치스러운 짓이자 시간 낭비이다. 그들은 그렇게 낭비할 시간에 영어 단어를

---

10) 마성은, 「아동문학으로 내는 대전환의 길-중부담 중복지국가로」, 《아동문학평론》 2020년 겨울호, 33~34쪽.

외우거나 수학 문제를 풀어야 경쟁에서 뒤처지지 않고 살아남을 수 있다고 말쑥하게 타이른다. 책을 읽어야 한다면 어릴 때부터 경제관념을 길러야 하니 부자 되는 법, 주식 · 부동산 투자법, 시간 · 인맥 관리법 따위를 세뇌하는 아동도서를 읽는 것이 합리적이고 효율적인 시간 관리라고 광고한다. 국가와 민족을 위해 기꺼이 스스로를 버린 사람들을 밀어내고, 부와 명예를 차지한 재벌 회장 · 사업가 · 운동선수 · 연예인들이 위인전 목록을 화려하게 꾸며대고 있다.[11)]

동방적 아동관은 인권이라는 포장을 걸치는 대신 인격을 갖추도록 가르쳤다. 아동이 학습하는 『천자문』(千字文) · 『동몽선습』(童蒙先習) · 『명심보감』(明心寶鑑) · 『격몽요결』(擊蒙要訣) · 『소학』(小學) 등은 모두 글자만 깨치게 하는 것이 아니라 전인 교육을 위해 복무했다. 시간의 연속성에 무게를 두는 동방에서는 현재가 과거보다 더 뜻있다거나, 미래가 현재보다 더 뜻있다고 생각하지 않았다. 마찬가지로 성인기가 아동기보다 더 뜻있다고 생각하지 않았다. 동방적 시간관 · 인생관은 단절이 아닌 유기적 흐름을 내세운다. 흐름은 일방적이지 않다. 장강을 멀리서 보면 뒷물결이 앞물결을 밀어내는 것 같으나, 가까이서 보면 뒷물결은 앞물결과 뒤엉켜 흐른다. 흐름은 태극의 이치를 따른다.

도깨비는 우리 조상들의 삶 속에 함께한 정다운 존재이다. 그러나 서방사람들이 '발견'이니 '개척'이니 포장하여 아메리카 원주민들을 학살하고 살 곳을 빼앗은 그대로, 서방화가 우리나라를 온통 짓이기면서 도깨비가 설 자리도 사라졌다. 그런데 도깨비를 그저 재미있는 글감으로 소비하는 데 그치지 않고, 다시 불러들여 살 곳을 내어 주는 작가가 있다. 그가 김성범이다.

도깨비를 소비하는 것과 도깨비와 더불어 살아가는 것은 무척 다르다.

---

11) 마성은, 「다른 반쪽을 알아 가는 길-김정일 시대의 동화」, 《아동문학사조》 제2호, 56쪽.

핼러윈이니 뭐니 하는 미국 귀신 잔칫날에 도깨비 탈바가지 쓰고 돌아다니는 것은 자주적인 모습이 아니라 귀신까지 식민화되어 버린 기지촌 풍경일 뿐이다. 도깨비를 다시 불러내기만 하는 것은 아무짝에도 쓸데없는 짓이다. 우리 조상들의 삶 속에 함께한, 우리 조상들의 마음속에 살아 숨 쉬던 도깨비가 어떤 존재인지 제대로 알아야 한다. 그러므로 도깨비를 알아 가는 것은 우리 조상들을 알아 가는 것이자, 과거와 현재가 뒤엉켜 흐른다는 점을 받드는 것이다.

작가는 전라남도 곡성군의 섬진강변에 있는 아름다운 마을에서 태어났다고 한다. 그리고 2002년부터 지금의 섬진강 도깨비마을이 있는 곳에서 살고 있다. 그러다 보니 자연스레 섬진강 도깨비살에 얽힌 충정공 오천 마천목(忠靖公 梧川 馬天牧, 1358~1431) 장군의 전설을 자주 들었을 것이다. 『숨쉬는 책, 무익조』에서 바깥 이야기의 주인공 한결이는 5대조 할아버지에 얽힌 이야기를 듣게 된다. 나는 그 마음을 넉넉히 알 수 있다. 내가 장흥 마씨인데, 우리 가문 중시조가 충정공이기 때문이다. 충정공의 후손이 충정공의 전설로 여러 작품을 내어놓고 섬진강 도깨비마을까지 만들어 촌장으로 지내고 있는 작가를 살피는 글을 쓰게 된 것은 필시 충정공을 섬기던 도깨비들이 조화를 부린 것 아니겠는가.

작가는 충정공과 도깨비살에 얽힌 작품을 쓰기 위해 관련된 자료를 두루 섭렵했다. 이를 바탕으로 아동 교양도서 『도깨비를 찾아라!』(문학들, 2011)와 인문 그림책 『사라져 가는 우리의 얼, 도깨비』(미래아이, 2018) · 『도깨비도 문화재야?』(품, 2019)를 펴낼 만큼 도깨비에 박식하다. 그는 도깨비가 우리 민족의 정서를 담고 있는 존재라고 보며, 전 지구적 서방화와 그에 따른 역사의 종언에 맞서 국제 관계 민주화 · 다극적 문명의 조화를 위해 투쟁하는 전사가 되어야 한다고 주장한다.

김성범의 작품 가운데 가장 널리 알려진 것은 『숨쉬는 책, 무익조』일 것이다. 그러나 가장 널리 알려진 작품을 꼭 작가의 대표작이라 할 수는 없다. 그의 대표작은 동화 『도깨비살』(푸른책들, 2004)이다. 그는 이 작품에 이어 아동 인형 극본집 『도깨비 마을』, 그림책 『도깨비가 꼼지락꼼지락』(미래아이, 2015) · 『숲으로 간 도깨비』(품, 2019) · 『도깨비 닷냥이』(품, 2020) · 『신기한 푸른 돌』(품, 2021) 등 도깨비와 같이 아동문학 창작을 이어 가고 있다. 즉, 『도깨비살』은 그의 창작의 분수령이다.

그는 좀스러운 책상물림이 아니다. 그는 아동문학 작가일 뿐만 아니라 어린이운동가이다. 인형극도 하고, 창작 동요 음반도 냈으며, 무엇보다도 섬진강 도깨비마을까지 만들었다. 다각적인 활동을 살펴보고 있노라면, 그가 영락없는 방정환의 후예임을 알 수 있다. 그런데 섬진강 도깨비마을을 비롯한 그의 다각적인 어린이운동은 거의 『도깨비살』에서 나온 것들이다. 즉, 이 작품은 그의 삶의 분수령이자 도깨비방망이라 할 수 있다.

책 뒤쪽에 실린 작가의 말에서 밝히고 있듯이, 작품에는 자전적 요소가 많이 들어 있다. 자전적 요소가 많이 들어가면 사실에 뿌리를 내린 아동소설 창작으로 이어지기 쉬운데, 이 작품은 재미있게도 환상에 뿌리를 내린 동화로 창작되었다. 아무리 자전적 요소가 많이 들어 있다 하더라도, 도깨비가 나오는 작품인 만큼 동화로 창작하지 않을 수 없었을 것이다. 이는 도깨비가 이미 작가의 삶 속 깊숙이 자리하고 있다는 뜻이기도 하다. 작가는 우리 조상들의 삶 속에 도깨비가 자리 잡고 있었다는 것을 전근대적 태도라거나 비과학적 발상이라 낮잡아 보지 않는다. 그뿐만 아니라 스스로도 기꺼이 도깨비와 더불어 살아가고 있다.

작가가 서슴없이 도깨비와 더불어 살아갈 수 있는 까닭은 서방 귀신들과 달리 도깨비는 악한 존재가 아니기 때문이다. 서방 귀신들은 서방문명권의 근본인 기독교의 신에 대적하는 존재이다. 반면에 도깨비는 중화문명권의 근본인 유학(儒學)의 천하질서에 순응하는 존재이다. 작품에서 할아버지가 도깨비들이 충정공에게 순응했던 까닭을 묻자, 도깨비 대장은 "우리 도깨비들은 효성이 지극하고 의로운 사람에게 약하거든."이라고 대답한다.[12)]

도깨비는 전통 미덕 혹은 전통 핵심 가치관인 '인의예지신'(仁義禮智信)을 존중하며, 나이에 아랑곳없이 대의명분을 지키는 대인을 공경한다. 도깨비는 비록 짓궂은 장난을 즐길지언정, 착한 사람에게는 해를 끼치지 않고 오히려 도움을 준다. 이렇듯 도깨비는 우리 민족의 정서를 담고 있는 존재이기 때문에, 얼마든지 사람과 같이 살 수 있는 것이다. 이와 같은 도깨비의 특색은 충정공의 분부를 받들어 도깨비살을 쌓는 모습을 통해 상징적으로 드러난다.

도깨비살에 얽힌 충정공의 전설은 『도깨비살』의 뿌리를 이루고 있을 뿐만 아니라, 동요 「도깨비살」 · 아동 인형 극본 「도깨비살」 · 그림책 『신기한 푸른돌』 같은 아동문학 작품으로 끊임없이 다시 쓰이고 있다. 그뿐만 아니라 섬진강 도깨비마을까지 만들게 함으로써 어린이운동에 이바지하고 있으며, 곡성군의 특색 있는 관광 자원으로 자리 잡아 지역 경제 활성화에도 크게 기여하고 있다. 충정공의 분부를 받들어 쌓은 도깨비살이 과거에는 고기잡이에 크나큰 도움을 주었다면, 현재에는 관광 산업에 크나큰 도움을 주고 있는 것이다. 중국 고대 민간 4대 전설 중 하나인 「백사전」(白蛇传)의 배경이 된 시후(西湖)가 항저우시(杭州市)의 주요 관광 자원으로 자리 잡아 지역 경제에 크게 기여하고 있는 것과 마찬가지이다. 이와 같은 사례들을 통해 문학의 소중함과 위력을 새삼 확인할 수 있다.

작가는 아직 『도깨비살』을 읽는 것을 어려워할 수도 있는 초등학교 낮은 학년까지의 어린 독자를 위해 『신기한 푸른돌』을 내어놓았다. 『도깨비살』은 도깨비살에 얽힌 충정공의 전설 이외에도 작가의 분신이라 할 수 있는 할아버지의 이야기가 상당량을 차지한다. 반면에 『신기한 푸른돌』은 충정공의 전설만 짧은 분량으로 담아낸 그림책인 만큼, 어린 독자들이 어렵지 않게 읽을 수 있다. 조경희의 그림도 독자를 사로잡을 만하기 때문에, 어린

12) 김성범, 『도깨비살』, 푸른책들, 2004, 101~102쪽.

독자들이 도깨비를 생각할 때 가장 먼저 떠오르는 모습으로 자리 잡기에 충분하다.

『책이 꼼지락꼼지락』과 연속성을 갖는 『도깨비가 꼼지락꼼지락』은 교과서에 실린 『책이 꼼지락꼼지락』보다 더 간간하게 읽을 수 있는 작품이다. 도깨비의 특색 가운데 빼놓을 수 없는 것이 해학성인데, 『도깨비가 꼼지락꼼지락』은 해학성이 도드라지는 작품이다. 『숲으로 간 도깨비』를 읽으면 놀이운동가 편해문의 『아이들은 놀기 위해 세상에 온다』(소나무, 2007) · 『놀이터, 위험해야 안전하다』(소나무, 2015) · 『위험이 아이를 키운다』(소나무, 2019) · 『아이들은 놀이가 밥이다』(소나무, 2020)가 떠오른다. 편해문의 놀이운동과 김성범의 아동문학 · 어린이운동이 맞닿아 있기 때문이다. 『숲으로 간 도깨비』는 학업에 치여 시들어 가는 우리 아이들에게 정말 필요한 것은 집 밖에서 마음껏 뛰어노는 것이며, 마음껏 뛰어놀 공간이 부족한 아이들을 위해 숲이 필요하다는 주제를 담은 작품이다. 『도깨비 닷냥이』는 자본주의에 대한 문제의식을 담은 작품으로, 시장경제도 사회 질서와 공동체적 가치에 복무해야 함을 일깨운다. 『숲으로 간 도깨비』와 『도깨비 닷냥이』는 과거부터 존재했던 도깨비와 현재의 문제를 놓고 머리를 맞대며 미래의 실마리까지 찾는 작품들이다. 이 작품들에서도 시간의 연속성에 무게를 두는 동방적 사고를 찾아볼 수 있다.

작가가 도깨비를 분신처럼 여기며, 도깨비와 더불어 아동문학 창작 · 어린이운동에 매진하는 데 어떤 의의를 부여할 수 있을까. 작가는 민족아동문학이 살기 위해서는 민족이 지닌 현실적 이상을 바르게 나타내야 한다고 말한 이원수와 '서민적' 민족아동문학을 내세운 이오덕을 계승하고 있는 것이다. 그리고 민족문화가 점차 기계문명 · 물질문명에 짓눌리는 것을 막기 위해 세시풍속 같은 것들을 작품화해야 하며, 경제 논리에 짓눌린 정신 우위 사상을 북돋아야 한다는 이재철의 뜻을 잇고 있다. 방정환의 후예인 그들의 목소리가 서방을 추종하지 않고 동방의 길을 내려는 것이었음은 앞서 말한 바 있다. 작가에게 도깨비는 우리 민족의 정서를 담고 있는 존재이자, 전 지구적 서방화와 그에 따른 역사의 종언에 맞서 국제 관계 민주화 · 다극적 문명의 조화를 위해 투쟁하는 전사이다. 도깨비가 작가의 분신임을 떠올려 보면, 작가 역시 이러한 전사라 할 수 있다.

## 4. "무형의 전장(无物之阵)"

지금까지 김성범의 아동관이 담겨 있는 작품들을 살펴보았으며, 작가의 분신이라 할 도깨비를 내세운 작품들도 살펴보았다. 먼저 작가의 아동관은 아동이 어른과 마찬가지로 자주성을 가진 존재라는 것이다. 아동은 위험에서 떼어내어 멸균실에 갇혀 있어야 하는 존재가 아니다. 아동은 위험과 부딪치며 면역력을 키우고, 생채기가 나으며 성장하는 존재이다. 계속 위험에서 비켜선 채로 살게 되면, 성장에 꼭 필요한 면역력과 치유력을 키울 수 없다.

아동에게는 위험을 무릅쓰는 용기와 아픔과 맞부딪지는 경험이 필요하다. 아동이라고 아픔을 비켜 갈 수는 없기 때문이다. 널리 알려진 아동문학 작품 가운데 죽음이 얽힌 작품들이 없는 것은 아니나, 쉬이 찾아볼 수 있다고 하기도 어렵다. 아동에게 죽음을 이야기하는 것은 짐스러운 일임에 틀림없기 때문이다. 그런데 작가는 가까운 사람의 죽음을 여러 작품에 걸쳐 담아내었다. 아동도 아픔을 꺼리지 않고 그대로 마주해야 성장통을 딛고 당당하게 살 수 있다고 생각하기 때문이다. 여기에는 아동 역시 자주성을 가진 존재라는 작가의 아동관이 담겨 있는 것임을 알 수 있었다.

다음으로 작가는 도깨비를 그저 재미있는 글감으로 소비하는 데 그치지 않고, 다시 불러들여 살 곳을 내어 주고 있다. 도깨비를 소비하는 것과 도깨비와 더불어 살아가는 것은 무척 다르다. 도깨비와 더불어 살아가려면 우리 조상들의 삶 속에 함께한, 우리 조상들의 마음속에 살아 숨 쉬던 도깨비가 어떤 존재인지 제대로 알아야 한다. 그러므로 도깨비를 알아 가는 것은 우리 조상들을 알아 가는 것이자, 과거와 현재가 뒤엉켜 흐른다는 점을 받드는 것이다.

작가는 우리 조상들의 삶 속에 도깨비가 자리 잡고 있었다는 것을 전근대적 태도라거나 비과학적 발상이라고 낮잡아 보지 않는다. 그뿐만 아니라 스스로도 기꺼이 도깨비와 더불어 살아가고 있다. 작가가 서슴없이 도깨비와 더불어 살아갈 수 있는 까닭은 서방 귀신들과 달리 도깨비는 악한 존재가 아니기 때문이다. 도깨비는 비록 짓궂은 장난을 즐길지언정, 착한 사람에게는 해를 끼치지 않고 오히려 도움을 준다. 그러므로 도깨비는 얼마든지 사람과 같이 살 수 있다. 작가에게 도깨비는 우리 민족의 정서가 반영된 존재이며, 전 지구적 서방화와 그에 따른 역사의 종언에 맞서 국제 관계 민주화 · 다극적 문명의 조화를 위해 투쟁하는 전사이다. 도깨비가 작가의 분신임을 떠올려 보면, 작가 역시 이러한 전사라 할 수 있다.

지금 이대로 일상세계 · 정신세계의 전반 서방화 · 상품화가 마무리되면 전 지구가 서방과 다를 바 없는 모습으로 획일화된다. 세계가 포스트주의로 획일화되면 '주체의 죽음' · '저자의 죽음'으로도 모자라서 '인간의 죽음'까지 교사하는 죽음의 전도사들이 살육제를 선포할 것이다. 지금 우리 눈앞에 펼쳐진 풍경은 루쉰의 산문시 「이러한 전사」(这样的战士, 1925)에 묘사된 풍경을 옮겨 놓은 듯하다. 아동문학은 「이러한 전사」에서 말하는 "무형의 전장"(无物之阵)이라 해야 할 것이다. 김성범은 과거를 소중히 여기고 뿌리를 살뜰히 살피며, 서방을 추종하지 않고 동방의 길을 내고 있는 전사이다. 루쉰이 말한 것처럼, "이러한 전사가 필요하다."(要有这样的一种战士——)

# 억지를 탈피한 자연스러운 서사
## – 김향이 작품론

정혜원(동화작가, 문학박사)

### 1. 아동문학에 대한 예의

일반 독자는 아동문학을 성장기에 읽는 교육용 책으로 인식하는 경우가 허다하다. 아동문학가가 창작할 때 얼마나 고군분투하는지 모르기 때문이다. 사실 성인이 된 아동문학가가 어린이를 위한 작품을 창작해야 하기 때문에 아주 많은 고심을 해야 하고 세심한 배려가 필요하다. 점점 출산율도 떨어지고 결혼도 하지 않는 추세라 아동문학이 언제까지 존재할 수 있을지 모른다는 위기감마저 든다. 이런 와중에 아동문학 창작에 어려움을 토로하는 것도 자괴감이 들기도 한다. 과거부터 아동문학에 대한 편견이나 의견이 분분했다.

평론가인 사라 스메드먼은 "희망은 어린이책의 생명이다. 그 책의 독자들은 인생의 시작 단계에 있고, 각자 개인차는 있겠지만 아직 잔인한 영역에는 도달하지 않았으며, 성장과 변화의 가능성이 있다고 여기기 때문이다. 우리가 알고 있는 세계를 지지하기 위한 허구적 세계에서는 결론에 늘 성장과 변화의 여지가 남아 있어야 한다."[1] 사라 스메드먼이 말한 것처럼 이것이 현실에서 다 통할 수 있는 통념이면 좋겠으나 꼭 그렇지 않은 것이 우리 사회의 현실이다.

---

1) 페리 노들먼, 『어린이문학의 즐거움 2』, 시공주니어, 2003.

아동문학에 있어 '희망'이 중요한 코드이긴 하지만 모든 것이 다 희망적이지도 또 비관적이지도 않다는 것은 세상 사람이라면 다 알 것이다. 이 말에 너무 집착하거나 함몰되면 자연스럽지 못한 서사를 창작해 낼 가능성이 높다. 초창기 아동문학에서 보면 이런 류의 작품들이 대다수였고, 1980년대에 작품에서도 다수 발견할 수 있다. 문학작품에서 예술성과 교육성을 따지는 이유도 여기에 있을 것이다. 작가가 아무리 좋은 의도로 좋은 메시지를 담은 작품을 창작했더라도 너무 작위적이거나 교육성이 돌출되면 독자에게 외면당할 것이다. 작가라면 누구나 이것에 대한 고민이 있을 것이다. 현재 출간된 아동문학 작품 중에서도 심심찮게 작가의 의도나 교육성이 지나치게 두드러진 경우를 보게 된다. 교육에 열을 올리는 학부모나 교사들 때문인지 모르겠으나 이런 사고에서 벗어날 때 비로소 제대로 된 작품을 쓸 수 있을 것이다. 어린이처럼 처음 만나는 세상은 굳이 교육이란 말을 하지 않아도 그 모든 것이 교육이라 할 수 있을 것이다. 작가의 사족은 거추장스러운 옷에 불과하다.

김향이 작가는 다방면에 재능이 많은 작가이다. 이미 많은 연구자나 작가들이 김 작가에 대한 평을 내놓은 바 있다. 인형을 잘 만드는 작가, 무척 매력적이다. 만드는 것에 끝나지 않고 거기에 서사를 창조해 내고, 전시를 하고 강연을 한다. 정말 글쟁이, 이야기꾼다운 삶이다. 어릴 때 인형에 대한 추억이 성인이 되어 작가가 된 현재도 인형은 작가의 삶에서 빼놓을 수 없는 키워드가 되었다. 그 재능이 부러울 정도이다. 그동안 인형과 관련된 글이 많이 발표되어 여기서는 현실성에 기반을 둔 작품만 다뤄 보려 한다.

김 작가는 전북 임실에서 태어나 유년을 보냈다. 어릴 때는 유약하여 방에서 주로 지냈기 때문에 아픈 어린이의 마음을 이해할 수 있었고, 향리에서 자랐기 때문에 대자연이 주는 겸손과 포근함, 자연스러움을 지닐 수 있게 되었다. 또 그곳에서 많은 결핍을 가진 사람들, 소외된 사람들을 많이 보았을 것이다. 이 모든 것들이 작가의 한쪽 기억의 방에 있었고, 작가가 되어 다시 꺼내 작품에 주인공으로 등장하거나 서사의 모티프로 활용하게 되었다. 대도시든 지방이든 사람이 사는 곳이면 어떤 문제가 발생하기 마련이고 거기서 파생된 결핍이나 소외를 느낄 수 있을 것이다. 그 경우의 수도 정말 다양하다. 어떤 인생도 다 똑같을 수 없기 때문에 작품에서 보여주는 것처럼 다각도에서 포착되고 다양한 방식으로 드러내고 있는 것을 발견할 수 있다.

## 2. 결핍과 소외의 회복

김 작가의 작품 중 현실성을 기반으로 한 몇 작품을 간추려 보았다. 『달님은 알지요』, 『내 이름은 나답게』, 『나답게와 나고은』, 『바람은 불어도』, 『쌀뱅이를 아시나요』를 중심으로 살펴보려 한다.

이들 작품의 공통분모는 역시 결핍과 소외다. 이것은 어떤 사람도 피해갈 수는 없는 조건일지 모른다. 다만 어떤 강도로 어떻게 그 상황에 처해지느냐는 각기 다를 수 있다. 특히 어릴 때 이런 상황에 놓이게 되면 아직 선경험이 많지 않기 때문에 성인에 비해 강도가 더 세게 느껴질 수 있을 것이다. 그 결과 한 개인의 성격 형성에 큰 영향을 주고 제대로 극복하지 못할 경우 사회 부적응자가 될 수도 있고 범죄의 길로 빠져들 수 있을 것이다. 물론 이것을 피해갈 수 있는 방법은 아주 단순하거나 성인보다 더 화통해서 그것을 극복하는 것이다. 현실적으로 어린이가 그렇게 할 수 있는 확률은 매우 희박하다. 그렇기 때문에 많은 아동문학가가 이런 소재에 천착하는 것이다. 김 작가 역시 이 소재를 작품에서 다수 다루고 있다.

『달님은 알지요』는 김 작가의 첫 장편소설이며 제23회 삼성문예상을 받은 작품이다. 작품 첫 부분부터 무당집 아이인 송화가 등장한다. 사실 송화의 등장은 독자에게 강렬한 인상과 호기심을 불러일으킨다. 현재도 마찬가지지만 극한 상황에 몰린 사람들이 찾는 이가 무당이다. 그런데 무당에게 마음의 위안을 얻고 오면서도 일상에 돌아오면 그런 사람을 아주 멸시하는 경향이 있다. 어린 송화도 그것을 잘 알고 있기에 "난 무당질은 안 해! 절대로."라고 다짐한다. 송화의 할머니는 무당이다. 사람들이 이웃으로 지내는 것조차 꺼리는 직업이다. 위에서 언급한 것처럼 사람들은 자기가 두려울 때는 무당을 찾아가다가 일상이 평안해지면 대놓고 무시하는 양가성을 보인다. 무당을 엄밀히 말해서 카운슬러라고 할 수는 없지만 일정 부분 그런 역할도 하고 있다는 것을 부인할 수는 없을 것이다. 무당은 힘든 상황에 몰리거나 인간으로서 극복할 수 없는 일이 생길 때 사람들이(내담자) 찾아가면 이야기도 들어주고 문제도 해결해 주는 역할을 한다. 물론 그것이 해결되는지는 과학적으로 미지수지만 그렇더라도 불안했던 마음, 두려웠던 감정의 찌꺼기를 지울 수 있는 부분도 있다. 이런 일을 송화의 할머니가 하는데, 송화는 이런 할머니가 불편하고 창피하다. 여기서 작품의 균열이 생기고 결핍과 소외 의식이 발생한다.

이 와중에 송화의 외로움을 덜어 줄 인물이 영분이와 길에서 주운 검둥이란 개다. 마음 붙일 곳이 없는 송화에게는 매우 중요한 존재이다. 영분은 술주정뱅이 아버지가 있어 매일 사는 것이 살얼음판이고 늘 동생을 업고 다니며 돌봐야 하는 처지에 있다. 그러나 한 가닥 희망은 집 나간 엄마가 사정이 좋아져서 자신을 데리고 가기를 바란다. 6,70년대 어느 시골에서나 종종 볼 수 있는 장면이다. 검둥이란 개는 송화가 외롭고 힘들 때 힘이 되는 존재이다.

송화 할머니는 싫든 좋든 남의 집에 애사나 불행을 쫓고 어르기 위한 굿을 해서 생계를 유지한다. 이 인물에게도 복잡한 사연이 있다. 한국전쟁 때 가족과 생이별을 했고, 하나 있는 아들은 결혼을 했으나 며느리가 죽고 딸(송화)을 맡기고 기약도 없이 사라졌다. 사실 이 작품에 등장하는 모든 캐릭터가 결핍의 연속선상에 서 있다. 어느 한 구석 편한 구석이 없다는 것이 또 공통점이다. 이러한 캐릭터를 작가는 그냥 두지 않는다. 감정이입도 하고 자기 일처럼 보듬어 안고 하나씩 풀어내기도 한다. 사건을 진행하는 솜씨도 매우 안정적이고 노련해서 독자가 작품을 수용하는 데 매우 자연스럽게 한다.

송화의 아버지인 봉동이 돌아와 도시로 이사를 가서 할머니와 송화, 아버지가 한 데 살 수 있는 행운이 찾아왔고, 영분이는 아버지가 결국 술 때문에 사망하지만 엄마가 돌아와 동생과 함께 살 수 있게 되었다. 함께 살게는 되었지만 어떤 옛이야기처럼 모든 것이 한꺼번에 회복되거나 행운이 찾아오는 결말을 짓지는 않는다. 왜냐하면 현실에서 그런 일은 존재하지 않기 때문이다. 작가는 결핍과 소외가 최고조로 치닫고 극대화 되었을 때 희망이 손짓하게끔 약간 틈을 준다.

결말 부분은 할머니가 갈구하는 것, 즉 우리 민족이 갈구하는 통일에 대한 염원을 통일굿으로 마무리한다. 송화 할머니가 할 수 있는 것은 굿이고 굿을 통해 자신의 희망을 구현하는 것이다. 굿과 무당은 이 작품에서 양가적인 경향을 띠지만 작가가 우리의 정신세계에 가지고 있는 무속적인 면을 잘 아우르며 사건을 진행해 나갔기 때문에 별 무리가 없어 보인다. 또 생경한 굿의 순서나 행위도 독자가 자연스럽게 접할 수 있게 해 주었고, 사투리 역시 작품과 잘 어울리는 부분이었다.

『쌀뱅이를 아시나요』란 작품 속에는 단편동화 일곱 편이 실려 있다. 제목에서 느껴지듯이 성인 독자에게는 과거의 향수를 불러일으키고 아동 독자에게는 선배 세대의 실상을 알 수 있는 부분이다. 일곱 편에 등장하는 캐릭터는 모두 작가의 기억 속에 실제 있던 캐릭터이다. 가끔 작가란 참 무서운 존재라는 생각이 들기도 한다. 아주 어릴 때 만났던 사람들이 언젠가는 다시 살아나 작품 속에서 활동을 하니 말이다. 현실에서 산 자나 죽은 자나 작품에서는 다 생명을 불어넣을 수 있다는 것이 창작의 매력이 아닐 수 없다.

'막둥이 삼촌'이란 캐릭터는 작가가 여고 시절 자매처럼 친하게 지냈던 순희 언니의 동생이 모델이 되었고, '버버리 할아버지'는 양로원에서 본 노인을 모델로 했다. '홍점'이는 얼굴에 손바닥만한 점이 있는 아이를 보고 작가에게 연민으로 남아 작품 속에서 캐릭터로 살려냈다. 이 역시 결핍과 소외된 캐릭터들이다. 이 중 홍점이 등장하는 단편 「너무너무 사랑하니까」란 작품에서는 홍점과 사고로 다리를 저는 아저씨가 등장한다. 두 인물은 모두 육체의 질고를 안고 있는 캐릭터이다. 홍점은 얼굴에 있는 붉은 점이 콤플렉스인데, 거기다 주변 또래로부터 놀림을 받고 있으며, 그로 인해 자존감에 심한 상처를 받고 있다. 그러나 다리를 저는 아저씨는 결핍을 이기고 심한 콤플렉스에 시달리는 홍점에게 위로와 희망을 주는 조력자로 등장한다.

> "하느님은 먼 데 하늘에서 홍점이를 금방 알아보시려고 이마에 붉은 점을 칠해 놓으셨단다."
> "왜요?"
> "홍점이를 너무너무 사랑하니까."
> "……."
> "하느님이 사랑의 표시를 해 준 사람은 세상을 함부로 또 멋대로 살 수 없는 거야. 왜냐하면 남의 눈에 금방 띄고 오래오래 기억되니까 착하게 살 수밖에 없거든."
> 나는 아저씨랑 헤어져서 깽깽이 발로 뛰어왔어요.
> 아저씨는 정말 좋은 사람이에요. 아저씨야말로 하느님이 사랑의 표시를 해 주셨다고요. 아저씨도 자기 몸에 사랑의 표시가 있다는 걸 알고 있을까요?[2)]

2) 김향이, 「너무너무 사랑하니까」, 『쌍뱅이를 아시나요』, 파랑새, 32~33쪽.

사람은 누구나 인정받고 존중받고 싶어 한다. 여기 등장하는 홍점은 자기 스스로 콤플렉스에 시달리고 있으며 또래 친구들의 따돌림까지 가중되어 더욱 자존감에 상처를 입고 자포자기한 상태였다. 이런 홍점에게 아저씨야 말로 하느님이 보낸 선물 같다. 아저씨가 홍점에게 '신이 선택한 사람'이란 찬사를 해 주며 자존감이 회복되게 한다. 홍점이 아저씨와 헤어져 깽깽이 발로 뛰어오는 것은 자신의 자존감이 회복된 것은 물론이거니와 아저씨의 장애를 이해하려는 지점까지 도달했다는 뜻이다. 그리고 아저씨의 저는 다리도 자신과 같이 신이 준 표식이라고 생각한다. 이렇게 홍점은 자신이 가진 결핍과 소외감을 아저씨를 통해 해소하며 희망을 가진다. 이 작품이 대단히 새롭거나 큰 이슈를 불러일으키는 작품은 아니나 우리 일상에서 종종 만날 수 있는 사람이나 사건을 통해 아주 자연스럽게 작품 속에서 위로와 치유를 주고 있다는 데 긍정적으로 평가할만 하다.

우리나라는 세계 입양 국가 1위라는 불명예스러운 등급을 가지고 있다. 방송을 통해 입양된 사람들이 한국에 와서 부모를 찾는 경우를 종종 접한다. 「쌀뱅이를 아시나요」란 작품은 우리 과거의 자화상이다. 어려운 시절 입양된 쌀뱅이(현, 마거릿)는 마흔 살이 되어 자신의 뿌리를 찾기 위해 고국에 돌아온다. 나(순애)는 기억을 되짚어 그 아이가 쌀뱅이란 걸 알게 되고, 두 사람이 만나서 어린 시절에 갔던 숯막의 낙서를 보며 예전의 우정을 떠올린다. 비록 부모를 만나지는 못했지만 친구를 통해서 고국의 따뜻한 정을 느낀다는 것으로 끝을 맺는다. 자기 인식도 되지 않은 상태에서 입양된 어린이가 타국에서 겪었을 혼란과 고통은 우리가 보지 않아도 얼마든지 예상이 되는 부분이다. 거기서 느꼈을 좌절과 절망, 소외와 차별은 쌀뱅이에게 얼마나 힘들었을까. 그것을 조금이라도 치유하는 것이 고국에서 소꿉친구를 만나 유년의 기억을 회상하는 부분이다. 이 역시 서사 진행에 있어 억지가 없고 자연스럽다. 차보금 선생이 평한대로 '안정된 구성의 잘 다듬어진 동화'란 말이 쏙쏙 들어온다.

'모든 어린이 문학은 행동 지향적인데 도덕적, 정서적 언급 없이 넘어가는 예는 극히 드물다. (중략) 어린이 문학의 원초적 원동력은 교훈이다. 자극적인 모험 이야기, 집이 가장 좋은 것임을 배우는 작은 생명체에 대한 이야기에서조차 동화작가들은 거의 언제나 주인공이나 독자가 자극적인 행동 안에 내포된 도덕적, 정서적 의미에 초점을 맞추기를 원한다.'[3]고 한다. 성인인 아동문학가가 내포 독자인 어린이를 대상으로 창작하기 때문에 자꾸 이런 일이 발생하는데, 교훈적인 내용이 잘못되었다는 것은 아니지만 지나치게 설교조로 남발하지 말아야 한다는 뜻이다. 김 작가의 작품에서는 굳이 교훈적인 메시지를 따로 떼어 강조하지 않아도 작품 속에 잘 융해되어 있기 때문에 읽는 독자로 하여금 탄탄한 서사와 메시지를 읽어 내는 데 별 무리가 없어 보인다.

작품에서 자연스런 진행은 작품의 미덕이지만 그것도 쉬운 일은 아니다. 숙련되거나 아주 내공이 깊은 작가라야 가능한 일이기 때문이다. 결국 우리 현실 속에 지금도 있을 쌀뱅이나 홍점(장애우)과 같은 어린이에게 결핍과 소외는 감당하기 어려운 문제이다. 제2의, 제3의 결핍과 소외는 어느 시대를 막론하고 있기 마련인데, 현실을 외면하지 않고 자연스럽게 끌어와 형상화하고 따뜻한 메시지를 전한다는 것이 매우 고무적이다.

## 3. 반복과 변주의 스펙트럼

작품에 있어 반복은 어린이 독자로 하여금 잘 몰입하게 하거나 주제를 강조할 수 있는 장치로 널리 사용된다. 출간된 아동문학가의 작품을 보면 비슷한 소재나 주제의 작품을 만날 수 있다. 한 작가가 그럴 수도 있고 각

---

3) 앞의 책, 328~329쪽.

기 다른 작가가 그럴 수도 있다. '해 아래 새로운 것이 없다.'는 말처럼 작가가 아무리 새로운 것을 창작해 낸다고 해도 어디선가 영향을 받았다는 것을 의미한다. 그러기에 아예 새로운 것이 존재하지 않을지 모른다. 그렇다면 작가는 어떻게 해야 할까. 그럼에도 불구하고 작가는 새로운 것을 만들어 내야 하고 독자는 그럴 거라고 믿는다. 태고부터 사람이 가지고 있는 보편적인 사고, 생활양식이 비슷하기 때문에 이러한 결과를 가지고 오는데, 작가라면 설사 같은 소재와 주제를 쓰더라도 자신의 개성에 따라 차별화 되게 써야 하는 것이 큰 과제라 할 것이다.

김 작가의 『바람은 불어도』, 『내 이름은 나답게』, 『나답게와 나고은』은 반복과 변주로 이루어진 작품이다. 이들 작품 모두 사람에게서든 상황에서든 결핍이 나오고 그것을 견디고 극복하는 모습이 반복된다. 이들 작품을 보면 21세기인 현재에 그것도 제4차 혁명이 도래했다는 이 시대에도 불운한 어린이는 여전히 존재한다. 작품을 읽는 내내 독자로 하여금 가슴이 저리도록 슬프고 아프게 한다.

『바람은 불어도』에 등장하는 나우네 집은 엄마와 아빠의 갈등에서 시작한다. 엄마는 디자이너로 프랑스에 가서 자신의 꿈을 펼치고 싶어 하고 공무원인 아빠는 현실에 만족하며 국내에서 살고 싶어 한다. 그렇다고 꿈이 없는 것은 아니다. 야생화 농원을 하기 위해 나름대로 연구하며 준비하고 있다. 꿈이 다른 것이지 누구의 꿈이 옳다거나 더 좋다고 평할 수는 없는 문제다. 부부의 문제는 거기서 끝나지 않고 한 가족의 문제로 대두된다.

나우는 프랑스도, 아빠가 근무하는 지방도 가고 싶어 하지 않는다. 자식이라고 마음대로 하려는 부모의 사고가 매우 부적당하다고 생각하고 거기에 반발하기도 한다. 엄마와 외할머니는 장래를 위해 나우가 프랑스로 가야 한다고 주장하고, 나우는 외국에 가서 따돌림이나 차별을 받고 살기 싫다며 한국에 남을 것을 고집한다. 결국 나우는 친할아버지 집에 가서 살게 된다.

전학 간 곳에 흥곤이란 아이는 아버지 얼굴도 모르고 태어났고, 어머니는 다른 데 시집을 가는 바람에 외삼촌 식당에서 온갖 잡일을 하고 치매 걸린 할머니의 대소변을 받아 내며 힘겹게 살아가고 있다. 도저히 그 나이에 할 수 있는 일이 아니지만 실제 흥곤은 그렇게 살고 있었다. 또래 친구들에게 누명을 써도 변명조차 하지 못한다. 누구 하나 자신을 인정하고 지지해 주는 사람이 없기 때문이다.

나우가 같은 반 선동의 게임기를 감췄는데 그것이 불쌍한 흥곤이 한 것처럼 되어 나우가 사과하러 가지만 흥곤은 생활에 치이고 힘든 나머지 거기에 별 반응을 보이지 않는다. 이 일로 나우는 흥곤에게 미안한 마음을 가지게 되고, 어느 날 흥곤이 버스를 타고 가는데 함께 동행하게 된다. 무기력한 흥곤도 도저히 참을 수 없는 날, 엄마를 찾아 나선 것이다. 흥곤은 엄마를 만나면 그동안 억울했던 것도 실컷 말하고, 하고 싶었던 것, 가지고 싶었던 것을 다 가지겠다는 희망을 가지고 찾아갔으나 빈집만 남아 있어 또 절망하게 된다. 거기다 산속에서 어둠과 비를 만나 큰 난관에 빠진다. 우연히 자연 다큐멘터리를 찍는 PD아저씨를 만나 나우와 흥곤이 구조된다. 두 캐릭터는 아저씨가 하는 일을 보고 멋지다고 생각한다.

> "부모로부터 태어나는 건 너의 선택이 아니었지만 네 삶을 행복하게 만드느냐 불행하게 만드느냐는 너의 선택이고 책임이야. 스스로 선택한 삶을 책임지려는 노력을 해야 한다는 말이다. 돈이 많고 적은 것은 그다지 중요하지 않아. 내 마음이 행복한가 아닌가가 중요한 거야."[4)]

흥곤의 상황이 어디로든 봉합하기 힘들 지경이지만 나우 역시 처한 상황이 좋지 않다. 이때 바람처럼 나타난 조력자며 희망 전도사가 PD아저씨다.

---

4) 김향이, 『바람은 불어도』, 비룡소, 2007(2006년 초판), 177.

말 그대로 부모를 선택할 수 없지만 그렇다고 해서 절망하고 자신의 삶을 망칠 수는 없는 일이다. 자신의 삶을 행복하게 설계하고 열심히 사는 것이 중요하다고 슬며시 권하는 아저씨를 보며 두 캐릭터는 멋지게 생각하고 다시 마음을 다잡으며 어려운 현실을 극복하려 한다. 물론 현실은 동화처럼 막무가내로 긍정적이거나 아름답지 않다. 앞으로 더 가혹해지거나 어려워질 수도 있으나 한 번씩 조력자를 만나므로 해서 각오를 새롭게 할 수 있는 기회가 된다.

우리 현실에서도 부모 때문에, 자신이 처한 상황 때문에 힘든 어린이들이 의외로 많다. 결국 같은 주제가 김 작가의 작품 속에서 건너다닐지언정 반복과 변주를 통해 '힘내라, 괜찮다. 희망을 가져라.'라고 말하는 것이다.

『내 이름은 나답게』에 등장하는 나답게 역시 힘든 상황에 봉착해 있다. 아버지가 음주운전을 하다 벼랑에 떨어지는 바람에 어머니는 사망하고 아버지는 다리를 크게 다쳤다. 가족에게 치명적인 이 사건에 대해 아무도 말하지 않는 것이 불문율이 되었다. 거기다 고모네 가족이 나답게 집에 이사오면서 더 좌충우돌이 시작되었다. 주인공 나답게가 기본적으로 처해 있는 상황이 다른 또래 친구들보다 열악하다. 김 작가의 작품에 등장하는 캐릭터들은 다 열악한 상황에 처해 있다. 이런 저런 상황은 변주되지만 작가가 말하고자 하는 것은 한결같이 어린이들이 좌절하거나 실의에 빠지지 않고 희망을 가지고 열심히 살라는 메시지다.

이 작품의 후작으로 나온 것이 『나답게와 나고은』이다. 전작이 독자에게 큰 인기를 끌었기 때문이다. 어머니가 없는 나답게에게 엄마가 생기는 일은 일생일대의 큰 사건이다. 새로 결혼할 정 선생은 미나란 딸이 있는데, 온통 제멋대로 행동하고 귀여움을 독차지하려 한다. 여기서 갈등은 시작되고 나답게가 마음을 다잡고 새 가족을 진정한 가족으로 받아들이기까지 힘든 여정을 거친다. 또 등산학교를 통해 자신과의 싸움에서 이기고 미운 미나도 나답게 동생, 나고은으로 받아들일 수 있을 만큼 성장한다.

작가의 또 다른 미덕은 무척 학구적이란 점이다. 작품 속에 무당이 나오거나 굿이 나오거나 등산학교가 나와야 한다면 두말없이 발로 뛰어 전문지식을 완벽하게 섭렵한 후에 작품을 가공하기 때문에 독자가 문학작품을 읽었을 때 미처 몰랐거나 기존에 알았던 것도 새롭게 인식시키게 하는 힘이 있다. 나답게가 처한 상황, 나답게 아버지가 처한 상황, 나고은 어머니가 처한 상황, 나고은(미나)이 처한 상황이 다 어렵다. 현재 이혼 가정, 한 부모나 조부모 가정이 아주 많아서 이상할 것도 없고 흔한 일상이 되었다. 그렇더라도 그 상황에 처하고 보면 성인이든 어린이든 감당하기 힘든 것이 사실이다. 이럴 때 소울메이트가 있으면 좋겠지만 책을 통해 위로 받고 힘을 얻을 수 있다면 얼마나 바람직한 일인가.

김 작가의 작품에서 보면 상황은 계속 반복되고 변주를 거듭한다. 이것은 메시지를 강화하는 역할을 한다. 작가는 이런 반복과 변주로 자신의 작품을 더 탄탄하게 구성하고, 아울러 하고자 하는 메시지를 자연스럽게 강화시키고 있다.

## 4. 작품을 통한 치유와 위로

그동안 일반 문학에 비해 아동문학이 비하되거나 폄하 당하는 일이 비일비재했다. 문학으로 인정받지 못하는 설움을 감내하면서 굳게 지켜온 것은 아동문학에 대해 열정을 가진 작가와 연구자 때문이다.

김 작가는 현실의 문제와 판타지를 두루 섭렵하고 작품으로 빚어 내는 내공을 가진 작가다. 여기서 현실성을 다룬 작품들의 특징은 하나같이 결핍과 소외의식을 가지고 있다고 해도 과언이 아니다.

한 인생을 살면서 결핍과 소외감은 느끼지 않고 사는 사람은 별로 없을 것이다. 작품에 등장하는 다수의 캐릭터는 작가가 현실에서 포착한 실제

인물들이다. 실제 보았거나 경험했던 인물을 차곡차곡 기억의 창고에 쌓았다가 작품 속에서 생생하게 살려 낸 것이다. 사실 작품에서 편안하고 행복한 것만 그려 낸다면 별 문학적 재미가 없을 것이다. 기본적으로 균열과 갈등으로 작품이 시작된다.

김 작가의 작품 역시 그렇고 그것을 어떻게 변주해서 묘사하느냐는 작가의 몫이다. 결핍과 소외감을 가진 어린이, 성인 캐릭터를 등장시켜 세태를 고발하거나 소통하기를 원하고 그것을 반복과 변주로 작품을 풍성하게 만들며 생각할 거리를 제공한다. 그리고 이것을 통해 똑같지는 않더라도 독자가 가지고 있는 문제를 동일시하여 스스로 해결하고 치유하며 위로를 받는 역할을 하고 있다.

우리는 상실의 시대에 의사소통이 원활하게 이루어지지 않아 진정한 만남이 부재한 곳에 거하고 있다. 이럴 때 독자에게 작품이 없다면 얼마나 삭막한 삶을 살까 하는 생각을 잠시 해본다.

어디도 발을 붙이지 못하고 부유(浮游)하는 삶을 살았을지도 모르는데, 작품은 독자를 더 단단하게 해 주고 한 줄기 희망의 빛을 비춰 준다. 이 모든 것이 작품 속에서 자연스럽게 등장하고 자연스럽게 풀어 나가며 자연스럽게 메시지를 전한다는 것이 김 작가의 미덕이라고 할 수 있을 것이다.

독자나 아동 문단에서 인형을 잘 만드는 작가로만 이미지가 굳어질까 노파심이 들었는데, 현실성을 근간으로 한 작품에서 이렇게 빛나고 있었다니 놀라운 발견을 한 거 같아 평자로서 감사하다.

김 작가가 앞으로 어떤 작품을 내놓고 독자를 화들짝 놀라게 할지 벌써부터 기대에 부푼다.

# 인물로 빚은 담론 확장의 미학
– 김희숙 작품론

**노혜진**(문학평론가, 박사과정 수료)

## 1. 서론

작가가 작품을 통해 자신만의 문학 세계를 세워 가는 것은 인고(忍苦)의 과정을 거친다. 특히 동화작가는 아이들의 눈과 귀에 쉽게 다가가되 문학으로서의 미학을 지닌 작품을 창작해야 한다. 즉, 작가가 아이들과 관련한 문제를 발견하여 이를 작품화할 때 사실의 단순 재현이 아닌 개연성에 바탕을 둔 인물과 서사로 문학화할 수 있어야 한다는 것이다.

그런 점에서 1990년대 한국 동화를 살펴보면 사실주의에 기반을 둔 작품이 많다. 작품의 소재가 될 수 있는 문제적 현실을 포착하여 이를 고발하고 현실의 이면을 드러내는 문학적 기법이 주를 이룬 것이다. 특히 전통사회에서 인습처럼 치부되어 온 '여성, 장애, 생태'에 관한 여러 문제들이 이 시기의 동화를 통해 본격적으로 작품화되었다.

이러한 문학적 흐름에 동참한 작가 중 한 사람이 바로 김희숙이다. 김희숙(金熙淑 1958~)은 전남 장성에서 태어나 광주교육대학교를 졸업하고 교육자의 길을 걸으며 1995년 자연스레 동화에 입문하였다. 교육자로서의 자긍심이 그로 하여금 동화의 길로 들어서게 한 것이다. 그가 등단 후 지금까지 출간한 동화집은 『엄마는 파업 중』(2001), 『하늘을 난 오리』(2002), 『매를 사랑한 참새』(2003), 『학교는 우리가 접수한다』(2008), 『길가메시의 모험』(2009), 『천방지축 안젤라 수녀님』(2010), 『일기장 통신』(2010), 『쌍둥이 때문에 생긴 일』

(2011), 『멋진 왕자님을 위한 러브 짱』(2012), 『숫자 없는 아파트』(2018) 등이 있다. 그 중 2001년부터 2003년에 발간한 동화집들의 일부는 작가가 1995년 등단하며 일 년 간 인고(忍苦)의 과정을 거쳐 낳은 작품들이다. 그 후유증으로 반신마비를 앓기도 했으니 온몸으로 빚은 동화라 해도 과언이 아닐 것이다.

이때 출간한 첫 작품집인 『엄마는 파업 중』은 열두 편의 단편동화로 구성되었다. 그 중 단편동화 「엄마는 파업 중」이 2002년 초등학교 5학년 2학기 교과서에 수록되며 그는 동화작가로서의 강한 존재감을 드러냈다. 「엄마는 파업 중」은 '엄마'라는 이름으로 양육과 가사의 희생자가 되었던 여성 문제를 다루되 미래에 대한 긍정적인 전망을 담아낸 수작이다.

이 외에도 그의 작품에는 각별히 주목해야 할 동화가 있다. 현실의 문제적 상황인 '장애'를 다루면서도 그만의 문학적 특징을 지닌 작품이 그것이다. 그는 1995년 등단작부터 2018년 발간 동화집까지 장애를 다룬 작품을 여러 편 발표하여 왔다. 그러나 '장애'를 문학적으로 재현하는 일은 실로 조심스럽고 깊은 통찰이 필요한 일이다. 이에 본고는 김희숙 작가의 단편동화에 구현된 장애를 통해 그의 동화 세계에 나타난 문학적 특징을 고찰하도록 하겠다.

## 2. 장애의 문학적 재현

세계보건기구(WHO)에 의하면 장애는 크게 'impairment, disability, handicap'으로 분류된다. 이를 우리말로 바꾸면 impairment는 신체 구조나 기능의 결손을 의미하는 '손상'으로, disability는 일정한 범위에서 정상적이라 여기는 것을 할 수 없도록 인간적 능력이 약화되거나 '손실'되는 것으로, handicap은 손상과 손실로 인해 개인이 불이익을 입거나 사회 혹

은 문화적 상황에서 일반적인 역할을 하지 못하도록 '방해'가 주어지는 것을 의미한다.[1)]

이러한 '장애'는 19세기까지만 하더라도 개인에게 닥친 불행으로 여겨졌다. 그러다 보니 비장애인들은 장애인을 동정과 구제의 대상으로 바라보았다. 그러나 20세기에 이르러서는 장애를 개인의 문제가 아닌 사회의 문제로 인식하는 움직임이 활발해졌다. 학문적으로도 장애를 결손이나 결핍이 아닌 하나의 정체성으로 이해하기 시작한 것이다. 그러다보니 문화예술에서 이루어지는 장애의 재현을 신체적 변화에 대한 문화적 해석으로 여기어 사회적 관계와 제도 속에서 장애를 분석하곤 하였다.[2)]

이러한 흐름은 문학에 그대로 이전되었고 소설, 희곡 등 여러 장르에서 '장애'를 문학적으로 재현하였다. 멀리는 고전문학 『심청전』부터 근 · 현대의 김동리, 김동인, 나도향, 이청준, 하근찬 등이 남긴 소설에서도 장애를 다룬 경우[3)]를 살필 수 있다. 또한 아동문학에서도 장애 관련 동화가 발표되었다.[4)] 특히 2000년대를 전후하여 고정욱, 김은희, 이금이, 원유순, 황선미 등에 의해 장애 관련 동화가 단편 혹은 장편으로 제시되었다.

동화에서 '장애'는 어떻게 인식되었을까? 대표적인 것이 장애를 '동정'적인 대상으로 인식하는 견해이며, 두 번째는 '봉사'적인 것으로 바라보아 희생의 필요성을 피력한 것이고, 마지막으로는 장애를 '극복'해야 할 존재로 인식하는 것이다. 이 세 가지 관념은 시기별로 혹은 작품에 따라 다르게 나타난다. 그러다 보니 장애를 문학적으로 재현할 때 반복되는 현상 중 하나

---

1) 이철수 외 공저, 『사회복지학 사전』, Blue Fish, 2009, 634쪽 참조.

2) 이것은 1990년 미국에서 제정된 장애에 관한 인권법에서 출발한다. 이 인권법은 장애 자체가 객관적이기 보다 사람들의 주관적인 생각과 판단에 영향 받음을 인정하였다.(로즈메리 갈런드 톰슨 지음, 손홍일 옮김, 『보통이 아닌 몸』, 그린비, 2015, 17쪽 참조.)

3) 장애를 다룬 소설에는 나도향의 『벙어리 삼룡이』(1925), 김동인의 『광화사』(1935), 김동리의 『무녀도』(1936), 하근찬의 『수난이대』(1957), 이청준의 『매잡이』(1968) 등이 있다.

4) 장애 관련 동화에는 김은희의 『난 바보아냐』(1995), 고정욱의 『아주 특별한 우리 형』(1999), 이금이의 『나와 조금 다를 뿐이야』(2000), 원유순의 『조금 늦어도 괜찮아』(2001), 황선미의 『소리없는 아이들』(2001) 등이 있다.

가 장애인의 고통이 대상화되고 장애를 둘러싼 주변인들의 시선이 다소 폭력적으로 묘사된다는 점이다. 이것은 문학을 접하는 비장애인 독자에게 현 사회의 장애 인식 실상을 밝혀 고발하고 극복하여 나아갈 방향을 모색하는 일종의 서술적 기법일 수도 있다.

그러나 장애인 독자들은 문학조차 자신들을 타자화하는 초상을 발견할 뿐이다. 따라서 문학에서 장애를 서사화하는 일은 쉽지 않다. 더욱이 작가가 비장애인인 경우, 장애를 표면적으로만 접근하여 재현함은 자칫 인물과 서사의 균형 감각을 잃고 문학에서의 '장애'를 수사적 용도로 한정하는 결과를 초래한다. 그렇다면 김희숙의 동화는 장애를 어떻게 문학적으로 재현하였을까?

김희숙 작가가 1995년 『새벗』에 발표한 「형아지기」는 그의 등단작임과 동시에 문학적 시원(始原)을 보여주는 작품이다. 「형아지기」는 발달장애를 지닌 형과 바쁜 부모를 대신하여 형을 돌볼 수밖에 없는 동생의 이야기이다. 이 동화의 화자는 비장애인인 동생 '민규'이다. 민규는 가족과 함께 도시 변두리에 산다. 빈곤한 살림은 아니지만 그렇다고 집안 형편이 풍족한 것도 아니기에 민규의 부모는 맞벌이로 생계를 꾸려간다. 더욱이 엄마는 민규의 형인 영규를 특수학교에 보내기 위해 직장을 그만둘 수가 없다. 부모가 집을 비운 시간 동안 '영규'를 돌봐야 하는 것은 오로지 '민규'의 몫이다. 이러한 민규의 일상은 장애 형제를 돌보는 비장애 형제의 실제적 삶과 맞닿아 있다. 학교를 마치고 집에 온 민규는 제일 먼저 형을 찾는다. 형인 '영규'을 찾는 '민규'의 행동에는 자발적인 부분도 있으나 의무감이 더 크다. 자신보다 나이가 많은 형임에도 민규는 날마다 영규를 챙겨야 한다. 그러다보니 친구들에게 민규는 '형아지기'로 통한다.

> 우리 옆집 태영이가 자기 형아와 함께 농구하는 모습이 보였다. 동진이와 영수는 친구들과 함께 철봉에 거꾸로 매달려 땅에다 글씨쓰기 시합을

하고 있었다. 나는 놀이터로 내려갔다.

"나도 같이 하자."

내가 웃으면서 말했다. 영수가 오라고 손짓을 했다. 막 발걸음을 떼려는데 동진이가 옆으로 손을 저으며 말했다.

"너는 안 돼. 형아 찾으러 간다고 금방 가 버릴 것 아냐?"

다른 아이들도 고개를 끄덕였다. 나는 놀이터에서 올라와 버렸다.[5)]

동네 아이들은 놀이에 민규를 잘 끼워 주지 않는다. 그러다보니 민규의 어린 마음에 쌓인 불만은 형인 '영규'에게로 향한다. 그러나 영규는 발달장애로 인해 의사소통이 어렵다. 작가는 영규의 발달장애를 민규의 눈과 입을 통해 다음과 같이 묘사한다.

두 손으로 항아리를 만들어 입에 대고 형아를 부르며 달려갔다. 내 목소리에 형아는 반쯤 감긴 두 눈으로 나를 내려다보고는 곧 다시 하늘을 바라보았다.

'언제쯤이면 저 눈이 활짝 열릴까?'

정말 형아는 이상하다. 저렇게 반쯤 감긴 눈으로 어떻게 길을 찾아다니는지 신기하기까지 하다.

나는 오늘따라 형아 얼굴이 아기 얼굴 같다고 생각했다. 바위에 홀로 앉아 있는 형아의 몸은 하늘 속에 담겨 있었다. 푸른 하늘 속에, 두 손으로 다리를 감싸고 웅크리고 앉아 있는 형아의 모습. 형아는 등을 굽혀 하늘을 떠받치고 앉아 반쯤 감긴 눈으로 멍하니 허공을 바라보고 있었다.[6)]

형의 반쯤 감긴 눈을 보며 그 눈이 활짝 열리기를 바라는 민규의 마음

---

5) 김희숙, 「형아지기」, 『엄마는 파업 중』, 푸른책들, 2001, 11쪽.

6) 앞의 책, 12~13쪽.

에는 꽉 닫힌 형의 마음을 열어 주고 싶은 소망 같은 것이 잠재되어 있다. 즉, 영규를 향한 민규의 관심과 사랑이 표현된 것이다. 그리고 이것은 형의 장애를 '동정, 봉사, 극복'의 시선이 아닌 소통해야 할 대상으로 바라보게 한다.

장애의 문학적 재현은 문화 속에서 통용되어 오는 관습에 기인한다. 그러다 보니 김희숙 작가의 단편동화에서도 비슷한 양상이 나타난다. 영규로 인해 속상한 민규가 영규에게 험한 말을 하는 장면과 영규를 괴롭히는 동네 아이들을 민규가 위협하는 장면이 그러하다. 즉, '장애'를 일상적 삶을 어렵게 만드는 취약한 상황이자 갈등으로 인식하는 사회적 통념이 문학적 재현 과정에서 일부 존재하는 것이다. 그러나 영규의 장애를 바라보는 민규의 시선에는 그와 소통하고자 하는 열망이 더 강하다.

> 그날 저녁, 여느 때와 같이 형아는 벽을 보고 누워 있었다. 나는 가만히 형아의 등을 바라보았다. 형아의 등이 숨을 쉴 때마다 올라갔다 내려갔다 움직였다. 나는 형아 곁으로 다가가 형아의 가슴에 손을 살며시 대보았다. 형아가 숨을 쉴 때마다 내 손이 형아의 가슴에서 움직였다. 동시에 형아의 심장 소리가 손끝에 전해져 왔다.
> "형아!"
> 나는 가만히 형아를 부르며 형아의 가슴에 귀를 대 보았다.
> "그래, 민규야."
> 형아의 가슴 속에서 대답하는 소리가 들려 오는 것 같았다.
> '아하, 형아는 심장으로 말하고 있구나.'
> 나는 오늘에야 비로소 알게 된 사실에 고개를 끄덕이며 잠을 청했다.[7)]

---

7) 앞의 책, 24쪽.

민규는 잠든 영규의 가슴에 손을 얹고 영규의 심장 소리를 듣는다. 민규는 장애인 영규가 아닌 '살아 있음' 즉, 같은 생명으로서의 영규를 느낀다. 그동안 민규는 영규의 반쯤 감긴 눈을 바라보며 형이 무슨 생각을 하는지 알 수 없어 답답해 했다. 그러나 작가는 이 장면을 통해 민규가 영규와 처음 소통하도록 한다. 민규는 삶을 살아가는 같은 '생명으로서의 영규'를 느낀 것이다. 그리고 자기만의 세계에 갇혀 있던 영규는 이 장면에서 '심장으로 말하는 아이'로 표현된다. 장애로 인해 어려움을 겪고 도움이 필요한 타자로서의 영규가 아니라 민규와 함께 살아가는 존재로서의 영규가 있을 뿐인 것이다.

심장으로 말하는 것만큼 본질적이고 진실한 것이 있는가? 생명의 근원을 의미하는 심장은 민규에게도 영규에게도 동일한 몫으로 주어진 정체성과 같은 것이다. 장애인도 비장애인도 '생명'이라는 같은 본질을 지닌다. 김희숙의 동화에서 장애를 지닌 인물은 이처럼 '심장으로 말하는' 존재이다. 즉, 다름을 편견이 아닌 있는 그대로인 '생명'으로서 인식하는 것이다. 이처럼 김희숙 작가의 시원(始原)에 나타난 '심장으로 말하는 아이'는 그의 다른 단편동화를 통해 그 목소리가 점차 공동체로 확장된다.

## 3. 인물로 빚은 담론의 확장

김희숙 작가는 인물을 통해 장애를 사실적으로 재현하면서도 사실 이상의 담론을 불러온다. 즉, 장애가 과연 개인만의 문제인가를 고민하게 만드는 것이다. 이 과정에서 작가는 '주체성을 지닌 인물'과 '공감하고 연대하는 인물'을 형상화한다.

먼저, '주체성을 지닌 인물'은 단편동화 「키 재기」에서 살펴볼 수 있다. 「키 재기」는 1995년에 창작되었으나 2001년에 『엄마는 파업 중』에 수록된 작품으로 성장장애의 하나인 저신장증을 지닌 초등학교 여학생 은지의 이야기이다. 앞서 「형아지기」가 비장애인 민규의 시선을 통해 장애인 영규를 표현한 작품이었다면, 「키 재기」는 장애인 은지를 화자로 하여 장애를 문학적으로 재현한 단편동화이다.

> 보름 전 내 생일날, 엄마가 레이스 달린 꽃무늬 원피스를 사 주었어. 난 그날 엄마에게 안겨 볼에, 이마에, 코에, 입에, 얼마나 뽀뽀를 해 댔는지 몰라. 그 동안 예쁜 치마가 입고 싶다고 엄마를 졸랐지만, 엄마는 툭 불거진 내 종아리가 드러난다고 치마를 안 사 주었거든.
>
> 원피스를 입고 학교 가는 길이 얼마나 신났는지 아니? 교실로 들어서자마자 가방을 멘 채 선생님에게 쪼르르 달려갔어.[8]

은지는 치마 입는 것을 좋아하는 평범한 여자아이이다. 다만 성장장애로 인해 신체적으로 도드라지는 부분이 있다 보니 일부 제한이 따른다. 그리고 이것은 은지 본인에 의해서가 아니라 어른인 엄마에 의해서 표면화된다. 즉, 장애를 지닌 은지가 할 수 있는 일과 할 수 없는 일을 구분하는 '경계의 선'이 어른에 의해 그어지는 것이다. 이것은 장애를 신체적 적합성의 개념으로 평가하는 사회의 관행을 재현한 것이다. 그러나 은지는 이러한 관행에 눌리어 소극적으로 행동하는 장애 인물이 아니다. 치마를 입고 학교에 간 은지는 자랑스레 자신의 모습을 선생님에게 보인다. 그리고 은지는 자신에게 친절히 웃어 주는 선생님을 바라보며 "커서 선생님이 되고 싶다"는 엉뚱하지만 발랄한 꿈을 품는다. 그러던 어느 날 은지는 교실에 놓인 신장계를 발견한다. 성장장애로 인해 이 주일에 한 번씩 병원에 가서 피 검사, 소변 검사를 하며 키와 몸무게를 재야 했던 은지에게 신장계는 두려운

---

8) 앞의 책, 50쪽.

존재이다. 그러나 이를 미처 알지 못했던 선생님은 은지에게 키 잴 것을 재촉하고 은지는 이를 강하게 거부한다. 은지의 속사정을 알게 된 선생님은 은지를 양호실로 데려가 키를 잰다.

> 양호실로 가는 도중에 선생님은 내가 딸이나 되는 것처럼 한 팔로 꼬옥 안고 걸었어. (중략)
>
> "실은 선생님도 키 재는 건 싫어. 학교 다닐 때 키가 제일 작아 항상 일 번이었거든. 선생님은 어른이 된 지금도 키 재는 건 싫어해."
>
> 그러자 이상하게도 내 기분이 조금 풀리는 듯했지.[9]

은지는 선생님과 소통하며 마음을 열고 키를 잰다. 성장장애로 인해 은지는 가슴뼈가 앞으로 튀어나오고 안짱다리인 신체적 다름으로 고민한다. 그리고 자신의 키를 재는 선생님에게 화를 내거나 뾰루퉁한 모습으로 감정을 여과 없이 표출한다. 이로써 은지는 신체적으로 드러난 몸의 취약성보다도 어린아이다운 천진함, 당돌함, 솔직함으로 관계를 주도하고 자신을 주체적으로 표현한다. 이처럼 인물에게 나타난 주체성은 장애 인물이 자신의 감정을 숨기고 소극적으로만 행동했던 통념의 틀에서 벗어나 독립적이고 적극적인 존재로 구현되는 특징을 보인다. 이는 단편동화 「날개 달린 소년」에서도 나타난다.

「날개 달린 소년」은 척추장애를 지닌 초등학교 남학생 유진이 여학생 소영을 좋아하는 마음에 아픈 몸으로도 학교에 가는 과정을 그린 동화이다. 친구가 없어 외로이 학교생활을 하던 유진은 자신을 따뜻한 눈빛으로 바라봐 주는 소영에게 호감을 느낀다. 유진은 혈액 순환이 잘 안 되어 늘 손이 차갑다. 그러나 소영은 유진의 손을 거부하지 않고 체육시간에 함께 포

---

9) 앞의 책, 57~59쪽.

크 댄스를 춘다. 유진은 소영의 행동이 자신의 소맷자락만 잡거나 겨우 시늉만 하는 반 아이들의 행동과 다름을 느낀다. 그러나 반 아이들의 반응에 상처를 받고 학교에 가는 것을 기피한 나머지 몸이 아파 며칠 결석을 하게 된다. 그리고 자신을 걱정하며 집에 찾아온 선생님과 소영으로 인해 다시 학교에 가고 싶다는 마음을 품는다. 작가는 유진의 심경 변화를 통해 '장애인물의 닫힌 마음'이 비장애인 인물의 호의로 인해 열렸음을 드러내며 감상적으로 서사를 마무리할 수도 있었다. 그러나 작가는 변화를 주도하는 서사의 축을 장애 인물의 손에 넘기며 유진에게 '주체성'을 부여한다.

> 소영이는 유진이와 걸음을 맞추어 천천히 걸었어요.
> "난 네가 생각하는 것만큼 그렇게 착한 애가 아니야. 하지만 지금부터라도 너에게 진심으로 대하고 싶어."
> 소영이는 유진이를 보고 활짝 웃었어요. 유진이는 자신의 심장 고동소리가 점점 더 빨라지고 있는 것을 알았지요. (중략)
> 엄마는 유진이의 목도리를 다독거리며 자꾸만 물었어요.
> "유진아, 괜찮니? 정말 괜찮겠니?"
> "너무…… 걱정 말아요. 나……, 학교에 가고 싶어요."
> 유진이는 엄마에게 힘없이 웃어 보였어요. (중략)
> 유진이는 옆구리를 통해 스며 오는 바닥의 냉기에 몸이 굳어 오는 것을 느끼며 하늘로 고개를 돌렸어요.
> '차라리 눈이나 내렸으면…….'
> 유진이는 내리는 눈에 가려 자신의 아픈 얼굴 모습이 소영이에게 드러나지 않기를 간절히 바랐어요.[10]

10) 앞의 책, 135~138쪽.

유진은 아픈 몸에도 불구하고 학교에 간다. 좋아하는 소영과 함께 등하교하며 유진은 기쁨을 느낀다. 그러나 유진이 바닥에 미끄러지게 되고 유진은 좋아하는 이성 친구에게 신체적 제약을 숨기고 싶어 눈이 내리기를 바란다. 실제적으로 유진은 장애로 인한 몸의 취약성을 통제할 수 없다. 그러나 눈을 통해 이를 중재하는 의식을 표출한 것이다.

그런 점에서 유진의 등에 달린 혹은 몸이 자주 아픈 원인이자 방해 요소이다. 그러나 이러한 장애 문제가 비장애 인물의 호의나 도움에 의해 해결되는 것이 아니라 아픔에도 불구하고 학교에 가는 것을 선택하는 유진에 의해 주도된다. 유진이 행한 선택의 결과는 이후 "은빛 날개를 편 백조의 날갯짓"으로 표현되며 죽음으로 암시된다. 유진의 죽음은 장애로 인한 비극이기보다 문제 상황을 중재하고자 했던 유진의 의식이 소영을 향한 순수한 사랑으로 남겨졌음을 의미한다. 이는 장애를 낙인이나 타자성의 문제로 바라보는 기존 시각과 거리를 둔 부분이기도 하다. 이처럼 「키 재기」와 「날개 달린 소년」에서 장애 인물은 자신의 감정을 솔직하게 표현하며 인물 관계에서 주도성과 주체성을 갖는다. 이후에 김희숙 작가의 동화는 '공감하고 연대하는 인물'을 통해 개인적 문제였던 장애를 모두의 문제로 확장한다. 특히, 2000년 《새벗》에 발표한 「다시 찾은 친구」와 2016년 《열린아동문학》에 발표한 「애플 데이」를 통해 '공감하고 연대하는 인물'을 제시한다.

먼저 「다시 찾은 친구」는 반 아이들이 체험학습을 마치고 학교로 돌아오던 길에 지적장애를 지닌 다솜이가 사라지면서 벌어지는 일을 다룬 동화이다. 작가는 선생님이 다솜이를 찾기 위해 교실을 비운 시간 동안, 반 아이들이 솔직한 마음으로 서로를 탓하거나 반성하며 나누는 대화를 통해 장애를 드러낸다.

> 부반장은 우리를 휘 둘러보며 입을 열었어요.
> "우리들은 지금 다솜이만 나쁘다고 하는데, 짝인 재선이도 잘못이라고

생각해. 재선이는 다솜이가 없어진 줄도 모르고 혼자 횡단보도를 건너왔잖아."

그 말이 끝나기가 무섭게 재선이가 자리에서 벌떡 일어났어요.

"왜 내 잘못이냐? 바로 학교 코앞에서 없어져 버린 다솜이가 잘못이지. 너, 나한테 무슨 감정 있냐?"

재선이가 씩씩거리며 부반장을 노려보았어요. (중략)

하지만 부반장은 아이들의 말이 들리지도 않는지 조용히 말을 이었어요.

"오늘 우리 반에 사건을 일으킨 다솜이는 정말 잘못이 커. 그런데 우리들에겐 잘못이 없을까?"

"……."

"다솜이는 우리 같은 비장애인이 아니잖아."[11]

그동안 개인적 문제로 취급되었던 장애는 아이들의 논의를 통해 모두의 문제로 변하고 장애를 둘러싼 담론은 공동체로 범위를 넓힌다. 이를 위해 작가는 '심장 소리에 귀 기울이는 공동체'를 교실 내 아이들의 모습으로 구현한다. 교실에 없는 다솜이가 자신의 입장을 변론할 수 없는 상황이기에 아이들은 저마다 가지고 있는 다솜이와의 추억, 사건을 말하거나 회상하며 공동체 내에서의 장애를 같은 '생명'의 입장에서 바라본다. 이것은 지적장애를 지닌 다솜이의 어려움을 부각하여 동정적 담론으로 장애를 인식하는 것이 아니라 다름을 인정하고 함께할 방법을 모색하는 공감과 연대의 논의이다.

이러한 형상화는 「애플 데이」에서 한층 섬세히 드러난다. 「애플 데이」는 김희숙 작가의 등단작인 「형아지기」처럼 비장애 형제와 장애 형제의 관계

---

11) 김희숙, 「다시 찾은 친구」, 『숫자 없는 아파트』, 가문비어린이, 2018, 128~129쪽.

를 표현한 단편동화이다. 「애플 데이」의 등장인물인 민재와 민영은 남매지간이며 학교에서 같은 반이다. 「애플 데이」에서도 지적장애를 지닌 누나 민영을 돌보는 것은 비장애 형제 민재의 몫이다. 민영이가 스스로 넘어져 다쳐도 민재는 엄마에게 꾸중을 듣는다. 그러다 보니 민재는 민영이가 2학년 때처럼 행여 놀림이라도 받을까 봐 반 친구들이 민영이에게 관심을 보이는 것을 극도로 경계한다. 이 과정을 통해 작가는 장애를 가족 간의 이야기에서 공동체적인 이야기로 확장한다. 그리고 민재는 '친구 사랑 주간' 활동으로 편지 쓰기를 하면서 '자신과 민영이', '자신과 민영이와 반 친구들의 관계'를 되돌아본다.

> 잠시 망설이던 민재는 민영이에게 편지와 사과를 주었다.
>
> "누나, 그동안 미안했어. 앞으로는 꼭 누나라고 부르고, 정말로 함부로 대하지 않을게."
>
> "내 동생 민재야, 고마워. 자, 너도 이거 받아."
>
> 민영이는 활짝 웃으며 자신의 손에 들고 있던 사과를 민재에게 건네주었다. 민재는 웃으며 사과를 먹기 위해 입으로 가져갔다. 그때였다.
>
> "민재야! 민영아!"
>
> 민재는 소리 나는 곳으로 고개를 돌렸다. 태영이가 반 아이들과 모여서서 민재에게 오라고 손짓을 했다. 민재는 얼떨떨한 표정으로 태영이를 쳐다보았다. (중략)
>
> 태영이가 말했다.
>
> "우리 반 모두 친하게 지내자는 의미로 서로 사과를 바꿔 먹기로 했어."
>
> "사과 편지가 없는데……."
>
> "편지보다 더 좋은 사과가 있잖아."
>
> 태영이는 민재에게 사과를 건네주었다. 옆에 있던 슬기가 민영이에게 사과를 주었다. 시원이는 민재의 손에 있는 사과와 바꾸고 곧이어 민영이

가 들고 있는 사과와 바꾸었다.[12]

반 아이들은 친구들과 편지를 나누며 화해와 용서의 의미로 사과를 나눠 먹는 애플 데이를 맞이한다. 「애플 데이」는 민영이의 장애를 도드라지게 하는 것이 아니라 문제적 상황을 마주했을 때 장애에 공감하고 서로 협력하여 연대하는 공동체의 모습을 긍정한다. 민재는 민영이에게 사과하고 민영이는 민재에게 사과하며 화해한다. 그리고 반 아이들이 함께 사과를 나눠 먹는 행동을 통해 공동체는 함께 더불어 살아갈 미래를 위해 연대한 것이다. 이렇게 「애플 데이」는 '공감하고 연대하는 인물'을 통해 장애를 바라보는 균형 있는 시선과 가치관을 형상화한다.

김희숙 작가는 장애를 사실의 단순 재현이 아닌 개연성에 바탕을 둔 인물과 서사로 표현하였다. 단편동화 「키 재기」, 「날개 달린 소년」에서 은지와 유진을 통해 보여준 '장애 인물의 주체성'과 「다시 찾은 친구」, 「애플 데이」에서 형상화된 '공감하고 연대하는 인물'들은 장애를 재현하되 기존 담론을 넘어 시야를 확장하는 문학적 특징을 지닌 것이다.

## 4. 결론

김희숙 작가의 동화는 아이들이 처한 문제적 상황을 예리하게 포착한다. 1990년대 아동문학의 핵심으로 자리했던 사실주의에 문학적 뿌리를 두고 있으나 인물을 통해 문제적 상황을 재현하면서도 사실 이상의 담론을 불러온다. 즉, 장애가 과연 개인만의 문제인가를 고민하게 만드는 것이다. 그는 1995년 발표한 「형아지기」에서 발달장애를, 「키 재기」에서 성장장애를, 「날

12) 앞의 책, 96~98쪽.

개 달린 소년」에서 척추장애를 포착하여 동화로 구현하였다. 그리고 2000년에 발표한 「다시 찾은 친구」와 2016년에 발표한 「애플 데이」에서 지적장애를 문학적으로 재현하였다.[13] 그리고 이들 단편동화에 등장하는 아이들은 장애로 인해 동정 받는 인물이기보다 '심장으로 말하는 아이'였으며 '주체성을 지닌 인물'이었다. 그리고 장애 인물을 둘러싼 주변 인물들은 장애로 인하여 발생하는 상황에 '공감하고 연대하는 인물'들이었다.

본고를 통해 언급한 단편동화 외에도 김희숙 작가의 동화 세계에는 장애를 비롯한 여러 문제적 상황을 다룬 작품들이 있다. 동화를 통해 작가는 그 존재성조차 회자되지 못했던 소외된 뭇별들에 대한 한결 같은 애정을 보인다. 지금 이 시간에도 작가는 여전히 작품을 통해 현실을 품고 아파하며 고군분투할 것이다.[14]

문학이 현실에 울림을 주지 않는다면 과연 문학의 존재성은 어디에 있는 것일까? 현실을 다루되 현실 너머를 이야기할 수 있는 것이 문학이다. 그리고 '어려운 말을 어렵게 표현하는 것보다 어려운 말을 쉽게 표현하는 것이 더 어렵다'는 말이 있듯이 쉽게 써진 듯 보여도 쉬이 쓸 수 없는 문학이 바로 '동화'이다.

그렇기에 동화에 나타난 '장애'는 재현의 너머를 지향할 수 있는 통찰을 필요로 한다. 그간 과거의 사회적 통념에서 장애는 정상적인 범위를 벗어나는 것 '기형, 불구' 등으로 분류되었다. 그런 까닭에 이를 재현한 문학은 장애로 인한 문제성을 강조하거나 인물의 대립을 부각함으로써 제도적 모순과 편견에 맞서는 고발의 형태를 취하였다.

그러나 김희숙의 동화에 나타난 장애 인식과 장애를 지닌 인물의 특징

---

13) 이 외에도 「연둣빛 꿈」, 「오순이와 영이」 등이 있으나 본고에서는 일부를 직접적으로 언급하였다.

14) 본고는 뜻하지 않은 인연 덕분에 마칠 수 있었다. 김희숙 작가의 동화를 연구하며 코로나 19로 인한 팬데믹 상황을 경험하였다. 국가적으로 모든 것이 멈춘 상태였기에 도서관에 가는 것도 책을 열람하여 자료를 찾는 것도 금지되었다. 자료를 구하지 못해 연구할 수 없는 난감한 상황이었다. 낯선 연구자의 연락에 선뜻 작품을 보내주었던 작가에게 미흡하나마 본고로 고마움을 전한다.

은 기존 담론과 다른 양상을 보였다. 즉, 장애로 인한 '다름'을 있는 그대로의 '생명'으로 인식하고 함께 '공감'하고 '연대'하는 공동체적인 삶을 모색한 것이다. '장애'를 다룬 동화를 통해 그는 '나'와 '너'의 경계를 나누지 않고 동일한 생명이자 더불어 살 존재를 구현하였다. '나'가 '너'를 누르지 않는 문학은 어울림과 연대의 미학을 지닌다. 작가가 발견한 '너'는 '심장으로 말하는 아이들'이었으며 그들의 '심장 소리에 반응하는 공동체'였다.

이처럼 그의 동화는 현실의 문제적 상황을 재현하되 사실을 넘어서는 미학을 추구하였다. 그의 동화가 이 땅에서 살아가는 '심장으로 말하는' 많은 아이들에게 힘을 주는 문학이 되길 기원한다.

# 자연의 섭리에 순응하는 생태계의 속성
## - 노경수론

김옥선(동화작가, 문학박사)

### 1. 들어가며

모든 생태계에는 생명과 자연이 어우러져 있다. 생태라는 본질에 거대한 유기체들의 집합체인 생명과 자연이 진정한 생명 의식을 이루고 있다. 생명 의식이라면 자라고 성장하는 개체들의 생명 경외를 포함한다. 생명에 대한 의식은 어느 분야이든 중하게 여기는 편이며, 특히 아동이 읽는 문학에서는 더욱 그렇다. 따라서 동화나 아동 정보지에서는 무엇보다 자연과 생명에 대해 주목하게 되는데, 자연이나 생명에 대해 중요하게 여기는 데는 아동문학이라는 본질적 특성 때문에 그렇고 더욱 친자연과 생명 의식이 요구된다. 이러한 자연 질서 요소는 순수함으로 일컬어져 동심을 부르기도 한다. 동심은 아동문학 본질의 바탕이라는 것은 누구나 알고 있으나 자연과 생명에 대해 이해하고 실천한 작가는 그리 많지 않다. 그러나 이를 주목한 작가 노경수가 있다.

노경수 동화에서는 친자연의 생태 세계를 해석하고, 인간 교육성을 확장한 작품을 찾아볼 수 있다. 그의 작품을 주목할 수밖에 없는 유의미한 대목은 인간은 물론 모든 자연과 생명이 사는 생태계에서 나타나는 자연의 섭리와 이치의 흐름을 이해했기 때문이다. 인간의 세계에서도 자연 속에서도 하나가 되어 자연의 순리에 순응하며 함께 숨 쉬고 살아가는 모습을 그리고 있다. 또 생명이 있는 개체들은 살아가는 속에서 종족을 보존하려는 종족 보존 원칙을 고수한다. 자연에 순응하며 생명에 생명을 이어 가려는 면에서 생태계에서 생명의 중요성을 제기한다는 것이다. 이러한 원리를 이해한 노경수는 동화작가이며 아동문학가로서 자연의 순리와 원칙, 자연 이치의 합리성을 이해한 것으로 보인다. 이는 인간도 다르지 않음을 상기시켜 주었고 작품에 천착하는 기지를 보였다.

노경수는 충남 공주에서 태어났다. 강이 흐르고 자연이 숨 쉬는 향토적인 농촌에서 자랐고, 학부를 거쳐 대학원에서 문학 공부를 한 그는 1997년 「동생과 색종이」 작품으로 MBC 창작동화 대상 수상을 하면서 등단했다. 2011년 『오리 부부의 숨바꼭질』(뜨인돌어린이)을 발간하고 같은 해 『집으로 가는 길』(청어람주니어)을 발간했다. 이어서 2013년 『씨앗 바구니』(푸른사상)와 『쉿! 갯벌의 비밀을 들려줄게』(청어람주니어)를 발간하면서 자연과 생명 혹은 생태에 주목했다. 2018년 『하얀 검은 새를 기다리며』(청어람주니어)에서도 생태적 주제의 이야기를 담아 작품집을 발간했다. 2023년 평론을 모아 『생태환경과 아동문학』(청동거울)이라는 문학 이론서도 발간했다. 노경수는 동화에서 자연 생태계의 중요성인 생명 의식을 유의미하게 드러냈으며, 동시에 아동의 모험적 이야기와 심리를 드러내는 장면도 그려 냈다. 그는 작품에서 인간이 성장하는 단계에는 윤리와 도덕적 의식만이 있는 것은 아니며 인간의 성장 과정에 진정한 용기가 필요하다는 교육적 시선으로 바라보기도 했다. 따라서 노경수 동화에는 인간 사랑도 드러나고 모든 자연과 생명에 대한 경외하는 사상이 드러나고 있다.

문학에 있어 여러 장르 중에 동화나 소설 등 서사적 작품에는 등장인물이 있다. 등장인물은 인간이기도 하나 동물이나 무생물이 등장인물로 의인화되기도 한다. 노경수는 작품에서 등장인물을 비중 있게 배치하는 데에 성공적으로 이끌었음을 보여주는데, 인간들이 등장인물로 등장해 일상을 보여주기도 하고, 혹은 인간이 아닌 식물이나 동물이 등장하는 의인화 기법을 쓰기도 했다. 노경수 작품 『씨앗 바구니』에서는 씨앗이 등장인물로 등장하여 작품의 완성도를 높였다. 작품에 씨앗만이 아니라 휘파람새와 오리를 등장시켜 의인화하기도 하여 아동문학으로의 참된 교육성을 내포하거나 생명의 중요성을 드러내 작품의 완성도를 이루었다.

우리 인간은 살면서 중요하게 여겨야 할 기본적인 사회적 의식이 있다. 그것은 예의와 범절이며 혹은 생명에 대한 외경 의식을 사회 의식으로 본다. 노경수 작품에서는 진정한 생명을 경외하는 의식이 드러나고 있다. 이러한 의식은 인간이나 동물 세계에서도 같은 맥락으로 이어지는데, 근본은 생명을 이으려는 종족 보존의 원칙이기도 하다. 노경수의 동화에는 인간 사랑을 포함해 생명 의식이 담겨 있다. 생명에 대한 존중 의식과 자연 생태의 섭리를 거스르지 않는 장면을 담아 상호작용의 원천과 인간 사랑의 기본을 보여줬다. 노경수 작품에 생명 사상과 인간 사랑의 질서 외에도 미적이고 향토성과 미의식이 묻어나는 언어의 세계가 있다. 그의 고향의 향취가 묻어나는 듯한 언어의 미의식인데 고향에서 구사되는 토착어로 이해된다.

노경수 작품은 여러 분야에서 완성도가 나타나고 있으나 그 중에 생명 의식이 담긴 동화와 드라마틱한 아동의 모험담으로, 아동이 시행착오를 겪으며 귀환하는 과정의 성장 이야기를 살펴보려 한다. 자연의 순리와 원칙, 자연 이치의 합리성을 이해하고 해석한 노경수의 작품 『오리 부부의 숨바꼭질』(뜨인돌어린이)과 『집으로 가는 길』(청어람주니어). 『씨앗 바구니』(푸른사상) 등의 동화를 다룰 것이다.

## 2. 자연 순리에 순응하는 생명 의식

자연에서는 순리와 이치의 흐름이 있다는 점에서 노경수 작품에서 정석을 이해할 수 있다. 생태계의 순리는 식물과 인간, 우주의 모든 자연이 다르지 않고 같다. 모든 생명은 자연에 순응하며 살아갈 수밖에 없기에 봄이 되면 제 역할을 하기 위해 새싹을 틔우거나 새 생명을 낳는다. 이것이 자연 순리이다. 생명이 존재하는 개체로서 자연 이치이고 의무이기에 모든 생명이 자연에 순응하는 합리성을 가진다. 하여 때가 되면 모든 생명은 새 생명을 잉태하고 싶은 간절함으로 점철된 갈등이 나타나고 있고 절절한 소망으로 드러난다. 이는 노경수 동화에 나오는 식물이나 동물도 마찬가지로, 생명을 이어 가려는 의식으로 자연 발생적 혹은 생래적으로 종족 보존의 원칙을 드러낸다. 노경수 동화에서 이 같은 생명 원리를 자연스럽게 풀어 내 작품에서 오리가 알을 품거나 땅에 씨앗이 심기기를 바라는 생태적 혹은 본질적 섭리가 나타난다. 아래 노경수 작품에 나타난 인용 글을 살펴보면 생명을 이어 가려는 종속 보존의 원칙이 간절한 소망으로 나타나고 있고, 그 절절함에서 자연을 거스를 수 없는 생명 의식으로 표현되고 있다.

채소 씨앗들이 골라지자 꽃씨들만 남았어요.
'세상은 멋지구나!'

휘파람새 부부는 밖을 들락거리며 재미있는 이야기들을 들려주었어요.
"돌담 밑에 철쭉꽃이 피었는데 어찌나 환한지 눈이 부셔! 밤에는 꼭 등불을 켠 것 같아!"
"그렇게 밝아요? 해님처럼요?"
"아니, 달님처럼!"
"달님요?"
"응. 밝으면서도 부드러운, 달님 같아!"
꽃씨들은 몸이 간질간질했어요. 무언가 몸속에서 튀어나오려는 것 같기도 했어요.
"우리도 예쁜 꽃을 피울 수 있는데……."

–『씨앗 바구니』, 26~27쪽.

작품 속 배경은 생명이 싹을 틔우는 계절이다. 할머니는 작년에 받아 두었던 씨앗을 꺼낸다. 씨앗 바구니 속에 채소 씨앗과 꽃씨가 옹기종기 모여 있다. 이 개체들은 자연의 섭리에 도전하고 응전하여 새 생명을 일깨운다. 희망을 품는 개체들 가운데 할머니는 바구니 속에서 밭에 가꿀 채소 씨앗들만을 꺼낸다. 꽃씨들은 마음을 졸이며 한껏 기대했건만 어두컴컴한 바구니 속에서 아주 잠깐 "환한 햇살과 파란 하늘, 살갗에 닿는 바람의 감촉, 봄비에 젖은 흙냄새"(본문 26쪽)를 맡았을 뿐이다. 씨앗 바구니에는 꿈을 꾸는 채소 씨앗 그리고 꽃씨가 있다. 씨앗들은 새 생명으로 태어나기만을 기다렸으나 할머니는 자신들 생명을 이어나갈 근원적 원천인 채소 씨앗만을 햇볕 아래 묻는다. 채소는 인간의 생명을 이어갈 하나의 양식이고 자연인 것이다. 꽃씨는 인간의 정서 함양에 도움을 주는 심리적 자양분인 존재이다. 그러나 할머니는 꽃씨 생명을 무시하고 세상 밖으로 꺼내지 않는다.

땅속에서만이 씨앗의 근본이 되어 싹을 틔우고 생명을 일깨우는 본분을 완수할 수 있다. 다만 그 원천적 기회가 언제 될지 알 수 없는 꽃씨들은 간절함을 억누르고 언젠가는 흙에 묻혀 생명을 이어갈 날을 기다린다. 꽃씨의 본분을 다할 그날의 희망을 버리지 않고 마음을 설레며 기다린다. 채소 씨앗이 나가고 막 결혼한 휘파람새가 살 집을 찾다가 씨앗 바구니 안으로 들어온다. 휘파람새는 바구니 안에 새 생명을 탄생시키려는 꿈을 펼친다. 인간과 다르지 않게 휘파람새도 생명을 이어 가려는 종족 본능의 순리를 이행 중이다. 꽃씨들은 휘파람새의 아가가 태어나는 과정을 보면서 자신들의 본능을 상실해 감에 있어 더욱 불안해진다. 자연의 순리와 이치에 따른 종족 본능을 이행하려면 자신들도 땅에 묻혀야만 생명을 이어갈 수 있기 때문이다. 꽃씨들은 불안한 마음을 가라앉히고 용기를 내야만 했다.

> 또 며칠이 지나자 아기 새는 무럭무럭 자라 털도 보송보송해졌고 제법 나는 시늉도 한대요. 이야기를 듣는 바구니 안 꽃씨들은 아기 새들과

달리 하루하루 말라 갔어요.

꽃씨들은 휘파람새의 바쁜 모습이 부러웠어요. 무언가를 하고 싶었어요. 온몸이 근질근질했거든요.

기다리고 기다리던 꽃씨들은 어떻게 하면 꽃을 피울 수 있을까, 여러 가지 생각들이 많았어요. 그러나 할 수 있는 일이라고는 아무것도 없었어요.

-『씨앗 바구니』, 35쪽.

자연의 생태계는 시간이 흘러가면서 자연의 질서에 의해 새 생명이 태어나고 또 죽어가는 모습을 보여준다. 휘파람새가 본능적으로 짝을 이루고 알을 낳아 부화해 새끼가 태어난다. 이러한 자연의 질서가 공존하는 데 있어 꽃씨들은 할머니 손에 의해서 땅에 묻혀야만 생존이 가능할 처지임에도 할머니는 꽃씨들의 마음을 아는지 모르는지 꽃씨들을 절망하게 한다. 꽃씨들은 할머니 손에 의해서 발생되는 생명이 일깨워질 수도 있고 죽을 수도 있다는 현실에 놓여 있는 것이다. 바구니 안에서 씨앗들은 말라 가고 희망감과 불안한 절망감이 공존한다. 그러나 언젠가는 땅에 묻힐 꿈을 꾸며 희망을 놓지 않는다. 그런 중에 휘파람새 새끼는 시간이 갈수록 잘 자라서 털도 보송해지고 나르는 흉내도 낸다. 꽃씨는 하루하루가 다르게 메말라 갈 때 휘파람새는 보란 듯 새끼들에게 먹이를 먹이느라 바쁘게 바구니 속을 들락거린다.

꽃씨들도 바깥 세상에 나가 새싹을 틔우고 종족을 이어 가고 싶어 몸이 근질근질하던 어느 날, 꽃씨가 용기를 내어 휘파람새에게 바구니 속에서 내보내 달라고 부탁한다. "먹이를 잡아오는 것처럼 우리를 밖으로 데려갈 수 있잖아요!"(본문 37쪽) 꽃씨들의 간절한 부탁에 휘파람새는 꽃씨를 물고 밖으로 나가 수돗가에 흘리고 거름탕에 흘리기도 한다. 비로소 꽃씨는 휘파람새의 도움으로 새 생명을 이어 가게 된다. 부리로 흙을 파 꽃씨를 넣어 주고 발로 다독여 생명을 잇도록 도운다. 꽃씨도 휘파람새의 도움으로 자연의 섭리에 도전하여 종족 보존을 할 수 있게 된다.

노경수 작품에서 생명의 경외함이 드러나고, 자연 섭리의 법칙인 종족을 보존하려는 의지를 보여주는 작품은 또 있다. 종족 보존의 본능 의식과 생명 의식이 잘 드러난 노경수의 작품 『오리 부부의 숨바꼭질』에서도 생명을 이어 가려는 자연 발생적 의지가 나타난다. 등장인물 오리 부부는 알을 품어 새끼 오리를 부화하고 종족을 보존하고 싶은데 주인인 할아버지가 방해꾼이 된다. 오리 부부가 알을 낳으면 모두 이웃에게 나눠 준다. 이에 오리 부부는 나름 살기 위해 작전을 세우고 누구도 찾지 못할 이곳저곳에 알을 낳아 새끼를 품어 보려 하지만 모두 헛수고에 머물고 만다. 오리 부부도 종족을 보존하려는 의식이 깨어 있다. 알을 낳아 새끼를 부화해 키워 보고 싶은 꿈을 가져 보나 번번이 할아버지에게 알을 빼앗기고 만다.

> "느이덜, 어제 알 워디다 낳았냐?"
>
> 아침 식사를 마친 할아버지가 나오면서 물었습니다. 오리 부부는 못 들은 척 긴 목을 빼들고 딴청을 부렸습니다. 엊저녁에 낳은 오순이의 알을 찾으러 가는 것입니다.
>
> 오리 부부는 덜컥 겁이 났습니다.
>
> '제발, 이번만은 들키지 말아야 할 텐데…….'
>
> 오리 부부는 서로 눈을 마주쳤습니다. 그러고는 할아버지를 따라나섰습니다.
>
> – 『오리 부부의 숨바꼭질』 22~23쪽.

동화 『오리 부부의 숨바꼭질』에서 오리 부부는 날마다 알이 사라지는 것에 안타까워 한다. 자연 발생적 자연의 이치에 따라 새 생명이 부화하도록 알을 품어 줘야 하는데 주인 할아버지는 오리 부부의 깊은 뜻을 헤아리지 못하고 알을 낳으면 남김없이 먹거나 이웃들에게 나누어 준다. 할아버지는 오리 부부가 자연에 순응하며 새끼를 부화하고 종족 보존의 원칙을 지키고 싶은 의지를 조금도 알 수 없다. 그러기에 오리 부부가 낳은 알을 이웃들에게 나눠 주며 동시에 인간 사랑을 베풀고 있으나 정작 오리 부부의 자연의 질서에 적응하고 생명을 이어 가려는 의지를 이해하지 못한다. 오리 부부는 이곳저곳에 알을 낳아 숨기고 지켜 보려 애를 쓴다. 그러나 할아버지는 어떻게든 오리 부부의 알을 찾아낸다. 할아버지의 행동에 오리 부부는 위기 의식을 느끼고 새 생명을 살릴 수 있는 해법을 찾아 집을 떠난다.

노경수는 동화 작품을 통해 생명 의식을 깊게 드러냈다. 꽃씨는 땅에 묻혀야만 생명을 이어 갈 수 있고 오리는 알을 부화해야 그 생명을 이어 갈 수 있다. 노경수는 동화에서 작품을 통해 꽃씨는 꽃씨답게 오리는 오리답게 그들의 특성에 맞게 누구도 생각하지 못한 방법을 작품에 형상화해 종족을 보존할 수 있는 생명 의식을 드러냈다.

### 3. 본질적 귀환본능의 원칙

노경수 동화에 귀소본능의 원칙인 환희의 귀환 장면도 있다. 인간이든 동물이든 떠나왔던 자리로 회귀하는 귀소본능의 속성이다. 여우가 죽음을 맞이할 때 수구초심이라 해서 근본을 잊지 않고 자신이 살던 굴을 향해 머리를 둔다는 말이 있다. 회귀성과 귀소본능의 원칙인 귀환과 맞닿아 있는 말로 이해된다. 귀소본능은 모든 생물의 근본에 있는 속성으로 노경수는 이 같은 속성 원리와 자연에 순응하는 사물 원리를 활용해 작품을 그렸다.

동화 『오리 부부의 숨바꼭질』에 등장하는 오리 부부는 하루나 이틀에 한 번 알을 낳는다. 오리 부부는 알을 낳았으나 집주인 할아버지가 남김없이 없앤다. 오리 부부는 할아버지를 피해 집을 나와 오리의 종족을 이으려 하나 온갖 수난이 따른다. 생명 의식의 원칙을 고수하기 위해 안전한 곳에 알을 낳고 인내와 고난을 이겨내며 며칠을 품었다. 결국 부화에 성공한 『오리 부부의 숨바꼭질』에 등장하는 오리 아빠인 오철이는 가족과 함께 당당하게 집으로 돌아온다.

> "엄매나 시상에! 풍산개헌티 잡아묵힌 줄 알았는디. 워디 있다 인제 온다냐? 반갑다, 반갑다!"
>
> "누가 아이래유. 애들이 이럴 줄 지가 워찌 알았것서유."
>
> 할아버지가 말하자, 오철이가 끼어들었습니다.
>
> "난 아빠가 됐어! 우리 아기 예쁘지? 건들지 마, 꽉꽉꽉!"
>
> 오철이가 기분 좋게 꽉꽉거리자 할아버지도 뒤에서 껄껄껄 웃었습니다.
>
> "시상에나, 이게 뭔 일이라냐? 하나, 두울, 시잇, 니잇, 다섯. 엄매나, 다섯 마리나 되네유. 시상에나!"
>
> -『오리 부부의 숨바꼭질』, 102쪽.

오리 부부는 할아버지 눈을 피해 우여곡절을 겪은 끝에 종족을 생산한 후 집으로 귀환한다. 집안은 온통 축제 분위기이며 할아버지 또한 기쁨으로 가득하다. 내심 오리 부부가 개에게 물려 죽었을 거라 생각했는데 죽지 않고 살아 돌아온 것이다. 할아버지는 이것을 기적이라 믿으며 식구를 늘려 온 오리가 기특했던지 기쁜 얼굴로 오리 부부와 새끼들을 바라본다. 할아버지는 벅찬 목소리로 오리 새끼의 숫자를 세기 시작하는데, "하나, 두울, 시잇, 니잇, 다섯." 한 마리 한 마리 세면서 기쁨을 표현한다. 오리 부부는 할아버지 눈을 피해 알을 지키려고 힘든 과정을 거치며 알을 낳아 부화한 것이다. 모든 생명이 그렇듯 오리 부부는 종족 보존을 위한 노력으로 새끼를 번식하려 긍정적 모성애를 드러낸다. 생명을 지키려는 오리 부부는 생명이 있는 모든 동물이 그렇듯 온갖 암투의 과정을 겪으며 종족을 번식하려고 그 생래적 특성을 드러내 부화에 성공하고 귀환한 것이다. 할아버지는 오리 부부가 사라지고 나서 죽었는지 살았는지 걱정에 걱정하며 풍산개에게 물려 죽었을 것이라고 단정 짓고 절망하였으나 오리 부부는 기세등등하게 예쁜 새끼 다섯 마리를 앞세우고 집으로 귀환한다. 할아버지는 오리 부부를 바라보며 기쁘게 껄껄껄 웃는다. 마침 집을 나갔던 망아지가 새끼를 끌고 돌아온 것처럼 할아버지는 자꾸만 소리 내어 웃으며 반가움과 소중함에서 할아버지의 진정성을 보여준다.

이 작품의 특성은 종족을 보존하려는 원칙을 해결하고 집으로 귀환하는 것에 의미가 있다. 오리 부부는 매일 빼앗기던 알을 낳아 소망하던 새끼를 부화한다. 야생 생활에서의 고난을 마무리하고 할아버지와 오리 부부가 살고 있었던 집으로 돌아온 것이다. 새끼를 나름 안전한 곳에서 부화하는 목적을 달성하고 이제 새끼를 안전하게 지키고 키울 수 있는 곳으로 새끼와 귀환한 것이다.

노경수 동화에 아동이 집으록 돌아오며 모험하고 성찰하는 계기의 성장동화도 있다. 동화는 사실적이기보다 이상적인 것을 추구해야 한다는 어느 문학가의 말처럼 노경수 작품에서 아동이 집으로 귀환하며 여러 모험과 경험을 하며 자신을 돌아보면서 성찰의 시간을 갖게 한다. 이는 자라나는 아동이 읽어야 할 성장 모드의 동화로, 동화를 읽는 아동 독자에게 많은 지혜와 영향력을 주는 작품이다. 동화는 환상동화가 제격이라는 말이 있으나 사실 동화도 아동에게 중요한 역할을 한다는 것을 보여준다.

노경수의 2011년 작품 『집으로 가는 길』은 작가의 아들이 실제 체험한 이야기를 작품화 것으로, 어린 현중이가 성가대 연습을 마치고 엄마와 만나 돌아오게 될 생각에 버스비를 챙기지 않은 것이 사건의 시작이었다. 이 작품은 동화를 읽음으로 아동들에게 많은 생각과 성찰을 하게 하고 정신적으로 성장하게 한다. 무려 15개의 정류장을 걸어가야 집에 도착할 수 있는 환경에 처한 초등학교 1학년 현중이는 집으로 귀환하는 과정에 시행착오를 겪으며 모험을 하게 된다.

교회에서 성가대 연습을 마치고 엄마와 만나기로 한 장소에 엄마는 나타나지 않았고 버스비 없이 걸어서 집에 가게 됐다. 어린 아동의 머릿속은 암흑같이 어두웠을 상황이다. 엄마를 기다려도 나타나지 않아 혼자서 집을 찾아가야 한다. 즉, 현중이는 버스를 타지 못하고 걸어서 집으로 향하고, 이 단계에서 이런저런 모험을 겪으며 집에 도착한다는 이야기이다. 현중이는 이 긴 거리를 혼자서 걸어 집으로 돌아오면서 많은 생각과 경험을 하고, 오랜 시간이 걸린 끝에 비로소 아동에게 안식처가 되는 집에 온다.

> 갑자기 성냥팔이 소녀가 생각났어요. 아, 엄마, 엄마, 엄마! 훌쩍거리며 걷고 있는데 청설모 두 마리가 쪼르륵 쪼르르륵 내려오면 다른 한 마리도 따라서 올라갔다 내려왔어요. 꼭 엄마를 뒤따라가는 나처럼요.
>
> 엄마는 나를 버린 것일까. 나는 버림받은 것일까. 나를 자랑스러워하시던 엄마가 절대로 그럴 리 없는데.
>
> -『집으로 가는 길』, 47쪽.

아동은 어린아이일수록 순수한 성정을 지닌다. 작은 일에도 예민하게 반응하고 행동하는 것은 물론이거니와 많은 궁금증을 발산한다. 작품에서 현중이도 어린 친구로 아직은 도화지와 같은 깨끗한 성정을 지닌 아동이다. 현중이는 어린 나이에도 당황스런 상황을 맞이했음에도 전혀 당황하지 않고 엄마와의 약속을 기억하고 차분히 엄마를 찾아보고 엄마가 보이지 않는 것에 궁금해 하며 지혜의 기지를 보인다. 그러면서 엄마가 자신과의 약속을 잊은 것에 더 많은 생각을 하게 되고 불안한 마음이 되기도 한다. 현중이는 엄마에게 수학도 가르쳐 주는 좋은 선생님이었는데 엄마는 나를 버린 것은 아닐까 하는 불안감을 가지기도 한다. 아이는 배고픔을 견디며 두려움에 떠는 등 점점 많은 모험을 한다. 심지어 엄마가 자신을 자랑스러워했던 생각을 하며 엄마는 절대 그러한 분이 아니라고 믿음을 가지면서도 한편으로는 엄마에게 조금은 의구심을 갖는다. 어린 현중이는 가장 힘들게 넘는다는 할딱 고개를 넘고 또 최고로 높은 고지인 옥려봉을 지났으나 엄마의 모습은 끝내 보이지 않아 두려움에 떤다.

> 그때였어요. 앗, 저건 1번 버스다, 1번 버스. 드디어 우리 마을로 다니는 1번 버스가 나타났어요. 그런데 그 버스는 지금껏 내가 걸어온 반대 방향으로 가고 있어요.
>
> 어떡하지? 내가 방향을 잘못 잡은 걸까? 버스가 길을 잘못 갈 리는 없을 테니 말이에요. 저 버스를 따라가면, 놓치지 않고 끝까지 따라가면 우리 집이 나올 것은 틀림없어요. 나는 마음이 급해졌어요.
>
> – 『집으로 가는 길』, 60쪽.

아동문학 동화에는 뚜렷한 목적의식을 담는다고 한다. 작가는 어떤 생각으로 현중이에게 고달픈 미션을 주었을까 하는 생각과 어떻게 아동이 집에 귀환할까 하는 관심을 가지지 않을 수 없다. 자연 속에서 나무가 비바람을 맞고 강하게 흔들리며 자란 나무가 더욱 튼튼하게 성장한다고 했다. 작품 속 아동도 귀환하는 과정에 이런저런 모험과 경험은 성장하는 과정에 호연지기로 나타나 마음이 넓고 크게 또 올바르게 자랄 수 있도록 자신감을 얻었을 것이다. 어린 현중이 두려움에 떨면서 집으로 귀환하기 위해 군건히 걸으면서도 엄마는 어디에 있는 걸까, 엄마는 약속을 잊은 걸까 하는 불안한 마음을 다독거리며 엄마 만나면 따져볼 것을 다짐하는 등 아동의 불안한 심리도 드러난다. 어린 현중이는 찬송가를 부르며 두려운 마음을 가라앉힌다. 그때 만난 마을로 향해 가는 1번 버스는 현중에게 기적과 같은 희망을 안겨주나 여전히 고통에서 해방되지 못하고 마을버스를 타면 집에 갈 수 있다는 생각을 한다. 현중이가 버스를 타지 않고는 집으로 가기는 쉽지 않으나 버스를 얻어 타는 진정한 용기를 내지 못하고 마냥 집으로 귀환하기 위해 걷는다.

우리는 집을 나서거나 여행을 떠나더라도 최종 목적지는 현중이와 같이 집이다. 집은 평안한 안식처이기 때문에 어디든 떠났다가도 귀소본능의 원칙처럼 집으로 귀환한다. 노경수 작품에서도 현중이가 교회에서 찬송가 연습을 하고 엄마를 만나지 못해 먼 길을 걸어 평안한 안식처인 집으로 귀환한다. 인내와 고통이 따랐으나 현중이의 귀환 여정의 모험 이야기는 아동 독자들에게 감동이 될 수 있다. 현중이는 어린 아동으로 힘들게 걸어 마침내 집에 도착한 모험 과정은 현중이의 진정한 경험이다.

## 4. 나오며

노경수는 작품에 친자연의 우주 생태계를 그려 냈다. 우주 생태계는 모든 자연이 하나의 세계에서 만나 순리와 이치에 맞추어 살아가는 것이다. 이를 인지하고 이해한 그의 동화에서는 친자연의 생태계를 설명하듯 작품으로 그려 냈다. 우주 시스템은 인간이 살아가는 세계에서도 다르지 않고, 풀과 나무가 사는 생태계에도 다르지 않다. 하나의 생태계에서 영위하고 그 속에서 모두가 자연에 순응하며 생명을 이어 가며 진리처럼 살아간다.

작품 『오리 부부의 숨바꼭질』에서 오리가 새 생명을 잉태시키고 싶은 생명 의식의 본능이 드러나고 혹은 가족을 이끌고 귀환하고자 하는 본능이 드러난다. 『씨앗 바구니』에서도 자연의 섭리와 순리를 보여준다. 작품의 인물들 꽃씨는 봄이 되어 자연을 거스르지 않고 순응하기 위해 애쓴다. 할머니가 땅에 묻어 주어야만 싹을 틔우고 꽃을 피울 수 있다. 꽃씨는 자연 섭리의 순리를 따르고자 하나 조건과 환경이 따라주지 않는다. 꽃씨들은 절망하지 않고 우여곡절 끝에 휘파람새의 도움을 받아 결국 예쁜 꽃을 피우고 종족 보존을 하게 되면서 자연 이치를 따른다.

『집으로 가는 길』에서는 어린 현중이가 집으로 돌아갈 차비가 없어 집으로 돌아가기 위해 긴 시간을 걸어가며 성찰의 시간을 가진다. 이 경험은 아동에게 귀중한 시간이 되어 자라며 성장하는 과정에 커다란 힘이 될 것이다. 현중이에게뿐만 아니라 자라나는 아동 독자들에게 간접 경험의 예가 되어 중요한 역할과 작용이 될 수 있고 성장 과정에서 하나의 지혜로 나타나게 될 것이다. 이것으로 보아 주인공은 긴 시간에 많은 생각을 하고 두렵기는 했으나 고귀한 모험이었을 것이다.

이처럼 노경수는 현실적인 이상주의적 동화를 그려 내며 자연의 섭리와 순리를 보여준다. 또 아동이 성장하는 과정에 여러 경험은 성장발달에 영향을 미친다는 점을 인지하였고, 귀환 중에 독자들에게 작품 배경인 수산시장의 풍경을 설명하듯 보여주어 간접적 경험으로 영향력을 주고 있다. 또 이 같은 환경과 배경은 아동으로서 충분히 생각하고 성찰할 수 있는 계기가 되는 것은 물론 여행과 같은 우리의 삶에서 아동에게 많은 힘이 될 것이다.

노경수는 동화를 통해 언젠가는 내가 태어난 곳으로 귀환한다는 순리의 법칙을 드러내기도 했다. 혹은 자연의 질서에서 자연의 순리를 거스르지 않고 자연을 이해하고 순응하며 살아가는 모습인 것이다. 새 생명을 잉태하고 자연의 순리를 따르며 생명을 존엄하게 인지하는 의식으로 살아가는 것으로 노경수는 자연에 순응하고 이치를 거스르지 않는다는 순리의 법칙임을 알려주었다.

노경수 작품은 아동 동화로 갖추어야 할 특성이 있다. 이는 동화의 목적성으로 교육의 단계인 교육성이 드러나 있다. 이것은 '진정한 용기'로 동화를 읽는 아동 독자들에게 훌륭한 교훈이 된다. 작품의 인물인 현중이의 귀환 과정에 절대적으로 용기가 필요했음을 알려주는 대목이 몇 군데 있다.

현중이가 조금만 용기를 내어 엄마에게 연락 좀 해 달라고 누군가에게 부탁했더라면, 혹은 누군가에게 차비를 빌렸더라면, 혹은 버스 운전사에게 사정을 이야기하고 버스를 얻어 탔더라면 조금은 편히 집에 도착할 수 있었을 텐데 하는 지혜의 여지를 남긴다. 이는 아동들에게 내재 된 용기의 필요성에 대한 교육성을 전달하는 중요한 대목이다. 따라서 우리가 살아가면서 필요할 때는 진정한 용기와 지혜의 기지가 필요함을 알게 하는 교육성이 내재 됐다. 주인공의 목적은 귀환인데 등장인물처럼 부끄러워 말을 못하고 혹은 용기가 없어 말을 못 하여 고생한 현중이의 경험은 성장하면서 여러 가지 지혜의 힘이 되어 요소요소에서 나타날 것이다.

노경수의 동화를 읽는 독자들도 현중이의 귀환하는 과정의 경험은 아동들에게 간접 경험이 되어 때때로 현명한 자세와 진정한 용기를 내는 자만이 행운도 얻을 수 있다는 교훈을 얻게 한다.

# 디아스포라의 상상력과 미학적 서사
## – 문영숙의 작품 세계

김경흠(문학평론가, 문학박사)

### 1. 들어가는 글

2000년대에 들어오면서 우리 아동문학계는 옛것 또는 우리의 정체성 및 전통에 대하여 새롭게 눈을 뜨게 된다. 이 관심은 곧 아동문학 서사 장르에서 재화의 형태로 문학적 성과를 낳기 시작한다. 즉, 우리의 신화, 전설, 민담의 설화 형식을 변용하여 재화, 이를테면 '옛이야기 고쳐 쓰기'의 양식으로 생산해 낸 것이다.

이러한 유형과 함께 작가들이 관심을 기울인 또 다른 경향은 우리의 역사를 소재로 하여 창작 의욕을 보여주었다는 점이다. 물론 역사를 소재로 한 기존의 동화 및 소년소설이 꾸준하게 출판되었던 것은 부인할 수 없다. 그러나 이것은 우리가 익히 알려진 인물이나 역사적 사건을 중심으로 쉽게 풀어 쓴 기획 출판물의 성격이 강했다. 작가의 문학적 상상력이 반영되기에는 다소 미흡한 면이 없지 않았다. 이러한 한계성을 극복하고 본격적으로 역사 소년소설 혹은 역사동화가 전개되기 시작한 것이다.

작가 문영숙은 이 문학사적 흐름에 주도적으로 참여하여 왕성한 작품 활동을 보인 선두격의 인물이라고 할 수 있다. 그는 1953년 충남 서산에서 태어나 쉰을 넘긴 나이에 아동문학에 입문한 작가이다. 사실 아동문학 등단이 늦었을 뿐이지 이전부터 시와 수필을 쓰면서 이미 문학적 역량을 탄탄하게 다진 작가이기도 하다. 그는 2004년 「엄마의 날개」로 제2회 '푸른문학상'을, 2005년 「무덤 속의 그림」으로 '문학동네어린이문학상'을 연이어 받으며 문단에 주목을 받게 된다. 이렇게 화려하게 아동문학 작가로 데뷔한 이후 2007년부터 한 해도 거르지 않고 활발하게 우리의 역사와 현재 사회의 문제를 다룬 소년소설을 중심으로 장편을 펴낸다. 그의 대표작을 들자면 일제의 만행과 비인간화를 폭로한 「궁녀 학이」(문학동네, 2008), 「검은 바다」(문학동네, 2010), 「그래도 나는 피었습니다」(서울셀렉션, 2016), 「에네껜 아이들」(푸른책들, 2009)이 있으며 일제 강점기 소련의 한인 이주 정책을 낱낱이 파헤친 「까레이스키, 끝없는 방랑」(푸른책들, 2012)이 있다. 일제 강점기의 사건과 관련된 작품이 많은 편인데 「독립운동가 최재형」(서울셀렉션, 2014), 「안중근의 마지막 유언」(서울셀렉션, 2017)은 전기문학적 성격을 띠는 작품이다. 그는 우리 사회가 처한 현실의 문제에도 눈길을 두었는데, 탈북 이주민의 실상과 다문화 사회의 현실을 범인류적 측면에서 다룬 「꽃제비 영대」(서울셀렉션, 2013), 「개성빵」(아이앤북, 2013), 「색동저고리」(크레용하우스, 2011) 등도 있다.

문영숙의 작품 세계는 이처럼 다양하고 폭넓다. 이외에도 파독 광부의 역경과 극복의 일생을 다룬 작품, 아동 보호센터와 위탁 가정을 전전하며 성장을 꾀하는 어린이를 다룬 작품, 치매 노인을 둘러싼 가족 간의 애정과 노인의 한을 다룬 작품 등 소재 및 주제의 다양성이 돋보인다.

이러한 다양성에도 불구하고 문영숙의 작품 색깔을 한 마디로 명명한다면 역사적 시공성을 문학적으로 재창조해 낸 탁월성과 문학적 역량에 있다고 할 수 있다. 사실 역사와 문학은 이질적인 명칭이다. 김태호는 역사를 지식적 서사라고 하고 문학을 미학적 서사라고 개념화한 바 있다.[1] 그러니까 역사는 역사적 사건에 대하여 하나의 해석으로 제시하는 지식인 반면에 역사 문학은 작가의 상상력에 의하여 역사적 사실이 달리 해석될 수 있으며, 이와 함께 미적 효과를 염두에 두는 미적 서사라는 것이다. 그런데 문

---

1) 김태호, 「역사동화의 서사적 특성과 서사교육」, 『한국초등국어교육』 제50집, 2012, 115~122쪽.

영숙의 역사 소년소설은 이 이질적인 개념을 능숙하게 통합하여 양쪽의 요건을 균형감 있게 충족시키는 창작 능력을 발휘한다. 그는 방대한 고증 자료를 바탕으로 역사적 시공성을 리얼하게 확보하면서 문학적 감수성과 상상력의 확장을 통하여 보편적이고 진실된 미적 세계를 창출한다.

이러한 작가적 특징은 역사 소년소설에만 국한되는 예는 아니다. 역사 문학적 서사가 작품의 많은 편 수를 차지하는 것은 사실이지만 다른 주제를 다룬 작품에서도 이러한 경향이 발견된다고 할 수 있다. 즉, 작가 정신과 문학 의식이 그의 작품 근간에 숨어 있기 때문일 것이다. 그러므로 이 글에서는 그가 펴낸 작품을 대상으로 문학적 특징이 무엇인지 키워드를 찾아보고자 한다. 그리고 작품에 내재하고 있는 특징이 작가 의식과 어떤 영향 관계의 고리를 형성하고 있는지 분석하고자 한다. 특히 그의 작품 전반에 나타나는 디아스포라적 특징과 상상력을 먼저 살펴보고 그가 작품에서 창조한 인물의 특징을 검토한다. 이와 함께 그가 문학 작품 곳곳에서 강조하고 있는 가족의 정체성과 작가의 가치관에 대하여 작품을 통해 밝혀 본다.

## 2. 이산, 이주의 서사 구조

이산, 이주라는 말은 곧 집이나 고향을 떠나 흩어진다는 의미를 내포한다. 이 말의 기원은 '디아스포라'라는 개념과 관련이 있는데, 본래 유대인들의 흩어진 공동체에서 유래한 것이다. 이 의미가 현재에는 모든 민족의 이동이나 이산을 뜻하는 개념으로 확장되었다. 특히 우리 근대사는 이 디아스포라의 흔적을 빼놓고는 역사를 이해할 수 없는 중요한 핵심 키워드이다. 곧 일제 강점기의 식민지 생활, 6·25 한국전쟁 등 굵직한 사건을 포함하고 있기 때문이다.

이러한 역사를 거치면서 우리 한인들은 일본, 중국의 동북 지역, 러시아의 연해주, 미주 지역 등으로 이주하여 목숨을 연명할 수밖에 없었다. 여기에 6·25 한국전쟁을 겪으면서 수많은 우리 민족들이 월남과 월북을 통하여 다시 한번 한반도 내에서 이주의 아픔을 끌어안아야 했다. 이 모든 일련의 사건들을 두고 한인들의 디아스포라로 규정할 수 있다.

작가 문영숙은 이 디아스포라의 역사에 작가적 관심을 고정하였다. 그는 많은 작품에서 우리 근대사의 디아스포라적 고통과 실상을 서사화하고 있다. 이 관심은 우리 근대사의 역사에만 머무는 것이 아니라 현 사회의 탈북인 문제나 다문화 문제에까지 지속성을 유지하고 있다. 그의 작품 전반에서 발견되는 특징은 바로 이산, 이주의 모티프와 서사적 구조에 있다. 원론적으로 말하면, 아동문학 서사물에서 이산, 이주라는 말은 페리 노들먼이나 마리아 니콜라예바가 말한 '집 떠남'의 모티프를 연상시킨다. 이 말은 탐정담, 모험담, 여행담의 서사 구조에 적용되는 모티프라고 할 수 있다. 그러나 작가 문영숙이 서사 구조로 사용한 '떠남'의 모티프는 이러한 문학적 개념과는 차이를 보인다. 보다 역사적, 특수한 한국적 양식으로써의 모티프에 해당한다고 할 수 있다.

대부분의 작품에서는 주인공이 고향을 떠나게 되는 스토리로 서사가 시작된다. 이에 대한 개연성과 정당성이 작품 서두에 기술되며, 다음으로 본격적인 떠남의 과정이 전개된다. 그리고 이 떠남은 방랑처럼 많은 곡절이 뒤따르게 되며 그곳에서 정착하기 위한 강인한 정신과 몸부림이 펼쳐진다.

대체로 이러한 서사적 단계를 통하여 작품의 구조가 구성되는데, 「독립운동가 최재형」, 「까레이스키, 끝없는 방랑」, 「에네껜 아이들」에 이 모티프가 생생하게 표현되어 있다. 「독립운동가 최재형」과 「까레이스키, 끝없는 방랑」은 우리 민족이 러시아로 이주하여 겪는 실상과 지난한 삶의 과정에 대하여 폭넓은 실제 자료를 토대로 작품화하고 있다. 러시아로의 이주는 구한말 기우는 조선 왕조의 정세와 일본의 침략이 원인으로 작용하고 있음을 작가는 개연성 있게 구체화한다.

「독립운동가 최재형」은 최재형이라는 실존 인물의 일대기를 통하여 구한말 천민들의 고통과 러시아의 이주 과정 그리고 일제에 대한 저항운동을 그리고 있다. 즉, 구한말에서 1920년 전후까지 러시아에서 한인들의 삶을 다루었다. 「까레이스키, 끝없는 방랑」은 「독립운동가 최재형」의 후속 작품의 성격을 띠고 있는데, 한인들의 러시아 내에서 강제 이주 정책과 그 땅에서 살아남기 위한 고난과 강인한 의지가 형상화되어 있는 작품이다. 즉, 1937년부터 스탈린에 의해 자행된 한인들의 강제 이주 과정을 시작으로 하여 1956년 소련이 스스로 한인 이주 정책은 잘못된 것이었다고 인정할 때까지의 시간적, 공간적 배경을 주무대로 하고 있다.

「독립운동가 최재형」에서 주인물 최재형은 노비의 아들이었다. 지주의 비정함과 빈곤에 시달리다가 재형의 가족은 고향 함경북도 경흥에서 야반도주하여 러시아 땅으로 이주한다. 재형의 가족은 러시아의 얀치헤에 정착하여 그들의 터전을 가꾼다. 그러나 재형이 학교를 다니게 되자, 이를 시기한 형수로부터 구박을 받는다. 형수와 사이가 좋지 않게 되자 재형은 단신으로 집마저 뛰쳐나온다. 재형의 고향 탈출과 가출은 포시에트 항구에서 선장 부부를 만나 특유의 성실함을 보여 학교 공부와 상인으로서의 노하우를 배워 훗날 거상이 되고, 이를 바탕으로 조국의 독립을 후원하는 일을 하게 된다.

「까레이스키, 끝없는 방랑」은 주인물 동화의 가족이 러시아의 연해주 신한촌 마을에서 스탈린에 의해 중앙아시아인 카자흐스탄의 우슈토베로 이주당하는 상황과 치열한 생존의 과정이 생동감 있게 묘사되고 있다.

연해주에 거주하고 있는 약 18만여 명의 한인들은 소련의 강제 명령에 의하여 블라디보스토크 역에 집결한다. 그곳에서 내무 인민위원들에 의해 신분증인 공민증을 회수당한 뒤 난방도 가동되지 않는 가축 운반용 시베리아 횡단 열차를 타고 밤낮을 달려 40여 일 만에 카자흐스탄의 우슈토베에 버려진다.

인가도 먹을 물도 없는, 설원과 갈대밭만이 무성한 동토의 땅에 짐승처럼 내던져진 것이다. 열차를 타고 40여 일을 달리는 사이에 사람들은 얼어 죽거나 병들어 죽거나 또는 굶어 죽었다. 주인물인 동화의 엄마도 출산 도중 사망했다. 같은 마을의 함흥댁도 어린아이를 잃었고, 아들 명철마저 동화의 오빠인 동식과 함께 도망을 주도하다가 소련군의 총탄에 잃고 만다.

이처럼 이 작품은 처참한 이주 과정의 실상이 낱낱이 드러나 있다. 우슈토베에서도 사람들은 생존을 위해 지혜를 모았고, 적지 않은 희생을 감내해야 했다. 동화의 오빠가 늑대의 습격을 받아 공수병으로 목숨을 잃었고, 동화의 할아버지마저 병사하여 동화 혼자 혈혈단신이 되고 말았다. 주인물인 동화의 가족이 보여주듯 한인들은 연해주에서 중앙아시아로 강제 이주를 당하는 과정에서 철저히 인권이 유린당한 삶을 겪어야만 했다.

이 일련의 사건들은 작가의 상상력에 의한 온전한 허구가 아니다. 실제 자료와 증언을 바탕으로 한 사건을 다룬 것인데, 작가는 이 역사적 시공성의 범위 안에서 개연성 있는 허구적 상상력을 발휘하여 문학적 리얼리티를 구현하고 있다.

「에네껜 아이들」은 미주 지역인 멕시코로 이민을 간 한인들의 이야기를 서사화한 작품이다. 1900년대 초에 영국인 중개업자인 마이어스와 일본인 다시노 가니찌에 의해 자행된 사기 이민으로 한인들은 내용도 모르고 오로지 금덩이에 속아 떠난 것이다. 마이어스와 다시노 가이찌는 비밀 협정으로 계약 노동을 주선하여 글자도 모르는 평민들에게 많은 돈을 벌게 해 주겠다고 속여 서명을 받은 뒤 멕시코의 유카탄 반도에 있는 메리다의 어저귀 농장으로 팔아넘긴 것이다.

작품에 등장하는 주인물은 덕배를 비롯하여 봉삼이와 윤재라고 할 수 있다. 덕배의 아버지는 백정으로 신분을 모면하기 위하여 이민을 선택하였고, 봉삼이는 청계천 다리 밑에서 걸식하는 고아였으며, 윤재는 아버지가 옥당대감으로 황족이다. 이렇게 신분이 다양한 이주민들이 저마다의 사연과 기대를 안고 이주를 선택한 것이다. 그러나 메리다의 어저귀 농장에 도착하자 이들은 노예와 진배없는 현실을 받아들여야 했다. 신분은 모두 달랐지만 조선에서 살 때보다 궁핍함은 더했다. 특히 황족인 옥당대감의 가족들은 현실을 받아들이지 못하고 더 힘겨움을 겪어야 했다. 이 가족은 딸 윤서의 자살과 윤재의 방황 그리고 옥당대감의 좌절 등이 이주로 인하여 가해지는 고통으로써 고스란히 겪을 수밖에 없었다. 그러나 이주로 인한 궁핍과 핍박은 비단 옥당대감의 가족에만 국한되는 상황은 아니었다. 덕배 아버지, 감초네 부부 등도 예외는 될 수 없었다. 감독의 모진 채찍질과 배고픔 그리고 화상을 입을 정도의 더위 등도 조선에서는 겪지 못했던 경험이었다.

이 작품은 앞의 두 작품이 러시아 한인의 역사를 다룬 것에 비해 자칫 주목받지 못했던 미주 지역의 이주를 서사화하고 있어서 작가의 디아스포라적 상상력이 확장되었음을 알 수 있는 대목이기도 하다.

작가 문영숙이 작품에서 전개한 디아스포라는 '집 떠남', 즉 고향을 뒤로 할 수밖에 없는 개연성으로부터 시작된다. 작가는 작품 「무덤 속의 그림」(문학동네, 2005)에 대한 창작 과정을 밝히는 글에서 작품 구상 단계에서 개연성을 구체화하기 위하여 많은 시간을 할애한다고 토로한 바 있다.[2] 이것은 한 작품을 구상하면서 진술한 대목이기는 하지만 작품 대다수를 살펴볼 때 개연성을 확보하기 위한 창작적 고민이 엿보인다. 이 부분이 작가 문영숙의 문학적 역량이라고 할 수 있는데, 개연성과 서사 구조의 조화가 균일감과 구체성을 띠고 있어서 문학적 리얼리티가 농후하게 그려진다.

「검은 바다」와 「그래도 나는 피었습니다」는 일제의 강제 징집을 다루고 있어서 두 작품의 주인물들도 모두 고향을 떠나게 된다. 「검은 바다」의 강재는 일본 공장에서 근로자로 돈을 벌게 해 주고 기술을 가르쳐준다는 일

---

2) 문영숙, 「근대 이전을 소재로 한 역사동화 창작의 고민과 문제점」, 『아동청소년문학 연구』(2), 2008, 64~65쪽.

제의 거짓에 속아 일본으로 끌려가 해저 탄광에서 사투를 벌이며 인권을 유린당한 이야기를 서사화하고 있다. 이 작품은 작가가 '글쓴이의 말'에서 밝힌 바 있듯이 일본 야마구치현 우베시에 있는 조세이 탄광의 붕괴 사고라는 실제 사건을 배경으로 서사 구조를 취하고 있다. 이때의 사건을 직접 겪은 김경봉 옹의 증언을 토대로 하여 작가의 상상력이 배합된 작품이다. 조세이 탄광이 붕괴될 때 갱도 안에 있었던 사람들은 대부분 강제 징용으로 끌려 온 조선 사람들이었다고 한다. 지금도 위령제를 지내는데, 이 작품의 주인물 강재는 징용으로 이곳에 와서 고난을 겪다가 이 붕괴 현장을 목격한다. 가까스로 이곳을 빠져 나온 강재는 같이 징용으로 온 친구 천석을 찾아다닌다. 그 와중에 원폭 현장을 경험하게 되고 끝내 원폭 피해를 입은 천석을 찾아 그를 부축하여 광복을 맞은 고향으로 돌아온다는 이야기를 다루고 있다.

「그래도 나는 피었습니다」는 일본군 위안부로 강제 납치된 조선 젊은 여인의 처참한 삶과 강인한 의지를 그린 작품이다. 겹이야기 구조로 구성된 이 작품은 손녀인 유리가 할머니가 유고로 남긴 구술집을 읽으면서 그 실상을 이해하는 과정으로 전개된다. 유리의 할머니 허춘자는 충남 서산의 고향 집에서 어느 날 일본의 방직공장 취직을 미끼로 꾐에 빠져 반 강제 납치를 당하다시피 배를 타고 떠난다. 어머니께 제대로 인사도 못 한 채 네이멍구, 상하이의 양가택 위안소, 필리핀의 레이테섬으로 끌려다니며 비인간적인 수난을 겪게 된다.

이 작품과 함께 그림동화 「박꽃이 피었습니다」(위즈덤하우스, 2019)도 일본군 위안부로 끌려간 주인물 순이의 처참한 삶과 아픈 우리의 역사를 형상화한 작품에 해당한다. 작가 문영숙은 우리 역사에서 이주 한인의 문제를 다루다 보니 우리 한국에 체류하고 있는 외국인 근로자의 입장도 이해하게 되었다고 직접 술회하며 이를 소재로 작품을 발표했다.

「색동저고리」는 몽골의 소녀 보르테가 한국에 와서 적응해 가는 과정을 묘사하고 있다. 보르테의 엄마와 아빠는 몽골에서 한국으로 돈 벌기 위해 이주한 노동자인데, 반지하 방 생활과 취업 비자가 만료된 보르테의 아빠가 불법 체류자 신분으로 일터를 전전하다가 단속반에 쫓겨 달아나던 중 머리를 크게 다치는 위기를 겪게 된다. 이 어려움 속에서 꿋꿋하게 현실과 맞서는 보르테와 그의 가족 이야기를 다루고 있다.

「개성빵」도 이주민의 이야기이다. 기태와 기옥 두 남매와 그의 어머니는 탈북하여 한국에 정착하였다. 그런데 어느 날 기태의 아버지와 할머니가 탈북에 성공하여 중국에서 한국으로 올 기회를 엿보고 있다는 소식을 전해 온다. 작품 「꽃제비 영대」(서울셀렉션, 2013)와 함께 탈북인의 이주 과정을 다룬 작품으로, 이 작품들은 현재 우리 사회에 떠오르고 있는 다문화와 탈북인의 이주 문제를 형상화시키고 있다.

### 3. 성장 의지형 인물의 설정

청소년 독자를 대상으로 하는 아동문학 서사물에서 가장 두드러지게 다루어지는 주제 의식은 자기 정체성의 확인과 성장 지향이라고 할 수 있다. 이는 대상 독자를 고려한 수용미학적 측면에서 거론할 수 있는 논의이기는 하지만 이에 따라 등장인물의 설정도 대체로 성장기에 있는 주인물을 고려하게 된다. 주인물들은 좁은 자기만의 세계에서 인식하고 판단하며 행동하다가 자각이나 통과제의 과정 등을 거치면서 세상을 바라보는 눈과 판단력이 한층 성숙하는 모습을 보이는 것이 소년소설의 전형적인 예라고 할 수 있다. 문영숙의 작품에 등장하는 인물들은 대체로 성장 의지가 강하게 나타난다. 그것은 앞 절에서 살펴보았듯이 등장인물들은 디아스포라로 인한 고난과 절박한 상황을 겪으면서 살아남기 위한 강한 생존 의식이 일게 되며, 이 동력은 바로 꿈과 희망의 서사로부터 비롯된다.

선주원은 칼 포퍼의 이론을 인용하면서 역사동화, 즉 아동문학 서사물은 '열린 사회'를 지향해야 한다고 서술하고 있다. 칼 포퍼가 제시한 열린 사회와 닫힌 사회를 거론하면서 인류의 역사는 닫힌 사회에서 열린 사회로 이행했다고 기술한다. 여기에서 닫힌 사회는 부족이나 집단적 삶으로써 개인의 자유가 존중되지 않는 사회를 말한다. 반면에 열린 사회는 개개인의 개인적 결단과 자유가 존중되는 사회로써 개인은 더 높은 지위를 향해 나가려는 긍정과 희망이 용인되는 사회라고 설명한다.[3] 문영숙의 작품에는 이러한 열린 사회의 지향, 즉 개인의 선택과 자유 및 인권이 소중한 가치임을 내재하고 있으며, 이러한 가치는 성장 과정을 통해 실천 의지로 구체화된다.

작품 「뻐꾸기 아이들」(아이앤북, 2015)은 가난 때문에 부모와 같이 살지 못하고 위탁 가정을 전전하는 소녀의 이야기이다. 주인물인 효주가 어렸을 때는 아버지와 함께 찜질방에서 숙식을 하며 살아간다. 그곳이 효주 자신의 집이라고 초등학교에 입학하기 전에는 생각했었다. 그러나 초등학교에 입학하면서 가난한 형편 때문에 셋방살이조차 하기 어렵다는 사정을 알게 된다. 결국 효주의 아버지는 돈을 벌기 위해 원양어선을 타기로 결심하고 효주를 서울의 위탁 가정에 맡긴다. 효주에게는 손톱을 물어뜯는 버릇이 있는데, 이것은 부모로부터 보호받지 못하는 불안한 행동이었다. 이 현상은 첫 번째 위탁 가정을 갈 때부터 나타난다. 주인 여자는 넉넉한 가정의 부인으로 효주를 공주처럼 대한다. 잘 먹이고, 잘 입히고, 잘 꾸며 주었으나 그것은 전적으로 자기 만족을 위한 방식이었다. 효주의 의사는 전혀 고려하지 않고 독단으로 결정하고 행동했다. 효주는 단지 그 부인이 원하는 대로 꾸며지는 인형이었다. 효주는 결국 견디지 못하고 그 집에서 나오게 된다.

3) 선주원, 「역사동화에 구현된 과거 역사의 현재적 의미화와 열린사회에의 지향」, 『한국초등국어교육』 제48집, 2012, 118~122쪽.

아동보호센터에서 소개해 준 두 번째 집은 그리 넉넉한 집은 아니었으나 효주의 마음을 이해하려고 애쓰는 부부였다. 효주도 잠시 마음이 안정되어 손톱을 물어뜯는 버릇이 감소한다. 그러나 그 집의 아저씨가 갑자기 쓰러지자 친척들은 애를 잘못 들여서 그렇다며 효주의 마음에 상처를 안긴다. 이제 효주의 마음은 트라우마로 가득 찼고 손톱을 물어뜯는 버릇도 심해진다. 그러나 효주는 아동보호센터에서 어린 동생 같은 준이를 돌봐주며 연민을 발휘한다. 세 번째 집인 교장선생님 부부를 만나면서 효주의 마음은 열리기 시작한다. 그들은 효주를 가식 없이 진심이 담긴 실천을 보여준다. 자기 자신을 사랑할 줄 알아야 남을 사랑할 수 있다는 가치와 만족은 스스로 만드는 것이라는 것을 사모님이 새겨 준다. 그리고 부부는 서로 존중해주며 상대방을 배려하고 기다려주면서 손수 실천하는 모습을 보여준다.

이 행동은 효주에게도 똑같이 대한다. 효주의 마음은 조금씩 트라우마가 치유되면서 긍정의 마인드로 변하게 된다. 손톱을 물어뜯던 버릇도 거의 사라지게 되고 아동보호센터에 있는 준이를 찾아가 벗이 되어 주는 일에 더욱 적극성을 보인다. 그리고 입국이 늦어지는 아버지를 이해하기에 이르고 자신도 교장선생님 부부의 삶을 롤모델로 삼아 살고 싶은 소망을 갖게 된다. 이 일련의 과정들은 주인물 효주가 위탁 가정 세 곳을 거치면서 한층 성숙한 마음과 자세를 보여주는 성장형 소년소설의 전형이라고 할 수 있다. 효주는 자신을 사랑하는 방식을 깨닫게 되고 자존감이 높아지면서 세상과 삶을 바라보는 눈이 변화하게 된다.

「글뤽 아우프 : 독일로 간 광부」(서울셀렉션, 2015)는 실존 인물인 권이종 박사의 일대기를 서사화한 소년소설이다. 주인물인 상우(권이종 박사)는 가난 속에서 학업과 아르바이트를 이어가다가 돈을 벌기 위해 독일의 탄광 노동자를 지원한다. 상우는 광부로 일하면서 돈을 벌어 고향집을 돕기도 한다. 탄광 일을 하면서 동료가 사고로 세상을 뜨기도 하고 상우 자신도 크게 다쳐 위험한 일을 여러 번 겪기도 한다. 그래도 독일어 공부를 계속하여 학업의 꿈을 놓지 않는다. 그곳에서 만난 광부 동료 및 한국인 간호사들과 친분을 유지하는가 하면 독일 간호사인 로즈마리와 양자의 인연이 되어 큰 도움을 받는다. 광부 계약 기간 3년이 끝나자 상우는 양모인 로즈마리의 적극적인 주선과 동료들의 격려 덕분에 유학 비자를 얻어 학업을 이어가게 된다.

이 작품은 전형적인 성장 소설의 성격을 띠고 있다. 특히 한 인물의 실제 삶을 다루고 있어서 전기문학적 성격을 취하고 있다고 할 수 있다. 주인물 상우의 성장 의지가 작품 전반에 투영되어 있어서 성장형 소설로도 읽을 수 있지만, 광부로 또는 간호사로 이주의 삶을 살 수밖에 없었던 가난했던 우리 한국의 현대사를 증언하고 있기 때문에 이 작품이 지니는 가치는 더욱 크다 하겠다.

작품 「벽란도의 비밀 청자」(문학동네, 2014)도 주인물 도경이 현재 자신이 처한 처지를 부정하다가 집을 떠나 벽란도에 있는 청자 상인 송방의 집에 기거하면서 새로운 삶을 깨닫는다. 도경은 가난한 도공의 집이 싫어서 가출하지만 청자 운반선에서 청자 향로를 깨는 바람에 볼모의 신세로 송방의 집에서 심부름을 하게 된 것이다. 도경의 할아버지가 똑같은 향로 청자를 만들 때까지 1년을 송방의 집에서 살아야 했다. 그곳에서 송방의 이중적 성격과 비정함 그리고 청자 밀거래의 위법 행위를 보면서 도경은 자기 정체성을 확인한다. 그곳에서 만난 가비를 통해 부모와의 소중한 관계를 깨닫는가 하면 도경은 자신의 고향에서 생산되는 탐진 청자가 가장 우수하다는 사실도 알게 된다. 여기에 송방과 같은 밀거래 상인들과 감독관들의 유착으로 인해 고향인 당전마을 사람들이 가난하게 살 수밖에 없다는 사실도 알게 된다. 이로써 도경은 송방의 집을 뛰쳐나와 추격해 온 송방을 뿌리치고 할아버지와 극적으로 만나 청자 향로를 손에 넣는다. 그리고 이 모든 사실을 궁궐의 관계자에게 알려 보상을 받음과 동시에 가비와 인연을 맺고 도공의 대를 잇기 위해 고향으로 금의환향한다. 이렇게 도경이 곡절을 겪으면서 세상살이의 정도를 배우고 불의에 맞서 대결하는 모습 또한 성장 의지의 일면으로, 앞에서 언급한 열린 사회의 지향과 궤를 같이한다고 할 수 있다. 이외에도 작품 「무덤 속의 그림」도 주인물 무연이 스승 망해의 가르침대로 실천하려는 삶도 하나의 성장 서사로 읽을 수 있다. 무연의 아버지는 총망 받는 고구려의 장군 무두지였다. 이를 시기한 막리지 공비추에 의해 부모가 순장을 당한다. 이 사실을 아는 왕릉 집사 망해는 핏덩이인 무연을 장백산으로 안고 들어가 그림을 가르치며 악연의 고리를 끊으려 한다. 무연과 공비추의 아들 공탁은 악연처럼 대립하지만 무연이 스승의 가르침을 실천하여 부모의 원수를 복수하기보다 용서와 화해로 귀결한다. 이런 차원에서 이 작품도 주인물 무연이 자신의 마음을 다스리고 공탁을 용서하며 오로지 고구려의 최고 화공이 되는 모습을 그리고 있다는 점에서 성장형 소설로 볼 수 있다.

작품 「궁녀 학이」도 학이라는 주인물의 강한 의지와 성숙함이 돋보이는 소년소설이다. 이 작품도 역사적 사건을 삽입하고 있기 때문에 역사의식이 드러나는 작품이다. 또한 이 작품은 겹이야기 구조의 형식을 띠고 있는데, 별이와 할머니가 드라마를 보며 할머니의 어머니였던 진외할머니의 이야기를 회상하는 부분이 겉이야기이다. 그리고 실제 별이의 진외할머니의 삶이 속이야기로 전개된다. 양반집 딸 학이는 아버지가 세상을 뜨자 학이 어머니는 집안의 가난을 면하고자 학이를 궁녀로 들여보낸다. 학이는 이 사실도 모르고 궁에 들어가 집으로 돌아가겠다고 떼를 쓰기도 한다. 그러던 학이도 이 현실을 받아들이고 최상궁의 보살핌 속에 궁녀의 길을 착실히 밟는다. 입궁한 지 15년이 지나야 정식 궁녀가 되는 계례식을 치를 수 있으나 학이는 10년 만에 계례식을 치르게 된다. 학이는 양반 출신 궁녀답게 총명함을 발휘하여 중궁전에 시중을 들며 서양말도 배운다. 또한 나라의 정세도 익히면서 중전의 인정을 받으나 다른 궁녀들의 시기로 인하여 고초도 겪는다. 그러나 국운은 기울고 급기야 명성황후가 일본인에게 시해 당하는 일이 일어난다. 학이도 이 현장에 있으면서 사력을 다해 막아 보았지만 역부족이었다. 실신했던 학이가 깨어났을 때에는 사가의 하인 만석이 옆에 있었다. 만석은 학이 어머니의 명으로 어수선함을 틈타 궁에 들어와 학이를 구한 것이다. 그리고 학이 어머니의 뜻대로 학이가 병에 걸렸다고 속이고 집으로 데려간다. 이 작품은 명성황후 시해 사건을 기점으로 스토리의 주체가 이동한다. 사건 이전까지는 학이의 성장 의식을 중심으로 전개되지만 사건 이후에는 학이 어머니가 주도하는 모성애 및 가족 공동체의 결속감이 부각된다.

학이 어머니는 학이가 모시던 명성황후가 시해되자 학이의 궁녀 생활은 끝이 났다고 판단한다. 그리고 이 난국에 학이의 목숨마저 보장할 수 없게 되자 학이를 살리고자 지혜를 낸다. 집으로 데려 온 학이를 역병에 걸려 죽었다고 소문을 내고 가짜 장례를 치른다. 그리고 만석이를 시켜 충청도 친척이 사는 지역으로 피신시켜 숨어 살게 한다. 이 결말부는 학이 어머니의 딸에 대한 모성애가 깊게 투영된 장면이다. 가족 공동체의 강한 결속감과 사랑이 형상화 되어 있는 작품인데, 문영숙의 작품 대부분에서 드러나는 특징이기도 하다. 이 사고 방식은 작가 의식과도 연결되는 부분이라고 평가할 수 있다.

작가 문영숙은 대다수의 작품에서 가족 공동체의 소중함을 드러낸다. 역사적 질곡과 혼란 속에서도 가족 스스로 해체되는 상황을 구성하지 않는다. 이것은 현실 문제를 다룬 작품에서도 공통적으로 나타나는 현상이다. 타의에 의해서 또는 역사적, 사회적 환경에 의해서 강압적으로 가족이 해체되거나 이산을 겪기도 하지만 절대 가족 구성원의 무책임한 행동은 야기되지 않는다. 가족이 헤어지거나 사별을 겪어도 가족 구성원에 대한 애틋한 사랑과 그리움은 또 다른 삶의 에너지로 치환되어 드러난다. 가족이 있어서 서로 위안이 되고 삶의 희망이 되는 모습이 작품 전반에 그려진다.

「까레이스키, 끝없는 방랑」의 동화 가족은 끝내 하나둘 동화 곁을 떠나 동화 혼자 남지만 가족의 소중한 인연으로 남아 강인한 삶으로 견뎌낸다. 「개성빵」에서도 기태의 가족은 비록 흩어져 탈북하지만 중국에서 기회를 엿보는 아버지와 할머니가 남한으로 무사히 들어와 상봉하기를 기다리는 것이 최고의 희망으로 그려진다. 「색동저고리」에서 보르테의 가족도 몽골에서 돈을 벌기 위해 한국에 와서 이주 노동자로 힘겹게 살아가지만 가족 간의 불화는 전혀 개입하지 않는다. 작품 「아기가 된 할아버지」(푸른책들, 2007)의 찬우 가족은 치매를 앓는 찬우 할아버지를 보살피며 이해하는 모습이 감동적으로 그려진다. 물론 이 작품은 가족애가 핵심 사건은 아니다. 찬우 할아버지가 치매로 인하여 벌이는 행동과 그에 대한 가족의 대응이 전체 서사를 지탱한다. 그리고 찬우 할아버지가 지니고 있었던 마음 속 한이라 할 수 있는 일제 강점기 때의 끔직한 장면, 고향 땅이 수몰되어 더 이상 찾을 수 없는 기억들을 핵심 서사로 스토리가 전개된다.

「엄마의 날개」는 작가가 '푸른문학상'을 수상한 작품인데, 중편 소년소설로 볼 수 있다. 이 작품에서도 주인물이 친구 집에서 파출부 일하는 엄마의 정체를 알고 크게 실망하지만 엄마와 대화를 하면서 엄마의 마음을 이해한다는 이야기이다. 이외에 지금까지 다룬 작품 대부분에서 확인할 수 있듯이 작가 문영숙은 가족애와 공동체의 결속감을 소중한 가치로 의식화하고 있다. 이러한 사상과 가치는 작가의 창작 의식으로 결정되어 그의 작품 세계를 구축하고 있다고 평가할 수 있다.

## 4. 글을 마치며

지금까지 작가 문영숙의 작품 세계를 개괄적으로 살펴보았다. 그의 작품 편 수도 방대하지만 역사적 소재를 취한 소년소설의 경우에는 그 스케일이 폭넓게 다루어져 있다. 이 작품들을 상세히 검토하기에는 지면이 충분치 않았다. 그렇지만 의미가 있었던 것은 그의 작품을 전반적으로 정리하고 핵심적인 특징을 찾아보았다는 점일 것이다. 그의 작품은 역사적 소재를 서사화한 것이 많았는데, 실제 자료를 활용하여 이를 검증하면서 문학적 허구와 조화를 꾀하고 있다고 할 수 있다. 자칫 기록에 의존하다 보면 역사 서사에 머물 가능성이 높고 반대로 문학적 허구에만 집중하면 역사적 사실의 왜곡이나 리얼리티를 획득하기 어렵다. 그런데 문영숙은 이점을 충분히 안배하여 역사적 사실과 문학적 상상력을 균형감 있게 통일시켜 하나의 원칙과 질서를 구축하고 있다. 특히 서사적 요소들을 치밀하고 설득력 있게 구성하여 특유의 감동을 자아내는 창작 역량도 발휘하고 있다. 역사적 관심이나 안목이 폭넓어서 이를 다루는 작가적 능력도 그 폭이 넓다. 고구려로부터 고려, 조선 후기, 일제 강점기, 현대사에 이르기까지 창작 의지 또한 견고함을 확인할 수 있었다.

그의 이러한 창작 태도와 작품 세계는 새로운 문학 영역을 탐구한다는 측면에서도 의미를 부여할 수 있다. 그것은 바로 우리 문학에서 소홀히 다루어졌던 전기문학의 가능성이다. 서구의 문학은 이 전기문학의 성과가 많이 축적되어 있다고 한다. 그에 비해 우리 문학은 아직 미비한 것이 사실인데, 특히 아동문학계에서 문영숙이 보여주었던 역사 소년소설의 창작 방법과 성과는 시사하는 바가 있다고 판단된다. 이전에도 우리 아동문학계에서는 전기문학의 성과로 위인전이 퍽 많이 출간되었기 때문에 새롭게 논의되는 것은 아니다. 그러나 이 위인전의 출간은 역사적 실증 자료에 기반하기보다는 작가의 상상력에 의존한 예가 많았다. 그리고 일부 역사적 사건에 치중하여 역사 서사를 아동 독자의 수준에 맞추어 풀어 쓴 정도에 그친 점도 무시할 수 없었다. 게다가 기획 출판의 성격이 컸기 때문에 한 개인의 작가적 독창성을 확인하기에는 무리가 있었다고 판단된다. 이런 점에서 문영숙이 시도한 역사 소년소설의 창작 방법은 전기문학의 가능성과 출발의 신호탄을 쏘아 올렸다는 점에서 시사하는 바가 크다고 할 것이다. ㅈ

# 생명 사랑과 상상력을 유발하는 환상 세계

– 문정옥 작품론

**김옥선**(동화작가, 문학박사)

## 1. 서론

문정옥의 동화는 상상력이 넘친다. 그녀의 동화집을 읽다 보면 우선 인간애와 생명 사랑이 느껴진다. 작은 미물이라도 생명은 존엄하고 경외한 것인데, 동화의 면면에서 생명을 소중히 하는 생명사상의 정신이 배어난다. 이러한 사상은 누구나 갖고 싶다고 가질 수 있는 것은 아니다. 마음속 깊은 곳에서 저절로 우러나오는 정신이며 본질적 사랑인 것이다. 이 같은 본질적 생명 사랑은 문정옥이 어려서부터 때 묻지 않고 순수하게 자라고 충분히 가족 간의 사랑을 주고받았기 때문에 자연스럽게 우러나오는 것으로 이해된다. 이에 따라 동화 작품에서 묻어 나오는 문정옥의 순수한 마음과 사랑은 그가 쓴 수많은 동화의 면면에서 잘 드러나고 있다.

아동이 읽는 동화는 어른이 읽는 소설과는 달리 정제할 부분이 많다. 또한 동화 문학으로 갖추어야 할 조건[1]도 많다. 이러한 위치에서 문정옥 동

1) 1) 이재철, 『아동문학의 이해』, 국학자료원, 2014, 24~32쪽.: 아동문학의 조건에서 내용면의 로만주의 문학으로서의 아동문학으로 '이상성과 몽환성'을 아동문학의 특질로 보고 있다. '이상성'은 꿈의 세계요, 있어야 될 세계를 추구하는 인간의 영원한 향수의 세계라 했다. 두 번째, 인도주의 문학으로 '윤리성과 교육성'을 들고 있다. 윤리성과 교육성은 아동문학의 근본적 특질의 하나로 단계적 성격을 바탕으로 시작한다 했다. 세 번째, 형식면의 '원시성과 단순명쾌성'이다. 원시성은 전통적인 구전문학의 내용적 · 형식적 특질로 본다. 단순명쾌성은 주제나 작중인물의 성격, 줄거리가 단순명쾌할 뿐 아니라 이성보다는 감각에 호소해야 된다. 네 번째, 본격 문학으로서의 아동문학으로 '비(非) 안이성과 예술성'이다. 비 안이성은 아동이 읽는 문학이라고 예술 문학이 아닌 듯 그릇된 생각을 가져서는 안 된다 한다. 아동문학도 본격 문학임을 인식해야 한다. 예술성은 아동문학도 문학인만큼 예술성을 갖춰야 한다고 강조했다.

화를 보면 정도를 걷고 있다는 것을 알 수 있다. 넘치는 부분은 있으나 부족하지도 않다는, 또한 부끄럼 한 점 없이 깨끗하고 순수한 동심의 특질이 살아 있다. 이것은 그가 동심의 세계에 함몰돼 깨끗한 마음으로 글을 썼다는 것을 확연하게 느끼게 한다. 동화 작품에 그대로 녹아 있는 순수함으로 그 정도를 파악할 수 있다.

가끔은 엉뚱한 생각으로 어린이들에게 풍부한 상상력을 자극하는 과학적 작품도 있다. 과학과 추리 기법을 잘 조합한 SF의 기질을 보이며 호기심을 자극하는 동화가 작가 문정옥을 재치 있다고 생각하게 한다. 이와 같이 과학적 감성으로 쓴 엉뚱함과 참신함, 재치가 있는 동화는 읽는 독자로 하여금 더욱 풍부한 상상의 세계로 빠져들게 한다.

그것은 문정옥이 어렸을 적부터 호기심이 풍부했다던 것과 연관되는 것은 아닐까 생각한다. 문정옥(1956~ )은 서울에서 태어나 학교를 다니며 성장했다. 호기심이 풍부했던 그는 1991년 《아동문학평론》(봄호)지를 통해 등단하여 2019년 현재까지 활발한 작품 활동을 하고 있다. 그동안 문정옥이 발표한 작품은 『초록빛 바람』(상서각, 1993), 장편동화 『로봇큐들의 학교』(능인, 1994), 그림책 시리즈 『첫돌이 됐어요』(나무와 햇살, 2006), 『안녕 내 비밀번호!』(도서출판 다림, 2016),『어디로 갔지?』(꿈소담이, 2011), 『우리는 몇 촌일까?』(미래엔, 2011), 『빨간 오리와 초일대장』(꿈소담이, 2012), 『아주 특별한 자랑』(좋은책어린이, 2012), 『신통방통+』(좋은책어린이, 2012), 『문정옥 동화선집』(지식을만드는지식, 2013), 『그냥 먹을래? 골라 먹을래?』(상상의 집, 2014), 『나도 낙타가 있다』(도서출판 다림, 2018), 『어른이 뭐 그래!』(도서출판 다림, 2019) 등이 있다.

문정옥은 등단 이후 현재까지 다양한 장르의 작품 활동을 하고 있으며 아동문학의 '이상성'을 유념하며 꿈의 세계를 지향하고 있다. 이는 동화를 통해 아이들의 꿈을 키울 수 있는 세계, 현실과 환상성을 넘나들며 모두가 읽을 수 있는 작품으로 이상적 세계를 추구하고 있다는 뜻이다.

## 2. 인간애와 생명 사랑

인간은 태어날 때부터 기본적으로 선한 본성과 본질을 타고 난다고 했다. 이 말은 악한 인간보다는 선한 인간이 훨씬 많다는 것을 유추해 볼 수 있다. 당연히 선한 인간은 행동과 사고에서 다름을 알 수 있고 다른 인간애를 보여준다. 선한 인간애는 아이들이 읽는 동화에서도 쉽게 찾아볼 수 있다. 동화는 아이들이 읽는다는 특성 때문에 권선징악의 설까지 포함하고 있고 암묵적 계도의 차원에서 선과 바름을 분명히 드러내기도 한다.

문정옥의 작품 대부분의 내용에서 아이들이 읽고 본받을 만한 내용도 찾을 수 있다. 그 같은 작품은 1993년에 출간한 작품집 『초록빛 바람』에 실린 동화 「자라는 물」과 「초록빛 바람」이다. 주 내용은 아이들이 말을 못 하는 어린 생명 강아지와 새를 살리는 장면과 과정이다. 작품 공간에서 휘몰아 들어오는 강물을 피해 살기 위해 지붕 위로 올라가거나 거리에서 죽어 가는 새를 위해 매운 취루가루를 피해 생명을 살려주는 장면이 그것이다.

> 강물은 아무렇지도 않은 듯 그것들을 떠밀고 다녔습니다. 마치 금방이라도 온 세상을 손아귀에 넣을 것만 같았습니다.
>
> "끄응 끄응 !"
>
> "엄마 ……."
>
> 어디선가 기운 없이 웅얼거리는 소리가 들렸습니다.
>
> "무슨 소리지?"
>
> 강물은 귀를 모으고 초가지붕 위를 보았습니다.
>
> 어린 아이가 온통 물에 젖은 새끼 강아지 한 마리를 꼭 껴안은 채 떨고 있었습니다. 새끼 강아지는 눈을 뜬 지 얼마 되지 않은 것 같았습니다.
>
> 강물은 휘젓던 팔을 멈추었습니다.
>
> "너 왜 거기 있니?"

강물은 어린 아이에게 물었습니다.

-「자라는 물」,『초록빛 바람』, 상서각, 1993, 14~15쪽.

산에서 내려온 강물은 신이 났다. 이를 본 구름과 바람은 강물이 더 많아지도록 천둥과 번개를 쳐 도와주고 있다. 비바람이 불면서 엄청난 비가 내렸다. 강물은 점점 늘어나 논과 밭을 삼키고 둑을 넘어 마을을 삼키려 한다. 강물은 아무렇지 않게 논밭을 가두고 이번에는 마을도 물로 가두려하여 마을 사람들은 강물을 피해 멀리 갔다.

아이는 도와주려는 마을 어른들의 손을 뿌리치고 엄마를 기다렸다. 강물은 점점 늘어나 위험에 처했으나 아이는 물을 피해 산으로 오르지 못했다. 그때 물에 떠나려가는 강아지를 보게 된 아이는 위험을 무릅쓰고 강아지를 건져 올렸다. 아이는 이제 막 눈을 뜬 강아지를 안고 불어나는 강물을 피해 지붕 위로 올라갔다. 아이는 자신도 살고 강아지 목숨도 살리기 위해 지붕 위로 올라간 것이다. 강물은 금방이라도 지붕을 손아귀에 넣으려 한다. 아이는 겁에 질린 채 어린 강아지를 안고 두려움에 떨었다. 마을 사람들은 모두가 밀려오는 강물을 피해 갔다가 엄마를 기다리다가 위험에 처한 아이를 보게 된다.

모두가 죽음에 이르게 된 급박한 상황에서 아직 어린 아이는 위기를 알고 있다. 온몸으로 두려움과 위험의 상황에 떨고 있다. 절박한 가운데 강물 속으로 떠나려가는 어린 강아지 한 마리를 건져 낸 어린 아이는 생명의 소중함을 알지 못하면서도 살려야 한다는 본능이 작용한다. 아직 어린아이에 불과하지만 거센 강물에 휩쓸려가려는 순간의 위험한 상황에서 인간의 본능 인간애로 강아지 생명을 지킨다. 생명을 소중하게 여기는 생명사상을 모르지만 살려야 한다는 의식이 발현되어 강아지를 손에서 끝까지 놓지 않는다. 아이는 생명을 지키는 인간애를 실천한 것이다. 자신의 생명이 위기에 봉착했음에도 강아지를 살렸다. 강물이 무섭고 두려운 상황에서 몸을 떨며 생명에 대한 준엄한 의식을 놓지 않았다.

> 민아는 옷소매로 콧물을 닦았습니다. 그리고는 저도 모르게 새장 앞으로 갔습니다. 사방에는 아직도 매운 냄새가 코를 찔렀습니다.
>
> "가끔 오던 그 새장수 아저씨의 새구나!"
>
> 민아는 새를 보며 말했습니다.
>
> "어쩌면 ! 아저씨가 너무 급했나 보다 !"
>
> 민아의 말대로 새장수 아저씨는 너무 갑작스럽게 몰려오는 사람들 때문에 새장 하나는 리어카에 미처 담지도 못하고 떠났던 것입니다.
>
> 민아는 새를 남겨 두고 갈 수는 없었습니다. 이 매운 냄새를 계속 맡으면 새는 금방 죽어 버릴 것이 분명했습니다.
>
> 민아는 조심스럽게 새장의 문을 열었습니다.
>
> "어서 가 !" – 중략 –
>
> 새들이 날아간 곳을 바라보았습니다. 벌써 새들은 보이지도 않을 만큼 멀리 날아가 버렸습니다.
>
> "저렇게 멀리까지 날 수 있는 새가 이 안에 갇혀 있었다니 !"
>
> 민아는 매운 눈물과 뜨거운 눈물이 범벅이 되어 얼굴이 빨개졌습니다.
>
> –「초롯빛 바람」, 『초록빛 바람』, 상서각, 1993, 57~59쪽.

봄날 요구가 많았던 도시의 거리에 매운 최루탄 냄새가 코를 찌르는데 민아는 어느 가게 모퉁이에 놓인 새장 하나를 발견한다. 피롱, 피롱 우는 소리는 거의 죽어가는 새 소리이다. 새장 안에서 새는 바닥으로 내려와 파닥거리고 두 마리가 엉킬 듯 맴돌고 있다. 민아는 지독한 최루 냄새에 콧물을 닦으며 새장 앞으로 다가갔다. 그리고 새를 두고 가면 죽을 수밖에 없는 상황이라고 판단하고 할 수 없다는 생각으로 새장 문을 열어 준다. 새들은 문을 열어 주자마자 아주 멀리 높게 날아간다. 민아는 자유롭게 높이 날아가는 새를 보며 좁은 새장 안에 갇혔던 새가 불쌍하다는 생각에 눈물을 흘린다. 민아는 죽어가는 새를 두고 갈 수 없었다. 인간이나 새의 생명은 경외하다. 새는 분명 지독한 독까스 같은 냄새에 취해 목숨을 잃을 것이 뻔하다. 작은 미물에 불과하더라도 위기에 처한 새를 죽게 할 수 없다는 판단을 했다. 민아는 망설일 필요 없이 새장 문을 열어 새를 구한다. 새들을 높고 넓은 세상으로 자유롭게 날아갈 수 있게 인간애를 발현하여 생명사상을 실천했다.

생명 중심 주의를 주장한 폴 테일러는 생명체를 살리는 것은 고유의 선을 갖는 의미로 주장했다. 그가 고유의 선이라고 주장하는 테일러 개념의 가운데 "'목적론적 삶의 중심(teleological-center-of-life)'"때문으로 본다. 어떤 존재가 자신의 선을 갖는 다는 것은 그 존재에 내재적 가치를 부여하는 것으로서 "필요조건이긴 하지만 충분조건"[2]은 아니다 라고 한다. 이를 해석하자면 내재적 가치는 도덕적 인도주의를 받을 만한 가치가 있음을 주장하는 것이다. 따라서 강아지와 새의 생명을 살린 아이들은 살려 준 생명들에게 도덕적으로 인도하는 인도주의 측면에서 의무를 다했다고 하는 규범적 주장을 하는 것이다.

이것으로 아이들이 행한 행위는 두 가지 측면으로 생각할 수 있다. 하나는 생명사상을 알고 실천한 행위이고 다른 하나는 강아지와 새에 대해 생명의 소중함을 알고서 선행을 베풀기보다 폴 테일러의 말대로 내재적 가치에 더 중심을 둔 것이다. 아이들에게 있어 강아지나 새에 대한 내재적 가치는 강아지도 사랑하는 가족이라는 생각과 강아지와 놀았던 즐거움 등이 생명에 대한 내재적 가치로 볼 수 있고, 새는 인간에게 맑은 소리로 노래를 불러 준다는 의미에서 내재적 가치가 있는 것이다.

아이가 지붕 위에서 자칫 강물에 쓸려가 죽음에 이르기 직전에 엄마와

---

2) Joseph R DesJardins 지음, 김명식 옮김, 『환경윤리의 이론과 전망』, 자작아카데미, 1999, 211쪽.

마을 사람들이 목숨을 내놓고 아이를 구하려 강물에 뛰어들려 한다. 그러나 거센 강물은 허락하지 않는다. 아이를 구하기 위해 헬리콥터까지 출동했지만 결국 아이를 구하지 못했다. 엄마는 늦도록 울부짖으며 안타까워했다. 밤이 되어 지친 사람들과 강물은 조용해지고 먼동이 트면서 아이는 위험한 상황에서 벗어난다. 아이에게 강물에 의해 위험에 처했던 상황은 오래도록 기억될 것이며, 그 중 강아지 생명을 끝까지 지켜줬다는 성취감 또한 오래도록 기억될 것이다.

문정옥은 작품 「자라는 물」이나 「초롯빛 바람」에서처럼 모든 생물의 생명 존엄성을 드러냈다. 모든 생물의 생명은 미물이든 인간이든 준엄한 것으로 누구도 함부로 할 수 없는 것이다. 인간의 생명이나 강아지의 생명이나 새의 생명이나 생명사상으로 보았을 때 존재의 가치는 다를 수 없다. 그런 점에서 아이는 두려움에 떨면서도 위험에 처한 강아지 목숨을 구하는 인간애를 보여줬다. 또한 민아의 새를 살려주는 인도적 인간애를 보여줬다.

### 3. 참신하면서도 엉뚱한 발상의 예술성

문정옥의 동화는 진지하면서도 예술적이다. 반면 엉뚱한 듯한 소재와 환상적으로 전개되는 동화 구조에서 신선함을 느끼게 한다. 엉뚱하든 참신하든 동화의 소재는 무궁무진한 자료가 될 수 있다. 문정옥의 장편동화 『로봇 큐들의 학교』에서 '큐'라는 로봇 인물로 설정해 만들어가는 이야기에 등장인물들을 내세워 엉뚱하고 기발한 작품으로 형상화했다. 이 동화는 어린이들에게 풍부한 상상력의 날개를 달게 하고 바쁜 아이들에게 좀 더 참신한 주제와 소재로 한 발짝 다가간다. 아이들이 공부를 열심히 하고 또 잘 놀기를 바라는 마음에서다. 많은 시간을 텔레비전을 보며 시간을 보내기보다 과학적 또는 환상적 이야기를 통해 무언가 더 신나고 재미있는 동화로 꿈과 긍지를 주려 한다. 문정옥의 장편동화 『로봇 큐들의 학교』에서 아이들은 엉뚱하고 기이한 상황에서 좌충우돌하는 모습을 볼 수 있다.

> "방금 들어온 뉴스를 말씀드리겠습니다. 오늘 아침 서울 근교에 있는 별빛 마을에서 어린이 한 명과 돼지 세 마리가 없어졌다고 합니다. 이와 비슷한 사건이 어제 봄내 마을에서도 일어났습니다. 경찰은 이 같은 일이……."
>
> 아나운서의 말이 채 끝나기 전에 갑자기 창길이 방문이 왈칵 열렸다.
>
> "얘들아, 너희들 조심해야 한다. 내가 어제 이런 비슷한 뉴스를 듣고 밖에 나가 보였는데, 심상찮은 일이 벌어진 거라더라. 어쨌든 너희들 학교 끝나고 나면 곧장 집으로 와야 한다."
>
> – 장편동화 『로봇 큐들의 학교』, 능인, 1994, 8~9쪽.

유괴사건이 연속적으로 일어나고 있다. 아이가 유괴되고 돼지나 소 등의 동물들이 사라지는 사건이 반복적으로 일어나고 있다. 이러한 느닷없는 사건은 어머니들을 불안하게 하여 아이들에게 조심하라는 말을 한다. 물론 아이들도 불안하다. 대체 갑자기 사라진 아이들과 돼지 세 마리, 아이와 돼지 세 마리는 어디로 사라진 것일까. 동화 속 주인공 창길은 불안해 한다.

어느 날 창길은 갑자기 사라진 아이가 된다. 창길은 과학적 힘에 의해 기억을 잃어가고 유괴된 아이들만이 다니는 학교로 가게 된다. 거기서 친구 명기와 윤호를 만나게 된다. 이때만 해도 창길과 아이들은 자신이 유괴된 사실을 모르고 있다. 창길, 명기, 윤호는 친구들과 일광욕하러 운동장으로 나가지 않고 조용한 뒷산으로 올라간다. 그때 눈에 들어오는 이상한 바위가 있었다. 아이들은 기이한 상황에서 궁금증이 발동하고 바위 앞으로 갔다. 살짝 금이 가 있는 바위틈이 보였다. 바위 안은 숲으로 이어졌고 동물원이 있었다. 동물원 안에는 소, 개, 돼지들이 각각의 칸에서 죽어가는 눈을 하고 갇혀 있었다. 아이들이 놀라움과 당황한 사이 로봇 큐들이 나타나 돼지들을 처분하라는 명령을 내린다. 아이들은 수수께끼 같은 현실에서 의아하게 생각하면서 또 다른 호기심과 궁금증을 갖는다. 아이들은 자신들이 먹었던 맛있는 고기는 어디서 나왔을까 궁금해 하며 생각은 꼬리를 문다.

문정옥의 동화는 구조에서 기이한 사건을 제시하고 충분히 흥미를 유발한다. 이러한 구도의 설정은 아이들이 상상력과 호기심을 갖는 데 충분한 주제이며 예술적 소재라 생각하게 한다. 동화의 중반에서 유괴돼 갇혀 있는 동물을 보게 되면서 아이들의 의구심의 실마리를 제공한다. 반복적으로 벌어지는 기이한 사건은 조금씩 밝혀지는 구도로 이야기의 전반을 이끌어 간다. 동화의 중반부에 「이상한 동물원」[3] 에서 약간의 답을 얻을 수 있다.

> 교장 큐의 말이 떨어지기가 무섭게 로봇 큐들이 다가왔다. 창길, 윤호, 명기 셋은 어리둥절한 채로 로봇 큐들에게 끌려, 처음 가 보는 방으로 들어갔다. 방은 상당히 컸지만, 그 안은 아무 장식도 물건도 없었다. 단지 어두움과 고요만이 텅 빈 공간을 더 으스스하게 만들려고 애쓰고 있는 것처럼 보였다.
>
> "앞으로 3일 여기서 보낸다. 너희들이 이 방에서 어떤 행동을 중단하고 집합이라는 단어를 외치며 저 대형 화면 앞에 서야 한다. 그런 훈련을 끝내야만 너희들은 교실로 들어갈 수 있다. 집에는 우리들이 연락해 주겠다. 너희들이 3일 동안 걱정해야 할 것은 집이 아니라 오직 규칙에 대한 철저한 의식이다. 이만!"
>
> – 장편동화 『로봇 큐들의 학교』, 능인, 1994, 34쪽.

교장 큐는 아이들을 3일 동안 가두면서 자신의 계획을 실천하려 한다. 이

3) 문정옥, 장편동화 『로봇 큐들의 학교』, 능인, 1994, 63쪽 참조.

유는 가장 중요하고 정확한 규칙에 대해 엄수하지 않았다는 그것만으로 교육을 받아야 한다. 아이들은 교장 큐에 대한 미스테리를 눈치 채지 못하고 자신들이 유괴되었다는 사실도 모른다. 학교에서 주기적으로 이뤄지는 신체검사도 창길은 맘에 들지 않는다. 로봇 큐들은 창길과 함께 이곳에 온 아이들을 하나씩 기계화된 인간으로 만들어간다.

어느 날 창길은 아버지와 어머니에게 이상한 점 두 가지를 발견한다. 하나는 아버지 어머니의 몸이 차갑다는 것, 또 하나는 그들에게 비밀이 많다는 것을 알게 된다. 비밀은 인간들의 기억을 뇌에서 빼내어 보관하고 있다는 것과 그들이 로봇 큐라는 사실과 그들이 인간에게 행하는 작전의 비밀들이다. 창길은 자신의 기억을 빼앗겼다는 비밀을 알아차리고 놀라서 몸을 떤다. 그리고 그들의 비밀을 궁금해 하기 시작한다.

> "무슨 이야기인지 모르지만, 난 로봇 큐를 꼭 찾아야 해. 그런데 넌 누구냐?"
>
> "그럼 당신이 어제 나타난 침입자가 맞군요. 다행이예요."
>
> 창길은 이제야 안심이 되는지 한숨까지 푹 쉬며 말했다.
>
> "그래. 그리고 날 구해줘서 고맙다. 난 내가 할 일을 다하지 못하고 죽게 되는 줄만 알았으니까."
>
> "참, 내 이름은 창길이에요. 민창길. 그런데 이곳 로봇 큐들은 나를 창길 큐라고 불러요."
>
> "잠깐! 분명히 창길이라고 했지?"
>
> "네, 민창길이오."
>
> "기다려 봐. 여기……."
>
> 청년은 신문 조각을 꺼냈다.
>
> "이건 내 얼굴이 맞는데. 하지만 이게 나라니?"
>
> – 장편동화 『로봇 큐들의 학교』, 능인, 1994, 96~97쪽.

결국 창길은 자신의 주변에서 연속적으로 일어나는 기이한 사건의 비밀을 알게 된다. 유빈이라는 인물이 내민 신문에 어머니가 자신을 찾고 있는 전단지를 보면서 자신이 로봇 큐에게 유괴되었다는 사실을 알았다. 그리고 지난 시간의 미스테리한 장면들과 그동안 일어났던 미스테리한 사건을 이해하게 됐다. 인간들을 유괴하여 로봇 큐의 세계로 만들려는 교장 큐와 그들의 나쁜 계획으로 인간들의 세상을 완벽한 로봇 큐의 세상으로 만들려는 것을 눈치채게 된다. 창길은 학교 친구들이 모두 유괴된 아이들이라는 사실을 알게 되고 그리운 어머니를 떠올리며 만나고 싶어 한다. 창길은 유빈으로부터 강 박사와 아들 미수가 죽게 된 이야기, 강 박사가 로봇 큐를 만들게 동기를 알게 된다. 또 미수를 돌보던 로봇 큐가 사라지게 된 사건의 이야기까지 모두 들었다.

> "어디 보자. 아, 이것이 기억 칩, 이건 충전 칩, 이것도!"
>
> 창길은 유빈의 손에서 기억 칩이라고 한 것을 잡아채듯 빼내었다.
>
> "빨리 알고 싶어요. 내가 누구인지. 내 과거의 기억들을 모두 찾고 싶어요."
>
> 창길은 컴퓨터 안을 열고 칩을 연결시켰다. – 중략 –
>
> 어머니 아버지와 다정하게 이야기하고 있는 모습, 동생과 싸우다 혼나던 일, 친구 상원과 과학 만화를 보며 신기해 하던 일, 또 오락실을 나와 어떤 신사를 만났던 일.
>
> "아, 맞아요. 날 데리고 가던 그 신사가 바로 지금의 로봇 큐예요. 내가 자기를 이상한 사람으로 보자, 그는 내 머리에 손을 대고 눌렀어요. 그러자 난 그가 나의 아버지라고 믿게 되었어요. 아, 어머니!"
>
> – 장편동화 『로봇 큐들의 학교』, 능인, 1994, 178~179쪽.

창길에게 연속적으로 일어났던 기이한 사건의 비밀은 과학자 유빈을 통해서 모든 것을 여실히 확인했다. 교장이 인간들의 기억을 삭제해 로봇 큐의 세계를 만들어 인간 세계를 장악하려 했다는 의도가 낱낱이 드러났다.

이러한 사실을 알게 된 창길은 로봇 큐의 삼엄해지는 경계에 윤호와 명기 걱정을 한다. 윤호가 병원으로 끌려가고 명기는 로봇 큐의 목덜미에 심겨진 전자 칩을 망가뜨리며 임무를 수행한다. 명기는 로봇 큐들에게 들키자 서랍 속 많은 전자 칩에 약품을 부어 버린다. 이로서 교장 로봇 큐의 계획은 무산되었다. 창길은 친구 윤호와 명기를 죽음으로 잃었지만 교장 로봇 큐의 계략을 무산시켰다는 것에 큰 의미를 둔다.

문정옥은 작품 『로봇 큐들의 학교』에서 사건은 이어지고 아이들이 풍부한 상상을 할 수 있는 공간과 배경으로 설정된 구조는 계속된다. 뭔가 알 수 없는 환경과 언습해 오는 궁금증을 끊임없이 발산하게 한다. 또한 공간을 통해 아이들이 관심을 가질 수 있는 대상으로 로봇이라는 인간 기계를 작품에 대립시켜 끊임없이 흥미를 갖게 한다.

1994년의 작품으로 미스테리한 사건이 연속적으로 이어지게 하여 아이들의 호기심을 증가시킨다. 따라서 전형적인 환상성의 구성과 배경으로 기계 인간 로봇이 인간을 로봇으로 만들려는 활동 과정의 이야기가 연속적으로 진행되는 과정에 어린이의 참여 의식을 유발하는 계기를 만들어 주기도 한다. 또한 유괴된 아이들에게 미스테리를 통해 과학적 지식에 관심을 갖게 하고 아이들의 이어지는 사건에 호기심 등으로 개입하거나 참여하여 생각의 폭을 넓혀 주고 궁금증을 풀어 나가는 해법을 찾아가게 한다.

사건이 전개되는 과정에 자꾸 이상하고 기이한 상황은 상상력을 동원하게 하고, 아이들에게 문제를 해결하려는 문제 제기를 하는 습성을 길러주는 방법이기도 하다. 따라서 과학적 SF의 형식과 추리 기법 측면의 동화 작품 구성은 문정옥이 어린이의 이러한 특성을 잘 파악하여 동화를 형상화 것으로 이해할 수 있다.

## 4. 결론

지금까지 문정옥의 작품 「자라는 물」, 「초록빛 바람」, 장편동화 『로봇 큐들의 학교』를 살펴보았다. 1990년대 발표한 「자라는 물」, 「초록빛 바람」은 진진한 인간애를 보여주는 생명사상으로 작품을 형상화하였다. 작품에서 그는 어떤 생명이라도 생명은 존엄하다는 인식을 심어 주었고, 또한 생명은 어떤 미물이라도 가치가 있음을 작품으로 보여줬다.

「자라는 물」에서 아이는 강아지를 살리기 위해 강물에 떠나려갈 위기에 처했음에도 자신의 위험을 무릅쓰고 어른들이 구명해 주겠다는 요청에도 굴하지 않고 지붕을 떠나지 않았다.

이 같은 아이의 생각은 무엇일까? 이것은 진정한 인간애의 사랑이라 할 수 있겠다. 이같이 아이가 보여준 인간애의 본질은 「초록빛 바람」에서 민아의 행위에서도 나타난다. 민아의 행위도 죽어가는 미물을 살려낸 준엄한 생명사상이다. 민아가 스스로 선한 일을 실천한 정신은 인간애의 본질인 것이다.

문정옥은 진지한 생명사랑의 동화만을 쓴 작가는 아니다. 장편동화 『로봇 큐들의 학교』의 작품에서는 엉뚱하고도 참신한 추리 기법의 예술성을 보여준다. SF적인 작품으로 인물들이 연속적인 사건을 통해 독자들의 궁금증을 유발한다. 현대 과학이 날로 발전해 가는 시점에 있음직한 이야기로 호기심과 상상력을 촉발시킨다.

교장 로봇 큐는 인간(아이들)을 유괴해 로봇 큐를 육성하는 학교로 보내고, 그곳에서 과학적 행위를 통해 모든 학생들을 로봇 큐로 만들려는 야심찬 꿈을 갖고 있다. 그러한 과정에 창길과 친구들은 우여곡절과 시행착오의 과정을 겪으며 이런저런 파행을 겪는다. 그러나 창길과 유빈의 재치와 기지로 교장의 꿈은 쉽게 이루어지지 않는다.

문정옥은 진지한 생명사랑의 동화만을 쓴 작가는 아니다. 끊임없이 이어지는 사건 사고로 아이들이 풍부한 상상할 수 있는 공간과 배경을 제공하고 있고 궁금증을 펼치게 한다. 또한 작품의 공간을 통해 아이들이 관심을 이끌고 공상을 할 수 있는 대상을 만들어 준다. 그 대상이 로봇이라는 환상적 인물 인간 기계를 대립시킨다는 점에서 그렇다. 더욱이 아이들의 생각의 폭을 길러주고 연상되는 궁금증을 풀어나가는 해법도 찾게 한다.

문정옥은 많은 작품을 썼다. 동화를 통해 어린이들에게 진정한 인간애를 보여주기도 하고 선한 마음과 바른 마음을 갖게도 했다. 이러한 선함과 바름은 자라나는 어린이의 성장에 직간접적 영향을 주기 때문에 동화를 쓰는 작가는 준비된 자세가 불가피하다. 그런 의미에서 문정옥은 몽환성과 환상성이 있는 작품을 썼고, 이런 작품을 통해 어린들에게 더 많은 꿈과 상상력을 주려는 의지가 확연하다.

문정옥은 등단 이후 현재에 이르기까지 활발히 작품활동을 하는 동화 작가이다. 그는 어린이를 위한 심도 있는 동화작품을 쓰면서, 아동문학을 하는 작가의 위상을 높이면서 한국아동문학의 위치를 확고히 다지고 있다.

# 능동적인 어린이, 가르치지 않는 어른
– 박신식론

박가연(동화작가, 문학평론가)

## 1. 들어가며

세대 간의 갈등 문제는 비단 어른들만의 일이 아니다. 어린이들은 성장하는 과정에서 끊임없이 어른들과 갈등을 겪는다. 어른은 지속적으로 아이에게 요구하고 다그친다. 하지만 아이들의 감정을 제대로 돌볼 여력은 부족하다. 정서적 지원은 해 주지 못한 채 아이들에게 최고가 되기를 강요하며 경쟁 사회로 내몰고 있다. 어린이들은 어른이 자신의 일에 개입하여 삶의 방향과 가치관을 강요하는 태도를 반기지 않는다. 어린이도 가치관이 있으며 스스로 생각할 수 있는 존재이기에 어른들이 강요하는 가치관이 지금의 어린이들에겐 그저 편견어린 주장으로 느껴질 수 있다.

바쁜 현대 사회 속에선 소통의 부재까지 더해져 어른과 어린이의 갈등이 순조롭게 해결되기 어렵다. 이러한 상황 속에서 동화 속 어른은 어린이에게 어떤 역할로 존재해야 할까? 어린이들의 불만을 감수하고서라도 끊임없이 타이르고 교훈을 주입해야 하는 존재로 있어야 하는 것일까? 혹 어른들의 고정관념이 어린이 독자의 마음을 닫게 만드는 것이 아닐까? 때로는 어린이의 생각이 어른보다 올바른 방향일 때도 있지 않을까? 일방적인 교훈 전달자로서, 훈계를 하는 어른 캐릭터로 동화 속에 등장하는 것은 도리어 어린이 독자가 책과 단절하게 되는 요소가 될 수 있다. 어린이에게 아동문학은 잔소리꾼이 아니라 정서의 교환과 소통의 창구가 되어야 한다. 어른의 권위를 내세워 어린이에게 교훈을 전달하기 급급한 동화가 문학성이 훌륭하다고 보기는 어렵다. 교훈을 전달하고 싶다면 어린이의 특성을 이해하여 독자가 스스로 판단할 수 있도록 도와주는 방식으로 이루어져야 한다. 이러한 점을 고려할 때 주제 의식을 강요하지 않으며 어린이의 입장에서 생각할 거리를 던져 준다는 점에서 박신식의 동화는 살펴볼 가치가 있다.

박신식은 1991년에 처음 동화 습작을 하게 되었을 때부터 지금까지 끊임없이 창작을 하는 작가다. 1969년 전남 순천에서 태어난 그는 1993년 단편동화 「바위 속에 피어난 꽃」으로 MBC창작동화 대상 단편 부문 가작을 수상하며 문단 활동을 시작했다. 『곱슬머리 화랑 야나』로 한국아동문학상을 수상했으며, 이외에도 아동문예문학상과 계몽사 아동문학상, 열린아동문학상 등을 수상했다. 대표작으로는 『아버지의 눈물』, 『찢어버린 상장』, 『공짜밥』, 『등대지기 우리 아빠』 등이 있다.

그는 '다른 선생님과 다른 초등학교 선생님'이 되고 싶어 아동문학을 선택했다. 그래서 사고의 틀을 깨는 소재를 선택하여 문학성과 재미를 동시에 잡는 동화를 창작하는 것을 목표로 삼는다.[1] 그에게 동심은 '어린이가 중요하고 기본이라 여기는 마음을 갖고 있는가?'를 자문하게 되는 질문이다. 이러한 창작 목표가 있는 그의 작품 속 캐릭터들은 독자에게 권위를 내세우는 어른과 그 주장에 수동적으로 끌려가는 아이들을 보여주는 것이 아닌, 아이들의 입장에서 보고 듣고 생각할 거리를 제공하는 모습으로 전달된다.

그의 동화에 등장하는 아이들은 어른들에 의해 잘못을 깨닫는 방식이 아닌, 스스로의 고찰을 토대로 문제점을 깨닫는다. 따라서 능동적인 어린이들의 모습을 토대로 특별히 가르침을 전달하는 어른이 나오지 않아도 주제 의식을 충분히 보여줄 수 있다는 것을 보여준다. 또한 도리어 어른들이 만

1) 박신식, 『아동문학 창작 마중물』, 어린나래, 2022, 56쪽.

들어 놓은 세계가 부적절하다는 것을 발견하고, 그 과정에서 성장하는 모습을 보여주기도 한다.

동화에서 어른을 교훈 전달자의 역할로서만 그려 내서는 부족하다. 그러므로 박신식의 동화 작품을 살펴보는 것은 앞으로의 창작활동에 있어 어른과 어린이 캐릭터가 어떻게 구현되어야 하는지 살펴볼 수 있는 좋은 길잡이가 되어 줄 것이라 본다.

## 2. 어른이 만든 세계

어린이들은 어른이 만들어 놓은 세계 안에서 갈등을 겪고 성장한다. 그리고 그 안에서 자신들 때문이 아닌 어른들 때문에 빚어진 문제들을 마주하게 된다. 어린이라 할지라도 현실의 문제에서 결코 멀어질 수 없다. 가족형편 때문에 무상급식을 받게 되면서 놀림감이 된 아이, 직장을 다니는 엄마를 배척하는 다른 학부모들로 인해 학교에서 은근히 따돌림을 당하는 아이, 광주민주화운동이라는 역사적 사건을 마주하며 역사관을 확립해 나가는 아이들. 모두 자신들로 빚어진 문제와 사건이 아닌 어른들로 인해 생겨난 일들을 토대로 고민하게 되는 캐릭터들이다. 교우 관계에서 문제가 발생했다 하더라도 근본적인 원인은 어른에게 있다. 어른이 길잡이가 되어주기보다는 어리석은 어른의 모습을 보여주며 오히려 어린이를 통해 깨달음을 얻기도 한다. 박신식은 어른들의 세계를 보여주면서 현대 사회의 문제점을 꼬집는다.

> 철봉 같은 옷걸이 옆에 얼마 안 되는 살림살이들이 종이 상자에 담긴 채 쌓여 있어요. 꺼내도 놔둘 데가 없는 짐들이에요. 숨을 깊이 들이마시자 퀴퀴한 곰팡이 냄새가 코끝을 밀고 들어왔어요.

> 이 모든 게 꿈이었으면 좋겠다는 생각에 머리를 흔들어 봤어요. 하지만 꿈이 될 수 없었지요. 한숨만 절로 나왔어요.[2)]

박신식의 『공짜밥』은 무상급식을 시행하기 이전에 급식 혜택을 받은 아이가 주인공으로 등장하는 이야기다. 무상급식을 받았다는 이유로 친구들은 "공짜로 먹는 주제에 두 개씩 먹으면 안 되는 거 아냐?", "공짜밥 먹으면서 돈가스까지 더 먹으려고 하냐?" 등의 말을 던지면서 기남이를 비난한다. 기남이는 이러한 현실을 극복하고 싶지만 가난은 어린이의 잘못도 아니며 어린이가 스스로 노력하여 극복할 수 있는 대상이 되지도 못한다.

무상급식 시행으로 인해 소외계층의 급식비 제공으로 인한 따돌림, 언어폭력, 차별 등의 문제가 사라졌다 할지라도 아직 복지의 측면에서는 부족한 부분이 많다. '가난'이라는 상황을 마주한 상황 속에서 아이들은 어떻게 대처해야 할까? 그리고 '돈이 없으면 잘못된 것'이라는 태도는 과연 올바른 것일까? 상대가 얼마나 가치 있는 존재인지 판단하는 기준은 물질밖에 없는 것일까? 작가는 이러한 문제의식을 독자들에게 던지며 생각할 거리를 제공한다. 가진 것이 당연한 것이며 가난이 잘못이라고 생각하는 태도, 부모의 부재 속에서 자라난 자녀는 문제가 있을 것이라 여기는 마음 등은 이 이야기에 등장하는 어른들의 모습에서 나타난다.

> "너도 알겠지만 기남이는 친구가 없어. 하지만 1학년 때도 같은 반이었는데 그때는 친구가 많았거든. 그런데 어느 순간부터 친구가 없는 거야. 기남이 말로는 친구들 부모님이 가난하고 술주정뱅이 아빠하고 사는 자기랑 사귀지 말라고 했대. 그때 상처를 많이 받았나 봐. 그래서 일부러 친구를 만들지 않는 거야. 더 이상 상처받지 않으려고 말이야."[3)]

---

2) 박신식, 『공짜밥』, 중앙출판사, 2006, 35쪽.
3) 위의 책, 72쪽.

가난한 아이를 보는 어른의 시선은 차갑기만 하다. 어른들은 가난을 이유로 기남이와 같이 어울리지 말라고 자녀에게 당부한다. 현대 사회에서 물질적인 가치가 얼마나 중시되고 있는지를 여실히 느끼게 해 주는 부분이다. 기남이는 그저 가난한 아이일 뿐이다. 1학년 때는 친구가 많은 아이일 정도로 사회성도 원만한 아이였다. 하지만 기남이의 가정환경을 사람들이 알게 되면서부터는 교우관계에 문제가 생긴다. 그리고 기남이는 친구들과 어른들에게 끊임없이 상처를 받는다. 보호자로 있어야 할 어른들이 가해자가 된다.

이 이야기에 등장하는 영재 어머니는 무상급식이라고 친구를 놀리는 것은 잘못이 아니라고 생각한다. 그래서 기남이의 잘못만 꾸중하는 태도를 보인다. 엄마가 없으니 가정교육이 제대로 될 리가 없다는 식으로 강하게 비난한다. 이혼이든 사망이든 부모가 존재하지 않는 것이 아이들에게 죄나 허물이 될 수 없는데도 편견에 사로잡힌 어른들의 모습을 통해 가진 것으로 사람을 평가하는 현대사회의 문제점이 크게 드러난다. 아이들보다도 어른이 먼저 편견 어린 시선으로 어린이를 대하고 있는 것이다. 이러한 모습은 박신식의 다른 작품인 『우리들끼리 해결하면 안 될까요』에서도 등장한다.

> "선생님께서 아셔야 할 것 같아서……."
>
> 재아와 보미가 번갈아가며 이야기를 꺼냈다.
>
> "예나 엄마는 먼저 사과하면 잘못을 인정하는 거라며 절대로 먼저 사과하지 말라고 하셨대요."
>
> "동해 엄마도 사과를 먼저 받기 전까지는 절대 사과하지 말라고 하셨대요."[4)]

---

4) 박신식, 『우리들끼리 해결하면 안 될까요』, 내일을여는책, 2018, 61쪽.

학생들끼리 생긴 작은 사건은 어른들로 인해 크게 번지게 된다. 어른들은 아이들의 싸움을 말리기는커녕 오히려 부추긴다. 동해와 예나 문제로 학교를 찾아온 어머니들은 상대방의 잘못만 꼬집기 바쁘다. 동해 어머니와 예나 어머니 모두 자신의 입장에서만 주장하다 보니 싸움은 점점 격해질 수밖에 없다. 선생님이 개입하여 조금 누그러드는 듯 했지만 결국 그 이유도 사건이 커지면 자기 자녀가 손해를 볼까 하는 염려에서 기인한다.

어른들의 이러한 행동은 아이들 스스로가 충분히 해결할 수 있는 문제임에도 부모가 개입하여 더 큰 사건을 만드는 양상을 보인다. 아이들의 세계에서 충분히 해결될 일인데도 어른들의 세계에서 '사과'는 손해를 보는 일이며 용납할 수 없는 일이다. 상호작용하면서 서로를 향한 배려가 선행되어야 함에도 어른들은 타협하기보다는 극단적인 태도를 취한다.

> "그때도 그렇고, 지금 우리 사이가 이렇게 틀어진 것도 엄마들 책임이 어느 정도 있다고 생각해."
>
> "그래. 엄마 마음을 이해할 수 있을 것 같아서 엄마 탓을 하긴 싫지만 엄마 탓도 없진 않은 것 같아."
>
> "사실 우린 아직 어리잖아. 엄마 말을 무시할 수도 없고."
>
> "그러게. 지금도 그냥 사과하라고 했으면 이런 일도 없었을 텐데. 사과하면 잘못을 인정하는 거라며 절대로 먼저 사과하지 말라고 했어."[5)]

예나와 동해는 어른들의 행동을 납득하지 못한다. 엄마한테 야단맞을까 봐 걱정스러운 마음에 했던 행동들이 친구와 싸우게 되는 원인이 되고 말았다는 걸 깨닫는다. 성적으로 항상 성화인 엄마 때문에 친구들 간의 갈등이 더욱 커졌다고 느낀 두 친구는 서로 대화를 하며 어른들의 잘못을 꼬집

---

5) 위의 책, 61쪽.

는다. 이기주의가 만연한 어른의 행태를 아이들이 발견하는 것이다. 예나와 동해의 싸움은 결국 두 친구가 서로의 장점을 인정해 주고 서로의 입장을 이해하면서 해결하게 된다. 예나와 동해는 서로 화해하는 과정을 부모님 말에 신경 쓰지 않는 '반항'이라 표현을 하는데 아이러니하게도 어른에게 반항하는 행동이 교우관계를 회복시키는 데 도움을 준다는 점을 볼 때, 이는 독자들에게 어른들도 충분히 잘못을 할 수 있으며 어린이가 판단하기에 그것이 잘못된 부분이라면 어른의 말이라 해서 무조건 따르는 것이 아니라 자신의 가치 판단에 따라 판단해 보고 행동해야 한다는 점을 알려준다.

> "선생님이 직장에 다녀서 학교 일을 도와주고 싶어도 못하는 엄마들의 마음을 헤아리지 못했던 것 같구나. 선생님도 예전에 진희 엄마와 같은 경험을 했는데도……."
>
> 선생님이 길게 한숨을 내쉬며 걱정스러운 눈빛으로 엄마들을 바라보았다.
>
> "그나저나 요즘 어른들은 내 아이만을 생각하며 점점 더 배려와 나눔에 인색해진 것 같아. 그리고 그로 인해 생긴 응어리는 한순간에 풀어질 수 없지. 하지만 너희는 달라."[6)]

『엄마왕따』라는 작품에서도 엄마들의 싸움으로 인해 갈등을 겪는 아이들이 등장한다. 이 작품은 직장에 다니는 엄마로 인해 소외감을 느끼는 진희의 이야기다. 다른 친구들의 엄마는 전업주부고, 진희의 엄마는 직장을 다닌다. 그래서 학교 행사에 매번 빠질 수밖에 없는데, 이를 마뜩잖게 생각하는 다른 엄마들이 진희의 엄마를 의도적으로 따돌림시킨다. 이런 상황이 지속되면서 진희도 진희 엄마도 왕따가 될 수밖에 없다. 진희 엄마는 진희

6) 박신식, 『엄마왕따』, 중앙출판사, 2010, 86쪽.

를 위해 진희 친구인 선아의 집에 가서 일을 도와주지만 문제는 쉽사리 해결되지 않고 버겁기만 하다. 선생님 역시 진희의 입장을 알아주기는커녕 방관하며 지켜보는 쪽에 가깝다. 그리고 추후에 사태의 심각성을 깨닫고 자신이 마음을 헤아려 주지 못했음을 인정한다.

직장에 다니느라 아이들을 매번 챙겨 줄 수 없는 학부모들은 아이들이 미워서가, 귀찮아서가 아니다. 맞벌이하는 부모는 전에 비해 늘어난 추세이고 어쩔 수 없는 상황 속에서 나름의 방식대로 애를 쓰고 있다. 전업주부 역시 마찬가지다. 각자의 위치에서 모두가 함께 노력하고 있다. 그렇기에 자신의 상황과는 다른 상대의 입장을 고려해 보는 태도가 필요한 것이다. 작가는 이처럼 어른들의 말이 무조건 옳다는 것을 강요하지 않고 어른들의 세계에서도 문제점이 있을 수 있음을 보여준다.

이러한 부분은 역사적 사건과 관련해서도 생각해 볼 문제들을 제시한다.

> "한새 아버지, 나도 그 아픔을 세상에 드러내기 싫었지만 이제는 아니오. 그동안의 아픔을 보상받자는 것도 죄를 지은 사람에게 역사적 심판을 하자는 것도 아니고 사실을 사실 그대로 밝히자는 것뿐이요. 내 마음을 알겠소?"[7]

『아버지의 5 · 18』은 역사적 진실을 알리기 위해 박신식 작가가 쓴 『아버지의 눈물』 개정판이다. 그는 1980년 5월에 발생한 광주민주화 운동의 역사를 어린이들에게 전달하기 위해 창간했다고 밝혔다. 아직 평가가 완벽하게 이루어지지 않아 자세히 전달되지 않았거나 잘못 알려진 근대사에 관심을 두다 본 작품을 쓰게 되었다고 한다. 2000년에 이 작품을 출간하려 했을 때 예민한 주제라는 이슈가 있었지만 끝까지 작품을 완성했고 출간할 수

---

7) 박신식, 『아버지의 5 · 18』, 어린나래, 2022, 114쪽.

있게 되었다.

박신식 작가는 광주의 일을 직접 겪은 아버지를 작품에 등장시켜 어린이가 관찰자로서 존재하며 광주민주화운동이라는 역사적 사건에 대해 생각해 볼 것들을 던져 준다. 가해자와 피해자로 마주한 두 아버지를 바라보면서 독자에게 과거의 사건을 돌아보게 해 준다. 작가는 이처럼 가까운 가족을 실제 5 · 18 광주민주화운동과 관련 있는 사람으로 설정하여 역사적 문제에 대해 생각해 보게 한다. 과거를 기억한다는 것은 미래를 살아가는 어린이들에게 꼭 필요한 일이다. 역사적 사실을 있는 그대로 드러내는 것, 그리고 읽는 독자가 생각해 볼 수 있도록 하는 것은 매우 중요한 부분이다.

### 3. 주체적인 어린이

어른이 직접적으로 나서서 아동의 문제 행동을 지적하고 그로 인해 아동이 깨달음을 얻는 형태의 동화는 자칫 잘못하면 교훈주의를 심어줄 수 있다. 이는 독자가 해석할 여지를 남겨 두지 않고 작가의 가치관을 주입시키는 방향으로 완성될 수 있다. 박신식의 동화에서는 오히려 어른들로 인해 벌어진 문제를 어린이가 해결하거나 발생한 문제를 어린이의 힘으로 직접 해결할 수 있도록 맡긴다. 뜻대로 되지 않는 사회 속에서 어린이는 안주하는 것이 아니라 더 나은 곳을 향해 달려간다.

> 우리 엄마는 울보예요./ 드라마 주인공이 울면 따라 울고/
> '엄마 사랑해요'라고 말해도 울고/
> 직장에 다녀 학교에 못 온다고 미안해서 울고/
> 직장 맘이라고 엄마 왕따 당해서 울고[8)]

이러한 관점이 잘 드러나는 부분은 『엄마왕따』에서 진희가 발표한 「울보 엄마」라는 시 한 편이다. 엄마들의 감정 싸움으로 인해 아이들에게 문제를 가져왔지만 어른들은 나서서 문제를 해결하기는커녕 갈등만 깊어진다. 자신의 잘못을 끝까지 깨닫지 못하던 학부모들은 진희의 시 발표를 듣고 나서야 자신들의 문제점을 되돌아보게 된다. 서로의 마음을 헤아리게 되는 과정이 진희의 행동으로 이루어지는 것이다. 진희는 자신의 속마음을 솔직히 담은 시를 학부모들 앞에서 발표하고 다른 엄마들은 그제서야 진희 엄마를 위로한다. 진희와 선아는 이러한 어른들의 모습을 비난하지 않고 그럴 수밖에 없었던 엄마의 마음을 도리어 이해하려 한다.

> 나는 왜 상을 하나도 받지 못하는 걸까? 태어났을 때부터 재능이 없었던 걸까? 재능은 만들어지지 않는 걸까?
>
> 갑자기 눈시울이 뜨거워졌다.
>
> 꿈을 꾸었다. '신나래'라는 이름이 적힌 학교 생활기록부가 보였다. 펼쳐 보였다. 하얀 종이만 보였다.
>
> 옆에 '최수연'이라는 이름이 적힌 학교 생활기록부가 보였다. 펼치자 빳빳한 상장들이 쏟아졌다. 그 상장들에 눌려 내 몸이 점점 작아지고 있었다.[9]

『찢어버린 상장』에서는 상을 휩쓸어서 별명이 휩쓸이인 수연이와 상을 받지 못해 늘 창피해 하고 화가 가득한 나래가 등장한다. 수연이 어머니는 사람들이 '초능력 엄마'라고 칭할 정도로 수연이의 일에 적극적으로 뒷바라지를 한다. 그리기, 피아노, 글짓기 등 대회가 있으면 미리 집에서 준비를 시킬 정도다. 이러한 수연이와 함께 참여한 '독후 캐릭터 그리기 대회'에서 나래

---

8) 박신식, 앞의 책, 중앙출판사, 2010, 81쪽.
9) 박신식, 『찢어버린 상장』, 책내음, 2010, 17쪽.

는 수연이를 제치고 상을 받게 된다. 나래 반 친구들은 당연히 나래가 실력으로 상을 받은 게 아니라고 생각하여 상 받은 나래를 인정해 주지 않고 따돌린다. 수연이 어머니까지 학교에 찾아와서 상을 한 번도 못 받았다는 이유로 상을 준 것은 타당하지 않다고 선생님께 따지게 된다. 하지만 선생님이 상을 한 번도 못 받았다는 이유로 나래에게 상을 준 게 아니었다. 일반적인 그림 그리기에는 소질이 없을지 몰라도 인물의 특징을 잘 잡아내는 나래는 캐리커처에 소질이 있었기에 상을 받을 수 있었던 것이다.

> "나도 찢어버리고 싶은 게 있어."
> 수연이가 가방 속에서 무엇인가 꺼냈다. 지난번에 받은 장관상이었다.
> 수연이는 상장 케이스에서 상장을 꺼냈다. 그리고 양손으로 상장을 쥐더니 좌악 찢어 버렸다.[10]

이러한 상황 속에서 수연이는 상장을 찢는 과감한 모습을 보여준다. 나래에게 사실 그림 그리기 대회 때 상을 받은 작품은 엄마가 옆에서 도와준 작품이라며 자신의 상장이 아니라고 말한다. 그리곤 찝찝하게 여기던 상장을 찢어 버리게 되어 시원하다고 말하며 후련해 한다. 어른들의 등쌀에 고통 받는 아이들에게 상장은 노력의 보상이 아닌 압박감으로 작용한다. 수연이의 이러한 행동은 더 이상 어른들의 뜻대로 살지 않겠다는 다짐을 나타낸다.

> "나래야, 네 맘 알 수 있어. 나도 엄마를 위해서 엄마가 시키는 대로 무엇이든 했거든. 그래서 지금까지 특별히 뭐가 되어 보겠다는 생각을 한 적이 없지. 하지만 지금은 진짜로 그림을 잘 그리는 화가가 되고 싶

10) 위의 책, 64~65쪽.

어. 엄마를 위해서가 아니라 날 위해서."[11]

수연이는 나래의 그림 실력을 인정한다. 그리고 지금까지는 특별한 장래 희망이 없었지만 앞으로는 진짜로 그림을 잘 그리는 화가가 되고 싶다고 말한다. 엄마의 지시대로만 행동하지 않을 것이며 엄마의 욕심에 더 이상 끌려다니지 않겠다는 당당하고 확고한 태도를 보여준다.

아이들의 장래희망은 부모의 욕심에서 비롯된 것이 많다. 자신이 진정으로 원하는 것이 무엇인지 고민하기보다는 부모의 생각에 좌우된다. 꿈이 없는 아이들에게 앞으로의 진로에 대해 고민할 경험을 제공해 주기는커녕 억지로 어른들의 꿈을 주입하려고 하는 태도는 경계해야 할 일이다. 아이들의 적성을 파악하기보다는 어른들이 생각하는 '좋은 직업'을 아이들에게 강요한다. 이러한 어른들의 태도에 순응하고 사는 것이 무조건 올바른 것은 결코 아니며 자신이 진정 원하는 것이 무엇인지, 그리고 스스로 노력하는 과정이 얼마나 중요한 것인지 생각해 봐야 한다는 것을 수연이와 나래의 대화를 통해 작가는 보여주고 있다.

문득 야나의 가슴 안에서 뭔가가 용솟음쳤다. 누군가 이 지도 속으로 야나를 끌어들이고 있는 것만 같았다.

"그래요. 전 더 넓은 세상에 가 볼래요. 그 속에서 제 꿈을 키워볼래요. 그리고 아빠의 고향에도 가 볼 거예요. 그곳에 가면 난 또 이방인이겠지요. 하지만 두렵지 않아요. 아빠처럼 이겨낼 수 있을 테니까요. 그리고 아빠가 그리던 세상을 보고 싶어요. 또, 아빠가 더 보고 싶어 했던 세상도……."[12]

---

11) 위의 책, 69쪽.
12) 박신식, 『곱슬머리 화랑 야나』, 청어람주니어, 2015, 169쪽.

능동적인 캐릭터는 박신식의 역사동화에서도 등장한다. 『곱슬머리 화랑 야나』는 통일신라 시대를 배경으로 하는 이야기다. 이야기의 주인공인 '야나'는 서라벌에 살았던 소그드인과 신라 여인 사이에서 태어난 아이이다. 생김새도 달랐고 신분도 달랐기에 야나는 친구들과 잘 어울리지 못한다.

세계화로 인해 다문화 사회는 더 이상 낯선 것이 아닌데도 우리는 아직까지 다문화 가정의 아이를 편견어린 시선으로 보는 태도에서 완전히 벗어나지는 못했다. 이 이야기에 나오는 낭도들 역시 자신의 나라로 가 버리라며 야나를 비난한다. 하지만 야나는 이러한 상황에서 굴하지 않는다. 억울함과 서러움이 복받쳐 올 때도 있지만 결코 지지 않는다. 화랑이 되어 당당해지겠다는 일념으로 노력하는 모습을 보여준다.

이처럼 다양한 문화를 이해하고 나와 다름을 이해하는 과정을 작가는 역사적 사실을 토대로 '야나'라는 캐릭터를 내세워서 보여준다. 오해와 편견으로부터 자아 존중을 확립해 나가야 한다는 것을 야나의 생각과 행동으로 형상화하여 주제를 전달한다.

## 5. 마치며

이상으로 박신식의 창작동화 작품을 어린이와 어른의 관계성 측면에서 살펴보았다. 현대사회로 인해 소통이 단절되었다 할지라도 어른과 어린이가 적대 관계로 있어서는 갈등만 깊어질 뿐이다. 그렇기에 아동문학에서 작가는 어른과 어린이의 갈등 양상을 어떻게 표현해 나가야 할지 충분히 고민하는 자세가 필요하다.

박신식은 현장에서 아이들과 소통하는 작가인 만큼 현재 어린이들의 현실적인 고민들이 나타나는 작품들을 다수 창작했다. 그 과정에서 오늘날 아이들의 삶은 어떠하며 아이들의 고민은 어디서 시작되는지 상기하게 해

준다.

박신식의 작품은 주로 어린이와 어른이 갈등하는 모습으로 그려지며 각 작품마다 작가가 전달하고자 하는 바가 선명히 드러난다. 하지만 작가는 그것을 어른들이 자신들의 가치관을 아이에게 주입하는 방식으로 표현하지 않는다. 오히려 당당히 나서서 자신의 입장을 밝히는 아이들이 등장하고 때로는 어른들의 잘못도 가감 없이 보여주면서 어린이 독자에게 생각해 볼 것들을 제공한다. 박신식 작품 속 아이들은 욕망이 있지만 그것은 결코 자신들의 욕심 때문에서 발현된 것이 아니다. 잘못된 어른들의 세계 속에서 앞으로 나아가야 할 길이 무엇인지 아이들 스스로 생각해 보게 해 주고 능동적인 캐릭터를 그려 내어 갈등을 해결한다. 개인의 의지로 해결하기 어려운 일에 부딪힐지라도 작품속 캐릭터들은 좌절하기보다는 앞서 나가는 것을 선택한다. 작가가 어른의 시선에서 작품을 이끌어가기보다는 능동적인 어린이에게 관점을 두고 있기에 가능한 일일 것이다.

독자는 등장인물에게 몰입하고 간접 경험을 통해 상황을 겪으면서 문제의식을 전달받게 된다. 우리의 삶은 현실이다. 역사적 사건 역시 마찬가지다. 예쁘게 포장할 필요도 없지만 그렇다고 도저히 극복하지 못할 현실로 표현할 필요도 없다. 또한 어린이는 스스로 생각하고 행동할 수 있는 존재다. 문제가 생겼다 해서 무조건 어른의 도움을 받아 해결할 필요는 없다.

삶의 양상을 적절히 드러내면서 능동적인 어린이 캐릭터를 토대로 극복의지를 드러내는 것. 박신식의 작품을 통해 현실에 내몰린 어린이들에게 용기와 힘을 주는 작품이란 무엇인지, 어린이가 주인이 되는 작품이란 무엇인지 다시금 생각해 보게 해 준다.

# 배유안 역사동화에 나타난 여성상
- 배유안 작품론[1)]

전영경(동화작가, 문학박사)

## Ⅰ. 들어가는 말

배유안[2)]의 역사 동화는 역사를 다른 시각으로 바라보게 한다. 이는 역사적 사건과 관련된 다양한 인물의 입장에서 사건을 이야기하기 때문이다.

다양한 인물은 공통으로 대개 비주류에 속해 조명받지 못하고 있으며 역사적 기록도 아주 미약하다. 그런데도 작가는 역사적 비주류의 다양한 인물들을 불러내어 다른 관점에서 역사를 바라보는 기회를 제공함으로써 역사적 사실에 대한 재미를 느끼게 한다. 또한 소수의 주류적 관점을 넘어서 다수의 다양한 관점으로 역사를 바라보고 의미를 새롭게 창출할 수 있다.

다양한 관점에서 찾는 의미는 사회를 더욱 풍요롭게 하고 보다 긍정적인 합의를 이끌어 가는 데도 도움이 될 것이다. 특히 배유안의 역사동화에서 등장하는 여성들의 모습은 현대를 살아가는 우리 자신의 모습이기도 하다. 여성은 뛰어난 지혜와 재능을 가졌음에도 불구하고, 가부장적인 사회에서

---

1) 이 글은 배유안의 역사동화 가운데 『창경궁 동무』(생각과느낌, 2009), 『서라벌의 꿈』(푸른숲주니어, 2012), 『쿠쉬나메』(한솔수북, 2015)를 대상으로 하며, 이하 제목만 밝힌다. 배유안의 역사동화가 다양한 계층의 관점을 다루고 있음에도 불구하고 배유안 역사동화의 공주와 옹주를 여성상 연구 대상으로 한정한 것은 서민 여성상보다 다채롭기 때문이다.

2) 배유안은 1958년 경남 밀양에서 태어났다. 부산대학교 국어교육과를 졸업하고 중 · 고등학교에서 국어를 가르쳤다. 한글 창제를 소재로 한 역사 동화 『초정리 편지』로 제10회 창비 '좋은어린이책' 원고 공모에서 창작 부문 대상을 받았다. 지은 책으로는 청소년소설 『창경궁 동무』, 『스프링벅』, 동화 『화룡소의 비구름』, 『콩 하나면 되겠니?』, 『분황사 우물에는 용이 산다』, 『서라벌의 꿈』, 『쿠쉬나메』, 『뺑덕』, 『구멍난 벼루』와 그림책 『아홉 형제 용이 나가신다』 등이 있다.

여성이 갖는 사회적 역할과 기대로 억압적 삶을 살아가야 했다. 가능한 한 침묵하고 순종적으로 헌신하는 여성들의 모습은 여성에 대한 관습적 기대가 만들어 낸 가부장제의 기억이지 여성의 본 모습이 아니다. 이에 역사동화의 여성상에 관한 논의는 여성을 바라보는 시각의 변화를 이끌 수 있다는 점에서 의미가 있다.

여성, 존재의 사회적 행동 양식은 존재가 사회에 영향을 미치든, 사회가 존재에 영향을 미치든, 아니면 존재와 사회가 지속해서 상호 영향을 미치든 간에 사회와 분리하여 이야기할 수 없다. 여성, 존재의 사회적 행동 양식이 어디에서 비롯된 것인지 이해하려면 그 여성, 존재의 생각과 사회적 행동 양식이 발현되는 배경을 알아야 한다. 한 여성, 존재는 상황을 선택하고 상황을 바꾸거나 강요받기도 하며 자신을 고립시키거나 거부당하기도 하고 환대받기도 하기 때문이다. 성별에 따른 관습적 억압에도 불구하고 시간은 흐르며 변화는 이루어진다. 여기에서 중요한 것은 여성의 시각이며 그 시각의 변화이다.

이 글에서 주목하고 있는 배유안의 동화 『창경궁 동무』, 『서라벌의 꿈』, 『쿠쉬나메』는 모두 왕족으로 살아가는 여성, 공주와 옹주의 이야기를 바탕으로 한다. 각각의 이야기는 작품 속 시대순이 아니라 작품이 발간된 연도에 따라 연구되었다. 작품이 갖는 시간과 공간의 제약에도 불구하고 작품 속에서 드러나는 여성상은 작가의 의식의 흐름을 반영한다고 생각하기 때문이다.

역사 동화에 나타난 여성상 연구라는 주제에 따라 이 글은 『창경궁 동무』에서는 조선 영 · 정조 시대 영조의 특별한 사랑을 받던 화완옹주의 '정치적 권력 의지'를, 『서라벌의 꿈』에서는 '아버지의 큰 뜻에 복종'하다 삼한 통일의 뒤안길에서 안타깝게 죽어간 신라 왕족 고타소를, 『쿠쉬나메』에서는 삼한 통일을 앞둔 신라 공주 프라랑의 '타자 얼굴에 대한 책임의식'을 중심으로 이야기한다.

## Ⅱ. 동화에 나타난 여성상

### 1. 정치적 권력 의지

『창경궁 동무』는 화완옹주의 양자가 된 정후겸의 이산에 대한 열등감과 그로 인한 질투심을 이야기한다. 화완옹주는 영조의 딸로 사도세자의 친동생이며 정조의 고모이다. 정후겸은 화완옹주를 등에 업고 사사건건 세손을 질투하며 괴롭힌다. 화완옹주도 다르지 않다. 출가한 화완옹주는 남편 정치달이 요절하자 양자인 정후겸과 함께 대궐 안으로 거처를 옮긴다. 이는 임금의 명이 아니고서는 있을 수가 없는 일로(32쪽) 화완옹주에 대한 임금의 특별한 사랑을 보여준다. 화완옹주는 갖은 애교와 아양으로 임금의 사랑을 독차지한다.

> 내가 보기에는 옹주가 세손을 가까이하는 게 올케인 빈궁마마에 대한 과시가 아닌가 싶을 때도 있었다. 확실히 옹주는 빈궁마마 옆에 가서 앉았다가 혼이 난 일이 있다고 했다. 출가한 옹주가 감히 장차 국모가 될 빈궁과 한 줄에 앉을 수는 없는 일이라며 뒤에 가서 앉게 했다는 것이다. 옹주의 성격이라면 충분히 약이 오를 만한 이야기였다. 실제로 옹주가 혼잣말하는 것을 우연히 들은 적이 있었다.
>
> "어쩌다 운 좋게 간택이 되어서는……."
>
> –『창경궁 동무』, 52쪽.

> 이러저러한 이유로 임금이 세자를 무시하거나 야단치는 일이 잦았다. 소문에는 세자가 울화병이 생겼다고도 했다. 옹주는 임금이 세자를 못마땅해 하는 걸 은근히 좋아했다. 전혀 남남인 나와는 잘 맞는 옹주가 친남매 간인 세자와는 참 안 맞았다. 나는 그것도 일종의 시샘하

는 마음 때문이 아닌가 하고 생각하였다. 옹주는 더러 세자를 변호하는 척하며 오히려 임금의 화를 부추기기도 했다. 임금의 사랑은 옹주의 큰 무기였다.

– 같은 책, 119~120쪽.

임금 앞에서도 의사 표현이 분명하고 당당한 화완옹주는 질투심 많고 교활하여 궁궐 식구들을 괴롭히며 사도세자를 모함한다. 또한 임금의 화를 부추기고 노론들과 작당하여 사도세자를 뒤주에 갇히게 한다. 화완옹주의 질투심과 시기심은 부정적이지만 동시에 그녀가 욕구와 야망이 있다는 것을 보여준다. 이것은 화완옹주의 정치적 권력 의지를 보여주는 대목이기도 하다. 화완옹주가 빈궁마마에게 경쟁심을 갖는 것도 장차 국모가 될 빈궁을 시샘하는 것이다. 화완옹주는 무수리 출신인 영빈마마의 딸이지만 스스로 임금의 혈통을 받은 사람임을 당당하게 강조했다. 사도세자와 의견 충돌이 잦은 데다 남편도 자식도 없는 불안감은 임금의 사랑을 사람들에게 과시하며 정치적 권력 의지를 욕망하게 했다.

화완옹주의 마음 깊은 곳에 내재한 불안감은 잔악한 행동으로 나타나며 그녀의 잔악한 행동은 그칠 줄 모른다. 화완옹주의 불안감은 사회에서 불확실한 위치에 있는 여성의 모습을 상징한다. 여성은 그 가정에 많은 영향을 미치지만, 사별로 남편을 잃게 되면 여성의 사회적 지위와 권력, 그리고 재물 역시 줄어들게 된다. 다양한 면에서 많은 여성은 집 밖으로 내던져질 위태로움에 처하게 되는 것이다. 화완옹주가 임금의 사랑을 독차지하여도 세자의 처지와는 비교할 수 없다.(61쪽) 그런데도 화완옹주는 양자 정후겸을 내세워 자신이 훌륭한 엄마이며 정치적 권력을 지닌 실세이기를 기대한다. 화완옹주는 양자 정후겸의 영특함을 임금에게 내세우며 인정을 받고자 한다. 여기서 작가는 재치 있게 양자 정후겸의 입을 빌어 '사람의 본성에는 어질고 의로운 마음이 있다. 양심은 본디 잘라내어도 자라고자 하지만, 생각하고 행동하는 것이 사람답지 못하면 양심의 싹이 자라지 못해 인간이 아닌 짐승과 같은 상태에 빠진다.'는 『맹자』의 '우산장'에 나오는 이야기를 인용한다.(79~80쪽) 또한 이것은 앞으로 펼쳐질 화완옹주와 정후겸의 행위에 관한 복선 역할도 한다.

> 나는 옹주와 옹주의 측근들을 도와 세손을 제거하는 데 지략을 모았다. 동궁 쪽 궁녀들을 매수하여 동궁의 일거수일투족을 항상 염탐하였고 수시로 첩자를 보냈으며 세손을 모함하는 유언비어를 터뜨리기도 했다. 세손을 비방하는 방을 붙이라 시키기도 했고 직접 자객을 쓰기도 했다. - 중략 - 우리는 세손이 동궁으로 지낸 십사 년 동안 세손을 끌어내리기 위해 온갖 방법을 동원하였으나 끝내 성공하지 못했다.
>
> - 같은 책, 193쪽.

세자가 죽은 뒤 세손의 성장은 화완옹주와 노론들을 불안에 떨게 했다. 뒤주를 붙들고 울부짖던 세손의 모습은 화완옹주와 노론들이 세손을 제거해야만 하는 위협적 요소가 된다. 이러한 이유로 화완옹주는 세손을 아끼면서도 세손의 동궁 책봉을 적극적으로 방해한다.(178쪽) 모든 방해에도 불구하고 세손의 동궁 책봉은 현실이 된다. 화완옹주는 생명이 위태로워진다.

화완옹주의 정치적 권력 의지가 오로지 자신만을 위한 것이고 그녀의 악행으로 많은 사람이 고통을 겪었다고 해서 화완옹주가 여성인 점을 굳이 부각할 필요는 없다. 역사적으로 악녀의 출현이 새로운 것도 아니다. 또한 여성이 정치 권력을 꿈꾸고 자신의 질투와 시기심을 원동력으로 임금의 사랑을 과시하며 악행을 일삼는 것도 낯설지 않다. 오히려 당시 실세인 노론이 화완옹주를 여성이라고 무시하고 배제하는 것이 아니라, 함께 뜻을 모으고 지략을 세웠다는 점에서 정치적 권력을 얻는 데 성별이 근본적인 배제 요소가 아니었다는 사실을 깨닫게 한다. 화완옹주는 지금까지 침묵하고 순종하는 착한 옹주상과 다르게 남성의 전유물로 여겨지던 정치적 권력 의지를 드러내는 여성상을 갖는다.

## 2. 아버지의 큰 뜻을 향한 복종

『서라벌의 꿈』은 삼한 통일의 꿈을 이루어 나가는 신라 사람들의 이야기이다. 작가는 춘추공뿐만 아니라 다양한 사람들의 입장에서 삼한 통일을 이야기한다. 그 가운데 춘추공의 첫 딸 고타소에 주목하여 보면, 일찍 어머니를 여의고 춘추공의 두 번째 부인인 문희 부인 품에서 아버지 춘추공의 사랑을 듬뿍 받고 자랐다. 고타소는 때와 장소를 가릴 줄 알았으며 당차고 명랑했다. 왕족, 귀족들이 모이는 행사에서는 의젓하고 우아한 태도로 기품을 드러내지만 숲이나 물가에서는 항상 어린아이처럼 마음대로 소리를 지르며 뛰어놀았다. 춘추공은 낭비성 전투에서 죽은 벗 염길의 아들 부소를 자신의 아이들인 고타소와 법민과 함께 어울려 자라게 한다.

> "형, 우리가 왜 그 집을 방문한지 알아?"
>
> 부소는 설핏 떠오른 생각을 조심스레 입 밖에 냈다.
>
> "왜와 무역을 크게 하는 가문인 것과 관련 있나요?"
>
> "맞아. 왜의 왕실, 귀족들과 친분이 있는 집이라 아버지께서 도움을 청할 게 많아. 아버지 말씀으로는 백제가 신라와 싸우고 있는 형편이라 자칫하면 왜도 신라와 적국이 될 수 있다고 하셔. 왜는 원래 백제와 친하잖아."
>
> "그래서 춘추공께서 왜와의 외교에 그토록 신경을 쓰시는군요."
>
> "왜의 귀족 중에는 신라에 호의적이거나 아버지와 친한 사람들이 꽤 있어. 아버지는 왜와 친분을 쌓는 데 그들을 활용하고 싶으신가 봐. 왜와의 무역에 관심을 가지시는 것도 그 때문이고."

이번 사흘간의 나들이는 왜와의 외교를 위한 춘추공의 중요한 계획이었던 것이다. 가족 전체가 며칠씩 묵어 가며 친교를 나눈 걸 보면 크고 중요한 얘기가 오갔을 것이다.

– 『서라벌의 꿈』, 55~56쪽.

강한 신라를 만들어 이 땅에서 전쟁을 끝내겠다는 아버지 춘추공의 뜻을 고스란히 받아들여 좇아가는 법민은 언젠가는 저 멀리 평양성에 삼한 통일 기념비를 세울 날을 꿈꾼다. 그런 동생 법민을 고타소는 미덥고 대견하게 여긴다.(59쪽) 고타소 역시 아버지 춘추공의 큰 뜻에 무한한 존경심을 갖고 있기 때문이다. 고타소는 춘추공이 외교에 힘쓰는 것 역시 전쟁을 최소화하려는 노력임을 익히 알고 있다.(63쪽) 고타소는 자신의 혼인을 발판으로 무역과 외교로 아버지를 돕겠다고 의지를 다진다. 왕족으로서 정략결혼은 당연하며 아버지의 대의에 순종하며 복종하는 것이다. 열일곱 살 고타소는 부소를 향한 마음을 상자에 담고 비단 보자기에 꼭꼭 싸서 묶는다.

"아무래도 우리가 너무 커 버렸어. 나는 있지, 이제 어른들의 세계로 넘어가는 것 같아서 많이 서운해. 어른들의 세계는 썩 즐겁지만은 않을 것 같아."

부소도 따라 일어서며 말했다.

"어른이 되면 불확실한 것들이 확실해지지 않을까요?"

고타소가 부소 얼굴을 빤히 보았다. 웬 불확실이냐는 표정이다가 픽, 웃었다.

"글쎄, 사람 일에 확실한 게 뭐가 있겠니? 확실하게 하려고 다들 애쓰는 거지. 하나를 확실하게 하고 나면 다른 불확실한 것들이 또 생겨나잖아."

"그냥, 지금은 아무것도 뚜렷이 잡히는 게 없다는 생각이 들어서요."

– 중략 –

"왜 뚜렷이 잡히는 게 없어? 너는 집사가 되어 우리 집을 돌봐 줄 거잖아. 나는 네가 앞으로도 우리 가까이에 있으면 좋겠어."

부소는 가까이에 있어 달라는 말이 예전처럼 기쁘지가 않았다. 집으로 돌아오는 길에 고타소는 한마디도 하지 않았다. 부소도 아무 말 없이 말을 몰았다.

–『서라벌의 꿈』, 86~87쪽.

고타소가 혼인할 품석은 이미 쓰러져 있는 아이를 목검으로 위협하고 의기양양하게 웃는 사람이다. 그는 승부욕이 강하며 사람에 대한 관심과 배려는 없다. 고타소는 부소에게 "칼 쓴다고 남자다운 것은 아니며 미덥고 안심이 되는 듬직한 사람이 남자다운 것"(82쪽)이라고 돌려서 이야기한다. 고타소와 품석은 결이 아주 다르다.

당시 사회적 관습으로 보았을 때 고타소의 입장에서 아버지의 큰 뜻을 좇는 것이 최선의 방법이었을 것이다. 그래서 그녀는 자발적으로 부소와의 추억을 돌이켜보며 마음을 정리하려고 노력하지만 너무 빨리 커버린 것만 같고, 어른이 된다는 사실이 달갑지도 않다. 부소의 말과 같이 어른이 된다는 것은 불확실한 경계에선 청소년의 입장에서 보면 그래도 무엇인가 보다 확실해질 것이라는 막연한 기대를 하게 한다.

그러나 품석이 어떤 사람인지를 파악하면서도 아버지의 말에 따를 수밖에 없는 고타소의 입장에서 보면 어른이 된다는 것은 불확실하다는 것을 받아들이는 것일 뿐이다. 그래서 그녀는 "하나를 확실히 하고 나면 다른 불확실한 것들이 생겨나는 세상에서 사람에게 확실한 것은 없다."고 담담하게 말한다. 그녀에게 확실한 것은 예전처럼 부소가 항상 곁에서 돌봐줄 것이라는 기대뿐이다. 그러나 이제 부소마저도 징집을 피할 수 없다. 삼한 통일의 희망을 꿈꾸지만 고타소의 개인적 현실은 암울하다.

고타소는 고구려와의 전투에 나가게 되는 부소를 위해 비단 손수건에 손수 새를 수놓아 떡과 함께 직접 건넨다. 수를 놓는 것이나 먼 길에 먹을 떡을 준비하는 것 모두 전통적인 여성의 일이다. 고타소는 자신의 의사를 존중받으며 자유롭게 자랐지만 관습에서 자유로울 수는 없었다고 해석할 수 있다. 함께 어울리던 동생 법민이 화랑 수련으로 바빠지자 고타소는 혼자 보내는 시간이 많아졌다. 혼자만의 시간이 많아졌다는 것은 자신의 삶을 스스로 돌아볼 시간이 많아졌다는 것이다. 신라의 왕족으로서 고타소는 아버지의 기대에 자신을 묶어 둔다. 그렇기 때문에 고타소에게는 혼자만의 시간이 필요하다. 그 시간만큼은 고타소가 혼자 바느질을 해야 한다.

고타소의 남편 품석이 아내 고타소를 국경 지대인 대야성으로 굳이 데리고 간 것은 여성을 지배하는 듯한 자신의 힘을 느끼고 싶어서다. 대야성 도독 품석은 혼인한 지 3년도 채 되지 않아 부하의 아내를 빼앗았고, 이에 원한을 품은 부하가 백제군과 내통해 군량 창고에 불을 지른 것이었다. 이때도 품석은 갑옷도 입지 않은 채 술을 마시고 있다가 백제군의 공격을 받았으며 그 와중에 자신은 살겠다고 백제군에게 항복했다. 그러나 품석의 기대와 다르게 백제군은 품석과 고타소의 목을 베어 사비성으로 보냈다. 결국 신라군은 목 없는 시신만 거두었다. 참혹한 고타소의 죽음으로 춘추공은 보름이 넘도록 집에만 틀어박혔다. 그러다가 백제를 정복하기 위해 선덕여왕의 만류에도 불구하고 도움을 청하러 홀로 고구려로 간 것이다.(135~138쪽)

고타소와 부소에게 '새'는 둘 사이를 연결하는 매개자 역할을 한다. 이들에게 새는 상대방의 곁에서 서로를 지켜주는 마음을 상징한다. 부소가 전투에 나가 있거나 국가를 배신했다는 누명을 쓰고 도망 다니는 동안에 부소를 지탱해 준 것은 고타소가 수놓아 준 비단 손수건의 새이다. 고타소 역시 전투에 나간 부소를 기다리거나 품석과 혼인을 하고 대야성에서 지내는 동안, 그리고 죽는 순간까지 부소가 선물한 나무새를 소중하게 간직한다.

법민은 고타소가 소중하게 간직했던 나무새를 고타소의 무덤 곁 솟대 위에 올린다. 고타소가 죽은 뒤에도 나무새는 고타소의 곁에서 고타소를 지키는 것이다. 춘추공이나 법민 역시 고타소의 유품에서 나무새를 발견하고는 부소에 대한 고타소의 마음을 확인한다. 사실 춘추공이나 법민 모두 부소에 대한 고타소의 마음을 눈치채고 있었지만, 삼한 통일의 큰 뜻을 위해 모르는 척했던 것이다. 고타소의 죽음은 춘추공의 분노를 일으켜 삼한 통일의 촉진제가 되었다. 그러나 고타소는 결국 아버지의 세계에서 자신의 세계로 돌아오지 못했다.

## 3. 타자의 얼굴에 대한 책임의식

『쿠쉬나메』는 신라 공주 프라랑과 페르시아 왕자 아비틴의 사랑 이야기이다. 이 사랑은 그동안 신라와 백제, 신라와 가야 왕족 사이의 혼인이 있었지만, 신라와 페르시아 왕족의 혼인은 없었다는 점, 두 나라 사이의 거리가 너무 멀다는 점과 이미 망한 나라의 왕족과 혼인이라는 점에서 혼인으로 이어질 가능성은 매우 희박하다. 그런데도 이 혼인이 실제 이루어졌고, 임금의 명령에 의한 것이 아니라 공주의 자발적인 의사 결정이었다는 점에서 시선을 끈다. 따라서 삼한 통일을 앞둔 신라 공주 프라랑이라는 인물에 주목하지 않을 수 없다.

레비나스는 타자의 얼굴에 대한 윤리적 책임을 이야기한다.[4] 타자의 얼굴에서 나의 책임을 찾고 타자를 위해 기꺼이 책임지는 것은 자신의 존재를 확인하는 일이며 존재를 독립적으로 세우는 일이기도 하다는 것이다. 프라랑은 타자의 얼굴에 대한 책임의식을 갖는 인물이다. 프라랑의 일화들은 그녀의 이러한 면을 잘 뒷받침한다. 프라랑이 여덟 살 때, 프라랑이 넘어져 발을 삐자 임금은 몸종 시녀들은 무조건 주인의 안전에 책임지는 게 법도라며 몸종 시녀들을 매를 쳐서 내쫓으라고 명령했다. 이에 프라랑은 한 시녀는 자신이 심부름을 보낸 사이에 일어난 일이니 책임을 물어서는 안 되고, 한 시녀는 네가 일부러 따돌리고 몰래 정원으로 나가서 생긴 일이니 죄가 없다. 그러므로 책임을 묻는다고 해도 심부름 간 시녀는 빼야 하고 나머지 시녀도 매 정도면 될 일이지 쫓아내는 것은 지나치다며 임금을 적극적으로 설득했다.(50쪽)

또한 신라에서 받아들인 쫓기는 아비틴과 그의 부하들에 관해서도 일단은 위험에서 벗어나 안심하면서도 또 한편 생소한 신라가 낯설고 불안할 것이니 우선 그들의 군사력보다도 그들이 가진 특별한 재능을 펼치면서 지내게 할 것을 제안했다.(59쪽) 이러한 프라랑의 타자의 얼굴에 대한 책임의식은 그녀의 타고난 품성과 더불어 가족적 분위기를 바탕으로 형성된 것으로 나타난다.

예를 들어, 페르시아의 왕자를 맞이한 임금과 왕후는 아비틴의 강단 있어 보이는 좋은 체격과 다르게 아비틴의 무겁고 슬퍼 보이는 눈빛에서 나라는 망하고 아버지는 죽고, 낯선 데 와서 부하들의 운명을 책임지고 있는 심정을 읽으며 태자와 함께 신경을 써서 잘 챙겨 주어야겠다는 이야기를 나눈다.(58쪽) 이러한 가족의 대화는 그들의 일상에서 자주 이루어진다.

> "제가 다른 귀족 청년과 혼인하면 아찬이 욕심을 끊을까요? 그 청년이 누구든 위험하지 않겠어요?"
>
> 두 사람의 눈이 더 커졌다.
>
> "한번 품은 욕망은 쉽게 포기되는 게 아니잖아요."
>
> 두로는 어떻게든 프라랑이 혼자 되기를 바랄 것이다. 두 번이든 세 번이든. 그러기 위해서는…….
>
> "저는 오랫동안 아찬의 눈길이 언짢았어요. 이제 그 눈길의 의미를 알아요. 제가 있는 한 아찬은 태자 오라버니도 힘들게 할 거예요."
>
> "공주야, 그런 생각까지 했느냐?"

왕후의 눈이 바르르 떨렸다.

"말씀드렸잖아요. 저는 신라의 공주예요, 아버님. 다행히 신라는 골품제의 위력이 절대적이라 저나 제가 낳은 아찬 가문의 소생이 없다면 아찬이 무리한 반역을 하지는 못할 거예요."

– 중략 –

"아버님. 제가 그 나라를 일으켜 세울 영웅을 낳을지도 모르잖아요? 그런 예언 때문에 아찬이 그렇게 신녀를 붙잡고 있는 거잖아요?"

"그걸 믿느냐?"

"우리는 아니어도 아찬이 믿고 있어요. 그게 문제라는 것을 우리 모두 알고 있잖아요? 하지만 아비틴과 함께라면 저도 예언을 믿고 싶어요."

– 『쿠쉬나메』, 143~145쪽.

왕후는 프라랑을 낳고는 무병장수를 기원하기 위해 신당을 찾았다가 프라랑이 나라를 일으켜 세울 영웅을 낳을 것이라는 예언을 듣는다. 진골 아찬은 이를 믿는다. 그는 자신이 거상인 점을 내세우며 프라랑을 며느리 삼기 위해 혼담을 넣을 때를 노리고 있다. 임금은 귀족들에게 휘둘리지 않도록 강한 왕권을 세우는 데 혼신의 힘을 다하고 있어서 아찬의 혼담이 오기 전에 프라랑의 혼인을 서두르려고 하는 것이다. 왕권에 위협이 되지 않는 왕족이 부마가 되어야 한다. 그러나 때를 맞춰 재물과 권력은 약하지만, 기품과 덕망을 갖춘 진골 귀족을 찾기란 어려운 일이다.

그렇다고 해서 프라랑이 도망가듯 아비틴을 선택한 것은 아니다. 프라랑의 선택은 운명과 연모에 있다. 프라랑은 신녀의 예언 때문에 이루어지는 음모에서 공주로서 왕실에 도움이 되는 선택을 해야 했지만, 이러한 공주의 운명과 함께 먼 페르시아에서 온 아비틴과의 만남 역시 운명으로 받아들였다. 더불어 아비틴을 연모하는 자신의 마음을 인정하여 아비틴의 청혼을 수락한 것이다. 프라랑을 말리던 임금과 왕후, 태자는 그녀의 선택을 따르게 된다.

결국 프라랑은 아비틴과 함께 삼한 통일을 앞둔 신라를 지키고 왕국을 잃은 페르시아를 일으키기 위해 부모 형제를 두고 페르시아로 떠난다. 사막의 나라 페르시아의 열악한 환경만이 아니라 페르시아 왕국을 되찾는 과정 역시 지난했다. 반란자 쿠쉬를 진압하는 과정에서 아비틴 왕은 자하크의 군사에게 사로잡혀 처형되고 말았다. 그러나 프라랑은 아비틴 왕 대신에 분연히 일어나 페르시아의 어머니로서 살아간다. 그녀는 아들 페리둔을 엘부르즈 산맥의 황소 주인의 아들로 위장하여 지혜롭고 현명하며 건장한 청년으로 키우는 데 힘을 쏟는다.

스무 살이 된 페리둔은 온전한 페르시아의 왕이 되라는 아버지 아비틴 왕의 사명을 받아 페르시아 군대를 이끌고 자하크의 군대를 전멸한다. 또한 왕이 된 페리둔은 외삼촌인 신라왕의 요청을 받고 합류하여 신라에서 당을 완전히 몰아낸다.

이로써 프라랑은 자신의 운명이 시킨 일을 모두 마친다. 신라를 사무치게 그리워하면서도 페르시아에서 국모로써의 역할을 다할 수 있었던 것 역시 프라랑의 타자의 얼굴에 대한 책임의식이 컸기 때문이다. 프라랑은 아비틴의 페르시아를 자신의 나라로 받아들이고 환대하며 그들을 위해 책임지는 일을 수행했다. 기꺼이 책임을 지기 위해서 프라랑은 자신의 존재를 포기하고 고통받는 페르시아 왕국의 사람들과 함께 고통을 감수한 것이다.

타자의 얼굴을 직면한다는 것은 타자와의 만남과 관계를 의미한다. 프라랑은 타자와 얼굴을 마주함으로써 다름을 받아들이고 세계 속에 자신의 자리를 마련한다.

## Ⅲ. 나오는 말

배유안의 역사 동화 『창경궁 동무』, 『서라벌의 꿈』, 『쿠쉬나메』에서 여성을 중심으로 한 이들 서사가 갖는 공통점은 다음과 같다.

첫째, 여성의 성장 단계를 담고 있다. 소녀가 자라서 혼인을 하고 삶에서 고통을 직면하게 되는 아동기와 성인기를 담고 있다. 둘째, 관계를 중시하면서도 여성의 반체제적 면모를 담고 있다. 가부장적이고 신분 차별적인 사회에서 전통적으로 여성이 관계를 중시한다는 점에 기인하면서도 여성을 억압하거나 무시하는 요소에 반항하는 모습이 담겨 있다. 셋째, 일반적인 행복한 결말로 마무리되지 않는다. 여성들은 통찰력을 가지고 장애나 불행을 딛고 일어나려고 노력하지만, 반드시 긍정적이거나 희망만을 보이지는 않는다. 이는 여성이 갖는 억압적 현실 상황 때문으로 보인다.

이들 이야기를 여성을 중심으로 살펴보면, 『창경궁 동무』는 화완옹주의 '정치적 권력 의지'를, 『서라벌의 꿈』은 왕족 고타소가 '아버지의 큰 뜻에의 복종'을, 그리고 『쿠쉬나메』는 삼한 통일을 앞둔 공주 프라랑의 '타자 얼굴에 대한 책임의식'으로 여성상이 드러난다.

『창경궁 동무』에서 화완옹주는 왕족에게 맡겨진 왕실에 이익이 되어야 한다는 의무보다 자신의 정치 권력을 차지하는 데 의지를 불태운다. 빈궁마마를 질투하고 시기하며 친오빠인 사도세자와 경쟁하려 든다. 화완옹주의 권력 의지는 임금의 총애를 무기로 노론과 결탁하여 세자를 모함하고 세손의 책봉을 막는 악한 행위로 드러난다. 그러나 정치 권력이 언제나 정당한 것은 아니니다. 정당한지의 여부를 떠나 수동적인 자세에서 벗어나 정치 권력 의지를 드러냈다는 점에서 진취적인 모습으로 평가할 수도 있지만, 임금의 특별한 총애를 받는 옹주이기에 가능한 일이기도 하다는 점을 간과하기는 어렵다. 시기와 질투를 원동력으로 하여 자신의 능력을 보여주는 여성상에 대한 기대가 생긴다.

『서라벌의 꿈』에서 고타소는 아버지의 삼한 통일의 큰 뜻과 그 뜻을 좇는 동생 법민에 복종한다. 당연하게 아버지의 명령에 순종하고 왕족으로 의무를 다하는 고타소의 이러한 태도는 가부장제의 전통적인 관습에 기인하는 것으로 보인다. 그러나 그녀는 분별력 있게 때와 장소를 가릴 줄 알았고 똑똑했다. 의젓하고 우아한 태도로 기품을 드러냈으며 누구보다 당차고 명랑했다. 어릴 적부터 함께 어울린 부소에게 특별히 애틋한 마음을 품고도 있었지만, 자신의 마음에만 간직하고 정략결혼을 했다. 결혼 후, 고타소는 자신을 드러내지 않고 남편 품석에 순종하는 삶을 살다 비참하게 죽어야 했다. 관습에 따라 아버지와 형제의 뜻을 따르고, 결혼해서는 남편의 뜻을 따라 복종하는 삶을 산 고타소는 결국 아버지의 세계에서 자신의 세계로 돌아오지 못했다. 물론 아버지가 아직 임금은 아닌 상황에서 운신의 폭이 작았을 것이다. 고통을 감내하면서 침묵하고 견디어 내는 데 그치는 것이 아니라 아버지의 큰 뜻을 받아들이면서 좀 더 왕족으로서 성장을 꾀하는 능동적인 여성상이 기대된다.

『쿠쉬나메』의 프라랑 공주는 고타소의 동생이다. 프라랑 공주는 고타소의 죽음을 보며 자신은 그렇게 살지 않겠다고 다짐한다. 타인의 얼굴에 대한 책임의식을 갖는 프라랑 공주는 부분에서 전체를 볼 줄 아는 여성이다. 장차 나라를 일으킬 영웅을 낳을 것이라는 신녀의 예언 때문에 모략에 휘둘리는 비참한 상황에서 프라랑이 생각하는 것은 타자이다. 타자인 임금과 태자의 얼굴에 드러난 삼한 통일과 국가 안정의 결연한 의지, 아비틴의 몰락한 페르시아를 일으켜 온전한 페르시아의 왕이 되겠다는 의지에서 프라랑은 책임의식을 갖고 자신의 삶으로 받아들인다. 함께하려면 자신만을 주장할 수 없다. 프라랑은 타자의 세계 속에 함께 머물고 노동하면서 자신의 자리를 만든다. 그녀 역시 임금과 태자가 큰 뜻을 이루는 데 방해가 되지 않아야 한다는 공주의 운명이 비참하지만, 능동적으로 운명을 받아들이고 타자와 함께 사회를 확장하고 새로운 방안을 찾아나간 것이다.

이들 세 작품은 서로 다른 독립된 여성상을 보이는 것 같지만, 작가의 의식의 흐름을 따라 진취적인 여성상을 확립하여 나가고 있음을 보여준다. 정치 권력의 의지를 보인 『창경궁 동무』의 화완옹주에게서 시기와 질투를 원동력으로 하여 자신의 능력을 보여주는 여성상이 그려지고 아버지의 큰 뜻에 관습적으로 복종하는『서라벌의 꿈』의 고타소에게서 아버지의 큰 뜻을 받아들이면서도 좀 더 왕족으로서 성장을 꾀하는 능동적인 여성상을 그리게 된 것이 의식의 흐름에 따라 『쿠쉬나메』의 프라랑 공주의 여성상으로 발현된 것이다.

이와 같이 배유안은 역사 동화의 여성상을 통해 여성의 다양한 변화에 주목하고 그 의미를 찾아나가는 것이 중요함을 보여주고 있다. 이러한 시각에서 서민 여성의 다양한 변화에 주목하여 그 의미를 새롭게 해석하는 것도 의미 있는 연구가 될 것이다.

# 자기 치유의 방식과 미적 반전의 힘
– 백승자론

김경흠(문학평론가, 문학박사)

## 1. 치유적 글쓰기

문학의 기능을 전통적인 방법으로 분류하면 효용적 기능과 쾌락적 기능으로 대별하여 말하는 것이 일반적이다. 근자에 들어서 문학의 기능 논의는 이 전통적인 이론에 일정 부분 수긍하면서도 치유적 기능이라는 범주를 설정하여 거론하는 사례가 늘고 있다. 심지어 문학 치료 또는 문학의 치유적 연구라는 영역이 학문적으로 다루어진다는 점에서 새로운 경향으로 볼 수도 있다. 설령 학문 차원의 체계적 연구가 아니더라도 문학의 치유라는 말은 문학의 보편적인 개념으로 많이 언급되고 있다.

문학에서 치유라는 개념은 작품을 읽는 독자와 작품을 창작하는 작가 모두를 아우르는 포괄적 의미로 사용되고 있는 것이 사실이다. 작품을 읽고 독자가 그 작품에 동화되어 미적 독서의 효과를 거두었다면 그것 또한 문학적 치유에 도달했다고 할 수 있다. 작가 역시 창작 과정에서 작가 자신의 체험적 삶과 작품 속에 창조된 배경, 장면 묘사, 인물 등과 공감을 이루었다면 이 또한 문학적 치유라는 말을 쓰기도 한다. 다만 작가의 경우에는 문학의 치유 정도를 가늠하기 쉽지는 않다. 왜냐하면 모든 작가는 작품을 창작할 때 작품 속에 자신의 사상과 감정 및 허구적 대리인으로서의 인물을 어느 정도 분신처럼 이입시키는 것을 부인할 수 없기 때문이다. 그럼에도 불구하고 작가의 창작 과정과 허구적 세계의 창조라는 입장에서 치유라는 말을 과감하게 사용하는 추세이다. 아마도 작가의 투철한 문학적 장인 정신과 체험적 삶이 녹아 있는 사고와 감정의 총합체가 작품이라는 결정체의 인식에서 더욱 강조되는 말이기 때문일 것이다. 그런 점에서 백승자의 문학, 즉 글쓰기는 나름의 의미를 지닌다고 할 수 있다.

동화작가 백승자는 1960년 충남 예산의 시골 마을에서 늦둥이 막내로 태어났다. 시골이었기 때문에 어려서부터 자연을 직접 체험할 수 있었으며, 화목한 가정생활 속에서 부모님의 사랑을 받으며 자랐다. 그의 작품에 자연 친화적인 장면 묘사가 실감 나게 그려지는 것은 아마도 이러한 체험적 삶이 반영된 결과일 것이다. 게다가 그의 작품에서 지향하고 있는 사랑과 이해의 풍부한 감성 또한 유년 시절 겪었던 부모님, 그리고 많은 남매와의 관계에서 발현된 의식의 한 단면이라고 할 수 있다. 작가는 유년 시절부터 독서에 남다른 특기를 보였고, 그림에도 뛰어난 재주를 보였다고 한다. 학창 시절에는 글쓰기에도 탁월성을 보인 것으로 그와의 인터뷰 기사에서 확인할 수 있다.

백승자는 1988년 전국 마로니에 백일장에서 「샘이와 송이」로 장원을 차지하였으며, 연이어 《아동문예》에 「다람쥐와 들꽃」으로 신인 문학상을 받고 동화작가로 등단했다. 그는 『어미새가 사랑하는 만큼』(1993), 『호수에 별이 내릴 무렵』(1997)(한국아동문학상, 1997), 『엄마는 나만 미워해』(2002), 『해리네 집』(2012)(제22회 방정환문학상, 2012), 『아빠는 방랑요리사』(2014)(제20회 박홍근아동문학상, 2015), 『반쪽엄마』(2015), 『자꾸만 눈물이 나』(2019)(제52회 소천아동문학상, 2021) 등을 발간하고 수상의 영예를 안았다.

동화작가 백승자를 두고 등단 34년 차 치고 과작한 작가라고 말하는 문인들이 있다. 작품 수만 보면 그럴 수 있다. 그러나 작품을 전체적으로 읽어 보면 곧바로 그 주장에 의문을 품게 된다. 작품 편편에 녹아 있는 작가의 혼신적 에너지와 세계관이 명징하게 드러나기 때문에 불가마에서 도예품이 완성되듯 충분한 시간이 필요했다는 것을 짐작할 수 있다. 이것은 작가의 완벽성을 의미하는 것으로 작품의 수적 논리로는 설명할 수 없는 대목이라고 생각한다. 이에 대한 방증으로 그의 작품 중에서 단편의 미학성이 뛰어나다는 점을 들 수 있다.

근래 우리 아동문학계에는 장편 서사 작품의 발표가 활발히 전개되는 추세인데, 이 흐름에 편승하기보다 백승자는 꾸준하게 단편에 주력해 온 양상을 살필 수 있다. 단일하고 압축적이며 긴밀한 미학적 구성을 시도하는 단편의 특징을 작가는 깊이 인식하고 창작 생활을 전개해 왔다.

또한 그의 문학 세계를 관류하는 키워드를 추출해 보면 죽음, 이별, 모성성, 그리움, 박애, 사랑, 이해 등 결코 가볍지 않은 주제 의식들을 집요하게 다루어 왔다. 특히 죽음, 이별, 그리움 등은 아동문학에서 제재화하기에 적잖은 부담과 고심을 불러일으키는 요소이다. 그럼에도 이러한 의식과 제재에 쉼 없이 천착해 온 작가 정신은 곧 자기 수양의 구도적 자세로 평해도 과언은 아닐 것이다. 그러기에 작가는 대담 인터뷰에서 "저는 세월이 갈수록 동화 쓰는 게 더 힘들어요. (중략) 제가 용량이 부족해요. 많이, 빨리 못해요. 천천히 오래 오래로 버텨 왔는데… 기가 죽어요."(《동화향기동시향기》 2021년 가을)라고 심경을 토로한 바 있다. 무거운 주제 의식과 제재를 창작하는 과정에서 작가가 감당했던 무게를 가늠할 수 있는 발언이라고 생각한다. 그러나 필자는 작가의 글쓰기가 결코 멈추지 않을 것이라는 사실을 믿는다.

작가 백승자에게 글쓰기란 삶처럼 주어진 숙명으로 여겨진다. 곧 그에게 있어서 글쓰기가 자기 치유의 구도적 자세와 방식이기 때문에 혼신을 기울였던 창작의 과정을 잠시 추스르고 나면 재충전된 에너지로 거울 속 자신을 보듯 치유적 글쓰기를 위해 펜을 다시 잡을 것이다. 적어도 그의 작품을 천천히 읽어 본 결과 이러한 결론을 얻을 수 있었다.

가장 최근 작이며 소천아동문학상을 안겨 준 장편 소년소설 『자꾸만 눈물이 나』를 읽으면서 필자는 더욱 확고한 믿음을 갖게 되었다. 이 작품을 두고 작가는 삶의 과정에서 자신이 만났던 특별한 인연들이 다 들어 있고, 자신의 인생관, 가치관이 고스란히 녹아 있다는 증언으로 애착을 보인 바 있다. 실제로 그의 작품에는 알게 모르게 그의 체험적 삶이 다양하게 변주되어 서사화를 이루고 있다. 특히 그가 유년 시절에 겪었던 언니의 죽음, 그의 어머니가 보여주었던 올곧은 품성, 아버지의 막내에 대한 끔찍한 사랑 등이 작품 곳곳에 제시되어 있는데, 아마도 작가는 그의 체험적 삶을 서사화하면서 작가 스스로 그 삶에 동화된 치유적 글쓰기에 심취했으리라 생각해 본다.

박종순은 그의 문학 세계를 '단아함'이라고 전제하면서 슬프고 아름다운 미적 세계로서 죽음을 통찰하였고, 사랑과 이해를 하나로 완성하는 통합적 사유를 보여주었다고 평가한 바 있다. 작가도 대담 인터뷰에서 인연 맺기와 그 맺은 인연에 정성을 다하는 삶을 모토로 한다는 철칙과 어머니의 인품에 대한 올곧음과 삶을 내면으로 감내했던 마음을 헤아리며 그로부터 받은 영향 등을 술회하기도 하였다.

동화작가 백승자의 이러한 삶과 문학의 기반 위에서 그가 작품을 통하여 구현하고자 했던 세계와 미적 인식의 실체가 무엇인지 보다 세밀하게 살펴보고자 한다.

## 2. 타자애와 사랑의 원동력

백승자의 동화문학은 현실에 기반을 둔 서사 전략을 구사하는 것이 특징이다. 동화의 전통적 양식인 환상적 요소를 발휘하기보다 현재 우리가 처해 있는 삶의 현실을 리얼하게 표현하는 소설적 형식을 그는 보여준다. 학문적 입장에서 엄격하게 분류하자면 소년소설 작가라고 할 수 있다. 앞에서 살펴본 바와 같이 작가의 체험적 삶과 그의 인생관을 고려해 볼 때 이러한 서사 전략은 꽤 설득력이 있으며 안성맞춤으로 여겨진다. 가장 잘 어울리는 옷을 골라 입은 문인이라고 감히 말할 수 있다.

그의 문학 세계에서 제시할 첫 번째 특징은 공동체 의식으로서 확장된 사랑의 가치이다. 이를 타자애(타애)라고 명명할 수 있다. 타자애는 박애 정신의 한 요소이다. 프랑스의 미래학자 자크 아탈리는 미래 세계의 유토피아로 박애를 제시하였다. 인문학자 김영한은 이 박애를 우애로 풀이하기도 하였다. 박애를 구성하는 요소로는 자기애와 타자애가 있다. 자기 자신을 사랑하는 자기애와 타인 및 공동체를 사랑하는 타자애를 의미한다. 그런데 이 두 요소가 어느 한쪽으로 기울지 않고 동등하게 균형을 이룰 때 박애의 정신은 완성된다는 것이다.

박애라는 개념은 자유, 평등, 박애라는 프랑스 대혁명의 이념 가운데 하나이다. 물론 프랑스 혁명에서 말하는 박애는 역사 현상으로서 공동체의 결속력, 단결심을 강조하는 것으로 민족주의와 결부되기도 한다. 자유라는 개념은 사적 소유의 측면을 강조하는 것으로 과도하게 자유가 강조될 때 지나친 경쟁과 차별을 낳는 개인주의로 흐를 가능성이 크다. 이와는 달리 토마스 모어가 주로 강조했던 평등의 개념은 법 앞의 평등으로 개인의 내면을 획일적으로 재단한다는 차원에서 보다 사회적인 면을 강조하는 흐름에 치우칠 수 있다.

이렇게 자유와 평등이라는 이념의 모순과 갈등을 극복하는 개념이자 유토피아로 미래 학자들은 박애의 정신을 제안하게 되었다. 즉, 자신을 사랑하는 마음을 출발점으로 하여 가족이나 친구를 생각하고, 이웃과 동족을 생각하고, 인류를 생각하는 타애 정신이 반드시 요구된다는 공동체 사랑의 원리인 것이다. 남의 고통과 마음을 내 것으로 받아들일 수 있는 정신 가치의 강조가 우리가 지향하는 미래가 된다. 백승자는 이러한 사상과 감성을 문학의 기저에 내재하고 창작에 심혈을 기울인 작가라고 할 수 있다.

2015년 초판을 발행한 이후 지금까지 10쇄를 찍으며 독자들의 사랑을 받고 있는 『반쪽 엄마』는 더불어 사는 박애의 의식을 전형적으로 보여주고 있는 작품이다. 자폐적 성향이 강하여 통제가 어려운 발달 장애아인 아홉 살의 루미와 도우미로 만나 친밀감을 형성해 가는 송주 엄마와의 관계를 그린 중편의 작품이다. 직장 일로 바쁜 루미의 부모를 대신하여 도우미를 들이지만 모두 루미를 감당하지 못하고 떠나버린다. 루미와 도우미들의 불화가 반복되던 중에 송주 엄마는 우연한 계기로 루미와 인연을 맺게 된 것이다. 송주 엄마는 루미를 이해하며 정성을 다해 돌본다. 루미의 행동적 특성을 충분히 이해하고 대처하며 사랑으로 돌보아 루미는 점점 향상된 성향으로 변해 간다. 친딸인 송주가 마치 자신의 엄마를 반쪽으로 느낄 만큼 부러움을 사기도 하지만 송주 엄마의 마음은 변함없는 진심을 보여준다.

작가는 글 첫머리에서 "꼭 한번 쓰고 싶어 마음에 오래 담아 두었던 이야기"라는 사실을 밝힌 바 있다. 그는 이웃 중에서 마치 작품 속 루미를 닮은 천진한 아이가 있었다고 술회하여 창작에 공들였음을 밝히기도 하였다. 상당히 실감 있게 그려진 장면 묘사들은 작가의 세심한 통찰력과 취재력이 돋보이는 작품이라는 점에서 작가적 소명 의식이 드러나 보이는 특징도 빼놓을 수 없는 장점이다.

송주 엄마는 루미를 단순히 보살피는 보육의 대상으로 여기지 않는다. 씻는 것, 먹는 것, 옷 입고 고르는 것 등을 모두 루미가 스스로 할 수 있도록 지원하고 가르치며 때로는 루미의 눈높이에 맞추어 이해하고 행동하게 한다. 처음엔 뭐든지 마음에 들지 않으면 손에 닿는 대로 던지고 큰 소리로 울어 대던 루미도 송주 엄마의 정성 어린 지원과 사랑을 받으며 본래의 성향인 천진스러운 행동을 보이기 시작한다. 루미는 자신의 친엄마보다 오히려 송주 엄마를 더 따르게 된다. 잠시 생계 문제로 송주 엄마가 루미를 떠나기도 하였으나 루미가 불안한 기색을 보이자 송주 엄마는 다시 루미 곁으로 돌아온다.

이렇게 송주 엄마의 타자애적 실천을 가능하게 한 원동력이 작품 후반부에 드러난다. 송주 엄마에겐 어릴 적 세살 아래의 동생 규화가 있었다. 규화는 한쪽 다리를 쓰지 못해 엉금엉금 기어다니는 것이 일수였다. 게다가 할 줄 아는 말도 몇 마디 되지 않아 일곱 살 나이에 비해 훨씬 어린 수준을 보이기까지 했다. 그런 동생을 송주 엄마는 살뜰히 보살피지도 않았고 아이들 앞에 부끄러운 동생으로 여기기만 했다. 결국, 규화가 언니인 송주 엄마를 따라오다가 진흙탕 물웅덩이에 빠지는 일이 발생한다. 송주 엄마는 어머니가 돌아오기 전에 일을 수습하기 위해 동생 규화의 몸을 찬물에 씻긴다. 끝내 그것이 화근이 되어 규화는 밤새 고열을 앓게 되고 병원에 실려 가 다시는 돌아오지 못한 아픈 상처로 남았던 것이다. 백승자의 작품에서 흔히 사용되는 서사적 구성 기법인데 등장인물 스스로 유사한 사건을 동일시하여 서사적 과정을 이끌어 가는 형식적 특징을 지적할 수 있는 부분이다.

스피노자는 박애를 두고 "우리가 불쌍하게 생각하는 사람에게 친절하려고 하는 욕망이다."라고 말한다. 얼핏 보면 연민 또는 동정의 의미와 비슷해 보이지만 스피노자는 "자신과 유사한 어떤 것이 어떤 정서에 자극되는 것을 생각한다면 우리는 그것과 유사한 정서에 의해 자극된다."라고 하여 어느 한쪽의 우월적 위치를 경계한다. 즉, 자신이 가진 전부를 내어 줄 수 있는 것, 자발적인 가난을 기꺼이 받아들이는 자세를 강조하고 있는 것이다. 송주 엄마의 헌신적 실천은 바로 박애로서 타자애를 문학적으로 발현하는 모습이라고 할 수 있다. 이러한 의지는 송주 엄마에게만 그치는 것이 아니라 송주 엄마의 어머니 곧 송주의 외할머니로부터 비롯된다. 딸 규화를 떠나 보낸 송주의 외할머니는 모든 것을 자신의 잘못으로 받아들인다. 그리고 송주 엄마가 루미를 돌보기 시작하자 "아무리 돈벌이로 시작한 일이라 해도 아이를 돈 받는 만큼 돌보지 말고, 네 가슴에 남은 사랑을 다 준다는 마음으로 키워 주어라. 선한 한 사람이 이 세상에 또 선한 한 사람을 만드는 법이니까."(98쪽)라고 송주 외할머니는 충고한다. 송주 외할머니의 이 대사에는 바로 스피노자가 말한 박애의 의식이 집약되어 있다고 할 수 있다. 송주 엄마는 이러한 진실을 실천하였으며, 송주의 가족과 루미 가족은 그 어느 관계보다 소중한 인연으로 맺어져 서로 타자애를 발휘하는 감성을 완성하게 되는 것이다. "인연 맺는 것"을 소중한 인생의 가치로 여긴다는 것을 강조한 작가 백승자의 '인연법'과 함께 박애의 지향성이 명료하게 표출된 작품으로 독자들의 사랑이 지속되고 있다고 생각한다.

작가 백승자에게 박홍근아동문학상을 안겨 준 『아빠는 방랑요리사』도 타자애의 실천적 의지를 제시한 대표적인 작품이다. 시온, 시후 두 아들을 둔 아빠는 15년 동안 다녔던 회사를 그만두고 새로운 변화를 모색한다. 라면도 직접 끓여 먹은 적 없던 아빠가 회사를 사직하고 집안 살림에 관심을 갖기 시작한 것이다. 아빠의 관심 영역은 요리인데 엄마는 이런 아빠를 탐탁치 않게 여긴다. 엄마의 입장에서는 생계를 책임졌던 아빠의 실직으로 인해 힘든 생활이 눈앞에 닥쳤기 때문이다. 급기야 엄마는 아빠 대신 일자리를 구해야 하는 상황에 처하게 된다. 아빠와 엄마는 이 일로 갈등을 겪게 되고 끝내 아빠가 가출하는 상황을 겪는다. 시온이 엄마는 아빠가 지방에 일하러 갔다는 말로 아이들의 마음을 안정시키고자 한다. 시온이가 아빠에게 전화를 해도 아빠의 대답은 엄마와 똑같다. 그런데 어느 날 아빠의 선행이 기사화되어 신문에 실리게 된다. 소백산 기슭에 사는 산골 마을 노인들에게 아빠가 세상에서 가장 정답고 따뜻한 식사를 대접하는 무료 급식 봉사활동을 베푸는 내용이 선행 기사로 알려지게 된 것이다. 이 선행이 연쇄반응을 일으켜 자연식 요리사 방송 프로그램에도 출연하게 되었다는 이야기, 그리고 산채 전문 식당에서 조리장으로 일하게 되었다는 미담까지 펴지게 된다. 실직하여 어려운 처지임에도 아빠는, 고령의 산골 마을에 사는 노인들과 인연을 맺고 따뜻한 식사로 정을 나눔으로써 삶이 가져다 주는 보상을 획득한다.

이 작품은 다른 작품에 비하여 분위기가 무겁지 않고 재치 있게 문장이 표현되어 있어서 훈훈함을 느낄 수 있는 소설이다. 이러한 서사적 구성 또한 박애의 정신을 강조한 작품으로 거론하기에 손색이 없을 것이다. 아마도 이 아름답고 따뜻한 미담을 서사화한 점이 돋보였기에 수상의 영예를 안게 된 것으로 짐작한다.

「외할머니의 언덕」도 박애의 정신으로 사랑을 확장시키는 모습이 분명하게 그려진 작품이다. 수경의 외할머니는 5월만 되면 침울함에 빠진다. 그것은 20년도 더 지난 오래전 수경이의 엄마가 중학교 1학년 때 아홉 살 난 동생과 함께 어린이날을 맞아 놀러 갔다가 변을 당한 사건 때문이다. 수경의 외할머니는 아이들을 즐겁게 해 주려고 어린이날을 맞아 특별한 일을 실행했으나 그것이 외동아들을 잃는 사고로 이어져 평생 가슴에 자식을 묻고 살게 된 것이다. 외할머니의 이런 마음을 헤아려 수경이 가족은 외할머니의 고향으로 나들이를 간다. 그리고 돌아오는 길에 외할머니는 이제 지금껏 가슴에 묻었던 아들을 놔 주겠다는 말을 한다. 외할머니의 낮잠 꿈에 아들이 장성한 모습으로 찾아와 독립하고 싶다는 말을 했다는 것이다. 외할머니가 이렇게 마음을 먹자 한결 가벼운 심사라고 말하며 변화된 생활을 예견한다. 정말 외할머니는 돌아와 이전 모습과는 달리 '천사의 집'이라는 장애인 시설에 봉사활동을 나가며 정성을 다하여 사랑을 베푼다. 수경이 가족도 덩달아 이 시설을 방문하여 외할머니와 함께 봉사활동을 펼치며 나눔을 실천한다. 이 작품 역시 앞에서 살펴본 서사적 구성과 유사한 것으로 깨달음을 통한 자기애와 자기애로부터 타자애로 확장해 나가는 과정을 따뜻하게 그려 내는 작품이라고 할 수 있다.

## 3. 대리적 공감과 내면의 치유

백승자의 문학을 두고 슬프면서 아름답다고 규정한다. 작품 안에서 다루어지는 제재가 죽음, 이별, 그리움, 이해 등 원초적인 감성에 호소하는 스토리가 주류를 이루기 때문이다. 이 감성들은 외적 지향적인 것이 아니라 내면 지향적 성향을 띠는 것이 일반적이다. 내적으로 충만한 정서와 감정이 유입되어 고조된 분위기를 연출한다. 그리고 이별, 죽음, 그리움과 같은 슬픈 정서들은 한껏 고조된 감성 상태에서 새로운 활로를 모색하게 된다. 그것이 바로 공감이라는 장치를 통하여 정서를 극대화하고 해결의 실마리를 찾게 되는 과정인 것이다. 백승자의 작품 가운데에는 이러한 슬픈 감성에 대하여 인물이나 상황을 대리적으로 설정하여 아름다운 결말로 전환시키는 뛰어난 구성의 소설이 많다. 마치 서정성 짙은 작품을 창작하듯 서정적 대리 관계 또는 상호 융화의 수법으로 분위기를 고조시킨다. 앞 절에서 "유사한 정서의 자극"이라는 용어를 살펴본 바가 있는데, 이와 비슷한 방식으로 이해해도 무방할 듯하다. 즉, 작품 속에서 주인물이 처한 슬픈 현실이나 정서적 상태에 대하여 인물, 장면, 배경, 작품 내 소도구 등을 대리적으로 배치하여 동일한 공감대를 이끌어 내고 결말에 도달하는 방식이다. 무엇보다도 주인물의 내면에 치중하여 공감적 서사를 완성하고 슬픔 또는 아름다운 감성을 고조시킨다는 점에서 작가의 문학 세계를 특징 지을 수 있다. 이러한 내면의 공감적 정서 상태로 귀결하는 것은 곧 내면의 치유라는 성장 단계를 발현하게 된다.

방정환문학상 수상작인 『해리네 집』은 슬픔을 아름다움으로 승화시키는 과정을 그린 작품이다. 주인물인 은조의 시점으로 고모인 로사와의 관계와 고모가 겪었던 삶의 애환을 다루고 있다. 은조는 하나뿐인 로사 고모를 부모님 다음으로 사랑하고 따른다. 로사 고모는 어린 나이에 엄마를 여의고 하나뿐인 오빠, 곧 은조 아빠의 도움으로 자란다. 선천적으로 심장병을 앓아 수술을 받았고, 교통 사고로 다리를 다쳐 한쪽 다리 사용이 부자유스런 노처녀이다. 그래도 당당하게 서울에서 프리랜서 작가로 살면서 고향에 은조 아빠가 마련해 준 별장을 찾아 은조와 즐거운 시간을 보내기도 한다. 혼자 사는 로사 고모에게는 가장 소중하게 여기는 가족이 있다. 바로 열일곱 살이나 된 강아지 해리가 고모와 함께하는 삶의 동반자이다.

고모와 해리는 고모가 고등학교 시절 우연히 길에서 만나 인연을 맺고 지금껏 10여 년을 서로 의지하며 살고 있는 관계이다. 그런데 이 해리가 이제 강아지로서 고령이 되어 삶을 마감하기 직전이다. 이 작품에서 주지할 부분이 바로 고모와 해리와의 관계 및 의미라고 할 수 있다. 어린 나이에 어머니를 여의고 엄마의 사랑을 받지 못하고 자란 로사 고모는 해리의 입장을 헤아린다. 로사 고모가 길에서 처음 해리와 마주치자 집도 없고 엄마도 없음을 직감하고 자신의 처지와 동일한 감정을 느낀다. 그리하여 오빠의 반대를 무릅쓰고 해리를 집으로 데려와 키우게 된 것이다.

로사 고모는 어려서부터 엄마의 사랑 결핍으로 인하여 늘 엄마를 향한 그리움에 빠진 상태에서 성인으로 성장했다. 그리하여 로사 고모가 해리에게 느끼는 생각은 "해리를 만나고 나서부터 세상을 다르게 볼 수 있었어. 엄마의 사랑을 받는 것도 좋지만, 내가 누군가에게 엄마 같은 사랑을 주는 것도 참말 기쁘더라……."(45쪽)라고 말하며 삶의 변화된 과정을 말해 준다. 어렸을 때는 엄마에 대한 그리움에 젖어 살았지만, 성인이 되자 역으로 엄마의 역할을 하고자 하는 대리적 애정으로 전환한다. 이것은 로사 고모의 내면에 자리했던 삶의 결핍과 정서가 해리라는 강아지에게 대리적으로 공감되어 결핍된 심리를 채우려는 의지와 욕구의 표출이라는 해석을 가능케 하는 부분이다. 로사 고모가 해리에게 사랑의 에너지를 모두 쏟아붓는 것은 로사 고모 자신이 겪은 삶의 상처를 치유하는 대리 행위로 볼 수 있다는 것이다. 그러기에 로사 고모와 해리의 삶은 궤를 같이할 수밖에 없다. 병치레를 하다가 해리가 세상을 떠나자 로사 고모도 비통함에 빠져 서울로 떠난다. 그로부터 얼마후 로사 고모는 뇌에 큰 혹이 발견되어 사경을 헤매다가 그도 역시 시골에 내려와 삶을 마감한다. 은조는 사랑하는 고모가 떠나자 슬픔에 빠져 쉽게 받아들이지 못한다. 죽음과 이별이 반복되면서 작품은 슬픔의 극치를 드러낸다.

은조의 시선으로 작품이 전개되어 로사 고모와 해리와의 이별이 부각되지만 주인물 은조가 겪는 죽음과 이별의 정서도 작품의 분위기를 극대화시킨다. 은조가 바라본 해리의 죽음, 해리의 죽음으로 인한 로사 고모의 침울함, 그리고 로사 고모의 최후 등 주인물의 시선에 포착되는 사랑과 결핍, 그리고 공감과 치유 등이 선명하게 드러난 작품이다. 이별과 죽음을 겪은 주인물 은조는 고모에 대한 그리움으로 슬픔에 빠진다. 그래서 로사 고모의 영혼이 꼭 들를 것 같은 '해리네 집'이라는 별장에 붙었던 문패가 달린 소나무 밑에서 하늘을 쳐다보며 바람결에, 구름결에 있을 고모를 떠올린다.

> 그래도……. 아주 가는 게 아니라 그냥 한 번 다녀올 거지?
> 어느 날 문득 별장으로 내려오듯이 그렇게 훌쩍 다시 올 거지?
> 고모가 해 준 아름다운 이야기들…… 나는 다 기억하고 있어.
> 그 모든 이야기들이 내가 사는 동안 큰 힘이 되어 줄 거야.
> 이 다음에 이 다음에, 사랑했던 사람들은 모두 하늘나라에서 다시 만나는 거라고 했잖아.
> 이제 고모는 할머니와 할아버지를 만나고, 해리를 만나고…….
> 언젠가는 고모와 나도 틀림없이 만나겠네. (142쪽)

작품의 마지막 장면이다. 결국, 은조는 고모를 잃은 슬픔을 하늘나라에서 재회할 고모로 받아들이며 내면의 치유를 모색한다.

단편 「엄마의 일기」는 작가의 유년적 체험이 여과 없이 반영된 작품이다. 이 작품 역시 죽음과 이별이 주서사를 이룬다. 은소의 엄마는 은소를 늦둥이로 보아 더욱 사랑스럽게 대한다. 은소가 귀엽게 잠든 사이 엄마가 은소 나이 때 겪었던 체험을 이야기해 준다. 은소의 엄마에게는 지방에서 간호사로 일하는 큰언니가 있었다. 그 큰언니는 은소 엄마를 무척 사랑해 주었는데 그 큰언니가 휴가를 얻어 집으로 돌아온 날 스스로 죽음을 선택한 것이다. 이것은 작가가 아홉 살 때 겪었던 언니의 실제 죽음을 소재로 취한 것이다. 이 체험은 작가에게 여러 작품에서 죽음과 이별 및 그리움의 문제를 다루게 된 계기가 되었다고 작가가 대담 인터뷰에서 밝힌 적이 있다. 이 죽음, 이별, 그리움과 같은 제재는 독자 층위에서 볼 때 연령상으로 청소년 이상의 인생에서 수용이 가능한 사유의 감정이기도 하다. 청소년 이하의 어린이층에서는 이 제재와 정서가 무겁고 난해할 수 있다. 그런데도 작가 백승자는 어린이층을 고려하여 어린이 화자를 내세워서 더욱 명료하고 단일한 서사로 엮어 작품화하였다. 즉, 어린이층의 눈높이에 알맞게 서사화하는 능력이 탁월하다는 의미로 평가가 가능하다. 또한 이러한 작가의 시도는 동심을 표현하는 소년소설에서도 얼마든지 인간의 원초적인 정서와 의식이 문학적으로 형상화 될 수 있다는 전형을 제시하고 있다는 점에서 의미를 부여할 수 있다.

은소 엄마가 겪은 죽음과 이별의 체험은 그녀를 한 단계 성장시키는 계기가 되기도 한다. 매정했던 아버지의 진짜 사랑을 이해하고, 사십 년 넘게 언니를 향한 사랑과 그리움을 가슴에 간직하며 사는 성숙한 삶을 보여준다. 그리고 무엇보다 그 사랑을 딸 은소에게 베풀어 주는 사랑으로 전환하는 모습을 나타냄으로써 대리적 공감의 과정을 그려 낸다.

### 4. 미적 진실의 실체

백승자의 문학은 앞에서 살펴본 바와 같이 인간의 원초적인 감성을 다루어 왔다. 죽음, 이별, 그리움, 사랑 등 순간의 감정이 아니라 인간이 생의 과정에서 필연적으로 겪을 수밖에 없는 가장 근본적인 감성이라는 점에서 그 무게감을 느낄 수 있다. 그러기에 구도적 자세로 글쓰기하는 작가라는 말을 붙일 수 있고, 그만큼 인내가 필요하고 고통이 뒤따를 수밖에 없음을 짐작할 수 있다. 그런 의미에서 치유라는 말이 정당해 보이며, 몸속에 있는 원기를 다 쏟아내는 작가임을 대담 인터뷰에서 확인할 수 있었다.

그의 문학 세계는 외적 지향의 차원에서 박애의 정신으로 타자애를 구현하고자 하였다. 내면적으로는 자기 치유의 차원에서 상황, 인물, 배경 등을 대리적으로 설정하여 공감적 감성을 이끌어 내면서 성장시키고 치유하는 것이 대표적인 특징이었다. 이 특징들은 백승자의 문예미학을 규정할 때 말할 수 있는 키워드이기도 하다. 즉, 표면적으로 드러나는 미적 실체라고 할 수 있다. 타자애를 실천하는 서사적 구성, 내면의 치유와 공감을 부각하는 서사적 구성은 때로는 슬픔의 미적 특질로, 때로는 아름다움의 미적 진실로 그려지면서 문학의 미적 효과를 드러낸다. 그렇다면 이러한 미적 효과를 가능케 하는 작가의 미 의식에 내재한 세계관과 원천이 무엇인지 그 이면을 들여다볼 필요가 있다.

백승자의 문학은 순수성 또는 천진성으로부터 출발한다. 작품에 배치된 인물의 성격, 행동, 사물을 바라보는 시선, 작품에 노출된 이미지, 등장인물의 생활 방식 등이 대체로 천진하고 순수한 양태로 표출되고 있다. 연령상으로 어린 인물의 설정 때문에 나타나는 현상이 아니라 작가가 의도적으로 이런 서사 장면을 연출한다. 이 순수하고 천진스러움은 동심의 개념에서 주로 언급하는 '어린이다움'에 부합하는 특징이라고 할 수 있다. 물론 그는 아동 서사를 주로 창작하는 문인이기 때문에 당연한 성향으로 볼 수도 있다. 그렇지만 다른 작가에 비해 백승자는 이 천진성과 순수함을 대부분 작품 기저에 내재하고 주요 서사를 구성해 나간다. 바로 이것은 그가 추구하는 미적 가치의 발로라고 생각한다. 박종순이 지적하였듯이 '단아함', '정갈함'이 작가의 문학에서 풍긴다는 것을 증명하는 뜻으로 받아들일 수 있다. 그리하여 작가 백승자의 정신과 문학의 세계를 두고 "찻잔 속에 피어나는 꽃잎"이라고 제목을 붙이기도 했다. 필자가 말하는 순수함, 천진함이란 꽃잎처럼 우화하면서 꾸밈없는, 그야말로 가식이나 가공이 개입할 수 없는 가장 깨끗한 정신세계를 가리킨다고 할 수 있다. 이것이 곧 박종순이 말한 '단아함', 또는 '정갈함'과 맥을 같이 하는 것으로 풀이된다.

백승자가 미적 원리로 구사하는 '순수함', '천진함'이란 성인의 세계로 대표되는 인위성 또는 가식적 의미와 차별된 개념이다. 즉, '순수함', '천진성'의 의미는 '어린이다움'의 정신과 통하는 것으로, 꾸밈없는 자연 그대로의 진실성과 결부된다. 어린이다움으로 대표되는 '순수함', '천진함'이 어른의 세계로 지칭할 수 있는 '인위성', '가공성'의 세계보다 더 진실하고 우위에 있는 가치라는 점을 강조하고자 하는 작가적 의도라고 할 수 있다. 이 순수함, 천진함의 가치는 인간 삶의 본질이 되며 때로는 어른의 세계에서 무의식적으로 자행되는 삶의 왜곡을 질타하고 변화시키는 힘을 지닌 것으로 작가 백승자는 믿고 있는 것이다.

「개구리야 미안해」의 주인물 종성이는 지극히 순수한 생각을 지닌 아이이다. 감기에 걸려 낫지 않자 지난 여름 외삼촌 댁에 가서 개구리 열세 마리를 잡아 닭에게 던져 준 것에 대한 죗값으로 생각한다. 그리고 잠을 자다가 그 개구리가 천장에 나타난 환시까지 경험한다. 결국 엄마 아빠의 위로에 의해 마음의 안정을 찾는다. 이것이 종성이로 대표되는 순수한 어린이다움의 세계라면 종성이 아빠는 어렸을 적 개구리 수백만 마리를 잡아 닭에게 던져 준 기억을 떠올리며 종성이 엄마하고만 공유하고 그 사실은 종성이에게 비밀로 하기로 한다. 종성이 아빠로 대표되는 은밀한 추억의 현재화는 앞에서 설명한 성인의 세계라고 할 수 있다. 어른의 세계가 비밀로 은폐되면서 어린이다움의 세계가 명징하게 돋보이는 결말이다.

「거실의 커다란 코끼리」도 순수하고 천진한 대응 방식이 확연히 드러난 작품이다. 결이네 가족은 명절을 맞아 할아버지가 계신 큰댁으로 향한다. 결이와 유학생 욱이, 그리고 결이 동생 현이가 다 모여 화목함을 즐긴다. 그런데 집을 나가 소식이 없었던 막내 삼촌이 다섯 살쯤 된 여자아이를 데리고 밤에 나타난다. 여자아이는 삼촌의 딸로서 다문화 가족의 모습을 띤 아이이다. 가족들이 모두 낯선 장면을 맞으며 긴장한 분위기를 연출한다. 누구 한 사람도 이 낯선 상황과 연유에 대하여 입을 떼지 않는다. 그런데 초저녁 일찍 잠들었던 현이가 아침에 일어나 새롭게 합류한 수지를 보고 자신과 다르게 생긴 모습을 지적한다. 게다가 엄마가 없다는 사실도 발설한다. 이에 수지는 할아버지가 허락만 하면 우리 엄마도 올 수 있다고 대꾸한다. 그러자 현이는 "할아버지, 들으셨어요? 빨리 수지 엄마한테 '와라' 그러세요. 얘도 엄마가 보고 싶을 거 아니에요? 아, 전화기 갖다 드릴까요?"(『아빠는 방랑요리사』, 52쪽)라는 말을 서슴지 않고 한다. 잠시 사람들이 긴장하는 듯하지만 현이의 언행에 큰아빠부터 폭소를 터뜨리며 굳었던 분위기가 웃음 속에 풀어지고 만다. 그리고 모두 아이들을 모아 한 핏줄임을 인정하며 사진을 찍는다. 여기에서 현이의 행동은 어린이다움의 순수함과 천진성을 보여주는 대목이다. 그 어느 누구도 함부로 말하지 못하는 사건과 상황이 바로 인위적으로 꾸며진 가식의 시간인 것이다. 이를 현이는 순수함과 천진함으로 가차 없이 깨뜨려 버린다. 권위적이고 가식적인 어른의 세계가 어린이다움의 순수한 세계에 의하여 철저하게 무력화 되는 현상을 보여준다. 즉, 현이로 대표되는 순수하고 천진한 세계가 어른들의 생각과 행동을 변화시키는 동력으로 작용하고 있다는 점에서 미적 가치가 창조되는 것이라고 생각한다.

「초록 지붕 위로 뜨는 해」의 희명이는 초록색 지붕으로 표시된 보육원 집에 사는 아이이다. 희명이가 「빨간머리 앤」 속의 앤과 같이 꿈을 갖고 성실하게 사는 모습, 보육원 동생 승명이가 고열에 시달리자 직접 돌보는 장면, 글짓기 대회에서 장원을 받고 희망을 키워 가는 대목들 모두 순수하고 천진함을 드러내는 서사에 해당한다. 특히 마지막 장면에서 하얀 눈이 내려 새해의 희망을 예견하고, 보라색 지붕, 주황색 지붕 등 모든 색깔의 지붕이 하얀 눈에 덮여 하얀색으로 통합되는 장면의 세계는 색채 이미지를 통한 순수성을 상징적으로 보여주는 대목이라고 해석할 수 있다.

이 작품과 유사한 것으로 「하얀 꽃수레」를 들 수 있는데, 이 작품은 일곱 살짜리 어린 시훈이가 중병에 걸려 세상을 떠나자 이웃인 유미가 슬퍼하는 내용으로 다소 비극적인 결말을 구성한다. 작가인 백승자가 많이 다루는 죽음과 이별의 구도가 부각된 작품인데, 앞에서 검토한 작품과 같이 하얀색의 색채 이미지가 상징적으로 드러나 있다. 시훈이가 떠나는 날 내리는 하얀 눈, 시훈이 꿈에 나타난 하얀색 새, 또는 하얀색 옷자락 등이 그것인데, 흰 눈을 꽃수레로 비유하여 시훈이가 그것을 타고 천사가 되어 하늘나라로 올라가는 존재로서 숭고한 이미지를 형상화하고 있다.

이 두 작품도 순수성과 천진성을 미적 가치로 표현하고자 한 작가적 의지의 투영으로 분석하기에 충분하다. 이처럼 백승자는 많은 작품의 이면에 미적 가치로서 순수함과 천진함을 내재시키면서 스토리를 전개시키고 있다는 점을 확인할 수 있다.

지금까지 동화작가 백승자의 작품에 반영된 문학적 특징과 작가 정신을 중심으로 개괄하여 보았다. 작가에게 창작 행위, 즉 글쓰기는 치열한 자기 성찰에 기반을 두고 이루어지는 작업으로 볼 수 있다. 그는 철저하게 자신의 체험적 삶과 결부시키는 일에 충실하였으며, 그가 생활 속에서 신념화하는 철학과 인생관을 오롯이 투영시키는 문학 활동에 진력해 왔다. 이러한 문학적 태도로 인하여 구도적 글쓰기라는 말을 과감히 사용할 수 있는 근거가 되며, 그의 올곧은 정신이 늘 작품 속에 배어 있으므로 치유적 글쓰기의 작가라는 호칭을 붙일 수 있었다.

그가 작품을 창작하는 데 있어서 미적 가치로 삼는 요소가 순수성과 천진성이라는 것을 앞에서 확인하였다. 모든 아동문학 서사에서 강조되는 개념이기는 하지만 백승자는 투철한 문학적 장인 정신과 동심관으로 작품을 한 땀 한 땀 빚어 냈다. 그는 이 미적 가치를 문학의 심층에 내재시킨 후 외적으로 타자애를 실천하고 확장시키는 서사, 또는 내면의 공감적 장면을 대리

시켜 자기 치유 및 성장을 꾀하는 서사를 완성하였다. 이와 함께 그는 독창성 있는 서사의 구성도 일부 작품에서 제시하기도 하였다. 그것은 작가 백승자가 체험적 측면에서 사유했던 모성성을 변주시켜 다양하게 표출한 것을 말한다. 그가 생각하는 모성성은 지고지순한 사랑의 존재로서 올곧은 심성과 강인하고 한없이 인자한 보살과 같은 여성성을 그려 낸다는 점이다. 특히 새엄마의 전형을 새롭게 보여주는 것을 주목할 수 있는데, 고전적 새엄마(계모)의 전형을 탈피하여 새엄마도 그가 사유하는 모성성의 범주에 포괄하는 의미로 창조적 전형을 제시한다는 것이다. 이러한 의미에서 백승자는 작품의 편수와 문단 경력에 가치를 부여하는 작가가 아니라 한편 한편의 작품 속에 구현하고 있는 문학적 세계와 작가 정신에 높은 가치를 두고 독자의 가슴에 감동으로 스며드는 감성의 문학인이라고 규정할 수 있다.

# 동화(童話) 너머 동화(動話) 그리기
- 백희나론

기도연(문학평론가, 문학박사)

## 서사(敍事)를 그리다

백희나는 2004년에 『구름빵』을 발표하며 문단에 나왔다. 당시 하늘의 구름을 따다 반죽해 빵을 만든다는 상상력에 입체 기법을 입혀 발표한 『구름빵』은 새롭고도 놀라웠다. 그 후 발표한 그림동화들로는 『북풍을 찾아간 소년』(2007), 『분홍줄』(2007), 『이상한 손님』(2008), 『달 샤베트』(2010), 『장수탕 선녀님』(2012), 『어제저녁』(2014), 『삐약이 엄마』(2014), 『꿈에서 맛본 똥파리』(2014), 『이상한 엄마』(2016), 『알사탕』(2017), 『나는 개다』(2019), 『연이와 버들 도령』(2022) 등이 있다.

연속 발표하는 내내 새로움과 놀람은 줄곧 이어졌다. 평소 애니메이션에 조예가 깊었던 백희나는 그림만 그린 동화로 『비 오는 날은 정말 좋아!』(2005), 『팥죽 할멈과 호랑이』(2006), 『사시사철 우리 놀이 우리 문화』(2006), 『빵빵 그림책 버스 1, 2』(2008)들도 선보여 이 역시 인기를 얻었다. 모두 참신한 기법을 바탕으로 명랑한 동심의 세계를 구축해왔다.

20년 가까이 활동한 백희나가 거둔 성과는 적지 않다. 그가 거둔 제 일 성과는 침체를 벗어나지 못했던 당시 아동문학 출판시장으로 독자를 불러 모은 것이다. 어린이를 제 일 독자로 삼는 그림동화가 어린이는 물론 어른들까지도 열광하게 만들어 독자층의 외연을 넓힐 수 있었다. 등단작 『구름빵』의 경우는 원텍스로써의 성공에서 그치지 않고 이어 2차 콘텐츠를 생산

하는 데까지 발전한다. TV만화영화와 애니메이션으로도 창작돼 부가가치를 창출하기에 이른다.[1)]

백희나는 이와 함께 국제적으로 한국 아동문학의 위상을 높이기도 했다. 2005년에 '볼로냐 국제아동도서전에서 올해의 일러스트레이터'로 선정되었고, 2018년에는 일본판『알사탕』으로 '제11회 MOE 그림책서점대상'을 수상하는 쾌거를 이루었다. 2020년에는 아동문학계의 노벨문학상으로 불리는 '아스트라 린드그린'상을 수상해 개인적으로도 국가적으로도 명예를 드높였고 한국 아동문학의 지평을 넓히기도 했다.

백희나가 발표한 13편의 그림동화들(위에 열거한 그림만 그린 동화들은 제외)은 대체로 '판타지 동화'와 '패러디 동화' 두 장르로 분류할 수 있겠다. 밑도 끝도 없는 상상의 세계를 보여주는 판타지 동화로는『구름빵』,『분홍줄』,『달샤베트』,『어제저녁』,『삐약이 엄마』,『꿈에서 맛본 똥파리』,『알사탕』,『이상한 손님』,『나는 개다』들이 있고, 전통 설화를 원텍스트로 삼아 변형시킨 패러디 동화로는『북풍을 찾아간 소년』,『장수탕 선녀님』,『이상한 엄마』,『연이와 버들 도령』들이 있다. 모두 그림동화 특유의 흥미로운 주제, 단순하고 평이한 플롯, 익숙한 갈등, 특수한 그림 기법들이 혼재돼 있다.

그동안 백희나의 작품 세계는 주제적인 측면보다 기법적인 측면으로 더욱 평가받았다. 그의 동화들이 그림동화이고, 특히 입체적인 그림들의 미학적 성취가 크기에 기법적 평가를 받을 수밖에 없었던 점을 감안해도, 동화의 근본 속성을 고려한다면 지나친 감이 있다.[2)] 백희나 그림동화에 나타

---

1) 백희나는『구름빵』출판 당시 출판사와 (본인의 주장에 따르면) 불공정 계약을 맺는다. 당시 맺은 계약이 원작자로는 인정되고 저작자로는 결코 인정되지 않았다. 이후 생산된 2차 콘텐츠들에 대해 어떠한 권한도 발휘하지 못했다. 애초에 백희나가 원작자로서 의도하고 고집했던 부분을 넘어서서 출판사 의도대로 변질되는 현상에 고심하며 안타까워 할 수밖에 없었다. 법적 소송을 시도했으나 패소하고 만다. 백희나는 불공정 계약이었음을 세상에 알렸고, 출판사는 수익이 정당했음을 주장하는 가운데 양측이 과열되기도 했으나, 그 결과 역설적이게도 백희나는 원작자로서의 권위는 더욱 인정받고 높아지기도 했다.

2) 아동문학을 주제로 연구한 학위 논문들은 일반문학을 주제로 삼은 경우보다 양적인 면에서 아직까지도 현저한 차이가 있다. 그런데다 권혜경(단국대학 박사학위)을 포함해 적은 연구 결과물들마저도 탈근대적 징후를 배경으로 한 기법적 측면의 연구가 대부분이었다.

난 생태 의식을 '다양성의 존중, 연대를 통한 공동체 형성, 순환을 통한 지속 가능성의 모색, 모성성의 구현' 등 모두 4가지로 분류한 생태주의 측면의 주제적 평가가 있긴 하다.[3] 그러나 대체로 서사는 빠진 그림에 중점을 둔 평가들이 주류를 이루었다.

그림동화를 '그림'과 '동화'로 분리해 각각을 독립시켜 보자. 그림과 동화. 둘 중 어디에 방점을 찍어야 할까. 어디에 무게중심을 둘 수 있을까. 아동문학이 서사문학임은 불변의 진리이고, 그림동화는 아동문학의 하위 장르이므로 그림동화도 분명 서사문학이다. 라깡은 인간이 언어로 명명된 상징계에 진입하면서 이탈한 수많은 사고 체계를 실재계에 이탈시켰다고 말한다. 지금 이곳에 존재하지 못하는 무수한 대상들이 저너머 실재계에 쭈그린 채 박혀 있는 셈이다. 이를 문학으로 확장시켜 보자.

근대문학은 일반문학(성인문학)을 상징계에 진입시키면서 아동문학을 실재계로 밀어 냈다. 근대는 아동을 발견하기는 했으나 아동을 세계의 중심에 세우긴 힘에 겨웠던 것이다. 그 결과 아동문학은 주류의 문학이 되기 어려웠다. 또한 근대문학은 플롯을 상징계에 진입케 하면서 판타지를 실재계로 배제시켰다. 플롯은 완전해야 하고, 인물 사건 배경이 빈틈없이 직조되어 움직여야 하고, 인간 중심 사고를 발현시켜야 했다. 현실 너머 보이지도 들리지도 가 보지도 않은 세계나 말도 안 되는 맹랑한 구성의 이야기나 인간과 자연이 병립하는 이야기들은 모두 아동문학이라는 이름하에 실제계로 이탈시켰다. 근대문학은 아동문학의 평가 잣대마저도 바꿔 버렸고, 아동문학의 허점투성이 서사보다 그림에 방점을 찍기에 이른다. 그런 자장 안에서는 백희나를 미학적 기법에 기대어 평가할 수밖에 없었다.

백희나가 문단에 나온 2000년대는 아동문학의 지형도가 이미 달라진 때이기도 하다. 판타지 동화의 강세와 성인동화의 장르 정착 등 그 열기는 가

3) 조유정, 『백희나 그림책에 나타난 생태 의식 연구』, 공주교육대학교 교육대학원 석사학위 논문, 2022.

히 폭발적이었다고 할 만하다. 이런 현상이 가능한 데는 각종 신인 등단 무대를 통해 가공할 만한 상상력을 지닌 훈련된 작가들이 대거 등장했기 때문이다. 그들이 일으킨 판세의 변화가 바로 그림동화의 단일 장르로써의 고착 현상이다. 포스트모더니즘 기법을 배경으로 한 그림동화는 독자의 호응과 인기를 얻는 차원을 뛰어넘어 아동문학의 대표 장르로 인식하게끔 했다. 아동문학의 하위 장르인 그림동화가 가히 장르 전복 현상을 일으켰다고 평가할 만하다. 이는 역설적이게도 서사의 귀환에 불을 당기기에 이른다.

이제 근대문학 속 실재계에 있던 탈근대적 속성들은 포스트모더니즘의 탈을 쓰고 귀환하고 있다. 이는 바로 서사의 귀환을 당기고 있음이다. 나병철은 "서사는 허구의 형식을 지니더라도 합리적 지시 대상을 넘어서서 실재계에 접촉한다. 실재계는 아직 우리의 일상이 되지 않는 곳이며 미지의 장소라는 잔여물이다. (… 중략 …) 그곳은 우리가 합리적인 세계에서 잃어버린 어떤 것이 남아 있는 곳이기도 하다. 이런 상황에서 우리가 합리적 세계의 구멍(문제점)을 통해 그 잃어버린 것이 남겨진 공간에 들어서려는 운동이 바로 서사이다."[4]라고 말한다. 이는 아동문학에도 통용될 수 있는 것으로 아동문학의 기본 성질인 환상성을 근대문학의 관점에서 서사로 이제야 인정하기 시작했다고 할 수 있다. 아동문학의 환상을 서사로 인정하기 시작했고, 개작과 변형의 기법을 표절과 모방이 아닌 창작 기법으로 인정하기에 이른다. 이제 탈근대문학으로써 그림동화는 동화에, 곧 서사에 방점을 찍어도 될 듯 싶다. 그림에서 서사로 자연스럽게 무게중심을 옮긴다.

백희나는 동화 곧 서사를 그려 왔다. 그는 자연물 하나도 대수롭게 보지 않는다. 그는 친근한 애완동물들에게 다가가 말을 건다. 가족의 외연도 일상도 평범하지만은 않다. 전승하는 옛이야기에도 귀 기울인다. 변주된 이야기를 만들어 내는 솜씨를 발휘한다. 판타지와 패러디가 기법으로 활용됐을

---

4) 나병철, 『소설의 귀환과 도전적 서사』, 소명출판사, 2012, 88쪽.

뿐 그가 보여준 세계들은 이미 서사로써 탄탄하다. 서사가 탄탄하니 그림도 탄탄할 수 있었다. 이제 그림동화도 동화로써 갖고 있는 서사적 성질을 그림 앞으로 귀환하게 해야 한다. 실제계로 이탈한 서사를 불러 낸 그림동화 작가 백희나는 등단 이후 줄곧 충실히 서사를 그려 왔다고 할 수 있겠다.

## 환상을 읽다

우리문학이 환상통[5]을 앓기 시작한 지는 이미 오래다. 환상은 플롯도 온전하지 않게 만들고, 인물도 엉뚱하게 행동하게 한다. 불완전하고 엉뚱한 성격은 아동문학의 단순성에 부합한다. 이 지점에서 근대문학이 말하는 서사문학의 구성 단계는 의미를 발휘하지 못한다. 절정에서 그냥 결말로 마무리 짓기도 하고, 중요한 인물임에도 전후 설명 하나 없이 불쑥 등장하여 훼방을 놓는다. 인과관계 또한 불분명하다. 배경은 더 말할 나위 없다. 한부모 가정이라면 아빠(엄마)는 왜 없는지, 아빠(엄마)가 없으면 왜 엄마(아빠)하고만 사는지 말해 주지 않는다. 장소가 갑자기 바뀐 이유도 시간을 거슬러 과거로 간 까닭도 설명해 주지 않는다. 왜 그럴까 의심하지 않으며, 의심할 필요도 없다. 의심은 곧 환상으로 대체되어 이해를 돕는다.

근대문학은 엄숙하다. 문학은 곧 '행동'이기도 했다. 현실의 부조리에 맞설 수 있어야 하고, 심지어 세상을 바꾸는 데 문학이 기여해야 한다는 믿음을 지니기도 했다. 플롯도 엄숙하다. 곧 치밀하고 빈틈을 찾을 수 없어야 했다. 인물도 엄숙하다. 개성이 강하고 입체적이어야 한다. 배경도 엄숙하다. 반드시 눈에 보이는 현실이어야 한다. 능란한 사건 진행을 위해 복선은 여기저기 숨어 있어야 한다. 그런 까닭에 근대문학 속에서 아동문학은

---

4) 나병철, 『소설의 귀환과 도전적 서사』, 소명출판사, 2012, 88쪽.

방황할 수밖에 없었다. 플롯은 허점이 많았고, 개성 없는 인물이 다수였고, 심성이 착한 나약한 인물만 즐비했다. 배경은 늘 그렇듯 현실 너머 비현실적인 세계를 넘나들었고, 복선 따위는 중요치 않았다. 교조주의적인 영향에서 자유로울 수 없었던 탓에 키 작은 아이들이 등장하는 경직된 오이디푸스 문학이 돼 버렸다. 차세대 국민인 어린이를 위한 양서를 배출해야 한다는 사명감으로 인해 권선징악의 주제를 벗어나기 어려웠다. 이 같은 경직되고 엄숙한 분위기에서 환상은 존립하기 어려웠다. 이제 탈근대로 진입하면서 비로소 환상은 생명력을 획득한다.

백희나의 그림동화에서 환상은 독법(讀法)을 제시한다. 환상은 그냥 읽으면 된다고 말한다. 개연성을 찾기 어렵고, 모순과 허점이 눈에 보여도, 설명 하나 없이 불친절해도, 환상은 그냥 독법(讀法)으로 활약한다.

백희나는 등단작인 『구름빵』에서 자연물과의 대화를 시도한다. 비가 많이 내린 날 잔뜩 물을 먹어 무거워진 구름이 나뭇가지에 걸린다. 주인공은 구름을 따다가 엄마에게 주고 엄마는 구름에 계란과 설탕 등을 넣어 반죽해 오븐에 구워 낸다. 구름빵이 완성된 것이다.

> 우리 집 지붕 위에 살짝 내려앉았어요.
> 비가 그치자 하늘에 흰 구름이 하나둘 떠올랐어요.
> "있잖아, 나 배고파." 동생이 말했어요.
> "하늘을 날아다녀서 그럴 거야. 우리, 구름빵 하나씩 더 먹을까?"
> 동생과 나는 구름빵을 또 먹었어요.
> 구름을 바라보며 먹는 구름빵은 정말 맛있었습니다.
>
> –『구름빵』 부분

구름빵이 완성되는 사이 급히 출근한 아빠에게 둥둥 떠올라 구름빵을 전해 주고 돌아와 남매는 구름을 배경으로 지붕 위에 앉아 구름빵을 먹고 있다. 어떻게 구름으로 빵을 만들 수 있으며, 구름빵을 먹고 둥둥 떠올라 날아다닐 수 있는지, 동화는 구석구석 설명해 주지 않는다. 환상은 그냥 읽으라고 말한다. 재미있으면 그만이라고 말한다.

『달 샤베트』는 전작 『구름빵』에서 시작한 자연물과의 대화를 심화시킨다. 무더운 여름날 에어컨과 선풍기를 틀고 각자 집에서 잠을 자고 있다. 이때 얼마나 무더운지 달마저 녹아 물이 되어 뚝뚝 떨어진다. 부지런한 반장 할머니가 고무대야에 받아서 집 안으로 가져와 샤베트 틀에 넣어 얼린다. 그 순간 정전이 되면서 무더위에 잠을 못 이루고 이웃들이 하나둘 밖으로 나온다. 반장 할머니는 어둠 속에서 서성이는 사람들에게 샤베트를 하나씩 나누어 준다.

> 달 샤베트를 먹고 나자 더위가 싹 달아나 버렸습니다.
>
> 그날 밤 이웃들은 선풍기와 에어컨을 끄고 창문을 활짝 열어 둔 채 잠이 들었습니다.
>
> 모두모두 시원하고 달콤한 꿈을 꾸었습니다.
>
> – 『달 샤베트』 부분

사람들은 달 샤베트를 먹고 변화하기 시작한다. 에어컨과 선풍기를 켠 채 문을 꼭꼭 닫고 각자의 집에서 잠을 자던 사람들은 자연이 준 선물인 달 샤베트를 먹고는 에어컨과 선풍기를 끄고 창문을 활짝 연 채 잠이 든다. 고립과 단절을 풀고 자연과 동화된 친화적인 삶을 지향하길 바라는 작가의 의도가 아니었을까. 문명 비판적인 사고가 근저에 깔려 있다. 『달 샤베트』에서도 어떻게 달이 녹아 흘러 물이 될 수 있는지, 어떻게 그 밤 반장 할머니 집만 불이 켜지고 냉장고가 작동됐는지 역시 분석과 설명이 뒤따르지 않는다. 환상은 그냥 읽으라고 말한다. 공감했으면 됐다고 말한다.

백희나가 보여준 자연물과의 합일 정신은 동물로 시선을 돌린다. 인간 중심 사고로 인해 인간 저편으로 배재됐던 동물이 비로소 주체가 된다. 주체가 되어 주저하지 않고 당당히 행동한다. 그가 보여준 동물 의인화는 개, 닭, 똥파리, 토끼, 생쥐 등 다양하지만 고양이를 의인화한 『삐약이 엄마』가 돋보인다.

『삐약이 엄마』에는 '니양이'라는 악명 높은 고양이가 등장한다. 니양이는 작고 여린 동물들을 괴롭혔다. 어느 봄날, 암탉들이 모두 자리를 비운 닭장 앞을 지나가다가 탐스럽고 예쁜 달걀을 발견한다. 니양이는 놓치지 않고 날름 먹어 버린다. 그런데 하루하루 지나면서 니양이의 배가 차차 불러오는 것이다. 니양이의 뱃속에서 달걀이 자라나고 있었다. 마침내 니양이는 똥이 마려울 정도로 배가 아파 힘을 준다. 니양이는 똥이 아닌 작고 귀여운 병아리를 눈다(생산한다). 종이 다른 두 동물이 대항 관계에서 합일 관계로 발전하는 과정이 감동적이고 눈여겨볼 만하다.

> "내가 병아리를 낳았어!!!" 니양이는 너무나 놀라 뒷걸음질 쳤습니다.
>
> 갓 태어난 병아리는 어기적어기적 다가오더니 니양이 품속으로 파고 들었습니다.
>
> 당황한 니양이는 어찌할 바를 몰라 그대로 굳어 버렸습니다.
>
> 잠시 후, 니양이는 병아리의 작고 보드라운 머리통을 슬며시…… 핥아 보았습니다.
>
> －『삐약이 엄마』 부분

니양이와 삐약이는 이후 한시도 떨어지지 않는다. 니양이는 삐약이에게 음식을 찾아 먹이고, 찻길에서도 무서운 개 집 앞을 지날 때도 털을 꼿꼿이 세우고 보호해 준다. 결국 니양이는 악명을 떨쳐내고 '삐약이 엄마'로 성장하게 된다.

근대는 이분법적 사고를 양산했다. 이는 남성/여성, 서양/동양, 어른/어린이, 인간/자연(동물). 곧 주종 관계를 고착화한다. 인간에 의해 인간이 형상화한 동물의 세계는 약육강식의 세계였다. 몸이 작은 동물은 몸이 큰 동물에게 종속될 수밖에 없듯, 종과 종은 배타적이다. 그러나 백희나는 고양이와 병아리를 주종이 아닌 양립케 한다. 이게 가능한 것일까? 아동문학의 교조주의적 특성을 감안하면 어린이 독자들에게 고양이가 병아리를 생산하는 장면을 어떻게 이해시킬 수 있겠는가? 동물의 생리나 먹이사슬 같은 과학적 설명은 어디에도 없다. 역시 환상은 그냥 읽으라고 말한다. 감동할 수 있으면 다행이라고 말한다.

백희나의 환상은 어린이에게 친근한 소재를 대상으로 삼는다. 『알사탕』에서 어린이들이 좋아하는 사탕을 환상 도구로 활용한다. 매일 혼자만 놀던 동동이는 구슬치기를 하려고 새 구슬을 사러 문방구에 간다. 새로 산 구슬은 그동안 보지 못했던 알사탕이었다. 알사탕 다섯 개를 하나씩 차례로 먹을 때마다 동동이는 귀가 뻥 뚫리면서 안 들리던 이상한 소리를 듣게 된다. 평소에 앉아서 TV를 보던 소파가 말을 하고, 키우는 강아지의 목소리가 들리기도 한다. 아빠의 목소리가 들리면서 "하지마라, 하지마라!" 잔소리까지도 모두 들린다. 동동이는 연속되는 아빠의 잔소리가 싫어 복수를 결심하기도 하지만, "사랑해사랑해사랑해사랑해사랑해. 나도…." 아빠의 잔소리가 실은 사랑이었다는 것을 듣고 깨닫는다.

평소 아빠의 잔소리가 싫었던 동동이! 환상은 가족 구성원 간의 갈등도 해소해 준다. 동동이는 할머니의 목소리도 듣는다. 할머니는 학교 때 친구들을 만나 재밌게 놀고 있다며 동동이에게도 밖에 나가 친구들과 재밌게 놀라고 말해 준다. 이 지점에서 동동이는 자신의 목소리도 듣게 된다. 실은 혼자 노는 게 싫었던 것이다. 친구들과 함께 놀고 싶었으나 용기가 부족했던 것이다. 동동이는 타나토스를 떨쳐 낸다. 곧 행동으로 옮긴다.

프로이트는 인간의 내면에 잠재한 본능을 '에로스(eros)'와 '타나토스(thanatos)'로 나눈다. 에로스, 곧 '삶의 본능'은 긍정적인 에너지를 분출해 개인의 능력을 무한 발산하게 하고 사랑과 성취, 성공들에 곧장 도달하게 만든다고 한다. 그러나 타나토스 '죽음 본능'은 부정적인 에너지를 분출해 개인을 병들게 하고 시기와 질투 파멸에 도달하게 만든다고 한다.[6] 외톨이 동동이는 가엾게도 타나토스의 지배 아래 소심하고 정적인 존재로 그려진다. 『알사탕』의 동동이가 타나토스를 극복하고 에로스를 발산하기까지 그 과정을 지켜보는 재미 또한 크다.

동동이는 친구들에게 다가간다. 가엾은 오이디푸스 동동이. 어른들이 만들어 놓은 규범에 적응하지 못하고 스스로 혼자이길 즐겼던 오이디푸스 동동이는 세상으로 향한다. 백희나는 세상의 모든 오이디푸스들에게도 속삭인다. 절대 혼자가 아니라고. 스스로 세상으로 나가야 한다고. 세상과 소통하라고. 이렇게 환상은 갈등을 해소하고 행동하게 만들어 주지만 사탕이 어떻게 목소리를 들려주느냐고 설명해 주지 않는다. 역시 그냥 읽으면 된다고 말해 준다. 환상은 주제를 강화시키고, 단순성을 보완해 준다. 그냥 읽고 즐기라고 말해 준다.

## 동화(童話)는 움직인다

백희나의 그림동화를 설명하는 개념으로 (환상과 더불어) 패러디가 있다. 그의 패러디는 단순한 조롱조의 모방이 아니라 기존 텍스트와 어느 정도 거리를 둔 상태에서 상이성을 강조하여 새로운 차원의 의미를 창출하는 특징을 보여준다. 주제가 심화되는 것이다. 단순 표절이 아닌 변형(풍자, 비틀기)이 뒤따른다. 변형된 2차 텍스트를 생산하는 과정에서 비판과 화합이라는 2차

6) 프로이트는 이 같은 본능을 인류의 역사로 치환한다. 인류가 찬란한 문화를 꽃피운 때가 바로 에로스의 지배를 받은 때이고, 전쟁이 발발해 검은 그림자를 드리운 때가 바로 타나토스의 지배를 받은 때라 말한다.(H. 마르쿠제, 김인환 역, 『에로스와 문명』, 나남출판, 2004. 참고)

적 가치를 도출한다. 백희나는 『북풍을 찾아간 소년』, 『장수탕 선녀님』, 『이상한 엄마』, 『연이와 버들 도령』을 통해 다채로운 패러디를 보여준다.

아동문학의 탈근대성은 언제부터 어디서부터 찾을 수 있을까. 그동안 20세기 후반의 문학과 작가들에게만 해당되던 포스트모더니즘이 오늘날에는 봉건 시대의 패관문학으로까지 소급되어 어떤 특정 양상을 읽어 내려는 학구적인 노력이 곁들여지고 있다.[7] 이는 포스트모더니즘을 연대적 정의로 인식하기보다 표현 방식의 일종으로 파악하여, 포스트모더니즘을 초역사적 범주로서 어느 시대에나 존재하는 매너리즘의 현대적 이름으로 정의할 수 있게 했다.[8] 이는 특히 아동문학에 의미를 던져 준다.

혹자는 탈근대문학을 근대문학에 포함시키기도 한다. 탈근대적 징후들을 근대문학이 지닌 하나의 양상으로 파악하기도 한다. 특수 문학인 아동문학은 또 다른 양상을 보인다. 결론부터 말하자면 아동문학은 근대문학과 탈근대문학의 영역을 구분하는 데 큰 의미를 부여할 필요가 없다. 이미 아동문학은 탈근대적 특성을 처음부터 지니고 있었다고 할 수 있다.

1920년대 근대 아동문학 정립 이후 창작동화와 함께 동화의 두 갈래를 형성한 전래동화의 '재창작 기법'은 포스트모더니즘의 자장 안에서 설명이 가능해진다. 패러디는 원텍스트가 지닌 한계에 새로운 관점을 주입해 메타텍스트를 생산한다. 작가의 의도적인 왜곡으로 2차적 가치를 추구한다. 동화 분석 이론을 중심으로 규정한 동화의 특징 가운데 전래동화가 지닌 '전통서사 계승'과 '재창작 욕구'는 포스트모더니즘이 추구한 상호 텍스트성에 의한 '모방성'과 '유희성' 혹은 '놀이성'에서 멀지 않아 아동문학은 불완전하나마 처음부터 탈근대성을 획득할 수 있었다. 따라서 아동문학에서 패러디가 기법으로 작용하는 것은 낯설지 않다.

백희나의 첫 패러디동화 『북풍을 찾아간 소년』은 북유럽 여러 국가에서

---

7) 최유찬, 『문예사조의 이해』, 실천문학사, 2001, 491쪽.

8) 움베르토 에코, 이윤기 역, 『장미의 이름 창작노트』, 열린책들, 2002, 98쪽.

찾아볼 수 있는 설화에서 출발한다. 나라마다 주인공과 소도구가 바뀌어 표현되지만 소년이 시련에 봉착하는 기본 서사는 일치한다. 가난한 살림에 어머니와 죽을 끓여 먹으며 겨우 연명하던 소년은 죽 재료인 오트밀을 날려 보낸 북풍에 화가나 돌려받고자 길을 떠난다. 북풍은 오트밀 대신에 음식이 펼쳐지는 식탁보, 황금을 뱉어 내는 양을 주지만 돌아오는 길에 탐욕스런 여관 주인에게 모두 빼앗기고 만다.

> 소년은 식탁보와 양을 되찾아 집으로 향했습니다.
> 소년은 어머니 곁에 식탁보와 양을 내려놓으며 외쳤습니다.
> "식탁보야, 펼쳐져라! 한가득 먹을 것을 내놓아라!"
> "양아, 울어라! 한가득 돈을 내놓아라!"
> 맛있는 음식과 빛나는 금돈이 방 안에 가득 찼습니다.
> 소년과 어머니의 얼굴에 환한 웃음이 피어났습니다.
>
> –『북풍을 찾아간 소년』 부분

북풍은 마지막으로 소년에게 살아 움직이는 지팡이를 준다. 여관주인을 징벌한 후에 식탁보와 양을 되찾고 집에 돌아와 어머니와 행복하게 사는 장면이다. 백희나는 권선징악의 주제를 강화했지만, 사실 이 민담이 전해지는 나라들은 대체로 모험까지만 전한다. 마술을 부리는 소도구가 강조되고, 우당탕 충돌하고 끝나는 희화적인 여정이 전부이기도 하다. 백희나의 패러디는 원전에서 출발을 하되 반드시 변형을 추구한다. 영웅 서사 모티프와 권선징악 모티프는『북풍을 찾아간 소년』의 이야기성을 강화하고 살아 움직이게 만든다. 백희나는 다양한 모티프를 활용할 줄 아는, 서사를 구성하는 데 모티프의 역할이 얼마나 중요한지를 이미 알고 있는, 작가였다.

『북풍을 찾아간 소년』 발표 이후 줄곧 환상동화를 발표하던 백희나는『장수탕 선녀님』을 통해 우리 전래동화의 뿌리를 찾는다. 전래동화가 우리 아동문학에 원텍스트로 기능한 예는 한두 가지가 아니다. 동네에는 오래된 장수탕이라는 공중목욕탕이 있다. 엄마와 함께 목욕탕에 가서 우연히 선녀님을 만난다. 선녀는 날개옷을 빼앗겨 하늘로 올라가지 못하고 있다고 스스로 소개한다. 우리의 설화 〈선녀와 나무꾼〉의 선녀의 개성을 가져온다. 그리고 백희나는 패러디를 더한다. 원텍스트의 선녀는 천상 세계로 돌아가는 것이 제일 목표이기에 나무꾼에게 상처를 줄 수밖에 없었다면, 백희나의 선녀님은 어린 덕지의 곁을 맴돌며 나직이 소통한다. 덕지가 원하는 것! 선녀님은 마지막까지 친구가 되어 준다.

> 나는 뜨거운 탕에 들어가 때를 불렸다. 숨이 막혔지만 꾹 참았다.
> 엄마가 때를 밀 때도 눈물이 나려는 걸 꾹꾹 참았다.
> 드디어 엄마가 요구르트를 하나 사 주셨다.
> 나는 할머니께 요구르트를 드렸다.
>
> – 『장수탕 선녀님』 부분

덕지는 요구르트를 먹고 싶어 하는 선녀님을 위해 온탕에 들어가 몸을 불리고 피부가 벗겨져라 때를 밀어 보상으로 요구르트를 얻는다. 이걸 선녀님에게 준 것이다. 선녀님과의 소통을 위한 덕지의 노력이 눈물겹다. 이날 목욕탕에서 선녀님과의 놀이가 힘들었는지 덕지는 몸살에 걸리고 만다. 선녀님도 의리를 버리지 않는다. 엄마가 덕지의 머리 위에 갖다 놓은 대야 속에 나타나 덕지의 뜨거운 머리를 만져 준다. 어른과 어린이, 천상과 지상, 물과 땅이 합일하는 세계, 곧 디오니소스적 세계가 완성된다.

백희나가 창조한 선녀님은 텍스트를 뛰어넘어 『이상한 엄마』에도 등장한다. 『장수탕 선녀님』과 『이상한 엄마』도 개별 텍스트가 아닌 상호텍스트가 되어 주고 있는 것이다. 패러디는 원텍스트의 영역과 어느 선까지 소통했느냐에 따라 무게를 달리한다. 『이상한 엄마』의 맨 끝 장면에서 선녀님이 날개옷을 옷걸이에 걸어 놓고 떠나지만 날개옷을 찾으러 선녀님은 또 호호네 집을 찾아올 것으로 기대한다. 증거물을 남기는 기법 또한 패러디의 전형인 것이다.

백희나의 최근작 『연이와 버들 도령』은 설화 〈연이와 버들도령〉을 모티브로 삼고 있다. 그동안 〈연이와 버들도령〉을 원텍스트로 하여 개작한 동화는 수없이 많았다. 백희나는 백희나만의 변형을 가한다. 연이는 나이든 여인의 심부름으로 한겨울에 상추를 얻으러 산에 갔다 깊은 산속 동굴에서 버들도령을 만난다. 동굴 속은 천상계인 것이다. 나이 든 여인은 도령의 도움을 받아 상추를 얻어 온 연이를 의심해 이후 연이의 뒤를 밟는다. 연이와 도령의 만남을 보고는 동굴에 불을 질러 버들도령을 죽게 만든다.

> 연이와 버들도령 주위를 맴돌던 꽃가루는 무지개가 되어 하늘까지 이어졌어.
>
> 두 사람은 무지개를 타고 하늘로 올라갔어. 아마 그곳에서는 행복하게 잘살고 있겠지?
>
> 나이 든 여인은 어찌 되었냐고? 그야 나이가 들어 죽었지.
>
> 아무도 없는 곳에서 혼자서 말야.
>
> -『연이와 버들 도령』 부분

연이는 버들도령이 주었던 꽃 세 송이(살살이 꽃, 피살이 꽃, 숨살이 꽃)를 이용해 버들도령을 살린다. 살아난 버들도령은 연이와 함께 하늘로 올라간다. 백희나의 탈(脫) 〈연이와 버들도령〉 장치를 눈여겨볼 만하다.

백희나는 등장인물을 새롭게 설정한다. 원텍스트의 '계모'가 아닌 '나이 든 여인'은 『연이와 버들 도령』을 '계모 모티프'의 기능을 상실케 한다. 계모보다 더욱 잔혹할 수 있었다. 이는 마지막 개연성 있는 결말을 예고한다. 나이 든 여인이 혼자서 살다가 죽는다는 설정은 그 삶이 외롭고 고단했으리라 충분히 상상할 수 있게 만든다.

'계모 모티프'는 기능을 상실하나 '권선징악 모티프'는 유감없이 발휘된다. 여기에 하늘로 올라간 연이와 버들도령은 행복하게 살았다는 '결혼 모티프'도 변주된다. 백희나는 모티프를 활용해 패러디를 강화한 것이다. 앞서 『장수탕 선녀님』과 『이상한 엄마』가 상호 텍스트가 되어 주었던 것처럼 앞으로 패러디 동화 『연이와 버들 도령』도 다른 변형된 서사를 거듭 선보일 수 있을 것이다. 기존 텍스트를 바탕으로 새롭게 쓰면서 원작과는 다른 새로운 의미를 도출해 내는 이 과정을 백희나에게 거듭 기대해 볼 만하겠다. 백희나의 움직이는 동화를 만날 때마다 독자는 무한 즐겁다.

백희나는 고전 설화를 불러 낸다. 그 결과 변주된 텍스트를 생산한다. 생산된 텍스트는 다시 변주된 텍스트를 불러 낸다. 그때마다 서사를 비튼다. 서사의 결말은 늘 열려 있고 움직인다. 움직이는 동화(動話)를 얻을 수 있는 해답은 패러디가 갖고 있었다. 하나의 텍스트가 끝이 아니고 새로운 시작이라는 인식의 변화, 탈근대성의 제 일 특성인 '놀이성'으로 말해 줄 수 있겠다. 즐겁고 재미있으면 충분조건이 만족된다.

백희나에게 바란다. 독자들을 모이게 하고, 출판시장을 활기차게 하고, 번역 출판물로 세계인을 사로잡는, 이 모든 과정에 지금까지 재미가 넘쳐났던 것처럼 앞으로도 그의 동화와 동화를 둘러싼 배경에 재미가 더욱 흘러넘치기를 바란다. 키 작은 엄숙하고 경직된 동화(童話)가 아닌 다양한 스펙트럼을 발산하는 즐거운 놀이의 동화(動話)를 계속 만날 수 있기를 기대한다.

# 성장 과정에 나타나는 아동의 순수한 특성
## – 서석영론

김옥선(동화작가, 문학박사)

## Ⅰ. 들어가며

서석영[1]은 다양한 소재의 동화로 아동들에게 공상하고 추상하게 했다. 또 이야기를 통해 간접경험을 축적하게 한다. 특히 아동이 성장하면서 나타나는 심리적 변화와 그릇된 행위를 통찰하는데, 여러 방향의 아동특성을 동화적 산문으로 형상화하여 잘잘못을 지적한다. 옳은 일에 칭찬하고 욕을 하거나 그릇된 행태에는 심각성을 제기해 문제 삼았다.

이것이 동화의 주요 의의이고 조건과 목적에 해당함을 인식한 서석영은 아동들이 자라며 나타나는 순수한 특성을 미적으로 표현하고 구현했다. 먼저 서석영이 보여준 아동의 특성은 순수한 상상인데 이를 바로 실천에 옮겼다. 이러한 상상은 친구 집에서 잠자는 것으로 순수하고 엉뚱하나 동심에서 우러나오는 상상이기에 작가는 이를 바로 실천하여 아동의 호기심을 충족했다. 또 아동은 어른들의 칭찬에 약한 점을 고려해 내면화했다. 칭찬

1) 서석영은 전북 익산에서 태어나 남성여고를 졸업하고 대학에서 영문학을 전공했다. 작품집으로는『엄마 영어 레시피』(영교출판, 2011), 『욕 전쟁』(시공주니어, 2011), 『삐뚤어질 거야』(시공사, 2012), 『떡볶이 괴물 추태후』(꿈소담이, 2012), 『나랑 사귈래?』(꿈소담이, 2013), 『두근두근 거실 텐트』(창비, 2013), 『날아라 돼지 꼬리!』(산하, 2013), 『남자 친구가 유행이래』(바우솔, 2013), 『선생님이 네 거야?』(좋은책어린이, 2014), 『엄마는 나한테만 코브라』(바우솔, 2014), 『가짜렐라, 제발 그만해!』(바우솔, 2014), 『걱정 지우개』(바우솔, 2015), 『아홉 살 대머리』(바우솔, 2015), 『위대한 똥말』(바우솔, 2015), 『착한 내가 싫어』(바우솔, 2017), 『고양이 까페』(시공주니어, 2017), 『공부만 잘하는 바보』(바우솔, 2019), 『가족을 빌려줍니다』(바우솔, 2019), 『나를 쫓는 천 개의 눈』(내일을여는책, 2019), 『내가 그 악마입니다』(풀과바람, 2020), 『책도둑 할머니』(바우솔, 2020), 『엄마 감옥을 탈출할 거야』(바우솔, 2021), 『엄마 아빠는 전쟁중』(바우솔, 2021)을 썼고, 다수의 경제동화와 그림동화를 창작했다. 문학상으로 샘터문학상, 한국아동문학상, 방정환문학상을 받았다.

은 고래도 춤춘다는 말이 있듯 아동은 어른의 칭찬에 싫어도 싫은 내색을 못 하거나 거부하지 못하는 착한 아이 콤플렉스 전형을 보여주기도 한다. 마지막 특성은 자라나는 아동에게 가장 많이 나타나곤 하는 특성으로 욕설인데, 이를 아동의 위해요소로 보아 욕설 난무의 심각성을 문제 제기했다.

동화에 등장하는 인물은 다양하다. 성인이 등장하기도 하나 대부분 11~12세 아동[2)]이거나 유아가 주 인물이다. 특히 성장하는 과정에 있는 11~12세는 자아와 인격이 형성되는 단계로 중요한 지점으로 특정된다. 때문에 특별히 예민하기도 한 이때 직면한 문제는 심각하게 보아야 할 이유가 된다. 주지하듯 환경에 의해 형성된 자아와 인격은 어른으로 고착되기 때문에 높은 관심을 가져야 하는 거다. 따라서 서석영은 아동기의 교육을 특별히 중요한 지점이라는 인식하에 욕설이나 그릇된 비행 문제를 간과할 수 없는 중대한 문제로 보아 교육 역할의 중요성에 주목했다.

## Ⅱ. 때 묻지 않은 아동의 순수함

아동들의 생각과 정신은 본성적으로 깨끗하다. 그렇기에 맑은 샘물같이 깨끗한 무한 상상력을 끊임없이 발생한다. 서석영은 작품에 등장하는 인물의 순수함을 하나하나 나타냈다. 작품 『두근두근 거실 텐트』(창비, 2013)에서 서진이와 지현이는 서로의 집에서 잠을 자기로 한다. 이는 동심 가득한 아동 때 많이 갖는 상상인데, 서석영은 망설이지 않고 플롯과 구성에 이러한 상상을 돌입하여 바로 실천에 옮겼다. 작가는 많은 아동이 친구 집에서 잠자 보는 것을 상상하지만 이루지 못하고 상상만으로 그치는 데 주목했다.

2) 피아제 이론에 따르면 11세 이상의 아동은 이미 자아 중심적 사고를 하는 것은 물론이고 검증적 측면에서 과학적 사고를 한다. 이론에서 논리적이며 면밀한 추상적 사고를 하기에 이른다. : Ginsburg, herbert Popper Sylvla 공저, 김정민 역, 학지사, 2006.

지현이와 서진이는 집에 가서 조금씩 말에 살을 붙였다.

"엄마, 서진이네 엄마가 이번 토요일에 와서 자래요."

"엄마, 지현이네 엄마가 지현이 우리 집에서 자도 된다고 허락했대요."

– 서석영 『두근두근 거실 텐트』(창비, 2013), 28쪽.

시작은 이랬다. 같은 반 서진이와 지현이는 절친한 사이로 학교에서 돌아오는 길이다. 문제는 둘이 많은 이야기를 하느라 헤어지기 싫어서 집에 가지 못하고 있다. 서진이가 지현이 집까지 데려다주고 또 지현이가 서진이 집에까지 데려다주고를 반복하다가 서로의 집 중간 슈퍼 앞에서 오랫동안 만나지 못할 것처럼 손을 흔들며 헤어지기를 거듭한다. 이윽고 부모에게 말을 보태는 거짓말로 서진이 집에서 잠자는 허락을 받아 낸다. 두 친구는 부모님이 불편해할 것은 고려하지 않고 친구와 잠자며 밤새 이야기하고 새로운 체험을 한다는 생각에 즐겁고 행복하다.

부모는 누군가 집에 와 잠을 잔다는 것은 부담스러운 일이다. 집 청소하고 시장도 봐야 하는 등의 준비할 것이 많기 때문이다. 그러나 아동기 때 체험은 단순한 체험에 그치지 않는다는 것을 아는 부모는 어렸을 적 소중한 경험은 또 다른 경험이나 체험에 도전의식이 된다는 것을 알기에 손님맞이를 긍정적으로 이해하고 적극적으로 돕는다.

"으아악, 어떡해?"

"앞이 안 보여. 어서 빠져나가자."

지현이와 서진이는 서둘러 텐트에서 빠져나왔다. – 중략 –

그때였다. 서진이가 손뼉을 치더니 말했다.

"다용도실에 헌 텐트 있거든. 우리 그거 치고 자자."

– 『두근두근 거실 텐트』 52~54쪽.

지현이와 서진이가 잠자는 중에 텐트가 쓰러지는 소동이 일어났다. 두 친구는 몹시 놀랐으나 당황하거나 난감해하지 않는다. 오히려 서진이는 난감한 상황에서 벗어나려 문제의 해결점을 찾는다. 베란다 창고에 또 하나의 헌 텐트가 있다는 것을 기억하고 꺼내 온다. 서진이와 지현이는 전혀 해보지 않은 텐트 치기가 쉬울 수 없다. 그러나 어렵고 서툴렀으나 도전의식으로 텐트 치기를 마치고 잠을 잔다.

이 작품에서 주목할 점은 아동들이 순수한 생각으로 시작된 체험이었으나 수행 과정에 의도치 않은 난감한 상황에 부딪힌다. 여기서 두 친구는 절망하기보다 스스로 난항을 극복하고 해결하는 초월적 힘을 보여준다. 초월적 힘이라 말할 수 있는 것은 경험이 없는 두 친구에게 텐트 치기는 힘겹고 어려운 수행이기 때문이다. 따라서 두 친구에게 이 경험은 성장하는 데 힘이 되고 중요한 교육적 경험이 될 수 있다. 따라서 텐트 치는 경험은 작가가 의도한 채택된 숨은 도전의식이라 볼 수 있다. 두 친구에게 전혀 생각지도 못한 곤란한 상황에 이르게 하여 난감을 어떻게 해결할 것인가 하는 작가적 의도에 두 친구는 당황하기보다 힘든 상황을 스스로 해결했다는 점은 아동들에게 작은 성취의 충만감이 되고 호연지기를 키우는 심화된 수행이다. 또 친구 집에서의 잠자리는 결코 편안함만 있는 것은 아니라는 것을 체득하게 한다. 또 텐트가 쓰러지면서 어두웠던 거실 환경은 무섭고 이질적이었을 테지만, 두 친구는 새로운 세계를 만나 어려운 상황을 스스로 잘 해결했을 뿐 아니라 자신감을 얻는다. 또 두 친구는 친구 집에서 자는 것이 재미있을 것으로만 상상하다가 뜻밖의 사건에서 기지를 보이기도 했다.

다음은 서석영 작품 『착한 내가 싫어』(바우솔, 2017)에서는 착하고 수동적인 아동이 등장한다. 등장인물 소연이는 착한 아이로 어른들의 칭찬에 말을 안 듣고 싶어도 거절하지 못하는 착한 아이 콤플렉스를 갖고 있다. 선생님이나 엄마 말을 마음속에서는 거절하고 싶으나 거절하지 못하고 어쩔 수 없이 말 잘 듣는 착한 아이이다.

"고기도 없고 햄도 없고, 내가 싫어하는 것뿐이잖아."

은혁이가 투정을 부릴 만도 해요. 시금치나물에 당근볶음, 양배추절임까지 채소 반찬뿐이었으니까요.

"왜 그러고 있어. 어서 먹어 채소가 몸에 좋은 거야."

"싫어요. 난 이런 거 안 먹어요." – 중략 –

"얼마나 좋아? 우리 소연이는 음식도 가리지 안 가리고."

엄마가 이렇게 말하자 안 먹을 수가 없었어요. 시금치나물을 먹고, 기름에 볶아 미끈거리는 당근볶음은 씹지도 않고 삼켰어요.

– 『착한 내가 싫어』(바우솔, 2017), 18~20쪽.

소연이는 동생처럼 솔직하지 못하다. 양배추가 몸에 좋다고 강조하는 엄마 말을 거부하지 못하고 방귀 냄새나는 양배추절임을 입에 넣는다. 엄마는 은혁이에게 보란 듯 소연이를 폭풍 칭찬하며 착한 아이를 강조한다. 은혁이는 고기반찬이 없는 밥상이 싫어서 싫다고 말했을 뿐인데 누나만 예뻐하고 자신은 미워한다는 생각이 들어 숟가락을 던지듯 내려놓고 제방에 가 소리 내어 운다.

엄마가 의도한 것은 아니었으나 착하다는 말로 소영이를 거절하지 못하는 아이로 몰고 있다. 엄마가 실망하지 않게, 또는 엄마가 싫어할까 봐 토할 것 같이 싫은 양배추절임을 먹는 소연이의 착한 아이 콤플렉스는 학교에서도 다르지 않다. 말썽쟁이 진욱이와 짝이 되고 싶지 않았으나 착하다는 선생님 칭찬에 거절하지 못하고 '네네' 병에 걸린 아이가 된다. 반면 친구 채원이는 진욱이와 짝이 되라는 선생님의 제안에 "선생님 죄송하지만, 전 안 될 것 같아요."(『착한 내가 싫어』 28쪽)라고 분명한 자세로 표명하는 데 반해 소연이는 마음속 생각과 다르게 선생님 요청을 받아들인다. 조별 과제에서도 비협조적인 친구들 때문에 소연이 혼자 과제를 마치고 수상을 한다. 친구들은 과제에 협조하지 않았으면서도 소연이 혼자 수상한 것에 못

마땅해 하며 도둑질이라 몰아붙인다. 이때 소연이 이면에 숨겨 있던 화난 목소리가 터져 나왔다. 욕으로 몰아붙이는 친구들에게 더는 참지 않겠다는 강한 의지를 표출한 것이다. 그동안 꼭꼭 가둬 두었던 마음속 감정이 한꺼번에 나왔다. 소연이 변화는 선생님은 물론 주변인들을 놀라게 했고, 소연이를 은근히 무시했던 친구들이 눈치를 보기 시작했다. 의사가 되기를 바라는 엄마 말도 반항하듯 거부한다. 가짜 피만 봐도 메슥거리는 소연이는 엄마의 강한 의지에 숨겨 놓았던 화를 폭발한다. "난 사람의 장기를 들여다보는 의사보다 사람의 표정과 몸짓을 그리는 만화가가 되고 싶어요."(『착한 내가 싫어』 72쪽) 소연이는 눈물을 흘리며 큰소리로 분명히 말한다. 그동안 오랫동안 속에 담아 두었던 말을 모두 쏟아내었다.

서석영은 아동의 순수함을 주제화하며 성장 과정에 여러 측면으로 나타나는 아동들의 심리를 들여다보았다. 심리적으로 결이 다른 아동의 특성을 드러내 아동들이 무엇을 원하는지 아동이 어떤 생각으로 어느 방향의 이상향을 꿈꾸는지 일상의 사건을 통해 방향성을 찾아간다. 아동에게 나타나는 착한 아이를 착한 아이로 보기보다 착한 아이 콤플렉스를 보이는 현상에 주목한다. 작가는 무조건 착하기보다 어떠한 부당하거나 불합리한 상황을 직면했을 때, 바로 직시하고 가리어 짚고 넘어가는 분명한 태도로 표명해야 한다는 제안을 던져 준다.

## Ⅲ. 아동기에 나타나는 혼란기와 특성

서석영은 아동들에게 가장 많이 나타나는 욕설의 심각성을 드러냈다. 주지하듯 동화는 다양한 세계를 보여주는 면면이다. 환상적 또는 경이로운 이야기의 다양한 주제로 아동의 상상을 돕는 한편 현실을 똑바로 보는 직시와 동시성의 일면으로 아동들의 욕설이나 비도덕적 행위를 우려하며 심각성을 지켜본다. 욕설 문제는 아동이 성장 과정에 흔히 나타나기도 하나 아동에게 욕설이 나타나는 데에는 원인과 근본이 있을 수 있다. 따라서 욕설 원인과 근본을 찾아 욕설을 못하게 차단하는 교육이 필요하다. 서석영은 이 같은 문제를 해결하기 위해 서사에 교육성을 내재하고 확장한다. 이어 발생한 문제를 현명한 교육자를 내세워 지적하고 숙고한다. 또 심각한 욕의 문제를 해결하고 지양하도록 하는데, 이를테면 동화의 내용으로 간접 경험을 안내해 반성하고 지향하도록 인도한다.

서석영 작품 『욕 전쟁』(시공주니어, 2011)의 등장인물은 11~12세 아동이 주인물이다. 작품에서는 아동들 사이에 자행되는 욕설의 심각성을 간과하지 않고 문제 삼는다. 욕설은 아동기 성장 과정에 위해요소가 되기 때문에 제때 해결하지 않으면 성장한 후 위해성이 고착하는 문제가 남는다. 따라서 성장 과정에 있는 아동에게 무엇이 옳은지 묻고 사고하는 모형이 될 수 있다. 피아제는 11세를 중심으로 이후 아동은 이미 '구체적 사실에 대해 가역적 조작'하고 사고할 줄 아는 인격체로 본다. 이것으로 서석영은 인지적 자아를 형성하고 자아 중심적으로 사고하는 인간으로 성장하기 위한 올바른 보육과 교육, 역할의 중요성을 동화를 통해 적시하고 있다.

새 학기가 시작되면서 나(지선이)는 아무 때나 욕하며 센 척하고 용감한 척하는 욕 대장 시구와 짝이 된다. 시구는 키가 커서 친구보다 머리 하나가 더 있고 친구들이 많다. 그 무리를 '최시구와 건달들'이라 이르고 패거리들은 욕 게임을 하다가 싸움을 벌이기도 한다. 이 말썽쟁이들을 가르치는 선생님은 검고 굵은 송충이 눈썹의 소유자로 화가 나면 더 크게 송충이처럼 눈썹을 꿈틀거린다. 이 작품에서 선생님 눈썹은 제자들에게 정의이고 화의 척도가 된다.

> "야, 이건 게임이잖아. 게임인데 왜 그래?"
> 영준이의 말에 시구가 벌떡 일어섰다.

"이 찌질이가 미쳤나. 병신 새끼가 어디서 지랄이야!" - 중략 -

"누군 누구야. 최시구와 건달들이지. 존나 싫어."

채린이는 '존나'를 입에 달고 살았다. 흑장미파 아이들도 단결의 표시인지 '존나' 없이는 말을 못했다.

"흑장미파, 존나 다 모여 봐."

- 『욕 전쟁』(시공주니어, 2011), 16~18쪽.

위의 작품에서 아동들 사이에서 욕설이 난무하다. 욕설로 팽창한 분위기는 여자아이들이라고 다르지 않다. 흑장미파라는 조직을 구성하여 몰려다니며 '존나'를 입에 달고 산다. 욕 잘하는 아이들은 끼리끼리 어울려 욕을 하고 그것이 나쁜 행위라는 것조차 인지하지 못한다. 욕먹은 아이는 처음엔 화를 내다가도 같이 웃고 떠들며 무엇이 옳은지 그른지 판단 기준과 인지 부조화에 이른다. 욕으로 시작해 소리 지르고 손이 나가 치고받는 몸싸움으로 이어지기도 한다. 순식간에 욕이 싸움으로 변질되어 사태의 심각성은 난감한 상황으로 치닫는다. 몇몇 학생을 빼고 찌질이, 개새끼, 병신새끼, 존나 등 욕설을 일삼는데, 이 같은 사태의 심각성은 아동이 바람직한 사회인으로 성장하기에 결함이 될 수 있기에 걱정과 우려를 낳는다.

"저 엉뚱이가 진짜. 나한테 공을 줘야지. 이 개똘아이야."

최시구는 욕설을 했다. 기분이 나빴지만 숨 가쁘게 경기가 진행되고 있어서 따질 수도 없었다. - 중략 -

"아까 너 금 밟고 던졌어. 이사기꾼아."

"분명히 밟았어, 짜식아. 사기 쳐 놓고 어디서 지랄이야.

- 위의 책 24~25쪽.

피구 경기 중 잡아먹을 듯한 욕설과 고함으로 운동장은 난장판이 되고,

호루라기 소리와 함께 야수 선생님이 송충이 눈썹을 크게 꿈틀거린다. 순식간에 성난 야수가 된 선생님은 화의 폭발을 막으려고 푸우푸우 입김을 토한다. 운동장 열 바퀴를 뛰는 벌을 주었으나 화가 진정되지 않는 선생님은 "피구를 입으로 하나? 그것도 욕으로 말이야. 어떻게 학생이 그렇게 심한 욕을 내뱉을 수가 있어? 너희들 평상시에도 그렇게 욕해?"(『욕 전쟁』, 29쪽)라며 바르게 자라야 할 제자들에 대한 걱정과 우려로 눈썹은 더욱 크게 꿈틀댄다.

욕에 충격받은 선생님은 욕 전쟁에 돌입하는데 투명의자 벌을 주고, 통돼지 벌을 주다 아이가 쓰러지는 사고가 발생한다. 선생님은 아이를 업고 보건실을 행해 뛰는 사태에 이르고 또 다른 벌칙을 고안한다. 자기가 한 욕을 이마에 써 붙이고 다니게 하고, 한 번 욕으로 백 번씩 욕을 노트에 쓰는 벌은 욕을 몇백 번씩 써야 하는 상황이 되고 미리 써 둔 욕 통장이 등장하기도 한다. 욕에 가면을 씌워 마음껏 욕하며 부끄럽거나 죄의식을 갖지 않기도 한다. 선생님은 욕의 심각성을 막아 보려고 벌을 주었으나 욕설은 계속되고 사태는 수습의 기미가 보이지 않는다. 선생님 눈썹은 점점 심하게 일그러지고 결국 부모 내방을 요청한다고 엄포를 놓게 되는데, 이에 "네? 학교에 부모님 오시라고 하면 저 아빠한테 죽어요. 선생님 한 번만 용서해 주세요."(『욕 전쟁』, 81쪽)라고 놀라면서도 욕은 수그러들지 않는다.

욕은 친구가 분양해 준 강아지를 '개' 자로 시작하는 이름을 지어 한바탕 소동이 일어나면서 아동들 사이에서 난무하던 욕이 진정 기미를 보일 것인지 의구심으로 연장한다.

> "개의 새끼니까 개새끼라고 이름 지은 거고 이름이 개새끼니까 그렇게 부른 거야. 그럼 개새끼를 '개아이'라고 부르냐?"
>
> 영준이도 화가 나는지 막 쏘아붙였다.
>
> "어떻게 그렇게 예쁜 강아지를 개새끼라고 부를 수 있어?"

강아지를 분양해 준 유지는 펑펑 울며 교실을 뛰쳐나갔다.

– 앞의 책, 102쪽.

'개' 자 들어간 욕을 달고 사는 영준이는 유지에게 분양받은 강아지를 개새끼라고 이름 지어 한바탕 소동이 난다. 유지는 울고불고하며 강아지를 도로 데려가겠다는 엄포를 놓고, 영준이는 강아지 이름을 다시 짓겠다며 데려가지 말라고 사정한다. 영준이는 욕이 나오려 하면 자신의 입에 테이프를 붙이겠다며 스스로 지양할 것을 약속한다.

시구와 영준이의 심각한 욕설의 근원은 따로 있었다. 그 근원지는 역설적이게 아동과 멀지 않은 관계인 아버지에게서 욕의 근원이 있었다. 절대적 존재 아버지에게서 욕의 근원지를 찾은 것이다. 토요일 날 반 대항 피구 결승 대회를 앞두고 아버지들이 모였다. 피구 연습을 마치고 아버지들은 피구 연습한 친구들에게 점심을 먹이기 위해 끌고 온 봉고차에 태웠다.

"싸가지가 없어. 왕싸가지야."

두 분은 계속 험한 욕을 했다. 뒤에 우리가 타고 있는 걸 완전히 잊은 것 같았다.

하지만 그리 놀라운 일도 아니었다. 운전대만 잡으면 어른들이 아무렇지 않게 욕하는 걸 자주 보았으니까.

내가 놀란 건 딴 데 있었다. 시구 아버지는 시구가 그렇게 해 대던 '싸가지'라는 욕을 하고, 영준이 아버지는 영준이가 해 대던 '개' 자 들어간 욕을 한다는 것이었다.

– 위의 책 109~110쪽.

부모의 합리적 태도와 도덕성은 사회인으로 성장하는 자녀에게 모범이 된다. 그러함에도 영준이와 시구 아버지는 모범성이 요구되는 단적인 모습을 보이며 친구들 앞에서 쌍스러운 욕을 서슴없이 한다. 시구와 영준이는 부끄러움과 당혹감에 다리를 떨고 머리를 긁적이는 불안감을 보이는데, 두 아버지는 눈치채지 못한다. 욕이 습관이 되고 일상이 되어 버린 두 아버지는 욕이 자녀에게 전이와 투사의 가능성이 있다는 것조차 배제한 채 욕설을 했다. 두 아버지는 서슴없이 욕하며 '부전자전'이라는 성어와 '그 아비에 그 아들'이란 우리 속담이 틀리지 않음을 증명한다. 부모를 보고 자란 시구와 영준이를 나무라기 이전에 부모의 무책임이 지적되고 부모나 교육자의 역할이 얼마나 중요한가를 환기하면서 부모에 의해 학습된다는 욕에 대해 두 아버지에게 일정 책임감을 묻는다.

## Ⅳ. 아동기는 어른으로부터 학습하고 모방하는 단계

서석영은 부모의 역할과 교육의 중요성을 상기하게 한다. 유아기를 비롯해 아동기는 어른으로부터 배우고 모방하기 때문이다. 서석영 작품 『두근두근 거실 텐트』에 등장하는 부모는 아동이 새로운 경험을 통해 많은 것을 배우기를 희망하며 적극적으로 지원을 아끼지 않는다.

『착한 내가 싫어』 작품에 등장하는 부모도 아이 생각이나 행동을 긍정적으로 이해하고 존중하는 현명한 태도를 보인다. 반면 『욕 전쟁』에 등장인물인 부모는 바람직하지 못한 태도를 보이는 몰각한 부모로 성찰과 지양이 요청된다. 따라서 바람직한 부모는 바른 태도와 바른 예를 본받게 하고, 아동이 올바른 자아와 인격이 형성될 수 있게 한다. 서석영의 세 작품에서 다행히 등장하는 선생님이나 부모 중에는 중립적이고 일관적 태도를 보여주어 교육 역할의 중요성을 인지하고 있다.

"그나저나 서진이와 지현이는 지금 얼마나 행복할까요? 저도 어렸을 때 친구 집에 가서 자고 싶었는데 못했거든요."

지현이 엄마 말에 서진이 엄마가 맞장구를 쳤다.

"어쩜 저랑 그렇게 똑같아요? 저도 늘 그게 소원이었어요."

– 『두근두근 거실 텐트』, 75쪽.

서진이와 지현이의 부모는 아동이 원하는 자유시간을 보내게 한다. 이들 부모는 아동기 체험의 다양성을 소중한 가치로 보고 아동 체험에 방해하지 않고 자리를 마련해 주었다. 부모마다 생각의 차이가 있긴 하나 서진이 부모는 자신은 경험하지 못하였으나 자녀에게는 그 현장감을 느껴 볼 수 있도록 뜻있는 체험과 아름다운 추억이 되기를 바란다. 하여 부모는 친구 집에서 소중한 체험이 되도록 텐트에서 잠을 재우고 텐트 앞에서 코펠에 아침밥을 짓는 수고도 마다하지 않는다. 이 모두는 자녀에게 소중한 시간과 추억이 되도록 강화하는 세심한 배려이다.

서진이와 지현이의 부모와는 다르게 시구와 영준이 아버지는 상반된 모습을 보여준다.

"아빠, 그만 좀 하세요."

욕쟁이 시구도 남이 욕하는 건, 특히 자기 아버지가 친구들 앞에서 욕하는 건 참을 수 없는지 소리쳤다.

"넌 가만히 있어. 네가 뭘 안다고 그래?"

"그럼. 애들은 상관할 일이 아니지."

두 분은 지금까지 한 욕으로는 성이 차지 않는지 경적을 울리고 괴물처럼 이를 악물곤 했다.

– 『욕 전쟁』, 111쪽.

아버지는 친구들 앞에서 주의해야 할 욕을 하고 있다. 아이들 앞에서 무엇이 잘못되었는지 인지하지 못하고 몰각한 상태이다. 아동은 어른을 보고 배운다는 학습 원칙과 모방 원칙을 인식만 하였어도 친구들 앞에서 민망한 실수는 하지 않았을 것이다. 그러나 이 지점에서 다행이고 우호적으로 봐야 할 것은 시구와 영준이의 태도이다. 자신의 부모가 잘못하고 있다는 사실을 인지하고 아버지의 모습에서 자신들을 돌아본다. 그러고 은연중 부모에게 받아 온 모방에서 일순 깨달음을 얻고 부끄러워하며 성찰한다는 것이다.

> 드르륵, 교실 문이 열리고 선생님이 들어오는데 숨이 멎는 줄 알았다. 덩치는 소처럼 큰 데다 괴짜이고 성격이 괴팍한, 그래서 '성난 야수'로 불리는 선생님이 우리 담임 선생님이 된 거다.
>
> –『욕 전쟁』, 9쪽.

선생님은 우려했던 '성난 야수'이거나 악명 높지는 않았다. 바른 자세와 자기 역할의 책임을 아는 인도주의자였다. 교육자로 합리적이고 훌륭한 교육의 지향성을 보여주었고, 특히 교육자로 가장 중요한 자세인 일관성과 중립적인 태도를 지녔다는 점이다. 욕을 일삼는 제자들을 교육하는 선생님으로 송충이 같은 눈썹을 크게 꿈틀대는 것으로 옳고 그름의 정의를 나타내고, 일관적이고 합리적 자세로 눈썹 꿈틀댐의 강도로 화를 대신했다.

서석영은 아동들 사이에서 일상화되었던 욕설을 이슈화하여 어른들 걱정과 우려의 문제를 지적했다. 욕설은 아동들의 성장 과정에 위화감을 조성하고 사회인으로 성장하는 데 위해요소가 되기에 중요하게 보는 이유가 된다. 자아와 인격이 형성되는 아동에게 나쁜 환경은 빠르게 지각되어 악영향으로 나타난다. 따라서 이때의 위해요소는 성장 후 다양한 나쁜 영향의 형태로 남기에 교육과 보육의 역할이 중요하다고 본다. 전문가에 따르면 욕하고 비행을 일삼는 아동을 즉각 인지하고 바로잡아 교육하면 사라지기도 한다 했다. 이것이 진정한 교육인 것이다.

## Ⅴ. 나오며

서석영은 동화 속에 아동기에 나타나는 특성과 현상을 작품 속에 드러냈다. 인간은 영아기에서 성년에 이르기까지 다양한 특성을 보인다. 피아제 인지이론에 따르면 아동기 11~12세는 스스로 옳고 그름을 판단하고 인지할 줄 아는 단계에 이른다 했다. 서석영이 동화에서 주목하여 나타낸 특성을 보면 다음과 같다.

아동기 특성 첫 번째는 아동들의 순수한 생각을 생각으로 그치지 않고 행동으로 실천했다. 부모들이 체험해 보지 못한 상상을 자녀에게 체험하게 하여 가치를 부여한 것인데, 그것은 자녀가 '친구 집에서 잠자기'를 체득하게 하는 것이다. 이를 실감 나는 체험이 될 수 있게 텐트를 꺼내고 코펠에 밥을 지어 먹이는 등 아동에게 소중한 체험의 가치를 높여 줬다.

또 하나는 아동에게 잘 나타나는 착한 아이 콤플렉스를 드러냈다. 아동은 성장 과정에 칭찬에 거부하지 못하는 특성이 있다. 엄마의 칭찬에 먹기 싫은 음식을 먹는다거나, 선생님 칭찬에 싫은 친구와 짝이 되어야 하는 등의 여러 모습을 보인다. 이러한 착한 아이 콤플렉스는 어느 순간 성장하면서 싫으면 싫다는 자기의 뜻을 분명히 표명하는 모습을 보이며 놀라운 변화를 보이는 점에 주목했다.

세 번째 서석영은 아동기에 일시적으로 나타난 비문화적 욕설을 동화의 외연에 내재화해 확장했다. 욕은 부모의 영향을 받아 모방하고 전이되어 나타남을 인식하고 지양을 요구했다. 또 아동이 '욕하고 거짓말'하는 고질적인 문제를 부각하여 교육자 역할의 중요성을 드러내기도 했다. 작품에서 선생님은 욕설 문제를 전쟁같이 대응하고 심각한 문제에 옳고 그름의 기준점으로 일관적인 태도와 중립적 자세로 문제를 현명하게 해결하는 기지를 보이기도 했고, 아동은 부모 욕설로 은연중 모방 된 자신들의 태도를 깨달아 성찰했다.

서석영은 아동에게 나타나는 특성을 동화로 확장해 아동들에게 간접경험과 공상의 단계에 이르도록 선한 영향력을 전했다. 아동의 호기심을 인정하고 지원해 주는 부모로, 칭찬에 거절하지 못하는 순수함을 적극적으로 이해하는 부모를 설정했다. 이 지점에서 무엇보다 교육 역할의 중요성을 환기하게 하고, 교육 역할에서 아동이 위해요소인 욕설이나 거짓말하는 문제에 합리적 조력자(선생님)가 간섭하여 아동 스스로 해결하고 성장하는 통로를 마련했다.

이상 서석영 동화의 외연으로 내재화한 아동기의 특성을 살펴보고 이해하면서 서석영 동화는 아동들에게 긍정적 메시지를 주는 교육자 이상의 파급효과를 준다고 보았다.

# 동물의 독립적 가치[1)]

## – 선안나 동화론[2)]

전영경(문학평론가, 문학박사)

### 1. 동물에 관한 인간의 시선

동물 윤리학자 피터 싱어(Peter Singer)는 『동물 해방(Animal Liberation)』[3)]에서 모든 동물은 존중받고 고통받지 않을 권리가 있다는 주장으로 동물의 권리에 대한 논의를 일으켰다. 동물의 고통을 줄이는 방안에 대한 다양한 논의는 아주 열악한 동물의 환경을 개선하는 등 동물의 삶에 작은 질적 변화를 일으켰다. 또한, 동물의 고통을 덜어 주는 것과 고통에서 완전히 벗어나게 해 주는 것에 대한 논의의 확장으로 인간 중심주의와 공리주의의 문제점을 다시 돌아보게 했다. 인간은 자신도 동물이면서 제멋대로 인간과 인간이 아닌 동물로 나누고 비교하였다. 공통점보다는 차이점을 부각하는 방법으로 인간은 위계질서를 확립하고 동물들을 인간의 도구로 삼았다. 동물은 인간과 같이 생명을 지닌 존재임에도 불구하고 인간에게 주는 이로움에 따라 가치가 매겨졌다. 동물은 식품이나 의료 연구, 애완동물과 같은 상품 등으로 인간의 목적을 위해 소비될 뿐이다.

---

1) 인간도 동물이다. 그러나 이 글에서는 논의의 편의상, 인간과 동물로 이야기한다. 이때 동물은 인간이 아닌 동물을 의미한다.

2) 이 글은 선안나의 동화 가운데 인간과 동물의 관계가 드러난 「초록 병아리, 아리」(『차돌이는 큰일났다』, 두산동아, 2001), 『엄마 나 여기 있어!』(효리원, 2003), 『삼거리 점방』(느림보, 2005), 「떡갈나무 목욕탕」(『떡갈나무 목욕탕』, 문원, 2008), 『부엉이 정령의 황금 깃털』(문원, 2010), 『삼식이 뒤로 나가!』(창비, 2011), 『고양이 조문객』(봄봄, 2017)을 대상으로 하며 이하 제목만 밝힌다. 우화는 인간에게 주는 교훈을 목적으로 하므로 제외하였다.

3) 피터 싱어(Peter Singer), 『동물 해방(Animal Liberation)』, 연암서가, 2012.

이러한 상황에서 선안나의 동화는 인간과 동물의 수직적이고 수평적인 관계를 다양하게 드러냄으로써 동물의 독립적 가치에 주목하게 한다.

선안나가 무심한 듯 펼쳐 놓은 동물들의 살아있는 일상은 죽은 동물에게 숨을 불어넣는다. 선안나 동화의 동물들은 좋아서 펄쩍 뛰고, 아파서 울고, 공포에 떤다. 모습을 감추기도 하며, 왜 자신들한테 그러냐고 악을 쓰며 따지기도 한다. 또한 자신을 돌봐 준 이에게 감사한 마음을 표현하려고 애쓰기도 한다. 그러한 동물을 보고 식탁 위에 오른 고깃덩어리의 육즙이나 육질의 부드러움, 신선함 따위를 생각하는 것이 아니라 모든 동물의 살아있는 일상이 어떠해야 하는지를 생각하고 실행하는 것이 바로 선안나가 인간과 자신의 욕망에 응전하는 방식이다.

상품이 아닌 동물의 살아있는 일상에 주목하는 것은 작가 선안나의 어린 시절 경험에서 비롯된 것으로 추측된다. 그의 동화 『엄마 나 여기 있어!』와 『삼거리 점방』, 그리고 『고양이 조문객』에 등장하는 동물들이 당연한 것처럼 온정주의 인간에게 돌봄을 받으면서 가족의 일원으로 살아가기 때문이다. 1970년대를 떠올리게 하는 배경은 인간의 풍요롭고 편리한 삶과는 거리가 멀다. 등장인물들은 모두 어려운 형편이지만 인간은 길에서 사는 고양이이든, 집 밖의 동물이든, 집 안의 가축이든 가리지 않고 가족처럼 대한다. 선안나가 어린 시절 고향에서는 가축도 집 밖 동물들도 그렇게 대하지 않았다며 이야기를 풀어놓는 것은 자연스러운 일이다.

가족과 같은 가축은 『엄마 나 여기 있어!』에 등장한다. 부모의 이별로 친조부모에게 맡겨진 순호는 태어나면서 어미 소에게 내쳐진 송아지를 외면할 수가 없다. 순호는 뜨거운 햇볕 아래 갓난 송아지를 괴롭히는 쇠파리들을 쫓으면서 부채질도 해 주지만 송아지는 커다란 눈으로 말끄러미 쳐다볼 뿐이다. 순호는 송아지가 불쌍하여 "넌 아무 잘못이 없어. 네 엄마가 나쁜 거야." 하고 화를 내기도 하고, "의사 선생님 말씀이 맞을 거야. 너의 엄마가 더위를 먹었거나, 잠시 신경이 예민해져서 그런 거야. 시간이 지나면 괜찮아질 거야. 기운 내."(37~38쪽)라고 위로하기도 한다. 송아지를 향한 순호의 위로는 자신도 엄마가 돌아올 때까지 씩씩하게 지내겠다는 약속으로 이어진다. 송아지와 순호는 서로 의지하며 일어서는 법을 배워 나간다. 할머니는 뿔로 할아버지를 들이박은 어미 소를 팔아 버리라고 하면서도 갓난 송아지 걱정으로 밤새 우리를 들락거린다. 할아버지는 쇠뿔에 받힌 상처를 열세 바늘이나 꿰맸으면서도 송아지를 낳느라 수고했다며 어미 소에게 콩과 보리쌀을 듬뿍 넣어 쇠죽을 쒀서 먹인다. 세심하게 주의를 기울이는 할아버지, 할머니의 돌봄에는 경제적 이윤을 넘어선 애정과 존중이 가득하다. 송아지가 걷기를 기다리다가 굶겨 어미젖을 먹여 보려는 할머니의 노력 역시 그러하다. 어미 소가 송아지를 거둘 기회를 주어 서로 정을 나누며 살아가도록 돌보는 것은 인간이 가축을 가족으로 대하는 마음이기에 가능하다.

『삼거리 점방』에는 동물을 식구로 대하는 혜오 스님이 등장한다. 주인공 붙들리는 혜오 스님에게 산속에서 혼자 외롭지 않냐고 묻는다. 혜오 스님은 솔새, 박새, 산비둘기, 다람쥐, 토끼 등 식구가 많아 외롭지 않다고 말한다. 식구라는 표현답게 혜오 스님은 헌식대 이야기를 한다. 헌식대는 뒤꼍 큰 바위로 새나 땅 위의 짐승들하고 음식을 나누는 공양돌인데, 새와 짐승들을 위해 매일 물과 양식을 올리다 보니 어느새 큰 쥐 한 마리와도 곁을 트게 되었다고 한다. 혜오 스님은 보다 보니 정이 들고 측은하기도 하여 어느 날, "다음 생에는 니도 이런 미물로 태어나지 말고, 더 좋은 몸을 받아서 태어나거라"고 했더니 다음 날 댓돌 위에 나와 죽어 있었다고 한다. 혜오 스님은 쥐가 자신의 말을 알아들은 것으로 생각한다.[4]

양식을 나누는 식구로 시작된 인연은 정을 나누는 것을 넘어서 진정으로 자신을 위하는 축언을 받아들일 정도의 관계를 형성하게 된다. 순간 혜오

---

4) 작가 선안나는 혜오 스님의 이야기가 법정 스님의 일화에서 빌려 온 것임을 동화에서 밝히고 있다.(『삼거리 점방』, 선안나, 느림보, 53쪽)

스님과 쥐 사이에 이루어진 정신적 교감은 함축된 많은 의미를 헤아리게 한다. 이야기에서 큰 쥐를 주인공 붙들이로 바꾸어도 무리가 없다. 이는 인간이 동물을 대하는 태도는 인간이 붙들이와 같은 장애인을 대하는 태도와 크게 다르지 않다는 것을 보여 준다. 혜오 스님에게 붙들이 역시 식구이다.

나아가 붙들이는 처마 밑의 제비, 헛간의 생쥐를 식구로 묶어 본다. 또 생면부지의 손님들을 식구로 묶어 본다. 그리하여 서로 마음만 연다면 다양한 구성으로 식구나 가족의 개념을 확장할 수 있다는 사실을 깨닫는다.

『고양이 조문객』은 마을 길고양이들을 돌본 함박꽃 할머니 방말련을 조문하는 고양이들의 이야기이다. 선안나는 "인간의 생활은 풍요롭고 편리해졌는데 동물의 삶은 어떨지"(「작가의 말」, 8쪽) 묻는다. 동물의 삶에 관한 관심은 동화에서 길고양이의 삶에 관한 관심으로 표현된다. 할머니를 기리면서 늘어놓는 길고양이들의 사연은 그들의 삶이 절대 녹록지 않음을 드러낸다. 비가 오나 눈이 오나 거르지 않고 물과 양식을 챙겨 준 일, 차에 치이어 죽어가는 고양이를 병원에 가서 치료해 주거나 죽은 고양이를 거두어 묻어 준 일, 개울가 토관의 깨진 틈새에 빠져 죽을 뻔한 새끼 고양이를 구출해 준 일, 새끼를 낳아 젖을 먹이는 어미 고양이에게 영양 가득한 양식을 챙겨 준 일 등등 동네 길고양이들은 모두 함박꽃 할머니의 돌봄을 받았다.

할머니는 아들이 틀니를 해 넣으라고 보내 준 돈을 다친 길고양이 병원비로 사용하고, 처음 길고양이를 입양한 인간을 위해 고양이를 돌보는 방법도 가르쳐 준다. 시골에서 홀로 작은 식당을 하는 넉넉하지 않은 살림이지만 동물들을 대하는 함박꽃 할머니의 진정성은 고양이만이 아니라 다른 동물까지도 조문길에 오르게 한다. 어떤 동물들에게는 조문길이 목숨을 거는 일이기도 하다. 특히 자신이 차에 치어 죽을 뻔하거나 가족이나 친구가 차에 치어 죽은 것을 지켜본 동물들에게는 큰 용기를 내야 하는 일이다. "사람이나 은혜를 모르지. 짐승이 은혜를 모르겠냥."(62쪽) 중얼거리며 큰 은혜를 입고 조금도 갚지 못했다는 사실에 고양이들은 더욱 용기를 내어 애도를 표한 것이다.

흔히 돌봄으로 인간에게 지나치게 의존하면 길고양이들은 길에서 살아남지 못할 것이라고 한다. 역으로 생각하면 그렇게 취약하므로 고려하지 않아도 되는 것은 아니다. 동물을 짐짝 취급하며 학대하고 버리는 것 역시 인간만이 하는 일이다. 함박꽃 할머니는 취약한 동물들에게는 더욱 주의 깊은 돌봄이 필요하다는 것을 알고 몸소 실천한 인간이다. 인간의 처지가 아니라 고양이들의 처지에서 그들이 원하고 필요로 하는 것을 알고 소통하려고 노력했다는 점에서 함박꽃 할머니의 돌봄은 훌륭하다. 동물에게 고통을 주거나 죽이는 것도 인간이지만 동물을 고통에 처하지 않도록 하는 것도 인간이라는 사실을 선안나는 상기시킨다.

아쉬운 것은 조문을 하러 가는 고양이들이 먼저 인간식 조문 예법을 행하고 그 뒤에 고양이식 조문을 하는 것이다. 조문에 나서기 전에 공동묘지에 사는 고양이 산신령 할아버지는 고양이들에게 살쾡이 나라에 가면 살쾡이 법에 따라야 한다는 말을 들어 사람 조문은 사람식대로 해야 한다고 말한다. 그래서 고양이들은 사람들이 분향소에서 꽃을 바치거나 향을 피운 뒤 영정 앞에서 두 번 절을 하고, 다음에 상주와 맞절을 한 뒤 간단한 위로의 말을 하거나 말없이 절만 해도 된다는 법을 익힌다. 그 뒤에 고양이들은 마음대로 노래를 하거나 춤을 추면서 자유롭게 작별 인사를 한다.(64~68쪽) 가는 곳의 법을 따라야 한다는 것은 인간 사회에서 통용되는 것이다.

물론 동물을 빌려 인간 예법을 아이들이 익히도록 하려는 의도였을 수도 있다. 그러나 갑자기 인간 예법을 동물에게 강제하거나 인간 예법을 동물 예법에 우선하도록 하는 것은 이야기의 자연스러운 흐름을 방해한다. 모든 동물이 동물 본성에 따른 삶을 살 권리에 따르면 고양이식으로 마음대로 노래하거나 춤을 추며 마지막 인사를 하는 것이다.

## 2. 실종된 동물의 권리

생명을 가진 모든 동물은 동물 본성에 따른 삶과 고통에서 벗어날 권리가 있다. 그런데도 인간에게 권리가 있듯이 동물에게도 권리가 있다는 것은 이해하지만 실제 동물의 권리는 인정하지 못하는 경우가 많다. 공장식 축산은 동물의 권리를 침해하므로 반대하지만, 전통식 축산은 허용한다거나 과학 연구를 위한 동물 사용은 반대하지만, 의료 연구를 위한 동물 사용은 허용한다든지 하는 일이다. 동물의 권리는 동물이 인간에게 이로움을 주기 위해 존재한다고 생각하면 동물은 영원히 고통에서 벗어날 수 없으며, 동물을 해하는 것에도 문제를 느끼지 못하게 된다. 특히 이러한 문제의식을 드러낸 동화가 선안나의 「초록 병아리, 아리」와 『부엉이 정령의 황금깃털』이다.

선안나의 동화 「초록 병아리, 아리」에는 색깔 병아리가 나온다. 어린아이들의 하교 시간에 맞추어 학교 교문 앞에 좌판을 벌인 병아리 장수는 노랑, 분홍, 초록, 주황, 보라 다섯 가지 색깔 병아리로 아이들의 주머니를 겨냥한다. 살아있는 병아리 가격이나 곡물인 모이 가격은 동일하게 500원이다. 주저하는 고은이에게 병아리 장수는 모이까지 합쳐서 500원에 초록 병아리를 팔아넘긴다. 고은이가 병아리 사기를 주저한 까닭은 병아리가 거의 다 금방 죽을 것이라는 엄마의 반대 때문이다. 색깔 병아리는 태어난 직후 염색제에 버무려진 수컷 병아리다. 양계장에서 부화한 수컷 병아리는 알을 낳을 수 없기 때문에 쓸모가 없어져 대량으로 이렇게 방출되는 것이다. 인간은 소중한 생명이 무책임하게 비윤리적으로 가볍게 다루어지는 것에 익숙해지고 있다. 인간에게 이용되는 상황에서 동물들은 우리에서 나오거나 도살당하지 않는 삶을 선택할 수 있는 자유나 능력이 없다.

초록 병아리, 아리는 사람들의 눈길을 끈다. 덕분에 으쓱해지기도 하는 고은이는 아리와 헤어질 위기에 처한다. 아리가 벼슬이 날 정도로 자라자,

엄마는 "마당으로 뒤뜰로 돌아다니면서 햇볕도 쬐고, 모래 목욕도 하고 흙 속의 지렁이랑 벌레도 잡아먹고, 풀이랑 씨앗도 쪼아 먹으면서 다른 닭들과 어울려 살게 해 주자."(21~22쪽)고 제안한 것이다. 전통 방식으로 닭답게 살 권리를 주자는 주장은 동물이 동물답게 살 권리를 위해 갖춰져야 할 사항을 생각해 볼 수 있다는 점에서 매력적이다. 그러나 정말 동물의 권리를 인정한다면 고은이가 할머니에게 아리 잡아먹으면 안 된다고 당부한 것처럼 살다가 도살당하지 않을 권리도 보장해야 한다.

『부엉이 정령의 황금 깃털』에서 동물들은 자신들을 납치하여 삶을 빼앗는 어둠의 정령을 만난다. 어둠의 정령은 낮에는 동물보호 운동을 하며 환경 단체에 기부금도 많이 내는 동물병원 원장으로 활동한다. 밤에는 본 모습인 문어로 변해 살아있는 동물들을 잡아다 인형으로 만들어 세계에 수출한다. 동물을 그대로 팔지 않고 인형으로 파는 것은 편리성과 수익성을 위한 것이다. 살아있는 동물을 팔려면 법적으로도 까다롭고 절차도 복잡하기 때문이다. 게다가 동물을 잡아다 만든 인형은 정교한 만큼 인기가 좋아서 비싸게 팔 수도 있다.

이렇게 이익에 눈이 멀어 자신이 수호해야 할 살아있는 동물의 삶의 권리를 빼앗는 어둠의 정령은 자본의 논리로 물건 취급되는 동물의 현재 모습을 드러낸다.

> 아저씨들이 갈색 승합차에서 들고 내리던 그 상자가 분명했다. 무엇이 들어 있나 하여 들여다보던 은하수는 질겁하여 뒤로 물러났다. 상자 안에는 갖가지 동물 모양의 쓰레기가 뒤섞여서 얼핏 보기에도 끔찍한 느낌이 들었다.
>
> 풍선처럼 부풀어 터진 거북 모양의 껍질, 반은 금속이고 반은 새까맣게 탄 거위 형상, 커다란 돼지머리에 생쥐 몸뚱이를 한 동물…… 온갖 기괴한 동물 형상이 상자에 가득했다.

"건설 현장에서 땅을 파다가 발견했답니다. 누군가 동물 실험을 했어요."
"그런 저게……?"
"어둠의 정령이 한 짓이죠."

–『부엉이 정령의 황금 깃털』, 60~61쪽.

어둠의 정령은 동물이 정령을 막을 힘이 없다는 사실을 이용하여 동물 실험을 하고 사체를 쓰레기로 버린다. 동물 실험 과정에서 동물들이 겪었을 두려움과 고통은 매우 컸을 것이다. 더구나 실험에 사용된 사체를 쓰레기는 어둠의 정령이 동물을 함부로 대했다는 것을 증명한다. 실험이 다른 동물을 위한 의료 연구이며, 이를 통해 많은 동물이나 인간들이 혜택을 받는다고 해도 동물을 해치는 것은 정당하지 않다.

선안나는 정령의 입을 빌어, 어둠의 정령이 돈을 좋아하는 이유는 "돈으로 모든 것을 자기 마음대로 조종하는 쾌감을 느끼고 자기 힘을 크게 키워 최고의 존재가 되고 싶은 욕망 때문"(116쪽)이라고 이야기한다. 어둠의 정령이 가지는 욕망은 정령이란 무엇인가라는 질문을 던지게 한다. 동물만이 아니라 같은 수호 정령까지 팔아 환경단체에 기부하고 동물보호운동을 방패 삼은 결과는 같은 정령들에게 쫓기는 신세로 전락한 것이다. 돈과 명예, 권력을 쥐려는 어둠의 정령 모습은 인간의 자화상 같다. 욕망에 집착하여 권력의 무게가 책임의 무게와 균형을 이루어야 한다는 사실을 잊고 영원히 불안정한 삶을 살아가는 모습과 닮았다. 어떠한 삶도 이익의 수단이 될 수 없다. 모든 권리는 평등하다는 것은 인간이나 동물, 정령 등에 무관하게 모두 평등한 권리를 갖는다는 것이다.

어둠의 정령이 인형으로 만든 애완동물들은 개나 고양이, 수정 앵무새에서부터 악어, 황금 갈기 사자, 은비늘 독수리, 루비 돌고래까지 다양하다. 그 가운데 악어는 한쪽 발이 없다. 쇠사슬에 묶였던 한쪽 발목이 잘려진 채로 끌려왔기 때문이다. 그러나 한쪽 발목이 잘려진 악어의 육체적이고 정신적인 고통에 관심을 두는 인간은 아무도 없다. 한쪽 발이 쇠사슬에 묶인 채 마당 잔디에서 지내면서 받았을 악어의 정신적인 고통 역시 문제가 되지 않는다. 다른 동물들의 삶도 마찬가지이다. 애완동물이 반려동물이 되었다고 해서 동물의 권리에 대한 인간의 의식도 그만큼 발전되었는지는 알 수 없다. 우리나라의 경우, 민법 28조에 인간 이외의 유체물을 물건으로 정의하고 있기 때문이다. 이는 인간이 여전히 동물을 자신의 이익에 따라 처분 가능한 물건으로 대하고 있다는 현실을 반영한다. 반려동물이 주인에게 학대받고 있다는 사실이 발견되어도 소유권 때문에 그 동물을 주인의 학대에서 벗어나게 할 수 없다. 이러한 법적인 측면에서 보아도 실제 동물의 권리는 실종되었다.

### 3. 악의 없는 친절함

어둠의 정령이 운영하는 '친절한 동물병원'은 그 이름처럼 친절한 것으로 유명하다. 그러나 악의를 감춘 친절은 옳은 행동이 아니다. 이와 다르게 「떡갈나무 목욕탕」에서는 누구에게나 친절한 인물 노마 씨가 등장한다.

> "겨울마다 사냥을 다니는데, 오늘처럼 운 없는 날은 처음이지 뭐요. 다 잡은 너구리를 마을 근처에서 놓쳐 버렸다니까요. 세상에, 그렇게 사나운 너구리는 난생 처음 봤소. 총을 맞고도 끄떡없이 달아나지 뭐요."
>
> – 「떡갈나무 목욕탕」, 『떡갈나무 목욕탕』, 34쪽

> 그런데 마당에 웬 짐승이 쓰러져 있는 게 아닙니까!
> 노마 씨는 얼른 달려 나갑니다.
> 아직 꼬마 너구리인데, 뒷다리에 피를 흘리고 있습니다. 기운 없는 눈으

로 노마 씨를 쳐다보더니, 너구리는 그만 축 늘어져 버립니다.

– 같은 책, 35쪽

하얗게 눈이 쌓인 치악산, 산 밑 마을 떡갈나무 목욕탕 주인 노마 씨는 사냥꾼 손님과 뜻하지 않은 너구리 손님을 맞는다. 사냥꾼은 노마 씨에게 총을 맡기면서 비싼 총이니까 아무도 만져서는 안 된다고 신신당부한다. 그가 목욕탕 안으로 들어간 뒤, 노마 씨는 마당에서 사냥꾼이 놓쳤다던 너구리가 쓰러져 있는 것을 발견한다. 꼬마 너구리는 사냥꾼의 말처럼 뒷다리에 총을 맞아 피를 흘리고 있다. 노마 씨는 꼬마 너구리를 안아 지하 보일러실로 데려간다. 자신의 속옷을 찢어 꼬마 너구리 다리의 상처를 동여맨 뒤, 정성을 다해 몸을 주무르고 품에 안아 깨워 점퍼로 잘 감싸 준다. 그리고 마당에서 골목 밖, 산비탈까지 비질을 하여 꼬마 너구리가 흘린 핏자국을 지워 놓는다. 꼬마 너구리가 사냥꾼에게 들키지 않게 하기 위해서다.

안으로 들어온 노마 씨는 난롯불에 사냥꾼의 가죽 신발을 말리면서 꼬마 너구리에게 줄 우유를 따뜻하게 데운다. 손님의 신발이 마르면서 가죽 냄새가 솔솔 풍긴다. 노마 씨는 마지막 손님인 꼬마 너구리와 함께 온천욕을 하고 상처를 소독한 뒤, 약을 발라 주고 함께 잠이 든다. 며칠 뒤, 꼬마 너구리는 산 마을 동물들을 데리고 떡갈나무 목욕탕을 찾는다. 동물들은 전화로 예약을 하고 한밤중에 와서는 신나게 목욕을 한 뒤, 노마 씨가 잠든 사이 마흔일곱 장의 나뭇잎을 놓고 떠난다.

훈훈한 이야기이다. 그런데 노마 씨의 친절한 행동이 개운하지 않다. 노마 씨는 사냥꾼과 꼬마 너구리 모두에게 매우 친절했다. 사냥꾼의 젖은 가죽 신발을 신기 좋게 난롯불에 쬐어 잘 말려 주었고, 꼬마 너구리가 사냥꾼과 마주치지 않도록 지하 보일러실로 데려가 몸을 녹여 주고 상처도 소독하고 약을 발라 주었다. 또한 마당에서 산비탈까지 비질을 하여 핏자국을 지워 주었다. 그러나 전체 상황을 생각해 보면, 사냥꾼은 조금 전까지 꼬마 너구리를 쫓으며 총을 쏘았고, 꼬마 너구리는 쫓기는 중 뒷다리에 총을 맞고 힘을 다해 도망치다 쓰러졌다.

이 사냥꾼과 꼬마 너구리가 같은 시각 같은 건물에 있는 상황이다. 물론 노마 씨는 사냥꾼에게도, 꼬마 너구리에게도 함께 있다는 사실을 알리지 않았다. 그러나 매우 위험하고 끔찍한 상황이다. 사냥꾼의 총과 가죽은 꼬마 너구리에게 강한 위협을 주는 물건이다. 가죽은 동물의 몸에서 벗겨 낸 껍질이기 때문에 더욱더 그렇다. 이야기에서 '신발에서 하얀 김이 무럭무럭 피어오르며 가죽 냄새가 솔솔 풍긴다'(35쪽, 37쪽)는 사실을 반복해서 알려주는 것으로 보아 가죽 냄새가 집 안에 가득할 것으로 여겨진다.

사냥꾼이 목욕탕으로 들어온 것은 분명하지만 목욕을 마치고 나갔다는 사실은 언급되지 않는다. 이야기에서 '오늘 떡갈나무 목욕탕의 마지막 목욕 손님은 꼬마 너구리입니다.'(39쪽)라는 표현으로 사냥꾼은 목욕하고 갔을 것이라고 짐작할 뿐이다.

동화 「아기 돼지 삼 형제」를 보면 마지막에 '늑대가 멀리 도망갔습니다'로 끝나는 것과 '늑대가 잡아먹혔습니다'로 끝나는 것이 있다. 두 이야기 중 아이들은 후자를 좋아한다. 전자는 늑대가 다시 돌아올까 봐 불안하지만 후자는 이제 다시는 오지 않겠구나, 끝이구나 하고 안심할 수 있기 때문이다. 아이들은 이 동화를 보면서 꼬마 너구리에게 감정 이입할 가능성이 크다. 이야기에서 노마 씨와 함께 잠들었던 꼬마 너구리가 다음 날 깨어 보니 사라지고 없어진 것에서도 꼬마 너구리의 불안한 마음이 읽힌다.

며칠 뒤 꼬마 너구리가 산마을 동물들을 떡갈나무 목욕탕에 데려온 것은 노마 씨의 친절에 꼬마 너구리가 크게 감사한 마음을 표현한 것으로 보인다. 그러나 노마 씨의 악의가 없는 친절한 행동이 옳은 것이라고만은 생각할 수 없다. 노마 씨가 손님인 사냥꾼이 젖은 신발을 신고 추운 날씨에 돌아갈 것을 염려한 것과 사냥꾼에게 쫓기다 뒷다리에 총을 맞고 쓰러진 꼬마 너구리를 동정하고 염려한 것은 가치 있는 행동이다. 그러나 친절한 행동과 올바른 행동은 다르다. 총에 맞은 꼬마 너구리와 꼬마 너구리에게 총을 쏜 사냥꾼을 한 건물에 둔 것은 위험한 행동이고, 이 상황에서 사냥꾼을 도와주는 것은 올바른 행동이 아니다.

산마을 동물들은 떡갈나무 목욕탕에 미리 전화로 예약을 하고, 온천욕을 하고는 잎사귀 마흔일곱 장을 놓고 간다. 그 잎사귀를 세어본 노마 씨는 '정직한 손님들이군. 주인이 없어도 목욕료를 내고 갔으니.'(54쪽)라고 생각한다. 치악산 산 밑의 유황온천이라면 원래 동물들이 이용하는 곳일 것이다. 그런데 인간이 들어와 온천을 차지하고 건물을 세워서 입장료를 받는 것이다. 동물들이 입장료를 나뭇잎으로 냈고, 그것을 보고 정직하다고 하는 것은 인간 중심적이다. 또한 전화로 예약할 정도의 동물이 입장료를 나뭇잎으로 대신한다는 것도 어울리지 않는다. 인간은 동물에게 친절하게 대하고 잔인하지 않게 대할 의무가 있다. 권리에 대한 요구는 관대하거나 친절한 것을 바라는 것이 아니다. 정의를 요구하는 것이다.

## 4. 인간과 동물의 독립적 가치

동물에 대한 권리를 존중하는 구체적인 방안을 논하다 보면 최선의 방안을 모색하게 된다. 이와 관련하여 철학자 톰 레이건(Tom Regan)은 『동물권에 대한 옹호(The Case for Animal Rights)』에서 공리주의에서 최선의 결과를 불러오는 것을 선택하라는 말은 최선의 결과라고 한 선택이 나 딱 한 사람, 내 가족이나 친구, 그 밖의 한 사람 한 사람에게 최선의 결과가 아닐 수 있다는 것을 분명히 한다. 관련한 모든 이에게 최선의 집합적 결과인 것이 반드시 각 개체에 최선의 것은 아니라는 것이다.[5]

5) 톰 레이건(Tom Regan), 『동물권에 대한 옹호(The Case for Animal Rights)』, 전기가오리, 2019, 16쪽.

『삼식이 뒤로 나가!』는 초롱꽃 분교 어린이들과 참꽃 분교 새들이 공존의 방안을 모색하는 이야기이다. 초롱꽃 분교는 학생이 적어 폐교될 위기를 맞게 되자 새와 동물을 많이 길러 생태 과학 특성화 학교로 만들 계획을 세운다. 이 소식을 듣고 참꽃 분교 새들은 동요한다. 참꽃 분교 몽글이가 잡혀서 초롱꽃 분교 새장에 갇혀 있기 때문이다. 아이들이 몽글이를 둘러싸고 황조롱이 새끼에 관해 공부할 때, 몽글이는 자신을 찾아온 까마귀 가욱이에게 집에 가고 싶다며 꺼내 달라고 애원한다. 폐교 위기에 처한 초롱꽃 분교에서 찾은 최선의 선택이 참꽃 분교 새들에게는 생존을 위협하는 결과가 되는 것이다.

참꽃 분교에서는 대안으로 학부모 회의를 소집하자, 산마을에 위험 경보를 울리자는 의견이 나온다. 그러나 어느 것을 선택해도 새들이 불안해지고 무조건 몽글이를 구하려고 나섰다가 같이 위험에 처할 수 있으며, 화가 난 젊은이들이 공격하게 될 것이므로 최선의 결과를 기대할 수 없다. 참꽃 분교 올빼미 교장 선생님은 직접 초롱꽃 분교 선생님을 만나 대책을 의논한다. 두 학교의 교장 선생님은 초롱꽃 분교를 생태 특성화 학교로 만들되, 학교 둘레 숲에 깃들게 하는 공리적 합의를 이룬다. 어린이들이 나무에 새집을 만들어 놓으면 새들이 거기에서 생활하는 것이다. 또한 생태 과학 캠프에는 참꽃 분교 새들이 초롱꽃 학교 숲으로 놀러 가며, 겨울 캠프에는 산마을 식구들과 곡식과 채소 나누기 행사를 펼치는 것이다.(25~26쪽) 초롱꽃 분교 어린이들에게도 참꽃 분교 새들에게도 이익이 되는 최선의 결과를 선택한 것이다. 여기서 두 학교 집단에 도덕적 의무가 발생한다. 도덕적 의무는 약속을 지키는 것이다.

그러나 초롱꽃 분교 삼식이는 생태 과학 특성화 학교를 만드는 것이 싫다. 삼식이는 새집을 만드는 것도 싫고, 새총으로 새를 다 쏘아버리겠다고 다짐한다.

얼마 안 되는 농사만 지어서는 읍내에서 공부하는 일순이, 두필이 뒷바라지를 할 수 없어서, 삼식이 부모님은 작년에 특수작물 재배를 시작했다. 그런데 '조생 찰벼'이다 보니 다른 집보다 알곡이 여물어 새 떼가 삼식이네 논으로 다 몰리는 바람에 큰 피해를 입었다.

올해는 벼 수확 전에 길가에서 옥수수라도 팔아보려고, 삼식이 부모님은 남의 밭까지 빌려 옥수수 씨앗을 많이 심었다. 그런데 싹이 올라오자마자 새들이 자꾸 뜯어 먹어서 골머리를 앓고 있다고 했다.

– 52쪽.

삼식이 꿈은 새를 잡는 포수가 되는 것이다. 엄마가 일순이 누나와 두필이 형을 공부시켜야 하는데 새 때문에 특수작물 재배를 다 망쳐 우는 것을 보았기 때문이다.

참꽃 분교 새에게도 위급한 일이 발생했다. 빼옥이가 마을에 내려가 독약이 든 콩을 먹고 식물 새가 된 것이다. 농작물 피해를 막기 위해 독약이 든 콩을 놓은 주민이 있었다.

농작물 피해를 막으려고 하는 삼식이나 주민이, 콩을 먹으려는 빼옥이에게 잘못이 있다고 할 수 없다. 두 학교 학생 모두를 위한 최선의 선택이라고 해서 삼식이나 독약을 놓은 주민, 빼옥이에게 희생을 요구할 수는 없다. 이처럼 집단 이익을 최선의 결과라고 생각하지만, 한 개인 한 개인의 입장에서는 공리적 선택이 최선의 선택이 아닐 수 있는 것이다. 집단의 이익을 위해 한 개인이 희생을 치러서는 안 된다. 한 개인 한 개인은 동등한 권리를 지닌다.

초롱꽃 분교 교장 선생님은 상황을 구체적으로 파악하기 위해서 학부모 회의를 소집한다. 참꽃 분교 교장 선생님은 초롱꽃 선생님에게 상황을 알리고, 학생들에게 마을에 너무 자주 내려가지 말고 가더라도 콩 세 알 중에 한 알만 먹으라고 당부한다.(78쪽) 다 먹어 치우면 그 농작물의 주인도 가만히 있을 수가 없기 때문이다. 두 학교 학생들은 이제 개개인을 존중해야 한다는 사실을 인식하고 방법을 찾아 나가기 시작한다.

선안나의 동화에 나타난 다양한 인간과 동물의 관계는 인간과 동물이 공통으로 생명을 갖고 고통을 느끼는 존재임을 생각하게 한다. 인간이든 동물이든 구별할 것 없이 동등한 권리를 지닌다. 인간의 이로움을 위해 동물의 권리를 침해하는 것이야말로 가장 비도덕적인 일이다. 한 개인 '나'로서 지니는 가치는 다른 누군가가 '나'에 대해 이로움을 갖는 것과 관계없이 독립적이다. 인간과 동물 모두 서로의 독립적 가치를 존중해야 한다.

# 역사적 사실과 환상이라는 도구

– 심상우 작품론

**원유순**(동화작가, 문학박사)

## 1. 들어가며

2000년대 중반 이후 우리나라 어린이 역사소설에 나타난 큰 특징 중 하나는 '소년의 등장', 즉 '성장 서사'의 출현이었다.[1] 그 이전의 역사소설들이 대부분 영웅담을 주제로 역사적 사실에 충실했던 반면, 2000년대 중반 이후는 역사적 사실(fact)에 작가의 상상력(fiction)을 가미하여, 이른바 어린이 독자에게 교감과 동일시의 감정을 불러일으킨 팩션 역사소설이 주류를 이루었다. 역사적 사실을 독자에게 보다 생생하게 전달하고 새롭게 인식시키려는 의도에서 출발한 이러한 역사소설들은 어린이 문학에서 큰 반향을 가져왔고, 역사아동소설이라는 새로운 장르를 탄생시켰다.

그러나 심상우는 이러한 흐름에서 조금 비껴나 있는 듯하다. 그는 과거의 영웅을 주제로 한 영웅담이나 역사 속 익명의 소년을 등장시킨 성장 서사를 그리지 않았다. 그가 그린 동화는 주로 역사적 사실을 다루나, 우리의 전통문화를 어린 독자에게 알리고자 하는 교육적인 문제에 보다 충실한 것처럼 보인다. 전통문화는 모두가 다 그런 것은 아니지만, 보존하고 소중히 다루어야 할 역사의 산물이다. 과거의 문화와 전통은 오늘을 살아가는 우리의 의식 속에 뿌리 깊게 자리 잡아 미래를 연결하는 고리로 작용한다. 또

1) 오세란, 「최근 어린이 역사소설의 유형과 경향」, 《동화 속으로 들어온 역사》, 아동문학사상 19호, 2012, 40쪽.

한 가치 있는 전통문화는 부가가치가 높은 문화 콘텐츠화 되어 수익을 창출할 수 있는 경제적 자산으로 재탄생 될 수 있다. 따라서 자라나는 어린이에게 전통문화의 가치와 소중함을 일깨워 주는 역할은 매우 소중하다. 물론 이러한 역할은 교육기관에서 중추적으로 맡아 해야 할 일이지만, 어린이를 대상으로 글을 쓰는 아동문학가라고 해서 완전히 배제될 수 없다. 오히려 문학성과 예술성, 나아가서 교육성까지 가미시킨 수준 높은 문학작품이라면 그 효과는 배가 될 수 있음은 자명한 일이다.

심상우는 이러한 지점에서 문제 의식을 느낀 듯하다. 그의 대표작인 장편동화 『경복궁 마루 밑』, 『신라에서 온 아이』가 이 지점에 닿아 있다. 특히 『경복궁 마루 밑』은 재미와 흥미, 전통문화의 계승이라는 목적 의식의 두 마리 토끼를 다 잡은 성공작으로 볼 수 있다. 이는 오랫동안 어린이책 전문 편집자로서 일해 온 작가의 경험이 바탕이 되어 독자를 어떻게 끌어들일 것인가 하는 노련한 노하우가 작용했음을 부인할 수 없을 것이다.

심상우는 1986년 《현대문학》을 통해 「담채」, 「안개」, 「겨울 꽃」 세 편을 추천받아 시인으로 등단했다. 충남대학교 국문학과 재학 시절 시인 오세영을 은사로서 만난 것이 계기가 되어 시문학 동아리 〈화요문학〉에서 활발하게 활동해 온 결과였다. 그러나 그는 졸업 후 시인으로 성장하고픈 열망을 잠시 접어 둔 채 어린이책 전문 편집자로서 다양한 분야의 어린이책을 만드는 데 더 매진했다. 이는 아마도 1980년대 국내 굴지의 아동문학 전문 출판사인 '대교출판'에 높은 경쟁률을 뚫고 입사하였다는 편집자로서의 자부심이 큰 영향을 끼쳤으리라 짐작한다. 당시 대교출판은 출간되는 책마다 어린이책 베스트셀러에 기록되었고, 당시로서는 드물게 편집부원들을 해외 도서전과 출판사 견학을 보내어 견문을 넓히도록 배려해 주었다.

그도 일본의 유명 출판사 고단샤를 견학하면서 편집자로서의 야망과 더불어 오랫동안 잠재웠던 문학에의 열정을 다시 일깨우는 계기를 마련하였다. 큰 출판사에서 다양한 어린이책을 섭렵하며 편집하고, 아동문학 출판사 《사과나무》를 개인적으로 운영하면서 그는 자연스럽게 시인에서 아동문학 작가로 방향을 전환시켰다. 마침내 그는 1996년 장편동화 「사랑하는 우리 삼촌」이 MBC창작동화 대상에 당선되면서 동화작가로의 길을 걷게 되었다. 바쁜 직장생활로 공백기는 있었지만 2001년 출간된 『경복궁 마루 밑』이 독자에게 인정을 받으면서 주목받는 작가가 되었다. 그 후 신라 시대 문화유산과 유적의 가치를 알려주는 장편동화 『신라에서 온 아이』, 일제 강점기 우리 민족의 아픔을 그린 중편동화 『슬픈 미루나무』를 출간했다.

## 2. 전통문화와 판타지의 조합

2001년 《디자인하우스》에서 출간된 『경복궁 마루 밑』은 출판사를 바꿔가며 세 번의 개정판을 내었으며[2), 지금까지 꾸준히 스테디셀러로 자리매김하고 있다. 20여 년 가까이 절판되지 않고 독자의 사랑을 받고 있는 이유는 아마도 기이하고 낯선 판타지 공간과 그 공간 속에 존재하는 매력적인 캐릭터의 창조에 있을 것이다. 경복궁은 사적 117호로 왕이 머물면서 정치를 행하였던 조선 왕조의 법궁(法宮, 정궁)으로 문화적 가치가 매우 높은 건물로써, 우리에게 익숙하고도 낯선 공간이다. 궁궐은 현대를 살아가는 우리가 경험하지 못한 역사적 사실과 특수 계층만 드나들 수 있는 금단의 공간으로 이미지만으로도 독특하고 신비스러운 분위기를 갖는다. 그럼에도 작가는 그러한 궁궐의 이미지에 만족하지 않고 한 걸음 더 나아가 '마루 밑'이라는 매우 낯선 공간을 창조하고 그 속에 존재하는 '작은이'라는 캐릭터를 만들어 이야기를 직조해 낸다.

---

2) 『경복궁 마루 밑』은 2001년 《디자인하우스》, 2012년 《대교출판》, 2014년 《청어람주니어》에서 개정판이 나왔다.

'못 보던 새 같은데, 작은 뿔 같은 게 달렸네. 이상하다…….'

은별이 아빠는 속으로 중얼거리면서 방금 본 새의 모습을 곰곰이 떠올려 보았다. 몸집은 참새만 한데, 온몸이 알록달록한 털로 덮여 있었다. 그리고 언뜻 보긴 했지만, 새 등에 어른 엄지손가락 크기쯤 되는 뿔인지 바늘인지 모를 이상한 것이 꽂혀 있는 듯했다.

"어어어! 저건 쥐 아냐? 웬 쥐들이 떼로 몰려가지?"

새가 사라진 쪽으로 쥐 떼가 맹렬히 달려가고 있었다. 경복궁에서 쥐는 보는 일은 가끔 있었지만, 쥐가 떼거리로 몰려가는 걸 보기는 처음이었다.

경복궁 관리사무소에서 근무하는 은별이 아빠가 처음 '작은 이'들의 존재를 발견하는 장면이다. 새처럼 생겼지만 새는 아니며 등에는 뿔인지 바늘인지 모를 이상한 것이 꽂혀 있는 신비한 존재인 '작은 이'들은 쥐 떼에게 쫓기고 있다. 작가는 도입 부분에서 '작은 이'들의 존재를 극히 일부분만 보여주며 독자의 호기심을 자극한다. 이야기가 전개되면서 '작은 이'들의 존재가 서서히 드러나는데, 그들이 사는 공간은 매우 질서화 되어 있으며 조직화 되어 있음을 보여준다.

"투투야, 너희가 입는 옷은 어디서 구하니? 아주 부드럽고 색깔도 예쁘던데."

"아, 옷? 우리가 입는 옷은 모두 우리 손으로 짠 거야. 까치나 원앙새, 비둘기의 깃털을 모아 실을 만들어서 곱게 짜는 거야. 아주 가볍고 따뜻하지."

은별이와 경복궁 마루 밑 작은 존재 '투투'와 주고받은 대화의 일부분이다. 마루 밑에 사는 작은 존재들은 인간처럼 자급자족의 생활을 하며 학교에서 기초적인 교양을 익히고 살아가는 데 필요한 실용적인 교육을 받는다. 예를 들면 국어, 수학, 농업, 미술, 체육 등의 교양 과목은 열다섯 살까지만 배우며, 그 이후는 실용적인 학문을 익힌다. 즉, 학자가 될 사람만 공부를 계속하고, 그렇지 않은 사람은 곡식과 버섯 재배, 꿀 모으기 등의 실용 학문인 농업에 주력하게 된다는 것이다. 또한 그들은 쥐떼와 같은 외세의 공격에 대비해 활 쏘기나 말 타기 등의 훈련을 게을리 하지 않는다. 이러한 교육관은 아마도 작가의 이상적인 교육관의 투사가 아닐까 한다.

학교에서 왕따를 당하고, 못된 친구들에게 괴롭힘을 당하는 은별이는 몸이 줄어드는 보물 모자를 쓰고 투투를 따라 마루 밑 세상으로 들어간다. 이는 현실 속에서 나약한 존재였던 인물에게 자아 정체성을 되찾아 주고, 조선 시대의 생활상을 독자에게 보다 생생하게 전달하려는 의도된 장치로 보인다.

> "쿠쿠야! 그런데 할아버지는 궁궐 일에 대해 어떻게 그렇게 잘 아셔?"
>
> "그 아기나인 중의 한 명이 할아버지하고 친구가 됐대. 다른 나인들은 할아버지가 워낙 작으니까 발견하지 못했는데, 그 아이는 운이 좋았던 거지. 다른 사람에게는 절대로 할아버지에 대해 말하지 않기로 약속하고 말이야."

마루 밑 판타지 공간은 매우 질서 있고 정교화 되어 있으며, 시간 개념이 다르게 흐른다. 그곳에서 은별이는 쿠쿠의 할아버지로부터 조선 시대 궐내의 생활상을 전해 듣는데, 마치 과거로 되돌아간 듯 생생하게 묘사된다. 이처럼 작가는 문학적 개연성을 확보하면서 독자에게 가치 있는 전통문화에 대해 소개한다. 다시 말해 역사적 사실을 판타지 공간으로 불러들여 거부감 없이 독자에게 전달하는 것이다.

'이상하다. 내가 잘못 들었나?'

은별이 아빠는 고개를 한 번 갸웃하고는 사정전, 천추전을 거쳐 수정전을 지나 경회루를 'ㄷ' 자로 돌았다. 경회루를 보자 오늘도 어김없이 감탄사가 절로 나왔다.

6백여 년 전, 공조판서 박자청이 이곳에 연못을 크게 판 뒤, 연못 가운데 이처럼 커다란 다락집을 지었다고 한다. 그 모습이 너무나 아름다워서, 경회루를 보는 사람마다 시가 절로 나온다는 말까지 전해진다.

은별이는 향원정 연못에 물을 대는 '열상진원 샘'으로 가서 빈 깡통에 물을 가득 채웠다. 열상진원 샘은 경복궁을 처음 지을 때부터 만든 왕궁의 샘으로, 물이 맑고 차가워서 여름이면 더욱 인기가 있었다.

물을 떠서 돌아오다가, 녹산 숲 입구에서 언뜻 보면 지나치기 쉬운 작은 돌비석을 하나 발견했다. 비석에 새겨진 한문이 무슨 뜻일까 기웃거리고 있는데, 아저씨 두 명이 서로 주고받는 말소리가 들렸다.

"여기가 '명성황후 조난지'라는군."

아빠가 경복궁 관리사무소 직원인 은별이는 자연스럽게 경복궁에 드나들 수 있다. 인물의 동선을 따라 목적한 사물을 소개하는 방식은 독자에게 매우 안일하게 보인다. 그러나 여러 복잡한 스토리가 얽히고 갈등을 해소하는 스토리라인이 절묘하게 조합되었을 때 독자는 거부감을 갖지 않는다.

사람들은 식당이 떠나가도록 박수를 보내며 환호성을 질렀다. 마치 영웅이라도 맞이하는 분위기여서 은별이는 몸 둘 바를 몰라 하며 얼굴을 붉혔다.

은별이가 엉거주춤 일어서자, 할아버지는 쿠쿠를 살려 준 일, 쥐들이 창고에 습격했을 때 맞서 싸워서 물리친 일 등 은별이의 용감한 행동을 칭찬했다. 은별이가 수줍어 하며 꾸벅 인사를 하자, 모두 더 큰 소리로 손뼉치며 환호했다.

쥐 떼의 공격을 물리치고 나서 은별이의 활약상을 묘사한 부분이다. 은별이는 현실에서 소외되고 나약한 존재였다. 힘센 아이들에게 변변히 말 한 마디 못 하고 당하기만 했다. 그랬던 그가 마루 밑이라는 판타지 공간 속에서 용기를 얻고 자신의 정체성을 찾아가는 과정은 독자에게 공감을 불러일으키기에 충분하다. 전통문화에 대한 우월성은 자라나는 어린이에게 필요한 교육적 가치지만 자칫 날것으로 먹이면 그 효과가 반감될 것이다. 그래서 흔히 쓰디쓴 사실적 요소에 달콤한 당의정과 같은 허구적 사실을 덧입혀 교육적 효과를 높여 왔다. 심상우 작가도 이를 인식하고, 재미있는 판타지 공간과 전통문화의 공간을 절묘하게 조합하여 흥미 있는 이야기를 창조하고 있음을 알 수 있다. 이러한 기법은 장편동화 『신라에서 온 아이』에서도 나타난다. 할아버지가 계신 경주로 전학을 간 정수는 같은 날 전학 온 무웅에게 호기심을 갖는다. 어딘가 모르게 신비함을 간직한 무웅은 정수에게 오래된 책 한 권을 건네고, 황금 호두가 열릴 때 모든 비밀을 말해 줄 수 있다고 한다.

"예? 신라 시대요?"

나는 집 안을 둘러보았다. 그러나 그곳은 집 안이 아니라 바깥이었다. 대문을 열고 들어오면 당연히 있어야 할 집 안채가 보이지 않고, 양쪽으로 벼가 노랗게 익은 들판이 펼쳐져 있었다.

"세상에! 아, 이게 어떻게 된 거예요?"

"정수는 천이백오십 년의 세월을 건너뛰어 이곳에 온 거야!"

"예? 여기는 정말 신라 시대인가요? 그리고 지금은 가을인가요?"

"맞아, 서라벌이야. 내일이 한가위야."

무웅이 얼른 대답했다.

몇 걸음 더 걸어가자, 들판 끝에 기와집들이 줄지어 서 있고, 어느 기와집 위로는 거대한 탑이 보였다. 박물관에서 보았던 황룡사 9층 목탑 모형과 너무도 비슷했다.

마침내 황금 호두가 익어가는 가을, 정수는 곰이 그려진 기와집 대문으로 들어서고, 절대 시간을 건너 신라 시대로 가게 된다. 흔히 전통적인 어린이 문학에서의 판타지 공간은 계절과 시간은 거꾸로 흐르거나, 멈춰 있는 것처럼 묘사되며 초자연적인 일들이 벌어진다. 그러나 여기서는 계절과 시간의 흐름이 현실 공간과 다르지 않다. 현재에서 과거로의 시간 전환만 있을 뿐, 눈앞에 벌어지는 모든 일들은 왜곡되거나 뒤틀려 있지 않으며 현실 세계처럼 논리와 이성적으로 흘러간다. 즉, 완전한 판타지 공간이 아닌 것이다. 다시 말해 작가는 신라 시대의 생활상과 전통문화를 독자에게 알리기 위한 장치로써만 판타지 기법을 활용했을 뿐이다. 곰이 그려진 대문은 현실과 판타지를 잇는 단순한 통로일 뿐이며, 무웅과 곰의 이미지를 연결시켜 우리 민족이 곰의 자손이라는 것을 알려주고 있다. 『신라에서 온 아이』는 앞에서 살펴본 『경복궁 마루 밑』과 확연히 다른 작품이다. 『경복궁 마루 밑』이 문학성과 교육성의 두 목적을 담보하고 있는 반면, 『신라에서 온 아이』는 역사적 지식의 습득과 교육성에 더 많은 비중을 둔 작품으로 보아진다.

### 3. 아픈 역사 조명하기

역사소설이란 역사로부터 빌려 온 사실과 소설적 진실성을 지니는 허구를 접합하여 역사적 인간의 경험을 보편적 인간의 경험으로 전환하는 문학 양식[3]이다. 역사적 인간의 경험을 보편적 인간의 경험으로 전환하기 위해서는 작가의 역사관과 세계관이 가미된 상상력이 필요하다. 왜냐하면 작가의 역사관이나 세계관은 역사적 사실을 변형, 수정, 가감하는 기준으로 작용하기 때문이다. 이러한 의미에서 역사동화를 직조하는 작가의 역사관과 세계관은 더 없이 중요한 역할을 하게 되었으며, 대부분의 작가들도 이를 인식한 듯하다.

그러나 『슬픈 미루나무』에서 심상우는 가슴 아픈 역사의 현장으로 직접 들어가서 자신의 역사관이나 세계관을 드러낸 다른 작가들과는 달리 일정한 거리를 두고 매우 담담하게 역사의 현장을 조명함으로써 소기의 목적을 달성한다. 『슬픈 미루나무』는 서대문형무소 사형장 쪽으로 가는 길목에서 있는 미루나무를 소재로 한 동화이다. 작가는 서대문형무소에서 벌어진 일제의 만행을 리얼하게 서술하지 않고 미루나무와 까치를 의인화시켜 담담하게 독자에게 전달한다. 일명 '통곡의 미루나무'라고 불리는 이 나무는 1923년 사형장 건립 당시 심어져 90년이 넘는 시간 동안 묵묵히 자리를 지키고 있다. 사형장 입구 삼거리에  하늘 높이 외롭게 자라고 있는 미루나무는 처형장으로 들어가는 사형수들이 붙들고 통곡했다는 곳으로 알려져 있다. 사형장 안 또 다른 나무는 사형수들의 한이 서려 잘 자라지 않는다고 한다.

서대문형무소는 1908년 개소하여 일제 강점기 동안 가장 악명 높은 감옥으로 수많은 애국지사들이 모진 고문을 당하고, 사형장의 이슬이 되어 사라진 곳이다. 지금은 역사박물관으로 활용되고 있지만, 우리 민족이라면 누구나 그곳에 서면 숙연해지고 가슴이 서늘해진다. 이 작품에서는 둥지를 잃은 까치 부부, 통곡의 미루나무, 일제 강점기 독립운동가의 후손인 할아버지와 손자가 등장하며 서대문형무소라는 배경을 두고 3인칭 시점으로 구성되어 있다. 화자인 세 인물(까치부부, 두 미루나무, 할아버지와 손자)이 겪는 스

3) 민족문화대백과사전 https://100.daum.net/encyclopedia/view/14XXE0036608

토리라인은 골고루 안배되어 연작 동화처럼 짜여 있으며, 인물들은 서대문 형무소라는 장소적 배경을 두고 자연스럽게 엮인다.

> "이보게 친구! 까치가 집을 짓고 새끼를 기르게 하는 것은 참으로 멋진 일일걸세."
>
> "그렇고말고."
>
> "그나저나 자네는 이제 옛날 일이란 다 잊고, 튼튼한 나무가 돼야지."
>
> "글쎄? 지난 일을 어떻게 다 잊을 수 있단 말인가? 이 가슴에 얹힌 돌덩이보다 무겁고 기가 막힌 일들을……."
>
> 큰 미루나무 가람이와 작은 미루나무 아람이는 오랫동안 손을 맞잡고 이야기를 나누었습니다. 그 모습을 까치 부부 누리와 여리가 지켜보고 있었습니다.

뱀에게 새끼를 잃은 까치 부부는 형무소 미루나무 위에 집을 짓고 살아간다. 작은 미루나무가 사형수들의 슬픈 사연에 한이 맺혀 잘 자라지 못하자, 큰 나무는 이제 그만 잊으라고 한다. 까치 부부는 두 미루나무의 대화에 전혀 개입하지 않고 지켜만 본다. 여기서 미루나무는 아픈 역사를 직접 겪은 세대이고, 까치는 오늘을 살아가는 어린 세대를 상징한다고 볼 수 있다. 시대의 아픔을 직접 체험한 세대와 그렇지 않은 세대가 느끼는 감정의 깊이는 확연히 다를 것이다. 할아버지는 형무소를 돌아보며 손자에게 아픈 역사를 이야기해 준다. 그러다가 미루나무 아래에서 '다시는 그런 슬픈 일이 일어나지 않도록 기도하자.'라고 말한다. 미루나무와 까치는 두 사람의 대화를 듣되, 개입하지 않으며 감정도 드러내지 않는다.

> "와! 할아버지, 까치가 날아왔어요. 저 까치들은 부부인가 봐요. 아주 다정해 보여요."

파란 모자를 쓴 영욱이는 까치가 집을 짓고 있는 모습이 너무나 신기했습니다.

큰 미루나무 가람이와 작은 미루나무 아람이는 할아버지와 파란 모자를 쓴 아이가 나누는 이야기를 모두 들었습니다.

세 인물들이 역사의 현장에서 자연스럽게 조우하는 장면이다. 까치와 미루나무는 인간의 대화에 개입하지 않고 지켜만 보고 있으나, 세대를 건너 함께 공감하는 장면임을 알 수 있다. 그날 밤 까치 부부는 여섯 개의 알을 낳으며 미루나무의 축하를 받는 것으로 작품은 마무리되는데, 이는 아픈 역사를 뒤로 하고 새 생명이 잉태됨으로써 새 시대의 탄생을 예고한다. 또한 짝을 이룬 등장인물(까치 부부, 두 그루의 미루나무)은 분단된 남과 북을 의미하는 것이라고 볼 수 있으며, 할아버지와 손자는 현 세대와 미래 세대를 상징한다. 즉, 남과 북이 한 자리에 모여서 시대의 아픔을 뒤로 하고 미래로 나아가자는 작가의 염원이 담긴 장면이라고 보아진다.

## 4. 나가며

심상우는 시인으로 등단하여 오랫동안 아동문학 전문 편집자로 일하다가 동화를 쓰기 시작했다. 그는 등단 이후 많은 작품을 쓰지 않았으나 장편동화 『경복궁 마루 밑』은 오랫동안 독자의 사랑을 받아 왔다. 그는 주로 가슴 아픈 역사적 사실을 조명하고, 전통문화의 가치를 문학 속에 녹여 자라나는 세대에게 알리고자 하였다.

작품에서 그는 흥미롭고 새로운 인물을 창조하여 경복궁의 미적 가치와 우리 민족의 아픈 역사를 조명했다. 거기에 그치지 않고 나약하고 상처 받은 인물을 주인공으로 하여 용기와 극복 의지를 심어 주고자 하였다. 인물의 정체성 찾기와 전통문화의 가치를 일깨워주는 주제 의식을 달성하기 위해 그는 문학적 장치로서 '환상'이라는 도구를 사용하였다.

이러한 기법은 『신라에서 온 아이』에서도 나타나나, 전자의 작품과는 확연히 다른 성격을 지닌다. 전자의 작품이 문학성을 갖춘 완성도 있는 작품이라면 후자는 교육적 지식이 훨씬 강조된 작품이다. 주인공이 현실 공간에서 절대 시간을 건너 판타지 공간으로 이동하나, 그곳은 완전한 판타지 공간이 아니다. 인물이 머물게 된 공간은 시간만 과거로 되돌렸을 뿐, 현실 공간과 다르지 않다. 작가는 현대를 살아가는 독자에게 신라시대의 역사와 문화를 알려주기 위한 문학적 장치로서 환상이라는 도구(통로)를 사용하였을 뿐이다.

『슬픈 미루나무』에서 그는 시대의 아픔을 담담하게 조명하였다. 까치 부부와 두 그루의 미루나무를 의인화시켜 과거와 현재를 잇고, 분단된 남과 북을 상징하여 남북의 화합을 꿈꾼다. 또한 일제의 만행이 자행된 서대문 형무소라는 상징적 공간에서 세 등장인물(까치, 미루나무, 독립운동가의 후손)을 조우하게 하여 아픈 과거를 기억하되 되풀이하지 않고, 새 생명을 잉태시킴으로써 희망찬 미래를 암시한다.

장편동화 『사랑하는 우리 삼촌』은 동물원 사육사를 통해 사람과 동물의 교감을 그렸다. 흔치 않은 '동물 사육사'라는 직업을 가진 독특한 성격의 삼촌과 세 남매가 펼치는 웃음과 긴장감 넘치는 미스터리, 모험담이 가미되어 흥미로웠다. 이 글에서 다루지 못함을 아쉽게 생각한다.

# 안미란 동화의 키워드
## – 다문화 · 이주민 관련 작품을 중심으로

함윤미(동화작가, 문학평론가)

## 1. 들어가며

안미란[1] 작가가 지금까지 쓴 작품들을 살펴 본 바, 소재와 주제에 걸쳐 몇 가지 키워드를 건져 올릴 수 있었다. 생명, 다문화 · 이주민, 역사, 동심 · 유희가 그것이다.[2] 이들 가운데 본고에서 다루고자 하는 것은 다문화 · 이주민에 관련된 작품들이다. 이는 작가가 2001년에 내놓은 『씨앗을 지키는 사람들』로부터 시작해, 현재 부산의 시민 단체 '이주민과 함께'에서 발간하는 소식지 《더불어사는삶》의 편집위원으로 활동하면서 지속적으로 천착해 온 핵심 키워드가 아닐까 한다.

지구촌 혹은 세계화라는 말이 진부할 만큼 그 어느 때보다 시공간의 압

1) 경북 김천 출생. 1996년 동쪽나라아동문학상, 1998년 눈높이아동문학상, 2000년 창비 좋은어린이책 공모 창작 부문 대상, 2020년 부산아동문학상 수상. 그동안 지은 책으로 『동동이 실종사건』, 『나는 수요일의 소녀입니다』, 『투명한 아이』, 『너만의 냄새』, 『나 안 할래』, 『참 다행인 하루』, 『하도록 말도록』, 『철가방을 든 독갭이』, 『씨앗을 지키는 사람들』, 『너 먼저 울지 마』 등이 있다.

2) 생명에 관한 작품에는 「그냥의 동물직업소개소」(《창비어린이》 2021 봄호), 「탈출돼지와 덤」(『우리 여기에 있어』, 창비, 2019), 『뭉치와 만도씨』(창비, 2017), 『날아라 짤뚝이』(사계절, 2015), 『너만의 냄새』(사계절, 2005) 등이 있다.
다문화 · 이주민에 관한 작품에는 「오리 오리 꽥꽥」(『100년 후에도 읽고 싶은 한국명작동화3』, 예림당, 2018), 『투명한 아이』(어린이나무생각, 2015), 「짜짜네 신비한 가게」(『짜짜네 신비한 가게』, 북스토리아이, 2010), 「마, 마미, 엄마」(『블루시아의 가위바위보』, 창비, 2004), 『씨앗을 지키는 사람들』(창비, 2001) 등이 있다.
역사를 다룬 작품에는 『주보따리, 한글을 지키다』(2018, 토토북), 『희망을 쏘아올린 거북선』(개암나무, 2018), 『나는 수요일의 소녀입니다』(개암나무, 2015), 「돌계단 위의 꽃잎」(『박순미 미용실』, 한겨레아이들, 2010), 『부산 소학생 영희, 경성행 기차를 타다』(사계절, 2012) 등이 있다.
마지막으로 『동동이 실종사건』(사계절, 2019), 『참 다행인 하루』(낮은산, 2016), 『내일 또 만나』(우리교육, 2010) 등은 동심 혹은 유희로 분류할 수 있는 작품들이다.

축이 강력하게 진행되고 있는 요즘, 우리 역시 공공연히 다문화사회에 대한 공감과 공존의 소리를 높이고 있는 분위기이다. 한국은 이미 다문화 사회의 길을 걷고 있고, 정부 차원에서도 이주민이 살아가기 좋은 사회를 표방하며 갖가지 제도를 마련해 나아가고 있다. 그런데 실상 이주민들이 체감하는 한국 사회를 들여다보면, 여전히 출신 국적과 피부색, 그리고 언어와 문화의 차이가 편견과 차별을 넘어서지 못하는 부분이 많다. 혹시 우리가 인식하고 있는 다문화 사회라는 의미가 우리의 필요에 의해 급히 정의된 '한국식 다문화주의'는 아닌지 되짚어 볼 필요가 있다.

일반적인 의미의 다문화주의는 한 사회 내의 다양한 인종 집단들의 권리를 인정할 뿐만 아니라, 그들의 문화를 다수 집단의 문화에 동화시키려 하지 않고 서로 인정하면서 공존하는 노력과 관련된 이념 체계이다.[3] 그런데 우리는 '동남아시아계' 또는 '착해야 하고 불쌍한 동정의 대상', '한국인화된 외국인' 등을 상징적으로 조작해 놓고 그것이 마치 다문화인 양 그 의미를 일찌감치 봉합해 버린 게 아닌가 싶다. 공감과 공존을 논하다가도 그들이 우리에게 불편을 끼쳐 온다 싶으면 마음 깊이 준비되어 있던 적대감의 민낯을 가차 없이 드러내는 걸 보면 알 수 있다.

2021년 3월, 코로나19 확산 차단을 위한 외국인 노동자 진단 검사 의무화 방침만 보아도 그렇다. 경기도에 이어 서울시가 '외국인 노동자 코로나19 의무 검사에 관한 행정 명령'을 내린 바 있었다. 같은 공간에서 일하는 모두가 아닌, 외국인 노동자들만 검사를 받아야 하는 의무였다. 이주민을 분리하거나 배제하는 정책이 인권 침해나 인종 차별을 넘어 자칫 혐오 범죄로 이어질 수 있는 처분이 아닐 수 없었다. 이에 해외에서까지 비판 여론이 일자 결국 서울시는 행정 명령을 철회하였다.

다문화라든지 이주민에 대한 우리의 인식이 생각보다 부실하고 이기적

3) 서선희, 「다문화주의」, 『다문화사회와 다양성』(조원탁 외 공저), 양서원, 2020(4판), 13쪽.

이기까지 한 기초 위에 놓여 있음을 확인한 예이다. 그런 점에서 안미란 작가는 다문화 · 이주민이라는 용어가 한국 사회에 정착되기 이전부터 그들의 삶을 조명하고 작품의 현실화를 위해 꾸준히 노력을 기울여 왔다. 우리의 필요에 따라 정의해 놓은 '한국식 다문화'가 아닌 여러 인종의 문화가 한데 공존하고, 그것을 인정하는 '보편적인 다문화', 그리고 '이주민다움'이 아닌 '사람다움'을 지속적으로 살피고 있다는 점에서 의미가 깊고 주목할 만하다.

## 2. 누가 미래의 한국인인가?-『씨앗을 지키는 사람들』

어린이 문학에서 SF판타지의 고전으로까지 불리는 안미란의 『씨앗을 지키는 사람들』은 가상의 미래에 씨앗을 둘러싼 자본의 논리와 생명의 논리가 충돌하는 모습을 생생하게 그려 놓은 작품이다. 지금으로부터 20년 전에 작가가 예측했던 2030년의 모습들은 현재 우리가 누리고 있거나 직면한 문제들이기에 더욱 흥미롭다. 홍채 인식 시스템, 근육 강화제, 온라인 쇼핑, 만능 시계로 표현된 손 안의 스마트 세상과 원격제어시스템의 현실화, 유전자 조작의 생명 윤리에 관한 문제, 씨앗 정보의 독점이 야기할 수 있는 사회적 불평등, 그리고 이주민 유입 초창기에 그들이 맞게 될 가까운 미래의 모습을 유기적으로 꿰뚫고 있다.

이 작품의 시대적 배경인 2030년은 초격차 사회이다. 경제적으로 여유가 있는 사람들은 원격으로 조정되는 쾌적한 집과 먹을거리 · 의료 · 교육 · 교통 등 각종 혜택을 누리면서 건강하게 산다. 반대로 돈이 없는 사람들은 변두리로 밀려나 정부의 질 낮은 배급품과 합성 음식으로 건강하지 못한 삶을 이어 간다. 인간이 누려야 할 기본적인 것들마저 초격차를 달리고 있지만, 돈의 논리로 차별이 당연시 되는 사회이기 때문에 아무런 문제가 없어 보인다. 심지어 이 땅의 자연이 주는 씨앗마저도 돈 있는 다국적기업의 전유물이 되어 통제와 차별을 받는다. 아이들은 식물이 씨앗으로 번식하고 꽃이 피어야 씨앗이 생긴다는 내용을 학교에서 배우기는 하지만, 직접 식물의 한살이를 본 적은 없다. 때가 되면 원예 관리국에서 어린 모종을 심은 뒤 꽃이 시들 때쯤 뽑아 버리고 새 꽃을 심기 때문이다. 다국적기업이 GMO라고 하는 유전자 변형 기술과 특허권을 앞세워 아무나 씨앗을 받지 못하도록 법으로 제한해 놓은 것이다. 씨앗을 받아 이듬해에 심는 것 자체가 불법이고, 농사 또한 아무나 함부로 짓지 못한다.

초등학교 6학년인 주인공 진희는 생명공학연구소에서 일하는 과학자 부모와 불편 없이 산다. 그런데 어느 날 아버지가 규정을 어기고 몰래 식물들의 씨앗을 받았다는 이유로 연구소에서 쫓겨나고, 그 일과 연관하여 변두리 가난한 동네 별내리를 찾게 되면서 같은 반 친구인 병곤이를 통해 최첨단 사회 시스템의 불합리함과 격차를 속속들이 알게 된다. 병곤이는 파키스탄 이주민 3세대로 부모님을 여의고 할아버지와 여동생과 살고 있다. 할아버지는 스무 살, 그러니까 40년 전에 돈을 벌기 위해 한국에 온 이주노동자이다. 그런데 돈은커녕 일하던 공장에서 손가락을 잘리고, 결혼하여 낳은 아들의 호적을 만들 수가 없어 결국 국적을 바꾼다. 이름도 압둘 아지즈 소헬에서 수돌이 되었다. 법적으로 분명 한국인이건만 누구도 이 가족을 한국인으로 인정하지 않는다.

> "어떤 공무원이 나보고 그러더군. 너네 나라에서 일꾼을 데려온 거지 사람을 데려온 게 아니라고. 한국 사람 대신 힘든 일만 시키려 했는데 아내가 있고 자식이 있는 사람이라니 부려먹기 힘들어졌다는 뜻이겠지. 우리를 태엽 달린 로봇쯤으로 여겼나 봐."[4]

4) 안미란, 『씨앗을 지키는 사람들』, 창비, 2001. 118쪽.

소헬 할아버지의 증언으로 알 수 있듯이, 작가가 이 글을 쓸 당시 한국 사회에서 이주노동자로 살아간다는 건 쓸모 있는 기계가 되어야 한다는 뜻이었다. 심하게는 병곤이 부모가 중앙발전소에서 폭발 사고로 목숨을 잃고 잊힌 것처럼, 언제든 소리 소문 없이 폐기처분 될 수 있는 로봇 신세였던 것이다. 나아졌다고는 하지만 실상은 지금 여기 21세기의 한국에서 여전히 벌어지고 있는 일들이다. 이 땅의 이주민들이 인권마저 존중받지 못한 채 배제되고 차별 받는 현실을 정면으로 마주하지 않는다면, 가까운 미래에 만날 이주민들의 모습은 별내리로 내몰린 병곤이네 가족과 다를 게 없을 것이다. 다행히 병곤이와 진희는 문제를 인식하고 별내리와 씨앗을 지키는 일에 앞장선다. 그 과정에서 진희가 학교에 과제로 낼 '나의 미래 계획서' 내용은 이주민을 대하는 우리의 인식과 태도의 방향에 방점을 찍어 준다.

> -나는 살아 있는 모든 것과 친구가 되련다. 생명은 그것이 다른 것보다 더 뛰어나서 존중 받는 게 아니다. 그 자체로 하나밖에 없는 소중한 것이다.[5)]

동물이든 식물이든, 원주민이든 이주민이든, 하나밖에 없는 생명이기에 소중하고 존중받아 마땅하다는 뜻이다. 한편, 병곤이의 미래 계획서 제목은 '잘 먹고 잘 살자'이다. 가난으로 인해 흙에서 자란 건강한 것들을 먹지 못하고 부실한 배급품과 합성 식품으로 살아온 병곤이의 처지를 잘 드러내고 있다. 병곤이는 농부가 되는 게 꿈이다. 건강한 먹을거리를 키우는 진짜 농부, 지구 사람 모두를 행복하게 하는 농부가 되어 이 땅과 씨앗을 지키고자 한다. 이미 병곤이는 이주민 몇 세대라는 꼬리표가 필요 없는 이 사회의 구성원이며 미래이고 엄연한 한국인이다. 병곤이와 같은 다문화가정의 아

5) 위의 책, 159쪽.

이들을 한국의 미래로 키울 것인가, 아니면 차별로 이 사회에 적응하지 못한 외국인 몇 세대로 대할 것인가는 전적으로 우리의 의식적인 선택과 노력에 달려 있다. 현재를 살고 있는 수많은 진희와 병곤이가 너 · 나 편견 없이, 있는 그대로, 생긴 그대로, 서로를 인정하고 존중하는 실제 2030년을 기대해 본다.

### 3. 이주민다움, 그 정체성에 대하여-「마, 마미, 엄마」

이 작품은 2004년에 나왔다. 한국에서 다문화라는 용어를 정식으로 쓰기로 한 것이 2003년이니까, 다문화 · 다문화가정 · 다문화사회라는 단어 자체가 낯선 때였다. 작품 앞부분에 나오는 수연 엄마의 '일일 명예교사' 에피소드는 당시에는 요원했던 작가의 상상이었는데, 동화가 현실이 되어 지금은 낯선 풍경이 아니게 되었다. 그렇다고 현재 이주민에 대한 편견과 차별이 다 사라졌다는 뜻은 아니다.

주인공 수연이는 한국 아빠와 베트남 엄마, 그리고 할머니와 살고 있다. 수연이네 집에는 두 집이 세 들어 산다. 한 집은 끝방에 혼자 사는 박씨 아저씨이고, 다른 한 집은 수연이의 친구 세이네다. 세이는 파키스탄 아빠와 한국 엄마 사이에서 태어났는데, 엄마를 병으로 잃었다.

사건의 발단은 술에 취해 지내는 박씨 아저씨의 오해에서 비롯된다. 방세 20만 원이 사라졌다면서 의심스런 정황을 들어 세이를 범인으로 몬다. 세이 아빠는 자식이 의심받는 상황이 억울하지만 일이 부풀려지는 게 싫어 월급을 받으면 갚아 주겠노라며 일단락 지으려 한다. 세이는 아빠마저 자신을 믿지 않는 것 같아 억울하다.

갈등을 일으키는 박씨 아저씨는 이주민을 무시하는 전형적인 인물이다. 수연이네 엄마를 함부로 콩까이[6]라 부르고, 엄마가 산업 연수생으로 왔다가 아빠를 만나 결혼한 걸 모른 채 엄마의 결혼 뒷배경을 의심한다. 세이 아빠한테는 인종차별을 서슴지 않고, 돈을 벌어 몽땅 제 나라로 가져가는 파렴치한으로 여긴다.

> 부모가 부모 노릇을 제대로 해야 말이지. 한국 여자랑 결혼해서 자식까지 낳았으면 책임을 져야지. 외국인 노동자들은 월급 받는 거 몽땅 자기 나라로 부친다며? 애 학교 보내는 거랑 급식비랑 그런 게 다 어디서 나왔어? 나 같은 선량한 한국 사람이 낸 세금이라고.[7)]

배타적 우월 의식에서 나온 텃새와 이주노동자에 대한 편견 그리고 한국 여자랑 결혼한 것마저 죄가 되는 것처럼 억지 논리를 펴고 있다. 그런데 알고 보면 박씨 아저씨의 과거는 수연 엄마나 세이 아빠와 다를 바가 없다. 돈을 벌기 위해 베트남 전쟁에 참전했던 이력이 그렇다. 노동자와 군인이라는 신분이 다를 뿐 돈을 벌기 위해 남의 나라에 갔던 처지는 같았다. 게다가 수연 엄마의 입장에서 보면 박씨는 미국을 대신해 자신의 나라에 와서 위협을 가하고 돈을 번 사람이다. 그러한 사실은 묻어 둔 채 떵떵거리는 박씨 아저씨의 태도는 우리가 아직 다 해결하지 않은 역사적 논의의 과제까지 던져 놓고 있다.

사건의 실마리는 수연이 할머니가 돼지고기를 사들고 와 평상에 밥상을 차리게 하면서 풀린다. 알고 보니 박씨 아저씨는 진작 할머니에게 방세를 지불한 터였다. 술에 취해 그만 방세를 냈던 사실을 까맣게 잊고 애먼 세이를 잡았던 것이다. 그런데 이주민다움에 대한 편견을 박씨 아저씨만 가지고 있는 건 아니다. 단란한 다문화가정의 모습을 보이는 수연이네도 그로

---

6) 엄마가 말했다. "수연아, 콩까이는 베트남 말이 아니야. 한국 사람이 만든 베트남 말 같은 거야. 베트남 처녀, 뭐 그런 뜻이겠지만 좋은 말 아냐."(안미란, 「마, 마미, 엄마」, 『블루시아의 가위바위보』, 김중미 외, 창비, 2004, 133쪽.)

7) 위의 책, 132쪽.

부터 자유롭지 못하다. 그들조차 인지하지 못한 채 가정 안에서 사회적 편견을 드러내고 있었다.

엄마는 수연이에게 베트남 말로 베트남의 옛이야기를 들려주지만, 남들 앞에서는 베트남 말을 쓰지 못하게 한다. 수연이가 아기였을 때 베트남 말로 자장노래를 불러주면 할머니가 싫어하는 걸 보고 부지불식간에 베트남 말을 쓰면 안 된다고 인식한 것이다. 할머니는 엄마가 월남댁이나 월남 며느리로 불리는 것도 싫어했다. 수연이를 낳아 '수연 엄마'라 부르게 된 걸 좋아하니 엄마도 그렇게 불리는 걸 다행으로 여긴다. 무엇보다 엄마는 시집올 때부터 한국 스님이 지어 준 '전소희'로 불렸다. 가족 중 누구도 '응우옌 티 신'이라 부른 적이 없다. 그러다 보니 수연이는 지금까지 엄마의 원래 이름도 모르고 있었다. 가정 안에서도 수연 엄마는 어서 빨리 한국인화되기 위해 이름뿐만 아니라 언어나 문화를 버려야 했다. 우리 사회가 규정해 놓은 이주민다움으로 인해 그녀는 정체성마저 잃어가고 있었던 것이다.

세이 아빠는 어떠한가? 이름은커녕 '검둥이' 혹은 '어이', '이 새끼야'로 불리며 모멸감과 부당함을 온몸으로 견뎌내고 있는 형편이다.

> 아빠도 세이 아빠를 '어이'라고 부르지 않는가. 왜 이제까지 한 번도 그 말이 나쁘다고 느끼지 못했을까. 우리 아빠이기 때문이었을까. 내 속마음에도 무시하는 마음이 숨어 있었던 걸까. 공장에 있는 다른 아저씨들은 "이 새끼야"라고도 부르니까 어이라고 부르는 것쯤은 아무렇지도 않게 여긴 걸까. 세이 아빠가 자기 나라로 돌아가면 그 나라 사람들에게 뭐라고 할까. 한국말로 "이 새끼야."는 남자들끼리 친하게 부르는 말입니다, 이렇게 알려주지나 않을까.[8]

---

8) 앞의 책, 140쪽.

수연이의 깨달음을 따라가다 보면 얼굴이 화끈거리다 못해 가슴이 철렁 내려앉기까지 한다. 이름이 그러할진대 과연 그들이 이 땅에 발붙일 자리는 있었을까? 그래서 이 작품은 말한다. 국적과 말과 종교와 피부색이 문제되지 않는 다문화사회의 방향에 대하여.

> 우리 집 마당에는 저마다 다른 나라에서 온 사람들이 다른 이름을 가지고 모여 한솥밥을 먹는다. 웃고 떠들면서.[9)]

늦었지만 할머니가 수연 엄마의 본래 이름을 꺼내어 불러 준 것처럼, 둘러앉아 다같이 통성명을 한 것처럼, 밥상 위의 붉은색 고추장 돼지불고기와 푸른 쌈채소, 하얀 닭백숙 등이 상징하는 것처럼, 사회구성원이 재배열되고 있는 변화에 걸맞게 다문화사회의 새로운 정체성을 그들과 함께 찾아야 하는 것이다.

## 4. 상처와 위로의 변주–「짜짜네 신비한 가게」, 「오리 오리 꽥꽥」

「짜짜네 신비한 가게」와 「오리 오리 꽥꽥」은 상처와 아픔을 공유하고 위로하는 자들의 더불어 삶에 관한 이야기이다. 「짜짜네 신비한 가게」의 배경은 공장도 많고 이주노동자도 많은 변두리 동네이다. 주인공 석이는 부모님과 함께 살고 있다. 아빠는 직장을 잃은 뒤 통닭 가게를 하고 있는데, 몸에서 항상 땀 냄새와 기름 냄새가 난다. 그리고 왠지 뭔가에 늘 쫓기는 사람 같다. 어느 날 통닭 가게 맞은편에 파키스탄에서 온 알리 씨의 음식점 '짜짜네 가게'가 생기자 아빠는 언짢은 마음을 여과 없이 드러낸다.

---

9) 앞의 책, 143쪽.

"허참, 나라꼴이 어떻게 돌아가는 건지……. 공장에서 일자리 내주는 것도 모자라서 이제 식당까지 꿰차고 들어오는구먼."[10]

출산율이 낮고 힘든 일을 기피하여 해외 노동력 유입이 불가피한 상황임에도 불구하고, 우리 사회가 이주노동자들을 대하는 시선은 석이 아빠와 크게 다르지 않다. 이주민들이 일자리를 빼앗고 생계까지 위협한다고 생각하는 것이다. 가게가 새로 생겼으니 함께 가 보자는 엄마에게 아빠는 대뜸 "당신이 남의 나라 사람 걱정까지 해야 해?"라며 적대적인 마음을 드러낸다. 그런데 하필 아침 일찍 알리 씨와 마주친 아빠는 얼떨결에 '짜짜네 가게'의 첫 손님으로 초대된다. 석이도 따라가 보고 싶었지만 등교를 해야 하는 사정으로 가 보지 못해 아쉽다.

조금 뒤 짜짜네 가게에 다녀온 아빠의 태도가 이상하다. 경계하고 적대하던 마음은 어디로 가고 도리어 알리 씨를 걱정하지 뭔가. 준비가 덜 된 채로 가게를 연 것 같다며, 시간을 내어 알리 씨를 데리고 필요한 물건을 사러 시장에 다녀와야겠단다. 우유에 홍차와 계피를 탄 짜이를 대접받았다더니 혹시 그게 마법을 부린 걸까?

한편, 석이는 울보에다 외톨이인 친구 보현이 때문에 영 성가시다. 초대받은 생일파티에 가야 하는데 보현이가 떨어지질 않아서다. 몰래 빠져나갈 궁리를 하고 있는데, 마침 보현이를 본 알리 씨가 가게로 데리고 들어간다. 석이는 이번에도 짜짜네 가게에 가 보지 못하는 게 아쉽기만 하다. 다음 날 만난 보현이는 석이 아빠처럼 달라져 있다. 그동안 집 나간 아빠를 원망하고 미워했는데 그러지 않기로 했단다. 이번에도 짜이가 마법을 부린 걸까?

"짜짜가 그러는데…. 짜짜는 아저씨라는 뜻이래. 그래서 짜짜라 부르

---

10) 안미란, 「짜짜네 신비한 가게」, 『짜짜네 신비한 가게』, 안미란 외 지음, 북스토리아이, 2010. 106쪽.

래. 짜짜한테도 우리 같은 아들이 있대. 지금 파키스탄에 할머니랑. 그러니까 짜짜 엄마랑 산대. 아들이 너무 보고 싶고 밤마다 생각나지만 참는대. 짜짜 말이 아버지는 견뎌야 하는 게 많은 사람이래. 사랑한다는 말 같은 건 자기 마음에 비하면 너무 약해서 하지 않는 거래."[11]

짜이가 마법을 부린 게 아니라, 알리 씨의 공감하는 마음이 보현이의 깊은 상처를 보듬고 위로해 준 것이다. 석이 아빠가 변한 것도 그래서이지 않았을까? 부족하면 부족한 대로 가게를 차리고 이웃을 초대하는 알리 씨의 넉넉한 마음이, 실직 후 늘 무언가에 쫓기던 아빠를 위로한 게 아닐까? 엄마 말마따나 '사람 사는 게 일만 한다고 되는 게 아닌, 밥도 먹고 친구도 만나고 노래도 불러'야 하는 것처럼, 이제 아빠도 알리 씨와 친구가 되어 밥도 먹고 노래도 부르며 서로에게 힘이 되어 줄 것이다.

이야기의 결말은 아이들이 낯선 이주민을 대하는 작지만 의미 있는 모습으로 마무리 된다. 보현이네가 세 들어 사는 집에 새 이주노동자 두 명이 들어오는데, 아이들은 스스럼없이 웃으며 "안녕하세요!" 하고 먼저 인사를 건넨다. 석이와 보현이의 편견 없는 환대야말로 우리가 이주민을 이웃으로 대하는 기본 덕목이 아닐까 한다.

이번에는 「오리 오리 꽥꽥」을 보자. 이 작품의 배경인 '해피 아시아 마트'는 이름 그대로 작은 다문화사회를 떠오르게 한다. 산하와 엄마 그리고 직원인 인도네시아 출신 뚜기만 아저씨가 있는 마트는 대부분의 손님이 네팔 · 방글라데시 · 파키스탄 · 중국 · 캄보디아 · 베트남 등지에서 온 이주노동자들이다. 각국의 식료품과 물건 그리고 국제전화카드 등을 팔고 사글셋방을 소개하기도 한다. 이주노동자들은 그리운 고국의 것들을 구할 수 있어서 좋고, 산하네는 돈을 벌 수 있어서 좋다.

---

11) 위의 책, 114~115쪽.

산하 엄마는 과거 돈이 없어 산하를 보육원에 맡겼던 상처가 있어 돈 버는 데 악착같다. 그렇다고 이주노동자들을 돈의 논리로 대하지는 않는다. 그들이 월급을 타면 고국의 가족들에게 붙였는지부터 먼저 챙기고, 이주민 임산부가 병아리가 되다 만 곤달걀을 찾으면 불법인 줄 뻔히 알면서도 기어코 구해 준다.

> "엄마, 오리알 다시 팔 거야?"
> 엄마는 고개를 저었다.
> "딱 한 번만이야."
> "왜?"
> "음… 뱃속의 아기가 먹고 싶어 하니까."
> 엄마가 천사 같다는 생각이 들었다.
> "엄마는 법을 어기지만, 좋은 사람인 거지?"
> 엄마가 고개를 갸웃했다.
> "으응, 글쎄. 착한 천사는 아닌 것 같은데. 천사라면 거저 줘야겠지만 나는 그러기 싫거든."[12]

돈이나 법 이전에 상대방의 간절한 처지부터 챙기는 산하 엄마와 그 마음을 어렴풋이 이해하는 산하의 모습에서 상처와 위로가 변주되어 따뜻한 공감의 여운이 전해진다. 마트에서 일하는 뚜기만 아저씨의 사연은 분명하진 않으나 인근의 열악한 공장들을 전전하다가 너무 힘들어서 마트에 취직을 한 듯하다. 그런데 작품에도 나와 있듯이 당시 법으로는 외국인 노동자가 서비스업에 종사할 수 없었으므로, 뚜기만 아저씨가 마트에서 일하는 것은 불법이다. 공장에 비해 월급도 적고 불법이어서 불안하지만 산하와

---

12) 안미란, 「오리 오리 꽥꽥」, 『100년 후에도 읽고싶은 한국명작동화Ⅲ』, 예림당, 2018. 105쪽.

산하 엄마를 돕고 마음을 나눌 수 있는 해피 아시아 마트가 좋다.

한편, 임산부와의 약속 전날 단속반이 들이닥친다. 놀란 뚜기만 아저씨는 손님인 척 자리를 피하고, 산하는 몰래 곤달걀 두 개를 챙겨 옥상 보일러실에 감춰 둔다. 그런데 약속 날짜가 지나도록 임산부는 오지 않고, 두 개의 알 중 하나에서 새끼오리가 태어난다. 뚜기만 아저씨와 산하는 새끼오리가 암컷이면 알을 많이 낳아 곤오리알을 많이 만들 수 있을 거라며 좋아한다.

> 오리알을 몰래 우리나라로 들여온 게 아니라, 우리 집에서 생겨난 것이면 괜찮지 않을까? 곤오리알을 만들어서 팔면 엄마 오리가 나더러 나쁜 사람이라고 욕할까? 그 여자에게 곤오리알을 주면 아마 고맙다고 하지 않을까? 나도 엄마처럼 돈 받고 팔 거니까, 착하지는 않은데.
>
> 하지만 생각은 딱 거기까지만 했다.
>
> 새까맣고 반짝이는 새끼오리와 눈동자가 마주쳤기 때문이다.
>
> "여긴 추워. 내 방으로 데려갈래요."
>
> 해피 아시아 마트에 식구가 하나 더 늘었다.[13]

산하가 새끼오리를 가족으로 받아들이기까지 고민하는 몇 줄의 과정은 의미심장하다. 전에 어렴풋이 느꼈던 엄마의 마음을 완전히 이해하는 대목이기도 하고, 앞으로 우리 사회가 진정한 다문화사회로 가기까지의 고민과 진통을 암시하기 때문이다. 그럼에도 불구하고 산하는 '새끼오리와 눈동자가 마주'치자 복잡하던 고민을 털어버리고 그저 오리의 처지에 공감하며 식구로 받아들인다. 상처와 위로가 변주되어 더불어 삶으로 이어지고 있는 것이다.

13) 앞의 책, 110쪽.

## 5. 우리 모두는 우주시민-『투명한 아이』

2020년 기준 법무부 통계연보를 보면 우리나라에 머무는 미등록 이주민, 즉 불법체류자는 28만 명을 넘는다. 성인 남녀뿐만 아니라 아동 · 청소년 · 갓 태어난 아기까지 연령층도 다양하다. 이주민들이 미등록 신분이 되는 이유는 정해진 체류 기간이 지났는데도 계속 이 땅에 머물러 있거나, 허가 없이 회사를 바꾸고 출입국사무소에 신고하지 않은 채 일하는 경우이다. 그리고 부모가 미등록인 상태이면 두 사람 사이에서 태어난 아기는 무국적 아동이 된다. 부모는 부모 나라의 국적이 있지만, 아이는 부모 나라의 국적도 태어난 나라의 국적도 없다. 안미란의 장편동화 『투명한 아이』에 등장하는 '눈'이 바로 그런 무국적 아동에 속한다.

이야기의 배경은 외국인 노동자가 많이 사는 낙후된 빈민 지역으로 그려져 있다.

주인공 건이는 신문보급소를 운영하는 아빠, 살림에 보태기 위해 근처 슈퍼마켓에 나가 돈을 버는 엄마, 보급소 일을 돕는 장애인 고모와 살고 있다. 건물 1층은 보급소이고, 그 옆 조그만 가게는 비어 있었는데 점쟁이 할머니와 손녀 보람이가 들어온다. 보람이는 건이와 같은 나이로 금세 친구가 된다. 건이네 가족은 2층에 사는데, 구석방에는 이주민 가정인 눈과 엄마가 세 들어 살고 있다. 눈의 아빠는 어느 날 나가서 돌아오지 않는다. 네 살배기 눈의 이름은 겨울이 없는 베트남에서 온 엄마가 한국에서 처음 눈을 보고 붙여 준 이름이다. 이름처럼 맑고 투명한 눈은 또한 이름처럼 곧 사라질 수 있는 운명이다. 태어나 살고 있지만 국적도 증명서도 없는 투명한 아이인 것이다.

사건은 연말연시 어느 날 벌어진다.

눈이 다니는 어린이집 원장이 휴가 갈 비행기 시간이 급한데 눈의 엄마가 오질 않는다며, 눈을 건이네 집에 맡기고 가 버린다. 눈의 엄마는 오지 않고 연락할 방법도 없다. 그러고 보니 지금껏 눈의 엄마 이름도 연락처도 제대로 모르고 있었다.

건이네 가족은 눈의 엄마 소식을 백방으로 수소문하면서 미등록 이주노동자와 무국적 아동이 처한 현실을 자세히 알게 된다. 미등록 이주민들은 학교와 일터, 병원 등 일상의 공간에서 단속과 추방에 대한 공포와 불안감을 안고 살아간다. 미등록이라는 이유로 교육과 의료 같은 기본적인 권리를 누리지 못한다. 그러다 보니 눈은 네 살이 되도록 예방접종 기록 하나 없는 상태이다. 국적을 부여 받지 못한 아이에게는 인간의 존엄한 권리조차도 없는 걸까?

인권은 사람으로서 당연히 누려야 할, 인간답게 살 권리를 말한다. 인간이면 누구에게나 주어지는 고귀한 권리가 바로 인권이다. 남자든 여자든, 어른이든 아이든, 내국인이든 외국인이든, 장애인이든 비장애인이든, 부모가 있든 없든 구분 없이 사람이라면 누구나 동등하게 자유와 평등 그리고 행복을 누릴 자격이 있다. 그런데 이 작품에서 던지는 인간의 권리에 대한 질문은 눈에게만 해당되는 게 아니다. 장애인 고모, 조손가정인 점쟁이 할머니와 보람이, 그리고 건이 할아버지의 이야기에 등장하는 혼혈아 등과 같은 사회의 관심 밖에 놓인 이들에게도 똑같이 적용된다. 사회적 편견의 대상들이 처한 현실 속 '인권'에 대한 문제의식까지 드러내고 있는 것이다.

> 왜 세상에는 남이 해 봤던 일을 못해 보는 사람들이 있을까? 가족과 여행 가는 걸 못해 보는 남자애도 있고, 남이 해 보는 겨울 빙어 낚시는 커녕 자유로운 바깥나들이를 꿈조차 꾸지 못하는 여자 어른도 있다. 그리고 여기 그 흔한 양념 통닭을 집에서 시켜 먹고 쿠폰을 모아 보지 못한 여자애가 있다.[14]

14) 안미란, 『투명한 아이』, 어린이나무생각, 2015. 40~42쪽.

결론을 말하면 눈은 엄마를 찾게 된다. 이웃의 아픔을 나 몰라라 하지 않고 경찰서로 병원으로 인권센터랑 법무부까지 뛰어다니며 도운 건이네와 보람이네 덕분이다. 알고 보니 눈의 엄마는 퇴근길에 뺑소니 교통사고를 당했는데, 외국인 등록증도 없고 의식이 돌아오는 데 시간이 걸려 신원 파악이 늦어졌던 것이다. 눈의 딱한 사정을 안 보건소에서는 임시 번호를 주어 의료 혜택을 받도록 해 주고, 눈과 엄마는 갈 곳 없는 여성이나 어린이가 일반 가정 같은 시설에서 생활할 수 있는 쉼터에 가 살기로 한다.

해피엔딩처럼 보이지만 실상 임시 번호와 긴급 지원 쉼터가 언제까지 유효할지는 알 수 없다. 무엇보다 이러한 일은 눈의 가족에게만 해당되는 게 아니기에 정부 차원의 제도적인 해결책이 시급한 부분이다. 이 작품에서는 건이와 보람이를 통해 다문화사회를 살고 있는 우리에게 이웃으로서의 삶을 제시해 주고 있다.

건이와 보람이는 쉼터로 가는 눈에게 특별한 증서를 만들어 준다. 별다른 자격이 필요 없고 인간이면 누구나 가질 수 있는 우주 신민증과 우주별 여권이다. 대한민국뿐만 아니라 지구를 넘어 우주 어디든 자유롭게 다닐 수 있는 증서이다. 건이와 보람이는 너와 나를 편 가르지 않고, 네 나라 우리나라 국경도 가르지 않는다. 대한민국도 다른 나라들도 모두 우주 안에 속한 우주별이며, 그 안에 살고 있는 우리 모두는 우주 시민으로 행복하게 살 권리가 있다는 뜻이다.

## 6. 나가며

지금까지 안미란 작가의 '다문화 · 이주민'이라는 키워드에 속한 작품들을 살펴보았다. 작가가 작품 곳곳에 그려 놓은 다문화 · 이주민 관련 이야기는 모두 우리 한국 사회가 어떤 방향의 다문화주의를 표방할 것인가에 대한 고민에서 출발하고 있다.

과연 미래의 한국인은 누구인지, 이주민다움의 강요가 아닌 다문화사회의 새로운 정체성을 어떻게 모색해야 할지, 차이가 차별로 이어져 상처가 되지 않도록 서로를 인정하고 존중하는 방법은 무엇인지, 지구 마을에 사는 인간이라면 누구나 기본적인 권리를 누릴 자격이 있고 그런 면에서 우리는 모두 우주 시민이라는 사실 등이다.

갖가지 이야기를 통해 작가는 '당장 일어나는 일을 고발하기보다는 이런 모습이 되었으면 좋겠다는 걸 어린이들에게 알려'[15]주고자 했다. 우리가 직면한 다문화사회의 현실을 제대로 인식하는 일을 우선으로 여기고, 한국식 다문화 혹은 이주민다움에 그들을 가둬두지 않기를 바랐다. 그리고 작품들을 통틀어 한국사회가 다양한 국적과 인종의 새로운 사회구성원을 어떻게 받아들이고 충돌 없이 공생의 길로 나아갈 것인가에 대한 해법으로 '공감'을 제시하고 있다.

올해 초 우리 영화계에 《미나리》 열풍이 인 바 있다. 영국을 비롯해 유럽의 여러 시상식에서 감독 및 배우의 수상 소식이 이어지다가, 마침내 미국 아카데미 시상식에서 여배우가 조연상을 받으며 관심의 열풍은 더욱 커졌다. 과연 미국과 유럽의 나라들이 영화 《미나리》에 주목한 이유는 무엇일까?

이미 그들 나라는 이민자들의 이합집산인 다문화사회라는 데 힌트가 있다고 본다. 미국에 이민 온 한국인 가족의 이야기. 위태위태한 이민의 삶을 지탱해 주는 한국 할머니의 고지식하지만 품 넓은 사랑이 《미나리》의 가족뿐만 아니라, 세계 곳곳의 이민자들이 겪는 고충과 고단한 삶을 관통하며 다문화사회의 보편적인 공감을 이끌어 낸 것이 아닌가 한다.

《미나리》에 나오는 '이민 간 한국인의 삶'을 영화로 지켜본 우리의 마음

---

16) 안미란, 「나의 작품과 여성주의」, '부산가을독서문화축제 심포지움' 발표문, 2017.

은 어떠했을까? 주인공이 병아리 감별사라는 3D업종에서 일하며 모은 돈으로 황무지를 개간하고, 한국에서 가져온 씨를 뿌리고 하는 장면에서 그 씨앗이 미국 땅에 잘 뿌리내리기를 내심 바랐을 것이다. 낯선 곳의 텃새와 차별을 이겨내고 당당하게 잘 살기를, 성공하여 한국인의 정체성을 대대손손 이어가 주기를 응원했을 것이다. 어디에 갖다 놓아도 잘 적응하고 잘 자라나는 미나리처럼…….

이제 그 바람과 응원을 고스란히 대한민국으로 가져와 이 땅에 살고 있는 이주민들에게 적용할 용의가 있는지, 스스로에게 질문을 던져 볼 차례이다. 우리가 《미나리》의 인물들이 차별 받으며 미국인화 된 이주민다움으로 살아가기를 바라지 않는 것처럼, 이 땅의 이주민들이 자기 정체성을 잃지 않으면서 우리와 잘 공존하도록 공감의 치환을 해보자는 것이다. 단순해 보이지만 결코 쉽지만은 않은 이 동화적 해결책이야말로 안미란 작가가 여러 작품에서 끊임없이 꿈꾸고 이루고자 한 희망의 다른 이름이 아닐까 한다.

요컨대 한국 사회가 다양한 국적과 인종의 새로운 사회구성원을 어떻게 받아들이고 더불어 잘 살아갈 것인가에 대한 답은, 안미란 작가의 작품들에서 공통적으로 말하고 있는 '공감' 그 이상도 이하도 아니라는 뜻이다.

# 체험이 바탕이 된, 진실하고 건강한 글쓰기
– 안선모 작품론

김경옥(동화작가)

## Ⅰ. 올곧고 단단한 프로 근성의 작가

안선모는 1958년 바다가 보이는 인천에서 태어나 인천교육대학을 졸업하고 교사생활을 하던 중에 1992년 「대싸리의 꿈」으로 월간 《아동문예》에 작품상을 수상하면서 작가의 길로 접어든다. 그는 연이어 1994년에 「낙타가 부르는 노래」로 MBC창작동화대상, 1995년 「나는야 코메리칸」으로 눈높이아동문학상, 1996년 제16회 해강문학상을 수상하는 등 탄탄한 필력을 유감없이 발휘하며 30여 년 가까이 140권이 넘는 어린이책을 저술하면서 왕성한 활동을 이어나가고 있다.

안선모는 어린 시절 '공부는 잘했지만 융통성도 없고 좀 맹한 아이'였다고 자신을 회상한다. 피란민들이 모여 살던 판잣집에서 초등학교 6학년까지 살았는데, 좁은 골목을 뛰놀고 산과들을 쏘다니며 열매을 따먹던 그 시절이 온통 즐거운 기억뿐이었다고 말한다.[1)]

오로지 자식 교육이 우선이었던 아버지 밑에서 책을 좋아하고 엉뚱한 상상을 즐기며 자란 안선모는 대학 시절 비로소 예비 작가로서의 면모를 보여주기 시작한다. 학보사 기자 활동 외에도 대학에서 공모하는 소설에 당선되고, 또 친구였던 동화작가 원유순과 함께 '3인 시화전'을 여는 등 그는

1) 안선모, 『안선모 동화선집』, 지식을만드는지식, 2013, 220쪽.

어느 틈엔가 작가라는 운명의 끈과 서서히 맞닿아 가기 시작한다.

1992년 등단 후엔 동화에 대한 열정을 더욱 더 품어 나가는데. 그는 밤을 새우며 저돌적으로 동화를 써나갔고 첫 동화집인 『모래 마을의 후크 선장』[2]을 낸다. 그 이후부터 현재까지 그는 수많은 저서들을 써낸 베테랑 중견 작가로 우뚝 선다. 안선모는 매사 정직하고 올곧으며 어떤 일이든 열정과 책임감을 가지고 최선을 다하는 작가로 유명하다. 그의 이런 성정은 동화 쓰기에서도 여실히 드러난다. 그는 동화를 쓸 때면 철저히 자료를 조사하고 직접 발로 뛰면서 쓰는 작가이다.

> '나는 신문 기사에 나온 이야기나 뉴스에서 다룬 이야기를 동화 속에 투입할 때 될 수 있으면 그 장소에 가 보고 나서 쓰는 편이다. 가 보지 않고서 가 보지 못한 곳의 이야기를 실감나게 쓸 수는 없다고 생각하기 때문이다. 아마도 그건 내 상상력이 빈곤해서일지도 모른다. 나는 내가 쓰고자 하는 이야기의 공간적 배경을 될 수 있으면 꼭 찾아보아야 직성이 풀린다.'[3]

그의 글에는 거짓이나 속임수 등 얄팍한 술수는 없다. 그는 교육자와 작가적 양심으로 어린이를 위한 책을 저술하고 작품을 창작해 나간다. 사실성에 기반을 두고 철저한 관찰과 자료 조사를 토대로 꼼꼼하게 글을 써 가며 자신의 글에 책임을 지는 믿음직스러운 작가인 것이다.

장편 역사동화인 『성을 쌓는 아이』를 쓸 당시 작가는 작품 집필을 위해 직접 도성에 관한 강의를 들으며 2년 동안 도성 공부를 한 것[4]으로 알려져 있다. 그는 수많은 자료 조사와 취재를 통해 책상에서 깨작거리며 안이하

---

2) 안선모, 꿈동산, 1995.
3) 안선모, 「안선모는」, 『안선모 동화선집』, 지식을만드는지식, 2013, 222쪽.
4) 안선모, 「창작 수첩」, 《어린이와문학》, 2018. 3월호.

게 쓰는 글이 아닌, 발로 뛰는 작가라는 것을 잘 보여준다. 그의 공력대로 '성을 쌓는 아이'는 완성도 높은 감동적인 작품으로 주목을 받았다.

또한 아이들의 학교생활을 다룬 동화나 자연의 삶을 추구한 작품에서도 직접 보고 겪은 일들을 바탕으로 작품을 창작해 나간다. 안선모는 초등학교 교사로 평생 아이들과 함께 한 작가이다. 그는 교육현장에서 아이들의 심리 및 그들이 겪는 여러 상황들을 누구보다 잘 안다. 그가 바라보는 아동들은 주로 무언가 늘 부족하고 서투른 아이들이다. 학급에서 문제아로 지목되었거나 특별한 아이로 취급되는 아이들에게 깊은 관심을 가진다.[5] 그가 근무했던 학교는 대부분 변두리거나 문화적으로 낙후된 지역의 학교이다 보니 그런 아이들을 자주 만날 수 있었고 보살핌과 소통을 필요로 하는 아이들의 이야기를 작가는 생생하게 써낼 수 있는 것이다.

그가 교육현장에서 만난 아이들의 문제를 글로 써 나갈 때는 교사로서 아이들이 가진 장점과 긍정적인 면들을 찾아내는 등 교육자의 시선을 느낄 수 있다. 그 다음엔 문학가로서 객관적 거리를 둔 채 오랫동안 아이들을 지켜보며 그들의 문제와 고민을 헤아린다. 누구보다도 교육현장의 문제를 잘 알지만 교사의 시선만으로 아이들을 바라본다면 가르치려드는 교훈만 담는 설익은 작품이 될 것이다. 그는 교사와 문학가 두 시선을 잘 견지해 나가면서 누구보다도 진지하고 심도 있게 아이들의 문제 속으로 파고든다.

작가 안선모를 말할 때 또 하나 빼놓을 수 없는 것은 '자연적 삶'이다. 그는 주중에는 도시학교에서 보내고, 주말에는 남편 송한경과 함께 운영하는 포천 '산모퉁이 농장'으로 달려가 자연 속에서 삶을 누린다. 그곳에서 작가는 동 · 식물들과 함께 지내면서 자연과 교감하고 때로는 생태 전문가가 된다. 벌을 키우고, 거위와 닭을 키우고 멧돼지, 고라니 등을 만나기도 한다. 또 고된 농사일을 직접 체험하면서 자연과 합일된 정신을 지향하기도 한

5) 안선모, 위의 책.

다. 농촌 체험적 삶은 그에게 중요한 글쓰기 소재로 활용됨과 동시에 작가가 추구하는 삶의 지향점이기도 하다.

안선모는 진실에 근접한 체험적 글쓰기를 통해 생생한 이야기를 써내는 작가이다. 작가로서 그가 지닌 프로 근성은 대나무처럼 올곧고 단단하다. 그는 절대 허투루 글을 쓰도록 스스로를 용납하지 않는 성격이기도 하다. 등단부터 지금까지 30여 년의 세월 동안 안선모는 초심 그대로의 열정을 간직한 채 진정성 있는 작품들을 창작해 왔다. 그 결과 어린이 독자에게 건강하고 믿음이 가는 문학을 선사하게 되었다.

## Ⅱ. 안선모의 작품 세계

안선모는 지금껏 140권이 넘는 다양한 어린이책을 펴냈다. 그는 동화작가이면서 또한 교육 전문가이기에 출판사는 이런 작가를 가만 둘 리가 없다. 문학성과 교육성이라는 두 바퀴를 균형감 있게 잘 굴려 맛깔나게 글을 써내는 이만큼 신뢰할 수 있는 동화작가를 찾기란 쉽지 않기 때문일 것이다. 그는 여러 출판사에서 다양한 기획의 청탁을 받으며 어린이들에게 꼭 필요한 많은 양서들을 출간해 왔다. 그런 왕성한 저술 활동 중에서도 안선모는 순수 문학작품에 대한 창작을 가장 중요시 여기며 지금껏 40여 권의 개인 창작집을 냈다. 26권의 장편동화집과 10여 권의 단편동화집, 또 공들여 펴낸 몇 권의 그림책 등이다.

『마이 네임 이즈 민 캐빈』, 『지구를 굴리는 쇠똥구리』, 『안녕 바람숲 마을』, 『날개 달린 휠체어』, 『아기 햄스터 에햄이』, 『아빠의 바퀴구두』, 『미안 미안해 반달곰아』, 『소리섬은 오늘도 화창합니다』, 『우당탕탕 2학년 3반』, 『자전거를 타는 물고기』, 『안녕 베트남 신짜오 한국』, 『으라차차, 시골뜨기 나가신다』, 『후라이드와 양념이』, 『걱정 뚝, 안전짱』, 『초록토마토』, 『은이에게 아빠가 생겼어요』, 『할머니는 알도 못 낳잖아요』, 『성을 쌓는 아이』, 『포 씨의 위대한 여름』, 『싸움 구경』, 『꿀 독에 빠진 여우』, 『교실로 돌아온 유령』, 『죽을 똥 살 똥』 등 작가는 많은 작품을 써내며 자신만의 창작 세계를 견고하게 구축해 나아가고 있다. 그 중 『소리섬은 오늘도 화창합니다』는 인천에서 태어나고 자라 바다와 많은 인연을 갖고 있는 작가가 인천 앞바다의 아름다운 섬을 취재하여 쓴 것이다. 실제 배경은 무의도이지만 '소리섬'이라는 이름을 붙인 뒤 어촌 체험의 이야기를 써 냈다. 이 작품으로 2006년 한국아동문학상을 수상하였다. 또 『자전거를 타는 물고기』와 『꿀 독에 빠진 여우』는 초등학교 국어 교과서에 실린다. 그 밖에도 개발에 앞장서는 포클레인 '포'씨가 위대한 생명을 부화시키는 이야기인 『포 씨의 위대한 여름』은 한국아동문학인 협회 우수 작품상을 수상했다.

그의 작품 창작의 주된 키워드는 대체로 세 가지 유형을 보이는데 '아이', '자연', '역사'이다. 교육 현장에서 만났던 여러 '아이'에 관한 이야기, 농촌 체험의 삶에서 우러나온 '자연'에 대한 이야기, 작가가 애정을 갖고 계속 추구해 갈 것으로 예상되는 '역사'에 대한 이야기이다. 세 가지 유형은 앞으로도 안선모 작가의 창작 활동에 중요한 모티프가 될 것으로 파악이 된다. 이 글에서는 안선모의 초기 작품들은 제외하고 중반기 즈음에 해당되는 2010년부터 2020년 현재까지의 작품들을 살펴보고자 한다. 작가의 체험을 바탕으로 한 글쓰기는 과연 어떤 정신과 시선으로 형상화되는지, 동화에 담고자 하는 작가의 생각들을 엿보려 한다.

## 1. 아동을 바라보는 건강한 시선

교실을 배경으로 한 동화는 안선모 작품에서 흔히 볼 수 있다. 안선모는 아이들의 행동과 심리, 사건들 뿐만 아니라 부모의 이야기까지 학교에서 벌어지는 이야기들을 매우 구체적으로 구성하며 실감나게 쓰고 있다.

학교와 교실이라는 공간은 아이들에게 가장 익숙한 공간이지만 작가들에게는 학교에서 일어난 일들을 리얼하게 그려 내는 일이 사실 쉽지 않다. 왜냐하면 시대가 바뀌면서 하루가 다르게 첨단 과정으로 변화되기도 하고, 심지어 아이들이 실생활에서 나누는 대화마저도 우리 시대와는 다른 그들만의 관심사가 따로 존재하기 때문이다. 요즘엔 아이들이 사용하는 언어마저도 그들만의 암호가 존재하는 듯이 여겨지기도 한다. 그러다 보니 작가들은 옛날 고리타분한 교실 풍경을 그대로 써 내거나 현실감 떨어지는 이야기를 그려 내기 십상이다. 리얼리티가 떨어지는 설정이라면 아이들은 신뢰하지 않을 것이다.

학교를 배경으로 한 안선모의 동화 쓰기는 그가 가장 잘 쓸 수 있는 동화이다. 디테일한 부분까지 리얼리티를 살려서 쓰는 동화에 아이들은 신뢰를 보내고 마치 자신의 이야기처럼 느낄 것이다. 책 속의 주인공과 동일시되는 경험은 어린 독자들을 책으로 푹 빠져들게 만드는 요소이다.

『우당탕탕 2학년 3반』은 교실에 있는 각양각색의 말썽꾸러기들로 늘 시끌벅적한 교실의 풍경을 담아낸 작품이다. 이 작품의 특징은 작가는 몇 명의 주인공을 내세우지 않는다. 모두가 주인공이 될 수 있다는 작가의 어린이관을 엿볼 수 있다. 그는 고지식한 어른이 아닌 아이들의 개성을 그대로 받아들여 주는 열린 마음의 관찰자이다. 조금 모자라지만 엉뚱하고 순수하고 거침없는 아이들을 꾸밈없이 동화 속에 나타내 개성 넘치고 건강한 모습을 독자들에게 유쾌하게 선사한다.

작가는 교실 속의 마이너리티에게 긍정의 시선과 애정을 쏟아 붓는 각별함을 보인다. 또한 서사의 진행 면에서도 작가 관찰자 시점을 즐겨 사용하는 것을 엿볼 수 있다. 그것은 어린이들간의 관계 형성 과정을 객관성 있게 보여주고자 하는 작가 의식의 소산이라 평가할 수 있다.[6)]

『은이에게 아빠가 생겼어요』는 한 부모 가정과 반려동물에 대해 쓴 작품이다. 편모 가정의 외로운 아이 은이는 잃어버린 강아지 앵두를 찾는 과정에서 자신처럼 외롭고 버림받은 강아지들을 만나면서 용서와 관용을 배우게 된다. '비켜비켜 아저씨'도 은이처럼 외로운 존재지만 은이는 이런 만남의 과정을 통해 맑고 밝은 모습을 보여준다. 작가는 결핍이 있는 아이들을 건강하게 그려냄으로써 '결핍은 또 하나의 결핍을 만들어낸다'는 부정적인 사회 통념을 깨려는 의지를 엿볼 수 있다.

『싸움 구경』은 단짝인 시우와 유민이가 장풍놀이를 하며 재미있게 놀다가 시우가 다치게 됐고, 급기야 엄마들끼리 싸움이 벌어진다. 아이들은 저희들끼리 벌써 화해했는데 부모들은 여전히 이기적인 모습으로 싸움을 하고 있고 이런 부모들의 모습을 아이들이 구경하는 이야기이다. 작가는 실제 겪은 일을 동화로 썼다고 한다. 그래서인지 이야기가 생생히 살아있어 읽는 독자들마저도 싸움구경에 흠뻑 빠져들게 만든다.

아이들의 속성은 단순하고 경쾌하다. 비록 싸움이 났어도 아이들끼리는 금방 화해하고 문제가 없다. 그런데 어른이 끼면 오히려 문제가 커진다. 작가는 아이들보다 순수하지 못하고 욕심 많은 어른들의 세계를 꼬집으면서 건강하게 성장하는 아이들의 모습을 유쾌한 글솜씨로 담아냈다.

> "이제부터 싸움하면 안 돼요. 그런 의미에서 악수하고 껴안아주세요."
> 선생님의 말씀에 유민이가 눈을 동그랗게 뜨고 말합니다.
> "우리 싸우지 않았는데요?"
> "어쨌든 친구가 다쳤으니까요. 자 얼른!"
> 시우와 유민이는 선생님이 시키는 대로 악수도 하고 꼭 껴안았습니다.
> "서로 화해했으니 앞으로 사이좋게 지내요."
> 그러자 유민이가 또 말합니다.

6) 염창권, 「어린이 체험의 핍진성과 교육 동화로서의 가능성」, 『안선모 동화선집』, 208쪽.

"선생님, 우리는 원래부터 사이가 좋았어요."

그런 유민이를 보고 시우가 픽 웃음을 터뜨렸습니다.[7]

작가 안선모는 교실을 배경으로 작품을 써 나갈 때 상당히 유리한 입장이지만 오히려 일상적으로 겪는 상황 속에서 때로는 무감각해질 수 있다고 말한다. 그러므로 글감을 발견했을 때는 리얼한 서사를 꾸려가기 위해 더 많이 관찰하고 숙성시켜 나간다.

'교실에서 일어나는 일을 자세히 쓸 수 있다는 것과 아이들의 심리와 상황을 세밀하게 쓸 수 있다는 것은 장점이기도 하지만 단점이기도 해요. 아이들이 겪는 문제 상황을 생생하게 잘 알고 있기 때문에 이야기로 엮어내기가 쉽다고 생각할 수도 있지만 결코 그렇지 않아요. 날마다 일어나는 새로운 갈등 속에서 명쾌한 주제 찾기가 쉽지 않아요. 그래서 꼭 다루고 싶은 소재나 주제를 발견했을 때 오랫동안 관찰하고 지켜봅니다. - 하략 -'[8]

그는 교육현장의 이야기를 누구보다도 잘 쓸 수 있는 작가이지만 '교단 작가'라는 말에는 거부감을 표시한다. '학교 교사이면서 글을 쓰는 사람을 교단 작가로 분류해 그들이 쓰는 글은 고작 교실에서 벗어나지 못한다는 인식에 대한 반감'[9] 때문이다. 작가를 어떤 범주에 가두어 평가하는 것만큼 창작 의욕을 꺾는 일도 없을 것이다.

『안녕 베트남 신짜오 한국』은 국제 결혼을 통한 다문화 가정 아이의 이야기다. 한새는 한국인 아빠와 베트남 엄마 사이에서 태어나, 베트남에서 살다가 4학년이 되어 한국으로 왔지만 문화적인 차이로 아이들에게 놀림을

---

7) 안선모, 『싸움 구경』, 청어람주니어, 2016, 58~59쪽.
8) 안선모, 「창작 수첩」, 《어린이와문학》, 2018. 3월호.

당하고 배척당한다. 하지만 긍정적인 자세와 당당함으로 한국 생활을 해 나간다. 오히려 탈북자 가정의 인철이의 방패막이가 되어 주기도 한다. 마지막엔 다문화 아이들의 공연을 통해 친구들과의 갈등을 헤쳐 나가고 하나 되는 마음으로 건강한 관계 맺기를 한다.

안선모는 다문화 아이에 대한 부정적인 시각을 오히려 긍정적 시각으로 바꾸어 그들이 가진 장점을 세계화 추세에 걸맞게 살려주며 용기를 주고자 한다. 그는 교사라는 직업 덕분에 오히려 주인공들이 처한 상황을 더 이해해 나가며 그들을 향한 왜곡된 시선을 일반화시키지 않고 어린이 모두를 종합적으로 이해하려는 작가관을 엿볼 수 있다.

## 2. 자연적 삶이 묻어난 진실한 글쓰기

안선모는 2005년 포천에 '산모퉁이'라는 농장을 만들어 전원적 삶의 공간을 마련한다. 15년 동안 척박한 땅을 일구더니 꽃과 나무, 새, 동물들과 함께하는 더 없이 아름다운 터전을 이룩하였다. 작가는 주말이면 산모퉁이로 내려가 꽃밭을 가꾸고 땀 흘리며 농사일도 한다. 힘들게 수확한 건강한 농산물들을 주변 지인들에게 아낌없이 나누어 주기도 한다. 산모퉁이 농장은 세월이 갈수록 자연스런 멋을 갖춘 명소로 자리 잡으며 동화작가들의 힐링 장소로도 유명하다.

산모퉁이 농장의 안주인을 바라보노라면 미국의 동화작가 타사 튜더가 떠오르기도 한다. 산속에 농가를 짓고 정원을 가꾸면서 자연주의 삶을 실천한 타사 튜더처럼 안선모 작가도 세월이 흐를수록 점점 더 산과 들을 닮은 너그러운 모습으로 자연주의 삶을 실천하며 살아간다.

작가의 자연지향적인 삶은 동화 쓰기와 곧바로 연결된다. 그의 작품에는 자연 속에서 뛰어노는 아이들이 등장하고, 또 알을 낳는 거위 이야기며, 포클레인의 오목한 손 안에서 생명을 부화시키는 이야기 등 싱그러운 동화들이 탄생된다.

『포 씨의 위대한 여름』은 제목부터 호기심을 불러일으킨다. 동화의 주인공은 개발의 상징인 포클레인을 의인화한 '포 씨'이다. 힘이 센 포 씨는 우거진 갈대 숲을 밀어내 아파트를 짓는 일을 하거나, 굽이굽이 휘돌아가는 강줄기를 파헤쳐 곧게 만드는 일 등 자연을 훼손하며 개발에 앞장서 왔다. 포 씨는 자신을 위대하게 여기며 자랑스러워한다. 그러던 포 씨가 구제역으로 돼지들을 땅에 묻은 뒤부터 시름시름 병을 앓는다. 그 이유는 그동안 자신이 해왔던 일에 대한 자각 때문이었다. 병든 포 씨는 녹슬어 가고 그런 과정 속에서 갈대 숲을 잃어 알을 낳을 곳이 없는 개개비가 포 씨의 손 안에 알을 낳게 된다. 포 씨는 마침내 어린 생명을 키워 내는 위대한 일을 한다.

> '알을 낳은 후에 개개비는 낮이나 밤이나 알을 품었습니다. 물도 마시지 않고 밥도 먹지 않았습니다. 포 씨도 함께 알을 품었습니다. 혹시나 사람들이 볼세라 마른 잎을 그러모아 아늑한 둥지를 만들어 주었습니다. 그러는 사이 '포' 씨의 가슴속에 어떤 새가 둥지를 틀어도 될 만큼의 넉넉함이 쌓여 갔습니다. 푸른 더덕은 하늘까지 올라가고 싶다고 포씨의 가슴팍을 마냥 타고 올라가고, 바퀴 밑에서 살곰살곰 자라고 있던 덕다리 버섯도 덩달아 삐죽 키를 늘리는 뜨거운 날들이 지나갔습니다.'[10)]

이 작품의 실제 모델은 산모퉁이 농장에 있는 포클레인이라고 한다. 그 포클레인을 더덕 줄기가 타고 올라가고 바퀴 밑에서는 버섯이 삐죽 올라와 생명의 잉태를 다함께 돌보는 모습이 선연하게 그려지고 있다. 작가는 자신이 직접 보고 관찰한 일들을 동화 속에 생생히 그려 냄으로써 자연과 생

10) 안선모, 『포 씨의 위대한 여름』, 청어람주니어, 2014.

명의 위대함을 일깨워 주고 있다.

『으라차차 시골뜨기 나가신다』는 아토피 때문에 도시에서 시골로 내려와 살게 된 아이가 처음에는 불만을 갖고 시골생활을 하였으나 점점 자연에 동화되어 행복감을 찾고 폐교 위기에 있던 시골 학교도 아이와 어른들이 힘을 합쳐 살려 내는 이야기다.

이 동화는 도시 아이들이 경험하기 힘든 시골에서의 삶을 세밀하게 보여준다. 거위, 토끼, 벌, 지렁이 등 자연 속 생태와의 간접 체험을 도와준다. 또 텃밭에서 수업을 하고 시를 쓰는 등 작가의 이상적인 교육관을 보여주기도 한다.

> "그런데 무슨 벌이 그렇게 무섭냐? 이렇게 무서운 벌은 처음 봤어."
>
> 지성이의 말에 찬수가 으쓱하며 말했습니다.
>
> "아마도 땅벌이었을 거야. 땅벌은 땅속에 집을 짓고 사는데 움직이고 뛰는 사람은 끝까지 쫓아가. 또 이 벌은 다른 벌과 달라서 한 번 적이라고 생각하면 쏘고 또 쏘아. 다른 벌은 한 번 쏘면 벌침이 빠지는데 이 벌은 그렇지 않아. 옷소매를 파고들어 쏘기도 하고, 머릿속까지 파고들기도 해. 그런데 신기하게도 말이야, 움직이지 않으면 절대로 달려들지 않아. 너희들은 시골뜨기가 아니어서 이런 사실을 몰랐을 거야."
>
> 그때 갑자기 지성이가 두 손을 번쩍 들고 소리칩니다.
>
> "으라차차, 시골뜨기 만세!"[11)]

이 작품 역시 작가의 시골 생활에 대한 경험이 곳곳에 녹아 있다. 동화 속에 건강한 아동상을 보여줌으로써 자연을 닮은 아이들로 성장하길 바라는 작가의 소망이 담겨 있다.

---

11) 안선모, 『으라차차 시골뜨기 나가신다』, 살림어린이, 2010, 119쪽.

『소리섬은 오늘도 화창합니다』는 작가가 태어나고 자란 인천 앞바다의 섬을 배경으로 쓴 작품으로 작가의 경험이 윤활유처럼 녹아 있다. 작품 속에서는 소리섬이지만 실제 배경은 무의도이다. 쌍둥이로 태어난 솔이는 여자라는 이유로 가족을 떠나 멀리 섬에서 살게 된다. 남아 선호 사상에 대한 작가의 비판적 시선을 담았지만, 이 작품은 무엇보다도 솔이의 어촌 체험을 씩씩하게 그려내고 있다. 섬에서 만난 세 명의 여자 아이들 모두 활달하고 밝으며 긍정적이다.

외갓집으로 홀로 내려온 솔이는 가족들을 원망할 법도 한데 그곳에서 사귄 친구들과 어촌 생활을 당당히 즐기는 모습이다. 제목에 '화창하다'라고 표현한 것은 솔이에게 보내는 작가의 응원처럼 여겨진다. 하지만 씩씩한 솔이도 가슴속엔 가족을 향한 그리움이 가득하다. 독자들은 그리움 가득한 바다를 보듯 솔이의 내면의 그리움을 절로 헤아리게 된다. 포용하고 끌어안는 위대한 바다처럼 솔이도 어머니 같은 넓은 마음으로 자신에게 처해진 부당함을 오히려 긍정의 시선으로 끌어안으며 더 당당한 모습으로 한 뼘 성장한다.

### 3. 지나간 역사와 현실의 관계를 더듬다

안선모는 호기심과 탐구심이 많은 작가이다. 그는 음악, 서예, 컴퓨터, 외국어 등 다방면으로 잘하는 것이 많은 작가임에도 불구하고 늘 진지한 자세로 공부하며 탐구하길 좋아한다. 무엇인가에 호기심이 꽂히면 깊이 알 때까지 파고드는 근성이 있다. 그래서일까. 그가 쓴 작품들은 유독 신뢰가 간다.

안선모는 역사에 많은 관심을 갖고 공부하는 작가이다. 그가 쓴 첫 번째 역사동화인 『성을 쌓는 아이』[12]는 이런 호기심과 탐구심에서 시작되었다.

'2010년경이었을 거예요. 역사책을 읽다 '한양 도성'이라는 네 글자에 감전이라도 된 듯 팍 꽂혔습니다. 도성은 누가 쌓았을까, 어떻게 쌓았을까? 이 궁금증을 해결하고 나니 또 다른 궁금증이 마구마구 솟아났어요. 멀리 지방 곳곳에서 성을 쌓으러 온 사람들은 어떤 사람들이었을까, 그들은 어떻게 한양까지 왔을까, 원해서 이 먼 데까지 왔을까? 온갖 궁금증 때문에 살 수가 없었죠. 그래서 닥치는 대로 책을 읽고 강의를 들으러 다니면서 2년의 세월이 흘렀어요. - 하략 -'[13]

이 책은 한양 도성을 쌓기 위해 조선 팔도에서 동원된 수많은 백성들의 애환과 사연들을 남장 소녀 물미를 통해 보여주는 작품이다. 물미의 어머니는 여진족에게 붙잡혀 가고 아버지는 도성을 쌓으러 한양으로 불려가 어린 물미는 혼자 남게 된다. 그러나 물미는 남장을 하고 아버지를 찾아 나선다. 함경도 땅에서 한양까지의 여정은 험난하다. 하지만 당차고 긍정적인 소녀 물미는 힘든 여정을 꿋꿋이 겪어낸다. 우리네 삶이 인연의 연속이듯 물미도 귀중한 인연들을 만나며 용기와 힘을 얻는다. 물미는 마침내 한양에서 아버지를 만나게 되고 기꺼이 성을 쌓는 일에 동참한다.

성곽 돌담에는 성을 쌓은 사람의 책임을 묻기 위해 이름이 새겨져있다고 한다. 이 작품은 역사적 사실을 근거로 작가의 상상력이 빚어낸 참 따뜻하고 감동적인 이야기다. 백성들의 땀과 정성으로 쌓은 성곽에는 이처럼 아무도 알아주지 않는 민초들의 사연과 고단함이 수 백 년 흐른 지금까지도 남아 있음을 느끼는 순간, 독자들의 가슴은 뭉클해진다. 과거와 현재는 단절이 아닌 연속선상의 흐름 속에 있다. 어린이들은 성곽 돌에 새겨진 과거 물미의 흔적을 통해 오늘의 고달픔을 이겨 낼 용기를 배우지 않을까.

안선모 작가의 역사에 대한 탐구는 앞으로도 지속될 것으로 예견된다.

---

12) 안선모, 청어람주니어, 2013.
13) 안선모, 「창작 수첩」, 《어린이와문학》, 2018년, 3월호.

왜냐하면 또 다른 호기심이 벌써 그를 자극하고 있기 때문이다. 작가는 어릴 때 자신이 살던 부평 동네 골목에 줄줄이 있던 허름한 '줄 집'[14] 이야기를 작가들과의 사석에서 자주 꺼냈었다. 그런데 자신이 살던 그 동네에 조병창, 즉 무기 제조 공장이 있었다는 사실을 알게 되었다고 한다. 조병창은 일제가 대륙 침략을 위해 1941년 인천 부평 지역에 세운 무기 제조 공장으로, 조병창에 강제 동원된 피해자는 적어도 1만 명 이상으로 파악된다.

> '부평 역사박물관에서 지금 제가 사는 고장에 일제 강점기 시대 '조병창'이라는 곳이 있었다는 사실을 알게 되었어요. 위안부를 피하기 위해 조병창에 취직을 했다는 생존 인물의 인터뷰 기사도 보았고, 조병창에서 일하다 팔다리가 잘린 사람들의 이야기도 들었어요. 바로 내가 태어났고, 지금도 살고 있는 이 고장에서 말이죠. 옛날 조병창이 있던 곳은 지금 '부평공원'이 되었고, 그 흔적은 없지만 그 시대 역사동화를 쓰기 위해 날마다 부평공원을 거닐며 그 시대 사람들과 대화를 하고 있답니다.'[15]

안선모는 자신의 유년 시절을 보낸 지역에 대한 애정과 함께 우리 역사에 관해서도 많은 관심을 갖고 있는 작가이다. 세월이 지났다 해도 우리 삶은 여전히 과거와 현재가 같은 끈으로 이어져 있다. 그는 인천 지역에 관한 아픈 역사를 그 동네 어린이와 요즘의 어린이에게 꼭 들려주고픈 작가적 소명 의식을 갖고 있다. 하필 자신의 기억 속에 오롯이 남아 있던 자신이 살던 동네가 조병창과 관계되어 있으니 이런 것이 바로 작가의 운명적 만남이 아닐까 싶다. 탐구심과 열정, 책임감이 강한 안선모 작가이기에 그의 차기작이 될 역사동화에 거는 기대가 클 수밖에 없다.

---

14) 일제 강점기 무기 제조를 목적으로 한 노동자 공동 주택인 미쓰비씨 줄 사택을 말함.
15) 안선모, 「창작 수첩」, 《어린이와문학》, 2018, 3월호.

## Ⅲ. 마무리

안선모의 작품들은 그가 실제 겪은 체험 중심의 서사들로 꾸며져 있음을 엿볼 수 있다. 교사로서 만난 아이들, 또 자연적 삶을 통해 보고 느끼고 경험한 것들, 또 자신의 유년 시절과 관련되었거나 자신이 호기심을 갖고 탐구하던 역사적 사실들에서 서사를 꾸려 나가고 작품화하는 경향을 보인다.

동화 속에 그려진 아이들은 뛰어난 아이들이 아닌, 평범함에 묻혀 있는 보통의 아이들이거나 결함이나 결핍을 가진 소외받는 아이들이다. 다문화 아이들도 많이 등장하는데, 작가는 그들이 가진 문제점보다는 장점을 찾아내고 아이들이 뿜어 내는 긍정의 에너지를 보여주면서 건강하게 성장해 가는 모습을 담아내고 있다. 또 자연주의 삶을 통해 자연은 위대한 어머니처럼 인간을 품어 주고 치유해 준다는 세계관을 엿볼 수 있다. 특히 성장기에 있는 어린이들이야말로 자연과 함께해야 함을 강하게 드러내는데, 그의 동화는 요즘처럼 정신적으로나 육체적으로 나약하고 병들어 있는 어린이들을 치유해 주는 해결책이 될 것으로 생각된다.

안선모는 주로 체험과 사실에 기반한 글쓰기를 통해 리얼리티를 살려 주어 독자에게 신뢰를 주고 진실한 감동을 선사한다. 하지만 때로는 상상력의 개입을 자신도 모르게 제한하는 경우도 있을 것이다. 그러다 보면 전형적인 이야기의 틀을 벗어나지 못하고 예상 가능한 평범한 이야기로 그치고 말 수도 있다. 안선모의 작품에서도 기발하고 엉뚱한 상상력의 개입보다는 특별하지는 않지만 진실한 글쓰기를 통해 탄탄한 서사를 이루고 긍정적이며 밝은 아이들의 모습을 보여준다. 이런 특징은 평생 교육현장에 몸담았던 작가의 삶과 무관하지 않을 것이라 생각된다. 작품 속 어린이들 모습은 결국 작가가 추구하는 이상적인 어린이상이다.

안선모는 현재 오랫동안 몸담아 온 교사 생활의 퇴임을 1년 앞두고 있다. 그는 퇴직 후 산모퉁이 농장에서 여러 가지 일들을 계획하고 있다. '책 읽는 부엉이 도서관'을 비롯해 다양한 농촌 체험활동을 펼쳐 산모퉁이를 어린이 문화체험의 명소로 만들 큰 그림을 그리고 있다. 이런 계획이 어떤 방식으로 피어날지 자못 기대감을 갖게 한다. 왜냐하면 그는 능력도 뛰어난 데다 무엇보다 식지 않는 열정과 근성, 노력의 정신을 갖고 있기 때문이다.

또한 이런 변화된 생활이 퇴임 후 맞이하게 될 제2의 작가 인생에 어떤 모습으로 피어날지도 궁금해진다. 교사라는 직위를 벗어나 좀 더 자유롭게 맞이하게 될 제2의 삶은 분명 작가로서 또 한번 도약하는 계기가 될 것이 분명하기 때문이다. 그가 가진 작가적 역량과 그동안 꾹꾹 눌러온 끼와 열정은 이제까지 보여주지 않았던 색다른 모습으로 피어나 또 한번 울창한 문학의 숲을 이루지 않을까.

이제껏 많은 작품 세계를 보여 왔지만 그는 더 많은 작품 세계를 보여줄 것이라 믿는다.

안선모는 부지런하지만 결코 서두르지 않는다. 오래 생각하고 오래 품으며 뚜벅뚜벅 힘 있는 발걸음을 내딛는 사람이다. 그러기에 그와 함께 문학의 길을 걷는 선 · 후배, 동료 작가들은 더불어 든든하고 행복하다.

# 다양한 시공간 속 인물이 전하는 우리 역사와 문화
– 이경순론

하근희(문학평론가, 교육학박사)

## 1. 시작하며

이경순 작가는 27년간 약 50편 내외의 작품을 상재하였고, 2020년 제30회 한국아동문학상을 수상한 우리나라의 중견 작가이다. 발표한 작품들이 여러 단체에서 추천 도서로 지정되는 것만 보아도 그가 좋은 작품을 다수 쓴 작가임을 알 수 있다.

그런데 그의 작품에 대한 평론은 많지 않다. 2022년 김옥선[1]이 그의 역사동화에 초점을 맞추어 쓴 평론 정도가 유일하다. 그가 1997년 『찾아라, 고구려 고분 벽화』로 삼성문학상을 받으며 등단했고, 이후 『빗살무늬 그릇의 비밀』(2002), 『용감무쌍 오총사와 수상한 소금 전쟁』(2015), 『고구려 아이 가람뫼』(2021), 『사라질 아이』(2022)와 같이 역사적 사실에 근거한 작품을 썼기 때문이다. 역사동화로 등단한 그가 꾸준히 역사적 사실에 바탕을 둔 작품들을 써 왔기 때문에, 이러한 면에 초점을 맞춘 평론이 이루어진 것은 당연하다. 하지만 이경순의 작품을 읽다 보면, 그의 작품 세계가 역사동화에 한정되지 않는다는 것을 어렵지 않게 알 수 있다. 그가 다양한 작품을 써 온 만큼, 필자는 작품의 다른 면에 초점을 맞추어 그의 작품 세계를 탐색해 보고자 한다.

---

1) 김옥선, 「우리 역사를 새롭게 쓰다」, 아동문학평론 가을호, 2022, 172~180쪽.

## 2. 다양한 시공간의 설정

필자가 중고등학생이던 시절, 국어 시간에 문학 작품의 시간적 배경과 공간적 배경을 열심히 외웠던 기억이 있다. 그때에는 왜 이 작품의 배경이 이 시기, 이 장소인가에 대해 고민하기보다는 작품에서 배경을 잘 찾아서 외우기 위해 노력했다.

후에 아동문학을 공부하다가 '시공간'을 의미하는 '크로노토프(chronothop)'라는 용어를 알게 되었다. 필자의 경우에는 마리아 니콜라예바가 쓴 『용의 아이들』에서 이 용어를 알게 되었지만, 사실은 이전에 미하일 바흐친이 문학 비평을 위해 도입한 용어이다. 이 용어는 시간을 의미하는 크로노스(chronos)와 공간을 의미하는 토포스(thopos)가 합쳐져 만들어졌다. 니콜라예바는 문학작품에 나타난 '시간과 공간의 조화(a unity of time and space)'를 언급하면서 아동문학에서 시간과 공간을 함께 고려해야 한다고 주장하였다.[2] 즉, 이전에는 작품 속 시간과 공간을 관련지어 고려하는 경향이 뚜렷하지 않았다면, 크로노토프라는 용어를 사용하면서 작품에서 시간과 공간의 상호 의존성을 강조하게 되었다.

이경순의 작품 속에서 시공간은 다양하고 구체적으로 나타난다. 우리나라 동화의 공간은 모호한 도시 혹은 촌락의 어디쯤인 경우가 많다. 너무나 유명한 『강아지똥』의 공간은 길가에 개똥이 떨어지는 시골에서 달구지가 다니는 때가 배경이고, 황선미의 『마당을 나온 암탉』도 닭장과 마당, 산이 있는 어디쯤을 배경으로 한다.

그런데 이경순의 작품에는 다양하고 구체적인 시공간이 나타난다. 이러한 특성이 잘 나타나는 작품으로는 전남 신안군 일대와 목포를 배경으로 하는 『용감무쌍 오총사와 수상한 소금 전쟁』과 전북 순창을 배경으로 하는

2) 마리아 니콜라예바 저, 김서정 역, 『용의 아이들』, 문학과 지성사, 1998, 183쪽.

『메주 공주와 비밀의 천 년 간장』, 울산 반구대 암각화를 배경으로 하는 『사라질 아이』를 들 수 있다. 각각의 작품을 좀 더 자세히 살펴보기로 하자.

먼저 『용감무쌍 오총사와 수상한 소금 전쟁』은 일제 강점기 신안과 목포 일대를 시공간으로 삼는다. 동화에서, 일제 강점기 우리 민족의 아픔을 이야기하는 경우는 적지 않았다. 교과서에 몇 차례 수록되면서 더 유명해진 손연자의 『마사코의 질문』이나 비교적 최근의 작품인 『내 이름은 이강산』과 같은 작품을 어렵지 않게 떠올릴 수 있다. 이 시기를 배경으로 한 작품은 대부분 일제의 무자비한 폭력성과 창씨개명, 토지조사사업 등의 부당성과 잔혹성을 보여준다. 그런데 이경순의 작품은 좀 특별하다. 먼저 그는 지금 가장 보편적인 소금이라 할 수 있는 천일염이 일제 강점기에 보급되었음을 이야기한다. 흔히 접하는 소금에 관련된 널리 알려지지 않은 역사적 사실은 독자의 흥미를 끈다.

> 그때 진웅이는 천일염 소금밭이란 걸 난생처음 봤다. 논처럼 넓게 펼쳐진 소금밭. '세상에, 소금을 이렇게 만들 수도 있구나.' 큰 충격을 받은 날이었다.
>
> 진웅이가 아는 소금은 갯벌에 소금밭을 일구고 염정(소금을 얻기 위해 함수를 모으는 웅덩이)을 만든 뒤, 그 염정에 고인 함수(바닷물을 더욱 짜게 농축시킨 물)를 퍼다가 커다란 솥에 붓고 오래오래 불을 때어야만 만들어졌다. 그런데 소정이네는 그저 넓은 땅에 바닷물을 끌어들여서 햇볕과 바람에 천천히 말려서 만들었다. 진웅이 눈에는 소금을 거저 얻는 것처럼 보였다.[3)]

작가는 우리가 잘 아는 천일염의 생산 방식이 사실은 역사가 그리 길지

---

3) 이경순 글, 이영림 그림, 『용감무쌍 오총사와 수상한 소금 전쟁』, 개암나무, 2015, 51쪽.

않음을 알려준다. 이에 더하여 양반의 자식인 '진웅'과 그의 집 마름이었던 정수의 딸인 '소정'의 관계도 재미있다. 진웅과 소정의 또래일 것으로 예상되는 독자들의 감정을 잘 포착한 작가의 능력이 돋보이는 지점이라 하겠다. 다음으로, 천일염 생산의 배후에는 일제의 야욕이 숨겨져 있음을 보여준다. 진웅의 아버지인 심진사는 정수에게 일본에 야합하지 말 것을 당부한다.

> "지금 그걸 말이라고 하나? 자네는 조선 사람 아닌가? 어째 일본 놈보다 더한 소리를 하는가? 자네가 만드는 소금으로 사람을 죽이는 화약과 무기를 만든단 말일세. 그게 일본 놈들이 우리 조선 땅 곳곳에 천일염 소금밭을 만드는 이유란 말이네."[4)]

우리 민족을 위하는 척 소금을 만들게 하고, 그것으로 더 큰 전쟁을 꿈꾸는 일제의 모습은 분노를 불러 일으킨다. 그의 작품을 읽으며 흔히 이야기하는 무단정치, 친일파와 같은 문제 외에도 얼마나 일제가 촘촘하게 우리나라를 수탈하고 억압하였는가를 알 수 있다. 이렇게 무거운 역사적 사실을 알려주면서도 심진사와 정수 간의 갈등, 진웅이와 소정, 미자, 현규, 선우로 이루어진 오총사가 겪는 에피소드들을 잘 조합하여 역사적 사실과 재미 요소를 어우러지게 풀어내고 있다.

작가는 소금에까지 뻗친 일제의 만행을 알리기에 가장 적합한 공간을 작품에 구현해 냈다. 널리 알려진 것보다 훨씬 치밀하고 계획적인 일제의 수탈이 있었음을 짐작하게 하는 적절한 크로노토프를 찾아낸 것이라 하겠다. 어디에서나 일어났던 보편적인 아픔뿐 아니라 잘 알려지지 않은 역사적 사실에도 가치를 부여하는 작가의 모습이 돋보인다.

---

4) 앞의 책, 112쪽.

다음은 우리나라의 전통 장 문화를 다룬 『메주 공주와 비밀의 천 년 간장』을 살펴보자. 홍아와 홍아의 부모님은 장 만들기 명인인 할머니댁에 내려와 살게 된다. 어느 날 홍아네 반 친구들은 메주 만들기 체험학습을 하러 오고 홍아, 재이, 민기는 할머니의 금지 구역에 몰래 들어간다. 그런데 갑자기 천 년 묵은 씨간장이 담긴 장독이 깨지고, 깬 사람은 나타나지 않는다. 순창의 이름을 딴 브랜드가 있을 만큼, 순창은 장맛이 좋기로 유명한 고장이다. 그래서 전라남도 순창군을 배경으로 작가가 상상한 것이라는 작품 속 공간은 적절하지만 그리 새롭게 느껴지지는 않는다. 하지만 작품에서 전통문화의 소중함을 느끼게 하기 위해 작가는 시간 이동의 방식을 선택한다. 씨간장 독이 깨진 후 병이 난 할머니에게 자신이 할 수 있는 것을 찾기 위해 금지된 장소를 다시 찾은 홍아가 겪는 일을 살펴보자.

> 천 년 씨간장을 품었던 독에는 이제 간장이 머물렀던 흔적만 희끗희끗한 둥근 테로 남아 있었다.
>
> 그런데 둥근 테에 콩알만 한 갈색 조각 하나가 붙어 있었다. 단단하고 매끄러운 것이 꼭 얼음이나 수정 조각 같았다.
>
> "이게 뭘까?"
>
> 그걸 떼서 코 끝에 대자 간장 냄새와 함께 향긋한 냄새가 뒤섞여 났다. 숨을 깊이 들이마시자 향기가 한층 짙어졌다.
>
> 그때 바람에 거세게 불었다. 대숲이 출렁였다. 높이 뻗은 대나무들이 춤추듯 몸을 흔들었다. 솨솨, 댓잎들이 파도 소리를 냈다. 경쾌하면서도 힘이 넘쳤다. 온 세상이 댓잎 서걱대는 소리로 가득 찼다. 냄새를 너무 깊이 마신 탓일까. 홍아는 아찔하니 현기증이 일어나서 눈을 감았다.[5]

---

5) 이경순 글, 김연희 그림, 『메주 공주와 비밀의 천 년 간장』, 개암나무, 2016, 87~88쪽.

독 속에 담긴 홍아는 비밀의 장소에서 천 년 전으로 시간을 거슬러 가게 된다. 그리고 임금님이 내리신 간장-작품에서 고려 문종 임금이 내린 간장으로 묘사됨-이 씨간장이 되었음을 알게 된다. 이후 일제 강점기 피난 길에서도 간장을 지켜내고자 한 선조들의 노력과 한국 전쟁 시기에도 간장을 숨기기 위해 애썼던 일, 홍수 속에서도 씨간장 독을 건져낸 후 기뻐했던 일을 홍아는 모두 보게 된다. 그리고 할머니가 장을 만들어 팔아 아버지와 고모들을 키운 사연도 듣는다. 할머니가 왜 그렇게까지 씨간장을 소중히 여기는지 이해할 수 없었던 홍아가 시간을 거슬러 올라 경험을 하면서 할머니를 이해하게 되는 것이다. 그리고 홍아는 다시 현재로 돌아온다. 홍아는 자신 때문에 씨간장 독이 깨졌을 것이라는 죄책감에서 벗어나지 못해 '가슴 가득 찬바람이 들이치는 것(102쪽)' 같은 기분을 느낀다.

이 작품에서는 홍아는 시간 이동을 경험하고, 이 과정에서 할머니를 이해하게 된다. 작품에서 씨간장으로 대표되는 전통문화를 소중하게 여겨야 한다고 선언하는 것이 아니라, 홍아가 간장이 되어 경험하는 것들이 할머니를 이해하게 하는 기회를 만든다. 필자는 가끔 주변인들에게 '책이 얼마나 좋은데. 책 좀 읽어라.'고 해서 어린이가 책을 읽게 된다면 세상에 책 안 읽는 어린이가 없을 거라는 농담을 한다. 어떤 대상에 대한 개인의 태도 변화는 지식의 전달만으로는 일어나지 않기 때문이다. 일반적으로 태도는 인지, 정의, 태도적 요인으로 구성된다고 보는데, 인지적 주입만으로는 태도가 변화하기 어렵다. 그래서 책을 읽으며 독서의 즐거움을 경험해야 독서를 하려는 태도가 형성된다. 이와 비슷하게 홍아는 우리나라의 장에 얽힌 조상들의 정서를 함께 경험하면서, 전통문화에 대한 태도가 달라진다. "가슴에서 찌르는 듯한 통증이 밀려왔다. 콧등도 아렸다. 이내 뜨거운 눈물이 볼을 타고 흘러내렸다."[6]는 부분은 홍아가 느낀 정서를 짐작하게 해 준다.

6) 앞의 책, 102쪽.

이와 같은 정서를 경험했기 때문에 씨간장이 소중하다는 것을 어렴풋이 알던 상태에서 벗어나 진심으로 씨간장을 소중하게 여기게 된다. 과거로 시간을 거슬러 올라갔을 때 느낀 정서가 이러한 변화의 바탕이 되었음은 당연하다.

울산을 배경으로 한 『사라질 아이』는 좀 더 먼 과거로 거슬러 올라간다. 이 작품은 '준수'가 신석기 시대와 청동기 시대의 어디쯤, 원시인들이 사는 반구대 암각화가 있는 울산과 현대의 울산을 오가며 상실감과 슬픔을 극복해 나가는 과정을 담고 있다. 작품 속에서 준수는 사고로 엄마를 잃고, 울산 반구대 암각화를 탐방하는 행사에 참여하게 된다. 그토록 와 보고 싶었던 반구대이지만 엄마 생각이 나서 준수는 별로 기쁘지 않다. "입술을 질끈 눌렀다."는 묘사는 준수가 울음을 참고 있음을 예상하게 한다. 그런 그에게 치유의 기회가 찾아온다.

> 외진 곳에 비스듬히 누운 바위에 몸을 기댔다. 보는 눈이 없으니 마음이 편했다. 파란 하늘을 보다가 스르르 눈을 감았다.
> "서준수, 내 말 안 들려? 나 좀 도와 달라고!"[7)]

'스르르 눈을 감'은 준수가 눈을 뜨자 만난 사람은 더벅머리에 시원한 베옷 차림으로 잃어버린 목걸이를 찾고 있는 '수리'이다. 수리와 함께 목걸이를 찾고 있다가 준수는 이상함을 느낀다.

> 그때였다. 온 세상이 짙은 먹구름 속에 잠긴 듯 어두워졌다. 소리도 들리지 않았다. 마치 빛과 소리가 사라진 세상 같았다. 준수는 뒷덜미가 서늘해지면서 소름이 돋았다.[8)]

---

7) 이경순 글, 전명진 그림, 『사라질 아이』, 마루비, 2022, 11쪽.
8) 앞의 책, 15쪽.

이렇게 해서 준수는 수리와 함께 원시 시대로 가게 된다. 그곳에서 겉으로는 무뚝뚝하지만 마음속 깊이 자신을 아끼는 '아줌마'를 만난다. 아줌마는 죽은 준수의 엄마와 준수를 생각하는 마음은 있으나 감정 표현이 서툰 아빠가 합쳐진 인물이라 할 수 있다. 그리고 동생이 죽은 것이 자신의 탓이라며 자책하는 '고래이빨'을 수리와 함께 위로하면서 엄마가 죽은 것이 자신의 탓이라고 생각하던 자신의 트라우마에서도 벗어나기 시작한다. 또 현실에서 무기력했던 모습에서 벗어나 수리와 고래이빨, 곰발바닥, 노루귀의 도움으로 어려운 일에 도전하고 모험을 시도해 나가면서 이전과 다른 모습으로 거듭난다.

> 준수는 콧등이 아리면서 눈앞이 어룽져 왔다. 기억하려 해도 도무지 떠오르지 않던 엄마의 환한 웃음이 선명하게 떠올랐다.
>
> 준수는 줄곧 가슴을 옥죄며 누르던 무거운 덩어리가 서서히 사그라지는 느낌이었다.[9)]

불가능해 보였던 고래잡이로까지 뽑힌 준수는 엄마를 떠올릴 수 있게 되고, 자신 때문에 엄마가 죽었다는 죄책감에서 서서히 벗어날 수 있게 된다. 그리고 자신 때문에 슬퍼하는 형을 위해 자신을 데려온 수리의 모습을 보면서 가기 싫은 반구대 탐방을 억지로 보낸 아빠의 마음을 이해하고 아빠에 대한 원망을 그칠 수 있게 된다.

준수의 변화는 원시 시대, 울산을 시공간으로 삼기에 가능했다. 고래를 좋아하던 준수가 원시 시대의 '호야'가 되어 훈련에서의 어려움과 다른 사람의 비웃음을 극복하고 고래잡이가 되는 과정은 준수를 단단하게 만든다. 호야는 '영혼이 데려온 아이'라는 뜻이다. 그는 '새가슴'의 영혼일 것으로

---

9) 앞의 책, 152쪽.

짐작되는 '수리'를 만나 자주 대화를 나눈다. 또 고래이빨은 동생인 수리를 알아보기도 하지만 그것을 이상하게 여기지 않는다. '원시 시대'라는 배경이 아니라면 영혼을 자연스럽게 받아들이는 설정은 의구심을 자아낼 것이다. 하지만 모든 것에 영혼이 깃들어 있다고 믿었던 원시 시대의 울산을 배경으로 하기에 이 작품은 좀 더 그럴듯하게 여겨진다.

마리아 니콜라예바는 '공간은 단순한 배경이 아니라 텍스트의 주요 이미지나 상징'[10]이라고 했다. 이경순의 작품에서 시공간은 작품의 핵심 요소이다. 일제의 만행으로 맥이 끊긴 우리나라 고유의 소금인 자염에 대한 이야기는 일제 강점기 신안 일대와 목포가 아니라면 할 수 없었을 것이다. 우리 전통 장의 소중함은 순창에서 과거로 시간 이동을 하는 시공간이 아니었다면 공허한 외침에 그치고 말았을지도 모른다. 자신 때문에 엄마가 죽었다는 죄책감에 시달리는 준수는 자신이 좋아하는 고래로 유명한 울산의 원시 시대로 가서 자신과 반대 상황에 놓인 영혼인 수리를 만났기 때문에 거듭날 수 있었다. 즉, 이경순의 작품에서 시간과 공간은 분리하여 생각할 수 없고, 이것이 작품 전체를 관통하고 있다.

## 3. 소재를 포착하는 예리한 눈

이경순 작가의 작품을 읽다 보면 그가 상당히 다양한 소재를 작품으로 풀어 내고 있음을 알 수 있다. 이것은 어쩌면 그가 작가 수업을 받다가 바로 등단하거나 교직에 있다가 등단을 하는 보통의 작가들과는 조금 다른 인생을 살아왔기 때문일 것이다. 그가 밝힌 바에 따르면[11], 그는 여상에서 은사님을 만나 문학과의 인연을 맺었다. 그러나 공부를 계속하지 못하고

---

10) 마리아 니콜라예바 저, 김서정 역, 앞의 책, 195쪽.
11) 이경순, 「문학을 향한 도전, 그리고 길 찾기」, 아동문학평론 가을호, 2022, 161~171쪽.

직장 생활을 하다가 스물여섯이 되어서야 한 대학의 문예창작과에 입학했다. 이후 역사 탐방과 관련 일을 하는 남편을 만나고, 두 명의 아이를 낳은 후 1997년 등단을 했다. 그의 삶을 살펴보면, 그가 왜 역사 이야기로 등단을 하게 되었는지 짐작할 수 있다.

그는 작가인 동시에 '엄마'이기도 한데, 엄마로서 경험하는 일상은 소재를 찾는 새로운 길을 열어 준다. 『호구와 천적』은 엄마로서의 아이를 키우며 겪은 일을 바탕 삼아 창작되었다. 작가의 말을 살펴보면, 그의 막내아들은 "가족 중에 바둑 두는 사람이 없었고, 집 안에 바둑판은커녕 바둑알 하나 굴러다니는 일이 없었"[12]는데 바둑을 하고 싶어한다. 그리고 프로기사가 되기 위해 가족을 떠나 바둑 도장으로 들어가게 되었다. 엄마로서 겪은 일들을 바탕으로 작품을 쓰면서 작가는 이와 같이 서술했다.

> 저는 막내가 프로 기사가 되기 위해 치열하게 노력하는 사람이기보다는 바둑이 좋아서, 정말 신나게 즐겼으면 좋겠어요. 나중에 그 시절을 돌아보면 미래를 위해 죽자 살자 내달린 것이 아니라, 매 순간이 설레며 즐거웠다고 추억할 수 있기를 바라지요.
> 『호구와 천적』은 저의 이런 바람을 담아 쓴 책이에요.[13]

2016년 알파고와 이세돌의 대결이 있으면서 바둑에 대한 세간의 관심이 커지기는 했지만, 바둑은 동화에서 자주 다루어지는 소재라고 보기는 어렵다. 엄마로서 아이를 키우면서 겪는 경험은 무심히 흘려보낼 수 있는 것이지만, 그는 이것을 소재로 꿈을 키워 가는 어린이들에게 전하고 싶은 목소리를 작품에 담아내고 있다.

생활 속에서 소재를 찾아내는 그의 예리한 눈은 다른 작품에도 나타난

---

12) 이경순 글, 안병현 그림, 『호구와 천적』, 파랑새, 2017, 4쪽.
13) 앞의 책, 5쪽.

다. 어려운 처지에 놓인 남매를 돕는 할머니의 이야기를 유쾌하게 그린 『파랑 머리 할머니』의 창작 배경을 작가는 다음과 같이 밝히고 있다.

> 집을 나간 엄마가 어느 날 돌아와서 가구를 가져갔다. 아이는 좋아하는 가구를 붙들고 '이건 두고 엄마만 가!'라고 외쳤다.
>
> 꽤 오래전에 읽은 기사 내용이다. 너무 오래되어 어렴풋하지만 그때 화석처럼 굳어 버렸을 아이의 마음이 느껴져 지금도 가슴이 먹먹하다.[14)]

작가의 말처럼 "너무 오래"되었지만 그는 이것을 잊지 않고 작품으로 풀어 냈다. 이와 같은 기사를 읽고 나면 대부분의 사람은 '어휴, 참 안 됐네.' 하는 감상을 밝히는 정도로 끝날 것이다. 하지만 이경순 작가는 기사의 내용을 소재로 삼아 작품을 완성하는 작가적 역량을 펼쳐 보인다. 그리고 그 작품은 불우한 환경에 놓인 어린이들에 대한 관심을 촉구하고, 어른의 역할이 무엇인가를 고민하게 만든다.

평범한 엄마와는 좀 다르지만 멋진 엄마가 등장하는 『사차원 엄마』의 창작 배경 역시 이와 유사하다.

> 오래전, 참 매력적인 자매를 만난 적이 있습니다.
>
> 두 살 터울의 자매는 학업 성적은 중간 정도였지만 뚜렷한 주관과 개성을 가진 아이들이었어요. (중략)
>
> 그런 특별함에 자꾸만 자매에게 눈길이 갔고, 이것저것 묻게 되었는데, 역시 그 특별한 아이들에겐 더 특별한 엄마가 계셨어요. (중략)
>
> 제 눈에 비친 그분은 인생에 있어 정말 중요한 것이 무엇인지를 아

14) 이경순 글, 김정진 그림, 『파랑 머리 할머니』, 마주별, 2020, 116쪽. 『파랑 머리 할머니』는 전자책으로 읽었다. 이하 해당 도서의 쪽수는 전자책을 기준으로 한 것이다.

는, 참 멋진 엄마였어요. 하지만 정작 아이들은 엄마가 얼마나 멋진 분인지 잘 모르더라고요. 그래서 언젠가 그 특별한 두 아이와 더 특별한 엄마를 주인공으로 한 이야기를 쓰리라 마음먹었지요.[15)]

이렇게 마음을 먹었지만 작품은 얼른 완성되지 못하고 10년이라는 시간이 흐른다. 그러나 이경순 작가는 포기하지 않고 기어이 작품을 탈고한다. 일상에서의 경험을 잘 갈무리해 두었다가 오랜 시간이 흐르더라도 멈추지 않고 작품으로 완성하는 그의 저력이 느껴진다.

작가가 키우던 개가 사고로 죽은 후에 쓴 『똘복이가 돌아왔다』나 이사 후 생각지 못한 불편함을 겪고, 그것을 장점을 보게 된 과정을 떠올리며 쓴 『슈슈 씨의 범인 찾기』 역시 일상의 소재를 포착하여 작품으로 승화시키는 그의 작가적 역량을 보여주는 작품들이라 하겠다.

이경순 작가는 일상의 소재를 포착하는 데에 머무르지 않는다. 필요한 경우 적극적으로 소재를 찾아 나서기도 한다. 12남매가 살고 있는 집을 방문하여 그들을 만난 후 쓴 『대장 넷 졸병 일곱』을 보면 그의 이런 면모를 엿볼 수 있다.

열두 명의 자녀를 낳아 키우는 가정이 있다는 소문이 들렸습니다. 그 아이들을 만나기로 한 날이 다가오자 소풍날을 기다리던 그 옛날처럼 가슴이 설레었습니다. (중략)

"안녕? 나는 동화를 쓰는 사람이란다. 너희들 모습을 책 속에 담고 싶어."

활짝 웃으며 이렇게 다가갈 수 있었던 건.[16)]

---

15) 이경순 글, 이수영 그림, 『사차원 엄마』, 함께자람(교학사), 2018, 5쪽.
16) 이경순 글, 정림 그림, 『대장 넷 졸병 일곱』, 세상모든책, 2006, 5쪽.

이경순 작가는 어린이들에게 이렇게 다가갔지만 아이들은 작가에게 관심이 없었다고 한다. 그래서 작가는 옆에서 지켜볼 수 밖에 없었다. 그리고 그날 보고 들은 것이 새로운 작품으로 탄생하였다. 즉, 그는 일상에서 소재를 찾는 예리한 눈을 가지고 있으며, 적극적으로 소재를 찾아나서는 탐험가이기도 하다.

이렇게 그의 작품 창작 과정을 비교적 소상히 알 수 있었던 것은 그가 작품의 서두나 말미에서 작품의 창작 배경을 비교적 자세히 서술해 두고 있기 때문이다. 작품을 어떻게 쓰게 되었는지를 알려주는 친절한 그의 안내는 작가가 되고 싶어하는 이들에게도 소중한 자료가 될 것이다.

## 4. 인물을 통해 드러내는 주제

동화에서 인물이 중요한 요소라는 데에는 누구나 동의할 것이다. 인물은 시공간 속에서 사건을 만들거나 해결하는 주체로서 기능하며, 이 과정에서 주제를 암시한다. 즉, 인물이 놓인 시공간에서 인물이 갈등을 빚고, 해결해 나가는 과정을 읽으며 독자는 작품의 의도를 이해하게 된다.

널리 알려진 것처럼 E.M.포스터는 서사의 등장인물을 평면적 인물과 입체적 인물로 나누어 설명했다. 그리고 많은 독자들이 입체적 인물이 더 바람직한 것으로 생각한다. 실제 삶을 살아가는 사람들의 특성은 한 가지로 유형화되지 않고, 때로 변화하기 때문에 실제 인물과 더 유사한 입체적 인물이 더 나은 인물의 모습이라 여긴다.

하지만 H.포터 애벗은 작품 속 인물이 현실적이 될 수 있는가에 대하여 의문을 제기한다. 그에 따르면 작품 속 인물은 실제 인물과 달리 명료함과 분명함을 갖추어서 독자의 마음 속에 인물의 표상이 떠오르도록 자극하고 촉진하는 역할을 해야 한다. 이러한 역할은 유형화된 인물을 통해 잘 구성

되며, 등장인물은 '내포 저자'의 개념과 잘 부합한다.[17]

'내포 저자(implied author)'는 실제 저자나 서술자가 아닌, 독자가 서사를 읽고 있을 때 구성되는 저자의 개념이다. 의도를 헤아리며 읽을 때, 내포 저자는 독자들이 서사의 의도된 의미와 효과를 추론하기 위해 점진적으로 구성하게 되는 감수성과 도덕적 지성이다. 그러므로 내포 저자는 '추론된 저자'라고도 할 수 있다.[18] 그러므로 독자는 유형화된 인물을 보면서 내포 저자를 상상하고, 작품의 의미를 탐색해 나간다고 할 수 있다. 작품의 의도가 주제와 관련이 있다고 할 때, 인물은 주제를 안내하는 역할을 담당한다.

이경순의 작품에도 유형화된 인물이 나타나며, 내포 작가의 의도를 짐작하게 하는 역할을 한다. 먼저 부모의 사랑을 받지 못하고 경제적으로도 궁핍한 처지에 놓인 도희, 도규 남매 앞에 나타난 괴짜 할머니 이야기인 『파랑 머리 할머니』를 살펴보자. 남매가 놓인 처지는 우울하지만, 유쾌하고 힘센 '파랑 머리 할머니'가 있어서 이 동화는 우울하지 않다. 할머니는 남매를 불쌍하게만 보지 않고, 어떻게 해야 스스로 살아나갈 수 있을지를 알려준다. 할머니의 다음과 같은 말은 이러한 모습을 잘 보여준다.

> "그건 너희들이 선택한 것도, 만든 것도 아니야. 그런 상황에 놓였을 뿐이야. 어쩔 수 없다는 뜻이지. 그런데 뭐가 창피해? 잘사는 집이 있으면 못사는 집도 있고, 양 부모 가정이 있으면 한 부모 가정도 있는 거지. 그건 절대 창피한 게 아니야. 이상한 것도 아니고. 그냥 '그렇구나' 하면 되는 거야."[19]

남매가 소외되고 있는 어린이들을 대표한다면 파랑 머리 할머니는 그들

---

17) H.포터 애벗 저, 우찬제 · 이소연 · 박상익 · 공성수 역, 『서사학 강의』, 문학과 지성사, 2010, 247~267쪽.
18) 앞의 책, 446쪽.
19) 이경순 글, 김정진 그림, 『파랑 머리 할머니』, 마주별, 2020, 103쪽.

에게 온정의 손길을 내밀고 자립심을 길러 주는 인물을 대표한다. 할머니는 남매를 위축되게 만드는 가난과 엄마의 부재라는 상황에서도 쾌활함과 유머를 잃지 않는다. 그리고 도희와 도규가 상황을 좀 더 낫게 하기 위해 해야 할 것들을 가르친다. 이렇게 유형화된 인물은 비슷한 상황에 놓인 독자에게는 자존감의 회복을, 비슷한 또래가 있는 독자에게는 바른 시선을, 주변인으로 살고 있는 성인에게는 관심의 촉구를 요청하는 내포 작가의 의도를 짐작하게 한다.

다음으로 평범한 엄마들과는 좀 다른 엄마에 대한 이야기인 『사차원 엄마』를 살펴보자. 승리, 승아의 엄마는 다른 엄마들과는 좀 다르다. 그야말로 '사차원' 유형인 엄마는 승리가 회장 선거에 떨어진 것을 반기고, 학원에 다니기 싫다고 하면 그러라고 한다. 가장 특별한 점은 평일에는 저녁 8시, 주말에는 저녁 7시에 퇴근을 하고 더 이상 엄마나 주부로서의 일을 하지 않는다는 것이다. 승리는 다른 엄마들처럼 차로 자신을 데려다 주지도, 힘든 날 맛있는 음식을 해 주지도 않는 엄마에게 불만을 가진다. 그러던 어느 날, 엄마는 승리에게 가장 듣기 싫은 말이 무엇인지를 묻고, 승리는 '엄마, 퇴근했다!'라고 말한다. 그러자 엄마는 자신의 경우 외할머니의 '너를 위해 살았다.'는 말이 가장 듣기 싫었다고 한다. 그러고는 이렇게 말한다.

> "'너는 너를 위해 살 거라. 누굴 위해서가 아니라 너 자신을 위해서.' 할머니가 내게 남긴 유언이야. 나는 너한테 그런 말 남기기 싫어. 우리 모두 후회나 아쉬움이 없는 삶을 살아야지. 희생하고 헌신하는 거, 서로에게 불행이야. 관심 있게 지켜 주고 챙기면서도 독립된 개체로 각자의 삶을 즐겁게 살면 돼. 음……. 이런 말 너한테 너무 어렵나?"[20] (100~101쪽)

---

20) 이경순 글, 이수영 그림, 『사차원 엄마』, 함께자람(교학사), 2018, 100~101쪽.

작품 속에서 엄마는 자신의 삶을 소중하게 여기는 특이한 유형의 인물이다. 작가는 가족 간이라도 누구를 위해 희생하기보다는 서로를 생각하면서도 독립된 각자로 즐겁게 사는 것이 좋다는 의도를 엄마의 말을 통해 전달한다. 그런데 메시지를 전달하면서 '이런 말 너한테 너무 어렵나?'고 한 부분은 엄마의 목소리를 빌고 있지만 작가의 목소리라고 할 수 있다. 주제를 다소 직접적으로 드러내게 된 것에 대한 작가의 고민이 나타난 지점이라 판단된다.

이러한 우려는 주제를 한번 더 보여주는 방식으로 나타났다. 승리는 엄마에 대한 불만을 인터넷 게시판에 쓰는데, 엄마는 자신의 경험을 언급하면서 댓글을 단다.

> 엄마는 오로지 딸만을 위해 밤낮없이 일했고, 딸은 오로지 미래를 위해서 열심히 공부했지요. 그러느라 같이 즐거운 나들이 한 번 못 갔어요. 하지만 엄마는 당연히 그래야 하는 존재인 줄 알았어요. 엄마도 엄마의 인생이 있고, 즐겁게 살 권리가 있다는 걸……. 내가 엄마가 되어서야, 엄마가 돌아가신 뒤에야 깨달았지요. 바보같이 엄마도 딸도, 오지 않은 미래의 행복을 위해 사느라 오늘은 늘 힘들고 괴로웠네요. 미래를 준비하면서도 오늘을 즐겁게 살았으면 좋았을 걸. 그럼 오늘도 내일도 행복한 날이었을 텐데요. 아마도 고민자님의 엄마도 지금 저와 같은 생각이 아닐까요? 상담사님의 말씀처럼 가족이라는 이유로 누군가가 일방적으로 희생하는 건 옳지 않아요.[21]

이 댓글은 작가의 의도를 잘 보여주는 부분이다. 승리의 엄마는 자신을 사랑하는 유형인 동시에 자식을 사랑하는 엄마 유형이며, 효도하지 못한

---

21) 앞의 책, 104~105쪽.

것을 후회하는 딸의 유형이기도 하다. 다양한 유형의 모습이 복합적으로 나타나서 유형화된 인물이지만 현실의 다양한 인물을 떠올리게 한다.

인물을 통해 작가의 의도를 드러내는 방식은 일제 강점기 소금을 둘러싼 우리나라와 일본의 문제를 보여주는 『용감무쌍 오총사와 수상한 소금 전쟁』에도 나타난다. 이 작품에서 주제를 가장 직접적으로 보여주는 인물은 '심진사'와 심진사의 아들인 '진웅'이다. 심진사는 이상적인 인물이다. 그는 어려운 사람에게 베풀 줄 알고, 일제의 강압에 저항하는 유형이다. 심진사네 집 마름이었던 정수가 심진사 몰래 소금을 팔다가 심진사를 떠나 일본인과 손을 잡고 천일염을 만들자 "사람이 먹고 사는 것만 중요한가? 어떻게 사느냐가 더 중요한 것이네."[22]라고 말하는 부분은 그가 어떤 유형의 인물인지 잘 보여준다. 일본에 영합하지 말 것을 권하는 심진사의 말을 무시하면서 심진사와 갈등을 빚는 정수이지만, 정수가 어려움을 견디지 못하고 도망치자 심진사는 망연자실한 가족 앞에 나타나 도움의 손길을 내밀 줄 안다.

그의 아들인 '진웅'은 그의 비슷한 유형의 인물이다. 그런데 이야기의 초반에서 진웅이 보여주는 모습은 내포 저자의 의도를 다소 쉽게 짐작하게 만든다. 교사가 우리나라의 역사를 왜곡해서 이야기하자 진웅이는 겁 없이 자신의 의견이 교사와 다르며, 우리의 선조가 일본에서 건너오지 않았다고 이야기한다. 이어서 교장 선생님과의 수업에서도 자신의 의견을 이야기한다.

> "대일본 제국은 여러분이 더 나은 생활을 할 수 있도록 애쓰고 있다. 대일본 제국에서 조선 사람들을 위해 돈을 가져와 도로를 넓히고, 학교를 지어 교육도 시켜 준다. 그러니 항상 천황 폐하께……."
>
> 교장의 말은 진웅이가 아버지께 듣고 배운 내용과는 달랐다. 진웅이

---

22) 이경순 글, 이영림 그림, 『용감무쌍 오총사와 수상한 소금 전쟁』, 개암나무, 2015, 113쪽.

는 손을 들려다 멈칫했다. 저번 조선어독본 수업 때 있었던 일이 떠올라서였다. 하지만 다시 손을 번쩍 들었다.

"교장 선생님, 그건 잘못된 내용입니다."

"너, 심진웅이지? 손 내리고 그냥 들어."

얼굴이 허애진 통역 교원이 교장의 눈치를 살피며 낮은 목소리로 말했다.

"하지만 저 내용은 사실이 아닙니다. 1904년, 일본에서 돈을 가져오긴 했지만 그건 우리 조선이 원해서가 아니라 일본이 강제로……."

(중략)

"그러니까 제 말은 일본에서 들여온 돈은 모두 빚이라는 것입니다. 그래서 1907년 대구에서 김광제, 서상돈 등 여러 어르신들이 나서서 나라 빚을 갚아 주권을 회복하자는 '국채보상운동'을 펼쳤고, 온 나라 사람들이 모금 운동에 참여했습니다. 여자들은 비녀와 가락지까지 빼서……."[23]

진웅은 일제의 강압에 굴하지 않는 인물의 유형을 보여준다. 작품 속 인물은 현실과 다를 수밖에 없지만, 실제로 저렇게 할 수 있는 또래 어린이가 있을까를 생각해 보면 고개를 갸웃하게 된다. 칼을 차고 수업을 하는 일본인 교장 앞에서 저렇게 말할 수 있는 어린이가 과연 존재할까를 의심해 보게 되는 것이다.

작품의 비교적 앞부분인 위의 부분을 읽으며 독자는 내포 저자가 일제의 무자비함과 부당함을 이야기할 것임을 짐작할 수 있다. 그런데 조금은 비현실적인 유형의 인물이, 비교적 작품의 시작 부분에서 제시된다는 점은 다소 아쉽다. 독자가 내포 저자의 의도를 비교적 쉽게 짐작할 수 있게 되어

---

23) 앞의 책, 27~30쪽.

서 계속해서 의도를 짐작해 나가면서 읽을 때에 독자가 느낄 재미가 다소 반감되는 면이 있기 때문이다.

이러한 현상은 동화의 힘에 대해 가지고 있는 작가의 가치 때문에 나타나는 것으로 짐작된다. 작가는 동화의 역할을 이렇게 밝혔다.

> 다만 동화란 아이들에게 긍정의 에너지를 주는 문학이라고 여기는 까닭에 내 글이 이땅의 미래를 짊어질 아이들에게 밝고 힘찬 기운을 불어 넣을 수 있기를 바란다. 그 기운으로 나중에 '살만한 세상'이게 하는 어른이 되리라 믿는 까닭이다. 또한 내 글이 우리 역사와 문화에 대한 자긍심을 키워줄 수 있기를 소망한다. '나'와 '우리'에 대한 긍정적인 자아가 바로 설 때 세계 속으로 당당히 나아갈 수 있다고 믿기 때문이다.[24)]

위의 부분으로 미루어 이경순 작가는 어린이들에게 우리 역사와 문화에 대한 자긍심을 심어 주기 위해서 이상적인 인물 유형이라 할 수 있는 심진사와 진웅을 등장시킨 것으로 볼 수 있다. 그리고 그 의도를 구현하다 보니 다소 의도가 빨리, 다소 직접적으로 표현된 것으로 보인다. 『파랑 머리 할머니』에서는 할머니가 도희와 도규를 모습을 통해 밝고 힘찬 기운을 불어 넣고 싶었을 것이고, 『사차원 엄마』에서는 승리 엄마의 이야기를 통해 어린이가 긍정적인 자아를 가진, 살만한 세상을 만드는 어른으로 자라나기를 바라는 작가의 의도를 드러내고 싶었던 것으로 보인다. 인물의 역할이 원래 그러한 것이기는 하지만, 독자가 끝까지 작품을 재미있게 읽을 수 있도록 하는 배려를 조금 더 요청해 본다.

---

24) 이경순, 앞의 논문, 171쪽.

## 5. 마무리하며

지금까지 이경순 작가의 작품들을 탐색해 보았다. 이 글에서 그의 좋은 작품을 다 언급하지 못해 아쉽다. 그는 역사동화 작가로 널리 알려졌지만, 생활 속 다양한 소재를 다양한 색깔의 작품으로 풀어냈다. 작가의 의도를 전할 인물을 적절한 시공간에 놓음으로써, 그의 작품은 한결 더 문학적 완성도를 갖추게 되었다. 앞으로도 계속해서 좋은 작품을 쓸 그의 행보를 응원한다.

# ‘놀이’가 온다
## – 이수지론

기도연(문학평론가, 문학박사)

Ⅰ.

과거 우리 문학이 갈등에 빠졌던 적이 있다. 문학이 가야 할 길을 물을 때 현실을 어느 만큼 반영해야 하느냐의 문제에 직면했었다. 문학이 현실에서 제재를 취하긴 하지만 반영 정도, 곧 반영 수준에 대한 물음은 끝없이 이어졌다. ‘순수문학’과 ‘참여문학’의 대립을 들 수 있다. 특히 우리 문학은 특수한 역사 속에서 참여문학이 힘을 유지할 때가 있었다. 일제 강점기, 산업화 시기, 군부 독재 시기 등 문학이 현실을 대변하고 더 나아가 현실을 구현해 주어야 하며 마침내 세상을 바꿀 수 있어야 한다는 강한 믿음을 발휘한 때가 있었다. 순수문학도 기세를 꺾지 않긴 마찬가지였다.[1] 문학이 현실 참여를 중요시할 때 이미 문학은 본질이 훼손된다는 입장을 견지하였다.

그러나 참여냐 순수냐의 중요성이 아니라 서로 갈등하고 부침은 있었으나 긴 시간 길항하면서 우리 문학을 견인한 점은 부정할 수 없다. 견제는 곧 진화의 동력이 되기도 하는 것이다. 순수문학과 참여문학이 걸어온 길과 달리 일반(성인) 문학과 특수(아동) 문학은 서로를 견인하는 발전적인 관계가 되진 못했다. 때마다 갈등하고 부침을 겪으면서도 길항하며 나란히 걸어왔으면 하는 아쉬움은 우리 문학사에 늘 남아 있다.

성인문학과 나란히 할 수 없었던 아동문학은 아동문학 내에서 위기에 봉

1) 문인들의 순수 참여 논쟁은 과거로부터 반복적으로 있었다. 순수를 고수하던 이어령과 참여를 부르짖은 김수영의 논쟁은 특히 ‘불온시’ 논쟁이라 불릴 만큼 우리 문학사에 한 획을 그었다고 할만하다.

착했다. 2000년대 들어 그림동화가 독자들의 호응을 크게 불러일으켰고, 호응에서 끝나지 않고 호응을 더욱 견고히 할 전문 그림동화 작가들이 두드러진 활약을 하고 있다. 어쩌면 그림동화가 아동문학을 대표할 장르가 될 수도 있겠다. 그런 중에 이번에는 그림동화가 나름의 위기 아닌 위기에 직면했다. 바로 그림책의 성장이다.

그림책은 말 그대로 그림이 있는 책이다. 그림동화는 말 그대로 그림이 있는 동화이다. 과거에는 그림이 있으면 그냥 다 그림동화라고 일컬었다. 그러나 이젠 그림이 있고 여기에 동화, 곧 서사가 있느냐 없느냐에 따라 자리다툼을 벌인다. 그리고 이 둘도 성인문학과 아동문학이 나란히 서지 못한 것처럼 앞으로 나란히 걸어가긴 힘들지 않을까 싶다. 어느 것이 더 독자에게 호응을 일으키느냐 어느 것이 더 전문성을 띤 작가들이 참여하느냐의 문제가 아니다. 서로에게 간섭하지 않고, 갈등도 할 필요 없이 서로 독자적인 길을 갈 준비를 이미 마친 듯 보이기 때문이다.

사실 그림책은 '글 없는 책'으로 더욱 친숙하다. 그림책엔 글이 없다. 글이 있다면 아주 몇 문장 정도, 몇 개의 감탄사 정도가 전부였다. 글이 없을 뿐 분명한 것은 그 속에서 '서사 혹은 이야기'만은 지니고 있다고 여겼었다. 불완전하나마 인물과 사건과 배경이 엮여 한 편의 이야기를 생산했다. 그러나 그림책엔 인물 사건 배경이 없다. 있어도 불안하고 약하다. 그림을 유도하는 매개로서 등장하는 인물은 존재하나 성격도 개성도 전혀 알 수 없다.

사건은 더 말한 것이 없다. 아동문학이 보여주는 단순성을 두고 설명해도 이해하기 어렵다. 플롯은 아예 찾을 수 없고 그냥 스토리텔링만이 보인다. 배경도 보통 도화지 여백이다. 색깔도 무늬도 없다. 이수지가 지금껏 걸어온 길이 바로 인물 · 사건 · 배경이 점점 약해지는, 그러나 그림은 점점 강화되는 그림책을 만드는 길이었다고 할 수 있다.

Ⅱ.

이수지는 그림책 작가로 이름을 알리기 전부터 일러스트레이터로 성과를 드높여 왔다. 회화를 전공한 그가 영국으로 건너가 북아트를 공부하면서 이수지의 그림책 역사는 시작되었다. 다수의 해외 유명 문학상을 끊임없이 수상한 것으로도 그의 그림책 역사는 알 수 있다. 누구나 한 번쯤 들어보았을 루이스 캐럴의 『이상한 나라의 앨리스』 이야기를 빌려와 지금껏 본 적 없는 이수지만의 독특한 이야기를 펴내면서 그림책 작가로 더욱 왕성한 활동을 보여주고 있다.[2] 그렇다고 그가 그림책만 발표했던 건 아니다. 본격적인 그림책을 쓰기 전에도 이후에도 그림동화를 썼던 때가 있다. 대표적으로 『검은 새(2007)』, 『강이(2018)』 등인데, 이 작품들엔 그림뿐 아니라 글도 있다. 글은 곧 서사이다. 따라서 작가의 전언도 분명하다.

이수지가 본격적으로 자신의 이름을 내건 그림책을 발표하기 전부터 해외에서 이미 자신의 그림이 들어간 책을 발표했었다는 점은 의미심장하다. 그가 그린 그림책 한 권 한 권이 쌓여 그의 성과가 해외에서 인정받고 빛을 발휘한 경우이다. 그 연장선에서 작년에 『여름이 온다』로 아동문학의 노벨상을 수상하기에 이른다. '한스 크리스티안 안데르센상'은 한 권 유명작에 수상하는 것이 아닌, 한 작가가 펴낸 작품들을 모두 심사한다는 점도 역시 의미심장하다. 이수지의 수상 이후 우리 서점가는 물론 문단도 그림책 열풍에 휩싸였다. 이수지 본인이 희망하던 대로 본인을 그림책 작가로 공공연히 불리게 되었다. 국내에서 그림책을 글 없는 책으로 명명하고 있을 때, 그가 세계 유력 상을 수상하면서 그림책의 위상을 바꿔 놓은 점은 깊이 짚어 볼 필요가 있겠다. 그림의 영역은 이성이 아닌 곧 감성의 영역으로 탈근대적 산물이다. 근대가 이성을 앞세워 영역을 세우다 보니 잃어버리고 애써 내버리고 한 것들이 어디 한두 가지인가 말이다. 그림책의 인기에 맞춰

---

2) 이수지, 『이상한 나라의 엘리스』, 비룡소, 2015.

한국의 탈근대문학은 어디쯤에 있는가 생각해 보게 된다.

아동문학의 환상성 때문에 아동문학을 탈근대문학으로 봐야 한다는 점엔 일정 동의한다. 그러나 최유찬은 그동안 20세기 후반의 문학과 작가들에게만 해당되던 포스트모더니즘이 오늘날에는 봉건 시대의 패관문학으로까지 소급되어 어떤 특정 양상을 읽어 낼 수 있다고 말한다.[3] 이는 포스트모더니즘을 연대적 정의로 인식하기보다 표현방식의 일종으로 파악한 결과이다. 포스트모더니즘을 초역사적 범주로써 어느 시대에나 존재하는 매너리즘 혹은 존재할 수 있는 표현 기법의 현대적 이름으로 정의할 수 있다는 말이 된다. 이는 특히 아동문학에 의미를 던져 주고 있지만, 탈근대문학의 범위 내지는 정의를 구획하기가 쉽지만은 않다.[4] 혹자는 탈근대를 근대의 산물로 보기도 한다. 그만큼 경계가 불분명한 것이다. 그러나 중요한 점으로는 서구에서 탈근대를 근대 속에서 보든 아니든 탈근대가 지향하는 해체 혹은 이탈과 부정을 이미 일반화했다는 점이다.

우리가 감성보다 이성에 더 익숙하고, 그림보다는 글에 무게를 두고, 스토리텔링보다 서사를 보여주려 할 때도 이미 서구에선 감성과 그림과 스토리텔링이 성숙해 갔음은 사실이다. 그래서 우리가 그림책을 그림동화와 나누기를 저어할 때, 우리에게 이수지의 그림책들이 좀 낯설 때 이미 그들이 그림책 작가 이수지를 먼저 평가해 줄 수 있었다. 이 지점에서 또 한 가지 아쉬운 점은 우리의 근대문학이 자생하지 못하고 누군가에 의해 이식됐을 가능성을 부인할 수 없는 것처럼, 우리의 그림책이 누군가의 해외 유명 문학상 수상으로 인식의 전환을 힘겹게 해야 했고, 그 결과 탈근대적 양식도 역시 이식된 것처럼 보여질 수 있는 점이다. 아쉬움이라 할 수 있겠고, 한편으로는 이 점이 이수지의, 이수지의 그림책들이 거둔 성과이며, 동시에

3) 최유찬, 『문예사조의 이해』, 실천문학사, 2001, 491쪽.

4) M.칼리니스쿠, 이영욱 외 옮김, 『모더니티의 다섯 얼굴』, 시각과언어, 1993에 따르면 모더니티, 아방가르드, 데카당스, 키치, 포스트모더니즘을 동일선에 놓고 있다.

그가 앞으로 흐트러짐 없이 걸어갈 길이기도 하지 않을까 싶다.

그렇다면 이수지 그림책들의 지향점은 무엇인가. 이수지는 안데르센상 수상 후 《한겨레신문》과의 인터뷰에서 그림책이 예술이 되면 좋겠다고 말한 바 있다. 더불어 "그림책이라는 장르 자체가 부각됐으면 좋겠다. '그림책이 누구를 위한 것이냐'를 이야기할 때 한 표현이 마음에 와닿았는데, '전 연령의 어린이를 위한 책'이라는 표현이었다. 모든 나잇대의 어린이의 마음을 갖고 있는 사람이라면 누구나 그림책 독자라는 생각이 든다. 그런 책은 그림책 말고 없다."고 포부를 밝혔다. 종합해 보면 독자를 어른까지 확대할 수 있으며 서사는 없되 그림을 바탕으로 한 상상력은 있고, 교훈은 없어도 재미는 있다는 말이다. 글로 독자를 감동시키는 시대는 이미 지났다는 종언을 듣는 듯하다. 그의 말대로라면 그림책이야말로 문학 중의 문학이며, 예술 중의 예술이 되는 셈이다.

이수지의 그림책 중에서 몇 편엔 글이 들어 있다. 단문들이 전체 이야기를 전개한다. 『검은 새(2007)』, 『강이(2018)』의 경우 어쩌면 그림동화와 그림책의 경계를 넘나들고 있다고 할 수 있겠다. 물론 여백은 여전히 크게 배경으로 자리한다.

> 울고 싶어요. 아무도 나에게 말해 주지 않는걸요. 나도 너처럼 멋진 날개가 있었으면……. 내 몸이 높이 높이 올라가고 있어요. 우리 집은 조그만 점이 되었어요. 우리는 몇 번이나 구름을 뚫고 올라가 들판을 건너 큰 바람을 쫓아갔어요. 바람이 나에게 속삭여요. 가볍게 하나, 둘, 셋! 아, 내가 날고 있어요! 검은 새가 까아, 하고 웃었어요. 우린 아주 멀리, 내가 좋아하는 바다까지 날아갔어요. 난 기분이 좋아졌어요. 왜냐하면 나도 이제 비밀이 생겼거든요. 아무에게도 말해 주지 않을 거예요. 검은 새만이 알고 있지요.
>
> – (『검은 새』 전문)

부모의 싸움 때문에 어린 주인공은 우울하기만 하다. 흑백의 스케치화 같은 그림은 주인공의 우울감을 극대화시킨다. 주인공은 누군가에게 위로를 받고 싶어 한다. 그때 갑자기 변신한 검은 새를 타고 훨훨 하늘까지 날아오른다. 구름을 뚫고 올라갈 수 있었다. 이제 주인공은 무서울 것도 우울해 할 것도 없다. 그리고 그 소중한 감정을 누구에게도 말하지 않을 것이다. 스스로 비밀을 만든다. 아주 단순한 서사라고 할 수 있다. 주인공이 위기에 직면했을 때 동물 조력자가 나타나 불가능을 가능으로 변화시킨다. 인간 중심 사고에서 벗어나 인간과 동물이 교감하고 있다.

> 배고파요. 목말라요. 아랫집 언니는 가끔 검은 개를 찾아와요. 배고파요. 목말라요. 어느 날, 아랫집 언니가 소리쳤어요. "이렇게 키울 거면 내가 데려갈게요!" 언니를 따라왔어요. 검은 개는 아파요. 전화하는 소리가 들려요. "너희 집에 마당이 있지?" 사월이가 말해요. "이 집은 셋이 있기엔 너무 좁아." 집에 마당이 있다는 사람들이 왔어요. 떠나고 싶지 않아요. "나는 '산'이야." "나는 '바다'야." "우리 뒷집 개들은 '번개'와 '천둥'이야." "우리 할아버지 집 고양이는 '구름'이야." "그러니까 너는 '강'이야." 배고프지 않아요. 목마르지 않아요. 심심하지 않아요. 하얀 세상이에요. 떠나고 싶지 않아요. 산과 바다가 떠나요. "잠시 멀리 다녀올 거야." "오래 걸리지 않아." "할아버지네 구름이랑 잘 지내고 있어." 구름은 항상 멀리 있어요. 배고프지 않고, 목마르지 않지만, 보고 싶어요. 강이는 아파요. 많이 아파요. 기다리고, 기다려요.
>
> – (『강이』 전문)

『강이』는 유기견에 관한 이야기로 동물학대를 멈추게 한 인간과 다시 학대로 되돌리는 인간의 이중적인 자세를 보인다. 돌봐주면서 듬뿍 정들게 만들고는 인간은 다시 강이를 홀로 둔다. 『강이』에서는 다양한 인물들이 등장한다. 동네에서 학대당하는 강이를 데려온 '아랫집 언니'가 등장하고, 강이를 돌봐줄 '마당이 있는 집 사람들'이 등장하며, 그 중 특히 어린 주인공들 '산'과 '바다'가 등장한다. 각각 저마다의 역할을 가지고 저마다의 서사를 끌어 준다. 그러나 서사는 해피엔드가 아니다. 아이들과 친해진 강이는 그들과 헤어진 후 심한 외로움에 빠진다. 병이 들고 만다. 강이는 아이들을 그리워한다. 곧 인간을 그리워한다.

안데르센상 수상작인 『여름이 온다』의 경우는 독특한 구성을 지니고 있다. 이수지가 밝힌 대로 비발디의 고전 음악에서 모티브를 얻어서일까. 전체 악장 구조로 되어 있다. 한 가지 특이한 점은 장마다 발문의 성격을 지닌 문장을 달아 주고 있는 점이다.

여름 1악장 너무 빠르지 않게
해는 이글이글, 뜨겁다. 나무도 시들, 우리도 시들시들하다. 그때 뻐꾹 뻐꾹 뻐꾸기 소리가 들렸다. 노랫소리를 따라 뛰기 시작했다. 훅, 바람이 세게 불었다. 폭풍이 오려나 보다.

여름 2악장 느리게-빠르게
갑자기 주변이 깜깜해지더니, 하늘이 우르릉댄다. 깜짝 놀란 파리들이 시끄럽게 붕붕댄다!

여름 3악장 빠르게
아, 무섭다. 번개가 번쩍번쩍, 천둥은 쿵쿵쿵, 바람은 몰아치고 비가 퍼붓는다. 몽땅 날아갈 듯 춤춘다. 우리 마당의 꽃들은 어떡하지?
여름이 왔다.

– (『여름이 온다』 전문)

인용문에서 보듯 『여름이 온다』에는 문장이 들어 있다. 그렇다 해서 글에 주의를 기울일 필요는 없다. 이 경우 글은 어디까지나 그림의 보조 수단이 된다. 이 또한 내용에 자연스럽게 녹아든 실험적 형식이 돼준다. 악장으로 나누어 주는 정도를 제외하고 모두 짧은 문장은커녕 감탄사 하나 보이지 않는다. 그림과 여백으로 채워졌을 뿐이다. 그림의 특징을 살펴보면, 책의 가운데(제본선)를 기준으로 양쪽 페이지에 걸쳐 이야기가 펼쳐져 진행된다. 전작들처럼 페이지를 넘기는 방향과 판형을 비롯해 책의 물질적 특징을 활용하고 있다. 그런 까닭에 그림을 이해하는 데 '난해하다'는 평을 듣기도 한다. 난해함 또한 탈근대가 안고 있는 특징이기도 하다.

그렇다면 이제 그림으로 책의 전부를 진행하는 텍스트들을 살펴보겠다. 『그림자 놀이』, 『움직이는 ㄱㄴㄷ』, 『선』, 『파도야 놀자』 등엔 전혀 글이 없다. 책에 글이 없다! 마치 글을 조롱하기라도 하듯 전혀 없다. 이 텍스트들에서 찾을 수 있는 공통점이 하나 있다. 사람 혹은 사물 주인공들이 끊임없이 움직이고 있다. 이 움직임은 다양한 도구를 활용하게 만들며, 자연(파도)과 어린 주인공이 대등하게 무서움 없이 놀게 만들며, 책장을 넘나들며 행위의 지평을 넓힌다. 대칭, 확장, 복사 등등은 난해할지라도 모두 독자까지 움직이게 만들며 독자의 상상력을 자극하기에 이른다. 상상력을 뒷받침해 주는 스토리텔링은 이제 독자의 몫이 된다.

『그림자 놀이』에서 어린 주인공의 움직임과 배경을 둘러싼 대칭적인 그림자들은 한 장 한 장 스토리텔링을 구성한다. 특이한 점은 마치 숨은 그림을 찾는 것처럼 앞 장의 그림과 뒷장의 그림이 무엇 하나라도 달라지고 있다. 그 달라진 점 사이로 독자의 상상력이 들어갈 수 있고, 결국 이점이 작가의 의도이기도 할 것이다.

『움직이는 ㄱㄴㄷ』은 아예 여백으로만 가득한 경우다. 문장이 있되 자음을 대표하는 어휘 소개를 해 주고 있다. 영유아를 위한 낱말놀이 재료 같은 구성을 지닌다. 그러나 분명한 것은 자음마다 색깔이 있고 표정이 있다. 높

낮이가 있고 크기가 있다. 노래를 부르기도 하고 찡그리기도 한다. 텍스트 속 자음은 계속 무언가 말해 주고 있다. 그것이 이수지의 의도이면서 전언일 것이다.

그에 비해 『선』은 연필 끝에서 출발한 선을 따라가며 스케이트를 타기 시작한다. 한 아이가 두 아이가 되고 온 동네 아이들이 된다. 모두 모인 아이들은 저마다 다양한 동작을 보여준다. 당연히 동작 하나하나가 무의미하지 않다. 『파도야 놀자』는 파도와 어린아이의 교감을 주로 한 내용으로 파란 색감이 인상적이다. 곰곰 살펴보면 이 텍스트처럼 어린 주인공과 엄마로 보이는 조력자, 그리고 대상으로써 자연이 하나의 서사를 보여준 작품들을 너무 많이 봐 왔다. 그러나 이수지의 그림으로 다시 쓰인 까닭에 새로운 스토리텔링이 가능해진다.

## Ⅲ.

탈근대가 보여주는 놀이성(유희성)을 말할 때 스토리텔링은 꼭 배경이 돼 준다. 스토리텔링은 이미지, 글을 통해 이야기를 만들어 전달하는 것임엔 분명하다. 그러나 플롯과는 다르다. 소설과 희곡, 영화 등이 플롯이라는 구조 속에서 이야기 형식을 만들어 내는 대표적인 장르이지만 음악과 영상, 광고에서도 이야기를 만들어 낼 수 있다. 구성이 탄탄하진 않아도 창조적인 이야기는 감동을 선사하며, 심금을 울리기도 하며, 무엇보다 재미있고 즐겁고 신난다.[5)]

물론 근대의 횡포로 실재계로 숨었던 서사가 다시 살아난다고 믿기도 한다. 중요한 것은 모양과 모습은 달라지고 있다. 나병철은 “서사는 허구의

---

5) 광고를 예로 들자면, 과거에는 상품 성분에 중점을 둔 광고가 대세였다면 최근엔 소비자에게 쉽게 어필할 수 있는 감각적인 광고가 주를 이룬다. 짧은 광고가 전달하는 이야기는 상품의 본질은 숨겨버린다. 줄거리를 가지지 않더라도 광고의 배경과 표현 기호가 특정한 이야기를 표출하는 경우가 많다.

형식을 지니더라도 합리적 지시 대상을 넘어서서 실재계에 접촉한다. 실재계는 아직 우리의 일상이 되지 않는 곳이며 미지의 장소라는 잔여물이다. (…중략…) 그곳은 우리가 합리적인 세계에서 잃어버린 어떤 것이 남아 있는 곳이기도 하다. 이런 상황에서 우리가 합리적 세계의 구멍(문제점)을 통해 그 잃어버린 것이 남겨진 공간에 들어서려는 운동이 바로 서사이다."[6]라고 말한다. 이때의 서사는 새로운 서사, 곧 스토리텔링으로도 말할 수 있겠다. 이는 아동문학에도 통용될 수 있는 것으로 아동문학의 기본 성질인 환상성, 환성성으로 인한 모호성, 그로 인한 놀이성들도 이제야 인정하기 시작했다고 할 수 있다. 아동문학의 환상성, 모호성, 놀이성도 스토리텔링과 무관할 수는 없다. 문학이 즐겁고 재밌으면 충분조건이 만족되는 것이다.

글보다 그림에 더 비중을 두고 서사가 됐든 스토리텔링이 됐든 진행 방식으로 그림을 활용 내지는 사용하는 측면에서 이수지와 백희나를 비교해 보는 것도 그림책의 자리를 분명히 하는 점에서 의미를 찾을 수 있겠다.

백희나는 동화작가로, 이수지는 그림책 작가로 분류되고 있다. 백희나가 보여준 입체 기법과 다양한 시도들은 이수지의 시도와는 다르다. 백희나는 본인의 창작 스타일을 두고 쥐어짜듯이 스토리를 구상해 내는 습관을 지니고 있다고 말한다. 글을 쓴 다음 여러 번 읽으며 보완하는 스타일인 것이다. 쥐어짜내 직조한 그의 동화가 포스트모더니즘 기법의 그림을 입고 세상으로 나오기가 쉽지 않은 과정이었을 터이다. 그럼에도 백희나가 보여주는 서사는 그다지 낯설지 않다. 특유의 상상력이 발휘된 작품 외에도 동서양에 전하는 전통 서사를 변용해 패러디한 작품들이 많다. 그의 패러디는 단순한 조롱조의 모방이 아니라 기존 텍스트와 어느 정도 거리를 둔 상태에서 상이성을 강조하여 새로운 차원의 의미를 창출하는 특징을 보여준다.[7] 주제가 심화되는 것이다. 단순 표절이 아닌 풍자와 비판, 화합이라는

---

6) 나병철, 『소설의 귀환과 도전적 서사』, 소명출판사, 2012, 88쪽.
7) 필자는 앞서 《아동문학사조》(2023년 1월호)에 백희나 작가 작품론을 발표한 바 있다.

2차적 가치를 창출한다. 『북풍을 찾아간 소년』, 『장수탕 선녀님』, 『이상한 엄마』, 『연이와 버들 도령』을 통해 다채로운 패러디를 보여준다. 어디선가 본 듯한 들어본 듯한 이야기. 그것도 역시 포스트모더니즘이 전하는 다시 쓰기의 한 양식인 것이다. 백희나 역시 해외 유명 문학상 수상으로 우리의 그림동화를 한층 발전시킨 주역이기도 하다. 이제 그림동화가 됐든 그림책이 됐든 그림으로 동심을 그려 내는 일은 앞으로도 지속될 듯하다. 멈추지 않을 것이다. 그러나 그림동화와 그림책은 분명 다르다. 다르기 때문에 그림동화는 그림책을 놓아 주어야겠다. 놓아 줄 때 혼란을 걷어내고 서로 발전적인 관계가 될 수 있을 것이다.

## Ⅳ.

그러고 보면 이수지는 철저한 포스트모더니스트인 것이다. 모더니즘이 세워 놓은 기존 질서를 무너뜨리는 작업을 서슴지 않고 하고 있다. 글이 아닌 그림만으로 책을 쓰고 있고, 아동문학이 수십 년간 고수했던 '동심'이 아닌 '어린이성'을 더 강조하며 활용한다. '동심'이 어린이들이 지니는 성질이라면 '어린이성'은 어른에게도 있는 성질이다. 근대는 '동심'을 어린이들의 전유물로 여기지만 탈근대는 '어린이성'으로 보편화해 인간의 본성 하나로 이해하게 한다. '어린이성'은 이성적이지 않고 심각하지 않다. 어렵지 않다. 지루하지도 않다, 맘대로 상상할 수 있다. 탈근대는 상상하면서 놀게 만들어 준다. 읽고 재밌으면 그만이지 주제를 파악해야 할 이유도, 줄거리를 정리해 볼 필요도, 그 속에서 교훈을 얻어야 할 필요도 없다. 이수지의 그림책에 글이 있다 없다가 중요하지 않듯 이수지의 그림책에 서사가 있다 없다 또한 중요치 않다. 이수지는 놀이를 지향한다. 놀이는 그 자체로 목적이다.

아동문학의 '단순성'을 재고해 본다. 오늘날엔 TV 광고가 됐든 여타 홍보가 됐든 모두 스토리텔링이 주도하고 있다. 네러티브 방식이 서사가 아닌 스토리텔링으로 바뀐 것이다. 서사가 중요한 위치에 있었던 시대에는 거대서사가 넘쳐났다. 인류가 걸어온 길을 담고 있었다. 산업화, 혁명, 전쟁, 발견, 발명 등은 그 자체로 방대한 이야기를 풀어 내게 만든다. 지금 우리가 살아가는 이 시대는 서사가 어쩌면 종언을 고했다고 할 만하다. 종언에 앞서 미시서사가 지배했던 때가 있기도 하다. 일상성으로 말해지는 개인적이고 내밀한 이야기들도 서사를 구성할 수 있었다. 지금까지는 전체를 구성하는 일에 골몰했다면 이제 순간을 표출하는 일이 더 필요한 듯하다. 스토리텔링의 특성을 살펴보면 아동문학이 보여주는 특성과 일맥하는 점이 있다. 아동문학은 인물, 사건, 배경들이 모두 허점 혹은 모순을 안고 있다. 서사가 있어 보이나 불완전하다. 결말이 갑자기 진행되거나 있어도 없는 듯 애매한 마무리로 그친다. 그냥 툭 내던지고 화제를 따라 주인공은 행동한다. 동화가 그림동화에 그림동화가 그림책에 자리를 내주면서도 그림동화를 동화로 그림책을 그림동화에 편입시키려는 것도 스토리텔링의 불완전성과 아동문학의 단순성이 일맥하기 때문은 아닐까 싶다.

갈수록 이미지의 힘은 강해질 것이다. 그것이 그림이 됐든 사진이 됐든 순간을 포착하는 데는 이미지만한 것은 없다. 이성주의자들은 순간의 힘을 어찌 믿겠냐고 반문할 것이다. 그들에게서 논리 없는 이미지는 말 그대로 불신이다. 왜 그럴까 따져 물을 수 있어야 하고, 그 물음에 조목조목 대답할 수 있어야 한다. 한순간 그냥 보여주는 이미지는 논리도 무엇도 없다는 주장이다. 그럼에도 어쩔 수 없이 이미 서사는 갔다. 근대 너머로 가 버렸다. 그리고 그림은 왔다. 그림은 오고 있는 것이 아니라 이미 왔다. 탈근대 앞으로 부상했다. 놀이가 온다. 이미지가 추구하는 세계에서 놀이는 헤게모니를 장악하고 있다. 이수지는 시대가 열망하는 탈근대적 성질을 누구보다 정확히 파악하고 있으며, 그가 생산한 텍스트들은 독자에게 한껏 놀아 보자고 주문을 건다. 더욱 강렬한 놀이가 오고 있다고 눈짓을 보낸다.

# 정성란 장편동화의 특성
– 정성란론

남 순(동화작가, 박사과정 수료)

## 1. 정성란 동화의 발자취

동화작가 정성란(1968~ )은 서울에서 태어났으나 두 살 때부터 양평에서 살았다. 2남 3녀 중 넷째로 태어나 한글을 잘 모른 채 학교에 입학했다. 아홉 살 때 오빠의 판타지 동화를 읽고 마력에 빠졌다. 전교생이 100명도 안 되는 작은 학교에 도서관이 따로 없어 4학년 교실 한 벽면에 꽂힌 책이 전부였다. 수업 중 선생님께 열쇠를 받을 때 눈치가 보였지만, 책 읽는 재미에 비하면 그것은 아무것도 아니었다.

책을 좋아했기 때문에 꿈은 자연스레 작가가 되는 것이었다. 고등학교를 졸업하고 서울에 있는 무역 회사에 몇 년 다녔다. 하지만 꿈을 이루기 위해 회사를 그만두고 숭의여자대학 문예창작과에 입학했다. 시와 소설, 그리고 희곡 등을 쓸 때는 마치 작가가 된 듯했다.

대학을 졸업하고 몇 년 후 《새농민》에 단편소설이 당선되었다. 그때 그녀는 어린이 학습지와 단행본을 만드는 출판사에 다니면서 동화작가가 되는 꿈을 키웠다. 신문에서 동화 지도 광고를 보고 정채봉 작가와 김병규 작가의 가르침을 받게 되었다.

정성란은 동화를 배운지 1년 쯤 지나 삼성문학상에 첫 번째 장편동화 『몽당 고개 도깨비』(문학사상사, 1998)가 당선되었다. 두 번째 장편동화 『금발 가진 들쥐는 얼마나 좋을까』(문공사, 2000)를 출간하였다. 세 번째 장편동화 『내 친구 알로』(파랑새어린이, 2001)를 출간하였다. 네 번째 장편동화 『개미 정원』(효리원, 2002)를 출간하였다. 그리고 유럽 여행으로 배낭여행을 떠났다. 다섯 번째 장편동화 『성적을 올려주는 초콜릿 가게』(계림, 2003)를 출간하였다. 안정된 직업을 얻기 위해 단국대학교 교육대학원에 진학했다. 「현덕 동화 연구」(단국대학교 교육대학원 석사학위 논문, 2005)로 석사학위를 받았다.

하지만 교생실습을 하면서 선생님은 적성에 맞지 않는다는 것을 깨닫고 다시 동화작가의 길을 걷는다. 같은 해에 여섯 번째 『은표와 준표』(홍진, 2009)와 일곱 번째 『씨앗 선물』(바우솔, 2009)을 출간하였다. 정성란은 12년 동안 장편동화 7권을 출간하였다. 7편의 분기점은 유럽 여행이라 할 수 있다. 유럽 여행 전의 4편[1]과 유럽 여행 후의 3편[2]으로 분류할 수 있다.

핵가족은 시대의 요구였다. 하지만 그에 따른 후유증은 여러 가지로 나타났다. 가족의 해체로 인해 편모가정이나 조손가정 등이 사회문제로 대두되어 문학에 반영되고 있다. 정성란은 MZ시대[3]에 작품 활동을 시작하였다. 『100년 후에도 읽고 싶은 한국명작동화 Ⅲ』[4]가 그 시기에 발표된 작품들 중 하나이다.

정성란 장편동화의 특성 중 하나는 가족애가 여러 유형으로 그려져 있다. 이 작품들의 주된 모티브는 '가족'이라고 할 수 있다. 또 하나의 특성은 아이들이 문제를 스스로 해결하려고 한다는 것이다. 이 작품들의 주된 모티브는 성장이라고 할 수 있다. 정성란 장편동화의 두 가지 특성은 어떻게 나타날까.

---

1) 『몽당 고개 도깨비』(1998), 『금발 가진 들쥐는 얼마나 좋을까』(2000), 『내 친구 알로』(2001), 『개미 정원』(2002).
2) 『성적을 올려주는 초콜릿 가게』(2003), 『은표와 준표』(2009), 『씨앗 선물』(2009).
3) 1980년대 초~2000년대 초에 출생한 밀레니엄 세대와 1990년대 중반~2000년대 초에 출생한 Z세대를 통칭한 말이다.
4) 1991~2010년까지 발표한 단편동화 25편 중, 정성란의 「자전거와 비둘기」가 실려 있다.

## 2. 가족애의 유형

가족애를 추구한다는 것은 가족의 결여를 해소시키겠다는 전제가 있다고 할 수 있다. 블라디미르 프로프(Владимир Пропп, Vladimir Propp)의 『민담 형태론』[5]에 옛이야기의 구조 31가지 기능이 있다. 그 중 8번째가 '결여'이다. 작품 전체의 플롯(plot)에서 서브 플롯을 제외하고 주인공을 중심으로 메인 플롯만 살필 것이다. 다음 4작품에서 가족애의 유형은 어떻게 나타나는지 살펴보도록 하자.

『몽당 고개 도깨비』에서 두호는 삼촌으로부터 도깨비 이야기를 듣고 믿지 않는다. 하지만 친구들과 마을 공부를 하고 도깨비가 있다고 믿게 된다. 두호는 거지밥주머니(지하실)에서 본 초록색 봉투, 열 번째 생일 날 우체부에게 받은 초록색 봉투, 지혜에게서 받은 초록색 봉투 등을 받고 누가 보냈을까 상상하며 기뻤다. 그래서 다친 두리에게 상상의 재미를 느끼라고 초록색 봉투를 전한다. 두호는 삼촌에게 들은 우편배달부 슈발처럼 두리가 다쳤을 때 돌아가신 아빠와 도깨비에게 빈다. 엄마가 회사를 옮겨야겠다는 말에 두호는 불안하다. 하지만 엄마가 학교 영양사로 취직해 안심한다. 휴가를 마친 삼촌이 가면서 슬픔과 맞서 싸우라고 하여 두호는 조팝꽃이 있는 곳에서 이매에게 소리친다. 두호는 두리를 위해 슈발처럼 우유를 배달하고, 친구들과 두리탑을 쌓는다.

①

'아, 두리는 어떻게 되는 걸까. 가엾은 내 동생 두리. 두리야. 오빠가 널 위해 아무것도 해 줄 수 없다는 게  화가 나는 구나.'

다리의 통증도 느껴지지 않았다. 두호는 터덜터덜 걸었다. 걷다가 느

---

5) 블라디미르 프로프, 어건주 역, 『민담 형태론』, 지식을만드는지식, 2013.

티나무께서 걸음을 멈췄다. 큰나무는 여전히 길가에 당당하게 서 있었다. 두호는 느티나무 구멍에 들어갔다.

'우리 두리한테 용기를 주세요. 우리 엄마한테도 용기를 주세요. 우리 가족 모두에게 용기를 주세요.'

두호는 눈을 질끈 감고 오랫동안 그 안에 있었다. 눈물이 흐르는데 닦고 싶지도 않았다.(125쪽)

②

'도깨비가 없다고 믿는 건 돌아가신 할머니를 영원히 만날 수 없다고 믿는 거랑 같다고 생각해.'

왜 갑자기 지혜의 말이 떠올랐을까. 두호는 탑을 다시 한 번 쳐다보았다. 그리고 하늘을 올려다보았다.

"아빠, 들려? 나 보여? 난 믿어. 아빠가 거기 있다고 난 믿어."

(중략)

"탑 할머니, 우리 두리를 낫게 해 주세요. 우리 두리가 얼마나 착한지 잘 아시죠?"

(중략)

"탑 할아버지, 우리 두리 좀 낫게 해 주세요. 지금까지는 정말 미안했어요."

두호는 탑을 올려다보며 중얼거렸다.(90~91쪽)

③

"누나, 초록색 편지봉투 있어요?"

(중략)

"그럼, 있지."

(중략)

"누나, 한 가지만 부탁해도 돼요?"

"뭔데?"

"저, 여기 글씨 좀 써 주세요."

두호는 자신의 글씨체를 두리가 알아보면 재미가 없을 거란 생각이 들었던 것이다. 자신의 '초록색 봉투의 천사'처럼 두리에게도 상상해 보는 재미를 느끼게 해 줘야겠다고 생각했다.(135~136쪽)

인용문 ①에서 두호는 두리의 사고 소식을 듣고 느티나무 구멍 속에서 슬퍼하고 있다. 느티나무 구멍 속은 엄마의 자궁과 같은 곳이다. 두호 가족은 이미 아빠의 부재가 1차적 결여이다. 그런데 동생 두리의 사고로 2차적 결여가 생긴 것이다. 두호는 아무도 없는 곳에서 무능한 자신을 원망하고 있는 것이다.

인용문 ②에서 두호는 비현실적인 행동을 한다. 병원에서 두리를 보고 혼자 집으로 오다가 몽당 고개로 간다. 지혜의 말을 떠올리며 도깨비에게 두리가 빨리 낫도록 빈다. 두호는 도깨비가 있는 것처럼 아빠도 있다고 믿고 빈 것이다. 그리고 탑 할머니와 탑 할아버지에게 빈다.

인용문 ③에서 두호는 현실적인 행동을 한다. 두리에게 상상의 기쁨을 선물하려고 초록색 편지 봉투를 산다. 두호는 자신이 초록색 봉투를 받았을 때 누가 보냈을까를 상상하며 기뻐했었다. 초록색 봉투는 두리가 빨리 낫기를 바라는 두호의 마음인 것이다. 이 작품에서 두호는 가족의 결여를 해소하려고 노력한다. 다친 두리를 위해 아빠와 도깨비에게 빌고, 두리를 위해 우유 배달도 한다. 두호는 비현실적 방법과 자신이 할 수 있는 현실적인 방법으로 결여를 해소시키려고 한다. 그것이 가족 사랑으로 이어진다.

『금발 가진 들쥐는 얼마나 좋을까』에서 짝수염은 은빛이를 좋아한다. 하지만 은빛이의 아빠가 금발 가진 들쥐가 아니면 사위를 삼을 수 없다는 말을 듣고 고민한다. 그래서 젓가락수염이 알려준 노란 양지꽃이 있는 금밭에 가려다가 언덕 위에 가지 말라는 어른들의 말을 떠올린다. 젓가락수염이 언덕 위 엄마 산소에 가 봤을 때 새나 뱀이 없었다고 하여 용기를 낸다. 떡갈나무 아래서 '중간에 포기하려면 시작을 말았어야 한다.'는 엄마의 말을 떠올리며 억새 이불을 만든다. 짝수염은 새를 쫓으려고 억새와 깃털로 공을 만들어 들판에 던진다. 짝수염은 집에 돌아와 엄마에게 이사를 가자고 한다. 엄마는 그곳에서 아빠가 뱀한테 당했다며 반대한다. 짝수염이 공으로 뱀을 따돌린 이야기를 할 때 갑자기 집이 무너진다. 모두 이사를 간다. 짝수염이 공에 오줌을 싸서 뱀에게 던져 금밭에 갈 수 있었다. 짝수염이 젓가락수염에게 비밀을 털어놓자, 은빛이 아빠는 '금발'이 아니라 '큰 발'을 가진 사위를 보고 싶다고 했다. 은빛이 아빠는 짝수염에게 은빛이와의 결혼을 허락한다.

①

짝수염은 은빛이의 목소리를 듣고 싶어 울타리 근처로 다가갔어요.

"얘야, 중요한 건 꽃이 아니라 잎사귀와 열매란다. 잎사귀와 열매는 먹을 수 있지만 꽃은 먹을 수 없잖니?"

"하지만 정말 예쁜 꽃이었어요."

(중략)

"그 꽃에선 아주 기분 좋은 향기도 났는걸요."

(중략)

"아무래도 우리 은빛이가 꽃을 준 그 들쥐를 좋아하는 모양이구나!"

엄마의 말에 은빛이는 얼굴을 붉혔어요.

"나는 금발 가진 들쥐가 아니면 사위로 삼을 수 없다."

갑자기 은빛이네 아빠가 큰소리로 말하더니 벌떡 일어났어요. 개암나무 뒤에 숨어 있던 짝수염은 깜짝 놀라 황급히 달아났답니다.(10~11쪽)

②

"아, 아니야. 그래, 말할게. 난 사실 은빛이를 좋아하고 있어. 은빛이한테 장가를 들고 싶다구. 그런데 은빛이네 아빠가 뭐라고 하셨는지 알아? '난 금발 가진 들쥐를 사위 삼을 거야.' 하고 말했어. 그래서 난 금신발이 필요했다구. 하지만 이제 영영 틀려 버렸어. 금꽃이 다 져 버렸으니까."

(중략)

"이봐, 짝수염! 넌 귓밥을 좀 파내야겠다. 나도 은빛이네 아빠가 하시는 말씀을 들었는데, 은빛이네 아빠는 이러셨어. '난 큰 발 가진 들쥐를 사위로 삼을 거야.'라고 말이야.(115~117쪽)

인용문 ①에서 짝수염은 은빛이 아빠가 "나는 금발 가진 들쥐가 아니면 사위로 삼을 수 없다."는 말을 듣고 놀라 달아난다. 짝수염은 금신발을 신기 위해 어른들이 금기하는 곳으로 가서 뱀과 새와 사투를 벌인다.

인용문 ②에서 짝수염은 은빛이 아빠의 말을 잘못 듣고 고생을 하고 나서야 젓가락수염에게 비밀을 털어놓는다. 젓가락 수염은 은빛이 아빠가 '금발'이 아니라 '큰 발'을 가진 사위를 보고 싶다고 했다는 것이다. 짝수염은 말을 잘못 듣고 그동안 고생한 것이다. 하지만 은빛이 아빠는 그동안 고생하여 발이 커진 짝수염을 사위로 맞아들인다. 짝수염의 결여는 '금발'이 없어 그것을 찾아다녔지만 고생하는 동안 '큰 발'이 되어 가정을 이루게 된다. 작가는 언어의 유사성을 활용해 가족애를 그리고 있다.

『내 친구 알로』에서 선기는 부모의 이혼으로 시골 할머니 집에서 알로에게 의지하며 산다. 선기는 민규가 부모님이 궁합이 맞지 않아 헤어졌다고 하여 알로의 목덜미에 얼굴을 파묻는다. 동화책에서 죽은 나무에 3천일 동안 물을 주면 살아난다는 내용을 읽고 뒤란에 죽은 대추나무에 물을 준다. 선기는 누가 가족나무를 캐 가서 부모님이 헤어진 것이라고 생각한다. 민규 생일날 친구들과 버스를 타고 읍내로 가는데 알로가 따라오는 것을 보고 그냥 간다. 중학생 형들에게 얻어맞고 돈을 빼앗긴다. 차비가 없어 불안해 할 때 영모가 뒷주머니에서 돈을 꺼낸다.

덫에 걸린 알로가 마당에 누워 있다. 할머니가 모기향을 피우고 부채질을 하면서 새엄마와 동생이 왔다고 한다. 다음 날 마당에 알로가 없었다. 선기는 대추나무를 자르려 하지만 자르지 못한 것을 아빠와 할아버지가 자른다. 아빠는 선기에게 서울 중학교에 다니자고 하고 엄마한테 딸 하나가 있다고 하며 새 가족 이야기도 한다. 선기가 학교에서 밥을 먹다 체해 영모가 등을 두드리며 자신의 이야기를 한다. 또 알로를 너무 오래 생각하지 말라고 한다. 영모는 같이 중학교에 다니자고 한다. 하지만 선기는 어디에 있든 영원한 친구라고 한다. 선기는 서랍 속 동화책을 알로가 묻힌 산에 묻으며 세상 모든 사람들이 원하는 대로 살 수 없다는 것을 깨닫는다. 선기는 산을 내려오며 보이지 않는 울타리에서 빠져나와 훌쩍 커진 기분을 느낀다.

①

"아무 개나 학교까지 마중을 나오냐? 그치, 알로?"

(중략)

"맞아. 사람과 짐승도 궁합이 맞아야 한다더라."

민규가 부러운 듯 중얼거렸다.

"뭐?"

낯선 말에 선기가 물었다.

"너네 엄마 아빠 이혼한 것도 궁합이 안 맞아서라던데……."

(중략)

"미, 미안해."

민규가 뒷걸음질 치듯 집으로 가자 선기는 말없이 알로의 목덜미에 얼굴을 파묻었다. 선기를 위로하듯 알로는 선기의 머리를 핥았다.(19~21쪽)

②

"넌 아빠 아들이야. 2년 넘게 너 혼자 여기 있게 해서 정말 미안하다. 그렇지만 그게 아빠로서는 최선이었다는 걸 알아줬으면 좋겠구나. 아빠도 너 보고 싶어서 운 적 많았다. 하지만 이제는……."

(중략)

"선기야."

(중략)

"……재연이다."

(중략)

"몇 살이야?"

(중략)

"일곱 살."

일곱 살이란 말에 선기는 또 눈물이 핑 돌았다.

"알로도 일곱 살인데, 아빠……."

선기는 아빠 품에 안겨 또 한바탕 흐느꼈다. 아빠는 말없이 선기의 등을 쓰다듬었다.

"미안하다. 선기야, 미안하구나……."(143~145쪽)

③

"선기야, 어떤 때 나는 이런 생각을 한다. 사람도 뱀이나 나비처럼 허물을 벗으면 어떨까 하는 생각. 그러면 저절로 어느 순간에 불쑥 크잖아. 몸도 마음도 같이. 그런데 잘 생각해 보면 사람도 불쑥 크는 순간이 있는 것 같아. 난 저번에 민규 생일에 그런 기분을 경험했다. 나한테 진짜 친구들이 있구나 하는 생각이 들었을 때. 근데 신기한 건 그 순간 비로소 앨리한테서 벗어난 기분이었다는 거야. 전에는 개 이야기를 듣거나 개꼬리만 봐도 앨리 생각이 나고 죄책감 때문에 기분이 안 좋았거든. 근데 그날 문득 앨리가 저만큼 물러 난 것 같고, 내가 불쑥 큰 기분이더라."

"……."

"앨리가 죽지 않았으면 허물을 벗는다는 느낌도 몰랐을 거야. 괴로운 경험을 하는 만큼 허물도 더 많이 벗는 거 같아. 만날 기쁘고 행복하게 사는 것도 좋지만, 그러면 왠지 허물을 못 벗고 번데기가 되는 것 같아."

"……."

"난 네가 알로 생각에 너무 오랫동안 빠져 있지 않았으면 해. 그건 너한테도 알로한테도 좋은 일이 아니야."

"……."(153~154쪽)

인용문 ①에서 선기의 '결여'는 부모님의 이혼이다. 선기와 민규가 부모님의 궁합에 대한 이야기를 하여 알로 목덜미에 얼굴을 파묻는다. 선기는 알로가 있어 허전한 마음을 다독이며 아빠가 올 때까지 기다린 것이다.

인용문 ②에서 알로가 떠나서 다시 결여가 생긴다. 아빠는 2년 동안 선기를 할머니 집에 맡겨 둔 것을 진심으로 미안해 한다. 하지만 그 자리에 새 가족으로 채워지고 있다.

인용문 ③에서 영모가 자신의 경험을 들려줌으로써 선기는 성장할 수 있는 동력이 생긴다. 비로소 선기는 알로가 묻힌 산에 동화책을 묻고 산을 내려오면서 울타리에서 빠져나온 느낌을 받는다. 이 작품에서 선기를 불쑥 크게 한 것은 조력자 영모였다. 영모는 자신의 경험을 털어놓으면서 자신과 선기가 억압에서 풀리는 느낌을 받은 것이다. 선기는 새 가족을 받아들일 준비를 하고 있는 것이다.

『개미 정원』에서 오오 공주는 비가 와서 노래를 한다. 하지만 이빨 공주는 일개미들의 노래를 부르면 여왕이 될 자격이 없다고 나무란다. 오오 공주는 멋진 왕자와 결혼 비행을 하고 집터로 작은 돌을 찾는다. 하지만 이빨 공주에게 집터를 빼앗긴다. 오오 공주는 다시 큰 돌멩이를 발견하여 나라를 세운다. 오오 나라에 가뭄이 들어 일개미가 일찍 땅 위의 모든 것이 젖어 있다 하여 씨앗을 심는다. 그런데 천장 바위를 어린 송아지가 날려 버린다. 비가 와서 새싹이 돋아 여왕은 자신이 마실 물의 절반을 씨앗에게 주라고 하자, 일개미들도 따라한다. 하지만 천장 바위가 없어 식물의 뿌리가 밀어내는 흙을 밖에 버린다. 일개미가 꿀을 따다 드리자, 여왕은 그곳에 쓰레기를 버리라고 하여 향기 나는 정원이 된다. 정원에 든 꿀 도둑은 이빨 나라 일개미들이었다. 오오 여왕은 이빨 여왕에게 편지와 씨앗을 보낸다. 이빨 여왕이 오오 나라에서 보내 온 씨앗을 쓰레기장에 묻으라 하며 눈물을 흘린다. 비가 오자, 이빨 여왕은 오오 공주가 비올 때 부른 노래를 부른다. 오오 나라 일개미들은 꿀과 열매를 저장하고 정원에 씨앗을 심는다. 순찰 일개미가 작은 벌레의 엉덩이를 치자, 꿀보다 더 달콤한 물이 나온다. 정원에 진디들은 이파리 위에 꿀을 올려놓고, 오오 나라 일개미들은 꿀이 가득한 정원에서 매일 노래를 부른다.

①

"비다! 비가 온다!"

공주 개미 중에서 55번째로 태어난 오오 공주는 벌떡 일어났어요. 재빨리 복도에 나가 보았답니다.

정말! 바싹 말랐던 벽이 조금씩 촉촉해지고 있어요. 복도를 오가는 일개미 언니들의 발걸음 소리도 빨라지고 있었습니다.

"아, 이제 우린 살았다!"

(중략)

–비님이 오시네.
하늘에서 비님이 오시네.
우리 집까지 오느라 얼마나 다리가 아프실까?
비님, 다리 다 나을 때까지 우리 집에서 오래오래 놀다 가세요.

"야, 오오 공주! 비에 무슨 다리가 달렸니?"

28번째로 태어난 이빨 공주가 다가와 말했어요. 원래 이팔 공주인데 모두들 이빨 공주라 불렀지요.(8~9쪽)

②

"이 편지를 오오 여왕이 주었단 말이냐?"

편지를 다 읽고 난 이빨 여왕이 조용히 물었습니다.

"네."

(중략)

"정말 오오 나라에서는 가뭄 걱정을 전혀 안 하더냐?"

"네, 가뭄은커녕 꿀 잔치를 한대요."

"뭐, 잔치? 이 가뭄에?"

(중략)

이빨 여왕은 생각에 잠겼어요. 꼬맹이라고 놀린 일, 집터를 빼앗은 일이 생각났어요.

그런 생각을 하자 얼굴이 화끈거렸답니다.

"집터를 빼앗은 후에 꼬맹이가 죽은 줄만 알았는데……."

(중략)

"오오 여왕, 미안해. 그리고 정말 고마워."

이빨 여왕은 편지에다 얼굴을 대고 눈물을 흘렸어요.(104~110쪽)

인용문 ①에서 55번째 태어난 오오 공주는 반가운 비가 와서 노래를 부른다. 하지만 28번째 태어난 이빨 공주는 비아냥거린다. 주인공의 적대자 역할을 충실하게 하는 샘이다. 그뿐만 아니라, 결혼 비행 후 오오 공주가 찾은 집터를 빼앗고 만다. 착한 오오 공주는 언니인 이빨 공주와 싸우지 않고, 다시 집터를 찾는다. 여기서 결여는 결혼 비행이 끝나고 왕자가 죽어서 혼자 나라를 세우는 것이다. 그런데 언니가 도와주지 못할망정 동생이 찾은 집터를 빼앗았다. 그래도 오오 공주는 포기하지 않고 결여를 해소시키기 위해 가뭄을 극복하며 나라를 풍요롭게 만든다.

인용문 ②에서 가뭄이 든 이빨 나라 일개미들이 오오 나라의 꿀을 훔친다. 오오 여왕은 자신이 맡은 집터를 빼앗아 간 것과 그동안 경험한 이야기와 씨앗을 보낸다는 편지를 적어 이빨 여왕에게 보낸다. 편지를 읽은 이빨 여왕은 고마워 눈물을 흘리며 잘못을 뉘우친다. 오오 여왕의 착한 마음이 이빨 여왕을 용서한 것이다. 이 작품은 선과 악(선악 구도)의 이분법적인 구도(構圖)로 짜였다. 즉, 오오 공주의 '선'이 이빨 공주의 '악'을 이긴 샘이다. 그리하여 자매간의 우애가 생긴 것이다.

## 3. 자아 성장 동화의 서사

프로이드(Freud)에 의하면 자아(自我)는 현실 원칙에 따른다. 자아는 환경과 여건의 욕구를 만족시킬 수 있는 방법을 결정하고, 쾌락 원칙을 따르는 이드(id)와 도덕적인 초자아(超自我) 사이에서 중재자 역할을 한다. 또 에릭슨(Ericsson, John)의 심리사회적 발달 이론[6]은 인간의 발달 단계를 구분하고 있다. 등장인물들의 자아 성장은 어떻게 나타나는지 서사를 살펴보도록 하자.

『성적을 올려주는 초콜릿 가게』에서 현재는 영어 학원에서 B반으로 올라가지 못하고 네 달째 C반에 머물러 있다. 정은이 생일 선물로 기쁨이 누나가 만들어 준 양초를 선물한다. 영규는 현재에게 "점수 따려고 너무 애쓰지마."(17쪽)하면서 질투한다. 현재는 천 원이 없어 친구들과 노래방에 가지 못

---

6) 에릭슨의 심리사회적 발달 8단계 : ① 유아기 구강기(기본 신뢰 대 불신), ② 초기 아동기 항문기(자율성 대 수치, 의심), ③ 유희연령 생식기(솔선성 대 죄악감), ④ 학동기 잠재기(근면성 대 열등감), ⑤ 사춘기와 청년기(자아 정체성 대 역할 혼란), ⑥ 성인 초기(친밀감대 고립), ⑦ 성인 중기(생산 대 침체), ⑧ 성숙 노인기(자아 통합 대 절망).

해 동생 현우와 놀이터에서 외사촌 승지 형과 심었던 도깨비 씨앗에게 빈다. A반까지 올라가는 것, 영규보다 공부 잘하는 것, 공부 잘하는 약이 있었으면 하는 것, 부모님이 싸우지 않았으면 하고 빈다. 엄마는 "성적표를 가져와 봐."(24쪽) 하며 친구의 아들 영규가 B반에 올라간 것을 어떻게 알았는지 아파트를 포기하고 과외 선생님을 모시겠단다. 외삼촌이 경찰과 가면서 종이 가방을 현재에게 부탁한다. 외갓집에 갈 때 외삼촌이 맡긴 비디오카메라를 가방에 넣어 간다. 외갓집 가는 길, 엄마는 "휴……. 아파트보다 재가 우선 공부를 잘해야지."(63쪽) 하며 아빠와 싸운다. 현재는 외갓집 식구들과 천렵을 하다가 화장실로 가는데 엄마가 만 원을 주며 아이스크림을 사 오라고 한다. 현재는 롤러 블레이드를 타고 성적 없는 세상으로 가고 싶었다. 볼일을 보고 나오는데, 등꽃 향기를 맡고 낯선 풍경이 펼쳐진다. 그곳에 '……초콜릿 가게.'(94쪽) 간판이 보였다. 현재 차례에 "영규네 집에 불난 게 저 때문이 아니란 걸 증명하고 싶어요."(102쪽)는 300원, "영어 시험을 잘 봐서 B반, 아니 A반으로 올라가고 싶어요."(102쪽)는 100원, "그 다음은 35평 아파트로 이사 가고 싶은데."(103쪽)는 100원에 샀다. 그런데 그 가게는 성적을 올려주는 것이 아니라, 이야기를 들어주고 동전을 받는다고 했다. "아무것도 안 사고 그냥 나가는 경우에는 종이돈을 받는다."(104쪽)고 하여 엄마에게 받은 만 원을 주고 나온다. 또 다른 가게에서 현재는 무료 음료수 두 잔을 마시고 100만 원짜리 영수증을 받는다. 세 잔을 마시고 웨이터가 된다. 그런데 "유리잔을 깬 건 손님의 음료수를 대신 마신 거나 다름이 없다. 손님의 음료수를 대신 마신 웨이터는 주방장이 되는 게 이 가게 규칙이다."(141쪽) 하여 주방장이 된다. 주방장(현재)이 만든 음료를 수정이(웨이터)가 맛을 보려다가 깼다. 현재는 주방장을 물려 주고 나와서 롤러 블레이드를 탄다. '이렇게 많은 박수 받아 본 건 처음인데.'(156쪽)라고 생각하며 으쓱해 한다. 현재는 세 바퀴쯤 돌고 광장 한복판에서 나뒹굴어 환상이 깨진다. "엄마, 전 롤러 블레이드 경기장에 있었다니까요."(158쪽)라고 해도 믿어 주지 않는다. 외삼촌과 그곳에 가 보았지만 아무것도 없었다.

에릭슨에 의하면 현재는 사춘기와 청년기, 자아 정체성 대 역할 혼란 단계에 속한다. 현재의 억압된 자아가 어른의 세계로 가고 싶었다. 그래서 초콜릿 가게, 음료 가게, 그리고 롤러 블레이드 경기장 등의 경험을 통하여 자아 정체성의 혼란에서 해소된 것이다.

『은표와 준표』에서 둘은 쌍둥이이다. 가족들은 은표가 3분 늦게 태어났으니 준표에게 오빠라 부르라고 한다. 친구들까지 "야, 이은표! 난 네 오빠 친구거든? 그러니까 나한테도 오빠라고 불러라."(10쪽)고 한다. 준표는 은표에게 100미터 세계 신기록 우사인 볼트에 비유하며 3초를 앞당기는 데 2년이 걸렸고, 3분을 앞당기려면 120년이 걸린다고 하며 약을 올린다. 은표는 인터넷에서 쌍둥이에 관한 내용을 읽고 바탕화면 고양이를 쥐어박고 컴퓨터를 끈다. 준표가 학원에서 오는 길에 고양이를 발견하고 데려온다. 아빠는 응원하지만 엄마는 "내일 꼭 데려다 줘야 해, 알지?"(30쪽) 하며 반대한다. 고양이가 집을 나가서, 준표는 민준이네 또잠이를 데리고 오고 싶어 한다. 준표는 은표에게 "만약 네가 고양이를 기를 수 있게 설득해 주면, 그땐 나한테 이름을 부르게 해 줄게. 오빠라고 안 불러도 돼."(47쪽)라고 제안한다. 은표는 엄마에게 허락을 받고 싶어 집안일을 돕지만 엄마는 아는 채 안 한다. 또 은표는 엄마들의 도둑고양이 실태조사에 참여한다. 아줌마들이 아이들이 보면 키우자고 할 것 같다고 할 때 "우리 준표도 고양이 키우자고 해서 아주 난감해요. 은표는 그런 얘기 안 하는데, 남자애가 웬 고양이 타령인지."(67쪽) 모르겠다고 한다. "엄마, 나도……."(67쪽)라고 하는데, 통장 아줌마가 "무조건 1등 하면 허락한다고 하는 거야. 그럼 애들이 죽자사자 공부한다."(68쪽)며 은표의 말을 끊는다. 준표와 은표는 또잠이를 업둥이 고양이로 만든다. 밤 10시 민준이가 또잠이를 문 앞에 갖다 놓고, 준표가 또잠이를 데리고 가다가 들킨다. 준표는 아빠의 눈짓으로 또잠이를 방에 데리고 들어간다. 은표는 "이제부터 이름을 불러도 되지?"(87쪽)라고 준표에게 확인한다. 결국 엄마가 고양이 알레르기에 걸려 또잠이를 민준이 집에 데려다 준다. 아빠는 사료와 화장실 모래를 사 줄 테니 가끔 보러 가란다. 민준이가 전화로 또잠이가 나갔다고 한다. 준표는 "고양이는 집을 잃어버리면 거의 못 찾는데."(126쪽)라고 말한다. 준표가 헌책방 할아버지에게 또잠이 이야기를 하며 울컥한다. 할아버지는 "내가 해 주는 건, 그냥 아침마다 고양이 사료 한 컵씩 쏟아 주는 것뿐이야. 깨끗한 물 한 사발하고."(136쪽)라며 고양이 키우는 법을 알려준다. 준표와 은표는 또잠이를 찾는 광고지를 붙인다. 준표는 할아버지에게 컴퓨터를 가르쳐 주고 늦게 돌아와 엄마한테 야단맞고 자전거로 학원에 간다. 가로수 옆에서 또잠이인 줄 알고 달려가다가 차에 부딪친다. 그때 시험공부를 하던 은표는 오른쪽 발목에 번개가 지나가는 것 같은 느낌을 받는다. 엄마는 준표에게 뭘 먹고 싶으냐고 묻자, 첫 번째는 "저, 은표하고 그냥 이름 부르고 싶어요. 오빠하기 싫어요. 겨우 3분 먼저 태어난 걸 갖고 오빠 노릇을 하는 건 불공평해요."(168쪽)와 "두 번째는, 저번에 아빠가 또잠이 키우는 비용을 주신다고 하셨잖아요, 그 약속을 지켜 달라는 거예요."(169쪽)라고 한다. 은표는 준표가 사고 났을 "그때 나한테 텔레파시를 보냈지?"(176쪽)라고 묻는다. 준표는 "아, 생각해 보니까 네 생각이 잠깐 났던 것 같기도 해."(176쪽)라고 한다. 준표는 절뚝거리며 "야, 같이 가!"(179쪽) 하고 불러서 은표가 잡아 주자, "고마워."(179쪽)라고 한다. 은표는 "고맙긴. 앞으로 내가 다쳤을 땐 네가 이렇게 해 줘야 할 텐데."(179쪽)라고 한다. 준표는 세상에서 제일 기댈 수 있는 친구는 은표라고 생각한다.

이 작품은 은표는 준표와 쌍둥인데 오빠라고 불러야 하는 자아 정체성의 혼란에 빠진다. 고양이를 키우고 싶은 준표가 은표의 도움을 받으면서 서로 가까워진다. 준표의 사고로 은표에게 텔레파시가 통하고, 정체성의 혼란이 해소된다. 둘은 세상에서 가장 기댈 수 있는 친구로 성장하게 된다.

『씨앗 선물』에서 준서는 생일마다 씨앗 선물을 받는다. 준서와 윤지는 동네 꽃집을 돌며 꽃씨를 사간 사람을 찾는다. 할머니는 꽃씨를 심고 "준서야, 남은 씨앗은 이 할미가 좀 가져가도 되지? 나도 무슨 꽃인지 궁금해서 화분에 좀 심어 볼란다."(37쪽) 하신다. 씨앗을 보낸 사람은 할머니가 아니다. 일요일에 준서는 윤지와 공룡 전시장에 간다. 윤서는 준서에게 생일 선물로 전시회 표, 휴지, 조립품, 씨앗 중에서 어떤 것이 좋으냐고 묻는다. 준서는 씨앗 선물을 보낸 사람이 윤서가 아닐까 생각한다. 준서는 쓰레기를 버리다가 기차표를 발견한다. 수업시간에 꺼내 보다가 "홍준서, 주머니에 보물이라도 숨겨 둔 거야?"(53쪽) 하시며 선생님이 손을 내민다. 선생님은 "대단하고 말고. 씨는 정말 힘이 쌔지. 고 작은 도토리가 한 그루 나무로 크는 걸 좀 봐라. 들판의 꽃들이 모두 작은 씨앗에서 싹텄다고 생각하면 씨앗이 얼마나 힘이 센지 알 수 있잖아."(57쪽) 하며 씨앗의 생명력에 대해 말해준다. 준서는 엄마의 가계부를 보고 씨앗을 보낸 사람이 엄마가 아니라고 확신한다. "준서야, 너 아직도 그 씨앗 보낸 사람 못 알아냈어?"(69쪽) 하고 윤지가 묻자, 준서는 포기했다고 한다. 씨앗이 자라 동네 아줌마들이 와서 분양한다. 준서는 씨앗 선물도 괜찮다고 생각한다. 준서는 미술학원에서 하트 목걸이를 만들어 엄마에게 주고 싶었다. 하지만 윤서가 이사를 가게 되어 하트 목걸이 반쪽을 준다. 윤서는 "넌 좋겠다. 수호천사가 있어서."(86쪽) 하며 부러워한다. 준서가 결혼하고 아이가 생겨도 씨앗 선물이 왔다. 그런데 엄마가 돌아가시고 씨앗 선물이 오지 않았다. 준서는 씨앗 선물을 보낸 사람이 엄마라는 것을 그때 알았다.

이 작품에서 씨앗 선물은 준서 아빠의 대치물이다. 엄마는 생명력 있는 씨앗을 아들에게 선물하면서 아빠의 빈자리를 채우고 싶었던 것이다. 씨앗 선물은 준서가 어른이 되어도 왔다. 그런데 엄마가 돌아가시고 그 궁금증이 풀렸다. 엄마는 씨앗으로 아빠 대신 무언의 교육을 시킨 샘이다. 따라서 씨앗의 생명력은 준서의 삶에 근저(根底)라고 할 수 있다.

## 4. 동화의 교육적 효용성

정성란 장편동화의 특성을 두 가지로 분류된다. 하나의 특성에서 가족애는 여러 유형으로 나타났다.

첫째, 비현실과 현실을 오가며 가족의 결여를 해소하고 있다.

둘째, 언어의 유사성을 활용해 가족을 이루고 있다.

셋째, 조력자의 경험을 통해 주인공이 새 가족을 받아들일 준비를 하고 있다.

넷째, 선과 악(선악 구도)의 이분법적인 구도로 자매 간의 우애를 그리고 있다.

또 하나의 특성에서 자아 성장은 다음과 같이 나타났다. 3편의 주인공(현재, 은표와 준표, 준서)들은 에릭슨의 심리사회적 발달에 의하면 사춘기와 청년기(자아 정체성 대 역할 혼란)에 속한다. 그러나 『씨앗 선물』의 주인공 준서는 성인 초기(친밀감대 고립)까지 속한다. 이들 자아는 이드와 초자아 사이에서 정체성의 혼란을 겪으면서 억압이 해소되어 바르게 성장할 수 있었다.

하지만 정성란 동화에 나타난 두 가지 오류는 간과할 수 없다. 왜냐하면 동화는 주 독자가 학습 능력이 뛰어난 아동들이기 때문이다. 보조사 '도'는 '또한'의 뜻을 가지고 있다. 즉, 어떤 것을 전제로 하는 더함의 뜻을 가지고 있는 것이다.

그런데 정성란 동화에서 보조사 '도'가 그 뜻에 맞지 않는 경우가 종종 나타나 있다. 또 종결어미 '-답니다'의 사전적 의미는 '하십시오' 할 자리에 쓰인다. 화자가 이미 알고 있는 것을 객관화하여 청자에게 일러줌을 나타내는 종결어미이다. 그래서 주로 옛날이야기의 마지막에 들은 내용을 전달하는 것처럼 '-답니다'로 쓰인다. 그런데 정성란의 장편동화 『개미 정원』에서 자주 쓰이고 있다. 동화작가는 교육적 효용성을 높이기 위해 모든 면에 박식(博識)해야 한다고 생각한다. 그래서 교육자라고 해도 과언이 아니다.

작가는 학습 능력이 뛰어난 독자에게 의미를 바르게 전달해야 동화의 교육적 효용성이 높아지지 않겠는가.

이번 작품을 통해 동화작가 정성란은 호흡이 긴 장편동화와 우리 민족의 원형(原型)을 보여주었다고 생각한다. 12년 동안 7편의 장편동화를 출간하는 저력은 아무에게나 있는 것이 아니다. 앞으로도 우리 민족의 보편적 상징이 담긴 작품을 많이 만날 수 있기를 기대한다.

# 상상력의 발원과 사랑의 판타지

– 정소영 동화론

**박상재**(동화작가, 문학박사)

## Ⅰ. 동심과 상상력의 발원

정소영은 1958년 3월 21일(음력 2월 2일) 전라남도 여수시 웅천면에서 부친 정형식, 모친 김맹심 슬하에 3남 3녀 중 둘째 딸로 태어났다. 그는 초등학생 때 별명이 책벌레였을 정도로 독서광이었다. 여수동국민학교에 다닐 때 수업이 끝나면 곧장 도서관으로 달려갔다. 학교에서는 독서 교육을 강조해서 독서와 독서록 쓰기를 중점적으로 지도했다. 작가는 도서관에서 탐정소설이나 동화책을 즐겨 읽고 매일 독서록을 썼다. 이처럼 작가의 유년 시절은 책이 친구였다. 집에 가면 부친이 사 온 성인용 문학전집이 책장에 꽂혀 있었다. 정소영은 동화책이 없어 삼국지, 장희빈전, 세계단편문학전집 등을 읽었다.

그래서인지 초등학교 4학년 때부터 각종 글짓기 대회에 나가서 큰 상을 받았다. 여수 진남제 한글 백일장에서 산문부 1등, 삼남 지방 초 · 중 · 고등학생 백일장에서 장원 등 각종 대회에서 상을 받아 학교를 대표하는 글짓기 선수가 될 정도였다. 초등학교 5학년 때는 글짓기 공책을 만들어 동시나 동화를 습작했다. 이때부터 무의식 속에 문학을 접하고 있었다.

중 · 고등학교 시절에도 독서와 글쓰기는 작가의 일상이었고 열정이었으며 작가도 의식하지 못하는 인생의 목적이 되었다. 그는 초등학교 시절 백일장에서 최고상을 많이 받았다는 자긍심 때문에 문학에 소질이 있다는 자부심을 갖게 된다. 그래서 중 · 고등학교 시절에는 문학 소녀로 지냈고, 공주교육대학교에 진학해서도 입학하자마자, 학보지에 「공주란 곳에 와서」란 수필을 게재했고 〈석초 문학회〉 동인으로 활동했다.

정소영은 초임지인 보령 웅천초등학교에서 본가가 있는 여수로 시도 간 이동을 했다. 그 후 여수에서 〈해맥〉 동인 활동을 했다. 〈해맥〉 동인지 1집에 시 「타인의 독백」, 「파도」, 「강가에서」 등을 발표했다. 정소영은 본래 시와 소설을 썼다. 20대 후반 《전남일보》에 투고한 소설 「안개와 불도저」가 본선에 오르기도 했다. 그러나 30대로 접어들면서 문학보다는 학교일과 개인사에 치중하느라 치열한 창작의 시간을 보내지 못했다.

정소영은 2004년 전문직 시험에 4번 도전 끝에 합격하여 교육자로서 숙원을 이루었다. 학교에 근무하면서 대학원에 진학하여 「한국전래동화에 나타난 설화 수용 양상 연구」로 문학박사 학위를 받았다. 전남 해남교육청에 장학사로 근무하면서 2006년부터 2년 간 조선대학교에 출강했고, 학회지에 논문도 다수 발표했다.

정소영은 50이 넘어서 담양에 있는 〈문순태 생오지〉 창작반에서 소설공부를 시작했고, 〈소설 다방〉이란 동인에 가입해서 합평 활동도 했다. 윤삼현 작가가 고문으로 있는 〈겨울새〉 문학 동인에 가입하면서 동화를 쓰기 시작했다. 2013년에 필명 '정미서'로 동화 「달꽃과 아기 몽돌」이 《아동문예》 3 · 4월호에 신인문학상으로 당선되었다. 등단하자마자 본명 '정소영'으로 첫 동화집 『아기 몽돌의 꿈』을 출간했다. 틈틈이 습작한 동화를 수정하여 출간했기 때문에 등단하자마자 첫 동화집을 낼 수 있었다. 이 동화집은 세종문학나눔 우수도서로 선정되어 재판을 찍었다.

정소영은 등단 10여 년 동안 여섯 권의 동화집을 발간했다. 2014년 『아기 몽돌의 꿈』, 2019년 『천년의 아이』, 2020년 『하얀 고래의 노래』, 2021년 『천년의 아이와 동물병정』, 2022년 작가가 직접 그리고 글을 쓴 그림책 『금빛 뿔 꽃사슴』, 2023년 『걱정 없는 약』이 발간되었다.

본고에서는 작가에게 근원적으로 내재한 동심과 체험에 의해 발원된 상상력의 산물 6권의 동화집에 나타난 작가의 상상력과 판타지의 양상을 살펴보고 작품에 수용된 판타지의 특성과 의미를 고찰해 보고자 한다.

## Ⅱ. 상상력과 판타지의 양상

한 작가의 상상력은 천부적인 요인도 있지만 후천적인 환경과 작가의 삶의 여정에 의해 그 넓이와 깊이를 더해 갈 수 있다. 정소영은 유년 시절부터 상상의 세계에 몰입하기를 좋아했고 많은 독서와 습작을 했다. 또한 40여 년 넘게 초등학교에 근무하며 어린이들과 생활했기 때문에 어른이 되어서도 동심을 소유할 수 있었다. 작가의 첫 작품집에는 작가가 젊은 날부터 간직해 온 동심의 원형과 상상력이 만든 판타지가 작품의 토대를 이루고 있다.

작가는 동화집 『아기몽돌의 꿈』 머리말에서부터 상상의 날개를 펼치고 있다.

> 항상 고운 꿈을 꿉니다.
> 분홍신을 신은 공주님은 날마다 초록별 왕자님을 기다렸어요.
> 아기 몽들은 거북의 등을 타고 노오란 달꽃을 만나러 우주 여행을 떠납니다. 상상을 간직한 동심의 세계에선 무슨 일이든지 다 할 수 있어요. 그래서 동화는 신나고 재미있어요.[1]

작가가 말한 '분홍신을 신은 공주'는 작가가 유년 시절에 만화방에서 보

---

1) 정소영, 『아기 몽돌의 꿈』, 아동문예, 2014, 머리말.

았던 꽃신을 들고 공주를 찾아 나서는 왕자의 이야기에서 생산된 모티프이다. 이처럼 작가는 유년의 체험에서 상상력의 뿌리를 캐내고 있다. 동화 「초록별 이야기」에서도 작가의 동심이 만들어 낸 상상의 세계가 재미있게 그려져 있다.

> 초록별은 워낙 개구쟁이라 하느님이 잠깐 주무시는 기색만 보여도 그 틈을 놓칠세라 장난을 쳤습니다. 살금살금 다가가 주위의 별들이 빛줄기를 붙잡고 있는 손에 불총을 놓았습니다.
>
> "아이고, 뜨거워라!"
>
> 별들은 빛줄기를 잡고 있던 손을 마구 흔들었습니다. 그러면 초록별은 히히 웃으며 그 빛줄기들을 빼앗아 두 발과 허리에 칭칭 동여맸습니다.[2)]

초록별이 다른 별들이 빛줄기를 붙잡고 있는 손에 불총을 놓고 히히 웃으며 그 빛줄기들을 빼앗아 두 발과 허리에 칭칭 동여매었다는 발단 부분은 해학적이면서 어린이들의 동심에 상상력의 씨를 뿌린다. 어린이들은 초록별이 정말 아름다운 별인가에 대해 자기도 모르게 생각하게 될 것이다. 초록별이 바다로 떨어져 세상에서 가장 아름다운 별인 진주를 만나게 되기까지 바다 속 세상은 공간 이동에 의한 판타지의 세계이다. 다만 초록별의 바닷속 여정에서 작가의 의도적인 교훈성이 생경하게 표출되고 있다는 점이 아쉽다.

동화 「눈꽃새 공주」에서도 공간 이동이 있다. 눈꽃새 공주는 '노란 봄나라 꽃들의 이야기'라는 그림 동화책을 좋아했다. 그래서 임금님을 졸라 노란 봄나라로 공간 이동을 한다. 판타지 화소로 등장하는 '눈꽃사탕, 마법의

---

2) 앞의 책, 11쪽.

모자, 눈꽃공주의 변신' 등은 작가의 상상력이 만들어 낸 판타지 도구와 판타지 변신으로 환상성을 확장하고 있다.

동화 「아기 몽돌의 꿈」은 작가의 고향인 여수 앞바다에 있는 '엄마 섬 아기 섬'이 모티프가 되었다. 작가의 말에 의하면 아기 섬이 거북 등을 타고 달나라에 가는 것으로 초고를 썼는데, 커다란 섬이 거북 등을 타고 갈 수 없다는 사실을 발견하고 '아기 섬'을 '아기 몽돌'로 바꾸었다고 한다. 이 동화는 판타지성이 강한 배경을 보여준다. 아기 몽돌은 하늘 꽃밭에 노랗게 피어난 달꽃을 바라보며 달꽃을 만나고 싶어 한다. 공간 이동에 대한 욕구와 갈등이 발단 부분에 전개되어 아기 몽돌은 용왕이 변한 거북 등을 타고 달나라로 간다.

동화 「바다 아이」에서도 작가는 예쁜 소라 껍질에서 파도 소리와 해님이 파도를 타면서 까르르 웃는 소리를 상상한다. 바다 아이는 이 소라 껍질을 준 엄지공주를 찾으러 도시로 온다.

아이는 소라 껍질에서 파도 소리와 해님의 웃음 소리를 들을 수 있는 사람을 찾아 나선다. 정치가, 빵집 아주머니, 할아버지, 화가 아저씨를 만나 소라 껍질 소리를 들려주지만 소리를 듣지 못한다.

> "지금은 눈에 보이는 것만 보이는 눈과, 들리는 것만 들리는 귀를 가지게 되었구나. 슬픈 일이다."
>
> "사랑 때문이다. 가슴에 아직 사랑이 남아 있기 때문이야, 이 소라 껍질에서 바다의 소리를 들을 수 없어도 아저씨는 바다를 사랑한단다. 바다를 그리는 일을 사랑한단다. 사랑은 우리 어른들의 병든 마음을 치료해 주는 약 같은 거지."[3]

---

3) 앞의 책, 103~104쪽.

화가 아저씨의 말처럼 눈에 보이는 것만 보이는 눈과 들리는 것만 들리는 귀를 가진 사람들과 헤어져 아이는 엄지공주를 다시 찾으러 간다. 바다아이는 죽어 가는 엄지공주와 함께 소라 껍질에서 바다의 소리와 해님의 웃음소리를 듣는다. 사랑의 힘이 환상의 공간을 만들고 시청각적 메타포를 살아 움직이게 한다.

평론가 윤삼현은 『아기 몽돌의 꿈』 동화집 말미 작품평에서 작가가 가지고 있는 동심이 상상력을 만들어 내고 그 상상력이 판타지의 세계를 창조하고 있다고 말한다.

> 정소영의 동화는 환상이라는 동화적 뿌리, 용서와 화해의 삶의 가치와 미덕, 그리고 순수 동심이 지향하는 아름다움이라는 세계를 그려 보이는 데 집중하고 있다.
>
> 작가는 현실적 어려움이나 비극적 상황 속에서도 세계와 소통하며 순수 동심을 잃지 않는 아동상을 분신처럼 그려 내고 있다. 동화가 어떤 동심을 그려 내야 하는가를 직시하고 그 방향점을 바르게 잡고 있음을 반증해 보여주고 있다. 정소영 작가의 동화 그 한가운데 가장 고귀한 동심이 자리 잡고 있다는 것은 탄탄한 주제와 직결되는 일이다. 그리고 탄탄한 주제 의식은 독자의 공감대를 두드려 언제라도 독자를 이야기 속에 끌어들일 수 있는 힘을 확보하고 있음을 말해 준다.[4)]

위의 글처럼 정소영은 첫 창작집 『아기 몽돌의 꿈』에서 작가가 유년 시절부터 중년에 이르기까지 체험하고 추구했던 순수의 세계 동심이라는 숲에서 만들어진 상상력의 빛과 소리로 아름다운 환상의 세계를 만들어 내고 있다.

---

4) 정소영, 『아기 몽돌의 꿈』, 아동문예, 2014, 179쪽.

두 번째 동화집 『천년의 아이』는 첫 창작집 출간 이후 5년 뒤인 2019년 5월에 발간되었다. 이 책에 실린 「복수초와 모래돌이」는 작가가 근무한 학교 근처에 있는 완도 신지도 명사십리를 날마다 걸으면서 파도 소리와 솔바람 소리, 코끼리 모양을 한 상산을 오르내린 직접 체험이 동화의 소재가 되었다.

이 동화에는 판타지 요소가 많이 들어 있다. 눈바람 속에도 끄떡없이 피어난 복수초, 코끼리산을 좋아하고 아픈 엄마를 걱정하며 슬퍼하는 모래돌이, 모래돌이 어머니를 치료해 주러 온 말똥게 의사, 모래돌이와 모래돌이 엄마를 복수초에게 데려다 준 날아가는 다시마 줄기는 작가의 상상력에 의해 만들어진 개성적인 캐릭터들이다. 이 인물들이 동화의 한 장을 차지하면서 옴니버스 식으로 서사를 이끌어 간다. 모든 사람에게 복과 건강을 주는 복수초를 보고 모래돌이 어머니 얼굴이 환하게 빛나는 장면으로 끝맺고 있다. 작가가 아침 저녁으로 걸었던 완도 신지도 명사십리 바닷가에서 '복수초와 모래돌이, 말똥게 의사, 날아가는 다시마 줄기'는 순수한 서정과 따뜻한 사랑이 파도치는 판타지의 세계를 창조했다.

동화 「기차 도깨비」는 '기차 도깨비'라는 인물이 신선하고 재미있게 그려져 있다. 도깨비 나라에 사는 기차 도깨비는 기차 여행을 좋아해서 기차 도깨비이다. 작가는 이 동화를 쓰게 된 동기를 이렇게 말했다.

> 이 동화를 쓸 무렵 코로나 19에 걸린 것처럼 기관지염으로 며칠 동안 고생을 했어요. 코로나에 걸렸다고 생각하며 잠을 못 이루기도 했어요. 다행히 건강이 좋아져서 집에서 재택 근무를 하던 4월 어느 날, 혼자 벚꽃이 피는 길을 따라 보성 수문포 바다를 보러 갔어요. 바다에는 분홍빛 벚꽃이 흩날리고 있었지요. 코로나 19에 걸리지 않았나 하는 공포에 떨며 잠을 이루지 못했던 저에겐 오랜 만의 외출이었어요. 까페에서 커피를 마시며 혼자 바다를 물끄러미 바라보다 집으로 돌아와 그날 밤에 쓴 동화가 기차 도깨비랍니다. 어쩌면 기차 도깨비는 저인지도 모릅니다.

작가는 햇빛이 쨍쨍 내리쬐는 날이어서, 비가 내려서, 눈이 소복소복 내려서 "이 좋은 날 가만 있으면 안 돼." 하고 기차를 타는 기차 도깨비라는 환상의 캐릭터를 자신의 동심에서 발아된 상상력으로 새롭게 창조했다. 이 판타지 인물의 생김새를 작가는 구체적이며 생생한 문장으로 묘사하고 있다.

> 머리엔 초승달을 세워 놓은 것 같은 노란 뿔이 두 개 있어요. 눈은 솔방울처럼 크고 둥근데, 눈빛은 아침 햇빛을 담은 유리구슬처럼 맑아요. 뭉툭한 코는 바닷가에서 뒹굴뒹굴 구르며 파도 소리를 듣는 작은 몽돌 같고요. 웃으면 양쪽 귀 있는 곳까지 벌어지는 커다란 입은 잘 익은 바나나 같아요.
>
> … 그래서 기차 도깨비는 늘 요술 배낭을 메고 기차를 탑니다. 기차 도깨비의 요술 배낭은 파란 모자를 쓴 펭귄 모양이지요. 마치 검은 등과 하얀 배를 가진 펭귄을 업고 다니는 것처럼 배낭을 메고 다녀요.[5)]

기차 도깨비는 '4월의 바다'로 가는 기차를 탄다. 그 기차에는 팔다리가 달린 감자, 고구마, 호박, 파프리카가 타고 있다. 작가는 이 괴물 채소들에게 다양한 인간의 유형을 보여주는 역할을 준다. 많은 돈을 벌겠다는 감자, 얼굴이 아름다운 공주가 되겠다는 고구마, 왕궁 같은 집을 짓겠다는 호박, 채소 나라의 여왕이 되겠다는 파프리카는 모두 인간의 원형적인 욕망의 모습을 보여준다. 여기에 한 아이가 등장한다. 아이는 코로나 19로 할머니를 잃고 4월의 바다로 코로나를 물리칠 약을 구하러 가기 위해 기차를 탄다. 작가는 이 아이에게 이타적인 인물 역할을 부여했다. 기차 도깨비와 괴물 채소들과 아이는 서로 기차를 탄 이유가 다르다. 기차 도깨비는 여행을 좋

---

5) 정소영, 『하얀 고래의 노래』, 도담소리, 2020, 10~12쪽.

아해서, 괴물 채소들은 각자의 욕망을 충족하기 위해서, 아이는 공동의 이익인 코로나19 약을 구하기 위해서다. 개성 있는 캐릭터와 벚꽃터널 속으로 달려가는 기차가 초현실적인 분위기를 보여주고 있으며, 각기 다른 이유로 기차를 탄 인물들이 서로 화합하는 '4월의 바다' 장면도 주제를 잘 형상화한 판타지 모티프이다.

개나리들의 웃음소리를 듣고 봄의 소리라고 생각하는 동화 「봄의 소리를 들었어요」, 높은 제방에서 하천에 떨어진 아기 고라니를 구하려는 엄마 고라니를 보고 119에 신고한 지호가 새엄마와 함께 살고 싶어하는 아빠의 마음을 이해하게 되는 「아기 고라니의 선물」, 시든 선인장을 들고 온 태수가 선생님과 반 아이들과 함께 죽을 줄 알았던 선인장에서 팔 같은 줄기가 솟아 나오게 하는 동화 「팔뚝이를 그리자」, 토끼풀꽃 학교에서 토토 교장선생님과 토송이가 사탕 때문에 일어난 일을 그린 「사탕 공주」는 생활 동화의 전형을 보이면서도 작가의 상상력이 빚어 낸 판타지가 강한 모티프들이며 이 모티프들이 작품의 주제를 부각시키는 역할을 하고 있다.

동화 「도토리 피자 가게」는 협동의 중요성을 강조한 의인화 동화이다. 숲 속 커다란 굴참나무 밑에는 100년이 넘은 도토리 피자 가게가 있다. 주인인 다람이는 어느 날 이른 아침 호스티스 병동에 있는 어머니가 피자를 먹고 싶어 하니 배달해 달라는 전화를 받는다. 해마다 피자를 먹으러 오던 난소정 마을의 부인과 딸을 기억한 다람이는 거리가 먼 난소정 마을까지 피자를 배달하러 길을 나선다. 배달하는 길에 고슴도치, 여우, 500년 된 떡갈나무가 방해자로 나타나지만 마지막 나타난 반달곰은 조력자로 반달곰이 다람이를 업고 물 속에 잠긴 징검다리를 건너게 해 준다.

이 동화 속에서 의인화된 인물들은 작가의 의도적인 장치에 의해 현실적인 인물로 재탄생되고 있다. 애기똥풀 부인에게 도토리 치즈 피자를 배달하고 밤길을 달려가는 다람이에게 반딧불이 무리가 나타나 어두운 숲길을 비춰 준다. 이 동화의 발단 부분에 나오는 100년이 넘은 피자 가게에 대한 묘사, 결말 부분에 나오는 반딧불이가 밤길을 밝혀 주는 장면 등은 매우 환상적인 분위기를 보여준다. 또한 등장인물들이 어린이들에게 친근한 동물들로 구성되어 있어 작가가 표현하고자 주제가 역동적이며 재미있게 표출되고 있다.

장편동화 『천년의 아이와 열두 띠 동물병정』에서는 5·18 광주민주화운동 당시의 현실을 패러디한 판타지 도구와 판타지 공간, 판타지 인물들이 다양하게 펼쳐진다. 505붉은안개섬은 5·18 광주민주화운동 때 있었던 505보안부대를 상징하고 마왕 괴물은 5·18 광주민주화운동 때 광주 시민을 탄압했던 쿠데타 신군부 세력을 상징한다. 수정공주가 마왕 괴물에게 잡혀 가자 건영과 열두 띠 동물병정은 수정공주를 구하기 위해 '신천리'란 마을에 있는 이팝나무신께 기도한다. 이 이팝나무는 망월동 국립묘지로 가는 길가에 서 있는 이팝나무를 상징하고 있다.

이팝나무신이 요구한 세상을 이롭게 하는 세 가지 일을 하고 오자 이팝나무 신은 신탁을 내린다.

> "잘 들어라, 이팝나무 꽃으로 주먹밥을 만들어라. 많이 만들어서 열두 띠 백성 괴물하고 싸울 때 이것을 무기로 사용하라. 이팝나무 둥치 사이에 생긴 구멍 속에 파란 이팝나무 열매가 있다. 그 열매로 구슬을 만들면 요술 구슬이 된다. 다음에는 이팝나무 가지를 하나 꺾어서 나무칼을 만들어라. 그 칼은 요술칼이 될 것이다."[6)]

실제 5·18 광주민주화운동 당시 광주 시민들이 주먹밥을 만들어 시민군에게 나누어 주었다. 위 글에서 무기로 사용하는 주먹밥은 5·18 광주민주화운동 때 광주 시민들이 만든 그 주먹밥을 상징한다. 이팝나무 열매로 만

6) 정소영, 『천년의 아이와 열두 띠 동물병정』, 도담소리, 2021, 122쪽.

든 요술 구슬, 이팝나무 가지로 만든 요술칼도 망월동 국립묘지로 가는 길에 있는 이팝나무 가로수에서 그 모티프를 가지고 왔다. 7장 '폭풍의 바다'에 나오는 폭풍 괴물이 쓴 시커먼 방독면은 5·18 광주민주화운동 때 계엄군이 쓴 방독면을 상징한다. 트럭 모양으로 생긴 하얀색 요트는 시민군이 타고 다닌 트럭을 상징한다. 송희가 확성기에 대고 소리치는 장면도 5·18 광주민주화운동 당시 시민군이 트럭을 타고 다니면서 확성기에 대고 함께 싸울 것을 소리치던 장면을 패러디한 것이다. 열두 띠 백성 괴물들이 곤봉과 단검을 들고 있는 것도 계엄군을 상징하고 있다.

건영은 마왕 괴물을 물리치고 수정공주를 구해서 비웅벌 부족국으로 돌아가는 길, 다시 블랙홀에 빨려들어간다. 블랙홀이라는 통로를 통해 건영과 열두 띠 동물병정은 다시 현실 공간으로 돌아온다.

> 건영은 벌떡 일어났다. 천년의 아이는 여전히 통나무배에 앉아 있는데 건영의 혼이 거기서 나왔다.
>
> "천년의 아이야, 나는 이제 다시 내가 있던 곳으로 돌아간다."
>
> 건영은 나팔 소리를 들으며 무덤 속으로 걸어 들어갔다. 평화로운 나비잠을 자러 가는 아이의 모습이었다.[7)]

5·18 민주항쟁탑 위에 무지개가 걸리고 그 무지개 위에서 공주였던 수정이가 바비 인형이 되어 춤을 추고, 이팝나무 꽃잎들이 하늘하늘 날리는 장면에서 열두 띠 동물병정들이 힘차게 나팔을 불기 시작했다. 그때 건영이 일어나서 무덤 속으로 들어간다. 설화 속 인물이 되어 천년 전의 가야국으로 가서 5·18 광주민주화운동의 계엄군을 상징하는 괴물들을 물리치고 5·18 광주민주화운동 때 함께 광주 도청 쪽에 있는 장난감 가게에 갔다가

---

7) 위의 책 157쪽.

실종된 수정이를 구한 건영이를 통해 작가는 5·18 광주민주화운동 때의 희생자들에게 자유와 평화, 정의와 용기, 사랑의 승리를 이야기하고 있다. 작가는 천 년 전의 가상 공간에서 현재의 인물들이 불의와 싸워 정의를 실현시키는 판타지 세계를 보여준 후, 도자기 할아버지와 송희가 건영이가 있는 망월동 국립묘지를 찾아가는 장면으로 서사의 결말을 보여준다.

『걱정 없는 약』 동화집에 실린 8편의 동화에는 전반적으로 판타지 화소가 내재되어 있다. 「걱정 없는 약」에서는 '걱정 없는 약, 의인화', 「나무가 되고 싶은 아이」에서 '나무가 된 수루의 환상 세계', 「달뫼산의 마법사」에서는 '마법사, 달뫼공주, 달뫼산에 그린 꽃', 「돌다리 할아버지와 우주소녀」에서는 '용대리 돌다리, 우주 소녀 별아, 우주선, 밀랍초 할아버지, 밀랍인형', 「악착동자와 아기 도깨비」에서는 '도깨비 방망이, 산신령, 아기 도깨비, 악착동자', 「분분이 꽃」에서는 '분분이, 분분이 꽃', 「흰고래 루루와 세 개의 돌」에서는 '흰고래 루루, 할머니 도깨비, 엄마 섬 아기 섬, 세 개의 돌, 수족관에서 바다로 공간 이동', 「왕바위와 바닷새」에서는 '왕바위, 바닷새, 해당화, 폭풍우' 등의 판타지 화소가 나온다. 이 판타지 화소들은 현실과 환상, 사람과 동물, 식물 등의 인물들과 함께 '사랑'이라는 작가의 주제 의식을 잘 표출하고 있다.

이 중에서도 전형적인 판타지 동화라고 할 수 있는 동화는 「달뫼산의 마법사」, 「돌다리 할아버지와 우주 소녀」, 「흰고래 루루와 세 개의 돌」, 「왕바위와 바닷새」 등이다.

동화 「달뫼산의 마법사」에서는 바위에서 환상의 꽃들이 피어난다.

> "아, 나의 예쁜 공주님! 꽃이 되었구나."
>
> 마법사는 가슴이 찢어지는 것 같았습니다. 자기도 모르게 달뫼공주의 꽃에 입을 맞추었습니다.
>
> 그러자 놀라운 일이 일어났습니다. 마법사가 바위에 그린 꽃들이 피

어나기 시작했습니다. 여기저기서 톡톡 꽃들이 피어나는 소리가 들렸습니다. 달뫼산의 바위에는 수많은 바위꽃들이 피어났습니다.

마법사는 보름달이 뜨자 달뫼산에서 가장 큰 바위에 달뫼공주를 그리기 시작했습니다.[8)]

해가 뜨면 녹아 없어지는데도 마법사의 친구가 되려고 달나라로 돌아가지 않은 달뫼공주는 그만 햇빛에 녹아 없어진다. 그 자리에 노란 꽃이 피었고 마법사는 가슴이 찢어지는 고통을 느끼며 달뫼공주의 꽃에 입을 맞춘다. 그 순간 마법사가 그린 바위의 꽃들이 살아서 움직여 톡톡 피어나는 장면은 마법 같은 순간을 보여주면서 환상의 세계를 보여 준다. 보름달이 뜨자 달뫼공주를 살리기 위해 마법사는 가장 큰 바위에 달뫼공주를 그린다. 달뫼공주가 살아났을지는 독자의 상상에 맡기며 끝을 맺고 있다.

위에서 살펴 본 것처럼 작가는 작가의 원형적인 동심과 개성적인 상상력을 발원하여 각종 판타지 도구와 변신, 환상적인 공간 이동, 초현실적 배경과 의인화 등으로 판타지 세계를 형상화하고 있다.

## Ⅲ. 판타지의 특성과 의미

정소영은 한국 설화를 재화한 전래동화에 각별한 애정을 가지고 있다. 그래서인지 작가가 창작한 동화에는 설화 속 모티프를 수용한 판타지 모티프들이 자주 발견된다. 동화 『눈꽃새 공주』에서도 설화의 금기 모티프가 보인다.

8) 정소영, 『걱정 없는 약』, 도담소리, 2023, 54쪽.

"공주님, 봄나라에 계실 수 있는 것은 단 하루입니다. 다음 날 해가 뜨기 전에 얼른 눈꽃나라로 돌아오셔야 합니다. 만일 돌아오지 못하면 공주님은 녹아서 죽게 됩니다."[9)]

'단 하루'라는 금기 사항이 이 동화 서사 전개의 복선이 된다. 공주는 쌩쌩이 왕자를 만나 금기를 어기고 왕자 곁에서 하룻밤을 같이 잔다. 다음 날 해가 떠오르자 공주는 눈꽃 나라를 향허ㅐ 날아간다. 눈꽃새 공주가 날개를 저을 때마다 분홍빛 매화꽃 향기가 난다. 공간 이동과 변신, 금기에 의한 판타지는 눈꽃새 공주의 사랑을 분홍빛 매화꽃 향기로 장식한다.

「아기 몽돌의 꿈」에서도 공간 이동이 이루어지고 금기와 주문이 나온다.

어두워지기 전에 이 자리로 다시 돌아와야 해. 알았지? 그 대신 위험한 일이 일어나거든 거북아, 거북아, 거북아, 머리를 내 놓아라. 이렇게 주문을 외워라. 알았지?[10)]

위에서 인용된 주문은 가락국 김수로왕 신화에 등장하는 주술을 차용하고 있다. 아기 몽돌은 죽은 달인간 유령들이 분화구에서 나타나자 이 주문을 외워 위험에서 벗어난다. 달꽃과 옥토끼, 금토끼, 용왕님 거북 등이 아기 몽돌의 모험 여행에서 판타지 화소로 등장하고 있다. 작가의 상상력은 분화구에서 죽은 달인간 유령들이 튀어나온다는 모티프를 만들어 낸 것처럼 의인화와 물활론에 그 토대를 두고 있다.

동화 「요술 땔나무」는 설화의 모티프를 패러디해서 땔나무를 판타지 화소로 만들었다. 이 동화에 등장하는 어미 노루는 판타지 세계로의 이동을 위한 금기를 말한다.

---

9) 정소영, 『아기 몽돌의 꿈』, 아동문예, 2014, 27쪽.
10) 정소영, 『아기 몽돌의 꿈』, 아동문예, 2014, 83쪽.

"잊지 마세요. 소원은 꼭 한 가지를 말하고 땔나무는 모두 태워야 합니다."[11]

조력자로 나오는 어미 노루, 어미 노루가 말하는 금기, 결핍을 충족하려는 인물의 욕망과 그로 인한 고난 등이 설화의 모티프를 수용한 양상을 보여준다. 요술 땔나무에게 아저씨 병을 낫게 해 달라고 세 번 소원을 빌었더니 땔나무 재가 금빛 산삼으로 변해 그 산삼을 먹고 땔나무 장수의 병이 나았다는 서사 전개 역시 한국 설화의 모티프 변용에서 나온 것이다.

동화 「도토리 피자 가게」에서도 설화 속 모티프를 수용한 장면이 보인다.

첫째 고갯마루에서 숲속에 사는 작은 동물들이 노래를 부르며 춤을 추고 있었습니다.

분홍 리본을 머리에 단 고슴도치가 다람이의 손을 잡아끌었습니다.

"그 피자 우리랑 같이 먹고 재미있게 춤추고 놀자."

"안 돼! 죽을 병에 걸린 난소정 마을 부인이 피자를 먹고 싶대."

분홍 리본 고슴도치는 다람이의 손을 가만히 놓아 주었습니다. 다람이는 다른 동물들이 쫓아올까 봐 더 빨리 달렸습니다.[12]

첫째 고개에 나타난 방해자 고슴도치의 유혹에도 다람이는 '안 돼!'라고 단호하게 말하고 더 빨리 달린다. 이처럼 첫째 고개, 둘째 고개, 셋째 고개 등이 나올 때마다 방해자가 나타나는 구성은 우리나라 설화의 모티프를 패러디했다. 작가의 상상력의 뿌리가 전통 설화에 있음을 알 수 있다.

정소영의 동화에서는 설화를 수용한 판타지 모티프들에서 일관된 주제

11) 정소영, 『천년의 아이』, 동서남BOOK, 2019, 78쪽.
12) 정소영, 『하얀 고래의 노래』, 도담소리, 2020, 57쪽.

의식을 찾을 수 있다. 동화 「빗방울 왕자와 수선화」는 땅속으로 내려온 빗방울 왕자가 공간 이동을 하면서 일어나는 일을 중심으로 서사가 전개된다.

> "지금 땅 나라는 가뭄이 심하다. 땅으로 내려가서 다른 빗방울처럼 물을 기다리는 생명들에게 도움을 주거라. 왕자가 그들의 물이 되어 하나의 생명을 살리면 다시 여기 빗방울 나라로 돌아오게 되는 날이 있을 것이다."[13]

하늘나라 임금님의 말은 이 동화 서사의 복선이 된다. 빗방울 왕자는 가물어서 물 한 방울도 못 먹은 수선화의 몸속으로 들어가서 수선화가 샛노란 꽃을 피우도록 돕는다. 빗방울 왕자는 수선화 꽃잎이 말라서 뚝 떨어지자 하늘나라로 돌아간다. 빗방울 나라로 돌아가는 왕자의 마음속엔 노오란 수선화 꽃이 방울방울 피어났다. 작가의 상상력이 만들어 낸 인물들이 지향하는 것은 소중한 사랑이다.

동화집 『하얀 고래의 노래』는 작가가 41년 동안 재직하던 학교를 떠나면서 출판한 정년 기념 동화집이다. 당시 세계는 코로나19 팬데믹 때문에 '사회적 거리두기'로 서로를 잇지 못하고 '멈춤의 시간'을 보내고 있었다. 대부분의 어린이들이 학교에도 오지 못하고 집에서 온라인 수업을 받거나 순차 등교를 하던 시기였다. 작가는 이 동화집의 머리말에서 세상은 사랑의 끈으로 이어져 있다고 말한다.

동화 「하얀 고래의 노래」는 작가가 추구하고 있는 판타지의 전형을 보여준다.

> 바다 한가운데를 살폈습니다. 파란 바닷물이 출렁출렁 춤을 추었습

13) 정소영, 『천년의 아이』, 동서남BOOK, 2019, 104쪽.

니다. 그때 하얀 바위덩이 같은 것이 물결 사이로 보였습니다.

"아, 고래다!"

아이는 소리쳤습니다. 커다란 고래 한 마리가 은빛 물을 뿜으며 뛰어올랐습니다. 물기둥이 솟았습니다.

고래는 양쪽 가슴지느러미를 펼치고 하얀 머리는 하늘을 향하여 동그라미를 그리며 날렵하게 뛰어올랐습니다. 잠시 바다에 떠서 아이를 바라보았습니다. 그리고 순식간에 바닷속으로 들어갔습니다.

"잘 있어, 귀여운 꼬마. 엄마가 널 찾아올 거야. 내년에는 엄마랑 함께 와."[14)]

아이가 꿈에서 깨어나 실지로 본 현실 장면이다. 이 동화의 판타지 장면은 꿈과 현실이 불분명하여 몽환적이며 신비한 분위기를 보여준다. 꿈에서 현실로 이동하는 장면에 '차가운 물벼락'이 환상과 현실의 매개 역할을 하고 있으나 어쩌면 독자는 꿈의 장면과 현실의 장면을 같은 현실의 장면으로 인식하면서 순차적 시간 구조 안에서 서사를 이해하게 될 가능성이 많다. 그래서 이 판타지는 모호하다. 그 모호함이 판타지의 세계 속으로 독자를 몰고 가서 굴러떨어지게 한다.

동화 「하얀 고래의 노래」는 하지에 나타나는 고래, 천 년의 노래를 부르는 고래, 소원을 들어주는 고래, 고래를 보면 눈이 먼다는 금기 등의 모티프에 의해 몽환적인 판타지의 세계를 보여주면서 엄마를 그리워하는 바닷가 아이를 향한 사랑의 마음을 주제 안에 담고 있다.

동화집 『걱정 없는 약』 머리말에는 작가가 추구하는 주제 의식이 담겨 있다.

세상에는 눈에 보이지 않는 것이 눈에 보이는 것보다 영원하고 아름

---

14) 정소영, 『하얀 고래의 노래』, 도담소리, 2020, 75~76쪽.

다울 때가 있습니다.

나는 눈에 보이지 않는 것이 눈에 보이는 반짝반짝 빛나는 별처럼 아름다운 것을 만들어 내는 것을 '마법'이라 말하고 싶습니다. -중략- 사랑은 마법과 같습니다. 어려운 일, 힘든 일 슬픈 일, 하고 싶은 일, 꿈꾸는 일들을 모두 해결해 줍니다.[15)]

작가는 우리가 사는 세상이 사랑으로 빛나는 꿈을 꾼다. 이 세상이, 끝없는 우주가 사랑의 마법으로 별처럼 은하수처럼 빛나길 소망한다. 정소영 작가가 동화를 쓰는 이유는 눈에 보이지 않는 것의 아름다움, 마법과 같은 사랑의 세계를 꿈꾸고 만들고 싶기 때문이다. 작가가 판타지에 집착하는 이유도 거기에 있다.

동화 「흰고래 루루와 세 개의 돌」은 '태왕이와 태호, 흰고래 루루, 도깨비 할머니, 세 개의 돌' 등을 판타지 화소로 등장하여 생태 환경보호를 주제로 형상화했다.

"요술 돌아, 우리를 바다로 데려다주렴."

마지막 남은 파랑색 돌이 반짝거리며 말했어요.

"돌돌돌."

펑 터지는 소리가 났어요. 눈 깜짝할 사이에 흰고래 루루가 공중으로 떠올랐어요. 루루는 아코아리움의 구불구불한 통로를 지나 순식간에 바깥으로 나왔어요.[16)]

도깨비 할머니에게서 빨강, 노랑, 파랑 요술돌을 받은 태왕이와 태호는 아쿠아리움 수족관에 있는 흰고래 루루를 구하러 간다. 마지막 돌 파랑색

---

15) 정소영, 『걱정 없는 약』, 도담소리, 2023, 작가의 말.
16) 정소영, 『걱정 없는 약』, 도담소리, 2023, 112쪽.

돌을 사용하여 아쿠아리움 통로를 빠져나와 하얀 파도가 치는 바다로 간다. 루루를 남극으로 보내고자 모험을 한 태왕이와 태호를 통해 작가는 지구의 생명에 대한 진정한 사랑을 이야기한다.

위에서 살펴 본 정소영 작가의 작품에 드러나는 판타지 특성과 의미는 세 가지로 요약할 수 있다. 첫째, 금기와 변신, 도구 등의 판타지 화소에서 설화 속 모티프를 수용하여 패러디했다. 둘째, 동화 속 갈등과 문제 해결을 위해 판타지 화소를 활용하고 있으며 생활 동화에서도 판타지 화소를 즐겨 사용하고 있다. 셋째, 정소영 작가는 설화 속 판타지 모티프를 주로 수용하여 주제 의식을 형상화하고 있으며 정소영 작가의 동화에 흐르는 전반적인 주제 의식은 '세상에 대한 사랑'이다.

## Ⅳ. 정소영 동화의 과제

정소영은 한국 설화에 대한 각별한 애정을 가지고 있다. 그는 전통 설화에 무궁무진한 문학의 자양분이 있으며, 이 설화를 계승한 문학이 독창성과 예술성을 확보한다면 세계적인 문학이 될 것이라는 신념을 가지고 있다. 그래서 정소영은 한국의 설화를 전래동화로 재화하고 재창작하는 작업을 해야 한다는 책무성을 느끼고 있는지도 모른다.

정소영은 첫 동화집을 세상에 태어나 얼마 살지 못하고 떠난 아이들에게 바친다고 피력했다.

> 첫 작품집 『아기 몽돌의 꿈』을 세상에 태어나서 얼마 살지 못하고 하늘나라로 간 아이들, 병들어 누워 있는 아이들에게 꿈과 희망을 주는

17) 정소영, 『아기 몽돌의 꿈』, 아동문예, 2014, 머리말.

작은 선물로 바칩니다.[17]

작가는 자신의 동화집이 꿈과 희망을 주는 작은 선물이 되길 바라는 마음으로 삶의 질곡을 치료하는 묘약 같은 상상력을 동원하여 동화 속 인물들에게 생명을 불어 넣고 있다.

정소영이 동화를 쓰는 이유는 눈에 보이지 않는 것의 아름다움, 마법과 같은 사랑의 세계를 꿈꾸고 만들고 싶기 때문이다. 작가가 판타지에 집착하는 이유도 거기에 있는 듯하다.

작가는 2023년 《아동문학사조》에 평론 「판타지, 정신과 물질세계의 합일, 최효섭 동화를 중심으로」라는 작품으로 평론 부문 신인문학상을 받으며 평론가로도 등단한다. 이는 작가가 판타지 아동문학에 대한 큰 관심과 애정을 가지고 천착하고 있음을 보여준다.

앞에서 살펴본 정소영 동화 속에 나타난 판타지 양상은 작가의 원형적인 동심과 개성적인 상상력에서 기인한다. 이를 바탕으로 각종 판타지 도구와 변신, 환상적인 공간 이동, 초현실적 배경과 의인화 등으로 판타지 세계를 형상화하고 있다.

작품에 드러나는 판타지 특성과 의미는 금기와 변신, 도구 등의 판타지 화소에서 설화 속 모티프를 수용하여 패러디하고 있으며, 동화 속 갈등과 문제 해결을 위해 판타지 화소를 활용하고 있다. 설화 속 판타지 모티프를 주로 수용하여 주제 의식을 형상화하고 있으며 '세상에 대한 사랑'이 작가의 인생관이자 동화 전편에 흐르는 주제 의식이다.

앞으로도 정소영은 판타지 동화에 대한 천착을 멈추지 않고, 판타지 동화 창작에 매진하리라 기대한다. 그가 즐겨 다루는 한국 설화 속 판타지 모티프를 수용한 동화를 천착한다면 포스트 휴먼 시대의 독자들에게 충분히 사랑받을 수 있을 것이다. 다만 포스트 휴먼 시대의 판타지는 설화를 수용하면서도 독창성과 예술성도 겸비해야 한다는 조건이 수반된다.

# 동심을 바탕으로 쓰는 정진 동화작가

– 작품에 나오는 아버지의 캐릭터 중심으로

백은하(동화작가)

## 1. 그녀는 누구인가?

정진의 동화는 가족애가 넘친다. 가족은 어린이가 태어나고 성장해 가는 정서적 토대이다. 아동문학에서 가족이 살고 있는 집은 서사의 주요한 공간적 배경이 될 수 있고, 등장인물이 살고 있는 실제적인 환경이다. 중요한 공동체고, 새로운 구성원의 최초 생존 근거지라고 할 수 있다. 가족이 등장하지 않는 아동문학은 찾기 힘들다. 가정은 가족 단위의 기본 중심이지만, 현대 사회에서는 가족의 형태가 새로운 가족 형태로 변화되면서 해체되기도 하고 재구성되기도 한다. 이러한 시대에 정진의 동화에는 인성이 올바른 가족들의 구성이 나오고, 힘들 때일수록 가족이 똘똘 뭉치면서 서로 인정하며, 사랑하는 마음으로 살아간다는 점이 훌륭하다.

정진은 어릴 때부터 때 묻지 않고 순수하게 성장하면서, 부모와 형제들과의 관계가 좋았기 때문에 작품에도 자연스럽게 나오는 것으로 이해된다. 작품은 작가의 상상력뿐만 아니라 작가가 살아온 삶도 고스란히 드러나는 경우가 종종 있기 때문이다.

정진 작가는 1964년생으로 딸만 넷 있는 집에서 장녀로 태어났다. 영화감독을 꿈꾸던 아버지와 작가가 꿈인 어머니의 사랑과 격려 때문에 작가가 되었다. 서울 동대문구 답십리에서 태어나 지금은 봉천동에 살고 있다. 사당동 예술인마을에서 초등학교를 다니고, 중 1때부터 반포에서 계속 살았다. 도시를 한 번도 떠나 본 적 없는 전형적인 서울 토박이로, 도시적인 이미지 때문인지 촌스럽지 않고 세련된 작가로 통한다. 작품 또한 세련된 문장을 구사한다.

시대로만 보면 가부장적인 아버지와 순종적인 어머니 밑에서 자라면서, 아버지에게 불만이 잔뜩 있을 법한데 정진은 그렇지 않다. 네 명의 딸들 역시 아버지를 미워했던 기억이 없을 만큼, 아버지를 존중하고 사랑했다. 정진의 작품에는 아버지가 비중을 차지하는 경우가 종종 있다. 또한 아버지라는 존재를 존경심, 아버지와의 관계를 긍정적으로 썼다. 정진은 서른도 되지 않아, 1993년 샘터사에서 주최한 '엄마가 쓴 동화' 모집에 「버즘나무와 꽃샘바람」으로 대상을 받고, 같은 해에 여성신문사 주최 여성문학상 동화 부문에 「토끼눈 아이」가 당선되며 동화작가의 길을 걷고 있다.

이듬해 새벗문학상 공모에 단편동화 「열려라 문」이 당선되며 작가로서의 발판을 굳혔다. 본격적인 창작동화책을 출간하기 앞서 많은 그림동화[1]를 출간했다. 학교와 문화센터에서 글쓰기 및 논술 강사로 활동을 하다가 단국대학원 문예창작대학원에서 석 · 박사를 공부하고 대학에서 강의를 하면서, 본격적으로 창작 동화책을 출간한다.

독서치료, 미술치료, 연극치료 등 본격적으로 사람들의 마음을 어루만지는 치료 관련 공부를 한다. 어르신들과 미혼모를 대상으로 소외 계층 독서문화 프로그램 강사로 지내기도 했다.

정진이 그동안 출간한 동화책으로는 『코딱지 먹는 이무기』(꿈소담이, 2008), 『어린이를 위한 경청』(위즈덤하우스, 2008), 『돌 맞은 하마궁뎅이』(가문비어린이, 2009), 『새라의 신비한 비밀 옷장』(명진출판, 2010), 『우리 반 암행어사』(소담주니

---

1) 『꿈을 먹는 맥』(삼성출판사, 1996), 『무지개집』(삼성출판사, 1996), 『된장찌개는 맛있어요』(눈열린교육, 1998), 『아기토끼의 생일 잔치』(한국비고츠키, 2000), 『사이좋은 형님과 아우』(한국비고츠키, 2000), 『내일 친구들에게 자랑해야지』(한국비고츠키, 2000), 『이야기꽃을 피우는 질화로』(삼성비엔씨, 2005), 『최고의 밥상-메주 이야기』(삼성비엔씨, 2005), 『비단구렁이와 엄마토끼』(한국헤밍웨이, 2006), 『모두 다 같이 차례차례』(두산동아, 2007), 『인사 잘하면 낫는 병』(두산동아, 2007) 등을 상재하였다.

어, 2010), 『천적과 여행하기』(주니어북스, 2011), 『칭찬으로 재미나게 욕하기』(키위북스, 2011). 『황금갑옷을 빌려줄게』(아이앤북, 2011), 『내 이름은 김창』(문공사, 2011), 『왜 저래?』(소담주니어, 2012), 『칭찬 한 봉지』(좋은책어린이, 2012), 『무럭이는 다 알고 있다』(소담주니어, 2013), 『느림보와 번개』(좋은 책 어린이, 2013), 『꿈이 나를 불러요』(크레용하우스, 2014), 『황금별 왕자님』(좋은 책 어린이, 2014), 『책상 속에 괴물이 산다』(좋은책어린이, 2014), 『내일은 더 좋아질 거야』(알라딘램프, 2015), 『동근이의 양심』(파랑새, 2016), 『우리 반에 도둑이 살아요』(좋은꿈, 2016), 『칭찬으로 재미나게 욕하기』(좋은꿈, 2016), 『우리 반에 도둑이 살아요』(좋은꿈, 2016), 『난 피구왕이 될 거야』(알라딘북스, 2018), 『마음이 따끔따끔』(좋은책어린이, 2018), 『남준혁 멀리하기 규칙』(책고래, 2018) 등이 있다.

정진은 등단 이후 꾸준히 현재까지 다양한 장르의 작품 활동을 하고 있으며, 독서치료 전문가로 우리 사회에서 부각되고 있는 마음이 고픈 아이들의 심리를 잘 파악해서 쓰고 있다. 아이들뿐만 아니라 각기 다른 사건과 사연을 갖고 살아가는 어른들까지 긍정적으로 상처받지 않도록 존중한다는 점이 작품에서 잘 드러나고 있다.

## 2. 아버지에 대한 사랑

작가들이 아동문학의 단골 주제인 '가족'이 등장하지 않는 작품은 거의 없다. 어린이의 삶은 가족의 문제와 무관할 수 없기 때문이다.

한국의 아동문학이 가족의 일원으로서 어린이를 어떻게 그려 왔으며, 아동문학에 등장하는 가족들은 어떤 모습을 하고 있는가에 대한 생각은 아동문학을 이해하는 데 많은 도움이 될 것이다.

예전에는 가부장적인 아버지가 대부분이었다. 가장으로 능력은 되지만, 폭언이나 폭력을 일삼는 아버지 또는 무능력하면서 가족들을 공포에 떨게 하거나 자녀들의 말에 존중해 주지 않던 아버지들이 많았다. 아동문학에 등장하는 아버지의 역할도 시대와 별반 다르지 않았다. 사회가 점점 변화되면서 아버지의 역할도 바뀌고 있다.

어린이문학교육연구 제5권 제1호에 보면, 그림책 32권을 대상으로 아버지의 역할을 격려자, 친구, 생계 부양자, 양육자, 가사를 돌보는 자의 5가지로 범주화하여 분석하였다. 그 결과 격려자로서의 역할과 친구로서의 역할이 각각 15권(47%)의 같은 비율로 가장 높게 나타났으며, 다음으로는 생계 부양자로서의 역할이 10권(31%), 양육자로서의 역할이 5권(16%), 가사를 돌보는 자로서의 역할이 4권(13%)으로 나타났다.

이러한 결과는 현대 사회에서 요구하는 아버지 역할이 그림책에서도 반영된 것으로, 주로 아버지는 자녀와 함께 놀아 주거나 즐거운 곳으로 어린이를 데려가는 활동을 하면서 자녀를 격려하는 것으로 나타났다.[2)]

정진의 작품에는 이와 같이 현대 사회에서 요구하는 아버지가 많이 등장한다. 1964년생인 정진에게 아버지는 친절하고, 이상적이고, 다정다감한 모습이 많이 드러난다. 정진의 작품을 통해 아버지의 캐릭터 중심으로 알아보고자 한다.

정진의 동화 『어린이를 위한 경청』은 어른을 위한 〈경청〉이란 주제와 모티프를 패러디한 장편동화로 주인공인 현이가 할아버지와 친구들과 함께 성장해 나가는 이야기이다. 학교에서 합창대회를 하면서 자신을 질투하고 방해하는 '은미'란 아이와 대립하지 않고 갈등을 잘 극복해 나가는 과정에 '경청'이 중요한 역할을 한다. 할아버지는 학교와 집 양쪽에서 어려움을 겪는 현이에게 끝까지 포기하지 않고 '다른 사람의 말에 귀 기울이고 대화하는 것'의 중요성을 이야기해 준다.

---

2) 김세희 · 나은숙, 『그림책에 묘사된 아버지 역할』, 한국어린이문학교육학회(어린이문학교육연구 제5권 제1호, 2004. 6), 21쪽.

할아버지가 현이에게 물었다.

"현아, 아까 무슨 말을 하려고 했던 거야?"

(생략)

"가만히 기다릴 줄도 알아야 한단다. 섣불리 행동하기 전에 먼저 잘 보고, 잘 들어야 해."

하마터면 큰 실수를 할 뻔했다. 만약 할아버지가 시끄럽다고 그 아저씨를 야단이라도 쳤다면 어떻게 되었을까?

(생략)

"현아, 이 그림에 나오는 낙타는 두 마리지? 그림 속의 낙타 두 마리는 사막을 여행하는 중이야. 사막을 가다 보면 어딘가 낙타들이 쉬어갈 오아시스도 나오겠지. 자, 두 마리 낙타 중에 과연 어느 낙타가 포기하지 않고 사막의 끝까지 잘 갈지 맞춰 보렴."

현이는 그림을 흥미롭게 올려다보았다. 낙타 두 마리는 생김새가 아주 달랐다. 한 마리는 통통하고 등에 있는 혹 모양인 봉이 아주 크고 무거워 보였다. 다른 한 마리는 날씬하고 등에 있는 봉도 작아서 날렵해 보였다. 얼핏 보면 날씬한 낙타가 잘 갈 수 있겠지만 날씬한 낙타의 눈은 어쩐지 딴생각을 하는 것처럼 보였다. 오히려 통통한 낙타의 눈이 무척 영리해 보였다.

"글쎄요. 할아버지는 정답을 아세요?"

"그럼, 알고말고. 서두르지 말고 천천히 정답을 생각해 보렴."

현이는 할아버지가 방을 나간 뒤에도 그림을 한참 동안 들여다보았다.

– 『어린이를 위한 경청』.(위즈덤 하우스. 2008) 21~22쪽.

『어린이를 위한 경청』에 나온 주인공 현이의 할아버지가 바로 작가의 아버지의 모습이라고 볼 수 있다. 사람들은 정진에게 '세상에 이런 이상적인 아버지가 어디 있냐?'고 묻기도 했단다. 그러나 실제로 현실에서 정진의 아버지가 딱 그런 아버지의 모습이었던 것이다. 작품에 나오는 할아버지처럼, 답을 정해 주거나 재촉하지 않으셨다. 스스로 답을 찾을 때까지 무심한 듯 기다려 주면서 격려를 많이 해 주셨다. 1등은 빼앗길까 봐 늘 불안하고 쫓기는 기분이라며, 달리기 시합을 할 때 맨 앞에서 달리고 있으면 마음을 놓을 수 없다며 최고보다는 최선을 다해서 살기를 바라셨던 분이었단다.

정진의 단편동화 7편을 묶어 발간한 『돌맞은 하마궁뎅이(가문비, 2009)』에도 아버지의 캐릭터가 돋보이는 작품이 있다. 작가가 가장 처음으로 아버지의 모습을 담은 이야기이기도 하다. 작가로서 자존감이 많이 약했을 때, 위로하고 격려해 준 작품이기도 하다. 잡지 '아침햇살'에 실리면서 2006년 한국문화예술위원회 우수 작품 추천으로 선정된 작품이기도 하다. 「무서워도 용기를 낼 거야」는 조폭 흉내를 내며 잘난 척하는 아이들에게 끌려 다니던 학수가 부당한 요구를 거부하며 자존감을 찾아간다는 내용이다.

> 학수는 입술을 꼭 다물고 속마음을 보이지 않으려고 아빠의 눈을 피합니다.
>
> "학수야, 아빠한테 하고 싶은 이야기 없니?"
>
> 오늘따라 아빠의 목소리가 유난히 따듯하게 들립니다.
>
> "…… 지금은 아무 말도 하고 싶지 않아요."
>
> 아빠는 잠시 침묵을 지키다가, 부드럽게 말했습니다.
>
> "이제 보니 우리 아들이 많이 컸구나! 그래, 혼자 있고 싶으면 그렇게 해야지."
>
> (중략)
>
> "네가 아빠를 닮지 않은 것은 사실이지! 아빠는 어릴 때 학수 너처럼 차분하지 못했단다. 매일 밖에서 캄캄해질 때까지 공을 차면서 노는 바람에 할머니가 저녁 밥 먹을 때가 되면 아빠를 찾느라 고생을 많이 하셨지."
>
> 학수는 아빠한테 더욱 미안해집니다.

"만약, 만약에 말이에요. 사람들이 저보고 거짓말쟁이라고 하면 아빠는 그 말을 믿을 거예요?"

학수는 가슴이 두근두근 뛰었습니다.

"아빠는 우리 아들을 믿는다. 남들이 우리 학수보고 거짓말쟁이라고 해도 아빠는 그 말이 틀리다는 것을 잘 알아. 왜냐하면 우리 학수는 거짓말을 싫어하니까."

–『돌맞은 하마궁뎅이(가문비, 2009)』 중에서
「무서워도 용기를 낼 거야」, 65~66쪽.

주인공 학수와 아버지의 대화가 따듯하다. 아들이 아버지를 향해 다 털어놓을 수 있는 관계, 바윗덩어리처럼 마음을 무겁게 짓눌리던 불안감이 아버지를 통해 가벼워지는 관계, 아버지가 아들의 이야기를 찬찬히 들어주며 믿고 용기를 줄 수 있는 관계라는 점은 독자로서 부럽기까지 하다. 결국 학수는 아버지의 따스한 큰 손을 떠올리면서 용기를 내어 친구들 사이에서 도망가지 않고 이겨낼 수 있게 된다.

『돌맞은 하마궁뎅이(가문비, 2009)』 중에서 「엄마, 나도 스트레스가 있어요」는 누구에게나 존재하는 열등감과 스트레스를 친구들과 솔직하게 나누며 용기를 얻어 가는 이야기다. 다은이는 평상시와는 다르게 아버지가 스트레스를 받아 술에 취해 늦게 들어오는 모습을 보며 걱정한다. 아버지는 힘들다고 내색하지 않고, 딸을 향해 미안한 마음을 갖고 자상하게 말한다.

다은이는 며칠 전 아빠가 술에 취해 늦게 들어왔던 기억이 납니다. 그때, 아빠는 자고 있는 다은이의 볼에 꺼칠꺼칠한 입맞춤을 해서 잠을 깨웠습니다. 아빠 입에서는 고약한 술 냄새가 풍겼습니다.

"정말 먹고 살기 힘들다. 회사에서 스트레스 받아 머리가 터질 지경이야."

아빠의 목소리가 평소와 다르게 거칠고 짜증스럽게 들렸습니다.

(중략)

"나중에 우리 다은이가 커서 직장에 다니면 알 게 될 거야. 우리 그때 어른대 어른으로 맥주 마시며 얘기해 보자. 응?"

아빠가 머리를 벅벅 긁으면서 말합니다.

"다은이 너 만할 때가 제일 행복하지. 어린이는 스트레스 몰라도 돼요."

엄마는 책을 탁 덮듯이 말허리를 끊습니다.

'엄마, 나도 스트레스가 있어요.'

– 『돌맞은 하마궁뎅이(가문비, 2009)』 중에서
「엄마, 나도 스트레스가 있어요」, 92~93쪽.

『돌맞은 하마궁뎅이(가문비, 2009)』 중에서 「우리가 빛나는 이유」는 나날이 입지가 좁아지는 아버지의 존재감을 일깨운 동화이다. 아버지의 주식 투자로 집이 망한 현수는 밤늦도록 집에 오지 않는 아버지를 찾으러 어머니와 서울역에 갔다가 노숙자들을 처음으로 보고 충격을 받는다. 아버지가 다른 일자리를 구하기 위해 집에도 못 들어온 채 애쓰고 있다는 말을 들은 현수는 로봇 과학자가 되겠다는 꿈을 더욱 다진다는 내용이다.

"너한테 아직 이야기를 못 했구나. 현수 아빠가 주식을 잘못 투자해서 형편이 어려워지셨대. 그래서 현수 엄마가 옷가게를 차리셨다는구나."

태우는 깜짝 놀랐습니다. 갑자기 현수가 전학을 가서 의아하긴 했지만, 더 좋은 아파트로 이사를 가는 줄 알았습니다. 윗층에 살던 현수는 항상 부러움의 대상이었기 때문입니다.

(중략)

현수 엄마가 서둘러 등을 밀어서 태우는 현수랑 방에 들어갔습니다.

"우리 집 보고 놀랬지?"

현수가 쓸쓸하게 웃으며 이불 위에 다리를 쭉 뻗었습니다.

"전학가기 싫었는데, 지금도 예전 동네에서 너랑 자전거 타던 꿈을 자주 끈다. 애들은 다 잘 있지?"

- 『돌맞은 하마궁뎅이(가문비, 2009)』 중에서
「우리가 빛나는 이유」, 105~111쪽.

이 작품에서는 현대 사회에서 힘들어 하는 아버지의 모습이 확연히 드러난다. 아버지의 주식 투자로 집이 망하고 좋은 집에 살다가 형편이 어려워지는 현실, 아내인 현수 어머니가 하루아침에 옷가게를 해야 하는 현실, 아들인 현수가 친구들과 헤어져 갑자기 전학을 가야 하는 현실이 고스란히 담겨 있다.

한순간의 아버지의 실수로 현수네 가족에게 위기에 닥쳤다. 현수의 아버지는 아들의 바람처럼 가족을 버리지 않았다. 가족을 위해 돈을 벌기로 결심하고 일자리를 찾으러 여기저기 다니셨다. 특히 현수가 친구 태우를 향해 이야기해 주는 내용을 통해 어깨가 무거운 이 시대의 가장인 아버지들의 모습이 드러난다.

"난 정말 창피했어. 주식 투자인가 뭔가로 갑자기 우리 집이 망했다는 사실 때문에 아빠랑 엄마가 얼마나 미웠는지 몰라. 처음엔 할머니 집에서 한 달 동안 지냈는데 지옥에 온 것 같았어. 할머니는 화가 많이 나셔서 아빠랑 엄마한테 마구 야단을 치셨어. (중략) 엄마랑 나는 버스를 타고 서울역으로 갔어. 엄마가 '아무래도 아빠를 오늘 못 찾으면 큰일이 날 것 같다.'고 해서 난 가슴이 철렁했어. 아빠가 내 곁에서 사라진다고 생각하니 정말 끔찍하고 무서웠어. (중략) 신문지를 깔고 신발 한짝을 베개로 삼고 누워 있는 아저씨도 있었고, 소주를 마시면서 지나가는 사람에게 끊임없이 욕을 퍼붓는 아저씨도 있었어. (중략) 눈물이 글썽인 채로 엄마는 정신없이 아빠를 찾아다녔어. 서울역 광장에도 서울역 대합실에도 아빠는 계시지 않았어, 난 너무 추워서 덜덜 떨렸어. 왜 그렇게 추웠는지 몰라. (중략) 아빠가 이런 곳에 계시면 안 된다는 생각도 들었지만, 아빠에 대한 믿음이 있었어. 아빠가 우리를 버리지는 않을 거라는 믿음이 내 마음 속에 있었나 봐."

–『돌맞은 하마궁뎅이(가문비, 2009)』 중에서
「우리가 빛나는 이유」, 113~117쪽.

정진의 또 다른 작품『우리반 암행어사』에서 신우네 집은 아버지가 회사를 그만두면서 변화가 생겼다. 예전보다 작은 집으로 이사를 가야하고, 번듯한 회사에 다녔던 아빠가 갑작스럽게 피자가게를 하게 된다. 아직은 2학년밖에 되지 않은 신우는 불고기 피자를 매일 먹게 되었다며 기뻐한다. 그러나 강아지를 외가집에 두고 가야 하는 것도 친구들과 헤어지는 것도 점점 싫어진다.

새로운 학교에서 신우는 선생님한테 오해를 받고 계속 혼이 날 일만 생겨난다. 샘이 많은 김승우란 아이의 표적이 되어 괴롭힘을 당한다. 점점 의기소침해지던 신우는 채연이라는 친구 덕분에 자신감을 되찾게 되고 반의 암행어사도 맡게 된다. 그러나 차츰 학교생활에 적응을 잘하게 되고 반에서 '암행어사'가 되어 훌륭한 리더십을 발휘한다.

뜨아, 바로 우리 아빠였어요. 우리 피자 가게의 상징은 빨간 모자를 쓰고 빨간 유니폼을 입은 우리 아빠가 서 있었어요. 피자와 콜라를 잔뜩 가지고요.

(생략)

"신우 아버님이 여러분에게 한 턱 내는 거예요. 여러분이 공개 수업을 잘하고, 그동안 신우가 암행어사 활동도 잘했다고요."

선생님이 설명해주었어요. 옆에서 아빠는 말없이 싱글벙글 웃기만 하다 금방 나갔어요. 나는 얼른 아빠를 쫓아 나갔지요.

– 『우리반 암행어사』.(소담 주니어. 2010), 86~89쪽.

이처럼 신우네 아버지도 좋은 아버지다. 새로 이사 온 아파트에서 아들에게 시끄럽게 하면 이웃에게 실례가 된다며 친절하게 말씀하시는 아버지. 좁은 집으로 이사를 오게 되면서 불만이 생긴 아들의 어깨를 감싸며 미안하다고 말하는 아버지. 주방에서 피자를 굽다가 가게로 들어오는 아들을 향해 손을 흔들어 주는 자상한 아버지다.

정진의 작품 중에서 『꿈이 나를 불러요』는 작가가 태백에 있는 작은 학교에 '작가와의 대화'를 하러 갔던 경험을 살려 쓴 동화이다. 아이들에게 위로와 용기를 주고 싶은 마음이 담겨 있는 책이다. 할아버지와 할머니 손에 크면서 책을 싫어 하고, 아버지에 대한 거부감을 가졌던 소녀 문이가 좋은 담임 선생님과 도서관을 통해 책을 좋아하게 되고, 마침내 작가의 꿈을 갖게 된다는 성장동화이다.

"할아버지!"

문이는 소파에 앉아 있는 할아버지에게 달려가 할아버지의 목을 끌어안았다. 할머니는 한숨을 내쉬며 거실에 앉아 마늘을 다듬었다.

(생략)

할아버지는 문이의 손을 꼭 잡고 흐뭇하게 웃었다.

"영감은 좋겠수! 세 살에 하나밖에 없는 손녀딸이 할아버지만 좋다고 하니, 원."

– 『꿈이 나를 불러요』.(크레용 하우스. 2018), 13쪽.

주인공 문이는 다른 사람 말은 안 들으면서 할아버지 말은 잘 듣는다. 문이는 할아버지를 세상에서 제일 좋아한다. 문이는 엄마가 없고 아빠가 미용실을 하는 데 바쁘다. 바쁜 아빠를 대신해 할머니, 할아버지 손에 자라고 있다. 몇 달에 한번 보는 아빠와 둘이 있으면 서먹하다. 게다가 아빠가 여자 친구를 데리고 오면서 문이는 서운하기만 하다. 그런 문이의 마음을 알아 준 건 바로 할아버지다.

> "문이야, 시골에 사니 답답하지? 서울에 가면 좋을 텐데."
>
> "할아버지, 난 여기가 좋아요. 서울에 가면 뭐해요? 아빠는 미용실에 가서 매일 밤늦게 들어올 텐데."
>
> (생략)
>
> 할아버지의 눈이 번쩍 빛났다. 할아버지는 문이의 손을 꽉 잡았다.
>
> "우리 문이, 할아버지가 책 사줄까?"
>
> "에이, 도서관에 안 본 책들이 얼마나 많다고요."
>
> "쿨럭쿨럭"
>
> 할아버지는 기침을 쏟아내며 몸을 숙였다. 문이는 할아버지의 등을 작은 손으로 탁탁 두드리면서 기침을 멋기를 기다렸다,
>
> -『꿈이 나를 불러요』,(크레용 하우스. 2018), 97~99쪽.

작품의 배경이 되는 태백 동점초등학교에 대한 묘사와 아이들의 생활 모습이 생생하게 펼쳐지고 있다. 원래는 책을 몹시 싫어하던, 태백시 동점에 살던 소녀 문이가 작가가 되고 싶다는 꿈이 생기는 이야기다. 문이는 선생님이 독후감을 아주 잘 썼다며 칭찬하는데, 그날 이후 책 읽기도 독후감 쓰는 일도 점점 즐거워졌다.

한번은 정진 작가에게 책에 나오는 문이 할아버지의 모습이 혹시 실제 아버지의 모습이 아닌지에 대해서 물어본 적이 있다. 아버지의 모습이 닮았다는 걸 쓸 때는 몰랐는데, 책이 나오고 막내 여동생도 똑같이 물었다고

한다. 작가도 모르게 아버지의 모습을 동화에 담았던 것이다.

정진은 2012년 편찮으셨던 아버지를 떠나보내면서 '슬퍼서 어떻게 동화를 쓸까?' 걱정을 많이 했는데, 오히려 아버지가 지켜줄 것이라는 믿음으로 여전히 창작의 끈을 놓지 않고 있다. 아버지를 그리워하는 마음으로 진실되게 지금도 작품을 꾸준히 쓰고 있다.

## 3. 마무리를 하며

정진의 동화에는 가족 이야기뿐만 아니라 친구들과 친척들과의 관계 속에서 평범한 일상생활에서 벌어지는 소소한 소재를 찾아 고민과 갈등을 풀어 낸 작품이 많다.

『코딱지 먹는 이무기』는 집 앞 화단에 나타난 검은 고양이를 보고 겁을 먹은 뒤로 힘찬이는 힘이 없는 아이가 된다. 용서를 배운 힘찬이는 자신이 그토록 싫어하던 검은 고양이가 다친 것을 보고 병원에 데리고 가서 치료해 주면서 자신이 이미 용감한 아이가 되었다고 깨닫는다.

판타지 동화로 쓴 『새라의 신비한 비밀 옷장』은 허영심이 강하던 '새라'가 옆집 할머니의 옷장을 우연히 맡게 되면서 신기한 일이 벌어지며 펼쳐지는 이야기이다.

『천적과 여행하기』는 사이가 좋지 않던 사촌이 여행을 통해 갈등을 풀어가는 동화이다. 나이는 같지만 성격과 환경이 다른 사촌 재나와 유리가 여행을 통해 서로 화해하고 '형제'가 되어 가는 이야기이다.

『황금갑옷을 빌려줄게』는 말하는 거북이가 등장하는 판타지적 요소가 강한 동화이다. 난처하거나 위기에 처했을 때 '황금 갑옷'을 이용하다가, 나중에는 자신의 힘으로 일을 해결해야 된다는 사실을 깨닫게 된다. 진정한 갑옷은 자신의 마음에 있다는 걸 알게 된 후에 거북이를 강에 놓아 준다.

이 동화는 자립심 신장과 생명 존중 사상이라는 두 마리 토끼를 쫓는 동화이다.

『내 이름은 김창』은 주인공 김창이 친구들을 괴롭히다가 잘못을 뉘우치게 되는 이야기이다. 결국 창이는 주변 사람들을 괴롭히다가 자신의 잘못을 깨닫게 된다. 남의 약점을 밝히던 고자질에서 친구의 위기 상황을 알려주는 고자질, 자신의 잘못을 고백하는 고자질로 문제 상황을 멋지게 해결한다는 내용으로 깨우침을 주는 동화이다.

이처럼 정진은 지향점과 긍정의 가치를 잘 알고 동화 창작에 힘쓴다. 새로운 가족 형태의 이야기가 많아지는 시대에 정진의 작품은 따뜻하다. 가족의 불화보다는 긍정적인 가치에 힘쓰며 좀 더 행복하게 나아갈 수 있는 방향성을 제시한다.

이데올로기적 아동관에서 벗어나 아동을 있는 그대로의 인격체로 바라보던 작가의 시선이 반영된 것으로 볼 수 있다. 정진의 동화에 나타난 아동상은 '아동'은 다각적인 감정을 소유할 수 있는 순수한 인격체라는 것이다.

아이들에게 집은 자신을 지켜주는 완전한 공간이다. 유년동화에서 아동들의 공간은 안전함과 안락함이 갖추어진 완전한 장소로 "행복의 공간"으로 볼 수 있다. 하지만 유년동화의 아동 공간은 그 장소가 명확히 제시되지 않기에 애매모호함을 가진다. 반면 애매모호하기 때문에 자유로움의 장소이기도 하다.[3] 그런 공간에서 약한 아이들을 보호하는 건 어른으로서 의무이자 책임이다. 정진의 동화에는 어른들이 역할을 충실히 다하고 있다는 점이 매력이다.

정진은 작품을 쓸 땐 몰랐는데, 나중에 책이 나오고 나서야 아버지가 많이 등장했다는 사실을 알게 되었단다. 정진에게 아버지는 천주교 신자로서 신앙이 되기도 하고, 돌아가신 아버지의 모습이기도 하다. 그만큼 아버지

---

3) 『이태준 아동문학에 나타난 '아버지'상과 아동성의 관련 양상 연구』,(박주혜/한양대학교/2013년)

가 자신을 지켜줄 거라는 믿음 때문이기도 하다. 이처럼 작가는 자신의 살아온 삶이 고스란히 드러날 때가 많다.

정진의 『꿈이 나를 불러요』 이 작품의 마지막을 빌린다. 이 책에서 작가와의 만남으로 온 전예린 작가가 아이들에게 이렇게 말한다.

"나에게 꿈은 한마디로 표현하자면 '숨'이에요. 여러분, 숨을 쉬지 못하면 어떻게 되죠? 살 수가 없겠죠? 그만큼 꿈은 살아가는 데 꼭 필요한 거라고 생각해요. 만약 꿈이 없다면 어려움을 견디고 열심히 살아갈 힘이 생기지 않을지도 몰라요. 그러니까 여러분도 꼭 꿈을 찾아서 이뤄 가며 힘을 얻는 어른이 되길 바랄게요."

이 말은 어쩌면 정진 작가가 지금까지 멈추지 않고 글을 쓰는 이유이고, 스스로에게 또는 독자들에게 전하고 싶은 진짜 마음이기도 할 것이다.

# 바다의 상징성과 새로운 가족의 탄생

– 정혜원의 『파도에 실려온 꿈』을 중심으로

노경수(동화작가, 문학박사)

## 1. 들어가며

현대는 빠른 속도로 변화하고 발전한다. 물질문명이 발전에 발전을 거듭하면서 우리 삶에도 많은 변화가 일어났다. 그중에서 가장 큰 변화를 꼽으라면 단연 가치관일 것이다. 물질문명의 발전에 따라서 삶의 환경도 바뀌었고 그에 따라 사람들의 가치관에도 변화를 가져왔으며, 이는 가족 형태의 변화까지 초래하였다.

3대 혹은 4대가 함께 살던 전통적인 대가족제도에서 현대에 들어서면서 핵가족이란 단어가 등장하였고 4인 가족이 주류를 이루었다. 그러나 이제는 더 작은 단위로 나눠지면서 편부가족, 싱글맘, 1인 가족 등 가족 형태가 원소 단위처럼 분해되더니 1인 가구 수가 해마다 최고치를 경신한다. 2019년 12월 2일자 헤럴드경제 뉴스에 의하면 2018년 1인 가구 수는 584만 8,594가구로 전체 가구 수의 29.3%를 차지하며 서울의 경우 32%에 달한다고 한다. 우리는 현재 1인 가족 600만 시대에 살고 있는 것이다. 이러한 시대에 동화작가 정혜원은 새로운 가족 형태의 동화들을 발표해 주목을 받고 있다.

정혜원은 강원도 원주 출신으로 현재 원주에 있는 박경리문학공원 소장을 맡고 있다. 그는 유복한 집안에서 문학을 좋아하는 아버지 영향으로 어려서부터 책을 가까이 하였고 토론도 좋아했다고 한다. 또한 어릴 때부터 피아노를 배워 피아니스트가 되려는 꿈을 가졌으나 음악 대학에 낙방하는 바람에 꿈을 이루지 못한 채 피아노 학원을 운영했다고 한다. 피아노과의 낙방은 당시 그에게는 큰 충격이었으나 그의 삶이 문학으로 물꼬를 트는 계기가 된다.

예술적 재능이 탁월했던 그는 피아노과 낙방과 더불어 많은 시간이 주어졌고 자연스레 라디오를 들으면서 방송국에 삶의 에피소드 같은 글들을 편지 형식으로 써 보내기 시작한다. 응모한 글들이 채택되면서 크고 작은 선물들을 받게 되자 이웃들과 나누었고 더불어 칭찬이 쏟아졌으며 글쓰기는 그녀에게 취미이자 기쁨이 된다. 라디오가 유행하던 당시 엽서에 글 몇 줄만 써서 보내면 상품을 받게 되었다는 그녀는 거기에 만족하지 않고 문학동아리에 들어가 시와 수필 등 문학작품을 쓰기 시작한다. 그리고 우연히 임교순 동화작가를 알게 되고, 일주일에 한 편씩 습작하여 평을 받으면서 1992년 《강원일보》 신춘문예에 동화 「어항 속의 세상」이 당선되어 아동문학가의 길로 들어선다.

소고는 그가 출간한 많은 작품들 중에서 가족에 관련된 동화를 모은 단편집 『파도에 실려온 꿈』에 수록된 작품을 중심으로 살펴보려고 한다. 물론 『직녀의 늦둥이』나 『우당탕탕 용궁엄마 구출작전』, 『누구도 못말리는 말숙이』, 『삐삐백의 가족사진』, 『다함께 울랄라』 등도 가족이나 새로운 가족 형태에 관한 이야기의 범주에 해당할 수 있다. 그러나 이들 작품에는 옛이야기나 신화를 차용하여 창작한 동화가 많고 이미 연구자들에 의해 연구된 바도 있어서 소고에서는 바다를 배경으로 새로운 가족 형태를 제시하는 단편집 『파도에 실려온 꿈』을 중심으로 그가 자주 사용하는 바다의 상징성과 함께 새롭게 구성하는 가족을 통해 정혜원의 동화 세계를 고찰해 보고자 한다.

## 2. 물의 상징성과 새로운 가족 형태

가스통 바슐라르는, 자연이란 광대하게 펴져서 무한 속에 투영된 영원한 어머니이다. 감정의 측면에서 보면 자연은 어머니의 투영인 것이다. 특히 "바다는 모든 인간에게 모성적 상징 가운데 가장 크고 변하지 않는 것의 하나"[1]라고 한다.

정혜원의 『파도에 실려온 꿈』의 머리글에서 작가는 여기에 실린 다섯 편의 작품은 바다를 배경으로 하고 있다고 말한다. 이 다섯 편의 작품을 톱아보기 위해서는 우선 작가가 이야기하는 머리글부터 살펴볼 필요가 있다. 머리글에 작가가 "바다를 사랑하는 어린이들에게"라는 제목을 붙인 걸 보면 그가 바다를 얼마나 좋아하는지 짐작할 수 있는데, 원주에서 태어난 작가 정혜원은 "언제나 바다를 꿈꾸고, 바다를 향한 마음이 좀처럼 잦아지지 않는다."고 말한다. "끝없이 펼쳐진 바다를 보고 있으면 생각은 한없이 조리질을 해대거나, 무엇인가를 건졌다가 내놓고 또 건졌다가 내놓는 일을 반복한다."[2]고 말한다.

가스통 바슐라르에 의하면 물의 이미지는 크게 두 개의 유형으로 나누어진다. 무의식의 세계에서 물은 지배적이며 근본적인 요소지만 그 근원은 언제나 동일한 것은 아니다.

우선 물은 대별해서 부드러운 물과 난폭한 물의 두 가지로 구분된다. 그러나 우리의 상상 세계는 근본적으로 '부드러운 물'의 지배 아래 있는데 부드러운 물이 상상력에서 우월성을 갖는 것은 그것이 일상적이기 때문이다. 광대한 바다가 부드러운 물인 시냇물이나 강만큼 강하게 상상력을 지배하지 못하는 이유는 사실상 사람들이 그것을 접촉해 보거나 감지할 수 없기 때문이다. 바다에 관한 이미지는 먼 바다에서 돌아온 사람들의 이야기 영

---

1) 가스통 바슐라르, 이가림 역, 『물과 꿈』, 문예출판사, 2004, 216~217쪽 참조.
2) 정혜원, 『파도에 실려온 꿈』, 가문비어린이, 2017. 6쪽.

역을 넘지 못하는 허구적인 것, 다시 말하면 그것은 구체적인 물질의 영역에 들어오지 못하는 것이다. 부드러운 물에 의해 탄생되는 물의 상상 세계는 다시 네 개로 구별해 볼 수 있는데 ①물의 물질적 상상력 ②문화의 콤플렉스 ③역동적 상상력 ④모성적 상상력이 그것이다.[3)]

정혜원의 『파도에 실려온 꿈』에 실린 다섯 작품은 직접적이든 간접적이든 모두 바다와 관련을 맺고 있는데, 바슐라르가 구분한 물의 상상력을 중심으로 작품을 살펴보면 네 번째인 모성적 상상력에 맞춰 있다고 보인다. 이는 분지에서 태어난 그가 ①처럼 바다와 접촉을 통하여 무의식의 세계를 형성하는 물질적 상상력이라 보기 어렵고, ② 문화의 콤플렉스는 물과의 접근에서 곧바로 물질화된 무의식의 세계가 아니라 책이나 전설 또는 신화에서 비롯된 이야기의 영향이 무의식의 세계에 뿌리박은 상태이고, ③의 역동적 상상력은 ①의 물의 물질적 상상력을 넘어서는 것으로 물과의 접촉에서 파생되는 상상력에 더 능동적인 인간의 의지력이 지배하는 경우를 가리키는데, 이는 작가 정혜원이 나고 자란 환경과 맞지 않는다. 그가 어려서부터 독서 경험이 풍부한 것을 감안한다면 ②의 문화의 콤플렉스 측면으로

---

3) 바슐라르가 물의 상상 세계를 네 개로 구분한 것 중에서 첫 번째인 물의 물질적 상상력은 인간이 직접 물과 접촉을 함으로써 어떤 관능미를 느끼며 무의식의 세계가 근원적으로 물에 의해 물질화된 경우를 의미하는데, 이 경우 봄의 물로 맑은 물을 가리킨다. 봄의 물의 속성은 반영과 신성함으로 거울 이미지, 즉 나르시스의 이상화 작용을 말한다. 깊은 물은 잠자는 물을 가리키는 것으로 어둡다는 특징을 가지고 있는 존재의 깊고 어두운 심연, 즉 죽음에 대한 이미지, 깊고 움직이지 않는 죽음의 명상으로 나타난다. 복합적인 물은 물과 다른 요소가 결합된 이미지를 말하는 것으로, 가령 물과 흙, 물과 불, 물과 공기 등의 결합을 들 수 있다. 두 번째 문화의 콤플렉스는 물리적인 물과의 접근에서 곧바로 물질화된 무의식의 세계가 아니라 책이나 전설, 또는 신화에서 비롯된 이야기의 영향이 한 요소에서 무의식의 세계에 뿌리박은 상태를 가리킨다. 그것은 물질과 직접적으로 관계를 맺지는 않으나 역시 근원적으로 인간의 상상 세계에 뿌리를 내린다는 점에서 물질적인 성격을 지니고 있다. 세 번째 역동적 상상력은 물의 물질적 상상력이 무의식 세계에서 그 상상력을 지배하는 물질에 머무르지 않고 더 능동적이 되어 인간의 의지력을 지배하게 되는 경우를 가리킨다. 네 번째 모성적 상상력은 어머니 또는 다른 여성에 대한 추억이 무의식에 은밀하게 살아 남아 있어 물에 대한 무의식적 갈망을 지배하는 것을 말한다. 이것은 어머니의 모유에 대해 알게 된 액체, 또는 유동성의 이미지가 무의식에 스며들어 그 상상 세계를 지배하게 되는 결과인 것이다. 이러한 상상력은 요람의 흔들림과 직접적으로 연결된다. 이를테면 보들레르의 『여행에의 초대』에 나타나는 것과 같은 배의 흔들림의 세계 또는 흔들리는 배 위에 누워 있는 사람이 하늘의 구름을 바라보게 됨으로써 꿈꾸며 날아가고 싶어하는 욕망을 일으키는 것은 모성적 상상력과 근본적으로 맺어져 있는 것이다. 이가림, 「바슐라르 사상의 넓이와 깊이」, 『물과 꿈』, 문예출판사, 2004, 368쪽 참조.

볼 수도 있을 것 같지만 그의 단편집 『파도에 실려온 꿈』에 실린 작품 대부분은 가족 구성원의 부재로 인한 상실감 치유로 바다와 더불어 새로운 가족 형태를 제시하고 있어, 이는 ④에 해당하는 모성적 상상력과 닿아 있다는 관점이 적절할 것이다.

구체적으로 작품을 살펴보면 첫 번째 수록된 작품 「꽃등 켜는 밤」은 도입부분에 "멀리 있는 바다도 궁금해져 벚꽃 길로 고개를 돌렸습니다"와 결말부분에서 "민혜 마음처럼 늘 안달하던 바다도 오늘 밤은 편히 잠이 들었습니다."라는 서술 외에는 인물과 사건, 배경 등 어느 것도 바다와 관련성은 없다. 그럼에도 바다를 배경으로 하고 있다고 말하는 이유는 무엇일까.

「꽃등 켜는 밤」의 주인공은 민혜이다. 민혜는 벚꽃 축제가 열리는 거리에서 편의점을 하는 집 손녀인데, 엄마 아빠는 신혼여행을 다녀오다가 교통사고를 당한다. 이로 인해 아빠는 죽고, 민혜는 유복자로 태어났다. 신랑을 잃은 엄마는 결혼 신고도 못한 채 민혜를 낳았고, 백일이 지나자 혼자 떠난다. 할아버지 할머니에게 맡겨진 민혜의 삶은 기다림의 연속이고, 할아버지가 운영하는 편의점 이웃에는 민혜 또래의 아이를 교통사고로 잃은 바느질집 여자가 살아간다. 민혜는 종종 바느질집 아줌마와 사이좋게 놀고, 아줌마는 민혜가 오기를 기다린다. 민혜가 초등학교에 입학할 나이가 되어도 엄마는 오지 않고, 호적이 없는 민혜는 입학할 수 없는 위기에 처한다. 삼촌은 결혼하면 민혜를 자기 자식으로 올리겠다고 하지만 짝도 만나지 못한 상황, 할아버지는 손녀인 민혜를 자신의 호적에 올리겠다고 한다. 이때 바느질집 여자가 민혜를 딸로 키우고 싶다고 나선다. 그러나 할머니는 절대로 그럴 수 없다고 바느질집 여자를 냉대한다.

민혜는 초등학교에 입학해야 하는 나이로 자랐고 호적 없는 민혜로 고민하던 할아버지와 할머니 앞에 초라한 여인이 들어선다. 그리고 이제라도 허락해 주시면 민혜엄마로 살겠다고 무릎을 꿇는다. 남편과 사별 뒤에 아이를 버리고 떠났던 민혜엄마가 몇 년의 방황 끝에 초라한 모습으로 돌아온 것이다. 부모의 부재로 어둠 속에 있던 민혜의 삶은 어둠을 밝히는 벚꽃처럼 편모가족이지만 잘살게 될 것임을 암시한다. 그러나 이 동화 어디에도 바다 이미지는 보이지 않는데 작가는 머리글에서 이 작품이 바다를 배경으로 하고 있다고 밝히며 도입부와 결말부에 바닷가 마을임을 암시만 한다.

가스통 바슐라르에 의하면 바다는 모성이며, 물은 놀라운 젖이다. 대지는 자신의 자궁 속에 따듯하고 풍부한 양식을 준비하고 있으며 해변에서는 유방이 부풀어 오른다.[4] 해변을 둥글게 하면서 끊임없이 쓰다듬는 애무에 의해 '바다'는 모성적인 윤곽, 아이가 그토록 부드러움과 안전함과 따스함과 휴식을 강하게 느끼는, 여성의 유방의 눈에 보이는 애정을, 해변에 쏟고 있는 것이다.[5]

많은 문학가들에게 수많은 생명을 키워내는 바다는 땅과 더불어 모성의 상징성을 갖는다. 바다로 향하는 시내와 강은 많은 생명을 실어 나르는 매개물이다. 이러한 물의 이미지는 문학가들에게 종종 생명을 키우는 모유, 모성으로 비유되곤 하는데 같은 관점에서 『파도에 실려온 꿈』에 실린 다섯 편의 동화 역시 작가의 내면에서 숨 쉬는 모성성에 관련된 무의식의 현현이라고 볼 수 있을 것이다. 작가가 "언제나 바다를 꿈꾸고, 바다를 향한 마음이 좀처럼 잦아지지 않는다."거나 "끝없이 펼쳐진 바다를 보고 있으면 생각은 한없이 조리질을 해대"기도 하고 "무엇인가를 건졌다가 내놓고 또 건졌다가 내놓는 일을 반복"하는 것은 그의 내면에 잠복한 모성성이 물꼬를 트는 현상일 수 있기 때문이다.

함께 수록된 「동백꽃이 피는 날」은 부모를 다 잃은 부영이 주인공이다. 배를 타고 고기잡이를 나간 아빠는 배가 뒤집혀 돌아오지 못하고, 기다림에 지친 엄마는 죽음으로 망부석이 된다. 갑작스럽게 부모를 잃은 부영은 폭식을 하게 되고 부모의 부재로 정신상태가 미숙한 바우 아저씨는 함께

4) 위의 책 225쪽 참조.
5) 미슐레, 『바다』, 124쪽, 가스통 바슐라르, 위의 책 224쪽. 재인용.

놀자고 부영을 따라다니는 어른 아이이다. 날마다 바닷가 촛대바위에 나가 돌아오지 않은 아버지를 기다리는 부영이의 식탐은 늘어 몸은 비대해진다. 그런 어느 날 마을에 배가 들어오고 사진사 누나가 등장하는데, 누나 역시 부모의 부재로 외롭게 성장한 사람이다. 사진사 누나는 마을 이장 집에 모인 마을 사람들에게 영정사진을 찍어 주고 나오다가 장독대에 앉은 부영이를 발견하고 사진을 찍어 주지만 부영은 장독 뚜껑을 던지고 도망간다. 장독 뚜껑에 발등을 맞는 누나는 피를 흘리고 보건소로 실려가 치료를 받고 며칠 후 사진을 인화해서 가지고 온 누나는 과자를 사 들고 부영이를 찾아가지만 부영이는 발로 밟아 버린다. 화가 난 할머니는 회초리를 들고 부영이를 마구 때리고는 땅을 치며 운다.

> "할머니, 괜찮으세요? 전 이해해요. 저도 어릴 때 부모님을 잃고 그런 적이 있었어요."
>
> 누나가 할머니의 눈물을 닦아주었습니다.
>
> "자꾸 미안한 일이 생기는구려."
>
> "저는 세상에 아무도 없어요. 그래도 부영이는 할머니가 계시니까 얼마나 다행이에요. 저, 가끔 놀러와도 될까요? 부영이 할머니가 제 할머니였으면 좋겠어요."
>
> 할머니는 누나가 그동안 얼마나 외롭게 살았는지 알 수 있었습니다. 할머니의 주름진 얼굴에 또 한 번 눈물이 흘렀습니다.

천둥번개가 몰아치는 날, 바우 아저씨는 짐승같이 울부짖으며 바다를 헤매다가 벼랑 끝에서 발을 헛디뎌 떨어져 죽고 폭식하던 부영이는 식음을 전폐하고 자리에 눕는다. 이런 소식을 들은 사진사 누나는 휴가를 내어 동백섬으로 찾아온다.

"부영아, 누나도 어릴 적에 부모님을 잃어서 친척집을 떠돌아다녔어. 누난 부영이 같은 동생만 있으면 외롭지 않을 것 같아."

누나가 옆에 앉아 가만히 속삭였습니다. 돌아누운 부영이의 눈에서 주르륵 눈물이 흘렀습니다.

"누나, 고마워. 그리고 미안해."

부영이가 누나의 품에 슬그머니 안겼습니다. 오랜만에 엄마 품에 안긴 듯 따뜻했습니다. 누나도 동생을 얻은 기쁨에 뜨거운 눈물을 흘렸습니다. (중략) 동백이 유난히 많이 피는 해에는 동백섬에 반가운 일이 생긴다더니 아기도 태어나고 부영이에겐 든든한 누나도 생겼습니다. 윤기가 흐르는 초록 잎사귀 위에 탐스러운 빨간 동백꽃이 질 줄 모르고 섬에 가득합니다.

동백섬에 동백꽃이 피는 날 부영이에게 누나가 생기고, 사진사 누나에게는 할머니와 동생이 생긴다. 새로운 가족이 탄생하는 것이다. 「꽃등 밝히는 밤」이나 「동백꽃이 피는 날」은 꽃이 핀다는 제목이 암시하듯 바닷가 마을에 새로운 사람이 등장하면서 새로운 가족이 만들어진다.

함께 수록된 「파도에 실려온 꿈」의 주인공은 향현이다. 아빠가 바다에 나가 돌아오지 않고 할머니는 아빠가 돌아올 거라 믿어 식사 때마다 아들 몫의 따뜻한 밥 한 그릇을 아랫목에 묻어 둔다. 향현이도 아빠가 고기를 가득 싣고 돌아올 거라 믿고 기다리지만 기다림에 지친 엄마는 도시로 나가 돌아오지 않고 향현이 생일에 꼬마 인형 하나 보낸다. 향현이는 그 꼬마 인형을 품고 버릇처럼 바다로 나가 기다리며 춤을 춘다. 그때 선착장으로 배가 들어오고 자줏빛 두루마기를 곱게 차려입은 아줌마가 내린다. 향현이는 "엄마다! 엄마!"하면서 달려가는데 깜짝 놀란 아줌마는 달려드는 향현을 밀쳐내고 향현이는 넘어진다. 마을 사람들은 낯선 여자를 정말 '향현이 엄마와 비슷하게 생긴 여자'라고 수군거린다.

낯선 아줌마는 산 중턱에 있는 집으로 들어가고 이후 그 집에서는 은은한

가야금 소리가 울려나오고 향현이는 "자석에 끌리듯 아줌마네 집을 향해 걸어"간다. 아줌마는 바다를 내려다보며 가야금을 연주하고 신들린 사람처럼 대금도 불고 장구춤도 춘다.

장구소리가 천둥 소리처럼 바다를 갈라놓는 날, 향현이는 꼬마 인형을 안고 아줌마네 집으로 간다. 아줌마는 한복을 곱게 차려입고 장구춤을 추고 있다. 어느 결에 향현이도 어깨를 들썩이며 장구소리에 맞춰 함께 춤을 춘다. 아줌마는 "너 왜 자꾸 귀찮게 내 주위에서 맴도는 거니? 난 애는 딱 질색"이라고 화를 내며 향현이를 향해 장구채까지 휘두른다. 깜짝 놀란 향현은 꼬마 인형도 놓고는 바다로 달아나고 아줌마는 꼬마 인형을 돌려주기 위해 향현이 할머니를 찾아간다. 그리고 아줌마의 비밀이 밝혀진다. 아줌마는 종갓집 종손과 결혼했으나 7년 동안 아이가 없어 헤어졌다고, 이후 무용학원과 악기점 등을 하였으나 그때마다 몰려드는 아이들을 보면 견딜 수가 없어 그만두고 외딴섬으로 온 것이다. 아이들을 피해 외딴 섬까지 왔으나 향현이가 달라붙은 것이다. 말도 하지 않고 울부짖기 좋아하는 자폐 성향을 갖고 있는 향현은 가야금 소리가 나면 엉덩이를 들썩이며 춤을 추고, 어느 날 그런 향현이 앞에 아줌마가 나타난다.

"춤을 잘 추는구나. 저번엔 아줌마가 미안했어."

다음 날부터 아줌마와 향현은 함께 바다를 깨우러 나온다. 아줌마가 가야금을 연주하면 향현은 옆에서 춤을 추는 것이다. 그로 인하여 향현은 잃어버렸던 웃음을 찾고 아줌마는 향현에게 엄마가 되기로 한다. "집으로 갑시다. 이제 우리 식구가 되었으니……." 할아버지가 앞장서자 아줌마가 눈물을 닦으며 향현이 손을 잡고 따른다. 아줌마 손을 잡고 가던 향현이 바다를 돌아보며 "엄마가 생기게 해줘서 고마워요."라고 말한다.

아이를 낳지 못하여 버림받은 여자와 바다로 인해 부모를 잃고 자폐 증

세까지 겪는 아이의 만남은 처음에는 난폭한 파도만큼이나 거칠었지만 시간이 지날수록 둘의 관계는 잔잔해지면서 모녀지간이 된다. 외딴 바닷가 마을, 가야금과 춤이라는 매개물이 서로를 연결해 주면서 새로운 가족 형태를 이루게 되는 것이다.

「하얀 등대가 있는 마을」 역시 결손가정의 장재가 주인공이다. 사업에 실패한 아빠가 화가였던 엄마의 병원비를 벌기 위해 배를 타기로 하고 섬으로 들어온다. 뱃일을 하며 하루하루 열심히 일하는 아빠와 달리 장재는 스케치북만 들고 다니다 아픈 할머니를 모시고 동생도 보살피는 연희 누나를 알게 되고 등대지기 할아버지도 알게 된다. 할아버지는 실향민으로 매일 등대에 올라가 고향인 북쪽을 바라본다. 할아버지의 소원은 고향에 남겨진 여동생과 함께 사는 것이고, 장재는 아픈 엄마가 나아서 함께 사는 것이며, 연희 누나 역시 그렇다. 모두가 가족을 그리워하는 외로운 사람들이 모인 외딴 섬에서 이들은 서로를 보듬으며 가족처럼 의지한다. 어느 날 등대지기 할아버지가 등대 위에서 죽음을 맞고 장재와 연희는 할아버지 유골을 바다에 뿌리며 그리움을 달랜다. 외로움을 숙명처럼 안고 살아가는 결손가정의 아이들은 깊숙이 스며든 외로움으로 까칠하기도 하지만 그들끼리 마음을 열고 소통을 함으로써 서로에게 가족과 같은 이웃이 되어 준다.

「느티나무 가족 위의 천사들」 역시 아빠의 사업 실패로 바닷가 마을로 들어와 사는 태경이 주인공이다. 태경 아버지는 사업 실패로 갯마을 할아버지를 찾아오고 어머니는 가출했다. 주눅이 든 태경이가 갯마을에 정착하기까지 많은 시련들이 기다리고 있으나 그런 아이들끼리 소통하면서 서로에게 편안한 이웃이 되어 준다.

바슐라르에 의하면 우리가 무엇인가를 사랑하는 것은, 산이 파랗다든가 바다가 푸르다든가 하는 이유 때문이 아니고 우리의 무의식적 추억의 무엇인가가 푸른 바다나 파란 산 속에서 스스로를 다시 구상화시킬 수 있는 것을 찾아내기 때문이라고 한다. 나아가 이러한 우리의 무엇인가, 그리고 우리의 무의식적 추억의 무엇인가는 언제나 또 도처에 유년 시절의 사랑으로부터 솟아나오고 있는 것으로써 그 사랑은 무엇보다도 먼저 사람에 그것도 어머니 또는 유모였던 보호하는 사람이나 젖먹이는 사람에 대해서 열려 있는 것이다.[6)]

정혜원의 단편집 『파도에 실려온 꿈』에 실린 다섯 작품에 등장하는 주인공들은 다양한 이유로 부모가 부재하고 상실감으로 불안과 우울증을 겪는다. 소외로 인한 외로움에 놀림의 표적이 되기도 하여 고통도 겪지만 비슷한 처지의 주변인들로 인하여 상실감을 극복하고 새로운 가족 형태를 만들어간다. 이러한 주인공들이 사는 마을이 섬마을이거나 갯마을로 바다라는 공통점을 가지고 있거나, 작가에 의해 바다로 설정되기도 한다. 이는 바다가 주는 물의 상상력인 모성적 세계와 무관하지 않을 것이다.

## 3. 나가며

앞서 살펴본 바와 같이 정혜원의 단편집 『파도에 실려온 꿈』에 실린 다섯 작품은 모두 바다를 배경으로 하고 있으며 부모의 부재로 인하여 상실감을 겪는 아이들이 주인공이다. 모성애 상실로 인하여 소외되고 외로움에 상처를 안고 있는 주인공들은 조용한 바다이거나, 동백꽃이 피는 바닷가 마을이거나, 섬마을이거나, 하얀 등대가 있는 마을이거나, 갯마을로 들어와 새로운 가족 형태에 편입되면서 치유한다. 바슐라르에 의하면 작가에게 바다의 상상력은 크게는 부드러운 물과 거친 물로 나뉘고, 부드러운 물의 상상력은 다시 물의 물질적 상상력과 문화의 콤플렉스, 역동적 상상력과 모성적 상상력 네 가지로 구별되는데, 정혜원의 『파도에 실려온 꿈』에 수록된

6) 바슐라르, 위의 책, 217쪽 참조.

작품들에서는 아빠를 잃거나 엄마를 잃거나 혹은 동생을 잃은 상실감을 바닷가 마을로 와서 새로운 가족 형태를 구성함으로써 치유하는 공통적인 양상을 보인다. 이는 어머니에 대한 사랑의 '무한성'이 바다로 드러나는 것으로 해석될 수 있을 것이다.

따라서 『파도에 실려온 꿈』에 수록된 다양한 작품들은 바다가 주는 모성적 상상력의 구체화가 다양하게 형상화된 것이라 할 수 있다. 정혜원이 머리글에서 말하는 "바다를 사랑하는 어린이에게"는 결국 바다의 모성적 이미지를 사랑하는 작가 자신의 원초적인 고백일 수 있으며 "나는 언제나 바다를 꿈꾼다"는 고백도 마찬가지로 "나는 언제나 사랑을 꿈꾼다"로 이해될 수 있고 "바다를 향한 마음은 좀처럼 잦아지지 않는다"는 고백 역시도 창작에서 원초적 모성애를 향하는 그의 마음이 잦아들지 않는다는 고백이라고 보아도 무방할 것이다.

# 한정기 아동소설의 특성
## -『플루토 비밀결사대』 시리즈를 중심으로

김자연(동화작가, 문학박사)

### 1 머리말

한 작가의 대표적 작품은 그 작가의 문학적 특성을 살필 수 있는 소중한 지표가 된다. 그를 떠올리자 제일 먼저 2005년 한국간행물윤리위원회 아동문학 서평 위원으로 있을 때 이달의 책으로 『플루토 비밀결사대』를 선정했던 기억이 되살아났다. 선행적으로 작가의 작품 활동을 정리해 본다.

한정기는 1960년 경북에서 태어나 1996년 부산일보 신춘문예에 동화 「작은 불꽃」이 당선한 후 작품 활동을 시작한다. 2004년 첫 장편 아동소설 『멧돼지를 잡아라』(2004. 다섯수레)를 발표한 후 2005년 황금도깨비상 수상작인 장편 아동소설 『플루토 비밀결사대』(2005. 비룡소)를 출간했다. 이후 이 작품은 8년간 5권의 단행본으로 출간되었다. 한정기 작가의 작품에 대한 애정과 출판사의 전폭적인 기대가 이루어 낸 하모니이다.

그는 『플루토 비밀결사대 2-팔색조의 비밀』로 2007년 부산아동문학상을 받았다. 『플루토 비밀결사대 2』는 2014년 EBS에서 16부작 어린이 드라마로 만들어져 방영되기도 했다. 그는 2006년 한국 극지연구소 주최 Pole to Pole Korea 남극 연구 체험단으로 선정되어 남극에 있는 세종기지에 다녀왔으며, 2007년에는 한국해양연구원 주최 열대 해양 체험단으로 선정되어 미크로네시아의 한 · 남태평양 해양연구센터를, 2012년에는 쇄빙선 아라온호 레지던스로 북극 항해에 다녀왔다. 2017년 『나랑 같이 놀자』로 동서문학 작가상을 받았다. 그 외 5.18 어린이문학상 우수상 수상작 『큰아버지의 봄』을 발표하였고, 장편동화 『개나리 숲의 흰 양말』, 『멧돼지를 잡아라』, 청소년 소설 『나는 브라질로 간다』, 그림책 『남극에서 온 편지』, 『안녕, 여긴 열대 바다야』, 2018년 『깡깡이』 등을 출간했다.

한정기의 작품 활동을 살펴보면 크게 모험 추리물과 역사적 사실을 다룬 아동소설, 그림책으로 갈래지어 볼 수 있다. 여기서는 그가 8년 동안 연속적으로 출간했던 모험 추리 아동소설 『플루토 비밀결사대』 시리즈(5권)를 중심으로 그의 작품 특성을 살펴보고자 한다. 『플루토 비밀결사대』는 그에게 황금도깨비상(2005), 부산아동문학상(2007)을 받게 한 작품으로 EBS에서 16부작 어린이 드라마로도 방영(2014)된 것으로 작가에게 큰 영광으로 작용하였다.

한정기의 작품 평에 대해 김문홍은 『플루트 비밀 결사대』와 『깡깡이』를 언급하며 '추리적 상상력과 현실적 리얼리티'를 꼽았다. 특히 『플루트 비밀 결사대』 작품은 추리 모험소설이 적은 아동 문단의 지평을 확대한 의미 있는 작품이라고 평가한 바 있다. 필자 역시 이에 동의한다. 따라서 『플루토 비밀결사대』 시리즈에 주목해 보는 것은 한정기 작품의 특성을 살피는 하나의 방법이 될 것이다.

아동소설은 이야기다. 이야기는 크게 인물, 사건, 배경으로 구성된다. 『플루트 비밀 결사대』 시리즈에 구현한 작품 특성을 인물, 사건, 배경 중심으로 살펴보고자 한다.

## 2. 현실의 부족함을 긍정적 가치로 전환하는 인물들

『플루토 비밀결사대』 시리즈는 총 다섯 권으로 이루어졌다. 권마다 제목을 제시하면 다음과 같다. 1권은 「다섯 아이들이 모이다」, 2권은 「팔색조의 비밀」, 3권은 「안개 속을 달리다」, 4권은 「지켜주고 싶은 비밀」, 5권은 「퍼즐을 맞춰라」이다. 권마다 펼쳐지는 사건과 부수적 인물은 달라도 작품에서 활약하는 주인공 인물은 같다.

1권부터 5권에 등장하는 주요 인물은 강금숙, 이우진, 최동영, 김한빛, 이서진이다. 각각의 인물의 특성을 살펴본다. 동영이와 단짝인 이우진은 이서진과 한 살 터울 형제이다. 몸이 뚱뚱한 우진이는 초등학교 5학년 남자 아이답게 개구쟁이로 놀기 좋아하고 공부는 아주 싫어한다. 늘 어머니한테 공부 잘하고 모범생인 동생 서진이와 비교 당하고 잔소리를 들어 속상해 한다. 하지만 동생을 사랑하는 형이기도 하다. 길 가다 돌멩이를 보면 꼭 걷어차는 습성이 있다.

> '엄마는 항상 내가 김빠진 콜라처럼 얌전하길 바라제. 하지만 진짜 사나이라며 김빠진 콜라는 안 되지. 그렇게 밍밍해 가지고 어디 쓰겠노! 흥, 두고 봐! 언젠가는 엄마 아빠한테 진짜 내 실력을 보여 줄 기다.'
>
> -『플루토 비밀결사대』1, 11쪽.

우진이가 엄마에게 하는 말이다. 현실적으로 엄마 아빠에게 인정받지 못하는 불만을 해소하려는 욕구가 강하다. 친구 동영이 생일잔치에 간 우진이는 동영이와 같은 반 강금숙을 만나게 된다. 우진이는 자기와 달리 차분하고 영리한 금숙이에게 관심을 가진다. 금숙이는 도예를 하는 아버지와 서울에서 이사 온 여자아이이다. 여자지만 추리소설과 퍼즐 맞추기를 좋아하고 찢어진 청바지를 즐겨 입는 당찬 아이이다. 논리적 사고와 남다른 추리력으로 비밀결사대 사건 해결에 중심적 역할을 담당한다.

> "아저씨가 관리인과 통화한 것이 아무 거리낌 없다면 전화번호는 왜 지워 버렸죠? 010-5600-××××. 바로 사무실 연락망에 적혀 있는 관리인 전화번호죠. 조금 전 아저씨의 휴대전화를 빌렸을 때 통화 기록을

확인해 보니 그 전화번호는 지워지고 없었어요. 아저씨는 내일 팔색조를 가지러 가겠다고 관리인과 통화를 한 뒤, 아까 관리인이 체포되는 걸 보고는 통화 기록을 지워 버린 겁니다."

-『플루토 비밀결사대』 1, 201~202쪽.

강금숙이 예리하고 재치 있는 행동으로 팔색조 사건에 결정적인 단서를 제공하는 부분이다. 치밀한 금숙이의 성격을 엿볼 수 있는 부분이다. 금숙이는 부모가 이혼한 후 아빠랑 사는 아이이지만 자기 방식으로 상처를 극복해 간다.

동영이는 키가 커서 별명이 빼로이다. 운동을 좋아해 몸이 날래고 반찬집을 운영하는 어머니 덕분에 어머니가 싸준 음식을 가져와 친구들에게 자주 나누어 준다. 동영이 생일날 우진이와 동영이는 자기들이 만들어 놓은 마을 산성산 비밀 아지트에 금숙이를 데려간다. 비밀 아지트를 본 금숙이는 비밀결사대를 만들자고 제안한다. 세 명의 아이는 비밀 아지트에서 플루토 비밀결사대 구성원으로 이 세상 '정의와 약한 사람을 위해 목숨을 바칠 것'을 맹세한다. 공통의 목표가 생긴 것이다. '플루토'는 모험을 좋아하는 금숙이가 지은 것이다. 미국 소설가 에드거 앨런 포의 「검은 고양이」에 나오는 고양이 이름을 딴 것으로 강금숙이 얼마나 적극적이면서도 모험과 추리를 좋아하는지 짐작할 수 있다.

결정적인 순간에 비밀결사대를 돕게 된 한빛이는 어렸을 때 열병을 앓아 시력이 아주 나빠 두꺼운 안경을 쓰는 아이로 성격이 매우 소심하다. 나쁜 눈 때문에 친구들과 어울리지 못하고 망원경으로 밤하늘의 별자리를 관찰하고 지낸다. 주변에 친구가 없어 '반니'라는 이구아나를 키우며 주로 혼자서 논다. 그러나 별자리를 관찰하는 습성이 뜻하지 않게 살인 사건의 단서를 제공하고 비밀결사대에 합류하여 문제를 해결해 나간다.

"그거 금창초네. 그거랑 똑같이 생겼지만 꽃이 위로 피는 건 조개나물이고, 금창초는 밭둑이나 길가에 주로 피고, 조개나물은 산이나 무덤가에 많이 핀다. - 중략 - 이건 양지꽃. 저기 보라색 꽃은 제비꽃이고, 그리고 이것은 뽀리뱅이."

- 『플루토 비밀결사대』 1, 22~23쪽.

풀꽃에 대해 모르는 게 없는 풀꽃 박사 서진이는 풀꽃을 관찰하러 뒷동산에 갔다가 한빛이를 만나게 된다. 둘은 친구가 되어 자연스럽게 플루트 비밀결사대 대원이 된다. 단정하고 공부도 잘해 늘 어머니의 귀여움을 독차지한다. 하지만 형인 우진이에게 눈총을 받는다.

이처럼 플루트 비밀결사대에 등장하는 아이들은 하나하나가 자라온 환경과 정서, 관심사가 다르게 구성되어 있다. 한정기는 왜 이처럼 다양한 환경에 놓인 아이들을 『플루토 비밀결사대』 작품 공간에 등장시켰을까?

"새로운 눈으로 내 주변을 살필 수 있게 된 것. - 중략 - 맞아! 사물을 자세히 관찰하고 다르게 생각할 수 있는 거. 정말 멋진 일이야."

- 『플루토 비밀결사대』 3, 194~195쪽.

마임을 배운 주인공 아이들 입을 통해 인물의 가치관을 엿볼 수 있는 부분이다. 당면한 현실적 문제를 통해 주인공 인물이 얻을 수 있는 가치! 그것은 아무리 힘든 문제라도 자세히 관찰하고 다른 관점에서 바라볼 마음을 가지면 능히 해결할 수 있다는 것이다.

아동소설의 이야기는 사건의 개연성이나 복잡성에 염원하기보다 인물의 가능성에 있다고 볼 때 인물이 지닌 특성은 아동소설에서 중요한 부분을 차지한다. 『플루토 비밀결사대』에 등장하는 인물의 특성은 하나같이 현실의 불만을 지닌 아이들로 성장통을 겪는 상황으로 형상화되었다. 부모의 이혼, 공부에 대한 스트레스, 신체적인 결함, 초경의 놀라움, 이성에 관한 관심 등. 그로 인해 자기 존재감에 대한 열등감, 반항, 슬픔을 느낀다. 즉, 이 작품은 개성적인 인물의 특성보다 환경적 영향을 받아 힘든 상황에 놓인 인물의 심리에 더 주목한다.

작품 속 주인공 인물을 통해 작가는 개인의 상처나 열등감은 큰 틀에서 바라보면 장점이 될 수도 있다는 역설적 메시지를 던져 준다. 나아가 개인의 상처와 문제는 나만의 것이 아닌 우리의 문제이기도 하다는 것을 인물이 처한 상황을 통해 넌지시 암시한다. 당면한 문제를 어떻게 바라보고 극복하는 관점과 의지가 중요하다는 것을 강조한 것이다. 플루토 비밀결사대에 모인 다섯 인물이 사건에 집중되고 그 사건의 실마리를 푸는 데 개별적으로 중요한 역할을 담당하도록 구성한 점도 작가의 이러한 가치관이 치밀하게 반영되었기 때문이다.

어른들이 아이들에게 미처 기대하지 못했던 놀라운 성과를 이루는 것은 인물 하나하나의 의지가 서로 조화를 이룬 결과물이다. 물론 등장인물 모두 아직 어리기 때문에 스스로 현실의 문제를 극복하고 깨닫는 것은 한계가 있다. 따라서 작가는 그들에게 타인을 통해 문제를 반추할 통로를 마련해 준다, 이 작품에서 주인공 인물들이 각각의 숨겨진 의지를 불태울 수 있는 새로운 공간은 그들의 아지트이다. 따라서 그들은 그곳에서 다른 친구들과 같이 만날 수밖에 없다.

『플루토 비밀결사대』는 인물이 지닌 마력적인 개성보다는 환경적 영향으로 생성된 불만과 자기만의 취미가 이야기를 끌고 가게 한다. 비록 현실에서 문제가 있어 보이는 인물일지라도 관점을 달리해 바라보면 단점이 장점으로 전환될 수 있다는 것! 힘든 상황에서도 서로 도와 협동하면 놀라운 시너지를 낼 수 있다는 것을 작가는 인물의 태도와 변화된 결과물을 통해 보여 주고 싶었던 것 같다.

작가는 어른과 같이 살아가는 인물들이 현실적 문제에 그들 나름의 판단력이 있다고 믿었다. 그 믿음이 다섯 주인공 인물을 통해 아이들만이 가진 무한한 가능성을 재발견하도록 돕도록 이야기를 전개시킨다. 표면적으로 부족해 보이는 인물들이 서로의 가치를 인정하고 돕는 모습을 작가는 『플루토 비밀결사대』 공간에서 추리적 기법을 활용해 멋지게 보여 주고 있다.

### 3, 사회적 병폐를 다룬 사건

『플루토 비밀결사대』 시리즈에 등장하는 주인공은 아직 어리다. 하지만 작품에서 다루는 사건은 우리 주변에서 큰 관심을 불러일으키는 큰 사건들이다. 도자기 밀반출 사건, 희귀동물 팔색초 반출 사건, 어린이 유괴 사건, 학원비 도난 사건, 성희롱 사건, 학업 문제 사건 등.

『플루토 비밀결사대』 시리즈의 표제인 '플루토'에서 우리는 이 작품이 사건 중심으로 이어질 실마리를 얻을 수 있다. '플루토'는 에드거 앨런 포의 추리소설 「검은 고양이」에 나오는 고양이 이름으로 '염라대왕'을 뜻한다. 일반적으로 염라대왕은 옳고 그름을 가름하는 상징성을 가진다고 할 때 『플루토 비밀결사대』 시리즈의 주인공 인물들이 사건의 문제를 밝혀내는 데 일조하리라는 추측이 가능하다. 사건의 전모를 살펴보자.

> 제1권, 컨테이너 살인 사건-최사장은 도삼식에게 공사비를 주지 못함.
>
> 30일 오전 기장읍 동부리 산 13번지 G빌라 공사현장 컨테이너에 굴삭기 기사인(37, 기장군 기장읍)가 숨진 채 발견된다. 경찰은 죽은 도모 씨의 몸에 별다른 외상이 없는 점을 참작해 우발적인 충동에 의한 살인 사건으로 보고 피해자 주변 인물을 중심으로 정확한 경위를 조사하고 있다. 한편 도모 씨가 고속도로 도로 현장에서 국보급 유물이 대량 발견된 가마터를 처음 발견한 사실을 확인하고 이와 연관성을 찾는다.

마을 축제인 '기장 멸치 축제'가 시작되는 전야제 날에 살인 사건이 일어난다. 축제 전야제에 가려던 플루토 비밀결사대는 살인 사건이 일어난 컨테이너를 지나다 이런 사실을 알게 된다. 죽은 사람은 부산과 울산 간 고속도로를 닦는 건설현장의 굴착기 기사인 도삼식이다. 금숙이는 비밀결사 대원답게 그 사건에 관심을 가진다. 한빛이를 통해 살인 사건이 일어난 컨테이너에 사람이 들어간 걸 보았다는 이야기를 듣게 되고, 그 사람이 우진이의 아버지와 함께 축제 전야제에 온 사람이라는 것도 알게 된다. 그날 밤 우진이는 늦게 들어온 아버지를 통해 함께 있었던 사람이 고속도로 공사장에서 발견된 도자기 유물을 발굴하기 위해 서울에서 내려온 현장 주임이라는 사실과 그 사람이 묵는 곳을 알아낸다.

플루토 비밀결사대는 서진이, 한빛이와 함께 지혜를 모아 쪽지에 적힌 내용을 풀어 내고 살인 사건이 도자기 유물과 관련된 것이라고 결론을 내린다. 아이들은 일요일 마을 뒷산에 숨겨진 유물을 찾으러 간다. 마을 뒷산에 숨겨진 유물을 찾아 낸 아이들은 그 유물을 비밀 아지트 근처에 숨겨 놓으려고 하다 현장 주임에게 들켜 우진이가 위험에 빠진다. 그러나 한빛이가 키우던 이구아나인 반니의 도움으로 위기에서 벗어나게 된다. 마침내 현장 주임은 경찰에 체포된다. 경찰은 고속도로 공사 현장에서 가장 먼저 유물을 발견한 도삼식이 유물을 훔쳐서 숨겨 놓았는데 현장 주임이 그걸 알고 도삼식과 짜고 유물을 일본의 밀매업자에게 팔려던 과정에서 도삼식을 죽였다는 사실을 밝혀 낸다. 플루토 비밀결사대는 살인범을 잡는 데 결정적인 증거를 제공하고 유물을 찾아낸 공로로 영웅이 된다.

제2권, 사라진 서진이 사건–팔색조의 비밀

여름 방학을 맞아 추리학교에 참여하기 위해 거제도로 간 비밀결사대! 아이부터 어른, 추리작가, 경찰대학 학생까지 추리를 사랑하는 사람들이 모인 추리학교에서 플루토 비밀결사대는 '애너그램 놀이', '추리

골든 벨' 등 신나는 게임에 참여하며 즐겁게 보낸다. 그러던 중, 갑자기 서진이가 사라진다. 사라진 서진이를 찾아 나선 과정에서 천연기념물 팔색조를 둘러싼 밀렵꾼들의 음모를 파헤친다.

막바지 여름방학을 보내던 우진과 서진이는 금숙이와 한빛이와 함께 팔색조에 대해서 자세히 알게 된다. 풀루트 비밀결사대는 금숙이로부터 '여름 추리학교'에 대해 설명을 듣고 그곳으로 간다. 비밀결사대는 짐을 풀고 당당히 자신들을 소개한다. 추리학교 회장님이 연설하는 중 서진이는 산에 올라가 식물 탐사를 한다. 계곡에서 하얀 별장을 발견한다. 서진이는 가지고 온 것을 그대로 둔 채 호기심에 그곳으로 간다. 그곳에서 창고에 팔색조가 새장에 갇혀 있는 것을 보고 깜짝 놀란다. 별장에서 벗어나려는 순간 아저씨가 서진이를 끌고 지하에 가둔다. 그곳은 불빛이 안 들어오는 곳으로 살려 달라고 외쳐도 소용이 없다.

한편 연설이 끝나고 추리 골든벨에 참가한 금숙이가 2등을 한다. '추리게임'이 끝난 후 플루토 비밀결사대는 서진이가 없어진 것을 알고 찾게 된다. 산속에서 그들은 서진이의 물품들을 발견하고 이상한 형의 도움으로 서진이를 구한 뒤 팔색조를 밀매한 사람도 잡는다. 서진을 구하는 사건 못지않게 추리학교에서 벌어지는 재미난 추리 퀴즈가 이 책의 재미를 더하는 역할이 되고 있다. 특히 거제도에 있었던 6·25전쟁의 비극이 오늘날까지 영향을 미친다는 사실을 함께 담고 있다. 플루토 비밀결사대는 사건 해결 과정에서 다양한 생각을 하게 된다.

제3권, 어린이집 어린이 실종 사건

영국으로 어학연수를 떠난 금숙이를 제외한 플루토 대원들은 군청 문화센터에서 마임을 배우며 일상을 보낸다. 대원들은 39개월 된 어린이집 어린이 실종이라는 사건을 접한다. 대원들은 아이가 사라진 바닷가 주변 체험 학습장 주위부터 자기들만의 논리로 탐문을 펼쳐 간다. 한편, 영국에 간 금숙이는 영어 공부보다는 런던 시내에 있는 홈스 박물관을 방문하고 다른 대원들과 메일을 주고받으면서 이번 사건을 풀기 위한 단서를 찾아 나선다.

결성된 지 1년 된 플루토 비밀결사대는 1주년을 맞아서 기념식을 치른다. 대원 중 뛰어난 추리력과 관찰력을 겸비한 리더 격인 금숙이는 여름방학을 맞아 영국의 수도 런던으로 떠났다. 이후 마을에서 유치원생 실종 사건이 일어났다. 이 사건을 놓칠 리 없는 플루토 비밀결사대는 곧 탐색 작업을 시작하고 외국에 있는 금숙이와도 메일로 추리를 시작한다. 금숙이의 메일을 받은 플루트 대원들은 근처에 있던 화장실에서 생각지도 못했던 단서를 잡게 된다. 그 단서는 바로 똥과자 틀이다. 똥과자는 플루트 대원들도 좋아하는 군것질거리다.

사건 현장에서 똥과자 틀을 찾아낸 대원들은 범인이 똥과자 아줌마라는 것을 알게 된다. 똥과자 아줌마는 한 해수욕장에서 몸이 힘든 할머니와 남동생과 함께 사는 사람이다. 똥과자를 팔면서 근근히 생계를 유지하고 있던 터다. 그녀에게는 아들이 있었으나 어렸을 때 교통사고로 죽었다는 사실을 알게 된다. 아줌마는 죽은 아들만 한 아이에게 똥과자를 주고 가라고 하였으나 아이는 그녀를 따라간다.

『플루토 비밀결사대』 3편에서도 아이들은 그들이 가진 재치와 활력으로 남다른 기지를 발휘한다. 아이들이 학교 교실을 떠나 자기들 스스로 원해서 배우는 마임을 통해 관찰력과 집중력이 사건을 해결하는 실마리를 제공한다. 이처럼 사건을 해결하는 기지 역시 학교 공부 외 다양한 경험을 통해 얻을 수 있음을 증명하고 있다. 이 사건에서 눈여겨볼 점은 무조건 범죄자를 욕하거나 타박하지 않고 범인의 처지에서 생각해 볼 기회를 제공한다는 점이다. 범죄자 입장에서 사건을 생각하고 그럴 수밖에 없는 이유를 살피면 똑같은 범인에게 범죄가 일어나지 않고 범죄도 점점 줄어들 것이라는 발상이다.

> 제4권, 10만 원 도난 사건
>
> 신학기가 시작된 날 친구 나영이가 학원비로 가져온 10만 원이 없어진다. 단순한 1000원, 2000원이 아닌 100000원을 잃어버린 것이다. 이 사건에 대해서 반 친구들은 세 가지 의견으로 나뉘었다. 첫 번째는 '이전 신학기에 전학 온 사람이 2명이 있는데 그중에서 동연이가 훔쳤을 것이다.'라는 의견이다. 두 번째는 '이전 신학기에 전학 온 사람이 2명이 있는데 그중에서 동연이가 아니라 연주가 훔쳤을 것이다.'라는 의견이다. 마지막 세 번째는 '나영이가 연기에도 관심이 많고 언제나 선생님의 관심을 받고 싶어서 나영이가 꾸민 자작극일 것이다.'라는 의견이다.

『플루토 비밀결사대』 4권인 교실에서 일어난 도난 사건의 원인은 아무에게도 관심받지 못하는 연주의 외로움이다. 주변에 자기 비밀을 들어줄 친구가 한 명도 없는 연주의 불안 심리와 첫 생리를 겪으며 예민해진 상황을 비슷한 비밀을 가진 주인공 금숙이와 이야기를 병치시켜 긴장감을 부여한다. 말 못 할 비슷한 상황을 겪은 연주와 금숙이는 서로의 이야기를 들어주는 친구가 된다. 평소 엄마에게도 말 못 할 비밀을 가지게 돼 고민하던 연주는 아무도 모르는 상형문자로 일기장에 자기 마음을 담아 놓는다. 연주로부터 상형문자 읽는 법을 배우게 된 금숙이는 서로의 비밀을 공유하게 된다.

책 사이사이마다 나오는 상형문자로 적은 일기는 사건을 해결해 주는 열쇠이면서 작품의 흥미를 더하는 보조물이다. 상형문자 일기의 주인이 이 사건의 범인일 것이라고 암시하면서도 일기의 주인이 누군지는 제일 마지막 일기에서 밝혀지게 이야기를 구성한 점이 작품에 대한 몰입도를 한층 높여 준다.

100,000원을 가져간 사람은 연주이다. 집에서 같이 살게 된 새 아빠의 가게에서 일하는 조수가 집에 몰래 들어와서 연주 몸을 만지는 불안을 도둑질로 푼 것이다. 다행히 그 돈은 주인에게 돌려주었고 연주는 자기 고민을 부모님께 말씀드리고 경찰에 신고하는 것으로 사건은 종결된다.

> 제5권, 강원도 스키장 에비로드 사건-성적에 대한 강박관념
> 풀루트 비밀결사대원인 강금숙의 이모가 운영하는 강원도의 스키장 에비로드에서 사건이 벌어진다,

『플루토 비밀결사대』 5 사건에서는 아이들이 범인 검거에 직접 나서지는 않는다. 하지만 아이들 특유의 단순함과 논리적 추리로 사건의 실마리가 풀린다. 작가는 범인이 플루토 비밀결사대의 집결지인 에비로드에 제 발로 걸어 들어오게 이야기를 끌고 감으로써 사건을 보다 흥미 있게 해결하는 방식을 취했다. 이 작품은 경찰에서 사건의 실마리를 찾아 점점 포위망을 좁혀 오는 수사 과정과 플루토 비밀결사대가 에비로드를 찾아가는 과정을 절묘하게 병치시키면서 긴박감을 조성하는 전형적인 추리 소설적 구성을 취한다.

놀라운 것은 사건 해결 실마리를 제공하기 위한 수단으로 아이들만이 가진 장점을 복선으로 이용한다는 점이다. 플루토 비밀결사대가 강원도 스키장의 에비로드를 찾아가는 여정 속에 범인이 서울 시내의 편의점에서 사건을 저지르고 강원도 스키장으로 피해 달아나는 과정이 나란히 사건을 끌고 가는 식이다. 결정적으로 서대문 경찰서의 수사팀이 범인 검거를 위해 포위망을 좁혀 가는 과정을 이중적으로 연결해 호기심을 한층 자극한다.

> "공부 잘해서 일류대 나오면 뭐해? 자기 생활에 만족하지 못하고 불

행하다고 생각하는 사람들이 얼마나 많은데. 내 친구 중에도 그런 친구들이 한둘이 아니야. 난 비록 일류대도 못 나왔고 출세한 것도 아니지만 지금의 내 생활이 만족스럽고 행복해. 출세, 성공, 그런 것에 매여 사람들은 정말 행복한 게 뭔지 잊어버린 것 같아."

– 173~174쪽.

이 사건이 던져 주는 메시지를 살필 수 있는 부분이다. 성공과 출세를 위해 모든 것을 쏟아 붓을 때의 부작용! 병적으로 커지는 심리적 압박과 불안과 불만이 범죄로 작용할 수도 있다는 논리! 부모의 지나친 출세 위주의 공부 압박, 청소년기에 누려야 하는 것들이 모두 배제된 결과를 극명하게 보여 준 사건이다. 사회적 병폐를 신랄하게 고발하고 있다.

### 4. 향토색 짙은 지역 배경

『플루토 비밀결사대』 시리즈의 다섯 가지 사건이 일어나는 배경은 모두 주인공 인물이 사는 현실 공간이다. 1권 고속도로 건설현장의 가마터와 멸치 축제의 기장 바닷가, 2권 팔색조와 여름 추리소설학교의 배경은 거제도이다. 3권 학교 앞 뽑과자 뽑기 장소와 마임 학교, 4권 기장과 가까운 삼포, 이집트 상형문자 5권 강원도 스키장 에비로드와 은주 씨와 영우 씨의 스키장 펜션 등. 우리가 활동하며 살아가는 실제 현실 속 장소들이다. 이러한 현실적 공간 배경은 독자들에게 생생한 현실감을 주는 장점으로 작용한다.

고깃배들이 정박하는 선창에는 어부들이 한창 멸치 그물을 털고 있었다. 멸치는 크기가 작은 생선이다. 그물에 걸린 걸 하나하나 벗겨내지 못하고 그물째 털어야 했다. 어부들은 선창에 죽 늘어서서 배에서부터 그물을 내리며 멸치를 털었다. 소리 잘하는 어부의 선소리에 맞춰 후렴을 붙이며 똑같은 동작으로 그물을 털면 그물코에 촘촘하게 걸린 은회색 멸치들이 떨어져 그물 아래에 쌓였다.

–『플루토 비밀결사대』1, 78~79쪽.

남해의 푸른 파도가 넘실대는 거제도의 하동 몽돌 해수욕장. 하얗게 파도가 부서지는 해안을 따라 몽돌밭이 길게 펼쳐져 있었다.

– 중략 – 학동 마을은 몽돌 해수욕장을 중심으로 자리 잡고 있었다. 마을 뒤 노자산을 넘어온 길은 학동 마을에서 섬을 일주하는 해안도로와 다시 만났다. 한여름 뙤약볕은 푸른 물결 위에 수천 수만의 빛 조각이 되어 반짝거렸고 그 위로 피서객들을 태운 바나나 보트가 물결을 가르며 달렸다.

–『플루토 비밀결사대』2, 9~10쪽.

부산은 바다에 접해 있는 도시지요. 그런 지역적 특성에 맞는 바다를 보며 걸을 수 있는 아름다운 길이 부산에도 여러 개 있어요. 그중에 우리가 사는 기장과 가까운 해운대 미포와 청사포, 구덕포로 있는 길을 삼포라고 하는데, 이번 주 놀토에 삼포 걷기 행사가 있어요.

–『플루토 비밀결사대』4, 111쪽.

걷기를 마치고 금숙이가 연주를 도울 방법에 관해 생각을 정리하는 배경이 삼포이다. 생각을 정리할 곳을 바닷가를 걷는 것을 배경으로 선택한 점은 작가의 치밀한 작품 구성이 엿보이게 하는 부분이다. 금숙이 집에 초대된 연주가 같이 떡볶이를 만들어 먹으며 연주에게 잘못을 말할 용기를 심어 주었으니까.

『플루토 비밀결사대』 시리즈 곳곳에 구현된 향도색 짙은 배경은 한정기 아동소설의 특성 중 하나이다. 도자기가 유명한 부산 기장 지역의 특색을 한껏 살린 배경 묘사. 기장의 대변항에서 멸치 그물을 터는 흥겨운 후릿소리와 멸치 축제, 거제도에 있었던 6.25전쟁의 비극, 삼포 걷기 등. 사건과 배경이 서로 그 지역의 사건과 조화롭게 어울려 지역적 특성까지 맛깔스럽게 어필해 내는 솜씨가 만만치 않다.

## 5. 결말

한정기의 아동소설 『플루토 비밀결사대』 시리즈를 인물, 사건, 배경 중심으로 살펴보았다. 종합해 정리하면 『플루토 비밀결사대』 시리즈는 치밀한 추리적 구성이 돋보이는 아동소설이다. 현실의 불만과 상처가 있는 인물들이 사회에서 크게 문제되는 사건과 향토색 짙은 장소를 배경 삼아 추리적 구성으로 문제를 해결해 나가는 과정을 절묘하게 형상화하였다.

한정기 작가는 『플루토 비밀결사대』 시리즈에서 인물 구현 방법으로 개성적인 특성을 어필하기보다는 인물이 추구하는 관점과 가치에 더 중점을 두었다. 따라서 이 작품은 인물의 성격 묘사보다 사건 중심의 문제 해결력을 비중 있게 다룬 특성을 보인다. 작가는 어른과 더불어 살아갈 수밖에 없는 아이들이 비록 나이는 어려도 현실적인 문제에 그들 나름의 판단력이 있다고 믿었다. 그런 믿음이 작품 속 주인공들이 펼치는 놀라운 활약을 통해 개인이 가진 무한한 가능성을 재발견하도록 돕는다.

『플루토 비밀결사대』 시리즈는 사회적이면서 개인적인 사건 중심으로 이야기가 전개되는 것이 특징이다, 사건을 해결하는 인물과 사건을 일으키는 인물을 달리하면서도 결정적 사건 해결로 이야기가 집중되어 이야기 구조가 더 뚜렷하게 부각되는 효과를 보인다. 작가의 사명이 동시대적 문제에 결코 소홀할 수 없는 일임을 떠올릴 때 그가 사회적 문제를 통해 삶을 반추하도록 돕는 것에 공을 들인 것은 높이 살만하다. 그는 우리 사회 곳곳의 고질적 병폐를 추리적 접근 방식으로 끌고 가면서 긴장감과 경이로움으로 독자에게 작품에 대한 흥미를 끌어낸다.

작품마다 구현된 향토색 짙은 배경 또한 『플루토 비밀결사대』 시리즈의 작품 특성이다. 지역의 지형적 아름다움과 축제, 역사적인 배경을 한껏 살린 배경 묘사는 이 작품을 읽는 또 하나의 묘미이다. 기장의 대변항에서 멸치 축제, 거제도에 있었던 6·25전쟁 비극, 삼포 걷기 등이 조화롭게 어우러져 지역의 특성까지 어필해 내고 있다. 아이들이 아동문학 작품에서 찾고 싶은 모험심과 용기, 호기심과 재미성을 작가 특유의 선 굵은 치밀한 구성으로 유감없이 발휘해 냈다.

한정기 아동소설의 특성을 종합하기 위해선 차후 그의 역사적 아동소설에 대한 분석이 보태져야 할 것이다.

# 작품에 투영된 확고한 세계관

– 함영연 작품론

박정미(동화작가)

## 1. 역사와 역사동화

역사라는 단어는 크게 두 가지 의미를 지닌다. 정기문은 "어떤 때에는 '과거에 일어난 일'이라는 의미로 쓰이고, 다른 어떤 때에는 '과거를 탐구하여 기록한 것'이라는 의미로도 쓰인다."[1]고 했다. 그러나 과거에 일어났던 일 또는 과거를 탐구하여 기록으로 남겼다고 모두 역사가 되는 것은 아니다. 사료를 발견하고 탐구하고 그것을 새로운 시각으로 드러내었을 때 사회로부터 인정을 받아야만 한다. 만약 그렇지 못하면 그것은 의미를 상실하고 만다.

과거의 사실을 그대로 보여주는 것은 기록에 지나지 않는다. 아무리 중요한 사실을 발견하고 뛰어난 해석 작업을 했다고 해도 가공하는 작업을 거치지 못하면 그 사실은 결코 빛을 발할 수 없다. 여기서 '가공하는 작업'은 이야기에 살을 붙여 재미있게 만드는 팩션화 작업이다. 팩션이란 팩트(fact)와 픽션(fiction)을 합성한 용어로써 역사적 사실이나 실존 인물의 이야기에 작가의 상상력을 덧붙여 새로운 이야기를 재창조한 창작물을 말하며, 지금은 문화예술 전반에 걸쳐 많이 쓰인다.

역사동화도 팩션의 범주로 볼 수 있는데 역사적인 인물이나 사건을 소재

1) 정기문, 『역사란 무엇인가』, 민음인, 2010, 18쪽.

로 하여 어린이 독자를 위해 쓰인 문학으로 '역사적 인물이나 사건'과 같은 '사실'이 포함된다는 점에서 일반 창작동화와는 구별된다. 역사동화는 여타 창작물과는 다르게 주제가 명확하다. 그렇기 때문에 교육적 관점이 크게 작용하는데 그 이유는 어렵게 느껴지는 역사의 지식을 아이들이 좋아하는 '이야기'라는 서사 양식으로 구성하면서 발전한 측면이 크기 때문이다.

주제가 명확하다는 것은 작가가 말하고자 하는 바가 확실하다는 것으로 역사를 바라보는 작가의 역사관과 아울러 세계관과도 직접적으로 연결된다. 역사는 또한 정체성과도 연결된다. 정체성은 '내가 누구인가'를 인식하는 것이다. 한 사람이 다른 사람과 구별될 수 있는 것은 각자의 과거가 다르기 때문이다.

과거는 개인의 정체성을 확립하는 데 중요한 역할을 한다. 개인뿐만 아니라 집단도 마찬가지이다. 그런 의미에서 우리의 과거, 즉 역사를 안다는 것은 중요하며 아이들에게 알리고 관심을 갖게 하는 것은 이 시대를 살아가는 우리의 역할이기도 하다.

지금부터 살펴볼 함영연의 역사동화 6편, 『돌아온 독도대왕』(크레용하우스), 『가자, 고구려로!』(바나나), 『채소 할아버지의 끝나지 않은 전쟁』(청개구리), 『쇠말뚝 지도』(도담소리), 『개성공단 아름다운 약속』(내일을여는책), 『아홉 살 독립군, 뾰족산 금순이』(내일을여는책)는 자유와 평화를 사랑하고 지향하는 작가의 세계관이 바탕을 이루어 역사의 진실을 밝혀 희망찬 미래로 나아가길 바라는 확고한 울림이 담긴 작품이다. 그리고 왜 역사를 알아야만 하는지 분명한 이유가 내재되어 있다.

현 아동문학계에서 활발한 활동을 하는 함영연 작가는 다수의 출간 작품과 '방정환문학상', '한정동아동문학상' 등 굵직한 문학상 수상 경력만 보아도 이미 작품의 검증은 마쳤다 하겠다.

박상재는 함영연 작품론에서 "함영연 동화에 등장하는 주인공들은 특출나지도 빼어나지도 않은 평범하거나 하찮은 존재들이다. 존재의 가치를 부여받지 못한 듯한 그들이 사실은 사회에서 꼭 필요한 소중한 존재임을 아름답게 그려내고 있다. 함영연 작가의 동화는 어렵고 힘든 현실을 딛고 일어서서 희망찬 내일로 나아가는 미래지향적이다."[2]라고 했으며, 이도환은 "함영연은 교묘한 재미를 추구하는 작가가 아니다. 날카로운 칼날을 지닌 작가도 아니다. 오히려 칼등으로 내리치는 뭉툭한 진실의 힘을 추구하는 작가다. 때로는 뭉툭함이 날카로움에 익숙한 우리에게 큰 감동의 상처를 준다. 칼등으로 맞은 자리의 감동이 칼날로 베인 곳보다 아프다. 엄연히 존재하고 있지만 외면하고 있는 것들, 옳다고 생각은 하지만 재미가 없어 시선을 돌리지 않던 것들을 우직하게 끌고 나오는 작가, 함영연의 작품은 그래서 힘이 세다."[3]고 평했다. 두 평론가가 작품론에서 밝혔듯이 함영연 작가의 작품은 낮고 소외되고 여린 주인공들을 등장시켜 잔잔한 감동으로 주제를 잘 승화시켜 강한 울림을 준다.

이러한 강점을 바탕으로 하여 함영연의 역사동화는 역사적 인물, 사실(사건)을 서사화하여 확고한 세계관을 투영시킨다. 창작동화에서는 소외되고 여린 듯하지만 감동의 울림으로 세다는 것을 보여 주었다면 역사동화에서는 역사적 진실과 함께 명확한 주제가 말하듯 역사 전달자로서 이 시대를 이끌어 갈 아이들에게 역사의 중요성을 자연스럽게 알게 한다. 이는 작가의 확고한 세계관이 뒷받침되기 때문이다.

## 2. 역사동화에 투영된 확고한 세계관

앞서 얘기한 바와 같이 역사동화는 작가가 전달하려는 주제가 명확하다. 강숙인은 역사의 정의를 "이미 일어난 일, 살았던 사람들에 대한 기록"

---

2) 박상재, 「여린 듯하지만 힘이 센 동화」, 『한국 동화문학의 어제와 오늘』, 청동거울, 2016, 334쪽.
3) 이도환, 「칼등으로 내려치다」, 『소통의 미학』, 아동문학평론, 115쪽.

이라 말하며 "그 기록은 문학적인 입장에서 본다면 재미있고 감동적인 이야기들의 보물창고"[4]라고 했다. 여기서 언급한 대로 역사는 재미있는 이야기이다. 그 이유는 역사라는 테두리 안에서 무한한 상상력을 제공하며 인간의 호기심을 충족시켜 주기 때문이다. 강숙인은 또한 작가는 "이야기를 만드는 사람이 아니라 만들어 낸 이야기를 통해서 자신의 세계관을 말하는 사람이다."[5]라고 했다. 즉, 작가는 말하고자 하는 바를 재미있는 이야기로 보여주면 된다. 함영연의 역사동화 또한 작가가 무엇을 말하는지 확고한 세계관이 투영되어 있다.

현재까지 출간된 함영연의 역사동화로는 『돌아온 독도대왕』(2013, 크레용하우스), 『가자, 고구려로!』(2014, 바나나), 『채소 할아버지의 끝나지 않은 전쟁』(2014, 청개구리), 『쇠말뚝 지도』(2017, 도담소리), 『개성공단 아름다운 약속』(2018, 내일을여는책), 『아홉 살 독립군, 뾰족산 금순이』(2020, 내일을여는책)가 있다.

위 작품은 크게 두 가지로 나눌 수 있다. 하나는 사실적 인물을 중심으로 서사화한 작품이며, 다른 하나는 역사적 사실(사건)을 중심으로 서사화한 작품이다. 사실적 인물을 중심으로 서사화한 작품으로는 『아홉 살 독립군, 뾰족산 금순이』이며, 역사적 사실(사건)을 중심으로 서사화한 작품으로는 『돌아온 독도대왕』, 『가자, 고구려로!』, 『채소 할아버지의 끝나지 않은 전쟁』, 『쇠말뚝 지도』, 『개성공단 아름다운 약속』이다.

앞서 밝힌 대로 『아홉 살 독립군, 뾰족산 금순이』는 제목에서도 알 수 있듯이 일제 강점기 때 나라의 독립을 위해 투쟁한 '금순이'라는 실존 인물에 대해 쓴 작품이다. '작가의 말'에서 밝혔듯 만주로 역사 탐방을 다녀온 사람을 통해 사료를 조사하고 쓴 이 글은 항일 투쟁에 나섰던 여덟 살 금순이가 아동 공연단으로 들어가 활약하며 공개 처형되는 순간까지를 순차적으로 그리고 있다.

---

4) 강숙인, 「역사동화론」, 아동문학평론, 2015년 겨울호.
5) 앞의 책, 37쪽.

그 당시 아동 공연단으로 들어간 금순이와 같은 아이들은 비밀리에 연락 임무를 맡았는데 금순이도 그 일을 하다가 일본 경찰에게 잡혀 끝까지 투항해 공개 처형된다. '작가의 말'에 "금순이를 모두가 기억했으면 싶었어. 기억하지 않으면 진실은 사라지니까. 우리나라의 미래를 이끌어 갈 너희들이 이 사실을 기억해서 다시는 어두운 역사가 반복되지 않기를 소망하는 마음으로…."[6]라고 밝혔듯 이 작품은 작가가 말하고자 하는 주제가 명확하다. 아픈 역사를 우리 아이들이 다시는 겪지 않기를 바라며 일본의 만행을 아홉 살이었던 금순이를 통해 다음과 같이 실감나게 그리고 있다.

> 일본 경찰은 유격대의 비밀을 불지 않는다는 이유로 금순이를 공개 처형하기로 했어요.
>
> 형이 집행되는 날, 온몸에 피투성이가 되어 끌려가는 어린 금순이를 보고 동포들은 이를 갈며 눈물을 흘렸어요. 들판이 눈물바다가 되었어요. 도리어 금순이가 그 사람들을 위로했어요.
>
> –『아홉 살 독립군, 뾰족산 금순이』, 123쪽.

어려움을 무릅쓰고 꿋꿋하게 독립을 위해 목숨을 바친 금순이를 잊지 않고 기억하는 것, 그리고 아픈 역사를 되풀이하지 않도록 역사적 진실에 눈을 뜨는 것이 바로 이 시대를 사는 우리가 해야 할 일임을 큰 울림이 있는 이야기로 전한다.

역사적 사실(사건)을 중심으로 서사화한 첫 번째 작품[7]인 『돌아온 독도대왕』은 제목이 말해 주듯 현재 일본이 독도에 대해 영유권을 주장하는 사실이 내포되어 있다. 여기서 '독도대왕'은 현재까지도 리앙쿠르대왕이라는 이름으로 일본 산베 박물관에 전시된 독도 강치를 가리킨다. 독도가 주요 번

6) 함영연, 『아홉 살 독립군, 뾰족산 금순이』, 내일을여는책, 2020, 129쪽.
7) 출간된 년도 순으로 정리해 올림을 밝힌다.

식지였던 강치는 일제 강점기 전부터 일본 어부들에게 많이 포획되었고 지금은 멸종된 상태이다. '독도는 우리 땅'이라는 역사적 사실과 함께 독도 강치가 사라지게 된 배경을 많은 아쉬움을 담아 이야기로 풀어낸 작품이다.

"역사적 진실에 눈감는 나라의 미래는 없다!"[8]라고 '작가의 말'에서 밝힌 바와 같이 독도박물관 홈페이지에서 본 사진 한 장, 박제가 되어 있는 독도 강치 리앙쿠르대왕을 보고 가슴에 뜨거운 무언가가 솟구쳐오른 작가의 마음이 한눈에 느껴진다. 바다사자인 독도 강치는 일본 어부들이 무분별하게 잡아들여 멸종한 상태라고 하는데 그것도 모자라 독도에서 강치를 잡아들였다는 사실을 들어 독도를 자기네 땅이라고 억지스러운 주장을 되풀이하고 있음을 소상히 밝힌다.

"나는 우리나라를 향해 서 있는 리앙쿠르대왕에게 독도대왕이라는 이름을 찾아주고 독도로 돌아오게 하고 싶었다. 또 일본인의 만행 중에서도 바다사자를 멸종시킨 나카이 요사부로의 잘못을 일깨워 주고 싶었다."[9]는 작가의 말이 바로 이 작품에 깃든 힘이요, 울림이다.

> "엄마 독도대왕이 돌아온대요. 여기 보세요!"
> "그놈들, 이제야 정신을 차리려나 보네."
> "진즉 그랬어야지. 그래도 양심은 남아 있었나 봐요."
> 사람들 얼굴이 환하게 밝아졌어.
> 신문에는 고개 숙여 사과하는 사람의 모습과 동해 바다를 향해 입을 크게 벌리고 있는 독도대왕의 모습이 실려 있었어.
>
> －『돌아온 독도대왕』, 70쪽.

위 내용은 주인공 독도 갈매기 시점으로 사람들의 이야기를 전하는 부분

---

8) 함영연, 『돌아온 독도대왕』, 크레용하우스, 2013, 작가의 말.
9) 위의 책, 작가의 말.

으로 작가가 말하고자 하는 바가 무엇인지 명확하게 드러난다. 비록 독도 강치는 리앙쿠르대왕이라는 이름으로 일본 산베 박물관에 있지만 '거짓말로 역사의 진실을 외면하고, 눈감는 나라의 미래는 없다.'고 모두에게 일침을 가하는 작가의 세계관을 엿볼 수 있다.

역사적 사실(사건)을 중심으로 서사화한 두 번째 작품으로 『가자, 고구려로!』가 있다. 이 작품은 고구려 안악3호분 벽화를 보고 창작한 작품이다. 중국이 고구려 역사를 자기네 역사로 편입하려는 동북공정은 일찍이 시작된 것으로 우리의 역사를 제대로 알리는 데 그 깊은 의도와 의미가 있는 역사 동화이다.

특히 이 작품은 고구려 아이 동이와 현 시대를 살고 있는 진우가 등장하는데, 과거와 현재가 중첩되는 역사 판타지 동화이다. 작품 속에서 현실과 판타지를 이어 주는 매개체로 삼족오(세 발 까마귀)가 등장하며 동이, 진우와 함께 고구려 때로 돌아가 수박희(태견), 말타기와 활쏘기 등 당시 고구려의 모습을 더욱 구체적으로 보여준다.

주인공 진우는 고구려를 중국 역사라고 우기는 친구 노익희 덕분에 고구려가 확실히 우리 역사라는 걸 알게 되어 고맙다고 말하는데, 다음 진우의 대사 속에 작가의 깊은 의중이 담겨있다.

> "지금 생각하니 노이끼, 아니 노익희가 고맙기도 해. 그 녀석이 엉터리로 알고 우기지 않았다면 당연히 고구려가 우리 역사이기 때문에 별로 관심이 없었을 거야. 그 녀석 때문에 고구려에 대해 알려고 한 거잖아. 그래서 고구려 소년과 해의 수호신도 만나고. 덕분에 고구려가 여기 내 가슴에 들어와 있어. 우리 선조들의 자랑스러운 역사를 영원히 기억할 거야. 또 후손에게 길이 전하는 일도 꼭 할게. 그럼, 안녕."
>
> – 『가자, 고구려로!』, 111~112쪽.

'작가의 말'에 "우리가 우리의 역사를 제대로 알지 못한다면 왜곡시켜 사실인 것처럼 가르치고 알리는 그들의 행태를 어떻게 바로잡을 수 있을까?"[10]라고 물음을 던진다. 그리고 물음에 대한 답으로 "그러므로 우리는 확고한 역사의식을 가져야 한다. 그럴 때 고구려의 드넓은 만주 땅이 현재 우리 것이 아니더라도 그곳에 숨 쉬는 우리의 정신은 그대로 살아 영원한 정신적 지주가 될 것이다."[11]라고 확실하게 말한다. 역사의 진실을 알아야 우리 것을 확실히 알리고 지킬 수 있다는 작가의 확고한 세계관을 다시 한 번 엿볼 수 있는 부분이다.

역사적 사실(사건)을 중심으로 서사화한 세 번째 작품은 『채소 할아버지의 끝나지 않은 전쟁』이다. 우리 민족 간의 전쟁이었던 6.25전쟁을 겪은 채소 할아버지의 가슴 아픈 사연을 중심으로 주인공 가족과 그리고 마을 사람들과의 이해와 화합을 잘 형상화한 작품이다. 전쟁을 직접 겪은 사람들에게는 결코 지워지지 않는 전쟁의 크고 작은 상처가 있으며 6·25전쟁은 아직도 끝나지 않고 이어지고 있다는 사실을 작가는 작품을 통해 드러낸다.

책 머리말에서 "소련이 붕괴되면서 이념 대립이 완화되었지만 북한은 아직 사회주의를 고집하며 틈만 나면 우리의 안보를 위협하고 있습니다. 안타깝기 그지없습니다. 그래서 전쟁은 아직 끝나지 않았다는 걸 알려 주고 싶었습니다."[12]라고 밝힌 바와 같이, 전쟁이 일어난 지 반세기가 훌쩍 지난 지금까지도 그 상처를 안고 살아야 하는 채소 할아버지를 통해 전쟁의 민낯을 드러낸다. 하지만 그 아픔은 채소 할아버지의 아픔만이 아니라 우리 모두의 아픔이요, 상처라는 사실을 기억하고 모두가 힘을 합쳐 앞으로 나아가야 한다는 사실을 감동의 울림으로 전한다.

"전쟁은 왜 나서 채소 할아버지를 아프게 하는지 몰라요."

---

10) 함영연, 『가자, 고구려로!』, 바나나, 2014, 작가의 말.
11) 위의 책, 작가의 말.
12) 함영연, 『채소 할아버지의 끝나지 않은 전쟁』, 머리말.

"생각이 달라서 생긴 일이지 뭐."

"맞아, 채소 할아버지와 동네 아주머니를 봐도 그런 것 같아요."

"까닭을 알면 서로 이해할 수 있는 부분이 있을 텐데."

– 『채소 할아버지의 끝나지 않은 전쟁』, 95쪽.

윗부분은 주인공 세인이와 엄마의 대화 부분으로 생각이 달라 생긴 전쟁이지만 상처가 있는 할아버지가 왜 그렇게 행동할 수밖에 없었는지 그 까닭을 알면 서로 간 이해의 폭이 좁아질 수 있음을 나타낸다. 그러면서 세인이의 마지막 대사로 작가의 생각을 대변한다.

"할아버지의 끝나지 않은 전쟁이 막을 내리기를 바라는 마음으로. 모처럼 평화로움이 세인이네 집을 포근히 감싸고 있었다."

– 『채소 할아버지의 끝나지 않은 전쟁』, 101쪽.

전쟁이 끝나고 평화가 찾아올 것이라는 작가의 미래지향적 세계관이 밑바탕을 이루어 할아버지의 아픔을 따뜻한 가슴으로 이해해 주어야 한다고 강조한다. 역사적 사실(사건)을 중심으로 서사화한 네 번째 작품은 『쇠말뚝 지도』이다. 오래전 신문에서 쇠말뚝 사진과 기사를 보고 쓴 작품으로 어릴 적 뒷산의 눈큰님 이야기를 접목해 일제 강점기 때 행해진 일제의 만행을 잊지 않기를 바라는 작가의 의도가 담겨 있다.

'작가의 말'에 "어느 날, 오래전 신문에서 쇠말뚝 사진과 기사를 보게 되었다. 일제 강점기 때 인물이 나올 산과 명당자리의 정기를 끊기 위해 쇠말뚝을 박아 놓았다는 내용이었다. 그 기사 밑에는 사실이니, 아니니 하는 이견도 있었다."[13]라며 창작 배경이 나와 있다. 그러나 이 부분에서 주의를

13) 함영연, 『쇠말뚝 지도』, 작가의 말.

기울여야 하는 부분이 있다. "'민족말살정책까지 쓴 일본이 무슨 행태는 저지르지 않았을까?' 하는 생각에 이르자, 어릴 때 살던 집의 뒷산과 눈큰님이 되살아났다."[14]라며 창작 의도를 덧붙여 전한다. 역사동화도 '팩션'이라는 점에서 역사적 인물이나 사건의 다양한 해석이 가능하다는 점은 인정한다. 객관적 사실이라도 작가의 역사관 또는 세계관에 따라서 역사적 인물이나 사건은 다양한 해석이 가능하다. 그러나 작가가 보여 주려는 역사적 사건이나 인물이 객관적 사실이 아닌 작가의 판단에 의한 사실로 나타날 때 독자들은 혼동을 일으킬 수 있다. 공증된 사실과 작가 판단의 차이겠지만 작가는 역사적 사실을 밝힐 때 보다 고증된 정확한 자료를 참고함으로써 독자들에게 사실성에 대한 혼동을 가져오지 않도록 주의해야 한다. 물론 '쇠말뚝' 사건이 일제 강점기 때 토지 측량을 위해 박아 놓았다는 이견과 함께 논란이 아직 있기 때문에 여지를 준 거란 건 추론이 된다.

작품 속 주인공 지혜는 오빠와 다른 친구들과 함께 일제 강점기 때 칠성산에 일본이 박아 놓은 쇠말뚝을 표시해 둔 지도를 어려움을 무릅쓰고 찾는다. 다음 작품 속 대사는 작가의 확실한 의도를 보여준다.

> "정신 똑바로 차려서 다시는 어두운 역사를 만들지 말아야지."
>
> -『쇠말뚝 지도』, 118쪽.

이 작품을 통해 일본이 우리 민족에게 저지른 악행을 다시금 되새길 수 있다. 다시는 어두운 역사가 되풀이되지 않기를 바라며 미래에 대한 큰 뜻을 품길 원망하는 작가의 확고한 세계관을 알 수 있다.

역사적 사건(사실)을 중심으로 서사화한 다섯 번째 작품은 『개성공단 아름다운 약속』이다. 실제로 2018년 4월 27일 남북의 역사적 사건이 있었다. 평

14) 위의 책, 작가의 말.

화의 집에서 남과 북의 정상회담이 이루어진 것이다. 통일이 한걸음 앞당겨졌음을 실감하는 사건이었다. 이런 역사적 흐름을 타고 출간된 작품이기에 참으로 그 의미가 깊다 하겠다.

이야기는 개성공단 체험단으로 가게 된 준기, 민재, 경아가 북한 친구 동혁이를 만나 서로 언어와 문화가 조금씩 다름을 알게 되고 이해해 나가는 과정을 잘 보여준다.

> "일 없다는 건 아무 문제없다, 괜찮다는 뜻이야."
>
> "어? 그런 거야?"
>
> "북한과 우리는 같은 민족이지만 말이 많이 다른 것 같아. 아이스크림도 여기선 얼음보숭이라고 하고, 숙본다는 건 업신여긴다는 뜻이고, 손가락총질은 삿대질일걸?"
>
> "그렇구나. 난 또……."
>
> –『개성공단 아름다운 약속』, 72~73쪽.

윗부분은 작품 속 준기와 경아의 대화로 우리나라 언어가 북한과 같은 듯하지만 조금씩 다르다는 점을 보여준다. 아이들이 축구를 하며 남과 북 경계 없이 하나가 되는 모습 속에서 통일의 중요성을 자연스럽게 드러낸다. 다음은 국경이 없는 아이들의 순수한 모습을 통해 통일로 가는 지름길이 무엇인지 확실하게 보여주고 있는 부분이다.

> "동혁이와 같은 편이 되니 동혁이가 잘하길 바라는 마음이 솟더니, 동혁이와 다른 편이 되니 동혁이를 이기고 싶어 안달이 나더라." (중략)
>
> "그게 말이야. 우리나라도 남북으로 나눠져 있기 때문에 친하지 않은 거 같아."
>
> 민재가 야무지게 말했다.

"맞아, 올림픽 때 한반도기를 들고 남북이 같이 입장하는 걸 보면 가슴이 뭉클해 남북이 잘하길 절로 응원하게 되고."

– 『개성공단 아름다운 약속』, 106~107쪽.

평화의 상징이기도 한 '개성공단'의 모습을 사실적으로 묘사한 부분은 아이들에게 간접 체험의 장을 열어 준다. "매일매일 작은 통일을 일구어 나가던 개성공단!"[15]이라 작가가 말했던 것처럼 개성공단은 남북이 서로를 알아 가는 공간이며 통일로 가기 위해 서로가 관심을 가져야 하는 곳이다. 남과 북의 모습이 하나가 되는 개성공단의 모습은 아이들에게 하나가 되는 게 왜 중요한지를 자연스럽게 알게 한다. 작가의 확고한 미래지향적 세계관을 보여주는 작품으로 특히나 그 의미가 깊다.

## 3. 나오며

지금까지 함영연 역사동화를 사실적 인물을 중심으로 서사화한 작품과 역사적 사실(사건)을 중심으로 서사화한 작품으로 나누어 작품에 투영된 작가의 확고한 세계관에 대해 살펴보았다. 인물을 중심으로 서사화한 작품 『아홉 살 독립군, 뽀족산 금순이』와 역사적 사실(사건)을 중심으로 서사화한 작품 『돌아온 독도대왕』, 『가자, 고구려로!』, 『채소 할아버지의 끝나지 않은 전쟁』, 『쇠말뚝 지도』, 『개성공단 아름다운 약속』 총 6편의 작품은 자유와 평화를 사랑하고 밝은 미래를 꿈꾸는 미래지향적 사고가 바탕을 이루어 역사적 진실을 제대로 알아야 미래가 밝다는 작가의 확고한 세계관이 중심을 이룬다.

15) 함영연, 『개성공단 아름다운 약속』, 작가의 말.

키케로는 '역사는 과거의 증인이요, 진실을 밝혀 주는 빛이요, 기억을 되살려 주는 생명력이요, 생활의 지침이요, 옛 시대의 전달이다.'라고 말했다. 함영연의 역사동화도 역사적 진실을 밝혀 다시는 어둡고 아픈 역사가 되풀이되지 않기를 바라는 굳은 신념으로 그것을 가슴에 새기고 미래로 나아갈 것을 전한다. 역사적 진실이라는 등불로 미래를 밝히기에 미래지향적이며 작품에 투영된 작가의 확고한 세계관은 큰 울림을 준다.

역사는 지금까지 인류가 축적해 온 경험의 모든 것이다. 과거의 경험을 활용하지 못한 인간은 계속 실패할 수밖에 없다. 과거에 일어났던 일이 다른 양상으로 현재에도 일어나고 있으며 미래에도 일어날 수 있다. 과거사가 현재에도 반복된다는 것을 알기 때문에 우리는 풍부한 과거의 경험을 배울 수 있는 역사에 관심을 가지고 알아야만 한다.

"역사란 역사가와 그의 사실들의 지속적인 상호작용의 과정, 현재와 과거의 끊임없는 대화"[16]라고 E.H. 카는 말했다. 역사는 과거의 사실과 대화를 나누는 일이기 때문에 과거와 현재의 대화이다. 현재의 눈을 통해 과거를 보고 좀 더 색다른 시각으로 볼 줄 알아야 한다.

함영연의 역사동화는 역사의 진실을 밝혀 다시는 어두운 역사가 반복되지 않기를 바라는 작가의 깊은 의중이 희망찬 내일을 만들자고 주문한다. 역사의 중요성을 알고 관심을 가져야 밝은 미래도 있다는 작가의 가슴속 울림이다.

16) E.H. 카, 김택현 역, 『역사란 무엇인가』, 까치, 1997, 50쪽.

# 주제 의식과 문학적 사유
## - 홍종의 작품론

함영연(동화작가, 문학박사)

### 1. 주제 의식과 문학적 사유

위대한 작가는 위대한 사상을 지니고 있다. 그렇다고 작가가 반드시 사상가라야 하는 건 아니다. 위대한 사상가가 위대한 작가라는 말은 아니므로. 하지만 작품에서 주제는 작가의 사상에 영향을 많이 받는다. 작가가 작품을 통해 말하고자 하는 것이 주제이기 때문이다. 주제는 서사 흐름의 북극성이요, 나침반이다. 서사가 곁가지로 새지 않도록 주춧돌이 되어 준다.

주제는 작품 속에 형상화되어 나타나는 중심 사상이며 핵심적인 의미이다. 그렇기에 작품에서 다루는 서사가 무엇에 관한 것인지 한 문장으로 표현할 수 있어야 한다. 즉, 무엇을 나타내기 위해 쓴 것인지 알 수 있어야 한다. 공모 심사평에서 주제 의식이 결여되었다거나 주제가 모호하다는 평을 가끔 볼 수 있는데, 이는 주제의 중요성을 언급하는 예이다.

작가의 창작 행위는 인간이 무엇인가를 탐구하여 인생의 존재를 밝히고 모순된 삶의 현장을 고발하고 그것을 초극할 수 있는 삶의 지표를 제시하는 것이다. 그러기 위해 작가는 사상과 철학을 지녀야 하고, 투철한 주제 의식으로 제재를 형상화해야 한다. 주제 의식이 작가의 사상이라면 주제는 작품의 사상인 셈이다.

작가가 주제 의식을 뚜렷이 가질 때, 일관성 있게 서사를 열어 갈 수 있다. 주제 의식이 바탕이 된 서사는 옹골지고 짜임새가 있다. 잘 녹여 낸 주제는 독자들이 공감하여 기꺼이 서사의 흐름에 참여시킨다. 그러나 아무리 가치 있는 주제라도 날것으로 드러내면 문학의 향기를 저해한다. 작품 전체에 스며 있어야 주제로서 생명력을 지닐 수 있다.

"주제는 대화나 독백 또는 플롯에 의해 나타나기도 하지만 작품 전체의 효과에 의해 나타난다. 즉, 모티브는 주요 주제를 나타내기 위해 작품 전체에서 여러 차례 되풀이되는 도안이요, 사상이요, 이미지"이다.[1] 주제가 참신하고 독창적이어야 함은 창작자로서 기본적으로 새겨야 한다. 주제는 작품 전체에 용해되어 있게 하거나, 작품 한 부분에 설정해 놓는다. 후자는 행동으로 보여 주거나 분위기로 담을 수 있고 대화, 서술, 제목에 담는 경우이다.

홍종의는 가장 왕성하게 창작활동을 하고 있는 작가군의 한 사람이다. 그는 1962년 충남 천안에서 태어나 다섯 살에 천안시 인근 목천면 응원리로 이사해서 성장했다. 작품에서 자연 묘사가 섬세한 것을 볼 수 있는데, 자연과 더불어 살아온 경험치의 표출이 아닐까 싶다. 작가는 어릴 때 뒷산 추암산을 '이빠진산'으로 부르며 자랐다. 자연 친화적인 정서를 품고 있는 작가는 이빠진산의 전설을 모티브로 『돌학, 날개를 달다』를 상재하기도 했다.

출간한 책들 중에서 살펴볼 작품은 『홍원창 어린 배꾼』과 『물길을 만드는 아이』, 『영혼의 소리 젬베』이다. 세 작품 다 수상의 영예를 안은 공통점이 있다. 『홍원창 어린 배꾼』은 윤석중문학상, 『물길을 만드는 아이』는 방정환문학상, 『영혼의 소리 젬베』는 한국아동문학상을 수상했다.

---

1) 박상재, 『동화창작의 이론과 실제』, 집문당, 2002, 135쪽.

## 2. 욕망의 경계

『논어』「선진」 편에 과유불급(過猶不及)[2]이란 말이 나온다. 욕심을 경계하고 중용의 중요함을 이르는 말이다. 어떠한 것을 지나치게 탐내거나 누리고자 하는 욕심이 차면 눈이 가려지고 판단력이 떨어진다. 중용을 바탕으로 마음을 수양해야 하는 까닭이다.

『홍원창 어린 배꾼』은 인간의 욕심이 불러온 서사가 중심 축이다. 소식이 끊긴 아버지를 찾아 난생처음 뱃길에 오른 소년 거비는 예상치 않은 세상 풍파를 겪는다. 큰물에 어머니를 잃은 거비와 이린 수달인 달이, 비밀을 갖고 있는 소녀 가물이의 이야기가 긴장감 있게 전개된다. 이레 동안 펼쳐지는 거비의 뱃길 여정을 동심의 시각으로 그려냄으로써 자연의 우위에 서려는 인간의 이기심에 경각심을 주고 있다.

각자 결핍과 상처를 지녔지만 서로의 삶을 위하며 헤쳐나가는 모습은 바람직하고 건강한 아동상이라고 할 수 있다. 아동문학평론가 정혜원도 추천의 글에서 "작가는 어려운 상황에 빠진 거비가 좌절하지 않고 당당하게 아버지의 결백을 밝히고 죄인을 찾아내는 모습으로 적극적인 아동상을 그려내고 있다. 어리지만 제 몫을 해내는 지혜로운 어린 배꾼 거비야말로 과거나 현재, 미래에도 필요한 인간상"이라고 했다. 어려움이 닥쳤을 때 반추해 볼 캐릭터들이다. 작가는 이 작품을 통해 인간이 빠질 수 있는 한계에 머물지 않고 한울사상으로 크고 넓은 세계를 보여 주고자 한다.

> "사람의 좁은 식견이 어떻게 하늘의 뜻을 알겠소. 세상이 어찌 되어 가려고… 쯧쯧쯧!" (67쪽)

---

2) 자공(子貢)이 공자(孔子)에게 물었다. "사(師, 자장(子張))와 상(商, 자하(子夏))은 어느 쪽이 어집니까?" 공자가 대답했다. "사는 지나치고 상은 미치지 못한다." / "그럼 사가 낫단 말씀입니까?"/ "지나친 것은 미치지 못한 것과 다를 바가 없다."(子貢問師與商也孰賢. 子曰, 師也過, 商也不及. 曰, 然則師愈與. 子曰, 過猶不及.)

"사람이나 짐승이나 본성을 지키면 다 통하게 되어 있는 거외다. 짐승뿐이겠소? 풀과 나무, 이 강물도 마찬가지지." (70쪽)

"… 짐승이라도 저 키워 준 은혜를 알고 보은을 하는 거지. 하물며 짐승도 그런데 사람이 되어 가지고 은혜를 모르면 짐승만도 못하지." (117쪽)

주제로 응집해 가는 대화의 일부로 사람의 좁은 식견은 비록 하늘의 뜻을 알지 못하지만 사람이나 짐승이나 타고난 본성을 지켜야 한다는 사유를 보여 주고 있다. 사람이 사람됨은 고마움을 아는 것이다. 하늘의 마음을 닮은 선한 본성을 지닌 인간이 은혜를 알지 못한다면 짐승보다 나은 게 무엇이겠는가. 또 작가는 강에서 인생을 보고 일침을 가하는 걸 주저하지 않는다.

"… 누구든 물길 한 바퀴를 온전히 돌고 나면 어른이 되는 거란다. 나이가 적든 많든 상관이 없다. 물의 흐름이란 기실 사람살이 흐름과 같아 그 이치를 깨달으면 어른이 되는 것이지. 그것도 모르고 사람들은 당장 눈앞의 작은 물결만 보게 되는 것이고." (137쪽)

강을 거슬러 올라갔다가 내려와야 하는 배꾼들은 물결의 흐름에 따라 많은 일을 겪을 수밖에 없다. 인생 또한 그러한데, 잔잔함이 있으면 폭풍우도 있고 양지가 있으면 응달도 있다. 이런 세상의 이치를 깨달으면 사유의 폭이 넓어진다. 작가는 눈앞의 잔잔한 물결만 보지 말고 큰 흐름을 읽어 낼 수 있는 시야를 물의 흐름과 사람살이 흐름으로 전하고 있다.

"너만 이곳을 떠나지 않으면 돼. 네가 여기에 있으면 언젠가 내가 강물처럼 흘러오면 되잖아. 그렇지?" (167쪽)

작가는 변해 버린 강을 보고 한탄한다. 그리고 늘 변하지 않는 강의 모습을 그린다. 언제든 찾아오면 반겨 주는 강! 사람의 만남도 변함없이 엄마 품처럼 맞아 주는 강이 있다면 찾아들고 흘러들 것이다.

"그래도 강은 흐르는구나." (204쪽)

아버지가 강을 바라보고 하는 말로, 작가의 주제 의식이 주제로 다가오는 말이다. 역사를 품고 있는 홍원창 강을 작가는 작품으로 살려 흐르게 하고 있다. 사람들의 편리와 욕심으로 변한 강, 그래도 강물은 흘러야 한다.

### 3. 홍익인간 정신

인간 세상을 널리 이롭게 하라는 홍익인간(弘益人間)은 대한민국 교육 이념이다. 『삼국유사』 및 『제왕운기』 등에서 고조선의 건국 이념이라 소개되고 있으며, 오늘날에는 교육 기본법 제2조에 명시되어 있다. 홍익인간 정신을 『물길을 만드는 아이』에서 찾아볼 수 있다.

『물길을 만드는 아이』는 한강의 시작 '검룡소'에 관한 설화와 작가의 상상력으로 태어난 동화이다. 태백에 위치한 검룡소는 1억5천만 년 전 형성된 석회암 동굴의 소(연못)로, 하루에 2천여 톤의 지하수가 석회 암반을 뚫고 솟아서 폭포로 흘러내리고 있다. 한강에서 가장 먼 거리에 있는 함백산 금대봉, 검룡소가 위치한 봉우리가 한강의 발원지이다. 검룡소에는 전해 내려오는 설화가 있다.

옛날 서해에 살던 이무기가 용이 되고자 한강을 거슬러 올라왔는데, 가장 상류였던 이곳에서 용이 되기 위해 수련한다. 연못에 들어가기 위해 이무기가 몸부림친 자국이 지금의 검룡소이다. 태백의 검룡소에서 시작되는 물줄기는 3개 도와 12개의 시군을 거쳐 32개의 지류와 합류하여 한강으로 이어진다. 아우라지, 영월, 동강을 거쳐 충주, 남한강, 양수리를 따라 흘러 만나는 긴 물줄기의 생김새 때문에 이무기가 거슬러 온 물길이라는 설화가 탄생된 것인지는 정확히 알 수 없다. 하지만 그 긴 물길을 따라 거슬러 올라오면 땅 위로 샘솟는 물과, 주변 암반에 물이끼가 푸르게 자라는 신비한 모습이 설화의 배경이 되기에 충분한 장소이다.

작가는 설화와 자연환경에다 문학적 상상력을 보태어 동화로 탄생시킨다. 『물길을 만드는 아이』는 판타지 요소가 가미되어 우리 문화와 맞닿은 이야기 세계로 안내한다.

강원도 태백에 있는 "검룡소의 검은 검(黔)은 검이 아니라 검소할 검(儉)이다. 좀 부족한 용이 사는 연못이라는 뜻이다. 잘 나지 않고 좀 부족한 용이 한강의 주인"(작가의 말)이 된 것이다.

이 책에서는 조금 부족한 무탈이가 주인공으로 나온다. 결핍이 있는 이들이 세상의 중심이 될 수 있음을 보여 준다. 그 바탕에는 홍익인간 정신이 담겨 있다. '널리 인간을 이롭게 하라'는 민족의 정신과 '배려와 노력'이라는 주제가 맞닿은 서사이다.

무탈이는 들소 사냥에서 재채기를 하여 사냥을 망친다. 그 바람에 같이 사냥한 창대가 살을 맞는다.

> "살은 사냥감이 사냥꾼에게 내리는 가장 무서운 벌이다. 사냥감의 머리에 부딪히던지 또는 발에 치이면 시름시름 앓다가 죽는다. 유일한 약은 그 사냥감을 잡아 고기를 먹어야 한다." (12쪽)

살을 풀기 위해서 송아지를 꼭 잡아야 한다. 그런데 송아지가 무서운 신령이 산다는 금대봉 기슭 검대로로 사라진다. 같이 사냥한 친구들이 검대로로 가는 걸 꺼릴 때 무탈이가 창에 맞은 송아지를 잡아 오겠다고 나선다.

그러나 "인간이 신령이 사는 곳으로 들어오면 죽이거나 신령을 모셔야 했다."(22쪽) 무탈이는 송아지를 찾아다닌다. 누런 털이 하얗게 변한 송아지를 무탈이는 알아보지 못한다. 그래서 도망친 송아지를 찾아야 한다고 눈앞에 있는 송아지에게 말한다. 송아지를 만나서 방귀를 뀌거나 숨바꼭질을 하는 무탈이의 어린 행동들은 읽는 재미를 준다. 금대신령은 송아지에게 무탈이를 죽이라는 사인을 보낸다.

마을 어른인 무실은 무탈이 어머니가 무탈이를 찾아 신령이 사는 검대로에 들어갈까 봐 걱정이다. 그래서 왕대에게 뒤를 밟다가 데려오라고 한다. 아예 탈이 안 나게 가둬 놓으려는 속셈이다. 왕대는 검대로 앞에서 울부짖는 무탈이 어머니를 기절시켜 데려오려고 한다. 하지만 무탈이 어머니는 정신을 잃지 않는다.

> "자식을 잃은 어미는 그 누구도 막지 못한다."(42쪽)

한편 살을 맞은 창대가 정신을 잃고 신음할 때마다 창대 어머니는 손가락을 깨물어 피를 내서 창대의 입에 넣어 준다. 어머니는 살신성인으로 자식을 위한다. 목숨까지도 내줄 수 있는 이 땅의 어머니이다. 이보다 더 타자에게 이로운 일이 어디 있을까. 홍익인간 정신이 발현되어 검룡소 탄생의 단초가 되고 있다.

> … 몸빛이 하얗게 변한 송아지를 보면 장군사자가 어떤 트집을 잡을지 몰랐다. 금대신령은 장군사자의 관심을 다른 데로 돌리려고 얼른 족자를 펼쳤다.
>
> 홍익인간(弘益人間)
>
> 눈처럼 작은 종이 위에 이렇게 네 글자만 달랑 써 있었다.
>
> "널리 인간을 이롭게 하라!"(61쪽)

세 갈래 물구녕의 샘물을 하나로 합쳐서 창죽마을로 물길을 내는 일은 인간을 이롭게 하는 행위이다. 인간에게 물은 생명줄이다. 물줄기를 내어 목을 축일 수 있게 하는 행위가 "널리 인간을 이롭게 하라!는 홍익인간의 실현이다. 실력은 실행력을 의미할 수 있다. 무탈이와 이무기는 창죽마을로 물길을 내는 일을 실행한다. 땅속 물길을 따라가다가 하나로 만나는 곳에 샘을 판다. 첫 물줄기는 가늘고 힘이 약하나, 물줄기를 따라 가면서 다른 물줄기들을 만나 하나가 되면 인간의 목을 축일 수 있는 샘물이 된다. 자신만 생각하는 행보보다는 함께하는 모습이 홍익인간의 정신과 일맥상통한다.

> "… 내가 한울나라에 가면 한울님 만날라우. 무탈이가 무탈하게 돌아오게 해 달라고 매달릴 거유. 혹시 무탈이가 한울나라에 가 있다면 내 아들을 삼아 잘 보살필 거유." (75쪽)

아들을 잃은 어미는 울부짖는다. 한울님에게 하는 간청이 절실하다. 하늘에서도 아들 삼아 보살필 거라는 이 땅의 어미 마음을 볼 수 있다. 사람들은 한울님을 우러르며 절을 하고, 한울님에게 제사를 올린다.

> "모두가 큰절을 하는 곳에는 천제단이 있었다. 한울님에게 제사를 지내는 곳이다." (81쪽)

인간을 두루 이롭게 하려는 마음은 절대자에 대한 경외감이 큰 작용을 하고 있다. 인간이 자신만 아는 이기적으로 흐르지 않기 위한 존재가 한울님이라고 할 수 있다. 경외감은 인간을 겸허하게 한다.

샘은 높은 곳에 있었다. 그리고 물은 당연히 아래로 흐르게 되어 있

다. 거창하게 물길을 내고 말고 할 것이 없었다. 가장자리만 터 주면 저절로 길을 낼 것이다. (89쪽)

작가는 세상을 두루 살피는 한울님은 높은 곳에 있는 존재로, 인간의 목을 축이고 생명을 이어갈 수 있는 샘은 한울님의 마음을 지니고 있다고 보고 있다. 높은 곳에 있는 샘은 당연히 아래로 흐르게 되어 있으며 거창하게 물길을 내고 말고 할 것이 없다고 한다. 가장자리만 터 주면 샘물이 저절로 길을 내는 세상 이치를 피력하고 있다.

"마음이 내키는 대로 하면 되는 것이다. 그것이 곧 한배검님의 마음이다." (105쪽)

널리 세상을 이롭게 하는 바탕에는 치우침이 없어야 한다. 따돌리고 미워하고 아픔을 주는 일이 없어야 한다. 이무기는 용이 되어 보겠다고 그렇게 용을 썼는데도 용은 못 되고 욕만 먹고 살았다. 무탈이도 매일 바보라고 놀림을 받았고, 사냥도 못 하고 행동도 빠르지 못 하고, 눈치도 없고 말귀도 제대로 못 알아들어서 미움도 받았다. 그런 둘이 물길을 내는 일을 이루어 낸다. 굽은 나무가 산을 지킨다고 했던가. 무탈이에게 이무기는 미움받아 봐서 아는데, 바보가 아니라고 말해 준다. 세상에서 가장 착한 아이라고, 그러니 신령들과 친구가 되었다고 말해 준다. 이렇듯 부족한 무탈이와 이무기의 활약으로 홍익인간의 뜻이 펼쳐진다.

드디어 끊임없이 물길이 이어지는 검룡소가 탄생된다. 작가는 세상을 아름답게 하고 행복하게 하는 일은 부족하고 모자란 마음들이 서로 이해하고 채워질 때 가능한 일이라고 작가의 말에서 밝히고 있다. 서로 이해하고 배려하며 채워지는 홍익인간의 가치를 『물길을 만드는 아이』에서 구현하여 문학성을 높이고 있다.

## 4. 슬픔의 극복

살아가면서 겪는 다양한 감정 중에서 슬픔도 피할 수 없는 감정이다. 고난으로 슬픔에 빠져 있을 때, 건강성을 회복하는 마음 근력이 있다면 슬픔을 승화시킬 수 있을 것이다. 『영혼의 소리, 젬베』는 슬픔을 이겨 내는 힘을 주제로 도출하고 있다.

『영혼의 소리, 젬베』는 아프리카의 전통 타악기 '젬베'를 소재로 한 동화다. 젬베의 소리통은 단단한 나무의 속을 파 내어 만든다. 그런 뒤에 염소 가죽을 씌우고 끈으로 고정시킨다. 한 그루의 나무와 한 마리의 염소 가죽이 온전히 들어가야 젬베가 만들어진다. 젬베는 나무와 염소의 영혼이 고스란히 담겨 있다.

젬베를 만드는 장인들은 나무를 자를 때에도 염소의 생명을 취할 때도 경건한 마음으로 기도를 한다. 실제로 우리나라에서도 소를 도살할 때 의식을 치르듯이 경건하게 같이 살아온 것에 고마워하고 이별을 고한 뒤 도살한다는 말을 들은 적이 있다. 소가 단순한 가축이 아니라 그 이상으로 인식되는 부분이다.

젬베를 만드는 장인의 기도에는 네 생명으로 더 많은 사람들을 행복하게 해 줄 테니, 네 생명을 취하는 것을 이해해 달라는 뜻이 담겨 있다. 소리통이 된 나무, 가죽막이 된 염소, 연주하는 사람이 하나 되어 만들어 낸 소리, 젬베 소리는 영혼의 소리인 셈이다.

레테이파는 띠루 할아버지, 염소 바무와 산다. 이웃에는 쿠막지 아저씨가 살고 있다. 언덕에 있는 린케나무는 번개를 맞아서 불타 버린다.

> "나도 이만하면 오래 살았고, 너도 그만하면 오래 살았고." (15쪽)

띠루 할아버지는 불타는 린케나무를 보며 순응적 사고를 보인다. 아울러 앞으로 닥칠 죽음을 암시한다. 린케나무는 레테이파의 쉼터이자 놀이터였다. 레테이파는 자연의 순리 앞에 슬픔을 겪는다.

레테이파는 언덕 너머에 있는 쿠막지 할아버지가 궁금해서 가는 도중 언덕 바위 밑에 바무가 끼이게 되고 그곳에서 물길을 발견한다. 레테이파는 그 사실을 욕심 많은 쿠막지 아저씨에게 비밀로 하기로 한다. 그때 쿠막지 아저씨와 누군가가 나누는 소리를 듣게 된다.

> "쿠막지, 앞으로 너는 내가 시키는 대로만 해. 요즈음 누가 힘들게 땅을 파고 일을 해? 여기저기 널려 있는 게 아이들인데 말이야. 그 아이들을 잡아다 팔아 버리는 거야." (21쪽)

쿠막지 아저씨는 그 사람과 띠루 할아버지에게 와서 레테이파를 끝까지 먹이고 학교에 보낼 수 있느냐고 묻는다. 그러지 못할 바에 자신에게 레테이파를 맡기라고 한다. 나라의 높은 사람이라고 하면서 레테이파를 데려가겠다는 일이 벌어진다. 그날 바무가 뒷발질을 해서 둘은 달아났지만 앞으로 어떻게 할지 난감하다. 밤에 태어난 아이라는 의미의 레테이파는 할아버지가 농장 일을 마치고 돌아오다가 버려진 아이를 데려와서 키웠던 것이다. 레테이파는 앞으로 어떻게 될까? 긴장감이 고조되는 서사 전개이다.

레테이파는 식량이 떨어져 먹을 게 없자, 먹을 것을 얻어 오기 위해 마을 농장으로 간다. 농장에서 일하는 아이들에게 주워 온 아이라고 놀림을 받는다. 레테이파는 일자리를 얻지 못하지만 촌장의 딸 쿠파이를 만난다. 쿠파이는 젬베를 친다. 그 젬베는 띠루 할아버지가 만들어 준 것이다. 쿠파이는 먹을 걸 잔뜩 싸 준다.

그러나 레테이파에게 슬픔이 또 닥친다. 쿠막지 아저씨가 타고 다니는 오토바이인 피키피키에 치여 바무가 목숨을 잃은 것이다. 쿠막지 아저씨는 바무가 달려 들었다고 우겼지만 쿠막지 아저씨가 멈추지 않은 것을 안다.

바무는 레테이파가 배고플 때 젖을 주었고, 웅덩이에 빠졌을 때 꺼내 주었고, 언덕에서 길을 잃었을 때 바무가 찾으러 왔고, 비가 오면 비를 막아 주었고, 바람이 불면 바람을 막아 주었다. 레테이파가 슬퍼서 울자, 띠루 할아버지는 말한다.

> "보지 못하면 느끼면 되는 거란다. 그러면 보는 것과 똑같은 거지. 옆에 있는 것과 똑같은 거지." (59쪽)

주제를 보여 주는 부분이다.

할아버지는 바무를 꼭 살려 주겠다고 약속한다. 할아버지의 말에도 슬픔에 잠긴 레테이파는 죽은 듯이 잠만 잔다. 그러다가 젬베를 치면 영혼과 소통할 수 있다는 구파이 말을 떠올린다.

띠루 할아버지는 레테이파를 위해 젬베를 만들기 시작한다. 젬베의 통은 린케나무이고 가죽은 땅에 묻어 준 줄 알았던 바무의 가죽이다. 띠루 할아버지는 그래야 바무가 레테이파와 함께 살 수 있다고 한다. 바무를 꼭 살려 주겠다는 약속을 지킨 것이다. 젬베가 만들어진 날, 띠루 할아버지는 젬베로 바무와 린케나무, 그리고 레테이파, 할아버지가 하나가 되었다고 한다. 레테이파에게 젬베 소리는 슬픔을 이겨 내는 도구이다. 젬베 소리는 영혼의 소리이며, 사람들의 마음을 서로 통하게 해 준다. 작가는 젬베 소리를 통해 보지 못하지만 소리로 느낄 수 있다는 주제를 전달하고 있다. 젬베를 통해 슬픔을 승화시키고 있다.

## 5. 맺는말

지금까지 『홍원창 어린 배꾼』과 『물길을 만드는 아이』, 『영혼의 소리 젬베』를 중심으로 주제 의식과 문학적 사유에 대해 살펴보았다. 세 작품 다 뚜렷한 주제 의식을 투영하고 있었다. 또한 서사 속에서 등장인물의 행동, 대사와 지문 등에 주제가 잘 스며 있었다.

『홍원창 어린 배꾼』은 사람들의 지나친 욕심에 경종을 울리고 있다. 『물길을 만드는 아이』는 널리 세상을 이롭게 하는 홍익정신을 담고 있다. 작가가 젬베를 치며, 젬베를 소재로 동화를 써 낸 『영혼의 소리 젬베』는 보지 못하지만 소리로 느낄 수 있는 젬베를 통해 슬픔을 이겨 내는 힘을 키울 수 있게 한다.

삶 자체를 동화 창작에 맞춰 생활하는 작가의 장인정신이 돋보인다. 그런 장인정신이 가치 있는 주제를 도출하는 데 일조하고 있다고 본다. '동화는 자극이 아니라 보듬어 줌'이라고 말하는 작가는 사랑의 문학, 치유의 문학과 더불어 상생의 문학을 꿈꾼다. 요즘 그는 동심을 길어 올리느라 여념이 없다. 그 바탕에 치열한 주제 의식이 있음을 작품으로 보여 주고 있다. 그가 창작에서 길을 잃거나 흔들리지 않는 까닭이다.

## 필자 소개

**기도연** : 2013년 《아동문학평론》 봄호 아동문학평론 신인상 당선. 『김영순 동화선집』에 해설을 붙였고, 공저로 『문화산업과 스토리텔링』이 있음. 현재 경희대학교 후마니타스칼리지 출강 중.

**김경옥** : 단국대대학원 문예창작학과 졸업. 2000년 《아동문예》 신인문학상 수상으로 등단. 단국문학상, 한정동아동문학상 수상. 현재 (사)한국아동문학인협회 이사. 저서로 『불량아빠 만세』, 『거울 공주』, 『공양왕의 마지막 동무들』, 『가짜 뉴스를 시작하겠습니다』, 『바느질하는 아이』, 청소년소설 『빈집에 핀 꽃』, 『열여섯 우리들의 선거』 등과 창작실용서 『동화작가 안내서』가 있음.

**김경흠** : 동아대학교 문예창작학과에서 문학박사 학위를 받음. 1999년 《아동문학평론》 평론 부문 신인문학상으로 등단, 주요 평론으로 「플랫폼 시대의 아동문학」, 「원시성의 회귀와 '낯설게 하기'의 미학」, 「디아스포라의 상상력과 미학적 서사」 등이 있음. 현재 대구광명학교 교사, 한국아동문학학회 이사, 대구문인협회 평론분과위원장, 한국아동문학인협회 이사로 있음. 저서로 『강소천 아동문학의 서정미학』이 있음.

**김옥선** : 단국대학교 대학원에서 문학박사학위를 받음. 《아동문학평론》 동화 신인문학상을 받으며 등단. 저서로 동화집 『오월의 선물』이 있음. 평론 이경순의 「역사를 새로 쓰다」 외 문정옥론, 서석영론, 노경수론 등이 있음. 《아동문학평론》 편집위원.

**김자연** : 1985년 《아동문학평론》 신인상, 2000년 《한국일보》 신춘문예 당선. 전주대학교대학원 졸업(문학박사). 현재 《동화마중》 발행인 겸 편집인, (사)한국아동문학인협회 부이사장. 방정환문학상, 전북아동문학상을 받음. 동화 · 동시집 『초코파이』, 『수상한 김치 똥』, 『피자의 힘』 등을 펴냄. 연구서로는 『한국동화문학연구』, 『아동문학의 이해와 창작의 실제』, 『유혹하는 동화쓰기』 등이 있음.

**남 순** : 부경대학교 대학원 국어국문학 박사과정 수료. 2004 《아동문예》 동화 등단, 2013년 《문학예술》 시 등단. 제6회 남제문학작가상, 제21회 부산문학상 우수상 받음. 저서로 동화집 『무지개나라 화가아저씨』, 『물고기 아파트』, 『빨강 연필(공저)』, 『네가 딱이야!(공저)』 등이 있음. 현재 부경대학교 평생교육원 〈그림동화&창작동화〉 작가 수업 지도함.

**노경수** : 1997년 MBC창작동화대상 당선. 단국대학교 대학원 졸업(문학박사). 현재 (사)한국아동문학인협회 상임이사. (사)새싹회 이사, 범정학술논문 우수상, 단국문학상, 웅진문학상, 이재철아동문학평론상을 받음. 저서로 『오리부부의 숨바꼭질』, 『집으로 가는 길』, 『씨앗바구니』, 『'하얀' 검은 새를 기다리며』, 『내 동생 동동이』. 수필집 『엄마를 키우는 아이들』. 학술서 『윤석중 연구』. 평론집 『생태환경과 아동문학』 등이 있음.

**노혜진** : 단국대학교 대학원 문예창작학과 박사 수료, 2016년 《아동문학평론》 동화부문 신인문학상, 2018년 국립생태원 생태동화공모전 장려상, 2021년 《아동문학사조》 평론 부문 신인문학상 수상. 저서로 인문서 『소설로 장애 읽기 1, 2(공저)』, 동화책 『진짜 꿀벌이 나타났다』 등과 그림책 『넌 누구니?』가 있음. 현재 한국의 근 · 현대문학을 연구하며 학생들을 가르치고 있음.

**마성은** : 인하대학교 한국어문학 · 정치외교학 복수 전공(한국문학 박사). 2021년 《아동문학사조》 신인문학상 평론 부문 당선. 현재 중국 저장사범대학 인문대학 교수로 재직. 저서로 『해방기 북한문학예술의 형성과 전개–북한문학예술의 지형도 3(공저)』, 『3대 세습과 청년지도자의 발걸음 : 김정은 시대의 북한 문학예술–북한문학예술의 지형도 4(공저) 등이 있음.

**박가연** : 단국대학교 대학원 문예창작학과 박사과정 수료. 동화 「말주머니」로 제9회 웅진주니어문학상 대상을 받음. 2022년 《아동문학사조》 신인문학상 평론 부분 당선. 2023년 동화 「할아버지와 목소리 귀신」으로 한국아동문학인협회 우수작품상을 받음, 주요 논문으로 『한국 창작동화에 나타난 저승 공간 연구』, 『윤수천 동화에 나타난 노인 캐릭터 양상』 등이 있음.

## 필자 소개

**박상재** : 단국대학교 대학원 졸업(문학박사), 1981년 《아동문예》 신인상, 1984년 《한국일보》 신춘문예 동화 당선. 한국교원대학교, 단국대학교 대학원 외래교수 역임. 현재 (사)한국아동문학인협회 이사장, 《아동문학사조》 발행인 겸 주간. 방정환문학상, 한국아동문학상, 한정동아동문학상, PEN문학상, 이재철 아동문학평론상 등을 받음. 저서로 동화 『원숭이 마카카』, 『잃어버린 도깨비』, 『꽃이 된 아이』 등 120여 권. 아동문학 이론서 『한국 창작동화의 환상성 연구』, 『한국 동화문학의 어제와 오늘』 등이 있음.

**박정미** : 단국대학교 대학원 문예창작학과 졸업. 2014년 《아동문학평론》에 「꽃 도둑」으로 동화 부문 신인상 당선. 2015년 〈샘터상〉에 「무지개 비빔밥」 동화 부문 수상. 저서로 『꽃 도둑』, 『기억 지우개』, 『꽁이 구출 작전』, 『문학상수상 작가들의 단편동화 읽기 1(공저)』, 『우주 이발관(공저)』 등이 있음. 2023년 『기억 지우개』 콘텐츠 대만 수출 계약. 현재 아동센터 및 문화센터에서 글쓰기 강사로 활동하고 있음.

**백은하** : 단국대학교 문예창작학과에서 석사학위를 받음. 2004년 《충청일보》 신춘문에 동화 당선. 2006년 제7회 문학동네 어린이문학상을 받음. 2009년 한국문화예술위원회 창작지원금 수혜, 2023년 한국출판산업진흥원 우수출판콘텐츠 선정. 저서로 동화 『봉스타 프로젝트』, 『쓰레기용』, 『빡빡머리 천백지용』, 『엄마의 빈자리』, 『현우에게 사과하세요』, 『걱정을 가져가는 집』, 『녀석을 위한 백점 파티』 등이 있음.

**안수연** : 단국대학교 대학원 문예창작학과에서 박사학위를 받음. 2010년 《아동문학평론》 동화 부문 신인상, 2011년 웅진문학상 우수상을 받음. 2017년 우수출판콘텐츠 제작지원사업 선정, 2019년 애니메이션 영화 초기 지원사업 선정. 2021년 《아동문학사조》 평론 부문 신인상을 받음. 저서로는 『괴물 난동사건의 진실』, 『마음나라 외계인』, 『우리딸 도담도담』 등과 평론 및 연구서 등이 있음. 《아동문학평론》, 《아동문학사조》 편집위원 및 한국아동문학학회 동화분과위원, 스토리텔링 강사 등으로 활동하고 있음.

**원유순** : 단국대학교 대학원 문예창작학과 졸업(문학박사). 1990년 《아동문학평론》 동화 신인상, 1993년 MBC창작동화대상, 계몽사아동문학상을 받음. 한국아동문학상, 소천아동문학상, 방정환문학상 등을 받음, 창작동화집 『까막눈 삼디기』로 출간 10년 만에 100쇄 달성, 그 외 『피양랭면집 명옥이』, 『고양이야, 미안해』 등 150 여권 출간, 단편동화 「돌돌이와 민들레 꽃씨」, 「나비야, 날아라」, 「고양이야, 미안해」, 「주인 잃은 옷」 등이 교과서에 수록됨.

**전영경** : 단국대학교 대학원 문예창작학과에서 문학박사 학위를 받음. 2021년 《아동문학사조》 신인문학상 평론 부분 당선. 현재 단국대학교 자유교양대학 초빙교수. 논문 『김진경 동화 연구』, 저서 『독서지도의 정석(공저)』, 『청소년 진로 독서 인문학(공저)』 등이 있음.

**정소영** : 조선대학교 대학원 국문학과에서 박사학위를 받음. 전 전남 영암초등학교 교장. 현재 (사)한국아동문학인협회 이사. 2013년 《아동문예》 신인문학상으로 등단. 2023년 《아동문학사조》 평론 부문 신인문학상 수상. 2014년 동화집 『아기몽돌의 꿈』 세종문학나눔 우수도서 선정. 저서로 『한국전래동화 탐색과 교육적 의미』, 동화집 『아기몽돌의 꿈』, 『천년의 아이』, 『하얀 고래의 노래』, 『천년의 아이와 동물병정』, 『걱정없는 약』, 그림책 『금빛 뿔 꽃사슴』 등이 있음.

**정혜원** : 성신여대 대학원 국어국문학과 졸업(문학박사, 현대문학 전공). 1992년 《강원일보》 신춘문예에 동화, 2005년 《아동문학평론》에 평론 당선. 현재 한국아동문학인협회 부이사장, 한국문인협회 강원도지회 감사. 새벗문학상, 방정환문학상, 강원도문화상 등을 받음. 저서로 동화집 『청고래 책방』, 『아침바다 민박』, 『도깨비 뉴타운』 등과 일반 저서 『달콤 쌉쌀한 오디세이』, 『고한승선집』 등이 있음.

## 필자 소개

**최미선** : 경상국립대학교 대학원 졸업(문학박사). 1993년 《경남신문》 신춘문예 동화 당선, 2004년 《아동문학평론》 신인상 당선(평론 부문). 한국아동문학인협회, 경남아동문학인협회 이사, 경상국립대학교 강의, 경남아동문학상, 이주홍 문학상, 이재철아동문학평론상 등을 받음. 저서로 동화집 『가짜 한의사 외삼촌』, 『구쁘다 이야기 열 조각(공저)』, 『날아라 푸른 피리 소리』 등과 평론집 『한국 소년소설과 근대 주체 '소년'』, 『아동문학 야외정원』 등이 있음.

**하근희** : 한국교원대학교 국어교육학과 초등국어교육 전공(교육학박사). 초등학교 교사. 2007 개정, 2009 개정, 2015 개정 초등 국어 교과서 집필. 「LDA를 활용한 아동문학 연구 동향 분석-KCI 등록 논문을 중심으로」 등 아동문학 관련 논문 다수 게재. 2022년 《아동문학사조》 평론 부문 신인상을 받음. 현재 대구교육대학 강사.

**함영연** : 추계예술대학교 문예창작학과 졸업(문학박사). 계몽아동문학상, 방정환문학상, 한정동아동문학상, 강원아동문학상, 한국아동문학상 등을 받음. 문화예술위원회(아르코)문학나눔, 한국출판문화진흥원 세종도서, 우수출판 콘텐츠 등 선정. 저서로 『석수장이의 마지막 고인돌』, 『일본군 '위안부' 하늘나비 할머니』, 『베프 따위 필요 없다고?』, 『마음병 탈출하기』 등이 있음. 현재 추계예술대학교에 출강하고 있음.

**함윤미** : 단국대학교 대학원 문예창작과 졸업(문학석사). 2020년 《아동문학사조》 신인문학상 평론 부문 당선. 저서로 『회장 떨어지기 대작전』, 』모아깨비의 100번째 생일』, 『알고 보면 더 재미있는 곤충이야기』, 『노빈손의 계절탐험』 시리즈 등과 동화집 『13월의 토끼』가 있음.